後六十種曲

第八册

朱恒夫　主　編

復旦大學出版社

目　　錄

胭脂舄（傳奇）……………………… 清·李文瀚　清·張籛評點　1

第一齣　借端……………………………………………………… 5
第二齣　吟社……………………………………………………… 5
第三齣　醫牛……………………………………………………… 8
第四齣　緣逅……………………………………………………… 11
第五處　遴才……………………………………………………… 13
第六齣　訊病……………………………………………………… 15
第七齣　續舊……………………………………………………… 17
第八齣　冒盟……………………………………………………… 20
第九齣　遺舄……………………………………………………… 22
第十齣　拒殺……………………………………………………… 25
第十一齣　誣服………………………………………………… 27
第十二齣　哭監………………………………………………… 32
第十三齣　平反………………………………………………… 36
第十四齣　鏡冤………………………………………………… 43
第十五齣　廟判………………………………………………… 45
第十六齣　送親………………………………………………… 51
附錄《胭脂舄傳奇》序……………………………………… 57
序一 …………………………………………………………………… 57
序二 …………………………………………………………………… 58
序三 …………………………………………………………………… 58
《胭脂舄傳奇》題詞………………………………………… 60
題词一 ……………………………………………………………… 60

题词二 ………………………………………………………… 60
题词三 ………………………………………………………… 61
题词四 ………………………………………………………… 62

帝女花(傳奇) ……………………………… 清·黄燮清 63
宣略 …………………………………………………………… 67
第一齣　佛貶 ………………………………………………… 67
第二齣　宫欺 ………………………………………………… 70
第三齣　傷亂 ………………………………………………… 71
第四齣　軼闌 ………………………………………………… 73
第五齣　割慈 ………………………………………………… 76
第六齣　佛餌 ………………………………………………… 81
第七齣　朝閺 ………………………………………………… 83
第八齣　哭墓 ………………………………………………… 86
第九齣　駭遁 ………………………………………………… 88
第十齣　探訊 ………………………………………………… 90
第十一齣　殲寇 ……………………………………………… 91
第十二齣　草表 ……………………………………………… 93
第十三齣　訪配 ……………………………………………… 95
第十四齣　尚主 ……………………………………………… 98
第十五齣　觸敘 ……………………………………………… 100
第十六齣　醫窮 ……………………………………………… 103
第十七齣　香天 ……………………………………………… 106
第十八齣　魂遊 ……………………………………………… 108
第十九齣　殯玉 ……………………………………………… 110
第二十齣　散花 ……………………………………………… 112

鴛鴦夢(傳奇) ……………………………… 清·劉清韻 117
提綱 …………………………………………………………… 122

第一齣　囑訪 …………………………………………… 122
第二齣　行乞 …………………………………………… 125
第三齣　賞圖 …………………………………………… 129
第四齣　應聘 …………………………………………… 129
第五齣　偵美 …………………………………………… 132
第六齣　入選 …………………………………………… 134
第七齣　賺歸 …………………………………………… 137
第八齣　慟逝 …………………………………………… 139
第九齣　還珠 …………………………………………… 142
第十齣　殉玉 …………………………………………… 142
第十一齣　酬墓 ………………………………………… 145
第十二齣　鬧詩 ………………………………………… 148

祭風臺（楚曲） ………………………………… 清·佚名　153
小引 ……………………………………………………… 157
報場 ……………………………………………………… 158
一場　登場 ……………………………………………… 158
二場　回朝 ……………………………………………… 160
三場　舌戰 ……………………………………………… 161
四場　計議 ……………………………………………… 163
五場　改陣 ……………………………………………… 166
六場　借刀計 …………………………………………… 168
七場　夜逃 ……………………………………………… 172
八場　中計 ……………………………………………… 174
九場　二用借刀 ………………………………………… 176
十場　裝呆獻計 ………………………………………… 179
十一場　草船借箭 ……………………………………… 181
十二場　獻苦肉計 ……………………………………… 183
十三場　詐降 …………………………………………… 185

十四場　下書	186
十五場　押蔣	188
十六場　薦龐	189
十七場　獻連環計	190
十八場　裝病	192
十九場　逃潼關	193
二十場　看病	193
二十一場　祭風	195
二十二場　過江	196
二十三場　點將	197
二十四場　發兵	199
二十五場　擋曹	202
二十六場　請罪	205
二十七場　占城	206
二十八場　團圓	208

哭祖廟（京劇）　　　　　　　　　清·汪笑儂　211

第一場	215
第二場	215
第三場	219
第四場	219
第五場	221
第六場	221

警黃鐘（傳奇）　　　　　　　　　清·洪炳文　225

提綱	229
卷首　宣略	229
第一齣　宮歎	229
第二齣　鄰逼	231

第三齣	議和	233
第四齣	醉夢	236
第五齣	廷諍	239
第六齣	敗盟	244
第七齣	閨俠	248
第八齣	誓師	252
第九齣	計捷	254
第十齣	團圓	259

一字獄（秦腔）　　　　　　民國·李桐軒　265

人物表		269
第一回	捫心	269
第二回	殃民	275
第三回	義憤	282
第四回	起折	286
第五回	探旅	290
第六回	却賄	293
第七回	獻計	298
第八回	換劄	302
第九回	人罰	309
第十回	鬼責	316

風洞山（傳奇）　　　　　　民國·吳　梅　323

自序		327
例言		328
宣意		330
第一齣	遊湖	330
第二齣	祭花	332
第三齣	閱兵	333

第四齣　潛師 …………………………… 336
第五齣　鳩媒 …………………………… 337
第六齣　夢驚 …………………………… 338
第七齣　書規 …………………………… 341
第八齣　留駕 …………………………… 342
第九齣　慶祝 …………………………… 343
第十齣　入關 …………………………… 344
第十一齣　獨歎 ………………………… 345
第十二齣　愁語 ………………………… 346
第十三齣　省師 ………………………… 348
第十四齣　拒誘 ………………………… 350
第十五齣　旅吟 ………………………… 352
第十六齣　囚吟 ………………………… 354
第十七齣　野死 ………………………… 357
第十八齣　完忠 ………………………… 359
第十九齣　刺焦 ………………………… 360
第二十齣　入海 ………………………… 362
第二十一齣　埋忠 ……………………… 363
第二十二齣　哭母 ……………………… 364
第二十三齣　辭墓 ……………………… 365
第二十四齣　殉烈 ……………………… 366

玉堂春(京劇) ………………… 民國・陈墨香、荀慧生等整理　369
　主要角色 ………………………………… 373
　第一場　騙遊 …………………………… 373
　第二場　初識 …………………………… 376
　第三場　定情 …………………………… 379
　第四場　被逐 …………………………… 384
　第五場　探廟 …………………………… 385

第六場	盟誓	389
第七場	梳妝	392
第八場	騙娶	395
第九場	辨奸	397
第十場	誤食	400
第十一場	成冤	402
第十二場	辭獄	405
第十三場	起解	408
第十四場	會審	412
第十五場	監會	428
第十六場	明冤	430
第十七場	團圓	434

楊三姐告狀（評劇）　　　民國·成兆才　437
人物表 …… 441
第一場 …… 442
第二場 …… 445
第三場 …… 446
第四場 …… 449
第五場 …… 450
第六場 …… 451
第七場 …… 454
第八場 …… 454
第九場 …… 455
第十場 …… 457
第十一場 …… 458
第十二場 …… 459
第十三場 …… 461
第十四場 …… 463

第十五場 …………………………………………… 464
第十六場 …………………………………………… 467
第十七場 …………………………………………… 468
第十八場 …………………………………………… 469
第十九場 …………………………………………… 470
第二十場 …………………………………………… 473
第二十一場 ………………………………………… 473
第二十二場 ………………………………………… 475
第二十三場 ………………………………………… 475
第二十四場 ………………………………………… 478
第二十五場 ………………………………………… 480
第二十六場 ………………………………………… 482
第二十七場 ………………………………………… 483
第二十八場 ………………………………………… 483
第二十九場 ………………………………………… 486
第三十場 …………………………………………… 487
第三十一場 ………………………………………… 489
第三十二場 ………………………………………… 490
第三十三場 ………………………………………… 494
第三十四場 ………………………………………… 495
第三十五場 ………………………………………… 497
第三十六場 ………………………………………… 497
第三十七場 ………………………………………… 499
第三十八場 ………………………………………… 500
第三十九場 ………………………………………… 500
第四十場 …………………………………………… 501
第四十一場 ………………………………………… 502
第四十二場 ………………………………………… 507
第四十三場 ………………………………………… 510

第四十四場	511
第四十五場	513
第四十六場	514
第四十七場	514
第四十八場	516
第四十九場	519
第五十場	522
第五十一場	523
第五十二場	524
第五十三場	525
第五十四場	527
第五十五場	529
第五十六場	531
第五十七場	533
第五十八場	535
第五十九場	539
第六十場	540
第六十一場	541
第六十二場	542
第六十三場	542

胭 脂 舄

（傳奇）

清・李文瀚
清・張箋評點

【作者簡介】李文瀚(1805—1856),清代戲曲作家。字雲生,號蓮舫,別號訊鏡詞人。安徽宣城人。少時即以詩詞文章名聞鄉里,知音律,工書畫,猶善寫蘭,朝鮮人有以百金購之者。道光八年(1828)中舉人,被選為正黃旗宗學教習。後歷任陝西鄜縣、岐山、盩厔、鄠縣、大荔等縣知縣與鄜州知州,四川夔州知府等官。為政勤廉,政績斐然。著有傳奇劇《胭脂舄》、《紫荊花》、《鳳飛樓》、《銀漢槎》,合稱《味塵軒曲四種》。另有詩文集《味塵軒文集》,詩集《我誤集》、《他山集》、《筆耒集》、《西笑集》、《聽風集》以及《治岐撮要》、《守嘉州紀要》等。他長期沉於下僚,生活清苦,鬱鬱不得志,其詩詞常表現出他的生活狀況與無聊的心態,如:"千古此長安,久居誠大難。風塵消壯志,升斗戀微官。功業百無補,乾坤何處寬。仰天長太息,星月夜闌干。"(《寒夜遣悶即示洙泉弟》其一)

【劇情概要】該劇故事源自於蒲松齡《聊齋志異》中的《胭脂》,然該故事的本事源遠流長。據現存資料來看,似發軔於晚唐五代時王仁裕(879—956)的《劉崇龜》(載於《太平廣記》卷一七二《精察》)。之後,不斷有人加以衍繹,元雜劇《王月英元夜留鞋記》以及明代陳洪謨、祝允明、馮夢龍等人都進行過加工、整理。該劇寫下牛醫之女胭脂,邂逅書生鄂秋隼,產生愛慕之情。熱心人宿介與王春蘭欲從中成全,不料被刁徒毛大得知,冒名前去調戲,慌急之際,殺胭脂之父,釀成命案。知縣主觀臆斷,誤判鄂秋隼為凶手。知府吳南岱覺察案中有疑,為鄂秋隼昭雪,却又誤斷宿介為凶手。學臺施愚山前來視學,對案情提出疑點,又赴現場察勘,諄諄善誘,終於捕獲真凶,昭雪無辜。

【版本流傳】現存有清道光年間淩雲仙館刊本《味塵軒曲四種》。上海古籍出版社1983年出版的由關德棟、車錫倫編輯的《聊齋志異戲曲集》收錄了該劇。

【演出情況】《胭脂舄》問世之後,得到人們的讚賞,許多地方劇種進行移植與改編,京劇有《胭脂判》(別名《胭脂配》、《東昌府》)、《龔王氏》、《牢獄鴛鴦》,秦腔、川劇、河北梆子、山東梆子、評劇、越劇、湖劇等均有此劇目。其中越劇受眾最廣。1958年香港文化影片公司將浙江越劇團演出的《胭脂》拍攝成戲曲電影，在全國上映。1961年4月，最高人民法院院長謝覺哉觀看了湖劇《胭脂》後，題詩云："一念之忽差毫釐，毫釐之差謬千里，胭脂一劇勝神針，啟智糾偏觀者喜。"

（王彩娟）

第一齣　借　　端

（末）

【青玉案】訟庭花落秋如洗，無個事，閑提筆，手把《聊齋》評志異。一宗疑案，幾番能吏，險把奇冤閟。

【換頭】關天人命非兒戲，如得其情而勿喜，須要心思如髮細。但衡情理，不矜才氣，庶免囚人泣。

【鴛鴦煞】摩雲秋隼無春意，胭脂情膩秋波媚。浪怪媒淫，奸洩書癡。假冒踰牆，模糊失履，致起危機，殺人者轉逃避。賴有宗師，根究出覆盆冤徹底。

鄂秋隼三生有幸，卞胭脂一見留情。

宿秀才孽由自作，施學使美與人成。

（張評：凡傳奇之首一齣，是作者現身說法處。觀"訟庭花落"之句，即知其政簡刑清之樂；而"心如髮細"、"衡情理，不矜才氣"諸語，尤見慎重案牘之意。自勵耶？有感而言耶？殆持此以勸同志耳。）

第二齣　吟　　社

（生扮鄂秋隼，儒巾素服，雜扮書童隨上）

【南仙呂引子·醉落魄】年華半逐流波去，欲留難住。惱人天氣黃花雨，閑倚庭除，臨水欺鰥魚。駒隙匆匆十九年，藍衫利市亦徒然。何時夢續鴛鴦侶，錦瑟重調碧玉弦？小生鄂秋隼。籍隸東昌，家居南巷。椿萱早背，常興罔極之悲；琴瑟同心，又抱斷弦之痛。（淚介）孤蹤落落，顧影誰憐？仙骨珊珊，含情自遣。今乃重陽佳節，昨邀同里宿兄登望岳樓，作題糕會應酬故事，消遣閒情。恰喜夜雨初晴，秋光明媚，這早晚宿兄好待來也。（喚童介）擔著茶鐺酒鼎，奔望岳樓去者。

（雜擔茶酒具，引生行介）出得門來，好秋意也！

【望吾鄉】風景蕭疎，山城似畫圖，霜林落葉紅無數。故人家在雲深處，攜酒尋伊去。(下。丑扮宿介儒服上)虛名負，能嚇鼠，占了騷壇主。區區姓宿名介，屢考不出前三名，響梆梆的秀才。作七百字的文章，頗稱老手；論古今體的詩賦；不雜仙心。兼通博弈彈琴，且喜眠花宿柳，真算得東昌府的名下士。近來與鄂秋隼相交，他却是個嫩皮秀才，見了女人便有些害羞，只會吃些冷酒，賦歪詩，不解風流。今日重陽佳節，他約我登望岳樓聯句，需索走遭。話言未了，那廂來也。

(場上掛賬，懸"望岳樓"額。雜擔茶酒具，引生上)

【前腔】詩客仙乎。招尋到無處，嬉遊綺陌欣相遇。(見介)宿兄原來在此徘徊，小弟才往尊齋奉訪。(丑)失迎了。簡慢，簡慢！(生)豈敢。登高之約，就請同行。(丑指雜介)還帶着茶鐺酒鼎，真雅人深致也！(同行介。丑)鄂兄，只怕這釣試鉤子尖兒禿，鉤不起驚人句。(生笑介)宿兄，你吃了這茶酒呵，少不得平平入，平上去，來湊詩翁趣。(到介)來此已是，宿兄請上。

(登樓介。丑)欲窮千里目，

(生)更上一層樓。

(雜鋪設筆硯，安排茶酒介。生、丑遠望介)你看青山紅樹，真是一幅倪迂畫稿。

(丑)曾記李青蓮在宣城登謝朓樓，有詩云"江城如畫裡"，竟可移贈斯樓。

(生)正是。宣城北樓因名句而傳，你我今朝雅集，亦可為斯樓生色。

(丑)鄂兄之言有理，就請主人命題。

(生)大家坐下商量。

(敘坐介。生)小弟想拈韻分題，總是詩家老套，昨夜擬下幾個新鮮題目。

(丑)是何妙題？請教，請教。

(生)藏在詩筒，請兄弟拈起一題，小弟暗摸一韻，彼此聯吟便了。

（丑）有趣,有趣!拈起來。

（生搖詩筒,丑拈紙條。生翻詩韻,各看介。生）一先裡的"緣"字。

（丑）"訪菊,不拘體",好題,好題!鄂兄請起一句。

（生）那有薦客之理?

（丑）有道強賓不壓主,還是鄂兄起結的是。

（生）如此有薦了。（雜磨墨伸紙,生書,丑念介）"細雨籬邊路",妙極,妙極!一起便攝"訪"字之魂。（接筆狂書,生念介）"徘徊九月天。芳情余自信",妙呀!一氣卷舒,意到筆隨,教小弟如何接得上呢!

（丑得意,生接書。丑沉吟介）"傲骨而誰憐?知己思陶令",這兩句更有意思,對個什麼好哩?

（作構思介。生）宿兄不必苦吟,且來暢飲幾杯,潤潤詩腸。

（丑）把酒高歌,倒也有趣。（同飲介）

【前腔】（丑）潤色腸枯,消磨酒半壺,春蠶怕醉絲方吐。有了,有了!（迅筆疾書,遞生看介）你看"逢人問屈原",這句還敵得過"知己思陶令"呢!（生拍案欣賞介）果真絕對。就是這句"何當詩酒地",本地風光,更有唐人風味。只是這個"緣"字,如何結法哩?（沉吟介。丑喚書童斟酒,譚介）鄂兄,且飲一杯,慢慢地想。（生）奉陪。舉杯遙對青天語,你助我落筆驚風雨。有了結句了!（書完,遞丑,同念介）"細雨籬邊路,徘徊九月天。芳情余自信,傲骨而誰憐?知己思陶令,逢人問屈原。何當詩酒地,重續好因緣?"（丑）一氣呵成,工力悉敵。只是老兄結句,又想起老婆來了。（生）休得取笑。（丑）家室無人,續弦也要緊。（生）久要說親,無人作伐。（丑）多勸我幾杯,與你效勞便了。（生）如此甚好。（喚童斟酒,暢飲介。副扮毛大粗服上）傳歲考,忙鹿鹿,只怕場期誤。小可毛大,遊手好閒,冒充門斗。近值施大宗師歲考,奉老教的簽票,拿秀才過考。聞得有幾位在望岳樓飲酒,來此已是,不免上去嚇他一跳。（上樓,見介）,噁,你們禍事臨頭了!還在此間快樂。

（生、丑驚介）毛門斗,我們素守臥碑,有何禍事?

（副）目下施大宗師按臨，老師傳你們歲考。

（出籤票，生、丑笑介）歲考是嚇紈絝秀才的，我們窮措夫，怕他則甚？值得大驚小怪。（怒介）知道了，退下去！

（副）是。（下樓介）可憐門斗惡，不敵秀才凶。

（下。生）正在酒酣耳熱，却被這廝掃興。

（丑）夕陽在山，人影散亂，也要下樓了。

【前腔】（生）敗興催租，揚威虎假狐，傳言歲考欺儒腐。（丑）短篇文字長篇賦，蒙得宗師住。（合）真名士，不畏捕，詩酒狂如故。（同下樓介）

　　　　（生）結社同登望岳樓，（丑）青山紅樹碧天秋。
　　　　（生）風流那便輸崔顥，（丑）我也題詩在上頭。

（張評：此折鄂秋隼登場，通冒全部；順手牽出兩個對頭作陪客，雅俗兼收。而中間埋伏關合，妙造自然，至科白詞句之新雋，直欲追步臨川。毛大假宗師以嚇秀才，是毛大得意之筆。豈知宗師竟护秀才以殺毛大，是又秀才快心之事，而宗師初無成見。世之挾勢利以薰人者，可恍然悟矣。

本志無宿介、鄂秋隼吟句之事，亦無毛大充門斗之說。一經作者聯絡登場，入情入理，使通部血脈一氣融成。蒲留仙見之，當浮三大白。）

第三齣　醫　　牛

（淨扮卞牛醫，老旦扮卞媼，隨上）

【越調·東原樂】盤豬狗，弄牛馬，生意銅錢只糊口。（老）論家聲，着實差，為甚麼醫稱獸？害兒女沒人消受。

（淨）俺卞牛醫，在東昌城裡醫牛過活，倒也逍遙。

（撚鬚，喚老看介）老婆，止是俺與你年將半百，膝下無兒，怎生是好？

（老）咳！有兒無兒也是命中註定的，倒是胭脂女兒，年已及笄，人總嫌你醫牛賤業，不肯說親，怎生是好？

（淨）那姻緣分定，且自由他。喚他出來，掛起招牌，怕有人家來請。

（老喚介）女兒走起。

（旦扮胭脂素妝上）

【絡絲娘】生長在蓬門休恨，只恐怕人嫌醜陋。淡掃娥眉畫新柳，也算春光洩漏。（見禮介）爹娘萬福。

（淨、老）罷了。我兒將招牌掛起，看有牛來治病。

（旦掛招牌，上書"祖傳卞牛醫專治豬犬馬牛內外雜症"。老掃地，淨看書介。雜扮牧童，牽引上）

【禿廝兒】新箬帽何時到手，破蓑衣四季蒙頭，吹簫撇笛不住手。活潑潑，樂悠悠，牽牛。

（看招牌介）來此已是，待我進去。（見介）卞老爹請了！你老人家替我看看，這牛害了什麼病，有些喘。

（淨應，看牛介）還是夜裡喘，日裡喘呢？

（丑）看見了月亮便喘的凶。

（淨）這麼說是吳牛喘月了，害的是饑渴症。

（丑）怎麼叫做饑渴症？

（淨）古人有代牛言說道：渴飲潁水流，饑喘吳門月。

（丑）原來如此，服什麼藥裡？

（淨）醫書說：凡遇饑渴病，只須一劑元寶湯。立時見效。

（丑）喲！近來的財主愛吃元寶湯，怎麼牛也要吃元寶湯？

（淨）牛更吃得狠呢！你不知道，還有兩句代牛言說得好：黃金如可種，我力更不竭。這不是分明要服元寶湯麼！

（丑）既有確據，就請開個方兒。

（淨擬方介。丑背介）真奇了，牛也害饑渴病，要吃元寶湯了！

（貼上）妾身龔王氏，丈夫出外多年，家中一匹水牛害了相思病，來請卞老爹去診治診治。（見介）卞老爹好生意呀！

（淨）龔大嫂取笑了，有何見教？

（貼）我家一匹水牛害了相思病，水也不飲，草也不吃，要請你老人家去診治診治。

（丑笑介）那有牛害相思之理，分明是你這婆子現身說法。

（貼打丑，諢介。淨）大嫂不要與牧童玩笑，後面用茶。俺把這藥方兒寫了，就同你去。

（貼）使得。

（老旦、旦見介，喜介）龔大嫂，幾時不見了！

（貼）老婆婆納福。呀！你看胭脂姐姐益發長得標緻了！

（旦）休來取笑，後堂敘罷。

（同下。雜扮差官持帖上）堂下牽牛病，人間覓獸醫。

（丑驚見介，雜念招牌介）此間正是，待俺進去。（見介）卞大夫請了！

（淨）差官何來，有甚公幹？

（雜）俺乃齊宣王差來的。因王府有牛，將以釁鐘，不知怎生觳觫起來。王爺不忍其無罪而就死地，聞得大夫是乃仁術也，特令下官前來嘗試之。

（淨推辭介）齊宣王的牛，百姓不能見保。

（雜扯行介）非不能也，是不為也。

（丑鞭牛混鬧，雜紛解介）牧童鞭牛則甚？

（丑）牛兒害了喘症，央告這廝求個方兒，自早至午，總不能到手，沒奈何打這畜生出氣。

（雜笑）原來如此，你且少安毋躁。

（扯淨徑下。淨回顧介）牧童少待片時，去去就來，與你斟酌方兒。

（下。丑）咳，罷了，罷了！我諒你那元寶湯也想不出個方兒來，恰好齊宣王作了救命王了。（指牛介）畜生，畜生！你也莫想吃元寶湯，吃了更喘呢！還是隨俺牧童吃苦水的好。

【尾聲】渴饑那有奇方救，縱能煉金丹也覺的臭。蠢牛，你怎似俺牧童呵，常服定心丸，從不會沉酣迷性酒。

　　　　青山隱隱月黃昏，饑喘牽牛下遠墩。
　　　　不識酒家何處所，杏花紅認綠楊村。

（張評：此折為胭脂與龔王氏登場而設，牛醫、老媼皆陪客也，至牧童、差官又陪客中之陪客,而文章全在陪客。胭脂、王氏輕輕敘過,即便下場,實作醫牛變換之法。引証一古詩、一四書,妙想天開,令人噴飯。)

第四齣　緣　逅

(貼、旦攜手上。貼)

【南大石引子·碧玉令】能炊無米娘真巧,斂家常醋多鹽少。(旦)絮語叨叨,閒坐總無聊,還不若止談風月皆歡笑。

(貼)胭脂姐姐,和你母親說來說去,總是些柴米油鹽醬醋茶,好沒趣,奴去了。

(旦留介)和我談談再去。

(貼)使得。

(敘坐介。旦)龔大嫂,你家大爺出外幾年,怎不見回來呢?

(貼)咳,那無情漢子,說他則甚!

(旦)可憐你獨自一人,也不寂寞麼?

(貼調笑介)你憐奴寂寞喲!

【賽觀音】枕兒孤,衾兒吊。夢夫婿遼西路遠,把被底鴛鴦顛倒,請着先生代其勞。

(旦)大爺不在家,還請先生處館麼?

(貼)不是處館的先生哪!(比式介)是一位道學先生。

(旦含羞介)啐!又撒村了。

(貼)胭脂姐姐,你年紀也有十七八歲了,人也長的標緻,怎麼還沒有個婆家哩?

(旦)喲,你問我麼,

【前腔】口兒羞,心兒惱。怪月姊紅絲繫牢,擱起我青春年少,害得爹娘氣難消。(貼)是呀!婚姻大事原要爹娘作主,耐着些兒吧!(譚介)胭脂姐姐,我要去了。(旦送介。生揚鞭上)一路尋春過板橋,紅情綠意黯銷魂。(生、旦驚見介。生)碧桃含笑迎蜂蝶,蜂蝶何心戀碧桃。

（俯首趨下。旦目送，貼調戲介）胭脂姐姐，以你的才貌，配了這位郎君，可以無憾了。

（旦含羞不語介。貼）可認識他？

（旦）不認識。

（貼）他姓鄂，名喚秋隼，是個秀才，孝廉之子。

（旦）龔大嫂何以這般詳細？

（貼）奴向和他同里鄰居，故而知道。世間男子也没他那般溫婉。

（旦）家中還有何人？

（貼）他父母俱故了，穿着素衣，是因妻子死了，不曾除服。胭脂姐姐，你若有意呵，

【人月圓】奴與你傳語為媒妁。天喜紅鸞星不小，笙簫鼓笛花花轎，做一個持家賢大嫂。須不怕，他藏頭露尾，偷鯗饞貓。胭脂姐姐，奴與你說媒，作一個秀才娘子，美不美？

（貼含羞不語介。貼）奴去了，改日再來報喜。

（旦）得空常來走走。

（旦送介。貼笑下。旦）你看龔大嫂欣然去了。他説那秀才呵，

【前腔】中路裡分散鴛鴦鳥，意重情深衣着縞。風流更覺張生俏，止防怕紅娘音信杳。傳不到，伊相思病惹，今夜良宵。

依依情話惱蕭娘，逗我無端出翠房。

一溜秋波縈轉處，欲將花果擲潘郎。

（張評：此折依本志次第編之，而寫胭脂之才姿慧麗，王氏之佻脱善謔，補《聊齋》所未有。奕奕有神，詞清調響，直欲與蒲留仙分道揚鑣，各爭一席。胭脂是個女孩兒，處處露羞澀之態，一聽王氏之村言辣語，即面紅耳赤，無怪乎心醉鄂生，秋波縈轉。而鄂生嫩皮，俯首而去。兩有可緣，而從中引誘者唯王氏，是王氏為罪魁惡首。閨中談友，不可不慎也！）

第五處　遴　才

（外扮施愚山，三鬚冠帶，貼扮門子隨上）

【北仙吕·點絳唇】詩禮傳家，一門風雅。評聲價，名重京華，年少登科甲。手捧絲綸出帝京，謁來東魯掌權衡。文章有價終能售，藻鏡原同水鏡清。下官施閏章，別號愚山，江南寧國府宣城縣人氏。科甲出身，由刑部員外郎，奉命山東學使。竊喜風清弊絕，歲考已完，現屆年終月課。昨由東昌府屬解到文章一束，今日消閒無事，不免校閱一番。（回顧介）伺候文房四寶。（貼安排筆硯介。外坐介）

【混江龍】俺曾向麻姑山下，水雲鄉洗盡了眼中沙。（把筆介）筆兒呵，不准你承題隨意抹，起講劈頭叉。可恨那負心漢圈點的是黃金，可憐伊有目籠照的是紅紗。引得那假斯文盡向犬門攢，怎有個真秀才願向龍門化？俺與你進笔細刮，纔許你玉尺擎拿。

（閱卷介）許多文字，竟没一篇可取。

【油葫蘆】敗卷紛紛鬼畫押，把牙兒都笑塌。（笑介）見幾個不讀書的，拾遺名當十姨誇。更有那寫別字的，弄麞書仿唐臣法，還有些抄陳文的，淮西碑冒文昌假。（拍案介）得了個王漁洋詩品高，魯諸生文行雅，媵風流名士無高下。（圈點介）不覺的圈點兒濃滴滴儘交加。

（雜扮巡捕，持貼上）卑官如院子，忍氣謁門丁。

（唤貼介）堂官請了。

（貼）有何公事？

（雜）濟南府知府吳南岱禀見。

（貼）少待。

（雜）是。

（貼接帖，回介）回大人，濟南府吳大老爺禀見。

（外）請進來。

（貼傳語，雜向鬼門介）吳大老爺有請！

（末扮吳南岱，冠帶黑髯，上）轅門勤聽鼓，棘院試煎茶。
（外迎末，見介）大人請升，卑府參見。
（外攔介）常禮罷了。
（各揖介。雜下。末）大人愛才如命，獎進後學，真儒林之福也。
（外）豈敢，豈敢！

【天下樂】你道俺愛惜人才如命呀，矜誇，忒媚咱。（末）大人從不肯作威學校，以媚權門，真是尼山護法。（外）若道是護尼山杏壇幾萬家，都只為培持及第花。（末指卷介）大人在此衡文，可有必售之技麼？（外）你若是問科名有必達，俺只管憑文章沒定價。（取卷遞介）吳太守，你看這兩篇文字，誰高誰下？
（末接看卷面介）東昌府學生員鄂秋隼。（翻閱介）老大人，題目是"賢賢易色"一章，文以必學為主，理正詞醇，可稱傑搆。
（外點頭介）看那一本如何？
（末看卷面介）聊城縣學生員宿介。（翻閱介）才華富贍，惜乎以"賢賢易色"為主，立格奇而不正。
（外）果真法眼不差。老夫因他才華並茂，雖奇正分途，尚不失於荒謬，故而拔列前茅。
（末）足見大人憐才之雅，菲菲不疑，佩服，佩服！
（外）豈敢。
（末）卑府告辭了。
（外）吳太守案牘勞形，有勞枉駕了。
（末）卑府衙門案牘無多，雖有些發審事件，也還不甚勞形。
（外）過謙了！濟南首府那有不勞形之事？就是那發審案呵，

【賺煞尾】替人家，擔恐怕。有官吏貪贓枉法，可教你降調隨他交部察。（末）老大人明鑒。（外）他若是疑難控案開花，你不把正凶查，跑脫著怎拿，斬絞流徒罪議差，縱有那唐太宗歲赦，減不盡漢蕭何刑法，試問你斷頭顱無柄向誰抓？
（末）大人所見高明，卑府敬承教訓。
（外）信口胡言，何足為法。

（末揖介）卑府告辭。
（外送介。末）與君一席話，勝似讀爰書。（下）
（外）好一個濟南知府，經濟文章，循聲卓卓。（回顧介）院子，將文章收起，明朝放榜。
（貼捧卷先下）（外）
　　　　十丈龍門四扇開，士多如鯽湧波來。
　　　　班香宋豔都搜盡，經濟誰為天下才。
（張評：此折搜羅兩秀才，是照應望岳樓受嚇之筆，却是為秀才救命之根。而秀才之名不輕點出，忽來一救秀才、殺秀才之官，直呼秀才之名，評秀才之文，以點醒之。暗中摸索，作者之深心耳。前半衡文章，諷宗師，罵秀才；後半論經濟，鄙佐雜，尊太守，快人快語。月朗風清，批讀一通，陡覺神清氣爽。）

第六齣　訊　　病

（老扶旦病妝上）
【南商調引子·鳳凰閣】沉吟低歎，待寄音書無雁，枉勞雲雨夢巫山。望斷碧霄銀漢，女牛星燦，怎照的孤鳳影單！母親，孩兒一病懨懨，只怕不能侍奉了！
（淚介。老）我兒這病因何而起？怎茶也不思，飯也不想？
（扶起介。旦）母親，問兒的病麼！
【黃鶯兒】茶飯減朝餐，睡昏昏，怎耐煩？落花飛絮悲春晚。（老）到底是何緣故呢？（旦）不因性懶，非緣氣單，病根渾似糊塗案。（老）請個名醫與你看看是什麼症？（旦）縱迴丹，神仙手段，醫不起症疑難。
（老）我兒歇息片時，為娘與你料理些湯藥來。掌上珠多病，胸中鼓亂撾。
（下。旦歎介）奴家生長寒門，縱無邪念，只因那日見了鄂郎，不覺的懨懨似病。可怪龔家娘子，他說傳語鄂郎，央媒求聘，怎麼杳無音信呢？（凝思介）呦！

【前腔】想是他隨意惹人頑,把婚姻,當笑談,杳無佳婿東床坦。害得我腰圍瘦殘,喉嚨怨乾,巴不到那人一劑平安散。想他臨去,那語言諄切,却不是尋常談笑。(凝思介)想必是創花欄,招風攬月,無暇訪潘安。就算他無暇即去,怎許久也不來見我?是、是、是了!一定是那鄂郎不肯俯就,龔大嫂不好回復,是以杳無音信。咳!鄂郎,鄂郎!你嫌我家寒賤呵!
　　【前腔】雖是我堂上老親寒,臥牛衣,比范丹,女貞花好何妨看?莫非嫌奴才貌麼?雖不及楊家玉環,蘇家蕙蘭,孟光盡舉梁鴻案。(歎介)咳!這没頭緒的相思,就害死也沒人知道呦!恨姍姍,乘龍美婿,有夢也難扳。
　　(假寐介。貼持桃花上)不作無心草,來看解語花。奴家龔王氏,送花與胭脂姐插戴。在前面聽他母亲説他病了,待我進去看來。(見旦,推介)胭脂姐姐,醒醒!
　　(旦驚轉介)哈,龔大嫂,你來了麼?
　　(貼)特來送花與你插戴,怎麽病得這般消瘦?
　　(旦)就是那日和你別後,忽忽的就病起來了。懨懨一息,朝暮間人,還有甚心情戴花?多謝了。
　　(貼背介)哈,這是我擔誤他了!(轉介)胭脂姐姐,前日許你與鄂郎説媒,因我家男子負販未歸,尚無人致聲。芳體違和,莫非為此?
　　(旦含羞介。貼調笑介)果真為此,病已如斯,尚何顧忌?奴去先約他夜來一敘,諒無不可。
　　(旦歎介)事至此,已不能收,但他不嫌寒賤,即遣媒來,病當立愈。若説私約呵,
　　【前腔】雖是我家難,論閨門,比孟班,怎肯學卓文君把淫奔犯?(貼)不要你私奔,約他來相會。(旦)那麼斷斷不可!我擲果為潘,焚香憶韓,怎許他有情郎作偷情漢。(立起搖手介)莫兜攬,須防欲海,平地起波瀾。
　　(老上)延醫來扁鵲,傳語慰雛凰。(喜介)我兒立起來了,還是與龔大嫂談談解悶。

（貼）老婆婆，胭脂姐姐病的這般光景，你老人家忒操心了。

（老）正是，託你勸勸他，不要心煩。（顧旦介）我兒，你爹爹請了醫生在前廳等着，同為娘去看看來。

（貼）胭脂姐姐，問問先生，是什麼病？可能勿藥有喜。

（老扶旦行介）

【尾聲】奴這病何消問哪？成年不出風流汗，夢裡溫柔覺後寒，除非是心藥能醫心病安。

（同下。貼吊場）可怪，可怪！女孩兒大了，就有許多心病。咳，這都是鄂秀才撒了相思豆，打着他的心眼了！

　　　　美人心事個人猜，春夢無痕畫不來。
　　　　不識襄王知道否，巫雲巫語隔陽臺？

（張評：四隻【黃鶯兒】聲調鏗鏘，清新典麗，敘事井井，貼切不敷，可與雲亭並駕。）

第七齣　續　　舊

（副皂衣上）小子生來本姓毛，見了婆娘便發騷。區區毛大，東昌城裡有名的辣子，冒充了一名門斗，以為護身符。只因在望岳樓嚇詐了秀才，被老教知覺，（比式介）將一個紙條兒勾消一口肥鍋。閒暇無事，依然走馬觀花。（內問介）騎的什麼馬？看的什麼花？（回顧介）不要見笑：騎的兩腳馬，看的並頭花。（轉介）南巷裡龔大的婆娘，生得十分標緻，常與我眉來眼去，倒有些意思。趁他男人不在家，前去調戲調戲，或者可以通通氣。

【北越調・禿廝兒】非是俺輕輕薄薄，要尋他捏捏摩摩，只因三番四次引逗我，說妹妹，想哥哥，幺麼。

（下。丑儒服上）

【前腔】高中了宗師月課，更添些秀士風魔。小生宿介，風流名士，未免多情；月旦佳人，自鳴得意。自幼與龔王氏相交，情深愛至，兩好無猜，因他嫁了龔大，不能常去。近來訪得他男子負販未歸，趁此機緣，前去走走。（行介）不知他花晨月夜可憶我？盼愛

海,望情河,奔波。(下)

【前腔】(貼上)無怨女長封鐵鎖,有鰥夫遠隔銀河。伊誰末路肯顧我,沒父母,沒公婆,奈何?奴家龔王氏,自小沒正經,被宿秀才勾搭上了,偷嘴貓兒倒也有情有意。自從嫁了龔大,他却不敢常來,冷冷清清,教我如何過活?且倚着門兒解解悶。

(副上,貼見喜介)毛大,幾日沒見,你賭的輸了,連帽兒也沒了。

(副嬉喜介)不瞞大嫂説,一頂紅纓帽被老教出脱了,特來問大嫂借你的這頂黑毛帽兒戴一戴。

(調戲介,貼推辭介)

【前腔】我笑你哈叭狗不知死活,賴蝦蟆想吃天鵝。花言巧語打趣我,實討厭,亂摩挲,揮戈。

(戲打介。内作嗽聲,貼驚介)那廂有人來了,快些去罷!

(副回顧鬼門,見丑上,急溜介)秀才如鬼叫,辣子嚇而溜之也。(下)

(丑見貼,笑介)好姐姐,許久沒見,想殺我也!

(貼笑迎介)請進來坐罷!

(丑進,貼掩門介。末攜米袋,淨攜酒肉,同上)

【前腔】(合)逢賭博輸贏隔夥,遇娼家好醜同窩。

(末)小子張甲。

(淨)區區李乙,你我二人屢次送東西與龔大的婆子,他總沒些好趣到咱們。

(末)今日總要調笑他一番,看他怎的?

(淨)到了,你叫門。

(末打開介。丑驚,虛下。貼開門介)誰?(笑介)原來是兩個小幺兒送東西來。

(末、淨進介)龔大沒回來,酒也有,肉也有,你與我們吃一個合歡杯罷!

(貼怒介)把你兩個狗頭,説的什麽話!

(末、淨)呀!怎麽變起臉來了?東西送你反罵我,不講理,不知和,呵呵!

(拉貼亂摸,貼喊介)鄰舍家,來看張甲、李乙強奸婦女了!

(末、淨驚嚇,急跑下。丑上)他們這班浪蕩東西,你也理他?

(貼)誰理他!他自己孝敬老娘東西,樂得賞收。我問你,怎許久不來,什麼事忙?

(丑笑介)問我的事麼,

【前腔】因考試忙時抱佛,為銀錢四處張羅。(出銀錠介)些些菲敬你與我,辦粉黛,買紗羅,也波。

(貼接銀看,問介)好個拱心錠兒,那裡得來的?

(丑)同鄂秋隼考月課,宗師賞的花紅。他取了超等一名,得了兩個;我取了超等二名,得了一個。特來送與你,買些胭脂花粉。

(貼笑介)喲!這是你的彩頭兒,我與你留下。花粉我還有,不用買。提起胭脂,倒有一宗笑話哩!

(丑)什麼笑話呢?想是你的臉嘴太紅了,被人取笑麼?

(貼)啐!不是搽臉嘴的胭脂,是對門卞牛醫的女兒。

(丑)哈!是他喲!(問介)怎樣哩?

(貼)有一日,胭脂送我出來,走到門口,恰好撞見鄂秋隼由路東往西去,胭脂便出了神,目送而下。

(丑)秋隼是個嫩皮人,他怎樣哩?

(貼)鄂秀才倒也一見留情,却是揚鞭而去。那時我在旁邊,調笑了胭脂幾句,說與他作媒,他便當了真,如今想的病了。

(丑)呀!竟害了相思病麼。

(貼)你可與鄂生作個皮條客人,先約他去會會。

(丑凝思介)這個……(立起,背介)卞胭脂是個絕色女子,久已在我物色之中。如今有隙可乘,待我與王大姐商量。(欲轉復住介)怕他吃醋,另想方兒,(喜轉介)這也是一段佳話,待我致意鄂生。但不知他家中路徑,恐怕鄂生走錯了哩!

(貼)後街裡有個破牆頭,跳進去就是他家院落。由西角門進去,朝東一間廂房,就是胭脂的臥室。

(丑)如此甚好,我就約他去。

（起身欲行，貼阻住介）忙什麼！來了也不……
（含羞介。丑笑摟介）
　　（丑）行雲流水滯柔鄉，（貼）得隴休思望蜀忙。
　　（丑）信宿於時聊宿宿，（貼）問郎堪否替王昌？
　　（張評：此折五人登場，參差錯落，各有關目，各有情致，俗不傷雅。文人吐屬，另有別腸。六個【禿廝兒】詼諧謾罵，無所不至。押六個"我"字，變換奇特，各盡其妙。王氏是引誘胭脂起病之人，宿介是假冒鄂生劫履之人，毛大是因奸拒捕殺人之人，張甲、李乙是調奸王氏被拘陪襯毛大之人，魚貫而來，醜態畢盡。小人之道長，而君子危矣！）

第八齣　冒　　盟

　　（內起更，場上設床帳。旦殘妝秉燭上）
　　【南中呂·剔銀燈引】連夜燈花沒准，怪那人有言無信。杳似河魚，遠如天雁，不管浪愁閑悶！（床上坐介）奴家卞胭脂，被龔大嫂引的夢魂顛倒，說是與我私約鄂郎，到來一會。我想此事如何使得哩！當時拒絕了，不知他可曾致意鄂郎，央媒來說？（欺介）這幾日病勢雖輕，總是懨懨怕起。（倦介。內打二更，旦聽介）聽譙樓更緊，則怕要夢隨聲盡。
　　（吹燭放帳，睡介。內打三更。丑潛上，低語介）來此已是後街，待我認認清楚。
　　（張望，指介）只有這一個破牆頭，想必是卞牛醫家了。待我跳進去。（跳牆介）幾乎跌煞！喜得進來了。待我按着方兒沿牆聽去，
　　（潛聽介。旦咳嗽，丑背介）女孩兒聲氣，一定是他的臥室了。
　　（轉身，彈指介。旦掀帳介）喲！什麼聲響？
　　（丑彈指，旦驚起介）呀！窗外有人麼？（問介）是誰？
　　（丑喜介）胭脂姐姐，我是鄂秋隼呵！
　　【北中呂·罵玉郎】相思有病心心印，乘黑夜步牆根。（旦作

慌介)多蒙王母傳音信,说是肯,纔敢进,来亲近。請小娘子開門相納。

(旦)哈,既是龔大嫂約你來的,妾的心事想已盡知。但妾所以愛郎君者,為百年,不為一夕。郎君如果愛妾,只宜速倩冰人,以定百年之好。若要開門,不敢從命。

(丑)小娘子言之有理,我鄂秋隼亦斷無苟合之心,但求一握纖手為信耳!快請開門!

(旦)男女授受不親,那有援手為信之理!始終不便開門,請郎君去罷!

(丑苦求介)難得進來,如何便去?小娘子忍心教我鄂秋隼徘徊終夜麼?

(旦)呀!

【南好孩兒】憐伊懇,急忙啟門。(力起,開門介)強支撐,應酬郎君。(丑進介)小娘子,那日門前一見,渴想到今。(摟抱求歡介,旦急拒介)鄂郎穩重些!(丑拉扯,旦撲地氣息,丑急曳起,旦醒介)猛然魯莽忒無因,欠溫存,不重尊。恐防你是那惡棍!恐防你是那惡棍!

(怒介)何來惡少,必非鄂郎?

(丑慌介)小、小娘子,我實係鄂秋隼,家居南巷,與對門的龔大嫂自幼同里,他是知道的,斷不敢假冒。(背咋舌介。)

(旦)果然是鄂郎麼?他曾説你賦性溫存,既知妾病,定當憐恤,何遂狂暴如此?(丑)小娘子,不是我狂暴呦!

【北罵玉郎】也只因年來夢斷求凰引,情切切意殷殷,相逢不覺忘粗蠢。莫記恨,求戒謹,從今慎。小生既如天臺,不知小娘子玉洞桃花可容瞻仰?

(旦作色介)若復爾爾,便當喊叫了!

(丑攔介。旦)你也怕麼?

【南耍孩兒】你若肯拼壞品行,我却高聲喊,也不怕撞着雙親。(丑)既是小娘子身體欠安,請改期後會如何呢?(旦)倘蒙不棄,親迎為期。(丑)央媒説合也需時日,未免太遠,還要近些。(旦背介)

咳！糾纏，訂好事何必佳期近，為甚的那壁勞叨問，也不管人心憊！（轉介）也罷！待我病好了。

（丑）既蒙允許，還求賜一件東西為信。

（旦正色介）呀！一言未定，何消貽贈哩？

（丑捉旦脚脱鞋，急虛下。旦向內呼介）鄂郎請轉！

（丑上）小娘子有何説話？

（旦）妾已許君，復何吝惜？但恐畫虎成犬，致貽污謗。如今褻物已入君手，料不能反覆，倘若郎君負心呵，

【南餘文】我憑天地，將誓申：你若果回頭不認，我便是一死從君哭覆盆！

（丑）我鄂秋隼斷不負心，小娘子只管放心。

（旦）言盡於此，郎君去罷！

（內打四更。旦進帳下。丑跳牆，喜介）好了，好！我宿介就假冒鄂秋隼的姓名，纏了胭脂半夜。爭奈他執意不從，搶了他的繡鞋，（出鞋看介）這就是生死之盟的把柄了。可喜，可喜！只是半夜三更，往那裡去好呢？（想介）有了，且到龔王氏家去，睡他半夜，消消餘興。

　　　天臺李豈代桃僵？竟把劉郎當阮郎。
　　　放膽貪花心不死，且將餘興訪齊娘。

（張評：此折南北分宮。一個有情，一個假意，兩人口吻，各肖其生。胭脂尚有廉恥，僅僅開門揖盜，而不為盜污；宿介全無人氣，冒朋友之名，黑夜入人家調奸閨女，幸而未成。倘若胭脂把持不定，一為所污，將胭脂之名節壞，而朋友之聲名喪盡矣。彼自問抑能安耶？所以天網恢恢，使他生出許多後文，正是神明令其受罪，已消此孽障耳！）

第九齣　遺　舄

（鬼門設床帳。貼濃妝小衣，秉燭上）

【南雙調引子·惜奴嬌】粉冷花殘，晚妝慵蓬飛首，意懨懨情

中如中酒。(內打二更,聽介)夢繞更樓,(指燭介)夜燈知否?禁受,怎捱得宵長如晝!奴家龔王氏,丈夫龔大負販未歸,冷冷清清,淒淒切切。淫思戲叔,却無打虎之都頭;恨欲謀夫,止少殺豬之屠戶。門前拾鐲銷魂,而誰買雄雞?郊外撿柴含意,而疇騎大馬。逞劉媒婆之手段,慣扯皮條;現石道姑之神通,愛編口號。調笑真為談友,詼諧不愧稗官。這也不在話下。止是宿郎自從那日聽我說胭脂想鄂秋隼一段故事,他便匆匆去了,總沒見來,這是什麽緣故呢?

【仙呂入雙調‧金風曲】【四塊金】莫不是心猿意馬,逗他去胡行走?莫不是淫蜂浪蝶,引他去閑棲宿?【一江風】不怕我狠着心兒咒,教我冷颼颼。(內打三更)聽盡更籌,獨倚簾櫳候。情思怎自由,情思怎自由?蕭郎耳熱不?望不到難消受。幾日不來,一定是別尋花路去了!

(內打四更,聽介)夜深了,待奴睡罷!正是:只恐夜深花睡去,羅衣不耐五更寒。(掀帳,虛下。丑上)

【又一體】【四塊金】花街夜遊,不怕昆侖狗;桑間暗偷,止畏河東吼。小生宿介,冒了鄂秋隼的名姓,得了卞胭脂的繡鞋,真僥倖也!(出鞋玩賞介)蓮花一瓣,着手成春。只是夜半三更,不能摟着這鞋兒在星露中行那沒憑據的雲雨,只好到王大姐家去消消餘興。(行介)來此已是,待我敲門。只怕他高枕無憂,聽不見環聲驚獸。(貼隔帳唱介)【一江風】困扶頭,猛聽門欄,剝喙聲聲叩。(掀帳,出問介)是那個?(丑應介)是我呀,快開門!(背介)待我將繡鞋藏起,不要被他看見,吃起醋來。(貼開門,丑進見,遺繡鞋介。貼)這時候從那裡來?(丑)同鄂秋隼作文會來。(貼)怎麽這樣用心?不要撒謊,只怕是吃花酒來!(丑調笑介)哪!有你這解語花,還吃什麽消愁酒。(解衣摟貼介。合)疑根且漫搜,遺根且漫搜,千金一刻酬,莫放這春宵走。(掀帳同虛下)

(副潛上)小子毛大,在望岳樓得罪了宿秀才,把我門斗的鍋兒打破;前次我在龔王氏家調奸,又被他沖散,好生可恨!因此常時步他的後塵,拿他出氣。待我聽聽。(摸門,喜介)且喜門兒半掩,想必是宿秀才在裡面，待我挨身進去，捉一對活春宮頑耍頑耍。（進門絆脚，低聲介）什麼東西？軟丢丢幾乎絆倒。（摸起繡鞋，細看介）喲！我道是老爺們的烏紗帽，原來是小姐的紅繡鞋！（帳内聲響，副聽，背介）房内有人聲響，待我聽他説些什麼。

（側聽介。貼内問）宿郎，適從何處來？不要瞞我。

（丑内應）實不相瞞，是那日承你的敎，約了鄂秋隼，送他到卞胭脂家去，故而來遲。

（貼）這也平常，值得藏頭露尾麼？

（丑）嗳喲勿好哉，要領出恭牌。

（内打五更。丑掀帳起介。副閃下。貼内）待我掌燈照你。

（丑）你不要起，我自去去來。（背介）喲，不好了！繡鞋不知那裡去了！這支繡鞋是我的命根，還了我罷！

（副潛上，聽介。貼笑問丑介）繡鞋兒是那個贈你的？實説了還你。

（丑）不敢欺瞞，自從那日聽你説胭脂想着那鄂秋隼，你敎我約他去相會，因而冒名前去。

（貼）胭脂是見過鄂秋隼的，你豈能冒他？

（丑）幸虧没有燈火。

（貼）這麼説被你張冠李戴了！

（丑）纏了半夜，却不曾到手，故此搶了一隻繡鞋。他約以病好爲期。

（副喜點頭，潛下。貼）原來這樣麼！

【海棠醉東風】【月上海棠】我笑你不害羞，阮郎甘步劉郎後，闖仙鄉冒認溫柔。（丑）並不曾真個，好個姐姐還了我罷！（貼）沒來由儘自狐疑，誰收拾你鞋兒騷臭！【沉醉東風】好姐姐，快不要如此，我與你並非對頭，可憐我再三苦求。你再不還，我便要——（貼）你便要怎麼樣？（丑）我便要學楊妃細向梅妃帳裡搜。

（貼笑介）搜也不怕。實對你講，我方纔是騙你親口供招，其實不曾見。

（丑慌介）真不曾見麼？

（貼）不曾見。

（丑）既不曾見，你也替我尋尋。

（貼秉燭，各尋介）這廂沒有，那廂哩？

（丑）也沒有。

（貼）不必着慌，待天明了，再從來路上尋去便了。（內止更介）

　　（丑）踰牆盜得小弓鞋，（貼）行雨行雲到敝齋。

　　（丑）春意滿懷藏不住，（貼）恐防鴻跡誤裙釵。

（張評：此折照原傳敍來，看似平淡無奇，却是緊要關鍵。後半部文章皆由此而生，善讀者自然領會。詞曲不多，別饒雅趣，俗手為之，必有許多醜態。搬演登場，自知其妙也。）

第十齣　拒　　殺

（副執繡鞋上）妙哉，妙哉！跑順風船的運氣來了，滕王閣也擋不住。我毛大，原止想到龔王氏家去捉宿秀才的奸淫憤，以便挾制龔王氏。一箭雙雕，陳平妙計。不期走到那裡，另有一種機緣，拾了這隻鞋兒。正在疑心，忽聽宿秀才說，是冒了鄂秀才的名姓，在卞胭脂家得來的。我想：卞胭脂是個絕代佳人，鄂秋隼是個當今名士，正好做一對美夫妻，怎被宿介這廝冒名訂約？那知黃天有眼，照顧我沒老婆的漢子，將繡鞋兒落在我手。（喜介）今晚閒暇無事，不免也去冒替一回則個。正是：我冒秀才摟處子，秀才替我作奸夫。（下。淨醉態上）

【北中呂·引子】驀然間地動天搖，星迴斗旋。好醉也，好醉！俺待把海水吞乾，湖山扭轉。天子呼來不上船，做一個醉朦朧李謫仙，管什麼發憤屠龍，佯狂罵犬。俺卞牛醫，醫牛過活。被那些鄉里人家請去，東敬一杯，西敬一杯，把俺吃得大醉。（嘔吐介）好酒，好酒！（行介）來此已是自家門首，待俺打他幾下。

（叩門介。老上）驀聽聲聒耳，且去問從頭。是那個呀？（開門見介）原來老老回來了。

（淨跌進，老扶坐介。淨）醉了，醉了！

（老）在那家吃的？有些酒意了。

（淨笑介）問俺在那家吃的麼？

（場上設床帳）

【滿庭芳】却不是新豐夜燕，也不是提壺買醉，荷鍤酣眠，都是些杏花村裡農夫勸，頓教俺牛飲長川。（老）既然醉酒，請睡去罷！（內打三更。淨）使得。（老夫進房，淨脫衣介）哈！老婆，俺與你說了許久，怎不見女兒呢？（老）他病後精神不好，早已睡了。（淨）咳！俺見他情脈脈嬌如嫩蘭，病懨懨瘦似枯蟬，恨當年——（老）恨什麼？（淨）兒婚未聯。（老）女孩兒大了，久該擇配的，你也要留心才好。（淨）咳！俺如今不管了，交與你尋個好姻緣。

（睡介。老）可用茶了？

（淨）有的，也喝一口。

（老）待我取來。無可奈何唯醉漢，最難為計是嬌兒。

（內打四更，下。副潛上，探望介）來此已是卞牛醫家後院，待我跳進去。（跳進，探望，低聲背介）裡面有燈，照見床帳，想必是胭脂臥房，待我隔窗彈指一聲。（內作彈指聲，淨驚起，掩燈聽介。副探望，低聲背介）燈滅了，想必是起來，待我叫他一聲。（轉介）胭脂姐姐開門，小生赴約來了。

（淨詫異介。老送茶上）呀，怎麼燈滅了？

（淨急掩老口，作手勢，同聽介。副低聲）胭脂姐姐，快開門！小生等候多時了！

（淨學女生問介）你是那個呀？

（副）胭脂姐姐，小生是鄂秋隼。前次蒙你贈我繡鞋，約以病好為期，今夜特來踐約的。

（淨仍前應介）既然如此，待我開門，你且等等。

（副喜介）快開門！我還有這鞋兒為證呢！（出鞋細玩介。淨、老作手勢，淨取刀開門，出罵介）好畜生，敢來亂我閨門！

（副駭急跑，淨追副，老隨下。副急上）勿好哉！勿好哉！路走錯了。

（淨追上。副格鬥，奪刀介。老趕上，大呼："拿賊！"副殺淨倒地介。副逃下。老哭叫介)救人哪！救人哪！

（旦秉燭急上，驚見介)這、這、這是什麽人，將爹爹殺死？

（老怒介)小賤人，你還裝作不知！就是你的奸夫鄂秋隼殺的。

（旦驚詫介)呀！母親，不要冤屈孩兒，孩兒並不曾有什麽奸夫。

（老)你還利口麽？四更時分我與你爹爹隔窗聽他說，你贈他繡鞋，約他來的。所以你爹爹怒髮衝冠，拿刀趕出來，不料反被他奪刀殺了。

（哭介。旦跪哭介)噯呀母親！母親，事到如今，孩兒也不能瞞了。鄂秋隼月前原到孩兒房中來過。孩兒抵死拒絕，他便搶了孩兒的繡鞋，約以孩兒病好為期，其實並不曾有奸。不知怎樣起此歹意，將爹爹殺死？這都是孩兒不孝，請母親作主便了。

（哭介。老)你做的這樣好事！哭也無益，你與我將屍首擡過，好生看守，待為娘去禀官便了。

（旦擡屍隨下。老吊場，哭唱介)老老，老老！

【煞尾】可憐你血淋淋砍在腦後邊，嚇得我戰巍巍捏着膽向前。急煎煎忙去禀聊城縣，只怕你那拘捕傷人的罪難免。

　　　　　飛來奇禍口難言，養女翻成殺父冤。
　　　　　不是阿娘親耳屬，誰知孼海是根源！

（張評：照原傳大為變動，而情節關目，細針密縷，處處入神入理。繡鞋帶去，更是翻案文章，細讀結局，乃知其用心之苦。非辦案老手，其能喻諸斯乎！

酒乃色之媒，亦為氣之媒。設卞老不醉，不致攜刀，即不致蹈殺身之禍。作者用心良苦，以醉酒為引，生出一段殺機，補《聊齋》所未有。而詞意雙關，尤稱絕妙。)

第十一齣　誣　　服

（內發梆。雜扮四役，末扮書吏，諢上。末)今日卯期，太爺升堂比較，諸位須要小心。

（雜）噁，我們太爺專在錢糧上做功夫，把我們的屁股當了生童的月課，每逢三八，總要考他一考。

（末）只怪你們不完篇，只怕要考四等哩！

（内擊點。雜）休得扯淡，官出來了！

（分立介。丑扮知縣，貼扮門子，隨上）

【南雙調・字字雙】（丑）急於星火想陞官，偏緩；三年特調憲恩寬，俸滿；逢迎無路不須攢，才短；錢糧加耗吏難瞞，能算。

（雜吆堂，丑升座介）捫心慚愧此之謂，掩耳羞聽惡在其。不信片言能折獄，從來有位素餐屍。下官東昌府聊城知縣，姓胡名圖，進士出身，分發山東補用今職。可恨五方雜處，撫字心間；竊欣萬寶告成，催科正巧。今日逢三卯期，例應嚴比。（顧左右）傳糧差。

（末呈單傳介）豐盈里糧差陳倉。

（雜應，跪介。丑）你名下應完二千石，還沒一半，扯下去打！

（雜）求太爺爺施恩，饒過小的，下卯全完。

（丑怒介）一卯推一卯，推到幾時！打了再說。

（眾扯雜，打介。外扮鄉約，引老哭喊上）太爺伸冤，小婦人的丈夫被人殺了！

（眾驚問外介）誰被殺了？可有報呈？

（外）現成，煩你遞上去。

（雜接，轉呈介）回太爺：堂下有鄉約帶一女子報命案來了。

（丑驚起介）什麼命案？教他不要報，和息了罷！

（末）命案怎好教他和息？

（丑）和息不得麼？教他往捕廳去告。

（末）更使不得。

（丑搓手介）這、這、這怎樣好？

（末）且傳鄉約和那女人上來，問問是什麼事？

（丑）也罷，且喚他來。

（末喚老跪上）太爺伸冤！

（丑）不要慌，待我看過呈子再講。（細看介）卞氏，這死人是你真丈夫麼？

（老）青天太爺，丈夫那有假的？

（丑）不怕你丈夫是假，怕你這屍親不真。

（老）小婦人不敢冒認。

（丑）止有腦後一傷麼？

（老）止有一傷。

（丑）下身可以免驗了。

（老）太爺做主。

（丑顧末，問介）刑房，你同鄉約帶了仵作去驗一驗，看是什麼傷，填了屍格來回話。

（末）回太爺：驗傷須要太爺親去。

（丑）胡說！屍親不開口，你來多事！

（末）是。

（暗笑，同外下。丑）卞氏，你告鄂秋隼黑夜到你家，尋你女兒圖奸遭拒捕，將你丈夫殺死，果是實情麼？

（老）小婦人焉敢撒謊？

（丑）既是實情，本縣只好替你拿人了。（書簽介）衙役們！快去將鄂秋隼、卞胭脂一齊拘到。

（雜應，接簽下。丑）卞氏，你今年多大年紀？可有兒子？

（老）小婦人與丈夫同庚四十九歲，並沒兒子，只得一個女兒。

（丑）可有下家？

（老）沒有。

（雜拘生、旦分上）稟太爺：鄂秋隼、卞胭脂一齊拘到。

（丑）下廂伺候。

（末持凶器，屍格上）生憎刑仵命，慣獻死屍圖。稟太爺：書辦銷差。屍格、廚刀在此，請太爺勘驗。

（丑看介）"腦後刀傷一處，斜長二寸五分，深抵骨，骨損，皮不破，血污。"（沉吟介）"骨損，皮不破，血污"，餘俱無故，委係生前受傷身死。（拍案罵介）可惡，可惡！當真的是命案！（顧左右）帶鄂秋隼上來！

（雜拘生上，跪。丑問介）鄂秋隼，本縣與你無仇，你為什麼圖奸拒殺,害本縣花銷解費?

(生戰慄介)生員世代書香,素知禮法,並不曾圖奸拒殺,老父臺不要誤拿了。

(丑)豈有誤拿之理!現在卞醫生的女人喊稟你圖奸他女兒,拒殺他丈夫。(持刀示生介)凶器分明,你還抵賴麼?

(生)這、這、這話從何說起?

(丑指生介)不要狡展,叫卞氏胭脂與你質對。

(雜喚老、旦同上,跪介。丑)昨夜卞氏,鄂秋隼在此,你將原情說與他聽聽。

(老)回太爺:殺人的就是他。

(丑)怎見得?

(老)昨夜四更時分,小婦人因丈夫酒醉在床,小婦人往廚下燒茶與他吃。回到房中,見燈火滅了。正要聲張,小婦人的丈夫將小婦人止住,閃在一旁,聽鄂秋隼在窗外叫小婦人的女兒胭脂開門,說是赴約來了。小婦人丈夫聽了這話生氣,拿刀趕出去,就被這生奪刀殺死。這是實情,求太爺伸冤。

(丑)胭脂擡起頭來。

(旦)不敢。

(丑)恕你無罪。

(旦擡頭,丑驚起,笑介)好個模樣兒!今年多大歲數?是幾時和鄂秋隼有奸?從實供來。

(旦)稟太爺,小女子與他並不曾有——(匍匐不語介)

(丑)他是誰?並不曾有什麼?不要害羞,一句一句的講。

(旦低聲)小女子與鄂秋隼並不曾有奸。

(丑)噁,既是沒奸,他豈能黑夜到你家來?打嘴!

(雜縛旦。欲打。旦慌求介)太爺施恩,容小女子細稟。

(丑)住手。

(雜放,旦哭訴介)記不清是幾月幾日,小女子有病的時節,鄂秀才黑夜到小女子房中來過。

(丑)既來過,一定是成奸的了。

（旦）小女子抵死不從，他便搶了小女子的一隻繡鞋。

（丑）搶了繡鞋怎樣呢？

（旦）約以小女子病好為期。不知他怎樣懷恨在心，將我爹爹殺死。求太爺伸冤。

（丑）這是真情麼？

（旦）句句是真。

（丑）鄂秋隼你與他質對。

（生上，跪。旦見，指罵介）狠心賊子！我與你素無嫌隙，為什麼將我爹爹殺死？

（生慌介）呀！小、小娘子，我和你毫無瓜葛，為什麼賴我圖奸拒殺？黑、黑、黑天願望，從何說起？

（旦）呀呸！你還利口！你止將繡鞋還我便了。

（丑）是呀，你將繡鞋拿出，就是圖奸拒殺的憑據了。

（生）嚘喲！老父臺，不要冤屈生員，圖奸拒殺的事，實係一字不知。

（丑怒介）哈！何物頑生，這般狡展，不用大刑，諒你不招。

（雜搬夾棍上，丑）皂隸們！將這廝位置起來。

（雜縛生上夾棍介）

【雙勸酒】（丑）我諒你頭巾氣酸，受不住嚴刑敲斷。何況你這般那般，罪皆盈貫，（生哭喊介）冤枉哪，冤枉！老父臺饒恕生員，畫供就是了，放他下來。（雜放生倒地介。丑）只要你畏法遵斷，我施恩與爾從寬。

（末遞供單，生畫畢。末轉呈。丑看介）早早認供，豈不省事！圖奸是卞胭脂親口招供，拒殺是卞氏親眼看見，眾證確鑿，還有什麼屈你！

（生）老父臺筆底超生，生員實實冤枉。

（丑）誰管你冤枉不冤枉！本縣從輕辦理便了。

（旦）太爺，小女子還有繡鞋在他處，求太爺追出。

（丑）咳！繡鞋是起禍的根苗，要他則甚？卞氏帶了女兒回去罷！本縣與你丈夫伸冤雪恨。

（老、旦叩頭）謝過太爺。（同起，老背介）你看這秀才風流俊逸，怎麼行起凶來？可憐哪，又可恨哪！

（旦顧生，揮淚，隨老下。丑）禁卒，將鄂秋隼帶去收監。

（雜扮禁卒，鎖生下。丑）刑房，速速敘稿，一面申文學院，斥革秀才；一面擬罪，通詳各憲。

（末）是。

（丑）噁，霎時之間天黑了，退堂，

（內擊點，雜吆堂，下。丑吊場）咳，審結一宗命案，擔延幾卯錢糧。正是：

得錢容易好官難，案牘勞形夢不安。
世有草菅人命者，現身說法與伊看。

（張評：摹寫糊塗太爺之行徑，超神入化，無一筆不令人發笑，無一筆不令人起驚。噫，恐普天下不少聊城縣！

原傳邑宰並無名姓、出身，亦無種種謬行。作者就"橫加桎梏"四字上，生出一篇發笑文字。諷世耶？正所以警世耳！）

第十二齣　哭　　監

（丑上）

【如夢令】兩個黃鸝相罵，幾陣烏鴉廝打。

（內學鴉聲介）凶吉不分明，惆悵碧桃花下。驚嚇，驚嚇，且向街頭卜卦。小生宿介，自從那日搶了卞胭脂的繡鞋，跑到龔王氏家去住了半夜，不知怎生把繡鞋遺失了，再尋不見。這也沒要緊，止是卞胭脂那廂不好再去，心上又放他不下。這幾日鴉鳴鵲噪，肉跳心驚，不知主何吉凶？待我上街去占他一卦。

（雜扮門斗上）忙將天外禍，報與個人知。（見介）宿相公，有大事不好了！

（丑驚介）什麼事？這等驚慌。

（雜）今早縣裡胡太爺，差人來取鄂秋隼相公入學的年月，說已經收禁，不知犯了什麼罪？老師知道相公與他相好，打發門斗來報與相公知道,好去縣前打聽打聽。

（丑驚介）哈！鄂秋隼本本分分的,犯了什麽科條,竟收禁了？奇哉！奇哉！門斗,你且回覆老師,說我就去便了。

（雜應下。丑）我想我們當秀才的,一不犯賭,二不犯奸,三不把持衙門,有何罪過,竟罹無妄之災呢？（搖頭介）哼,必有蹊蹺,且去看他一看。正是：天有不測風雲,人有旦夕禍福。（下。）

（副扮禁卒持棍上）無枷亦無鎖,日日禁中坐。凡是有罪人,總要奉承我。區區乃聊城的禁卒,當的幽明界的差使,虎頭門形同地獄；要的活死人的銅錢,他若不給我麽——（指棍介）鴨嘴棍凶似天刑。所以那些囚犯都來孝敬區區。只有前日進來的那個酸溜溜的秀才,還不曾進貢分文,不免教他出來折磨折磨。（向內叫介）鄂秋隼,走！起封都放過了,還在籠中憨睡麽？

（生罪衣蓬首鎖梏上）

【北南呂‧牧羊關】猛聽聲驚駭,氣喘吁,急忙的木籠裡抓起瘦身軀。止覺得手足如麻,肌膚似腐。（副）死囚頭,還是這等慢吞吞的,照打！（副打,生復痛,哭介）噯喲喲！禁卒哥,你也憐我棒瘡痂未結,潰爛血尤污。（副）誰管你棒瘡不棒瘡！見了禁卒爺,還不跪麽！（生）俺乃黌門秀才,雖遭不白之冤,豈能跪你？（副）哈,你既是秀才,就不該犯法來到監中,還要利嘴麽！（欲打,生攔住介）不要打,跪就是了。（跪介）可歎你狠心人猛如虎,作踐我斷頭人輕似鼠。

（副）鄂秋隼,你既口稱秀才,就該懂事,為什麽進得監來禮也不送？

（生）進監還要送甚麼禮麼？小生不解。

（副）什麼小生小旦,故意裝聾作啞,我不把你高擱起來,也不知俺禁卒爺的利害！（扶生上匣床介。）

（生）禁卒哥,饒恕了罷！等我出去時節,擔幾本書送你就是了。

（副）好笑,好笑！我當禁卒要書則甚？難道也像你們書獃子,捧着書本想書內出黃金麽？書是不要的,有了銀子放你下來。

（生）俺好苦也！

【菩薩梁州】你則為搜索青蚨，便橫施夏楚，欺淩腐儒，作踐囚徒。遍身周匝鍊繩拘，鐵床尖硬如刀鋸，頭顱緊嵌難回顧。（副）看他睡得安穩，待我再打幾下醒醒疲？（打介。生）禁不起再鞭撲。（副）禁不起打麼，加個箍兒與你！（用鐵箍箍生頭介。生）你怎的毒極還加腦後箍？頓教俺痛煞難呼。

（副虛下。衆扮四囚犯上）耳邊廂哭哭啼啼，好生討厭，你我同去看來。（見介）原來是這位床上的朋友。（問介）朋友，為甚麼禁卒哥將你匣在這裡？

（生）小生是鄂秋隼，禁卒問我要錢，沒得給他，故而如此。求列位替我説個人情，放我下來罷！

（衆）喲，原來是新進來的後輩，就是這等老氣橫冬，怪不得禁卒收拾你，咱們還要問你要入夥的酒吃哩！

（生）等我出去送進來奉請。

（衆）呸！你出去我們就不出去麼？好晦氣，不要睬他。各人自受各人罪，莫管他人上匣床。

（二犯先下。衆）好生可惡！待我敬他一堆矢。

（出恭介。衆）我也敬他一泡尿。（溺介，譚下）

【哭皇天】（生）可恨這衆囚犯不行恕，竟將那臭薰薰穢氣蒸予。引得那飛蠅膽大似虎，惹得那跳蚤嘴硬似鼯。將我的爛體膚朝餐夕哺，癢痛煞關情孰問吾？説不盡千酸萬苦，命也天乎？胭脂，胭脂！俺與你毫無認識，止有春間一見之緣，怎生誣我殺人也！

【烏夜啼】俺並不曾踰牆摟過東家女，你怎憑空賴我是奸夫！還説有繡鞋兒，堪為憑據，我確是影響全無。不料那吏更糊塗，當堂不究實和虛，嚴刑鍛鍊將供取，硬將我入圄圄，加刑具。你將我牢籠的忒欠公，陷害的太無辜！

（丑上）好友何緣罹法網，故人無那叩監門。來此已是縣監，待我高叫一聲：禁卒開門！

（禁卒上）是那個冒失鬼在監門首大呼小叫？

（作開窗介）是那個？

（丑）是我宿相公，來看鄂秋隼的。

（雜）原來是宿相公，來看鄂秋隼麼？（作難介）監門封了，改日再來。

（丑）你不要為難。（出銀，遞介）門包拿去。

（雜接銀，開門，笑介）宿相公駕到，豈有不開門之理。請進來，請進來！小人見禮。

（揖介。丑）罷了。鄂相公哩？

（雜）哪，那床上躺的就是他。

（丑）噁，快放下來！

（雜應。放生。生昏倒，丑扶坐介。丑）鄂兄醒醒，小弟來看你了！

【煞】（生）仔聽得咯咴咴一聲鎖響鬆了痛苦，氣淹淹槁木形骸已半枯。（見丑，哭介）宿兄，宿兄！快來救我！（丑涕介）鄂兄，不必悲傷。是因什麼事，何至於斯？（生）連小弟也不知，是那卞牛醫女兒卞胭脂——（丑驚問介）卞、卞、卞胭脂怎樣？（生）他告我圖奸黑夜造其廬。（丑）有此事麼？（生）小弟焉敢到他家去。（丑）既不曾去，奸什麼呢？（生）還不但此，還說我凶似屠沽，殺傷乃父。（丑）這更豈有此理了！他竟賴你殺人麼？有何憑據呢？（生）若說憑據更為可詫，他道有繡鞋為據。（丑驚問介）什、什、什麼繡鞋？是誰的？（生）胭脂說是小弟搶得他的，以為私約之柄。（丑）如今在那裡？（生）據他說，的確確尋蹤又杳無。這奇冤百口難呼！

（末扮衙役持監牌上）奉命提監犯，連忙叩獄門。禁卒開門，提監犯來了！

（雜應，開門介）張總頭，提那一案？

（末）提圖奸拒殺的鄂秋隼過堂，早晚要招解了。

（雜對生介）鄂秋隼，太爺提你出監招解。宿相公，你也不必勞叨了，請去罷！

（末）這位是誰？

（雜）是我的鄰居宿相公，來看鄂秋隼的。

（末）噁，你又得了幾個了。監中不是耍的，須要小心。

（雜）曉得。

（末牽生起，行介。生握丑手，哭介）宿兄，宿兄！只怕此冤不能雪了！

（丑）鄂兄，不必心焦，吉人自有天相，改日再來看你。

（末牽生下。雜關門下。丑吊場介）呵喲喲！嚇煞我也！

（四顧介）聽得鄂秋隼那些言語裡面，頗有些尷尬。難道那隻繡鞋被他拾着，竟到卞胭脂那裡去了不成？怎麽又弄出命案來了？好生不解，再暗暗的打聽便了。正是：

　　　禍從天上忽飛來，縲絏囚人亦可哀。
　　　一瓣蓮花無覓處，個中蹤跡費疑猜。

（張評：摹禁卒之凶惡，描監犯之苦楚，體貼入微，淚隨聲下，非仁人君子，其能喻於斯乎？世有監獄之責者，盍鑑諸！原傳無此一段故事，作者設言以警世耳！而以宿介點綴場面，既醒目，亦驚心。科白入神，情節逼肖，全部血脈融成一氣矣！）

第十三齣　平　　反

（末扮吳南岱冠帶上）

【南正宮引子・梁州令】領袖羣僚守濟南，喜除暴安民，樂棠陰無犬吠亡羊。案雖多積牘，也只為他人作嫁衣忙。下官濟南知府吳南岱。心在鏡中，脚行冰上；官箴永矢，治譜粗諳。蒙上游之倚重，拙敢藏鳩？理通省之紛繁，事同集蜩。尋常發審倒也無難，昨日臬司發審東昌府聊城縣圖奸拒殺一案，情節可疑。往來覆訊，累經數官，總不能審出真情。昨日下官大略問過一堂，看那鄂秋隼不類殺人者，（點頭介）其中必有緣故。

（雜扮門子上。末）傳承刑吏進來。

（雜應，傳介）承刑吏走起。

（外扮書辦上）人皆為滑吏，我獨愛清官。

（見末，跪介）大老爺有何分付？

（末）起來。你叫什麽名字？

（外起，旁立介）書辦邢清。

（末微笑介）好個美名，自是清心寡欲的了。本府有事差你，你可細心麼？

（外）邢清理會得。

（末）如此甚好，聽吾分付。

（外）是。

【過曲·傾杯序】（末）你去往監牢那個壁廂，留着心兒訪。（外）訪那一案？（末）是鄂秋隼的拒捕傷人，那屍格離奇，見證模糊，情節荒唐。（外）這三宗要訪那一件呢？（末）則探他調奸訂約，有人知否？實言休誑。有端倪、即來花徑作商量。你去探得真供，便來報我。

（外應下。末）邢清此去，必然有話回頭。但可笑那屍格支離，不知是怎生驗的！（作閱稿介）

【前腔】〔換頭〕端詳，這供單敘的奇，腦後傷無狀。若道是刀砍斜長，二寸三分，也則要血污皮破，損骨流漿。怎麼"皮不破，血污"呢？（搖頭介）這傷痕太慌，怕烏紗、要殉牛醫葬，縱哀求憲恩寬也費周張。

（外上）那知拼命鬼，不是薄情人。

（末）邢清探得怎樣？

（外）回大老爺：邢清去到監中探得，鄂秋隼遇見卞胭脂的時節，還有他鄰居龔王氏同在門首，他却是含羞而避。

（末凝思介）哈，鄂秋隼遇見胭脂還有龔王氏同在門首麼？

（外）正是。

（末）怎樣"含羞而避"，可有接談呢？

（外低頭應介）邢清大意，不曾問得。

（末）再去問來。

（外應下。末）這其中有蹊徑了！

【賺】之子遊蕩，驀然驚見佳人兩，情景廝像。未必花心搖不癢，怎臨時又佯佯的避着，知他是作麼？教人費煞猜詳。霧遮雲障，此中定有紅娘，暗通酬唱。

（外上）並非郎有意,却是女多情。回老大爺：邢清探得鄂秋隼説,那日胭脂却是顧盼留情,他實是含羞而避,並未接談。

（末）既是如此,何以縣供無此一層?

（外）邢清問過,他説胡太爺不由分訴,嚴刑夾打,委屈承招的。他還説：胭脂賴他搶了繡鞋,以為私約之據,他也影響全無。

（末驚詫介）哈,還有繡鞋麼?（搖頭介）哼!更可疑了,再去問繡鞋現在那裡?

（外）他説繡鞋影響全無。

（末）"影響全無"? 益發要緊,快去!快去!

（外應下。末）愈問愈疑了!可恨那聊城縣呵,

【朱奴兒】也不管啼冤叫枉,疑難案覷作平常,刑逼供招敢上詳,你難道變了心腸!（徘徊介）行思想,情真罪當,總在那鞋兒上。（低頭想介）若從繡鞋究去方能坐實。

（外上）回老大爺：邢清探得,繡鞋實係影響全無。

（末點頭介）罷了!（升座,書簽介）邢清,你且住聊城縣,提取草卷上來。

（外接簽,應介）奉簽提草卷,曳履出花廳。

（下。末執簽付雜介）門子,你將此簽密令幹差去聊城將龔王氏拿來。

（雜應,接簽下）

【尾聲】（末）心機費盡心難放,人命事須求無枉。雖是那邢清探得清楚,我這裡一宗一宗還要訪。

（下。貼上）

【仙吕過曲・木丫叉】寂寞空房似水,雲收雨歇,花殘粉碎。天涯有婿若金龜,問刀環何年唱你? 奴家龔王氏,丈夫杳無音信,全仗宿郎照顧。可巧自從卞胭脂家出了命案,他總没見來,好生奇怪。難道鄂秋隼真是他約去的不成? 怎樣鄂秋隼又將卞牛醫殺死? 真不可解。卞家母女打官司去了,沒處打聽。待我往鄰舍人家去探探,帶着訪訪宿郎。（行介）浪子遊蹤癡似鬼,搜柳尋花夜不歸。（想介）莫非為卞家的那樁逃避,則索要暗地留心打聽伊。

（雜扮二差役潛上）那廂就是年少女人，待我問來。（問介）大嫂，借問一聲。

（貼見，驚介）你們什麼人？問什麼？

（雜）我們從口外來，替龔大捎了書信，要見他女人的。

（貼喜介）哈，龔大有書信來了，交與我。

（伸手要介。雜）且慢，你是誰？

（貼笑介）我麼，就是他女人。

（雜）真是龔王氏麼？

（貼）難道有假不成！

（雜出鎖，鎖貼介）來得巧，快隨我們去！

（副潛上，驚見，閃下介。貼）奴家並沒犯法，鎖往那裡？

（雜）到了濟南府就明白了。

（扯貼，譚下。副上，四望介。貼）嗳喲喲！嚇煞哉！分明兩個差人將龔王氏鎖去，只怕就是我毛——（回顧介）就是我毛大殺了卞牛醫的那樁事拘牽出來了。（搖頭介）哼，有些不妙！（出繡鞋看介）待我將此禍根尋個地方藏起來，逃亡別處安神便了。正是：天涯到處尋生路，地角何方掩禍根？

（下。內吹打，眾扮書役，引末升堂介。末）職守黃堂重，銘心白水清。覆盆冤待雪，秦鏡最分明。下官吳南岱，昨日訪得鄂秋隼一案，頗有端倪，已將龔王氏拘到，今日當堂審訊。（顧左右介）將卞胭脂帶上來。

（雜應，傳旦上，跪介。末）胭脂，你與鄂秋隼初見的時節，可有外人同着？

（旦）沒有。

（末作色介）噁！訂約的事情可有外人知道呢？

（旦）也沒有。（末怒介）本府已盡知之，你還狡展。扯下去打！

（末抓簽，眾呵堂。旦懼，求介）求大老爺饒恕，小女子供就是了。

（末）從實供來。

（旦）小女子初見鄂秋隼，原有龔王氏在場，却與龔王氏無干。

（末）怎麽與他無干呢？

（旦）後來鄂秋隼黑夜到小女子家調奸訂約，搶了繡鞋，他却一字不知。

（末點頭介）果有繡鞋麽，在那裡？

（旦）縣裡太爺問過，他説没有了。

（末）你且下去。

（旦下。末）帶龔王氏。

（雜應，鎖貼上，跪介。末）龔王氏，卞胭脂與你鄰居？

（貼）對門鄰居。

（末）殺人的事你可知道？

（貼）小婦人不曉。

（末怒介）噁！胭脂説殺其父者你盡知之，還敢隱匿麽？扯下去打！

（貼急呼介）大老爺息怒。小婦人雖有説媒的話，原是戲弄他的。不料他自害相思，致引奸夫入室，與小婦人何干？

（末點頭介）你既戲弄他，自然替他説合過了。

（貼）實實没有。

（末）既没説媒，焉有奸夫入室！一定是你對外人説了。

（貼懼介）並、並、並没對外人説過。

（末冷笑介）本府看你行為，斷非良善，不用大刑，諒你不招。（顧左右介）將龔王氏拶起來！

（衆拶貼，貼呼痛，求饒介）大老爺饒恕，小婦人實供便了。

（末）放下來。

（衆放，貼伏介）回大老爺：卞胭脂為想鄂秋隼，害了相思的事，小婦人只對同里秀才宿介説過。宿秀才到他家去不去，小婦人不知道。

（末點頭介）宿介現在那裡？

（貼）他聞得小婦人被拿，也來城隍廟裡，暗中照應。

（末）如此甚好。

（書簽，付役介）快去拿來！

(役接簽下。末)喚胭脂上來。

(旦上,見貼,驚介,上跪介。末)胭脂你先前說龔王氏並不知情。

(指貼介)哪、哪、哪!龔王氏現在丹墀,他供你害相思,他戲說替你為媒,可是真麼?

(旦哭訴介)呀,大老爺!並非小女子欺蒙,皆因自己不肖,致傷父命,亦已罪不容誅,若再連累旁人,更覺於心不忍,故而蒙蔽,求大老爺寬恕!

(末點頭歎介)好個血心女子。

(役執簽,拘丑上,報介)宿介帶到。

(眾推丑上,跪介。末)宿介,你圖奸拒殺的事破了,從實供招。

(丑)生員只知讀書,並不知什麼圖奸拒殺。

(末冷笑介)龔王氏已將原委說得清清楚楚,你還抵賴麼?宿妓者斷無良士。不用大刑,諒你不招,夾起來!

(眾扶丑上夾棍,丑負痛呼介)生員供就是了。

(末)鬆刑。

(眾松夾棍介。丑)生員聽得龔王氏說,卞胭脂想著鄂秋隼,生員就起意冒名入室,圖奸不成,搶了繡鞋訂約,這是真情。後來並不曾去。殺人的事實不知情。

(旦背點頭介。末)胭脂。

(旦)有。

(末)搶繡鞋的人在此,你去認來。

(旦)大老爺,那夜房中並無燈火,小女子並沒有見面,聽這音聲就是他。

(末笑介)怎賴鄂秋隼呢?

(旦低頭不語介。末)宿介,你冒名圖奸是實,殺人自不誣了。快快招來,免受刑。

(丑)生員並沒殺人。從何招起?

(末怒介)踰牆者何所不至,豈但圖奸而已!(顧左右)收起來!

(眾收繩,丑負痛呼介)老公祖饒恕,生員畫供。

（末）放下來。

（眾放，丑伏畫，遞供筆，丑畫呈上介。末）還有繡鞋，也要拿出來備案。

（丑）繡鞋實是那夜遺失了。

（末）美人之貽，你必愛如至寶，豈有遺失之理？

（丑）老公祖不信，請問龔王氏便知。

（末）龔王氏，你怎知他遺失了？

（貼）遺失是真，小婦人還替他尋過。

（末）既然遺失，只好供單敘一句便了。（顧左右）帶鄂秋隼。

（雜推生上，見丑、貼，驚詫介，上跪介。末）鄂秋隼，圖奸拒殺的事，都是你的朋友替你代勞，如今明白了，本府與你詳明學憲，開復功名，你回去好生上達。

（眾開生鎖，生叩頭介）多謝老公祖，辜生感恩不盡矣！（起立，指丑、旦，背介）良友無端偏陷我，美人何事故留情？（下。末顧左右介）將龔王氏、卞胭脂一併發官媒管押，聽候擬罪。宿介即行斥革收監。

（雜）曉得。

（雜領旦、貼分下。末）掩門。

（眾吆堂，隨末退下。禁卒拘丑同吊場介。丑跌足介。禁卒）不要跳通臺板，還要唱戲呢！

（丑）冤哉枉也！止就冒名訂約一事誣我殺人，好生不服！罷了！且進監中，作他一狀，哀求學憲，看是如何結局？正是：

　　翻悔從前誤盜名，並無實事但虛情。

　　而今弄斷頭顱柄，（禁卒）但願（你）頭顱斷不成。

（張評：層層駁飭，無一筆不精緊，無一語不沉著。一科一白，經營盡美，處處傳神。自有此作，《釵釧》之"大審"當遜一籌矣！情節較原傳更勝。觀其前後，無一筆不關顧，無一筆不精妙絕倫。讀至此折，必謂再無從翻矣，孰知別有洞天。真奇文奇事，烏得而不傳？作者將與留仙、愚山鼎足而三矣。）

第十四齣　鏡　　冤

（雜扮各色鬼判，登塲引路介。末扮城隍上）

【北黃鐘·醉花陰】陽世人多似飛蠓，擠入陰曹更攏。古今怨鬼無窮，都安置在海外山中，不許輪回亂種。衆鬼頭！

（衆應介。末）前面一帶宮牆是何所在？

（衆）那是聖廟。

（末）呵，

【喜遷鶯】正氣轉洪濛，心傳與三皇五帝同。配享有顏曾思孟，文章政事之宗。尊崇，廟貌隆，萬世君王拜下風。遠望中，宮牆數仞，變化猶龍。

（升座介）吾神濟南府城隍是也。今日中元佳節，奉上帝之命，巡視人間善惡，稽查地域孤魂。適從四境查來，幸無怨鬼。

（淨扮卞牛醫鬼魂潛上，颺下。末）哈，堂下是何方怨鬼，閃爍而過？快去查來！

（鬼役應，拘淨上，跪介。末）你是何處孤魂？

（淨）啓爺爺：小的是東昌府聊城縣卞牛醫的鬼魂，生前被毛大殺死，冤尚未伸，偶爾飄流到此，求爺爺做主。

（内鳴鑼呵道介。末）那廂文曲星來也，你這奇冤指日可伸矣，速往森羅殿上，聽候輪回便了。

（淨）領均旨。

（下。外扮施愚山，冠帶，雜扮輿從、門子，上）

【出隊子】（衆）前呼後擁，這其間無限榮。金瓜玉斧響丁東，繡虎旗飄四面風，宦氣淩人生懼恐。

（丑扮道人出迎，外進，詣神前，行禮介）信官施閏章，心香一瓣，禱告神靈，祝天子萬年，民安物阜。

（雜贊禮畢介。内呼"大人伸冤"介。外聽，問介）哈，外面何人叫喊？前去問來。

（門子）是。

（向內問介）下面何人喊冤？

（內應介）東昌府聊城縣學生宿介叫冤。

（門子轉介）禀大人：東昌府聊城縣學生宿介呈詞接上來。

（巡捕接呈，呈外，念介）"具狀人抱告，義僕為家主生員宿介冤無可訴追叩求伸事。"（細閱，沉吟介）是呀！當其冒名逕入，認胭脂之臥室而無訛，豈有赴約重來，款牛醫之窗格而自誤？（凝思介）訂約並無燈火，搶繡鞋者比且疑非鄂郎；圖奸縱有聲音，奪刀斧者又安見為宿介？（點頭拍案介）巡捕，你去按察司衙門說：聊城縣生員宿介一案，今有人來上控，本院原可移諮過去，但事關學校，本院要借審一審，請臬憲大人可否將人卷一併送來。

（巡捕應，欲下介。外）回來！

（巡捕）大人，有何吩咐？

（外）這裡面還告著濟南府承審不實，你也請了吳大老爺過來會審便了。

（巡捕）理會得。（下）

（外）義僕，呈詞收下了，與你無干，回去罷！

（雜叩頭介）謝大人。（下）

（外）打道回衙。

（眾應行介）

【節節高】（外）鬼差神使，遞來冤訟。伊誰太猛，幾乎斷送？論是非，衡輕重，怕正凶，颺的全無影蹤。

【尾聲】則怕要問城隍，告借牛頭夜叉用，各處的捕影追風。城隍，城隍！你莫要放一幅冷飀飀面孔。

　　　　　默禱神明祝萬年，忽然飛下覆盆冤。
　　　　　胸中握定燃犀鏡，鐵案從教徹底翻。

（張評：此一折補《聊齋》之缺。由鬼而神，由神而聖，由學院而巡捕，由道人而抱告，無一非秀才之護法。觀其冤狀，至情至理，即非名士，亦當援手。誰謂愚山衵護耶？）

第十五齣　廟　判

（場上設轅門一架，豎額書"山東提督學院"，旁列"賜進士出身""刑部郎中""肅靜""回避"各等牌並執事。老旦提食籃上）

【南商調引子·風馬兒】夫主身亡未一年，伸冤事，竟茫然。其凶徒真假難分辨，害得我，拋家撇室，拖累在衙前。老身卞氏，丈夫卞牛醫，那夜分明聽得鄂秀才將他殺死，縣裡太爺審得明明白白。前日濟南府吳大老爺復審，却不是他，又是龔王氏的相與宿秀才冒名扢殺的，業已定罪。不知宿秀才怎樣在學院衙門翻控了。聞得大人今日提審，不免往官媒家去看看女兒，探探消息。咳！愛女心無盡，傷夫痛有餘。（下。）

（雜扮皂隸、書辦、門子，引末扮吳南岱上）

【北雙調·川撥棹】每日價事情多，官場中誰似我，撫字催科，四路奔波。（見轅門，下馬介。皂隸分下。書辦、門子隨末由轅門下。雜扮解役，拘宿介赭衣上。雜）但不知施大宗師可是你的救命天尊？（宿介）不管他，便是森羅，也要求他。

（同由轅門下。淨扮官媒牽貼、旦上。淨）快走些，犯人都進去了，你們還慢慢的！

（貼）為什麼牽連着我？

（旦）看翻案是如何？

（同由轅門下。雜扮四軍夜，持鞭棍，由轅門內上。內吹打，放炮。淨扮門軍上，封門，分付介）大人封門審案，你們須要小心把守。

（雜應介）是。

【南商調·黃鶯兒】（老旦忙上）離了府衙前，急忙忙，到憲轅。（撞轅門，眾打介）什麼人？好大膽，敢撞轅門。（老）列位住手，老身是卞牛醫的女人。方纔往官媒家去看女兒，説已經到了這裡，故而趕來撞門。列位方便些，讓我進去。（眾笑介）這老婆子吃了通草，放的輕鬆屁。學院衙門讓你進去？好大頭，退下些！（推介。

老)不要推,老身是案內人。(衆)誰管你內人外人,我們不與你作夫妻。(老)老身是屍親。(衆)說私情麼?(伸手介)拿錢來,放你進去!(老)呵,要錢麼?可笑你皂頭心是烏梅變,瞞官詐錢,欺民騙錢,閉關由你將供串。忒專權,如狼似虎,欺負我衰年。可恨這廝,硬不要我進去,也不知裡面怎樣了?

（內吆堂,打板子,貼哭啼介。老驚聽介)呀?是女人的哭聲,只怕是胭脂挨打了。(哭介)

【前腔】一片哭聲喧,揣情由,是叫冤。竹聲敲得皮聲顫,兒身痛穿,娘心恨煎。大人難道存偏見?護生員,搜根徹底,追究那圖奸。咳,疑他則甚!我兒與宿秀才並沒有奸,怕他問麼?

（內喧嘩,開角門介。老喜介)好了,開門了!

（四役持火簽、鐵鍊由角門出,急下。仍封門介。老見,呆介)呀!這些人好像去拿人的。(想介)還有誰呢?哈,莫非還是鄂秀才殺的,拿他來復審麼?但是吳大老爺審得清清楚楚,難道又錯了不成?鄂秀才,鄂秀才!

【前腔】我看你風致自翩翩,論家聲,美少年,幾乎屈死在聊城縣。獸容可憐,癡情可原,那人不像凶神面。怎糾纏,三番兩次,還要你來前?

（衆鎖副扮毛大、雜扮張甲、李乙上,叫門介)開門,開門!人拿到了。

（內開角門,衆擁下,仍封門介。老驚詫介)哈?這三個人中並沒有鄂秀才,難道另有一案麼?

【前腔】這一班紅帽綠頭簽,把三人,一鏈牽。面生不像平常見,唇歪鼻偏,頭尖臉圓,覰他形狀非善良。怎拘連?難道是江洋大盜,招審到臺前?到底不放心,待我問一聲。

（隔門問介)把門的爺們,借問一聲。

（內應介)問什麼?(老)方纔進去的那三人是那一案的?

（內)那三人就是胭脂一案的。你問他則甚?

（老背介)這又奇了,案內那有這幾個人呢?

（內打板子,叫冤介。老驚詫介)怎又打起來了?(歎介)咳!

【尾聲】文場也似森羅殿,只聽得鬼哭神號聲振天。你難道要用盡非刑不顧冤? 天色晚了,還不開門麼?

(內呵道、退堂、吹打、放炮開門介。老觀望介。解役牽丑由轅門出介)好了,好了! 宿介有了命了! (笑下。)

(老)怎這秀才歡天喜地地出來了?

(官媒拘旦由轅門出,貼負痛隨後出。老旦見旦,問介)我兒,受苦了? 官司是怎樣審得?

(旦)呀,母親! 幸虧大人審得細心,(指貼介)從王大嫂身上,問出三個人來。

(役拘毛大、張甲、李乙由轅門出。譚下。旦指介)哪、哪、哪,就是這三個人,大人說殺人的不出他三人之外。

(老)怎見得呢?

(旦)大人刑訊他總不招。

(老)原來是打的他們。起先還打誰來?

(旦指貼,貼低頭不語介)因他不肯說出實情,大人打他,纔供出那毛大、張甲、李乙三個出來。

(老)哈,原來拿進去的就是這三人。如今往那裡去?

(旦)大人說往城隍廟裡去審殺人的,城隍爺當指出來。

(四役從鬼門持"濟南府"燈籠上)閒人讓開! 大老爺出來了。

(內傳伺候介。淨催旦、貼介)不要勞叨了,快往廟裡去等着罷!

(旦)母親也去看看。

(老)自然同去的,自然同去的。

(淨拘旦、貼先下。老)可笑,可笑! 堂堂生學政,反求赫赫死城隍。

(下。書辦、門子引末由轅門上,四役執燈前接介)

【北雙調·七兄弟】(衆)守他,候他,二更多,把燈籠火把都燒破。掩旗曳傘不鳴鑼,非關懶,皆因餓。(下)

(雜扮輿從,各執學政官銜燈籠由轅門出,繞場下)

【前腔】(雜扮門子、巡捕引外扮施愚山,由轅門上)這麼,那麼,喜無訛,把情根徹底都參破。留些蒂蒂與閻羅,將陰法,拿毛大。

(下。雜扮鬼判,引城隍上。城隍升座介,旁設虎頭門一架。雜扮胥吏、衙役,各執濟南府官銜燈籠,引末上。雜扮老道,出迎進介。末顧左右,問介)人犯可曾到齊?

(書辦)俱在廟旁伺候。

(末)大人一到,即來通報。

(門子)理會得。

(末虛下。輿從仍前執燈火執事,引外上。末出迎,進廟,同拜神介。拜畢,外升上座。末參見畢,旁坐介。外)帶毛大、張甲、李乙上來。

(役應下,拘毛大、張甲、李乙同上,跪介。外)你們三人各懷狡賴,本院將你們帶到此間,放進虎頭門去。(指介)裡面自有鬼神,殺人者必書其背,爾等防着便了。

(毛、張、李)我們並沒殺人,就進去不怕他。(眾推毛、張、李入虎頭門介)

【大喜人心】(末)凶徒凶徒奈我何?任你躲,任你躲,神能摸。殺人者誰饒過,虎頭門有鬼摩。開了虎頭門,放他們出來。

(眾應,開門,喚毛大、張甲、李乙出,上跪介。毛大背着黑煤,眾見驚介)稟大人:這毛大背上一片黑隱隱的,不知是什麼東西,請大人詳視。

(外、末喜介)果有黑字麼?

(眾)有字,小的們認不清。

(外、末同出座,細看,念介)"殺人者毛大也"、"殺人者毛大也"。

(外、末喜介)天理昭彰,正凶得矣!(仍升座,問介)毛大,神靈已書爾背:"殺人者毛大也",還有何詞?

(毛匍匐介)實是小人一時之誤,將下牛醫殺死,求大人施恩。

(末)你是怎生誤殺?也要說個明白。

(毛)小人那夜在龔王氏家去拿宿秀才的奸,不料走到門口就拾了一隻繡鞋。聽得裡面有人說話,小人就閃在一邊。聽得說起繡鞋,是宿秀才冒鄂秀才的名搶來的,因而又冒名往卞胭脂家去。不料走錯了路,被卞牛醫拿刀趕出,一時情急,奪刀殺了,這是實情。

(末點頭介)繡鞋今在那裡?

(毛)小人藏在望岳樓天花板上。

(外)為什麼不毀了,藏起則甚?

(毛)小人也想將他燒了,就像有人勸我留著,總不肯丟,故而藏起。

(外點頭介)吳太守,速速遣差前去,將繡鞋尋來。

(末應,書籤,遣差下。末)案情已定,請大人擬罪。

(外)照依黑夜入人家拒捕傷人例,擬個斬監候罷!

(末)大人明鑑,極是。

(外)帶去收監。

(禁卒鎖毛介。毛)沒向牡丹花下過,雖然作鬼不風流。

(下。外)張甲、李乙无干,省釋。

(張甲、李乙叩头介)謝大人。送他柴米还拖離,怪底人間沒好人。

(下。外)帶鄂秋隼、卞胭脂。

(雜喚生、旦上,跪介。外)胭脂。

(旦)有。

(外)你父之冤已經審實,是毛大抵償。你也有罪。

(旦叩頭介)求大人施恩。

(外)也罷,仍將你斷與鄂秀才為妻如何呢?

(旦伏不語介。末)看他羞羞澀澀,大人作美,豈有不遵之理!

(外笑介)就煩閣下為媒便了。

(末)是。

(外)鄂秋隼,你可情願呢?

(生)大人容稟:這女子陷生縲絏之冤,豈可結絲羅之雅?

(外)前情不必記起了,聽本院分付:

【醉春風】前事已消磨，那須長恨他，而況是平地起風波？都沒錯，女貌男才，一時佳話，盡堪配合。

（末）大人，據卑府看，他二人各各有心，羞於答應，這事交卑府成全便了。

（外喜介）如此甚好，就煩太守主張。鄂秋隼，你們謝過吳大老爺，下去罷！

（生、旦叩謝介，分下。外）帶宿介、龔王氏上來。

（雜拘丑、貼上，跪介。外）宿介。

（丑）生員在。

（外）冤替你伸了，衣衿也就開復。但是你與龔王氏和奸有年，例應科罪。

（貼叩頭介）小婦人再不敢了，大人寬恕。

（內問末介）他二人應科何罪？

（末）止要大人施恩，可以從輕發落。

（外沉思介）也罷！聽本院判來：

【間金四塊玉】這婆娘不是本分貨，逢遭着秀士風魔，纔致得招來這場禍，要將你塞海填河。本院本當辦你，姑念宿介書愚，王氏蠢婦，從輕發落。罰你們與鄂秋隼充當三日之奴，替他照料成親喜事。去罷！

（丑、貼叩頭謝介）這是風流罪過，我們情願當。（譁下。）

（外）吳太守，你可記得去年月課卷子的事麼？

（末凝思，驚介）是呀，大人是"賢賢易色"一章題目，鄂秋隼以學為主，宿介以色為主，一奇一正，却應在今日。

（外）天下事莫非緣定，你我真兩生之護法也。（起行介。眾輿從繞行，先下）

【減字木蘭花】（外、末合）詞人巧計多，那更仗閻羅？目中勘定人之錯，便平反，鐵案又如何？

（老道送下，老道吊場介）你看施大人竟將吳大老爺審定的那一宗鐵案，憑着城隍爺，奇奇怪怪的翻過來了，真奇事也！

　　　　鐵案如山未易反，無端設立虎頭門。

此中幸有蓮花瓣，鎮住冤盆不再翻。

(下。鬼判、城隍徐下)

(張評：此折前半，描寫卞媼打聽翻案，情節忽疑忽信，忽悲忽喜，超神入化。詞朴調高，介白一新，脫盡許多大審科白，飄飄欲仙，已非凡筆。入後排場佈置，歷歷如繪，處處摹神，令人如入山陰道上，應接不暇。披讀一通，想見其心花怒放，得意疾書之樂也。

原傳並無繡鞋藏在某處之說，作者翻案，將繡鞋從毛大口中說出現藏某處，即刻差尋，並究其何以藏而不毀之故。的的確確，則此案，情真罪當，而毛大無冤可叫矣。尚刑名者必賞鑑之！)

第十六齣　送　　親

(場上設花園一所、亭一座、額書"錦秋亭"。小生儒服上)

【南仙呂過曲・月兒高】近水亭臺秀，回欄護花柳，浪靜平如鏡，照見離人瘦，(歎介)想我鄂秋隼，被卞媽媽害得死裡逃生，幸蒙吳太守搭救，也就感恩不盡了。又蒙施大宗師將胭脂斷與我為妻，爭奈是縲絏冶長羞，何堪締婚媾？却難得吳太守作美，為我覓下這錦秋亭，趁今日中秋佳節，送親過來。我想空囊如洗，這喜事如何辦法呢？可恨我洞房花燭夜，挪不到金榜題名後。雖有宿兄和龔大嫂也在這裡幫我照料，止是天已黃昏，毫無預備，怎生是好？

(徘徊介。丑扮家人上)是日也，秀才娶親，朋友化為奴。(見生，垂手旁立介)相公請升座，奴才叩見。

(生驚詫介)呀，宿兄！你是怎樣了？

(丑)奴才伺候主子，理應如是。

(生)這、這、這是什麼話？宿兄，快不要如此。

(丑)施大人當堂吩咐，罰為三日之奴，怎敢不遵呢？

(生笑介)雖是大人公斷，你我至交，盡可不必。

(丑得意介)鄂兄講交情麼，小弟就放肆了！

(生)宿兄不要取笑了。今日已是中秋佳節，吳太守說送胭脂過來。開門七字，一件俱無怎生是好？

（丑笑介）鄂兄原來因此納悶，請放寬心。方纔吳太守專人來說，妝奩花轎立刻就來。（出銀介）哪，還送了二十兩銀子，以備酒席之資。

（生）如此多情，令人感激。

（內吹打，丑聽介）吹吹打打的，想是新人到了。新郎快去妝飾起來！

（生）檢點詩囊無長物，只留佳句賦催妝。（下）

（丑向內叫介）龔大嫂快來！新人到了。

（貼上）不識罰為奴婢後，可容奴婢學夫人？

（見丑，譚介）新人還沒到，你忙什麼？

（外扮門子持貼，引雜搬妝奩、帳、被上。外見丑。揖介）宿相公，鄂相公在麼？小人奉吳大老爺差來送妝奩的。

（丑）新郎在後面更衣，交與我們便了。

（遞貼，丑接介。雜搬進，貼接下。丑）費心了，請二爺後堂敘茶。

（外）不坐了，花轎就來，你們快些安置罷！

（外、雜下。貼、丑安置床帳、鏡臺介。雜扮儐相，鼓吹旐幟引旦袱頭綵轎上，貼扶旦出。丑向內喚生上。儐相、贊禮念吉語四句。生、旦拜花燭，拜畢。丑、貼讓眾分下。丑、貼執燈送生、旦進洞房。貼去旦袱頭介。丑）二位新人請安置罷！我們皮條客也去歇息歇息。

（貼）啐！你作皮條客，不要攀扯我。

（各回顧，作暗約，分下。內起更介，生稟燭照旦，旦含羞介。生微笑介）小娘子為什麼害起羞來？可記得你在公堂之上呵，

【月兒高】怒容如鬥，聲聲秀才某，約定黃昏後，而今是否？可笑你誤阮為劉，拖得我苦嘗夠。把一個簪花客，當作了偷花手。

【渡江雲】你與我前世冤緣今世仇，反背蓮花難並頭。

（旦）鄂郎，你不消埋怨哪呵！

【前腔】非是我年幼閨秀，甘心訟庭走。都只為殺父仇如寇，免不得跟隨母后，露面拋頭，公堂上去分剖。（生）為父伸冤也難怪

你,怎説是我殺的呢?(旦)只怪你交遊濫,引得那衣冠獸,冒認關雎歌好逑,幸我心堅詠柏舟。

(内打二更。生笑介)説到此間,更可笑了!你為什麽與那宿介呵,

【一盆花】暗昧頗難根究,怕蓮花一瓣,是贈非偷。託為紅葉御溝流,保不定雨翻雲覆。縱然分訴,有些害羞,有些怕醜。便算你碧玉無暇,也難將就。

(旦)呀,更説得奇了!

【前腔】此話教人難受。便狂奴入室,賣弄風流,那曾真個女和牛?你誣我子虛烏有,萬年遺臭。果真是仇,果真是寇,悔不盡一見情留,誤抛紅豆。

(内打三更介。生)你還視我如仇,我更不願了!(作開門,玩月介)花陰寂寂,好明月也!

【前腔】滿徑月明如畫,看花陰寂寞。作弄中秋。(内吹笛介)誰家玉笛倚高樓?我且往錦秋亭右,聽羽衣仙奏。(下。旦)你看他竟自去了,果真是仇,果真是寇,悔不盡一見留情,誤抛紅豆。

(掀帳下。内打四更介。丑潛上,側聽介)

【前腔】聽盡銅壺更漏,趁欄杆曲折,閃着身遊。怎麽龔大嫂還不見來?難道他閨中少婦不知愁?儘憨睡教人獃候。(下。生上)水邊行走,驚鷟夢鷗。(内學犬聲介)遠聽吠狗,不識那天半嫦娥,此時睡否?

(亮畔徘徊介。貼潛上,探望介)

【前腔】一夜無眠難受,羨文簫帳裡,軟語溫柔。(生遠見,驚詫,背介)那厢隱隱的好像龔大嫂,待我閃在亭西,看他則甚?(貼)可憐他,相親相近水中鷗,那似我有奇無偶。(見生閃爍,問介)宿郎,你遮遮掩掩的作什麽?我這裡待君良久。(尋生調戲,生掩面不語介。内打五更,丑潛上,見驚詫介)是誰太羞,是誰太醜?在那裡倒鳳顛鸞,雲雨翻手。

(沖散介)哈,鄂兄,鄂兄!你怎又調奸奴婢了?

(生笑介)宿兄,不必吃醋,小弟並沒沾染,你去問他。

（丑對貼羞介）你為什麼偷起家主來了？

（貼怒介）啐！你往那裡去了，我當是你。

（丑）喲，原來認錯了，難怪難怪！

（轉介）鄂兄，放着新人不合卺，來檢這浪便宜則甚？

（生）一言難盡，我們坐下談講。

（丑）使得。

（内止更介。敘坐介。丑）鄂兄，新人得意麼？

（生微笑介）以我為仇，有何得意？

（貼）他去年見你便害相思，怎今日反為起仇來呢？

（生）真害相思麼？

（丑）咳，不害相思，小弟如何冒名而去？

（生）正要問老兄，冒名訂約，那繡鞋還是他送你的，還是你偷來的？

（丑）小弟說來你也不信，問龔大嫂便知端底。

（貼）問我麼，都是你去年春季打從他門前一過，

【前腔】他便是一併慚慚消瘦。（生）怎見得是為我呢？（貼）我從中覷破，眼角情留。（生）既是他有意留情，大嫂何方作伐？（貼指丑介）我原是托他傳語約牽牛，怎奈是鵲橋偷渡，愛新忘舊。（丑譚介）你說我愛新忘舊，你方纔怎樣的？（貼）啐！（生）宿兄，龔大嫂說你愛新忘舊，只怕和胭脂有甚勾當麼？（貼）這倒不要屈他，想成並頭，未曾到手。（生搖頭介）我終不信。（貼）我替他一炷心香，對天鳴咒。

（生）當真麼？

（丑）若有苟且，天誅地滅。

（生）這就罷了，何須起誓。

（内鳴鑼、呵道，丑聽介）一片鑼聲，想是吳太尊道喜來了。

（貼）待我替新人梳洗去。

（下。雜扮輿從，淨扮門子，捧冠帶，引末捧聖旨上）新婦繡鞋纔覓得，好官紗帽忽飛來。

（生、丑迎介。末）鄂秋隼接旨。

（生跪介。丑背介）呀，怎秀才奉起聖旨來？難道免歲考麼？

（末讀介）旨准：山東學政施閏章保奏，生員鄂秋隼品學素優，因胭脂一案，險遭不白之冤，甚屬可憫。聊城知縣承審不實，照例降調。所遺之缺，即破格施恩著鄂秋隼補授，本籍亦無庸迴避。欽此。欽遵。謝恩。

（生叩謝介）多感恩師提拔，門生叩謝。

（生拜，末答揖介）這是賢契遭逢，老夫與有榮焉。但願你夫婦和諧，同修德政。

（丑打恭介）稟大老爺，他們夫婦昨宵並未成禮。

（末）哈，這是為何？

（丑）各懷前恨，口角參差。

（末）鄂年兄不可執意。（出判單介）這是施大人的評語，你拿去細細看來。

（生接看介。末顧丑介）請新人出來，老夫還有話說。

（丑喚貼扶旦上，叩謝介。末出繡鞋介）卞小姐，繡鞋尋著了，還你。但願同偕到老，不可再記前愆了。

（貼接，轉交旦介。丑、貼）多蒙太守一片婆心，新人快快更衣叩謝。

（生、旦換衣同拜介）

【桂枝香】（生、旦合）師恩高厚，師恩高厚，垂青破格栽培，保護雙雙佳偶。願生生世世，生生世世，介君眉壽。（丑、貼）我們蒙大老爺從輕發落，也該叩謝。（同拜介，合）從前之咎，感公侯，薄譴為奴婢，衣衿蒂尚留。

（末）你們當秀才的須要各安本分。

（丑）是。

（末）聽吾吩咐：

【前腔】臥碑能守，臥碑能守，郎官七品何難，立刻上應列宿。但才宜製錦，才宜製錦，有為有守，毋貪銅臭。盡風流，不礙神仙吏，依然政府修。

（眾送末下。丑、貼對生、旦揖介）恭喜恭喜，從此富貴團圞，夫妻和樂了!

【前腔】(丑、貼合)從前仇寇,從前仇寇,皆因白虎騰蛇,飛度紅鸞星右。而今過了,而今過了,鴛鴦仍舊,不須歸咎。我們羞,替你當奴婢,將來怎出頭?

(生、旦)你們之錯,也不提了。

(丑、貼)慚愧慚愧。

(旦)還要奉煩龔大嫂,替我去請了母親,一同赴任去者。

(貼)這個自然。

(生)宿兄,你也該同我去叩謝施大人者。

(丑)活命之恩,理當叩謝。

【前腔】(生、旦合)因緣天就,因緣天就,但憑一笑相逢,便自情絲牽藕。喜三翻四覆,三翻四覆,恩星相救。還蒙君后,賜封侯,令尹聊城縣,令榮歸抵狀頭。

【尾聲】從今後,種潘花,栽陶柳。傳些高調遏雲頭,做一個臥治弦歌言子遊。

繡鞋蹤跡費疑猜,鐵案重翻亦快哉!
美女如花爭結果,書生不腐總成材。
官場似戲看難盡,鬼蜮迷人解莫開。
歌罷愚山聽見否?一樽酬對早春梅。

(張評:此折生、旦團圓之劇,演得委婉曲折。牽丑、貼為陪客,引太尊為嘉賓,捧聖旨,出判語,還繡鞋,種種奇觀,令人叫絕。繡鞋是緊要物件,却順便帶還,何等省事,何等着眼!良工苦心,識者鑒之!

通讀全部,筆墨陶鎔,毫無斧鑿之痕。選詞佈格,脫盡恒蹊;說白插科,皆臻妙境。何止壓倒笠翁,直欲追步尤、夏、湯、蔣諸公也!

作者心殷民社,斷非因絲竹中年之感發而為奇文者,殆欲普天下賢令尹,借鑑於聊城縣耳!費煞苦心,何止逢場作戲耶?)

附錄《胭脂舃傳奇》序

序　一

世所貴乎守牧令者，非謂奉事上官，徵收正賦，籌災賑於水旱，嚴保甲於城鄉為足難也，聽訟最難。聽訟之難者非謂田土婚姻之互控，鼠牙雀角之紛爭，一訊可得其情，片言足服其志。之為難也，人命最難。其在鬨起，立談爭毆，以致禍者無論已。如或因謀財而殺，或因洩忿而殺，或因奸淫而殺；鬼蜮之伎倆既蓄於平時，走險之陰謀復生於事後；甚至變白為黑，李代桃僵，不可以一端竟者。此雖明察，慈惠之吏，猶恐差以毫釐，謬以千里；而況濟之以貪，乘之以酷，又深以予智自雄之心，蓋不至草菅人命不止耳！歷稽史籍，良吏之聽訟者夥矣，下至稗官野乘，雖所載每涉於奇，中皆足為考鏡之資。嘗閱山左蒲留仙《聊齋志異》，記讞獄者凡數事，惟施愚山先生提學山左平反胭脂一獄最為奇確。雖削瓜之聖，何以加茲？夫先生起家京職，未嘗一日親有司之任也，且提學亦無問刑之責也，而乃慎重若此，明決若此。由此慈祥愷惻之念積於中，格物致知之學裕於素，於以體皇帝哀矜庶獄之懷，垂牧令摘伏懲奸之法。使海內恒河沙數善男信女，萬萬世屍而祝之，頂而戴之，不足以酬其功德也。第以憐才若渴之意稱之，淺矣！予友李君雲生，以名孝廉出宰關內，所至有聲。茲權篆鄂杜暇日，製《胭脂舃》傳奇十六齣示予。予惟雲生大才犖犖，於書無所不讀，於藝無所不精，固非徒以倚聲見長者。乃其立身接物，於愚山先生有獨契焉。以愚山之心為心，即以愚山之政為政。將見邑無冤民，案無留牘。頌父母戴神君，與古循良媲美。用副聖天子特達之知，其端具見於是。若夫裁雲製霞，薰香摘豔，讀其曲者，想見玉茗風流；播諸梨園，自可傳之永久焉。而予所重乎雲生者，則在彼，而不在此也。因書所見以附於簡端。

龍集道光二十二年，歲次壬寅孟秋月下浣，
綺漢愚弟許麗京拜撰

序　二

　　夫銅君燭膝，澄波不澈於碧紐；蔓畦納繢，素李每代夫絳桃。犀雖燃而水宮莫開，弧既張而鬼車忽至。劫沉黑海，冤化青燐，夥矣，酷矣！山左蒲留仙作《胭脂傳》，活萇弘之碧血，補靈芸之唾壺。薏不混珠，鹿豈指馬？乃宣城施愚山先生督學時公判也。其鄉後學李雲生大令，作為傳奇，竹肉既翕，情文益永。疊芳軌於宿學，鑒細行於士林。桑落喜其未耽，璧全尚爾可返。揆厥風旨，大有政心。僕同梱簿書，聯襼鐺竈，絲竹感於中年，歌篇悔其少作。南天迢迢，笛師且老；北里寂寂，箏人不來。欲顧而舊譜，半忘遺情；而結習尚在，姑付殺青，緩俟譚白。

　　　　　　　　　　　太倉周賡盛雨蕉甫拜序

序　三

　　施愚山先生，吾鄉前輩也。文章經濟，一代傳人。《聊齋志異》載胭脂一案，藝林尤膾炙焉，蓋服其才而誦其判也。余獨以為不然。審勘人命，固不恃其才，而在用心之細與不細耳。濟南吳太守平反已極其細，而先生官學使，憐宿介為名士，再從而根究之，如剝繭然，抑又細矣。第拘某甲、某乙並毛大，置諸神前，以氈障殿，以灰塗壁，以煤水濯手，一一命自盥訖，繫諸壁下，戒勿動，誑以殺人者神當書其背，意殺牛醫者必在此三人中，而不拘拘於毛大，而吾竊為先生危矣。人各有手有背，適痛癢而搔，匿之皆黑也，將如之何？且也，提學非刑名之官，何以越俎定讞？胭脂固啟釁之首，何以宥罪判婚？種種疑竇，翻謂傳先生者，未必真。而聊齋筆墨，幾等三家村說官話耶！留仙才大如海，溢貫古今，其於案律，豈不知之，而故為此者何與？意以稗官野史，類屬荒唐，說部傳奇，不嫌附會，而因人紀事，寫平反冤獄之苦心，成惜玉憐才之韻事。讀其文者,傳為風月美談而已,其他何計焉!余揣先生治獄之意與聊齋作傳之心,有感於中,假胭脂之名,假胭脂之鳥,以為名,譜傳奇十六齣,補聊齋所未圓之說。非與《志異》操戈,正欲為愚山左臂云爾。

道光壬寅秋七月,訊鏡詞人自敘於杜亭官廨之竹平安館

《胭脂舄傳奇》題詞

題　詞　一

　　花落庭閒室有琴，偶將案牘寄謳吟。謫仙曲譜留仙傳，兩樣文章一樣心。
　　何來如玉過蓬門？一線絲牽倩女魂。引得蜂狂迷蝶路，胭脂紅映血腥痕。
　　牆花路草舊風流，有客何嫌一宿留。隔院春光輕逗洩，賺他織女認牽牛。
　　欲託婚姻作寇讐，寇讐只認此蓮鉤。文宗得定皋陶獄，兩美終當詠好逑。
　　網開秋隼脫風塵，人頌延陵太守神。一誤豈知成再誤，覆盆冤又倩誰伸？
　　戛玉聲金韻繞梁，非誇風月擅詞場。衣冠自昔傳優孟，願與愚山祝瓣香。

虹橋弟趙之燁拜題

題　詞　二

　　廿載詞場閱斷輪，效顰強半效西鄰。藏圓迹後風流歇，只有先生繼去塵。
　　留仙筆妙語堪思，法眼神通兩有之。演說三車添寫照，畫圖競欲妬胭脂。
　　牽絲漫說付春鹽，碧玉何能嫁汝南？牒給氤氳費波磔，森羅懸鏡屢開函。
　　誰將慧劍斬情魔，孽海沉沉再起波？貫索文昌相映射，宰官無那誤蕭何。

延陵牘背費推求，秋隼拼飛已脫韝。蕉鹿分明真境現，那知迷夢到仙洲。

花柳風魔也索償，桃僵李代太披猖。不從蓮瓣探消息，赤水元珠總渺茫。

愚山智數絕籬藩，梓燭高擎照覆盆。灰線草蛇無別旨，不將護法頌沙門。

縛繭膠纏擘再重。匡廬面目已真逢。靈談鬼笑翻多事，畫頰填毫別託蹤。

風定情波結絮因，者番真個比肩人。燭幽智炬坤靈扇，齊付金仙為渡津。

選鍊詞聲結拘迺，華嚴樓閣幻浮漚。遠山梅嶼巴人曲，僕舊有《遠山眉》，傳卓文君。《薄命花》改《瘵妡羹》，傳小青，一名《梅嶼記》。屈指輸君一百籌。

崇川愚弟錢文偉蘭臺氏拜題

題 詞 三

壬寅孟秋月既望，楊君宴我華堂上。謂篠園二尹。懶攜絲竹競清談，風流未肯東山讓。

座中李子清且癯，手執一卷索我題。道是《聊齋》胭脂傳，新詞譜出為傳奇。

胭脂本是寒家女，綿綿春恨向誰語？門前驚見野鴛鴦，無限春情動眉宇。

深情脈脈心難密，門前女伴俏相識。識破春閨宛轉心，風波驀地成冤獄。

聊齋先生筆如椽，層層寫出成奇觀。令尹一誤太守笑，太守鐵案誰能翻？

鄂生雖免宿生死，一冤未了一冤起。不遇施公仁且明，美人名士兩已矣！

我讀《聊齋》心已折,更讀君詞為擊節。世態炎涼兒女情,筆鋒補出《聊齋》缺。

　　譜入銅搊鐵板場,歌喉轉處應飛雪。吁嗟乎！東南烽火光何烈,歌舞繁華一時歇。

　　黃絹雖成絕妙辭,歌聲欲按增嗚咽。會當生啗夷虜血,更復何心事聲色！

　　先生譜此別有說,且作循良勵清白。讀君辭句見君心,咫尺花封共明月。

棣生弟淩樹棠拜題

題　词　四

　　【金縷曲】折獄才休負,也須知、鏡縱能清,判還防誤。勘破驚厖為李代,不道錯猶堪鑄。怎不究、鳥飛何處？翻案文宗偏解事,更簿書轉作氤氳簿。披判牒,多風趣。　　何如演入梨園部,便奪取、留仙妙筆,謫仙製譜。玉茗詞華應不讓,宛聽訟庭怨訴。足警動、癡邪婦竪。莫按紅牙空點拍,要追維平反心思苦。示我輩,金針度。

溍陽張箋雨香甫拜題

帝 女 花

（傳奇）

清·黄燮清

【作者簡介】黃燮清(1805—1864),晚清劇作家、詩人。原名憲清,字韻甫,號韻珊,又號吟香詩舫主人、兩園主人。浙江海鹽武原鎮人。一生仕途坎坷,前後六次赴鄉試未舉,直至道光十五年(1835)纔中舉,後屢應會試不第。咸豐二年(1852)進京為實錄館謄錄,後被任命為湖北知縣,但因病未赴任,回鄉以詩詞自娛。修葺縣城南門別墅拙宜園,改晴雲閣為倚晴樓。咸豐十一年(1861),太平軍攻克海鹽,倚晴樓毀於戰火,遂攜家外避,為浙江巡撫王有齡幕賓。不久杭州又告急,便經上海到漢口,依湖北巡撫嚴樹森。同治元年(1862)被委任為湖北鄉試考官,後又代理宜都知縣,次年任松滋知縣,並委為鄉試考官,翌年病逝於武漢。黃燮清才思富贍,詩、詞、曲均所擅長,少工詞曲,中年以後始致力於詩文。其詩多抒寫個人不平遭遇及人民的生活疾苦,詠史弔古之作深沉豪放,借古諷今,頗具特色。他的劇作題材視野廣闊,不拘泥於傳統,唱詞典雅生動,風格上近於詩詞,注重音律,適合舞臺演出。著有《倚晴樓詩集》十二卷,《倚晴樓詩續集》四卷,《倚晴樓詩餘》四卷,存詞二百二十餘闋,《國朝詞綜續編》二十四卷,《倚晴樓七種曲》等。《清史·列傳》稱讚其"所撰樂府諸詞流播人口,時比之尤侗"。黃燮清一生作劇九種,其中成就最高、最有影響力者當為傳奇《帝女花》。

【劇情概要】《帝女花》取材於明末史實,寫明末李自成的農民起義軍攻占了北京承天門時,崇禎皇帝預料到江山難保,於是在自縊前揮劍砍殺全家。長平公主被砍一臂,昏厥未死。清兵入關之後,為了收買人心,便找出長平公主,讓她與原有婚約的駙馬周世顯成親。婚後,公主終因國破家亡,憂思難解,抑鬱而逝。該劇哀切綺麗,聲情並茂,吳梅稱它"文字哀感頑豔,幾欲奪過心餘(蔣士銓)"。

【版本流传】《帝女花》存於《倚晴樓七種曲》中,而《倚晴樓七種曲》現存的主要版本有:一、清光緒七年(1881)刻本;二、清光緒三十三年(1907)刻本。本書以清光緒七年(1881)為底本,參校他本。

【演出情況】《帝女花》一劇自創作以來，傳播甚廣。海鹽女史沈金蕊在題詞中贊曰："蠻箋新擘譜笙簧，唱遍江南齒頰香。"此劇當時不僅在蘇杭地區盛演不衰，還傳唱到日本諸海外國家。1957年，唐滌生將此劇改編為粵劇，是年首演於香港。今粵劇仍有《帝女花》劇目。2003年香港拍成三十二集粵語《帝女花》電視連續劇，情節敷衍甚多。近有音樂家據此創作了小提琴協奏曲《帝女花幻想曲》。

（封紅豔）

宣　　略

【滿江紅】上苑穠桃，暢好是倚雲栽就，正三五年華正好。結褵時候，動地妖氛纏象闕，君王血淚沾袍袖，閃青萍痛割小嬋娟，離魂走。　都虧了慈悲救，成全了鸞鳳偶。算熙朝恩德，天高地厚。一載姻緣何太淺，彩雲吹斷巫陽岫，剩孤填三尺臥斜陽，啼鶯瘦。

　　　　　咸陽賊犯順陷京師，莊烈帝割慈殉社稷。
　　　　　周駙馬喜續再生緣，長公主暝遊衆香國。

第一齣　佛　　貶

（雜扮羅漢各帶假頭或八或四，小生、貼扮仙童引淨釋裝上）

【北雙調·新水令】甚猴圈一個套將來，悶昏昏閻浮世界。煙雲隨起滅，猿鶴語興哀歎。盡力支排苦牽纏，跳不出乾坤外。（坐介）十丈金蓮擁法壇，去來今古白雲寒。人間多少傷心事，不值青山一笑看。我佛乃釋迦如來是也，總持三界，普救衆生，度苦海以慈航，斷塵情以慧劍。智燈不滅，覺路常開。可歎茫茫大千，滔滔不返。火坑一座，陷之者如遊歡喜之園；弱水千尋，溺之者錯認醍醐之沼。大古里爭榮奪利，下場時撈了些什麽東西？一會價慕色憐才，到頭來，受用着無邊煩惱。大都業由因造，魔自念生。殊堪悲憫，今因衆香國散花天女與座下侍香金童，芳情流露，靈性往來，偶因一笑之緣，宜受諸般之厄。未捐塵想，難免輪回，合當降生人世，使他閱歷些治亂興亡，悲歡離合，受諸磨鍊，得大解脫。倘能堅持本性，自當重返靈山。現有維摩居士代彼乞憐，且待他到來，再行發放者。（末上）

【南步步嬌】世上為人如何耐，忙亂無交代。紅塵卷地來，彈指光陰斷腸境界。我維摩居士是也，今日我佛如來要將散花天女、侍香金童貶謫人世，受諸苦惱，不免前去救護則個矣。冷魄墜瑤臺,便慈雲一片難遮蓋。

（見淨介）我佛在上,維摩頂禮！

（淨）居士少禮！

（末）敢問我佛,天女金童,雖有小過,孽障未深,何至遽膺重譴,伏乞明示！

（淨）佛性根於智慧,惟無智慧乃大智慧,若有智慧即非智慧。天女金童,本性未定,轉為智慧所累也！

【北折桂令】論禪心明鏡為臺,全仗着一點靈光不染塵埃,却怎的影傍形偎,語低神近,眼去眉來?！因此着,他們下凡一走,了此業緣。幻根苗蓮花生缽,小團圓,桐葉為媒。他兩人此去却也可憐哩,恨悠悠釵盒緣乖,鬧紛紛刁斗聲哀,苦淒淒蔡女無家,淚涔涔潘令傷懷。你看遠遠望去,那兩人好生戀戀也！（生旦仙裝上）

【南江兒水】花雨粘袍袖,香雲濕鬢釵。春心吹上青鸞帶,春夢驚回青溟海,春風刺入青蓮界,只為些兒牽掛,強逼我一現曇花,怕嘗不慣這人間苦辣。

（見淨介）佛爺在上,弟子們稽首！

（淨）起來！

（生、旦）弟子此行,不知降生何處？

（淨）散花天女,合生帝王之家；侍香金童,當為閥閱之冑！

（生旦）託生為人,可有甚麼好處？

（淨大笑介）做人有甚好處呵！

【北雁兒落帶得勝令】小遊戲塵中插腳來,苦行徑夢裡權時耐,推上了諸般傀儡臺。鑽不透幾粒須彌芥呀,說甚麼鳳偶與鸞諧,撒手莽分開。縮不住素女香羅帶,守不定檀郎紫玉釵,悲哉！冷紅顏剩有青蕪盡傷哉,只落得死鴛鴦一塚埋。

（內金鼓,副淨扮魔王引衆雜扮天魔,各執兵器喊殺繞場下）

（末）啟奏我佛,摩突羅國有一羣天魔,反入下界,散為盜賊。伏望菩薩英雄展放法力,收此妖孽,毋使屠毒生靈！

（淨）照得下界,明祚已盡,應有此劫,天定不可挽回！便是天女金童,此去受害可也不小哩！

（末、生、旦合）雖係定數，還求我佛護持！

【南僥僥令】羽書馳鐵騎，烽火照金釵，便是那兒女恩情無幾載，還仗着佛力大慈悲搭救來。

（內放火光介）

（眾）敢問我佛，下界遼東地面突起萬丈祥光，是何瑞兆？

（淨）善哉善哉，天心厭主，有大聖人誕生堪平禍亂，一切邪魔醜類，不日便可蕩平！那天女金童的婚姻亦得藉以成就，真乃天作之合也！

【北收江南】呀，早則見祥雲一道，捧出太虛，來把乾坤照耀，一霎裡掃陰霾，看煙消日出，依舊是現蓬萊。是春回凍開，是剝窮復代。

（指生旦介）這兩朵並頭菡萏，也須得倚雲栽。你二人此去，早完塵劫，速脫迷津，倘遇苦厄，自有解救。維摩居士，可引他投生去罷！

（末）叩別佛爺，隨俺去來！（生旦向淨拜別介）

【南園林好】一會價莽分離菩提鏡臺，打盤陀隨風去來。權領略人間恩愛，連理樹，倩誰栽，同心侶倩誰諧？（隨末下）

（眾）敢問佛爺，二人此行，到底如何結果？

（淨）他二人呵！（起立唱介）

【北沽美酒帶太平令】熱風輪轉一回冷，歲月慢延捱。一個破缺山河杜宇哀，剩下伶仃粉黛，沒收管，好傷懷。後來雖則成全伉儷，這一番死別生離，煞是難堪也。便守得樂昌鏡在，俺這裡，代收他倩女魂來。不過是勾除前債，只留下痛心千載。他呵，做凡人愚哉，苦哉，有什麼難分難解呀，怎似俺無拘無礙。發放已完，大衆們隨俺入山講道去者！

（眾）領法旨！（同行介）

（淨）你看下界風雲擾攘，戎馬倉皇，這番磨難，虧他兩人擔受也。

【南尾聲】蒼蒼劫數無更改，便銜石難填恨海，惟願他早馭天風歸上界。

（衆擁下）

第二齣　宮　歎

（貼小旦引旦宮裝上）

【商調引子・風馬兒】顧影閒階整繡衣，佩環聲近瑤池。聽東風捲入花蔭裡，一雙么鳳不住向人啼。（坐介）流蘇寶帳鬱金香，銅漏聲中罷曉妝。昨夜五更寒透夢，一庭紅雨饒東皇。我坤興公主，名喚徽娖，年方三五，當今皇帝之長女，國母周皇后所產也。聖善承修，皇枝託體，陪禖期之祓水，助蘭館以條桑。翠沼鴛鴦，待訂氤氳之牒；上林桃李，早分雨露之華。只是運值坎坷，生逢患難，干戈四起，焰逼神京。鼙鼓一鳴，聲聞內闕，將相失職；兒女擔憂，梅未子而先酸，棟初花而已苦。時事如此，將來不知怎生結局也！

【金絡索】青銷鏡裡眉，紅濕衫中淚，風雨樓臺小苑邊，愁入茫茫事可知。待何為，生恐長安似弈棋。倘有些兒不測！我朱徽娖呵，都分是五更殘，魄歸消歇。那裡有三月花旛緊護持，空悲切！帝王家世太淩夷。鬧轟轟幾個兵兒，醉昏昏幾個官兒，傷盡了元陽氣。

（內細樂，二內侍引正旦后服，二宮女持扇隨上）

（內侍）皇后娘娘駕到！

（小旦、貼稟旦介）啟公主，皇后娘娘駕到！

（旦）隨俺迎接！（跪接正旦介）孩兒迎接母后！

（正旦）平身！

（內侍）平身！

（旦起立，正旦中坐，旦叩首介）母后在上，孩兒叩頭，願母后千歲！

（正旦）起來！

（旦起介）千千歲！

（正旦）我兒，今日萬歲命掌禮之官，招司儀之監，妙選良家，將你許尚太僕公子都尉周世顯為配，不日便當下嫁了！

（旦）母后，方今國家多故，戎務倥傯，當以天下大事為重，兒女婚姻尚可俟之異日，何苦這等急迫呵！

【前腔】蒼鷹擊殿飛，鐵騎連雲起，破壞乾坤，急切難收拾。況且目下聞得這些百姓們紛紛避難，室家不能相顧，對此茫茫，尤為心痛。民間夫與妻盡流離，那裡有雙宿雙飛命共依。念孩兒呵，不能做平陽躍馬親鋒矢，忍學那嬴女騎鳳賦倡隨，艱難際。紅裙嫁杏不妨遲。顫巍巍一座城池，亂橫橫一個朝畢，且慢議姻緣事。

（正旦）雖則如此，這是你終身之事，也不可耽誤了！

【前腔】妝煩阿母催，花待親兄賜，兒女傷心大事，誠何濟？匆匆理嫁資，莫延遲。打疊鸞鳳一處飛，東風早遂周郎意，銀漢休愆織女期，安排起，不須深鎖上陽眉。是親娘一片心兒，是親生一個孩兒，早嫁與封侯婿。好生保重，我回宮去也！（起行介）

（旦）孩兒叩送母親！（跪送介）

（正旦）罷了，正是嬌兒憐宛轉，國事費憂煎！（引內侍宮女下）

（旦呆立介）呀，百忙裡忽聞此事，這心緒好生繚亂也！

【前腔】眉銜一段悲，語雜三分喜，有個人兒添入心窩裏。婚姻值亂離，好驚疑，向烽火堆中繫彩絲。惟願取聘錢十萬充軍費，不煩他宮女三千作嫁衣。朱徽娖嚇朱徽娖，你雖身有所歸，只是又添許多掛礙了。從今起，便莊生化蝶，也向他飛。渺茫茫一點情兒，蕩悠悠一縷魂兒，須索要跟隨你。

（引貼小旦下）

第三齣　傷　　亂

（生巾服上）

【南呂引子·一剪梅】殺氣蒼茫黯暮霞，愁做年華，夢做京華。子規聲裡泣寒笳，風在誰家，雨在誰家？（坐介）

【如夢令】一片烽煙淒莽，太息山河板蕩。誰着祖生鞭，碌碌文臣武將。堪恨，堪恨，一半依違觀望。下官周世顯，職居都尉，選中良家。蒙聖上招為駙馬，許以坤興公主下嫁。方擬宅開沁水，館築平陽,豈料蟻賊鴟張,中原虎鬥,羽書訊發,陡聞傳箭之聲。鹵薄消停,暫緩催妝之詠。目下闖賊連破大同宣府,勢如席捲,鋒不可擋。不知京城怎生守衛,早起又遣家童高義,探聽寇信去了。咳,諸藩鎮權統三軍,不見勤王豪傑;眾朝臣茫無一策,但稱聖主威靈。病劇醫庸,棋輸子亂,我太祖艱難創業,今皇帝辛苦守成,何竟一敗至此,好生痛憤也。

【宜春令】傷時事,枉欷嗟,問根由誰為禍芽？自古云人之亡,邦國瘁,殄自黨禍一興。正士刪夷殆盡,朝內無人,致有今日。東林獄起衣冠一例,憑糟蹋,壞元陽,天啟皇爺亂朝綱,中璫枝葉,今日裡零星敗局更誰支架。時事至此,這班庸臣尚不盡心幹濟,朝端仍以門戶相爭,體面把持,謀腹缺,卸邊缺,營高陞,求速轉。真狗彘之不若,恨不以上方斬馬劍誅之也。

【繡帶兒】冠裳地往來牛馬,紛紛只為身家,賂權奸暗擲黃金,求遷擢硬討烏紗。羣邪,從旁袖手無策畫,障青天浮雲重疊。前日,聞欽天監奏帝星下移,百官修省。兵部都察院等曉諭,如有獲奸細一名,賞銀百兩,其餘無所短長。士大夫飲酒燕會,仍如平時,天下事尚可為乎？杯中物糊塗醉,他全不想破朝廷是誰人管着。俺想這些流賊亦是朝廷赤子,何至縱橫若此,其始迫於饑寒;其繼失於剿撫。總由將驕兵悍,漫無紀律,或至掩敗為功,殺民代賊,兵不異寇,民亦為盜矣。(起立作勢唱介)

【宜春樂】征塵捲,戰鼓搥,耀空威,高旗大牙,官軍寇盜,無非一味逢人殺,擄金銀。閫外兵嘩,搜妻女,帳中令下,任縱橫剽掠,問蒼生何罪受此波查？如今國幣空虛,昨聞萬歲遣司禮監徐高等,往嘉定府求助銀糧,以備緩急,豈知國丈周奎堅持不允。咳,勳戚如此,餘可知矣。

【醉太師】官家,無人念着,便捐資為國,直恁難捨。倘或朝廷有失,若輩私蓄,無非寇資盜糧,象齒焚身,好生愚暗也。閉門自大守財奴,井底蝦蟆堪嗟,妖氛萬一臨關下,把你這金銀窖逐一盤查,也終得和盤付他,怕沒個人兒替你遮架。

(丑急上)忙將流寇信,報與主人知。啟爺不好了,闖賊從大同宣府席捲而來，現已進逼居庸，人心惶惶。京城危在旦夕，如何是了？

（生驚哭介）哎喲，大事去矣！

【瑣窗寒】這漁陽鼓響遏雲霞，不由人淚似麻。我周世顯身為貴戚，不能提戈殺賊，效力疆場，真虛生天地也。任當關虎豹吮血磨牙，一個倉皇聖駕，一個亂離駙馬。問將來如何收煞，苦依北斗望京華，待中興，誰佐王業？

（丑）爺不要傷悲，快些打點避難要緊。

（生）倘一旦京城失守，我那公主不知怎生結局？恐求為民間女不可得矣。（掩淚介）

【尾聲】雛鳳莫被金丸打，怕一夜淒風送落花。咳，怎得個天上真人保護她？

（引丑同下）

第四齣　軼　關

（副淨引四賊將卒子上）

【越調過曲·水底魚兒】一個危城，微聞箭炮聲，團團圍定，何愁事不成？何愁事不成！十萬軍聲沸海濤，頭顱齊飽手中刀。天陰月黑骷髏語，血氣如雲上戰袍。咱家李自成，自號闖王，陝西人也。本屬無賴之徒，竟作羣盜之長。舉兵之初，原無大志，不過圖些財帛受用。豈知順性殺來，所向無敵，最可怕周遇吉之鞭竟會打傷一隻虎，不提防陳永福之箭，被他射作獨眼龍，其餘關鎮都不濟事，一班混官鬼。逃者逃，死者死，真同豹入平原，幾座空城池；破者破，降者降，遂致鯨翻滄海。（笑介）可笑當今有多少謀臣武將，連一個強盜也不能抵當。看來東闖西闖，竟要闖成大事，連咱自己也有些不相信起來。自從攻破大同宣府等處，一路直抵居庸關。今乃崇禎甲申三月十四日，兵貴神速，就此斬關。眾軍士們，努力攻打者！（場上設布掛居庸關區，眾吶喊圍城下）（淨戎裝上）

【前腔】未戰先驚，將軍令不行。（丑太監上）搔頭摸頸，商量獻了城,商量獻了城。

(淨)俺總兵唐通是也!

(丑)咱家杜之秩是也。唐將軍,咱和你協守居庸,現在敵兵臨境,委實有些開發不來,這個光景看來總不濟事,還是開門投降,另圖富貴的好。

(淨)正合我意,就請同到關前一走。(同丑登城望介)(合)

【前腔】四面刀兵,通通戰鼓聲;遊魂血冷,風來草木腥,風來草木腥。

(副淨引卒上)嗒,你等還不快投降,張望怎的?

(淨丑)大王威名四震,某等望風投順,情願獻關乞命!

(副淨)既如此,疾忙開關者。(作開關介)(淨、丑跪接,副淨引大隊人馬入關介)

(副淨中坐,淨丑跪介)唐通、杜之秩叩見大王爺!

(副淨)起來。你二人背主投降,本應斬首,姑念尚識時務,免汝一死,快將府庫金寶速速獻來!

(淨、丑)得令!(下)

(副淨)衆軍士與我分頭劫掠財帛,如有美婦女,拏來咱家受用,不得有違!(兵應,喊殺下,副淨隨下)

(雜扮老幼百姓奔上,)走呀!

【前腔】老幼伶仃,跑來脚未停,狼煙壓境,看看活不成,看看活不成。

(老)我的兒,你老兒的頭還在頸上麼?

(幼)此刻還在!

(兵上趕殺下)

(貼、雜旦扮婦女,丑短髮女裝急上)哎呦不好了,快逃命呵!

【前腔】柳怯花驚,沉沉粉汗零。賊兵拏定,焉知死與生,焉知死與生?

(二兵上擒貼、雜旦,叫苦下)

(丑)咦?區區竟放過哉?

(兵持刀上)唉,你是何人?

（丑捏鼻作嬌聲介）奴家是個小婦人，求爺爺饒命，情願做你的渾家！

（兵）你是女的，怎麼有連鬢髯？

（丑）其實差不多，前路不通，請通後路罷。

（兵）不害臊的東西，看刀！（殺丑下）

（末、小淨扮富貴子弟跑上）

【前腔】坐享豐盈，偏偏不太平。餘銀幾錠，全家已破傾，全家已破傾！

（末）我的哥，我平時積攢了好些家私，從不肯給人，今朝被幾個賊強盜跑來，一并收去，我好苦也！（哭介）

（小淨）不要哭了，便是我家向來做官，好不容易剝削些民膏國帑，放在家裡，只當有幾千年安享，誰知都被流賊捲空，比你更苦哩！

（末）哥，你腰邊重沉沉的，是甚麼東西？

（小淨）是搶剩金子，放在身邊做護身符的。

（末）便是兄弟，也還有些零碎金銀，帶在囊中，倘有人來借，還好放些重利錢。

（二兵悄上）好個重利錢，我們就問你借借。

（末、小淨驚介）我們不過說說，那裡真有錢的。

（兵）不要多嘴，且搜一搜看。（搜介，末、小淨討饒介）（兵搜出金銀，末、小淨叫苦逃介），

（兵）慢些走，這兩件衣服倒還新鮮，且剝他下來。（剝衣下）（末、小淨赤身發顫介）

（末）喂，你的護身符呢？

（小淨）哥，你的放債本錢呢？

（合）哎呦，都沒有了！

（跳哭下，副淨引眾上）

【前腔】鬼火星星，河山照耀明。天開殺運，生咱李自成，生咱李自成。

（中坐介）（淨、丑捧金銀上）

【前腔】庫餉餘贏,搬來去奉承。(見副淨介)這是庫帑,這是餉銀,送來孝敬大王爺!(副淨)軍士收下,(軍收介,副淨)你二人權住後營,聽咱調用!(淨、丑叩首介)謝大王爺!(同出作得意介)好了,如今又得活幾年了!兩頭都剩,忠臣命太輕,忠臣命太輕!

(下)(衆兵上)

【前腔】劫掠全城,刀頭不斬停。軍功記定,王爺賞不清,王爺賞不清。

(同見副淨介)小軍們,今日割的腦袋,搶的婦女,掠的金帛,一時說不清楚,各有賬簿呈覽!(遞賬副淨看介)好好,你們多會幹事,明日領賞,就此進兵速攻內城去者!

(衆)得令!(合)

【前腔】雷捲風行,連珠炮幾聲。休違軍令,疾忙奔帝京,疾忙奔帝京。

(吶喊遶場下)

第五齣　割　慈

(丑戎裝引卒子上)

【南呂過曲·金錢花】飛來四面妖氛,妖氛;帝星吹落寒雲,寒雲。錢糧國帑,養三軍太平日。困騰騰亂離日,急昏昏。區區非別,一個紫禁城的守將便是,現在李闖兵臨城下,圍的水泄不通,叫俺怎生擺佈?

(內金鼓吶喊,丑唬倒介)

(內)守城將官聽着,如有槍炮,傷我一人即當屠城!

(卒扶丑起介)

(丑)呵唷唷,唬煞我也,老爺的性命是捨不得的,若還屠起城來,(摸頭介)這個腦袋豈不可惜。衆軍士,你們槍炮內不要放鉛彈鐵丸,乾響響罷哉!(卒應介)

(丑)那幾椀白籠燈那裡去了!

(卒)要他何用?

（丑）這燈自一至三表寇信緩急的，看來這個光景，內城破在頃刻，你們快把三燈向正陽門，張掛起來！

（卒應同行介，重唱太平日四句下）（二內侍引生掛鬚帝服上）

【中呂過曲・粉孩兒】慌慌的滿朝官，無救法，任天狼封豕憑空飛下，盼勤王兵在天一涯。苦伶仃，一個官家，問蒼天，啞口無言，念蒼生清淚交灑。鳳闕龍樓慘暮煙，妖星直犯紫薇躔。明知天運終難復，歷盡艱辛十七年。朕乃崇禎皇帝是也，即位以來，焦勞備至，豈料人心已去，寇焰日張，頃有撥兒馬來報，賊兵已進彰義門，直逼禁地。因此偕內侍數人，步出前門，親探賊信。

（內作金鼓槍炮聲，內侍望介）呵喲，萬歲爺不好了！金鼓之聲甚近，遠遠望去，正陽門上已懸白籠燈三椀，恐城破在即。萬歲爺早早回宮吧。（生哭倒，內侍扶起行介）（生）

【紅芍藥】烽煙氣電掣金蛇，鼓聲聲風走雷車，把一座神京恁糟蹋，亂紛紛不成天下。難道我大明的基業就是這等斷送了麼？傷哉！竟到如此耶？細思量更無他法，聽殘鐘漏盡東華，待回宮尋個收煞。

（內侍）啟萬歲，已到宮中了。（扶生進坐介）

（生）宣坤興公主來見。（內侍宣介）（旦引二宮女上）

【耍孩兒】瘦魄何曾慣，驚嚇，瞻剩星兒細，苦伶俜，幼小哇哇，怎支持？風雨惡，未死魂先化，想前生積下冤和業，今世裏應磨折。（見生泣跪介）哎喲，父皇爺，倘賊兵殺進宮來，如何是了？

（生拖旦抱哭介）我那親兒呵！

【會河陽】事到如今，安能顧他？你投生錯入帝王家。（旦哽咽介）可憐小鳳雛凰，恁般狼籍，靠不住爹和媽。親爺，苦得我心如結。

（生）嬌娃哭得我腸都裂。（推旦離，立介）事已至此，尚有何說？當以一劍了你殘生，免致賊人凌辱！（拔劍欲殺介）（旦作驚顫牽衣哭介）（生手軟不能殺介）

（旦）我的親生父呵！（內侍宮女各淚介）（旦哭唱）

【縷縷金】難離母，慘呼爹，常時疼熱我，百樣愛憐。咱親生的皮和肉怎生要殺？孩兒死不足惜，只是夜臺飄渺，不知可能再見父母否？怕黃泉無處覓慈鴉，遊魂易飄泊，遊魂易飄泊。

（生）罷罷，大事已去，小兒女有甚牽纏不開！（拔劍斬旦臂，旦倒介，宮女撫旦哭介）呀呦，公主的左臂，砍斷了一半，氣已絕了，快報知國母去！（慌下）（生）

【攤破地錦花】濺紅霞，血污得龍袍赭，割去嫩芽。（撫旦尸猛看介）哎呦，我的親兒，真個死了麼？你好苦也，不如生在那百姓人家，倒得個慈父親娘憐他管他。做了斷腸花，看着你隕黃沙！

（哭下）（內侍掩淚隨下）（正旦皇后、小生貼扮二皇子哭奔上，二宮女隨上）（正旦）

【哭相思】天荒地老恨難填，一朵嬌花殉宗社。（撫旦屍叫哭介）女兒，親兒呵呦竟死了！（小生、貼各叫哭介）（正旦）

【越恁好】泉臺路杳，泉臺路杳，你先去等着咱。記得今歲春初，曾將你許配於周世顯，正擬下嫁，因寇信緊急，暫寢其事。豈料遂有今日，你已死，那周駙馬不知如何下落，好痛心也！此生休矣。做不得並頭花，比烏孫遠嫁更痛嗟！這般死法！（內侍上）啟娘娘，萬歲爺進內宮去，將昭仁公主、袁貴妃俱已斫死，又遣宮人逼張太后李娘娘速死去了，着奴婢傳旨，請娘娘一同歸天罷！（小生、貼哭介）母后是死不得的！（正旦）也罷，國破家亡，尚何依戀？不免回宮自尋結果！（嗚呼語介）內侍們與我轉奏萬歲，說我即到鬼門關迎接聖駕便了！（內侍泣應下）（小生、貼牽正旦衣哭介）母后若也死了，剩下我兩個做甚？不如跟了一同去罷！（正旦撫小生、貼哭介）做娘的不能偷生忍辱，你兩個孩兒，留在陽間，或可苟延一線。好生保重，我不能顧你了！（小生、貼跳哭，宮女掩淚介）（正旦）我一個魂向月下尋兒罷，你兩個向夢裡尋娘罷！（欲下，重轉執小生手介）孩兒！

（小生）母后！

（正旦執貼手介）親兒！

（貼）親娘！

（正旦大哭欲下，又轉撫旦屍介）我的兒，你為娘的隨後來了！

（哭下）（小生、貼哭跑跌倒，宮女扶起介）

（小生、貼哭跳下，宮女掩淚隨下）

（生散髮上）全家同日見高皇，血肉淋漓滿宮殿！（昏坐介）

（內侍上）啟萬歲爺，張太后、李娘娘都已歸天了！

（宮女上）啟萬歲爺，皇后周娘娘已歸天了！

（生猛立介）嚘，都歸天了，哎呦，痛煞我也！（哭倒，內侍扶介）（生）

【紅繡鞋】死生渺隔天涯，天涯；紛紜血濺桃花，桃花。是千秋恨，萬古傷嗟。洪武年恁轟烈，崇禎朝恁收結。我太祖皇帝艱難創業，列聖相承，豈知喪於朕手。今乃崇禎十七年三月十九日，明運盡於此時。諸臣負朕，朕何顏見先帝於地下，願天早生聖人，削平盜賊，一雪有明之恥，使百姓免遭塗炭，復見昇平，不獨朕在九泉之下感激涕零，即列祖神宗在天之靈亦當揚眉吐氣也。咳，內侍們隨朕往煤山紅閣去者！（內侍應同生行介）（生）

【尾聲】一朝王氣如煙化，文武諸臣誤國家。朕若死去呵，還望列聖英靈共鑒咱。（引內侍下）

（宮女）喂，姐姐！如今后妃公主都已死了，賊兵殺來，不當穩便，我們快些逃命罷！（各散下）

（丑引末、小外扮院子上）未有涓埃答聖朝，可憐光采生門戶。俺乃嘉定伯周奎之子周鍾便是！昨晚在公侯家飲酒，直至五更方散。一路回來，遠遠聽見人喊馬嘶，莫非內城已破，不免進宮去探望探望，也見得做皇親的休戚相關呀！這裡是東華門，怎的門都大開了？

（末）咦，地上都是些宮裝，好奇怪？

（丑）看來宮中有變，院子們隨我進去！（作入介）怎麼冷清清的一個人也都不見？再到里邊去看！（又進宮介，旦屍絆跌介）（院子扶介）

（丑）這個人怎的不睡在床上，却躺在這裡？（院子看旦驚介）阿喲唷，是個砍死的人？

（丑）那有此事，待我自看來，哎喲喲，這是我的外孫女坤興公

主,怎麼斫倒在地?(作撫摩介)咦,心窩窩里還有些熱氣!左右們與我擡回府中,或者救得轉來也未可知?(院子應扛旦下)

(丑)這個孩子難道活得厭煩了不成?(作出官介)(小淨、二雜冠帶上)

(小淨)延門放炮!

(雜)開門揖盜!

(小淨)江山跌倒!

(雜)我輩陞調!

(丑作撞見介)諸公為何衣冠濟楚?

(小淨)正來奉邀,却好撞見!

(丑)邀我則甚?

(小淨)我們都是大明的官府,如今李闖殺來,本該做個忠臣!

(衆)是麼?

(小淨)只是這一副寡廉鮮耻的面目,平日演就,急切更改不來,剛纔聞得傅太監已獻城投降,賊兵一到,我輩須得早早歸順,還可永葆富貴!

(丑)高見極是!

(雜)我們連下馬飯都預備好了!

(小淨)如此一同迎接去來,要為新將相,

(衆)不做舊公卿。(譚下)(內金鼓吶喊,副淨引隊子兵將,淨扮牛金星行上)

【仙呂入雙調過曲·朝元令】彎弓射天,萬矢抽飛電,投鞭斷泉。萬馬騰飛燕龍去,鼎湖,鹿遊蘇苑。笑將士不經幾戰。納款聯鑣,開關叩頭將敵延。一架錦山川,靴尖竟踢翻。刀兵磨鍊,殺得那滹沱血濺,滹沱血濺。

(丑、小淨、二雜上跪介)我等崇禎舊臣叩接永昌新主。

(副淨)各回本衙,來日報名!

(淨吆喝介)咦,你這起沒臉面的聽着,我主叫你來日報名,倏倏倏快下去!(丑等扮鬼臉掩面下)

(副淨)大隊人馬都已齊集內城,衆軍士們分路殺掠者!(衆

應，喊殺搖旗擁下）

第六齣　佛　餌

　　（雲童舞上，二仙童一執淨瓶楊枝，一捧葫蘆引末上）月宮無地葬嬋娟，玉碎香銷佛亦憐。自有彩絲能續命，不教紫玉竟成煙。我維摩居士自送天女下凡，光陰忽忽，不覺十有五載。目下照得下界明運已盡，魔氛直犯帝座。散花天女，託生天家，主有血光之厄，因此帶得還魂丹藥、楊枝法水，前往救治。眾仙童速速架起雲頭，隨俺走遭者。

　　（眾應擁末下）
　　（老旦上，雜旦丑隨上）
　　（老旦）

　　【三疊引】紅顏命逐河山盡，剩苦月寒煙相殉。一個俏魂靈，須倩東風管緊。老身卜氏，國丈嘉定伯之妻，當今周皇后之母也。前日，闖賊陷京，君后同殉社稷，我外孫女坤興公主，被萬歲斫傷一臂，昏絕於地，我兒周鍾看見，載歸家中。現經五日，胸窩熱氣未盡，因此未忍蓋棺。咳，天哪！十五歲的女孩兒，有甚冤業，受這般磨難？丫環，這裡是公主臥房，你兩人在此好生看管，倘能甦醒，快報我知！

　　（雜旦、丑）曉得！
　　（老旦）只愁斷送春風面，猶望歸來月夜魂！（下）
　　（雜旦）喂，妹妹，我家太夫人竟是癡了，這樣人還望他活，除非菩薩來救纔好！
　　（丑）不要管他，我們睡覺罷！（各打盹介）（場上設幔，旦暗上坐幔中）（雲童擁二仙童末上）

　　【九回腸】下青天，罡風步穩，放紅絲，收轉元神。不比那庸醫慣送人間命，請看咱手到回春。（仙童）啟我佛：前面一座紅樓，已是公主臥房了！（末）按下雲頭者！（雲童散立兩旁介）（末）你看一樓夜色，半塌春寒，好不淒慘也！只見那銀燈焰細，花如暈，錦被香殘帳不溫,漬幾點零星粉。仙童們將丹藥敷上瘡痕,再把法水灑上者!(仙童應,揭帳作敷藥灑水介)(末)好把那殘魂剩魄牢拴定,灑楊枝活轉花根,你看他半肩雲影鬆鬢鬢,早則是兩點星眸活淚痕!(童)敷治已完,漸漸有些醒轉來了!(末)就此駕雲回去者!(雲童舞雲)(末)這一件傷心事,叫人悲憫,休認作癡兒女,只胡亂,説還魂!

(引二仙童下,雲童擁雲下)

(旦慢中呻吟介)我好苦也!

(雜旦、丑作驚醒介)呵唷唷,鬼出了!(聽介)

(旦)

【巫山十二峰】驀然一靈吹進,苦魂兒勾不盡。(雜旦插白)不是鬼,竟是公主活轉來了,快報與太夫人去。(同丑忙下)(旦)蝶衣卸去任鬘絲縈縈。(開慢介)呀,這是什麼所在?朱門掩月痕,渾不是宮花上苑。春迷離,認如昏如醉,欲醒還暈。(老旦引婢忙上)公主醒了麼?喜也!(旦)你是些什麼人,却圍在這裡?(老旦)這是公主的國丈家嘉定府中,老身卜氏,公主怎的不認識了?(旦)我為何却在這裡?(老旦)前日萬歲將公主斫傷一臂,那時公主昏倒於地,是孩兒周鍾載回來的,如今公主的傷痕可曾好了麼?(旦看臂介)呀,刀瘡全已平復,好奇怪也!(老旦)謝天地!(旦)殘命早拼銷殞,便活難解脫,死也艱辛,淒涼倩影,何妨化一段湘雲。只是父皇母后現在何處?(老旦)説也痛心,十九那一日,闖賊破了內城,萬歲自縊煤山,皇后亦同時殉國矣!(旦)嗳喲,痛死我也!(哭暈,老旦扶介)公主醒來!(旦醒唱介)心疼!倉皇骨肉捐軀殉,撇下孤兒誰憐憫,待追隨泉壞雙親,怎勾留年華一瞬,這精靈何勞送轉風輪?如今二王及昭仁公主怎生結果?(老旦)二王下落未有,确耗昭仁公主已被萬歲斫死了!(旦大哭介)二王消息參疑信,死生未准,不知姊妹同行,向休羅一問!(丑上)奇哉怪哉,公主死了五日,忽然活了轉來,不免進去探望則個!(見旦介)公主蘇醒了,臣周鍾在此!(旦)咻,周鍾你還在人世麼!(丑)蒙新主錄用,恩遇頗隆,是以不曾死得!(旦怒介)周鍾,你身為國戚,受恩深重,不能為國捐軀，反面事賊，何顏再來見我？甚心肝面目，尚稱休戚臣，擁一座假銅山，全不念朝廷困。你生時玷污乾坤，死後如何見故君，不顧人唾罵，靦腆因循。（丑）周鍾雖有不是，畢竟救了公主性命回家，怎的倒着起惱來？（旦）禁聲！我雖女子，視死如歸，不似那誤國奸臣，要勉強活在世上也。化煙不想骷髏剩，這個身，誰要你鬼惺惺，胡安頓！（丑背介）難道倒救差了不成？（旦）周鍾啊周鍾，庸庸一生衣冠齊整，兩朝領袖，帶毛皮做人！（丑）呵唷唷，好罵好罵，罵的我臉上，當真有些羞起來了。且避開些兒罷。（掩面下）（老旦）公主息怒，傷痕新愈，保重要緊！（旦哽咽介）如今我父母的遺骸，不知安放何處？（老旦淚介）可憐駕崩之後，逆闖僅以柳棺承斂，國母尚在暴露哩！（旦大哭介）痛煞柳棺三尺，這遺骸便長眠，也不能安穩，況娘親連一個棺無分，血浸得宮袍印。我明日定要去搜尋骸骨，安葬陵寢，死也瞑目矣！（老旦）此時填街塞巷，都是賊兵，怎生去得？（旦）聚蜂屯內，鬼燐戰雲，渾有淒風苦雨陪孤櫬，怨難論，形難近，好傷神，泣問天何忍？（老旦）公主不要悲傷，丫鬟們扶公主到裡邊去將息罷。（婢應，扶旦起介）（旦）噯呦，爹娘呵，今夜夢裡孩兒定要一見也，怕夜臺無路可招魂，哭得杜鵑昏。

（婢扶旦下）

（老旦）咳，看他這個光景，煞是可憐也。

【尾聲】放心一片傷應盡，他苦恨彌天不可伸。便説與土佛泥神，也得要哭個暈。（掩淚下）

第七齣　朝　閧

（小生引二內侍上）一班卿相無廉恥，幾個中官説短長。咱乃明司禮監王之俊是也。萬歲自盡煤山，李闖據了京城，一時死節之臣自范景文、倪元潞以下不計其數。可恨張縉彥、朱純臣這一起喪良之徒，靦顏從賊。今日聞他們在午門投降職名，因此同了幾個舊監，去和他廝鬧一場。你看遠遠望去，那班奸賊早則來到，咱們且迎上去者。（引內侍虛下）（副淨鬍子、丑、二雜上）

【中吕・四邊靜】戲場冷淡詼諧少,官鬼跑來跳。容易拜新銜,何須定三考?

（副淨）俺張縉彥!

（丑）俺楊昌祚!

（二雜）俺呂兆龍、魏學濂!

（副淨）我們都是亡國大夫,想做個佐命元老。昨日丞相牛金星,出示文武大小官員,俱於今日面聖,不免同往午門,聽點職名去!

（雜）只是楊兄為何削去頭髮!

（丑）先時原要做個遺民,因而披剃。仔細想來,倘能依舊做官,畢竟體面,故爾報名!

（副淨）既如此,一同前去!

（合）由他囉唪由他嘲笑,不用假斯文,將就做官好!

（小生、二内侍哭罵上）你們這羣狗彘,平日誤國欺君,送了大明的天下,今復戴新主求富貴耶!

（副淨）自古道識時務者為俊傑,我輩鬚眉丈夫不為婦人之仁!（小生內侍怒打副淨介）

【前腔】鬚眉裝點醜容貌,虧你們不害臊。（拔去副淨鬚鬢介）（副淨）呵唷唷,好痛好痛!（小生內侍）未脫舊朝衣,想戴新紗帽,況且先帝登遐之後,不曾葬好,不曾穿孝,太平做老爺,亡國拜強盜。

（丑、雜勸開介）

（副淨摸嘴介）今朝倒重新後生了,可惜這連鬍子,好像閹割了一般!

（內侍又欲打,副淨哀求介）罷了,罷了,你們有話好說,何必生氣?既如此,我們大家公商一疏,奏懇新主就完了!

（丑雜）不錯,我們來公議。張兄寫起稿來!（丑等合副淨作寫介）

【前腔】大明結局堪傷悼,帝和后盡丟掉。我曹本舊臣,見了心都跳。因此奏求我主們,把太子封了、皇陵蓋好,還要乞爺爺替前朝開個吊。

（副淨）疏已草完，鄧好文論院顧君恩出來了，俺們就請他轉奏去！（小淨欠伸上）

【前腔】呼盧飲博無昏曉，脫盡作官套。閒步出朝來，為甚這般鬧？（眾官）我們草得一疏，請顧老先生代為奏聞新主。（小淨看疏介）一應事務俱牛相為政，我主亦未肯輕聽人言，且諸公半屬沽名，豈盡為舊朝起見耶。真輸降表，假呈疏稿，只想盜虛聲，何曾解忠孝？

（碎疏下，眾官齊聲哭介）（小生內侍散下）（眾）

【前腔】一場高興無端掃，反把吾儕惱。忠臣念舊君，難道竟差了？（副淨）噯唷唷，了不得。今朝伺候了一天，飯也不曾上口，肚腸要餓斷哉。（丑雜）這牛丞相再不出來，我們定要餓煞在這裡了。（合）點名尚早，點饑沒鈔，看看酉牌過，不曾見牛到！

（儀從引淨扮牛金星上，四兵掛刀隨上）

【前腔】紛紛鳥獸都拿到，齊聚午門了。催來舊縉紳，姓氏從頭叫。俺牛金星，奉我主之命，點前朝犯官，已到午門，各官們聽點，應遲者用軍法。（席地坐，出縉紳錄點介）

（各官戰慄俯伏介）

（淨）張縉彥！

（副淨）有！

（淨）朱純臣！

（雜）有！

（淨）呂兆龍！

（雜）有！

（淨）楊昌祚！

（丑）有！

（淨）這狗頭怎地毛兒都沒有？既已披剃，何又報名？左右們將他剃剩的鬚毛，盡行拔去者！

（兵拔介，丑叫苦介）

（淨）頭兒光了，帽兒遮好，既做出家人，為甚把名報？犯官甚衆,難道就是你們這幾個不成?

(副淨等)我們這幾個不過是領袖罷哩!

(淨)軍士們,把這起人押往吏政府中,除擒用外,俱送權將軍處,聽候施行!

(兵)得令!

(各拔刀押衆官,衆畏縮不前,兵打衆下)

(淨)

【前腔】一場怒罵兼嬉笑,狐鼠滿堂叫。押出午朝門,魂魄都飛掉。前翻榮耀,今番苦惱,寄語滿朝官,切莫尤而效!

(引儀從下)

第八齣　哭　　墓

(老旦太監上)煙蕪一片接平沙,墓木零星點亂鴉,翁仲亦知亡國恨,垂頭不忍看京華。咱家守陵太監是也。闖賊陷京,帝后殉國,屍骸狼藉,可勝痛悼。前日虧了幾個故國遺臣,面賊固諍請厚葬先帝。逆闖遂將梓宮藁葬田貴妃墓斜。那日也沒有幾人出送,帝王結局,從未見恁般淒慘。今日早起,興公主來此祭奠,哭的死去活來,連咱也掉下好些眼淚來。這些朝中舊臣都去奔走賊庭,那有空閒到這裡來。這也由他。你看此刻暮春天氣,風過花飛,落英滿地,不免到陵上去打掃一回。咳,紅閣可憐龍化去,遼陽難望鶴飛來。(下)

(生素服上)(丑挑檻隨上)

【商調引子·憶秦娥】天心去,蒼涼陵闕誰為主,誰為主?山崩地塌,傷情萬古。王氣黯然盡,客心悲未央。滹沱流日夜,陵谷變滄桑。倩女魂離月,潘郎鬢壓霜。萍蹤浮六合,家國兩茫茫。我周世顯自流寇入京,避居蕭寺,探得帝后被難消息,公主臂折而死,呼天搶地,痛憤難伸。昨聞李賊將先帝梓宮殯於田妃墓斜,急欲到彼哭奠一回。高義,酒檻可曾周備?

(丑)周備了!

（生）如此隨我去來！（同行介）

【山坡羊】冷颼颼垂楊終古，睡騰騰青山無語，莽蒼蒼愁雲自來，恨漫漫戰火連平楚。長歎吁向郊原愁獨步，不知那幾根鳳骨藏何處？料得是一點龍靈没太虛，悲夫！痛遊魂，去鼎湖，嗟乎！剩遺民哭路隅。來此已是田妃墓道了，不免一路上去。

（老旦上）咦，這是皇陵，誰人亂闖！

（生）呀，原來是位老公公，下官是要到萬歲梓殯祭奠的！

（老旦）如此，隨咱進來！（引行介）這裡是了，把祭禮陳設起來！

（丑放檯桌上作陳設介）

（生）咳，萬歲嚇萬歲，生前玉食萬方，死後這般蕭索，想起來好痛心也！

【水紅花】記當時珍味列天廚，剖瓊腴麟脂鳳髓。記當時春酒醉蓬壺，揚仙裾燕歌趙舞。恁今日墳啼狐兔，古木網蜘蛛，但只有村醪麥飯奠荒墟也囉。

（丑）陳設已完，請爺上香奠酒！

（生上香介）哎呀，萬歲呵，有明三百餘年，二祖列宗，生成覆載，萬歲憂勤惕厲，十七載如一日。豈意蟻賊憑陵，神京穢毒，一棺長掩，九廟齊灰。悠悠蒼天，此恨何極！看了這淒涼梓殯，怎不腸迴心碎也！（大哭拜介）

【山坡羊】那裡有豔晶瑩玉魚殉墓？只見那苦惺忪金人泣露。說甚按來龍萬笏朝天，不過是弔寒鴉幾點的冬青樹。（拜起奠酒介）空剩取酒澆墳上土。俺想萬歲爺與田貴妃生前十分恩愛，如今骸骨相依，也算死則同穴了。兩冷穴骷髏附，一統殘碑鳳扶，嗚呼！痛諸陵佳氣無，唏噓，滴重泉淚點枯。咳，萬歲與田貴妃，也得九泉聚首。只是我那公主千秋永別，這一副遺屍，不知拋擲何方，便要死在一處也不能够了！（掩泣介）

（老旦背介）怎生想到公主？且聽他再說些甚麼。

【水紅花】（生）銀河風浪驚，皇姑斗牛墟，屖星孤處，湘江雲氣黯蒼梧，洞庭湖靈弦獨語。我欲乘煙化去，趕上阿香車，定當攜手，跨蟾蜍也囉。公主，我周世顯在這裡弔你，你可聽見麼？

（老旦）爺，莫非就是周都尉麼？

（生）正是！

（老旦）原來是位駙馬爺，駙馬爺且免悲傷，公主還不曾死，早起也在這裡祭奠哩！

（生）嗄，竟……竟不曾死，我聽見説，萬歲將他斫傷一臂，立時昏絶，怎麼還在？

（老旦）公主傷重，一時昏暈，嘉定府周皇親見了，載回家去，隔了五日夜，漸漸還魂，連傷痕都平復了。

（生）原來如此，這也奇了！

（老旦）想是駙馬爺與公主良緣未了，故有這等奇事！

【山坡羊】（生）恨迷茫秋魂散去，苦牽纏東風留住，美姻緣今生未酬，好氤氳再接連枝樹。且住，公主雖則重生，只是如今干戈擾攘，彼此飄流，怎得再續前盟，克諧新好。仔細思量，好難擺佈也。情一縷，蒼天應鑒余，萍飄水面渾無主，還怕他石化山頭為望夫羅敷。向槐安夢裡呼檀奴，向菱花鏡裡摹。天色已晚，高童隨俺回去罷。（丑擔檟介。老旦）駙馬爺改日再來走走，這裡是文武官員不肯來，太子二王不能來，還是駙馬爺常來看看罷！（掩淚介）

（生哽咽介）這個自然！

（老旦）正是近淚無乾土，低空有斷雲。（下）

（生行介）這歸路好生淒慘也！

【水紅花】悲風歛恨入山隅，冷蕭疎涼聲啼樹夕陽如夢下，邱墟，慘模糊，飛燐照路。今夜月明何處，華表鶴歸無，但餘魂氣繞平蕪也囉！

（同下）

第九齣　駭　遁

（淨、丑、小淨箭衣大帽上）

【雙調·二犯江儿水】景陽鐘報，只聽得景陽鐘報，午門同擺到。看箭衣大帽，竪上雞毛，這冠裳新製造。（淨）俺牛金星！（丑）

俺周鍾！（小淨）俺魏學濂！（淨）主上尚未正位，我等當公具一箋，勸進纔是！（丑）箋已撰好。請老師臺覽。（出遞淨，淨看介）好才調，好文章，比楊雄《美新》之論，有過之無不及！（小淨）中間行義行仁存杞存宋一聯，是晚輩添入的，周介生想不到此。（淨）好好，你二人可謂一時瑜亮，說話之間，主上早已臨朝了。（四內侍儀仗引副淨上）饒悻着黃袍，彤墀集早朝，鑾駕雲摇御鼎香飄，可認得莽英雄，陝西佬！（淨等）臣等有勸進箋呈奏，願主上早正大位！（副淨看介）哎唷唷，虧你們又做了許多長篇大論，還用着多少典故在內，足見忠愛美意。師師庶僚，只見那師師庶僚，勸登大寶，赤緊的勸登大寶。孤家所以未坐南面，有個緣故，那傳國玉璽及永昌錢，再也鑄不成功，因此遲遲未決！（淨等）我主，天與人歸，切勿驚疑，竟請登極罷！（副淨）你們這般推戴，權且試試看，且待俺把龍亭坐個牢！（眾擁副淨升位，內侍旁立，淨眾三呼舞蹈介。副淨）今日孤家新受朝賀，百官賜御酒共醉太平。（內侍送酒，淨眾執杯呼萬歲介）

【前腔】歡呼舞蹈，一會價歡呼舞蹈，御廚餐同醉飽，只願得金甌永保，鳳虎同朝，享榮華長樂老。（內猛作風雨聲，衆驚，酒杯落地介）（淨）呀，怎的陰風慘慘，黑霧漫漫，一霎裡天昏地暗起來！（副淨）呵唷，好頭眩！（場上放黃煙，內扮長人高丈餘，青臉白衣提槌上打副淨，副淨驚跌介，長人繞場下）（衆扶起副淨介）主上醒來！（副淨漸漸醒介）哎喲喲，唬殺我也，那裡來的兩三丈的長人，把我這頭打了一下，幾乎腦漿都要滾出來了。這個位兒坐不得！坐不得！（衆扶副淨坐臺角介）（雜探子執紅旗急上）報報報，禍事到！（淨）為何這等慌張？（雜）探得滿洲兵連破要隘，長驅直進，不日就到都中了，快快整備迎敵！（淨）再探！（雜）得令！（下）（副淨發顫介）剛剛這一嚇，還不曾醒來，又是告急信到，這這便如何是好？肉顫更心搖，這魂靈一半消，罷罷，這個所在，看來不是咱住的地方，牛丞相快去傳集衆文武及各營兵馬，定於今夜五鼓放炮起行，輜重財帛速速裝載，仍隨咱往西安去者！（淨應下）（副淨）把金玉全抄，子女全撈，待傳齊中官軍登程了。（淨引兵將各四名，四雜推車吶喊上）（淨）啟我主：大衆齊集，貨物已裝載完備！（副淨）就此起行！（淨丑、小淨各跨馬同衆行介）（合）殽函舊巢，去尋着殽函舊巢；從前強盜，依舊做從前強盜，則索待秦中走一遭。

第十齣　探　　訊

（生上）

【仙呂引子·鵲橋仙】帝王兒女，恁般顛簸，天若有心也痛。孤雲長隔楚王峯，不許我同騎彩鳳。我周世顯前往梓殯祭奠，那守陵太監說公主死而復生，現在周皇親家中。目下賊閧西竄，街市稍稍安靜，趁此天氣晴朗，首夏清和，不免到嘉定府中，探聽公主消息。一路行來，你看人煙稀少，骸骨累累，這亂後光景直恁悲慘也！

【桂枝香】冤魂未送，斷枝猶動，莽蕭蕭殘照，西風閃，巍巍屍林血塚。歎零星澤鴻，一半是西京遺種，一半是北邙春夢。遍城中，斷鏃無人拾，炊煙比户空。來此已是嘉定府門首了。呀，怎的清冷無人，恁般闃寂，俺且踱到裡邊再看光景！（作走進介）

【前腔】門寒苔凍，樹荒煙重。上閑階瘦蝶雙飛，掩疏欄，殘花幾重。好生奇怪，怎麼一個人也没有？看繁華一空，看繁華一空，尋不出桃源仙洞，但只有啼鴉迎送！難道說移居別院不成？且回到外面尋個鄰人，一問便知端的。（作出介）咳，公主，俺在這裡尋訪，你到底在那裡呵？探音容知何日金屋春風貯？瑤臺月下逢。且喜那邊有個人來，不免迎上去問個明白！

（生）借問一聲，這裡可是周皇親府中麽？

（雜）怎麼不是？咱家常在他府中趕車的。

（生）從前何等熱鬧，怎的此刻這樣荒涼，連人也不見？

（雜）從前做國戚，原是熱鬧的，豈知城破之後，有個賊將，姓張來踞了房屋。周國丈的夫人卜氏姑媳，盡皆自縊。這些兵士把國丈百般凌辱，後來有個權將軍李姓的，見國丈十分哀憐，遂將小屋數間，撥與居住，這些高堂大宇都被賊人占去。如今賊已竄散，國丈的兒子周鍾也從賊西去，這所房子就荒廢了，故而這般光景！

（生）我且問你，可曉得有位公主在他家裡沒有？

（雜）是有的，那位公主前兒到彰義門外維摩庵進香，是咱的車子送去，誰知公主見了這維摩庵僻靜優雅，

（生）便怎麼樣？

（雜）他就不肯回來，情願帶髮修行，如今還在庵裡呢。

（生哭介）哎喲，我那公主呀！

（雜）咦，公主與他什麼相干，也要瞎哭起來，這人想是獃的！

（內作馬嘯介）

（雜）呀呸！說了這半天，把牲口餓的慌了，且牽他到周家園裡放了草，喝燒刀子去。

（趕馬下）

（生）公主，你若果然出家，叫俺怎生是了也！

【前腔】聞言淚涌，為他心痛，待皈依丈六金身，却孤負一雙玉種。歎飄零斷蓬，歎飄零斷蓬，早難道紅妝斷送，青燈供奉。既不在這裡，俺且回去，再行探聽音信便了，問芳蹤可能榖同證三生果，只怕他愁消一鏡容。

（下）

第十一齣　殮　寇

（末國朝服色戎裝引隊子淨中軍上）

【中呂引子·菊花新】九州四海望雲霓，除暴安民振六師。龍虎翼新基，看長白山頭王氣。鼓角聲高肅將臺，旗門畫靜陣雲開。中原父老皆安堵，笑看將軍天上來。（升帳坐介）本藩英親王是也。甲申之變，明主殉國，我聖清驅逐妖氛，燕京正位。流賊李自成屢戰屢北，抱頭西竄，冀逃天網。輒敢負嵎，率兵二十萬，聲言欲取南京，被我大兵水陸窮追，連敗於鄧縣、武昌、九江等處。目下，闖賊困守老營，本藩恭承廟算，親統天兵，為勝國復仇，為蒼生靖亂，誓必剪此朝賊。中軍！

（淨）有！

（末）傳八旗將領聽令！（淨傳令，內哄應介）（外紅戰袍、老旦黃戰袍、小外藍戰袍，四兵持大旗分四色隨上）

（合）王爺在上，末將打恭！

（末）列位少禮，某等奉天討罪，戮力同心，各宜整肅戎行，毋為民擾！

（將）王爺鈞令，某等敢不恪遵！

（末）現今賊軍屢敗，銳氣已盡。我師以順攻逆，烏合之眾，望風解體。乘彼計窮勢迫，並力合攻，一鼓可定。今乃黃道吉日，列位各引本營兵馬前往剿滅，務擒元惡，以快輿情！

（將）得令！（各跨馬擁末行介）

【中呂過曲·馱環着】擁征西車，騎虎步熊，飛日炫花翎，風移錦轡。各自森嚴紀律，紅白黃藍，爭認取滿洲軍八營旗幟。（二百姓攜楂上跪介）某等乃本地百姓，聞得天兵過此，謹備壺漿簞食，聊為野芹之獻！（末）生受你們，王師所過，除暴安良，秋毫無犯，不妄取民間一物。你等各歸本業去罷！（百姓叩頭，歡喜下）（眾合）真個是壺漿簞食，都是我蒼生赤子，戎行整，隊伍齊，不犯秋毫，早蘇民氣！（下）

（副淨引雜扮四偽將上）

【前腔】砍頭顧半世，砍頭顧半世，刀下魂啼，踏碎京都，搶來神器。誰想連番失利，一敗如灰，殺的我狠英雄望風而靡。咱李自成爭雄一世，轉戰半生，豈料業敗垂成，事荒得意。自大清兵一到，屢次摧敗咱的文臣武將和那明室的一班降官，殺傷殆盡。今日又來討戰，沒奈何，只得拼着這條老命，自家領軍迎戰。眾將官，隨咱努力殺向前去！（眾應同行介）逞膽力再揚兵氣，了性命真同兒戲，金戈閃，鐵甲披，炮火轟天，血淋掩地。（副淨虛下），（外等四將以次殺上，四雜以次接戰，將以次殺雜下）

（副淨上迎戰。將）咦！李賊！你釜底遊魂，刀頭剩魄，天兵到此，還不下馬受縛！

（副淨）不必多言，放馬過來！

（合戰，副淨敗下）

（四將追下）

（小末、貼、丑、雜扮百姓荷鍬鋤上）

（小末）我們通山縣九宮山的百姓便是。自從李闖殺來，多時不曾安靜，恨不得一口水嚥了這賊子纔好！

（貼）如今大兵征剿，那廝合當氣盡了！

（內喊殺，眾望介）

（小末）前面塵埃起處，有一個人落荒而逃，倒像就是李賊！

（貼）只有一隻眼睛，正是他了。想被官兵殺敗，要想逃命。等他到來，我們出其不意，一頓鋤頭鐵鍬，剁做一團肉塊，豈不暢快！

（丑）說得不錯，結果了他，我們好做太平百姓，大家要放出些手段來的！

（副淨奔上。眾舞鍬鋤作剁殺介）（四將上，百姓叩見介）

（將）你等何人，曾見闖賊否？

（百姓）闖賊竄入山中，被百姓們將他剁爛了！

（將）如此，你們退去。明日營門領賞！（百姓叩謝跳舞下）

（末引隊子上。將稟介）啟王爺：闖賊逃竄入山，被一夥百姓將他剁死！

（末）託賴聖主威靈，逆渠授首，眾將們就此班師者！（眾應行介）（合）

【添字紅繡鞋】秋江手斷蛟螭，蛟螭；春風影入旌旗，旌旗。同奏凱，返京師向麒閣，畫英姿。掃櫐槍無遺，無遺。捷報奏彤墀，捷報奏彤墀。

【尾聲】同仇一雪前明恥，薄海環瀛感戴。齊共樂，昇平億萬世。（同繞場下）

第十二齣　草　　表

（老旦尼裝上）草色封瑤砌，花蔭護石壇。春風吹拂面，龍女鬢鬟寒。老尼乃彰義門外維摩庵的庵主便是。去年四月初，有位明朝的公主來此進香，誰知他一到這裡，便不肯回去，執意修行，一直住到如今。光陰迅速，不覺又是早春時候，那公主懨懨愁病，鎮日傷心，且喜今日空閒無事，不免進去勸慰一番。正是愁根須懺悔，戀葉莫牽纏。（下）（旦淡裝上）

【正宮引子·破齊陣】天地浮生若夢，河山舉目全非。銅雀荒臺，玉簫舊館，杜宇數聲而已。一點癡魂無歸束，回首茫茫故國悲，潸然彈淚絲。（坐介）郁郁嶺頭花，凌霄吐芳妍。一朝驚風起，吹落千仞巔。居高墮亦重，榮悴多變遷。撫我舊時瑟，理我今日絃。哀怨結中抱，音響非從前。蒼天浩無極，予懷不可宣。我坤興公主魂離再續，臂斷重聯，向在周皇親家居住，因思嘉定伯雖係國戚，實負朝廷，況周鍾覥顏事賊，尤我仇敵，豈可同處。無奈屢次求死，都被周夫人卜氏救止。後來打聽得這裡有個維摩庵，地僻人稀，聊可棲息，因假進香為名，逕入空門，誓不回去。韶華易換，如今已是順治二年了。且喜聖清御極，流賊蕩平。先帝后梓殯荒涼，蒙興朝恩德，改葬如禮，國仇既雪，陵寢亦安，只是我寥落可憐，流離失所。昔日金枝玉葉，何等尊榮，此時暮鼓晨鐘，十分淒惻。父兮母兮，可曉得孩兒怎般苦惱麼！（掩淚介）

【仙呂入雙調·風雲會四朝元】淹然逝矣，尋來夢亦稀。便呼天吁恨，灑血成淚，夜臺魂未知。記當時生我，記當時生我，襁褓承香，金縷裁衣，玉洞藏嬌，瓊花鬥麗，愛惜珍珠比。咳，未得報春暉，石馬銅駝，一霎悲風起。留下我孤星曙後淒，在陽間恁滋味，況沒個至親骨肉，兄兄妹妹都難尋覓。且住，我在這裡茹苦含悲，那周駙馬不知怎生潦倒，這情緒好難安頓也！

【前腔】伯勞燕子，東西兩處飛，料一般酸楚同時憔悴，這愁懷各自知。算尋常伉儷，算尋常伉儷，有多少玉傍香挨，鬢貼鬢依，葉共枝連，眉齊目比。拆不散，同心結，咳，一樣做夫妻。離亂顛危，偏有咱和你，紅鸞星慘淒，青鸞鏡蕭瑟，也算因緣一世，空空色色，畫中夫妻！記得那日飲刃之後，恍惚中見維摩佛前來救治，遂得蘇醒。這殿上正塑着維摩佛像，不免拜禮一回者！（拜佛介）

【前腔】我魂銷矣，無端緊護持。見慈雲一片，憑空飛墜，斷臂曾蒙他丹藥施。咳，佛嚇佛，我朱徽妮既是這等苦命，死了倒也乾淨,何必要救轉來呵?問當初為甚,問當初為甚定要收轉精靈否,補全殘屍,不許長眠,重新扶起,藕斷絲偏接。嗏,國病既難醫,則這粉血骷髏,何用慈悲惜。到今日,怎生安頓伊,如何結果的,一任鸞飄鳳泊,磨磨難難,恁般身世。

(老旦上)旛影遮窗日,爐煙嫋幔風。公主原來在此禮佛?

(旦)便是。你來的却好,有話商量!

(老旦)不知公主有何吩咐?

(旦)我家亡國破,身無所歸,意欲削髮為尼,蒲團守寂,你意下可否?

(老旦)這個斷斷使不得!公主是個貴人,況在青年,倘然披剃之後,駙馬爺要來聘娶,這頭髮如何裝得上去?那時老尼就該死了!

(旦)這個不妨。待我寫一表章,奏聞今上,自行聲明,便無事了。取筆硯過來!

(老旦)筆硯在此!(旦坐且寫且唱介)

【前腔】念可憐臣妾,痛雙親永別離。常則是高天踢踘,總無計可申罔極。願從今衣化緇,但長齋繡佛,但長齋繡佛,洗除了粉黛紅妝,翦去那煩惱青絲。誦一回鸚鵡心經,權當做瀟湘靈瑟。傷往事如流水,嗏,命苦不堪提。把這沒收管的人兒,葬向蓮龕底。守定蒲團懺昔非,紅塵早捐棄。惟望我天心鑒察,憐憐憫憫,成全苦志。(放筆介)表已寫就,幸逢不諱之朝,明日親自陳情便了。

(老旦)春寒刺骨,請公主到裡邊去吧!(旦)

【尾聲】我風前孤影無依恃,則索向慈雲頂禮,敢承望大士楊枝,灑成那蓮並蒂。

(引老旦同下)

第十三齣　訪　　配

(末國朝服色行裝策馬上)萬里江山一色春,花驄踏遍軟紅塵。仙郎不識桃源路,却要青鸞替問津。自家一個差官便是。前日亡明坤興公主上表陳情，願髡緇空王，以伸罔極。聖上不許，詔求原配，但不知那周駙馬，現在何處。下官四處訪問，未得音信，不免一路尋將去者。（策馬下）

（生騎馬，丑執鞭隨上）

【仙呂引子・醉落魄】春風依舊寒如剪，撲來人面。花魂次第都吹轉，綠滿瀛洲，草色上吟鞭。我周世顯一身如葉，半世飄蓬，喜得聖主當陽，太平重見，寇氛剪滅，烽火肅清。老我西山，不礙夷齊食粟；懷人南國，未能梁孟齊眉。際此美景良辰，倍添惆悵，不免到郊外閒散一回，有何不可呀。出的門來，光景大非昔比矣。（行介）

【仙呂過曲・二犯桂枝香】青山睡轉，朱樓夢遠，怕的是燕子歸來，認不出舊時庭院。這裡有座酒樓，且上去小飲三杯，聊以破悶。（下馬介）（丑拴馬隨生上樓介）（生）流連尋春，望春春可憐；尋花問花花不言，意中人渾未見。登高望遠，這春色值恁蒼茫也。高皇陵殿，平蕪遠天，故侯宮苑，垂楊暮煙。算繁華，已換紅羊劫，問涕泣誰談天寶年！

（副淨攜酒上）看花須一醉，和事只三杯。客人酒在此！（放酒下）

（生中坐且飲且唱介）

【不是路】點點山川，曾閱興亡幾萬年。無更變，依然風景似從前。杏花天，香塵十里香車碾，我一片春愁欲化煙。情無限，把雙柑斗酒聊排遣，紅欄憑遍。

（末策馬上）

【前腔】蹤跡茫然，月老紅絲那處牽？追尋遍，向綠楊蔭下暫停鞭。一路尋訪，人馬俱乏，且到酒樓上去歇息片時再走罷！（作下馬上樓介）（副淨持酒上）這位爺也是飲酒的麼？（末）便是！（臺角預設一桌，末就坐）（副淨）酒在此！（下）（末飲介）如今却往那裡去尋纔好，信誰傳，瓊簫寂寞添清怨。玉杵飄零負夙緣，緋桃顫，可曾見過劉郎面，問他鶯燕！

（內鼓樂介）

（生）酒保！

（副淨上）爺可是要添酒麼？

（生）不消！我問你外邊為何這般熱鬧！

（副淨）方今聖人御宇，萬民和樂，內無怨女，外無曠夫。當此春三二月，這些百姓們紛紛嫁娶，故而這等熱鬧哩。

（末）酒來！

（副淨）來了。（攜酒上即下）

（生）咳，民間兒女都能配合，偏俺與公主恁般乖舛，好生悵觸也！

（末背介）這人說到公主，莫非就是那人麼？（生）

【長拍】影隔形分，影隔形分，青鸞音杳，贏得許多離怨。玉人何處，延佇悵惘，一般兒夢中良緣。料得瘦嬋娟，有淚痕千點，湘筠紅遍。一樣東風兩處冷，個中恨向誰言？各是心傷魂顫，我周世顯呵，怎得個舊絃不斷破鏡重圓？

（末喜介）原來正是！（見生揖介）周駙馬，你作弄的下官好苦也！

（生慌答揖介）小生素未謀面，怎生作弄，伏乞明言！

（末）前日坤興公主上書闕下，要削髮為尼。

（生驚介）哎喲，我那公主好可憐也！

（末）幸喜聖上不許！

（生喜介）嘎，竟不許，這個還好，如今便怎麼？

（末）如今詔求原配，為此下官呵，

【短拍】謹奉恩綸，謹奉恩綸，搜求故劍，替坤興成就前緣。四處尋不見，不想在此遇見，踏得雨靴穿，纔認識荊州顏面。（生）原來如此。聖恩高厚，真令人感激無地也。薄福微臣世顯，當不起天意竟垂憐！

（丑喜介）好了，有些交運了。酒保，兩位酒錢快收去！

（副淨上，收錢下）

（生）如今公主卻在何處？

（末）土田邸第俱已齊備，公主早迎歸金屋，只待駙馬一到，便當合卺。就請並轡同行！（丑帶馬，末生上馬行介）

（生）雨露湛深，正恐世顯無福消受也！

【尾聲】凍消融，春回轉，香風引到大羅天。（末）看紅杏花開近日邊！（同下）

第十四齣　尚　　主

（內官策馬上）

【中呂・駐雲飛】春到蓬山，青鳥殷勤為探看。鳳詔雲中煥，蟾影天邊滿。咱家一個內官便是。前明坤興公主，今日賜婚，為此前往周駙馬第宅，宣揚德意，則索走遭者。歡惟願永團圓，琴絃休斷，註定姻緣，月老完公案。深淺評量鏡裡山，肥瘦猜詳畫裡顏！（下）

（副末白鬚藍衫披紅笑上）問我區區高壽，今年九十零九。白頭曾閱興亡，漸漸容顏老瘦。做了掌禮先生，滿嘴伏以叩首。常常喊破喉嚨，四六七言亂湊。替人送嫁迎親，騙得肥豬大酒。晚年食量頗高，三碗白米不夠。喜孃阿奶看見，笑得口歪鼻皺。說到你這老兒，倒像村牛餓狗。今朝喜事臨頭，又要區區一走。紅綢披在胸前，絨帽挺到辮後。不免演習威儀，（作勢介）縮頸駝腰拱手。自家一個老贊禮便是。從前孔季重郎中作《桃花扇》傳奇，把我派了一個角色，同了侯朝宗這起名士，廝混了一場。如今有個姓黃的秀才他自號蘭情生，新打了一部《帝女花》樂府，又把我硬扯在裡頭，做個贊禮。我老人家東呼西喚，忙個不了，倘然兩本戲一同唱將起來，要用孫行者分身法纔好。可笑那蘭情生年紀輕輕，不去讀墨卷做試貼詩，偏弄這些筆墨，不知他有甚麼好處弄出來！

（內）你曉得他為甚做這部《帝女花》？

（副末）他說道，中天揖讓那商均的妹子，夏禹王不曾替他嫁個郎君，三代征誅，那殷受的女兒，周武王也曾為他贅個夫婿。我熙朝待前明的恩德，別的也說不盡，即如坤興公主這椿情節，已是上軼虞夏，遠邁商周，連他也憑空感激。所以做這本樂府，無非歌詠盛德的意思！

（内）原來如此，今日是公主駙馬團圓，你怎還不去當差？

（副末）不錯，吉時將到，大家們走動哩！

（内鼓樂四雜各捧金幣，貼、小丑、小旦、老旦分滿漢裝行上）

【前腔】仙仗雲排，宮綵天衣金縷裁。寶鏡珊瑚架，玉珮芙蓉帶。（副末）你們都齊了麼？（衆）都已齊集了！（副末）列位，區區做了一世的贊禮，那招駙馬的儀注，不曾看慣。少停有些不在行，休得取笑！（衆）這個不計較，只是你說的四六要切貼些纔好！（副末）有幾句現成話兒，已念熟了！（衆）如此我們一同前去！（合）來，送上鳳凰臺，看他興拜。醞釀溫柔，春色真如海。連理枝兒一處栽，並蒂花兒一處開！

（同下）

（丑袍掛上）

【前腔】主僕相依，歷盡艱危與亂離，忽地生歡喜，好運從今起。我高義跟駙馬爺吃了好些苦，誰知今日駙馬爺奉旨完姻，土田錢物賜予無算。就是這所第宅，好不宏敞哩！咦，樓閣入雲霓，下臨無地，月幌煙扉，身在蓬壺裡。苦極甘來信有之，天上人間判雲時。那邊有幾位大人出來，俺且在此伺候！（外、末、小生、小外補服上）

【前腔】鈿轂如雲，玉管瑤笙天半聞。織女工裁錦，王母親調粉。（外）列位請了！（衆）請了！（外），坤興公主和周駙馬今日團圓，天恩優渥，真亘古未有也！（衆）正是！（分坐介）（合）婚舊主，坐新人，補全離恨。天帝輸錢，竟代牽牛聘，沁水恩波蕩遠春，好替湘妃浣淚痕！

（外）我等就在這裡料理婚事，且待合卺之後，一同回去！

（衆）正該如此！

（内鼓樂。副末引四雜侍女上，四雜置金幣桌上，同貼等分立兩旁，副末見外等叩頭介）各位大人在上，老贊禮叩頭！

（外）良時已屆，就請新人行禮！

（副末應，起立贊禮介）伏以乘鳳扇引，定情於改朔之朝；金犢車來，降禮於故侯之第。人非鶴市，慨紫玉之重生；鏡輿鸞臺，看樂

昌之再合。敬請平陽貴客,月殿嫦娥,升堂行禮!(外等起立,內細樂,生補服華裝,旦冠披堆紅,小旦、貼張扇扶上)

(副末)請二位新人叩謝天恩!

(生旦望北同拜,副末興拜畢)

(生旦起介)

(副末)請二位新人交拜!

(生旦對拜)

(副末興拜畢)平身!

(生旦起立)

(副末)送入洞房!

(貼等四侍女執燈持扇擁生旦下)

(丑)各位到外邊吃喜酒去!

(引副末四雜下)

(外)新人已入洞房,明日再來賀喜罷!

(眾)我們可以回去了!

(合)

【前腔】金屋藏花,不數仙人萼綠華。月上琉璃瓦,春入鴛鴦斝。他今夜綠窗紗裡,衷懷各寫苦樂悲歡,急切無從話。難得熙朝禮數加,猶恐相逢夢裡差。

(同下)

第十五齣　觴　敘

(丑上)秋水樓臺淡入煙,此中只合住神仙。碧欄杆外曉陰散,一樹桂花香可憐。俺高儀便是。我家駙馬爺與公主娘娘完姻多時,那位公主娘娘,雖處歡娛,仍然愁悶,神傷言外,恨鎖眉尖。今日天色澄清,秋容疏爽,駙馬爺命俺在後花園安排酒筵,與公主娘娘把杯遣興,只索在此伺候。

(生旦攜手,侍女滿漢裝行上)

【北中呂·粉蝶兒】簾幙秋涼,畫眉痕舊時宮樣。倩寒波替照新妝,病豐神愁,影子鏡中搖颺。步轉衣香,恁西風吹來鬢上。

(生)公主,下官和你二人,烽煙躑躅,蓬絮飄零,備歷艱辛,終成眷屬。天心憐憫,這姻緣非比泛常也!

(旦)正是。妾身九死一生,斷緣再續,興言及此,真覺悲感交集矣!

【南泣顏回】提起便心傷,十六年中苦況,勘除夢幻,早拼祝髮空王。恁鹽絲未盡壽,陽梅再現優曇相,溯前情異樣酸辛!(掩淚介)到今朝纔能依傍!

(生為旦拭淚介)公主不用惆悵,當此秋光明淨,正該消遣,和你小飲一回罷。高童,酒筵可曾齊備?

(丑)齊備了! 就請駙馬爺、公主娘娘上宴!

(生)如此取酒過來!

(丑)侍女送酒!

(生旦並坐對飲介)

(生)公主!

【北石榴花】可憐你嬝婷婷,寬透玉羅裳,鎮日價珠淚洗紅妝。俺與你銀尊同泛碧霞觴,良辰有限,暫解迴腸。況且你弱不勝衣,瘦如無骨,更須保重,則一副瘦身裁,則一副瘦身裁,怎能擔得愁千樣。花前酒後,要尋歡暢。(照杯介)雖則是變滄桑,雖則是變滄桑,風和月仍無恙,權抵做舊時歌舞北花房。公主,請乾一杯!

(旦)請!駙馬,你雖百般解勸,爭奈妾身憂從中來,不可斷絕,想起那甲申之變,兀的不心痛欲碎也呵!

【南泣顏回】那時殺氣滿陳倉,帝后殘屍血葬,香消半臂,癡魂同見高皇。死灰未冷,苦韶華偏要閻羅賞,愧無門殺秦賊,休趁東風來嫁周郎!

(生)這也難怪公主。咳! 我周世顯忝膺館甥,碌碌半生,未酬犬馬之勞,徒作黍禾之歎,好生慚愧也!(起立作勢唱介)

【北鬥鵪鶉】猛想起鬧紛紛蟻潰蜂屯,鬧紛紛蟻潰蜂屯,亂攘攘狐羣鼠黨,不能做烈轟轟柴紹提軍,氣昂昂淮陰敗將。只看看紫燕黃鸝泣上陽,累了你花一朵,受風霜。到今日呵,剛落得恨悠悠精衛煩冤,恨悠悠精衛煩冤,苦淒淒嫦娥小像。清談許久,公主再飲一杯罷!

(旦)妾不勝杯杓,還是駙馬請!

(生)既如此,高童撤去杯盤者!

(丑應,撤席下)

(生)我們攜手庭中,一玩秋色何如?

(旦)也好!

(生攜旦手看介)呀!公主,你臂上紅絲一縷,傷痕宛然,教人好痛殺也!

(旦)那時臂斷魂消,自分永斬塵緣,豈意重侍帷帳。

(生)公主飲刃之後,怎生光景,可還記得麼?

(旦)記那日呵!

【南撲燈蛾】血盈盈胭脂染繡袍,夢沉沉絲靈透羅幌,雲漠漠夜臺隨風去,雨綿綿落花催葬。(生插白)可有藥餌醫治?(旦)遠迢迢兔兒藥臼,冷清清月魄微茫。(生)後來如何蘇醒?(旦)閃搖搖慈悲一現,惺惺惺把旃檀燒做返魂香。

(生)原來如此,可見我二人婚姻,真有前定也,公主,俺和你淒淒苦語,未免花月笑人,還宜展放幽懷,刪除愁病纔是!(攜旦緩步介)

【北上小樓】呀,你看那芙蕖底,文鴛兩,梧桐底幺鳳雙。俺與你下了香階,扶上紅橋,繞轉回廊,看着你態倦眉顰,看着你態倦眉顰,鬢寒肩瘦,難勝偎傍,只好做天仙供養。(內作風聲,旦怯顫,侍女扶介)

(生)公主怎的發顫,莫是着涼了不成?

(旦)妾病矣!

(生)却怎的來嚇!(旦)

【南撲燈蛾】悶悶的無聊感傷,忽忽的無端惆悵,蕭蕭的秋影涼,慊慊的春夢長,當不起淅淅颯颯驚風送響。(生插白)可要安寢否?(旦)眼睜睜無須睡鄉!(生)難道有些醉了麼?(旦)事了了醒透肝腸,事了了醒透肝腸!(生)畢竟是何緣故?(旦)只覺得酸酸楚楚難言病樣,瑟瑟的殘魂恐逐杜蘭香!

(生)咳,纔得歡聚,怎生又病起來?園中清冷,我們裡邊去罷!

(旦)駙馬請!

(生)公主請!(扶旦行介)

【南尾聲】好夫妻半載相依傍!(旦)素女秋寒不耐霜!(生)還望那夢裡瞿曇,替他除病障!

(同下,二侍女隨下)

第十六齣 醫 窮

(副淨上)

【中呂過曲·縷縷金】鳳爐暖草跟香,何曾諳藥性,騙他娘!冤鬼知多少,不堪算帳,若然起死有神方,扁佗壽無量,扁佗壽無量。學生崔名貴,是本京有名醫生,門條高貼大書"三世祖傳"。家學低微,小可十分兒戲,虛排架子,必須靴帽雙輝。要做忙來,常坐轎車一輛,八仙內的呂祖拏來掛在壁間,五帝中的神農,將就擺在桌上。要想鍋裡暖暖,須得街頭跑跑。五瘟鬼真是神交,每每送些生意。十殿王最無情面,常常坍我招牌。只因我崔名貴看脈不真,用藥太猛。時要闖禍,人家就叫我做"催命鬼"。我說你們不用取笑,若是死病,也醫得好來,這些人大都活到千把歲,世界上挨挨擠擠如何容得下,總要替他開發了結。所以,催命儘管催命,名醫還是名醫。只是這幾日生涯清冷,柴米有些不濟,着實愁悶,不免到佛前點一枝香,保佑弄出幾個病人來頑頑纔好!(作點香介)

(末上)

【前腔】無名瘵不離床,若還醫得好,除是請純陽。自家駙馬爺中一個院子便是。因公主有病,要延請醫生,這裡有個崔名貴,頗有聲望,不免請他一走,來此已是他家門首了。(扣門介)崔先生在家麼?(副淨應介)外邊敲門,有些意思!(開門介)原來是位老哥,請裡邊坐!(末)請!(進坐介)(副淨)老哥到此,不知有何見教?(末)先生聽啟!(副淨)願聞!(末)駙馬周爺府閨房有恙!

（副淨）嗄，原來是駙馬爺府中，可是公主欠安麼？（末）便是！只為繡幃中，憔悴病紅妝。因此特來奉請先生，你回春手早光降，回春手早光降！

（副淨）哥，你來的不湊巧，偏偏今朝不得空，李大人署中病了少爺，張大人府裡病了小姐，來請過幾次，都沒有去，只好改日來看罷！

（末出銀封介）公主病重，必得先生速去，這是聘金請收了。醫好之後，再行酬謝！

（副淨接銀介）哎唷唷，不敢不敢。既這樣說，沒奈何只得同去。你且少坐，學生裡邊去去就來！（背看銀介）咦，倒有五十兩頭。（下即上，向內介）有人來請看病，須要登號，不可失記！

（內應）

（末）先生就請同行！

（副淨）請！請！（同出介）

（副淨作掩門介）（行介）老哥，你可曉得公主害的甚麼病？

（末）先生看了脈，自然明白！

（副淨）呀呸，如今脈理，那個看得真來？都不過聽人說說病源，寫幾味藥吃吃，還無大害。若是病源不先說明，便要看出禍事來了！

（末）怎的禍事？

（副淨）哪，【西江月】不過亂拳瞎碰，只消隨意開方。本來火癥，用煨薑，吃得鼻紅直放。　鼓脹三錢熟地，傷風一兩人參。有胎認作是停經，皮裡嬰孩打挺。

（末怕介）嗳喲喲，好殺手！好殺手！

（副淨）所以你對我說說的好！

（末）我在外邊當差，也不知其細，只聽他們傳說！

（副淨）怎樣說法？

（末）說公主呵……

【剔銀燈】常則是神情惝恍，茶和飯全然不想。（副淨）身體如何？（末）他癯仙冷臥羅浮帳，瘦得來梅花一樣！（副淨）心緒覺得

怎樣？(末)悽愴眉梢不揚,只覺得愁多恨長！說話之間已到府中了。(同進介)

(丑上)哥,醫生請到了麼？

(末)這位便是！

(丑)就請先生到裏邊看治！(引副淨下)

(末獨坐捋鬚介)這個醫生未曾看脈,先問病源,也算名醫？那些無名之醫,想來說了病源,他還不明白哩。且看他出來說些甚麼？

(丑同副淨上)先生請坐開方,我有事不奉陪了！

(副淨)不敢！

(丑下)

(末)先生看公主是何病癥？

(副淨)據你說來,據我看來,竟是個傷心之癥！

(末)怎生醫法？

(副淨)老哥,你說呆話哩,各樣病都好醫治,獨有那傷心之病,千古無人醫得！

(末)雖則如此,到底開個方兒纔好？

(副淨)也罷,且寫幾味藥吃了好,再看罷！(坐寫介)

【前腔】平肝氣欝,金須放;清心火,湖蓮一兩。再把那丁香荳蔻都添上,要甘草調和各樣。(寫完介)方已開好,老哥,吃來不好,這個病源是死證,於我無涉。倘然吃好了,是學生的功勞,謝禮要格外幫襯！(末接方介)這個自然！(副淨)須價,黃金白鏹,報答我回生妙方。學生事忙,告辭了！

(末)有勞枉駕！

(副淨)好說！(走出介)咳,公主,你只怕去日苦多來日少！

(末)喂,先生,你休得別時容易見時難！

(分下)

第十七齣　香　天

（二侍女扶旦病裝上）

【越調引子·霜天曉角】紅塵草草，容易催人老。一十餘年幻泡，殘生戀到今朝。

（憑几坐介）神傷病不支，無計鬆眉宇。花瘦已難禁，隔簾又風雨。我坤興公主自賦桃夭，初周星燧，勞芳華易歇，弱質難堅，悲來填膺，病深透骨，這幾日漸漸支撐不住了。憂能傷人，我不復永年矣。侍女，駙馬爺因何不見？

（侍女）今日到維摩庵中替娘娘祈福去了，想就回來的！

（旦）咳，祈他則甚，總是要死的。這光景有限，能多見一刻也好，怎生又去了嚇？

【越調過曲·小桃紅】絲魂有限早應消，那更有醫苦難的慈悲到也。曇花影子，偶然一現弱根苗，何必要苦牽牢？枉了你熱心香，叩神曹，好夫妻終有日姻緣了，也算將來沒甚麼難拋。只苦的病潘郎又為我鬢絲凋。（伏几睡介，生憂容上）

【下山虎】腰圍暗小，淚點偷拋，不許他知道。藥煙細搖，問簾內人兒可還安好？下官因公主病重，向維摩佛跟前替他祈禱。一路回來，心煩慮亂。咳，看他病象，多分是不起的了，怎生是好。（淚介）埋怨東風長恨苗，看龐兒，容漸槁；看身兒，肌漸消，只恐西施葬夢隨雨飄，長簞無人慰寂寥。這裡已是臥房了！（作進介）公主此時可好些麼？

（旦醒着介）駙馬回來了麼？

（生）回來了！

（旦）駙馬，妾荷君眷愛，莫罄深情，只是苦命難留，殘生就盡。不能復侍巾櫛，妾實負君，死後幸勿以妾為念！

（生淚介）公主休得如此，少不得過幾日就痊好了！

（旦）難矣！

【五韻美】勸兒郎，休傷悼，今生今世緣盡了，睡鄉中難禁的夢兒覺。(生)還得掙扎些纔好。(旦)絮飛花落,熬不過月殘風曉。妾死去別的也無牽掛,不過是君腸斷,妾命拋,算只有一載的夫妻,恩情難報。駙馬,妾父皇母后的梓官,蒙熙朝盛德,合葬於田貴妃寢園。妾死之後,可將骸骨即窆寢園之傍,不可忘了!

(生)公主這些事不用預愁,還是養養神罷!

(旦泣介)

【五般宜】當日個撇爹娘,影離夢遥;今日個伴爹娘,墓連土交。免了我冷魄逐風飄,也得個父母兒女黃泉依靠。則一片白楊青草,有鶯啼燕弔,還望你做半子的兒夫,到清明來祭掃。

(生哭)

(旦昏暈,生扶住介)呀!怎的暈去了?公主醒來!

【山麻稭】〔換頭〕這瘦骨輕難抱,為甚麼氣弱聲低,影顫魂搖?(旦醒介)(生)好了,有些醒轉來了,苗條,風擺住似一片柳絲定了,只見那雲鬟微動,月眉徐展,星眼斜飄。

(旦低唱介)

【蠻牌令】苦海急難超,欲去重留牢。(生)公主醒來麽?(旦)癡懷猶戀戀,絮語恁叨叨。駙馬,由我去了罷!(生)這是如何捨得,你好忍也!(旦)咳,還望你心兒上將奴撇抛,另覓個好新人錦帳藏嬌。郎情厚我無福消,只待化銜泥乳燕,向君屋營巢!

(生嗚咽介)(旦)我好恨哪!

(生)公主待恨誰來!

(旦)妾當飲刃之後,竟自死了,豈不乾淨?如今轉多掛礙,則一條苦命,怎生要做兩起死嚇!

【黑麻令】既然是免不過花憔月憔,問當初為甚要仙曹鬼曹?留下這不盡的愁苗恨苗。何若是不見檀郎也,免得他魂消魄消。到今日,煙飄絮飄,應丟開鸞交鳳交。夢兒中頃刻恩情,吹斷了瓊簫玉簫。

(昏暈介)

(生)不好了,又暈去了!侍女們,快扶娘娘到裡邊去!

(侍女扶旦下,哭上)公主扶到床上,氣便絕了!

（生）噯喲，痛煞我也！（哭暈待侍女扶介）（生醒唱介）

【江神子】你此後魂兒何處招，送蠑磯一片靈潮。怎禁得淚珠滾出心苗，滿庭風雨叫鴟鴞，不知他冷泉臺可到？

（侍女）駙馬爺且免悲傷，夜已深了，到裡邊去安息片時，明日好料理後事！

（生哭介）我的公主呵！

【尾聲】畫樓剩有孤燈照，凍巫山楚雲飛了，只守定一被春寒直醒到曉。

（掩泣下，侍女隨下）

第十八齣　魂　　遊

（二仙童執幢幡，引末上）

【西江月】冉冉落花今古，茫茫流水西東。一團春夢曉雲空，蝴蝶飛來上塚。俺維摩居士是也。今日散花天女塵劫已完，當昇上界，誠恐癡魂未悟，覺路難尋，為此前往接引，則索走遭者。（仙童引末下）（魂旦上）

【正宮引子·梁州令】東風吹夢出秦樓，向空處遨遊，思量往事怕回頭。情脈脈，魂瑟瑟，恨悠悠。我坤興公主與周郎一載良緣，百年永訣，離魂惝怳，冥路迢遙。出得門來，一望無際，却往那裡走纔好，我且順着性兒行去便了！（行介）

【正宮過曲·雁魚錦】趁蟾輝來從碧落遊，蛻蟬衣，離了紅塵垢。有一片夜雲遮前後，忽聽暗風過樹颼颼，鬢絲兒已先做涼秋。前面有些樓宇，好像到過的，怎生恁般蕭瑟。凄涼歌舞休，剩零星幾點金谷園中柳，是那處宅院滿階苔影厚。不想就是嘉定伯府中，這光景好難堪也。傷心華屋山邱，故侯家世一種種，歸鳥有青門，瓜瘦莽寒煙，一逕狐狸走。（鬼卒打丑上，丑叫苦介）（鬼）周鍾，你生前欺君負國，造惡萬端，如今你的家私和箭衣、大帽那裡去了？（丑苦介）作孽也不是我一個，還有張縉彥、魏藻德那班人，怎的單叫我受苦！（鬼）不須記掛，少不得都來奉陪的！（打丑下）（旦）那不是周鍾麼，好怕人也。活現出前因後由，纔信着生榮死愁，你看遠遠望去，祥煙飄渺，佳氣蔥蘢，是好去處也。且信步往前頭，仙世界飄然如上瀛洲。思量，似曾經逗留，呀，那邊却是東華門，一路進去，便是我的舊宮了。當日裡曾向那十二欄的鳳臺，酣春睡；今日裡回想着十五載的鴻泥如夢遊。不免悶進東華門去。（欲入介）（二門神黑白臉盔甲上）常為門外漢，同是畫中人，來的莫非是坤輿公主麼？（旦）正是！（門神）方今聖人御宇，禁苑肅清，公主未便進去，請別處仙遊罷，我神去也！（下）（旦掩淚望介）咳，這個所在竟不能再到了麼？回頭欲去還留，不許我癡雲再返蓬萊岫。悵望徘徊，眼穿腸斷，苦憶兒時粉碓妝樓，看花停繡，上陽鶯燕，還記得舊時人否？父皇母后，不知現在何處，我且回身尋將去者。可憐我生前靦面惟紅淚，只怕他地下思兒都白頭。（場上設牌坊掛思陵匾額，旦看介）原來這裡就是思陵了！（生掛鬚、帝服，正旦后服，內侍隨上）孩兒，怎生你也到了這裡？（旦牽衣哭介）我的爹娘，一晌却在那裡，叫孩兒想的好苦也！（同抱哭介）（旦）生離死別，難沾乳靉，常常的尋來，夢裡總不見。爹母把殘軀硬丟，閃的似雛鴉失巢無處投！（內金鼓，副淨扮魔王持刀冲上）（生、正旦、內侍避下）（副淨撲旦，旦驚避介，二金甲神提緦上）哇，妖魔，休得無禮！你在下界殘害生靈，死有餘辜，此時還敢猖獗！（打介，副淨舉刀拒敵介，神合戰擒副淨鎖下）（旦）哎喲，唬煞我也，父皇那裡？母后那裡？（哭介）怎的都不見了，為什麼妖氛影裡慈雲散？不帶我孩兒同走，空對着一個荒邱。俺只道活時望帝陰陽隔，誰曉得死後尋親也道路悠。且住，我在這裡淒悽楚楚，不知周郎此時若何悲痛？不免回到家門，再去看他一看！（作回頭介）哎喲，回首茫茫，塵障蔽目，已無歸路，但有去程，如何是好？（淚介）冷煙厚，杳沉沉，雲昏霧稠待尋訪沒因由，剩茫茫遺恨堆滿心頭。鬼門關離魂未勾，望夫山問聲可有，走不盡冥途脩！

（悶坐介，仙童引末上）仙無不死草，佛度有情人！（見旦介）公主起來！

（旦起介）原來是位菩薩，弟子悮入迷途，伏望菩薩指引！

（末）公主，你本是衆香國散花天女降凡，此時俗緣已滿，應得歸真，俺特來接你回去！

（旦福介）多謝我佛！

（末）就此同行！

（二仙童前導，末揮塵引旦行介）

（旦）從今是蓬山，此去無多路，則索要重轉仙人白玉樓！

（衆引旦下）

第十九齣　殯　　玉

（儀從引生素服策馬行上）

【仙呂入雙調過曲・雙玉供】柔腸刀割，問青天如之奈何？五更風吹醒莊周，一江雲冷掩湘娥。下官周世顯與公主綺夢纔圓，芳容頓杳；銀臺竊藥，想奔月以何年；金殿煎香，思返魂而無術。傷心莫罄，遺掛徒存。蒙聖朝恩德，筮於三月之吉，賜葬於彰義門外，諡曰長平。今乃公主窆穸之期。一路行來，前門已是墓門了。（淚介）咳，公主你先尋結果，單剩下淒涼故我，一叢新樹蓋墳坡，三月楊花撲面多！（行到介）

（丑上）啟駙馬爺，公主娘娘已經登穴，候駙馬爺祭奠過了，便當封墓哩！

（生作下馬，丑拴馬，生祭奠介）嗳喲，公主，下官和你半世淒涼，一年靜好，方圓偕老，遽作離絃，今日瘞玉，深深埋香鬱鬱，決然捨去，何天奪我之速也？（哭介）

【攤破金字令】一場夫婦，好夢如雲過，半堆塵土，別恨如煙鎖。清冷泉臺，虧他獨臥。自念浮生有盡，鴛鴦塚大，待添入無聊人一個。（丑）祭奠已畢，役夫們就此封墓哩！（四雜攜鍬鋤上作封墓介）（生）我那公主從此不能再見了，落日動悲歌，飛花委逝波，命薄如羅，世短如梭，鶯兒燕兒也為你哭！

（四雜）墓已封好！

（丑）到外邊領賞去！（四雜應下）

（外、末、小生、小外素服上）

（外）豈知昔日催妝客，

（末等）即是今朝送殯人！

（外）來此已是長平公主墓門，一同進去！

（進介，生接見介）各位大人辱臨，下官有失遠迓！

（外等）公主今日賜葬，某等特來一拜。

（生）不敢！（外等同拜畢，分左右各坐介）

（外）敢問都尉君，公主尚在青年，不知因何病瘵，遽而夭逝？

（生）他的病根，説起來好可憐也！

【夜雨打梧桐】迴腸結，遺恨多。鎮日價，鎖雙蛾，淚成河，總為家亡國破。本是精神有限，那禁這樣消磨？年災月眚竟難避過。一霎裡蘭摧絮化完因果。（拭淚介）列位大人呵，不提猶可，猛然念及，止不住心兒痛，難言病若何。

（外等合）煞是可憐！只是事已如此，都尉君尚宜節哀珍重，不可過於傷悼纔是，我等告辭了！

（起行，生送介）改日謝步！

（外等）豈敢，秦簫吹斷續，楚挽哭滄浪！（下）

（丑帶馬上）葬事已畢，請駙馬爺回府！（生上馬欲行介）

（老旦尼裝上）青山埋豔骨，白髮弔紅顏！（見生介）都尉爺在上，維摩庵老尼叩頭！

（生）起來，你因何到此？

（老旦）從前公主娘娘在小庵住了多時，今日聞得安葬，特來磕個頭兒！（向內叩頭介）維摩庵離此不遠，公主的墳墓，就派你看管，香火月錢隨時給發，須要在意者。

（老旦）老尼理會得。正是列剎皇姑寺，馱經內道場！（下）

（生欲行回首介）公主，俺去也！（上馬儀從引行介）

（生）咳，你看春色闌珊，夕陽暗淡。這些風景到了愁人眼中，那一件不增悲感也呵！

【攤破金字令】〔換頭〕只見那東風擺柳，春寒逼綺羅。只見花啼臉粉，山蹙眉蛾，看將來無一可。料荒土壟中，也應念我，便今夜夢魂相過，還怕他更漏無多，黃昏近也人奈何。（到介）（生下馬儀從暗下，丑向內介）駙馬爺回第麼？（二侍女攜燭上，置案即下）（生進坐介）（丑牽馬介）這一日辛苦得夠了，如今我的戲文已完，要去睡覺哩！（下。內起更場上設帳幔介）（生）呀！天又夜了麼，這燈兒好不耐煩也！（剪燈介）燈呀燈，公主在日，我兩人形影相依，你也看見的，怎生今夜單對着我一個嚇，你能夠照我的夢兒到公主那邊去麼？（淚介）咳，燈影淡銀荷，衣香散錦窩。獨自個被角寒，拖枕角虛摩，回頭細看，那曾見他！

（欠伸介）一時疲倦起來，且睡覺則個！（入帳睡介）（內二更）
（二仙童上）引歸香世界，去會玉嬋娟，周都尉隨俺去來！
（生帳後徐行上）

【夜雨打梧桐】傳呼急，為甚麼？仔細問誰何，漫猜，他莫是那人尋我。（見我介）呀，二位仙童何來？（仙童）某等奉維摩佛之命，引都尉到眾香國去聽釋迦如來說法！（生）他說道空王宣召，同去聽說波羅，蓮龕許我參一座。且住，眾香國非人間世，如何能到，莫非在此做夢麼！（童）然也，到了眾香國裏自然就醒的！（生）這也由他，但不知此去能見公主否？（童）公主先在那裡，早已歸真了！（生喜介）原來也在那裡，如此快些同去！（同行介）（生）他靈山會上早證了菩提果，愁城頓破，今夜裡則索要指月窺金粟，因風想玉珂！

（同下）

第二十齣　散　花

（場上懸"眾香國"匾，照首齣扮羅漢引淨上）

【北仙呂·點絳唇】點點塵寰，茫茫覺岸，從旁看，兒女悲歡，都要慈悲管。生是何方來，死是何方去，去來成古今，來逕即去路。俺釋迦如來是也。今因散花天女劫滿歸真，怕他癡恨未捐，再生魔障。為此在眾香國廣設法場，登壇捧喝，並着維摩居士引侍香金童夢魂到此，一同聽講，敢待來也！

（末引生旦上）玉女搖仙佩，金針度法航。已到衆香國，天女金童，過來叩見佛爺！

（生、旦拜淨介）

（淨）你二人趺坐兩旁者！

（末）今日我佛說法。維摩引衆天女同來散花，以博蓮臺一笑，何如？

（淨）使得！

（末）欲醒繁華夢，須看頃刻花。（下）

（淨）你二人此去，光陰一瞬，磨煉多方，如今可醒悟了麼？

（生旦）敢問我佛，世上為人榮枯異境，偏我二人恁般苦楚，樂少哀多，是何因果？伏乞指引迷津，免致沈淪魔道！

（淨）今日才知做人的苦處麼？咳，做了人是那一個不苦的，聽俺道來！

【混江龍】猛可的，長繩牽絆，全身鑽入大疑團。醉鄉裡，更番廝混，戲場中打個攢盤。男配女，女嫁男，把月老忙來無脚走。人做鬼，鬼為人，叫閻羅看得也心煩。父生子，子生兒，行隨氣現。你憐我，我憐他，繭作絲環。最好的小孩子，無嗜欲，本來面目。到得那，大來時，弄機巧，另換心肝。捏定了細竹管，猛窺天，也會得亮光微透，套住了悶葫蘆亂跳圈，少不得筋斗難翻。一班兒搶烏帽，不過是妻封子蔭，祖榮宗顯。打夥兒奪得黃金，只想要身肥腹果，腦滿腸寬。黑暗裡，終有時，煙消日出。下場頭，怎禁得，酒散歌闌。塑的像，何曾堅固；借的屋須要償還。縱然是賢子息，真孝順，保不住爹娘千歲。便算有好交情，尚義氣，那曾見朋友同棺。本來是幻根苗，色色空空無定準，有甚麼難交代、牽牽扯扯不能完。（生）富貴繁華既如夢幻泡影，那些人怎生要趕着他呢？（淨）這原可笑也，裝了個雪獅兒胖了臉，只怕的湯中打滾；剪出那紙老虎，張着牙，當不起火裡來鑽！（旦）世上兒女之情，可是真的麼？（淨）假也。配了個好夫婿，偎偎抱抱；擁着個俊嬌娥，孃孃姍姍。則見那哥哥妹妹挨挨擦擦，說不出疼疼熱熱，喜喜歡歡。這壁廂舔着蜜，搓着粉，嗅着香，笑吟吟蟻醉瑤臺芳信透；那壁廂斷了釵，墜了珠，碎了玉，冷清清鳥啼金谷落花寒。守定了俏癯仙，可知道羅浮夢境。早逐着曉煙空，硬拖牢假神女，怎曉得巫山雲氣？容易的游絲斷，雨葬了玉門關、胭脂井、馬嵬坡，問不出三千粉黛。風吹倒結綺樓、廣寒殿、望仙臺，靠不住十二欄杆。可憐人，柱了你百般兒貪嗔癡愛。真情種，受用着幾味的苦辣鹽酸。無為有，有為無，囑咐他槐南春色休留戀。境生情，情生境，只算是水中明月小團圞。（生）功名氣節，可還悠久？（淨）果然是讀書透，見事明，擎天銅柱支傾廈，那怕他紫海翻，黃河倒，沉江鐵鎖鎮狂瀾。一個身挑着五常百行，數粒米擺出四瀆三山，雖則是沒把柄，半堆白骨終磨滅，到頭來奉馨香，幾張青史也傳觀！（旦）有明三百餘年，天下到這般結果，何無一人挽回，其中可有因由？（淨）怎沒因由，玷朝儀，貴務賤，帝王木匠；專國柄，陰處陽，宰相中官；暗昏昏，北寺獄，森羅刀鋸；羞答答，西園例，鬼魅衣冠；掘礦稅，傷地脈，山川盡洩金銀氣；開馬市，召邊釁，門戶誰知虎豹蟠。可笑那成弘以下無賢政，況更有魏客諸人造禍端！（旦）天地好生，何不使天下萬年長治，偏要生出這些寇盜奸臣，殆害生靈，轉換朝局，天地亦屬厭故喜新，殊為多事！（淨）盛衰遞嬗，氣數為之，即天地亦不能自主也！星擺的紫微垣，偶然移動，月造的白玉樓，也要崩坍。百斛深的鐵葉鼎，驀到了香消煙冷；十丈高的金蓮炬，免不來火盡油乾。一霎裡魚龍擾攘，一霎裡雞犬清閒，一霎裡風雲壯麗，一霎裡金粉闌珊。算將來變海水滄田，蕈騰半晌，説不盡做英雄做兒女苦惱千般！

（生旦）怎生參悟，纔能放下一切？

（淨）能放下去便放下了，收轉了百樣心；推翻悶海，立住了兩隻腳，蹬出情關。是夢耶，非夢耶，醒定了神，只聽那五更鐘起。窮甚悲，達甚喜，冷着眼且看他一局棋殘。只要得猛回頭，大翻身，跳上靈河岸才能够九根無礙，八垢同刪！

（旦）弟子生身父母，現歸何處，可能再見否？

（淨）莊烈帝后，均昇天上，待你完成正果，自當送入太虛相見也！

【油葫蘆】早則向玉宇琳宮焘鳳鸞，把塵絲都割斷。雖則是五陵佳氣付荒寒，自有那金鱗幾點雲中燦。休認做血污望帝魂難返，不須你苦曹娥戀父屍，且學着金仙主參佛壇。管教你碎零星殘月天邊滿，則一家親骨肉會團圞。

（生）明季忠臣義士紛紛殉節，死後有果報麼？

（淨）要知果報，試回頭看來！

（生旦起立看介，場上設仙橋，內細樂，二仙童幡幢引文武官四人冠帶上，過橋下）

（淨起立介）你們看見了否？

【天下樂】當日個盡節捐軀碧血寒，悲也麼酸。做忠臣只自完，須不是賣名聲要求那神鬼歡，到如今明顯顯毅魄輝金鏡，只見那靄騰騰祥雲護寶龕。呀，這死後的幽光千古燦！

（旦）明室之亡，實由諸臣釀禍，這些叛臣奸黨，如今却在那裡？

（淨）那來的不是麼？（二厲鬼鎖鬼犯四人上，遶場打下）

（淨）這起賊徒誤盡國家大事，好生可惡哩！（作勢唱介）

【那吒令】要妻歡子歡，見銅山便撇；要陞官選官，見私門便鑽；要膚完體完，見賊兵便寒。潛不過魍魎形，遮不得神明眼，枉了你各樣去使刁酸。（末引貼、小旦、小丑、老旦，仙裝各執花枝舞上）

（淨）呀，這花值恁繽紛灑落也！

【鵲踏枝】一片片錦雲攢，一朵朵彩煙團，多分是有影無形幻。出青鸞，看醒了醉模糊金剛兩眼，辨不出影迷離龍女雙鬟。維摩居士，可引他二人到了緣樓，小敘片刻，仍送金童夢魂回去，待他塵劫完時，再行度脫。衆天女們就回去做個飛花筵宴罷！

（末貼衆合）領法旨！（擁生旦遶場下）

（羅漢）天女金童，此次下凡，生逢鼎革，卒遂良緣。想是前生註定，故而有此奇遇！

（淨）雖係前緣，然非盛世隆恩，安得有此？

【寄生草】這是喜氣從天降，慈恩比海寬，把無根花朵重聯瓣，斷絲珠顆重成串，生煙玉氣重溫暖。全仗着支持風雨惜春龕，饒倖煞，穠桃豔李東皇管。衆香國公案已了，大衆們各自回山者。

（衆應，同行介）

【煞尾】（淨）一刻去來，今説得天花亂，看塵境榮枯遞換。彰義門邊春草滿，結前朝兒女江山。一會價話興亡筆削賢奸，由着俺三峽源流舌底翻！（衆）我佛這番警覺，足令衆生猛省，頑石點頭，真無量功德也！（淨）瞿曇説法，不立文字為高，一涉跡相便落下乘，俺不過是把情塵結算，喜情場完案，則一片假情禪只好當戲文看！

（引羅漢下）

抑塞襟懷埽不開，一場歌哭譜興衰。
紅兒如唱斷腸曲，定有鵑魂飛度來。

鴛鴦夢

（傳奇）

清・劉清韻

【作者簡介】劉清韻(1842—1915),字古香,小字觀音。書齋名小蓬萊仙館。海州人(今屬江蘇連雲港),鹽商劉蘊堂之女。自幼聰慧,六歲入家塾與男孩一起讀書,十八歲嫁給沭陽才子錢德奎。德奎字梅坡,號香岩,著有《談易》、《國學叢書》、《宋詞比較》等。婚後生活美滿,夫妻經常一起賦詩著文,相互點評,切磋學問。同治六年(1867)隨梅坡遊杭州,在紫陽書院與著名學者俞樾(1821—1907)結師生之誼。其後又隨之到沭陽書院聽講,拜當地名士王翊為師。清韻精通詩詞,兼善書畫,能製曲。光緒二十二年(1896),平生所撰戲曲作品二十四種均完稿。次年,將其中十種呈俞樾請教。俞樾看後,意猶未盡,想再索餘者十四種。不料秋季逢洪澤湖水泛濫,"女史所居圮於水,於是傳奇稿本皆沉埋於泥淖瓦礫中,不可復得"。俞樾惋惜之餘,仍希冀"女史胸中如有記事珠,能將湮沒之十四種重寫清本,以成全璧"。而此時清韻大部家產已被洪水沖走,生活尚且不保,便無心再從事創作。光緒二十六年(1900),《小蓬萊傳奇》(一名《小蓬萊仙館傳奇》)終由上海藻文書局石印出版。此集雖名為傳奇,實為雜劇體制,包括《黃碧簽》、《丹青副》、《炎涼券》、《鴛鴦夢》、《氤氳釧》、《英雄配》、《天風引》、《飛虹嘯》、《鏡中圓》、《千秋淚》十種。近年還發現其劇作傳鈔本《望洋歎》、《拈花悟》兩種存世,餘者恐皆不存。清韻其他著作還有《小蓬萊仙館詩鈔》一卷、《瓣香閣詞》一卷、《小蓬萊仙館曲稿》五套,皆有存本。宣統元年(1909),梅坡因病去世,清韻晚景淒涼,經濟窘迫,全靠親友接濟度日,在寂寞孤獨中以老病終此一生。

【劇情概要】《鴛鴦夢》為《小蓬萊傳奇》的第四種,本事出自明人《十美圖》小說,清初黃周星《張崔合傳》亦述此事。劇述明嘉靖時,風流倜儻的年輕書生張靈與大畫家唐寅交好,他向唐寅透露心事,欲尋一才貌雙全的女子為終身之伴,請代為留意。海虞訓導崔文博因妻子病逝,攜女崔瑩扶櫬返鄉南昌。船經虎邱,崔翁上岸訪友,命將船暫泊於此。崔翁走後,養娘怕崔瑩心中煩悶,將船艙紗窗推開,讓她欣賞岸上美景。適逢張靈敞衣執書攜杖過此,後醉臥草坪之上,丫鬟養娘均以此人為乞兒,崔瑩見其氣質超塵逸致,予以否認。正在玩耍的張靈書童忽然瞥見船艙中的美女，忙將張靈推醒。張靈起身望去，即被崔瑩的美貌吸引，竟要冒然闖上船去，被船家攔住。崔翁在可中亭得遇唐寅和祝允明，見案上鋪有《行乞圖》一幅，圖中少年神采矯矯，詢之，知是唐、祝二人為才子張靈遊戲而作。崔翁認為此舉非真才子不能，便欲將女兒許配張靈，於是歸船前，向唐、祝二人索圖。寧王朱宸濠久踞南昌，心生反意。他聽從謀士劉養正的建議，要在民間選出絕色美女晉京獻給皇上，使之迷戀美色，不理朝政，待時機成熟，再統兵北上奪取皇位。唐寅因丹青聞名天下，朱宸濠便差內官前往蘇州請他畫美人圖進御。張靈自那日與美女相見，茶飯不思，經多方打聽，知美女乃南昌人。聞唐寅要去南昌奉差，便去送行，並囑代訪美人。唐寅到南昌後，為寧王繪十美新圖，其中最美者為崔瑩，便拓副本收藏。寧王按圖選人，將美女都搜入王府之中。崔文博家院子至唐寅處送來書信一封，畫圖一軸，言一定要將畫交給張靈。唐寅展信觀之，方知崔瑩乃友人崔文博女，即張靈託訪之美人，而崔翁已在女兒入選後不久去世。唐寅深悔不已，又見朱宸濠謀反之意日見彰顯，為避禍，他佯裝狂妄，使寧王不得不放其返鄉。唐寅歸家後，聞張靈病體沉重，便去看他。張靈見唐寅，問所託之事，唐寅便將美人圖副本展開。張靈一見，圖上畫的正是自己要找的美人，欣喜異常，待要拜謝，唐寅又將《行乞圖》展開，並向張靈說明崔瑩已被入選進京云云。張靈聞聽，又見圖上有崔瑩的親筆題詩，心中大慟，竟絕氣身亡。朝廷翦除寧王，入選女子均放歸返鄉。崔瑩回到故里，方知父已亡故。院子轉述崔翁遺命，讓她去蘇州尋找張靈。崔瑩悲痛之餘，拜辭父墳，買舟前往蘇州。船靠岸後，她先打發院子到唐寅處尋問情況。院子回來，告知張靈已於月前病逝。次日崔瑩攜帶香燭果酒，到張靈墳上致祭。祭罷，她支開丫鬟，自縊身亡。唐寅為其料理後事，將張靈、崔瑩合葬一處。數日後，唐寅到墓地祭奠二人，後留宿墓廬，夢崔、張二人向他走來，知二人已在九泉之下結為夫妻。

張靈、崔瑩的愛情故事感動了清代諸多戲曲作家，清乾隆間據此題材創作的傳奇作品就有汾上誰庵的《畫圖緣》與錢維喬的《乞食圖》(陳元林亦撰《乞食圖》傳奇，惜無存本)。兩本傳奇的作者可能是不願意見到一對恩愛情侶的結局如此悲慘，均將原故事中的悲劇結局改成了大團圓。劉本人物個性鮮明，情節集中洗練，結構緊湊完整，語言清新自然。俞樾曾稱其劇作"雖傳述舊事，而時出新意，關目節拍，皆極靈動。至其詞，則不以塗澤為工，而以自然為美，頗得元人三昧。視《李笠翁十種曲》，才氣不及，而雅潔轉似過之"。這也是對該劇恰如其分的評價。

【版本流传】《鴛鴦夢》現存版本僅清光緒二十六年(1900)上海藻文書局石印《小蓬萊傳奇》十種所收本，《傅惜華藏古典戲曲珍本叢刊》據以影印。本書即以此本點校。

【演出情況】因該劇缺少尖銳的戲劇衝突，未見有搬演的記載。

(戴　雲)

提　　綱

【解佩令】（末上）佳人絕世，奇才曠代，了三生、一面因緣盡。兩幅冰綃，句惹起、無窮悲憤，欺雙雙、竟將身殉。　　青山埋骨，黃泉結髮，死鴛鴦、此情堪憐。良友招魂，感音容、夢中重認，想當然、幻真休問。

第一齣　囑　訪

（小生扮張靈上）

【二郎神】輕寒逗，莽韶華又禁煙時候，春色年年還似舊。清羸洗馬，平添萬斛新愁。安得中山千日酒，醉昏昏不分宵晝。說甚麼，公侯問蕭曹，幾個長留。不許人憐只自憐，幾分瀟灑幾分顛。千秋細數誰同調，遮莫臨風一惘然。小生張靈，表字夢晉。拾芥功名，浮雲富貴。未逢青眼，漫嗤落拓閒人；果遇素心，自賞風流名士。平生與唐解元六如最為投契，經時不見，相思頗深。當此春色惱人，不免前去訪他談談，藉以排遣。（行介）你看道上那些人來來往往，不知為着甚的？

【集賢賓】茫茫宇宙何自有，中間着甚蜉蝣。孰是精華能不負，好風光儘渠消受。算庸庸福厚，也多般塵垢。閒窮究，待證同心良友。

（小生下）

（生扮唐寅）

（小旦、貼扮二侍姬，一捧茶具，一捧酒具隨上）

（生）占得千秋筆一枝，生涯都付盡書詩。不須更賞旗亭句，自有雙鬟比雪兒。小生唐寅，字伯虎，別號六如，蘇州吳縣人氏。才思縱橫，胸懷放曠。一任功名蹭蹬，與古為徒；不教歲月蹉跎，及時行樂。你看花綻紅英，柳垂金線，好一派明媚春光也。

【前腔】人生那得千萬壽，爭禁煩惱紛投。已秋榜才名標錦繡,遣春韶宜酌金甌。我玉山頹後,(向二旦介)不特要茶烹素手。還倩卿卿,雙扶紅袖。

(生上坐)

(小旦、貼送酒介)

(生)二卿坐了。

(小旦、貼對坐,同飲介)

(丑扮結歡使執同心如意暗上,向三人作勢,旋舞介,即下)

(生視小旦、貼介)呀,看你二人紅酥兩頰,翠暈雙眉,較平時別有一般丰韻,令小生真個消魂也。

【貓兒墜】春衫淺淡,新換翠雲裘。若比較花枝花應羞,問何人對此不忘憂。進酒,(二旦起,送酒介)(合)共領取美景良辰,淺酌低謳。

(生)今日此樂,不可不與良友共之。童兒!

(丑應上)老爺,呼喚何事?

(生)你與我將張相公請來。

(丑)不消請得,適纔遠遠望見張相公來了。

(生喜介)來的恰好,你去門外候着,不可被他走到別處去。

(丑應下)

(小生上)縱酒澆愁地,尋芳拾翠人。

(生迎,笑介)夢晉,數日不見,在家作何勾當?

(小生)亦無甚事,不過情緒不佳耳。

(生)也要自家排遣,若十分着迹,便為他所縛了。

(小生)咳,六如,你是深知夢晉的喲!

【前腔】我已聞愁怕遺,怎更壓春愁。被這兩縷愁絲竟徹夜無眠攪不休,是誰撒放情誰收?(生)際此明媚春光,正宜暢飲。如有不歡者,罰依金谷。(生、小生對坐介)(生)進酒,(小旦、貼送酒介)(合)共領取美酒良辰,淺酌低謳。

(向小旦、貼介)你們可將柳郎中對景詞兒緩緩的唱一闋來,與張相公侑酒。侍兒,取玉簫檀板來者。

(二婢豔妝,持玉簫檀板上)

（貼吹簫）

（小旦執板旁坐，唱）（二婢斟酒介）

【木蘭花慢】圻桐花爛漫，乍疏雨、洗清明。正豔杏燒林，緗桃繡野，芳景如屏。傾城盡尋勝賞，驟雕鞍、紺幰出郊坰。風暖繁弦脆管，萬家競奏新聲。盈盈，鬥草踏青。人豔冶，遞逢迎。向路旁往往，遺簪墜珥，珠翠縱橫。歡情對佳麗地，任金罍、罄竭玉山傾。拚却明朝永日，畫堂一枕春醒。

（小生）果然詞出佳人口，不愧繞梁之韻。

（生連飲）

（小生執盞凝思介）

（生）夢晉，我看你近來落落寡歡，不似平時豪放，且年已及冠，中饋尚虛，還是難得其人，還是意有所屬？不妨明以告我。

（小生）豈君有意中人，堪當吾耦者耶？

（生）非也，但思才子宜配佳人耳。

（小生）今豈有其人哉？求之數千年中，可當才子佳人者，惟李太白與崔鶯鶯耳。吾雖不才，然自謫仙而外，似不敢多讓。若雙文者，世安得其人哉！六如，

【前腔】我年華自數，也到摽梅候。只為佳人不易求，今日既蒙關注，囑君着意代為謀。（生大笑介）既蒙見委，自應效勞。（舉盞介）進酒，（二旦送酒介）（合）共領取美酒良辰，淺酌低謳。

（生）再斟酒來！

（小生）多謝盛情，小弟已不勝杯酌了。（起介）就此告醉，所託之件，務期留意。

（生起挽留介）

【尾聲】（小生）縱然海內佳人有，怎能得良緣巧湊。（生）此事總在六如身上，還你個傾國名姝稱好逑。

（互拱介）請了。（小生下）

（生醉態，坐介）夢晉，我與你再飲三杯，各填一首百字令，以記今日之事，如何？

（小旦、貼笑介）你看，這人醉得如此，張相公早已走了。

（生）夢晉，你敢與我旗鼓相當麼？

（貼）張相公早已走了。

（生作朦朧四望介）呀，果然走了，我們也疏散疏散，回來再飲罷。

（作起身欲傾跌，二旦扶介）老爺看仔細。

（生醉吟介）才子多情誰似我，名花解語你和伊。（扶下）

第二齣　行　乞

（外三髯扮崔文博，旦素衣扮崔瑩，老旦養娘，貼小鬟，末院子，小旦書童乘船）

（雜搖櫓上）前面已到虎邱，就在這裏泊船罷。

（末）靠穩了，老爺要上去拜客。

（雜向場右角泊船介）

（外）女兒。

（旦）爹爹。

（外）自你母親去世，看你日見消瘦，雖是你的孝思，也要自己保重。況你並無兄弟，為父的單生你一人，現在承歡，將來養老，全在你身上。今日舟過虎邱，我上去候個朋友，你不要悶坐，此地是名勝之區，風光頗好，開窗不妨領畧領畧。（向老旦介）好生伺候小姐，不要惹他煩惱。

（老旦）婢子曉得。

（旦牽外衣，作嬌憨態介）爹爹，你去便去，是必早些回來，不要教孩兒癡等，怪悶的。（外笑，撫旦介）我兒放手，為父的去去就來。

（童）打扶手，老爺上岸。

（雜打扶手）

（外帶童上岸，下）

（旦）養娘，把艙門掩上罷。

（老旦作關艙門立侍介）

（旦）爹爹上岸去了，咳！

【山坡裏羊】雲山渺迢迢鄉梓,蘭舟上靈椿依倚,素羅衫袖啼痕漬。(歎介,內作鳥聲介)自母親亡後,心神恍惚,渾忘節序,不覺春已殘,枝頭杜宇悲。(內作笑語聲、絃管聲、喧譁聲、車馬馳驟聲)聽悠揚簫聲笛韻隨風至,恁喧闐寶馬香車夾岸馳。(淚介)若母親在日,船泊此處必定要攜兒,同探虎阜奇;今日扶櫬還鄉(泣介)悽其時,見那一團團靈風旋紙灰。

【菩薩蠻】春波仿我湘裙縠,春山分我眉兒綠。嬌小不勝衣,盈盈十五時。碧紗春睡足,緩把菱花矖。消瘦竟如斯,慈親知不知？奴家崔瑩,小字素瓊,南昌人氏。爹爹前為海虞學博,隨親任所。不幸母親亡過,扶櫬還鄉,泊舟吳下。爹爹上岸訪友去了,慈柩默對,好生傷感人呵！(顰眉悶坐介)

(老旦)小姐,我將這面紗窗推開,同你看看景致,可好麼？

(旦)老爺不在船上,不要開窗罷。

(老旦)怕甚麼,不是老爺說的,叫你不要悶坐,吩咐我引逗你看看景致。剛纔我在後艙,瞧見那些遊女成羣結隊,一個個收拾得花勃勃兒的異樣,出奇好看,況且我們船上又有老身相伴,推窗望望怕甚麼呢？(作開窗介)小姐,請到這邊來坐。

(旦作凭窗遠眺介)

(老旦)小姐,只怕你長這麼大,這景兒見的,還是頭一回呢！

(四雜扮遊客上,繞場下)

【皂羅袍】(旦)遥望平原清霽,正風和日麗,柳嚲花敧。果然紙醉更金迷,遊人來往真如蟻。(貼指介)小姐,你看那邊竟許多美人來了。哎喲,好體面衣服！(內扮遊女上,繞場下)(旦凝望,微笑介)這些人不過衣裝合式,梳裹入時,那裏算得美人！看他全借那脂光粉澤,妝點出花顏玉肌。(老旦)怪道老爺說此處是名勝地方,小姐你看,那叫花子也與別處不同,好個人物兒！(小生敞衣,執書攜杖,醉態帶童上)(旦微覷介)養娘,那不是叫花子,看他有超塵逸致,更兼那出羣俊姿,多應是天仙遊戲來人世。

(小生執書挾杖,向場面揖介)劉伶謝飲。(行唱介)

【解醒甘州】【解三酲】謝香醪劉伶醉矣,渾不用荷鍤相隨。

（望介）看那蒙茸細草如茵膩，早心融洽眼瞇暯。（向場左角睡介）我且幕天席地沉酣睡，方稱越古超今舉措奇。【八聲甘州】追陪那，達莊生栩栩忘機。

（童扶介）相公，怎麼睡這草地上？看風吹着，到前面亭子上歇歇罷。

（小生閉目推介）我醉欲眠君且去。（沉睡介）

（童）主人睡了，我也頑頑去。（回顧，小生點頭介）少喝一杯也罷，竟醉得這個樣子，真是豈有此理焉哉乎也了，且自隨他。畢竟，我怎麼個頑法呢？（想介）唱小調，不好不好，沒人聽，不如在這草地上翻觔斗豎蜻蜓，打個滾頑頑罷。好好好，待我就頑起來。（作做諸般把勢，猛擡頭見旦，失驚仰望，回跑喊介）快來看喲！快起來看神仙喲！

（貼）小姐，天上過神仙了！

（旦、老旦同望介）

（童推小生介）快些起來看神仙，遲了就過去了。

（小生）在那裏？

（童）在天上。

（小生起坐，仰望介）

（童）不在天上，在河裏呢。

（小生）胡說！

（童指介）那船上不是神仙麼？

（小生揉眼覷介）果然有隻船隻，只是離的遠了，看不清楚，待我前去看來。

（欲行，童指介）不是這等看法，若一直走去，被他關上窗門，就看不成了。

（小生）也罷！我從這邊過去，隱在那株大柳樹後，仔細的賞鑒賞鑒。（作隱樹後看介）

（雜扮結怨使執鏡攜彩結暗上，立小生後，取鏡照小生，復以結拂小生，隨下）

（小生）呀！不料世上

【玉抱肚】竟有無雙佳麗，恰天然鉛華不施。玉釵鈿越顯容輝，素衣裳儘稱光儀。人間那有恁丰姿，想神女翩從洛水來。哎，我也顧不得唐突了，竟去求見則個。
（旦）關上窗子罷。
（老旦關窗介）
（小生上船介）
（末）好大膽叫花子，怎麼跑到船上來，還不快下去！
（小生跪介）張靈求見。
（末）快滾下去！
（小生不理）
（末舉手欲打，童喊介）船上大叔不要生氣，那是我家相公。
（末）是誰？
（童）是有名才子張靈相公。
（末）既是張相公，等家爺回船，代你轉達，請回罷。
（小生不行，童硬扯小生下船介）
（旦向老旦介）吩咐院子，將船移到僻靜地方去。
（末）是。（雜搖櫓下）
（童）今日不是童兒喊的快，險些兒鬧出亂子。
（小生復轉身，行介）
（童）相公那裏去？
（小生）我去將居趾說與他。（驚介）呀，你看，只剩

【掉角望鄉】【掉角兒】舞東風綠柳依依，漾湘紋春波瀰瀰。蕩悠悠游絲漫空，杳沉沉碧天無際。怎霎時間就彩雲飄，仙蹤渺，眼睛迷，縱書成，也難覓青鸞寄。【望吾鄉】魂搖曳，意推移，他為底將人避。

（徘徊凝想介）明明一隻船，船上一個美人，怎一轉身便不見了？
（童）天色傍晚，遊人盡歸，相公也回去罷。
（小生作凝立不聞介）
（童又說介）天色將晚，請相公回去罷。
（小生）呀！我

【尾聲】整心神癡呆未，那斜陽已在柳梢垂，咳，也只好遮莫含情默默歸。
（下）

第三齣　賞　圖

（外攜圖帶童上）
【甘州歌】【八聲甘州】迂拘性癖，廣文官冷已，點鬢霜新。推詳物理，歎如羽光陰何迅。纔從杏梢含笑臉，瞬絮滾花飛又暮春。【排歌】繁華果，富貴因，將來都付與行雲。辭學署，返里門，那舊時松菊想猶存。莫將遲暮惜年華，懶散為生尚有涯。抱甕灌園成底事，曲欄深護一枝花。老夫崔文博，教授海虞，妻亡解組，舟泊山塘。便道訪友，路過可中亭，得遇枝山祝君、六如唐君，見案上鋪《行乞圖》，圖中一少年神彩矯矯，是為才子張靈遊戲而作，此等舉動非真才子不能。想女兒年已及笄，若論婚姻，此生倒是個佳偶。即向二君乞得此圖，歸舟與女兒觀之，看其品騭如何。只是老夫呵，

【前腔】【八聲甘州】摧頹半百身，念膝前嬌女，選東床每振精神。今日呵，歸途訪友，山塘路緩踏芳塵。無意中得見此圖，想那圖中人鶉衣執卷丰采爽，恰不待添毫便有神。更聞此生【排歌】才超衆，志軼羣，籠人豪氣早凌雲。老夫此時呵，衷衷慰，晚意伸，特攜歸舟內細評論。明日拜訪唐、祝二君，面託玉成，也完了老夫一樁心事。

【尾聲】數年來縈方寸，何期一旦遇斯人，老夫此後便好去問水尋山訪隱淪。

第四齣　應　聘

（二內官引淨扮寧王上）
【六么令】心雄氣傲，攬人才異志潛操。望長江風捲浪花高，

待團艦舸擁旌旄。把文皇舊例從新效,把文皇舊例從新效。

（坐介）生是蛟龍體未舒,雨雲在望且徐徐。不甘蠖屈居人下,彼丈夫兮我丈夫。孤家寧王宸濠是也。幼襲藩封,壯干天位,雖然有志未遂,爭奈無隙可乘。且喜今上冲齡,巡遊無度,意欲乘此機會,直取燕都,先登大寶,然後下詔四方。且待謀士劉養正到來,與他商議。

（末上）暫為藩邸無雙士,待立開基第一功。（見介）願大王千歲千歲千千歲!

（淨）先生免禮,看坐。

（末告坐介）

（淨）孤家擬大舉入京,先生以為如何?

（末）大王且慢,養正籌之熟矣。大王聽啟:

【四邊靜】竭愚誠借箸前籌告,望選擇如花貌,先期入朝。引逗他沉迷漸昏眊,那時天心刺嘈,民心動搖。大王統貔貅振旅入燕都,管金鑾穩登了。大王可將美女畫成圖冊,一同獻上。臣再薦舉一人,包管大王大明江山唾手而得。

（淨）先生所舉何人?

（末）此人是三吳名士,姓唐名寅字伯虎,曾中上科解元,不特丹青妙天下,更兼才識俱長。大王卑詞厚幣,差內官前往,只說請他寫美人圖進御。大王既得個好賢禮士之名,又借其才畧共成大事,真一舉兩得,惟大王裁之。

（淨）此計甚善,先生可修下聘書,孤家一面選擇美人,一面差人前往。內侍過來!你可揀老成內監二名,備安車一輛,黃金、白璧、彩緞、明珠,往姑蘇走遭,如唐先生就道,飲食起居須要十分敬謹,如有絲毫忽畧,定將頭顱砍下!

（雜）領旨。

（淨）先生,孤

【前腔】納忠言急下求賢詔,看指日收功效。你謀猷委實高,這機關孰能料。那時天心刺嘈,民心動搖。統貔貅振旅入燕都,管金鑾穩登了。

（同下）

（二內監捧聘禮引安車上，繞場下）

（小生上）

【番卜算】一事挂心苗，輾轉丟難掉。聞良朋新赴辟賢韜，去囑訪佳人耗。小生張夢晉。聞六如有江右之行，不免前去話別一番，兼以婚事相託。（下）

（生上）

【好事近】幣帛遠相招，使者敦催就道。那南昌呵，滕王傑閣迴凌霄，好去把子安憑弔。小生唐寅，家居無事，久欲遍覽名區，恰好藩邸見招，且索前去走走。

（小生上，見介）

（生）正欲告別，來的恰好。（坐介）

（小生）聞六如上國觀光，一來奉送，二者還有要事相託。

（生）夢晉所囑何事？

（小生）前虎邱所遇佳人，訪知為南昌人氏，乞君為我多方覓之，冀得當以報。我此開天闢地第一吃緊事也，幸無忽忘。

（生）敢不如命。

（小生）夢晉更有一言奉告，久聞那寧王，

【剗鍬兒】才疏志大行粗暴，與兄怕未必能交融水乳兩和調。倘有不合，六如你勇退急流好，做閒雲最超。（合）怪驪歌唱早，離懷同悄。更何時剪燭西窗，推襟送抱？

【前腔】（生）敬聆金石承清教，況我此去只不過新圖代寫如花貌。只是一件，如訪着傾城耗，（笑介）夢晉你將何謝勞？（合）怪驪歌唱早，離懷同悄，更何時剪燭西窗，推襟送抱？

（內監上）請唐先生早些啟行，以慰王爺雲霓之望。

（小生、生同起拱介）請了。

（小生欲下，復回介）六如，奉託之件，千祈留意。

（生）敬承教。（分下）

（二內監引生坐車上，繞場下）

第五齣　偵　美

（小生上）

【普天樂】看幽階苔花結，聽高樹鵑聲咽。單則為一縷情絲，打迸做愁城萬疊。多應宿世種下冤和孽，致今生暮暮朝朝難拋撇。苦糾纏悶懨懨體榜清削，悄冥冥心旌暗曳。意懸懸只落得，信斷音絕。（坐介）曾經滄海難為水，除卻巫山不是雲。小生張靈，自遇那人之後，留心偵訪，茫無着落。只有人說是南昌人，恰不知名姓，中懷迷悶，好難排遣得呵！

【雁過聲】叨竊，玉顏偶接，慢回想那時一瞥。分明照眼珠光澈，月羞明雪輸潔，費幾多乾坤秀氣凝結。欲待將模樣兒細細揣摩一番，我又迷離忘俊鬝，恁纏綿宛似春蠶劣，莽無端自吐柔絲相縛也。只不知那人字人也未，若已字人，豈不把精神枉用了麼！怎生得一確信纔好？咳，天吓！天吓！既那人與張靈無緣，你又叫我見他怎的！（歎介，起）

【傾杯序】牽掣，長相思無休歇，甚烈火熬心熱。近來只覺得永日如年，美景如夢，剛到黃昏，未睡先怯。夢魂怎怗，對一燈明滅，才智俱竭，前曾囑六如代訪，只不知他可曾尋着那根節？

（癡立自語介）若已字人，豈不把精神枉用了麼！

（童暗上，聽介）六如六如，你訪的怎麼了？（坐介，伏案睡介）

（童立場角說介）我家相公一向與唐解元看花飲酒，論畫評詩，好生瀟灑。自那日虎邱回來，便天天帶我出去，也不遊山，也不玩景，只在山塘堤上左盤右旋，東張西望，不知為着甚的，險些兒將我的小腿跑折，這也罷了。不料自送唐解元去後，一發癡癡迷迷的，連門也不出，終日自言自語。此刻我纔明白這些緣故，皆因那船上美人而起。正是：要知心裏事，但聽口邊言。（點頭介）待我哄他出去散步散步。

（小生夢語介）六如，果然被你訪着了。（笑介）我好喜也。（醒介）呀，原來在此做夢。（沉吟介）

（童）昨日祝相公遣人約相公看浴佛演戲，去不去呢？

（小生不語介）

（童）聽得人說今年遊人比往常竟多出十倍，那些畫船把一條山塘總靠滿了，想那天相公見的美人船也必在內。相公不喜看戲，還到那裏逛逛去？

（小生不語，起行介）

（童）幾日不曾出門，怎麼另換了一個樣子？

【玉芙蓉】（小生）把芳塵緩踏賒，轉眼風光別。（童）此是柳塢。好森森一帶，翠陰排列。（童）燒香的真不少。行看那隨喜寺觀人喧擠，（童）好香，這裏總聞見猛吹來逐風降檀香郁烈。（童）已到山塘，不是那棵樹麼？記前番，有魂於此被人攝。

（童）那些船上要留神。（回來張看介）

【小桃紅】（小生）你莫向蘭舟獵，料沒有桃枝葉。（童）呀，好一對蝶兒翩翩恰羨尋香蝶，眠花占得芳菲節。（童）這蝶兒飛來飛去，只在我們面前，恰為甚的？春歸與你何干涉，怎偏向愁人恁地委折！

（童）童兒向各船瞧過了，沒有上回神仙，想必遊山去了，我們再到那裏尋去。

（小生、童引行介）相公，看好戲麼？

（小生）他演得不好，待我來演王子晉跨鶴吹笙。（推童子倒地，騎童背，作控鶴狀介）我

【催拍】鶴漫驂青霞任躧，（舉手介）笙漫調白雲可揭。指點蓬山那些，蓬山那些，我待袖挹浮邱，八極同閱。鶴呵，怎羽褵褷，不肯沖越。快些飛吓，休誤我飯覓胡麻，（打介）宜痛抶且輕撾。

（連打介）

（童負痛掀小生地上介）

（小生）既無分作天仙，作個水仙罷。也得也得一樣的。

【尾聲】祥煙擁瑞霧遮，雖較天仙遜些，暘好與那捉月青蓮同去也。

（作投劍池）

（衆救起，扶掖下）

第六齣　人　選

（旦帶貼上）

【如夢令】睡起唇朱微退，一縷枕霞痕嫩。人困日初長，簾外落紅成陣。成陣，成陣，細數幾番花信。奴家崔瑩，官閣新辭，鄉園乍返。你看春光雖斂，夏景方長，好一個清幽庭院也！

【羅江怨】湘簾捲翠煙，風光覰覥，漫徘徊無語小欄前，花枝人面相對鬥嬋娟。也。（貼）小姐，你說這裏花好，可知園中還盛呢！我將角門開了，小姐去咱。（引旦行介）那雀兒叫的好不熱鬧！（旦）嚦嚦清圓，頓語憐鶯燕。愛飛英五色鮮，籠碧苔似錦氈，襯凌波小印蓮痕淺。（下）

（外上）

【園林好】消長畫芸編靜披，撫嬌雛晨昏自怡。但選擇門楣非細，須玉樹配瓊枝，那張靈堪當其選，聞他好友唐六如不日至此，當倩彼玉成之。老夫崔文博，解組歸來，清貧自守。只為女兒姻事，未免挂懷。前在虎邱，擬託唐、祝二君，以舟人不能久待，匆匆遂返。今六如應藩邸之聘，待他來時，正好面商。

（童上）忽得驚人信，忙來報主知。老爺，禍事了！
（外）何事大呼小叫？
（童）王爺要選美女進御，不論官民人等，有女不報者，家人發遣，家財入官。老爺，報不報呢？
（外）小姐已許過人家，報甚麼！你再去打聽！
（童應下）
（外）說便如此說，未免多費唇舌，不如出外暫避為妙。院子！
（末上）老爺，有何吩咐？
（外）你去江口雇隻大船，明日一早，我同小姐到蘇州去。
（末應下）
（外）我也進去叫女兒打叠行裝。（下）

（旦引貼上）侍兒，放下簾子添了香，將繡床取來。（貼放簾，焚香列繡床介）

【嘉慶子】（旦）蘭窗待把金針試，（理絨介）要香絨細劈絲絲，（配色介）配顏色須教精緻。（繡介）這葉呵一片片翠離披，這花呵一朵朵淺深宜。花間無蝶便沒生趣，待我再繡個粉蝶兒。

（外上）女兒！

（旦）爹爹。

（外）可將繡床收起，有話與你商議。（貼收繡床介）目下寧藩選美女，我要攜你往蘇州暫避，可將應用的細軟收拾帶去，我有件心事也要完結，明日一早便行。

【尹令】好把囊裝早置，不特凶鋒權避，我就裏別存深意。此去訪那張靈，要把良姻早締，以後為父的便兩地悠遊酌酒看花暮景怡。那《行乞圖》必須帶去，不可遺落。

（旦）孩兒知道。

（外自語介）此去成就女兒姻事，倒也一舉兩得。

（童慌忙上介）老爺，不好了！不知何人將小姐花名報了，內監現在廳上，催迫小姐起身，叫老爺出去有話說呢！

（外）有這等事？

（旦哭介）

（外）我兒且免愁煩，為父的自有道理。（下）

【品令】（旦）魂飛春山，叠翠鎖雙眉。如珠清淚，點點濕羅衣。哎，天吓！兒家是含苞嫩蕊，怎禁風猛厲？咳，爹爹吓！衰年已至，歡膝下晨昏誰侍？去世的娘吓！你撒手西歸，倒也免得不捨難留那慘悽。（試淚介）事已至此，徒哭無益，況奴家此身，爹爹已許張靈，不免將《行乞圖》取出，題詩一首，寄與張生便了。（下）

（外怒容上）豈有此理！

【豆葉黃】飛災突至，何法兒堪施？況那寧王他又暴虐非常，一味的任情隨意。逞他威勢，逼人遠離。哎，罷了，要這老命何用！拚得個頭顱粉碎，拚得個頭顱粉碎，去面見強藩，何妨血濺階墀。女兒，

（貼）小姐哭了一回，去尋吉利圖題詩耍子去了。

（外）咳，兒呵，這場禍皆因你才貌而起，還題甚麼詩！侍兒，快取我冠帶袍靴，請小姐到來。

（貼應下）

（旦執圖）（貼捧冠帶上）爹爹，可有挽回？要冠帶何用？

（外）已字之女，例不入選，我去面見寧藩，與他辨論，寧可碎首，誓不叫我兒去的。

（旦）爹爹且自三思，爹爹此去倘罹不測，孩兒焉忍獨生！父女同死，亦復何益！況他是選去進御的，一到皇都，得見天子，面陳苦衷，或者天恩放回，天倫重敘，豈不比此刻同死的好麼？倘或不準，那時女兒便觸金階而死，死也死得明白，只求爹爹勿以孩兒為念，孩兒便去的放心了。

【玉交枝】人生苦事，最難禁骨肉分離。願爹休把離腸繫，算當初未養孩兒。此後呵，隨時宴飲且酣嬉，爹心曠達兒心慰。只是那《行乞圖》上有孩兒題的詩句，爹爹是必寄與張生，不要忘了，雖良姻未和伊締，孩兒也抱貞心不可轉移。

（外）那張靈我雖有此意，並未下定，可以不必認真。只要你保重身子，隨時過遣，為父的也就罷了。

（旦正色介）這是怎說，若不因爹爹心許張生，孩兒是閨中女子，珍藏那圖做甚麼？兒意已決，爹爹更勿多言。

（外淚介）兒呵，依你便了。

【川撥棹】無計留兒住，你隨機當自持。若到京中見天子婉曲陳詞，見天子婉曲陳詞，或可有濟，（背哭介）免使我心搖意馳。（旦）爹爹，請寬懷不用悲，膝前兒有日歸。

（外）我還有萬語千言，只是一時無從說起。兒呵，你今晚尚與我一處。

【尾聲】明宵此際你居何地？（旦）天吓，閃得人無門可避。（合）從今後兩處離愁兩不知。（下）

第七齣　賺　　歸

（丑上）只為一紙美人圖，多方聘取名下士。可憐陪盡瞎小心，誰知還受腌臢氣。區區寧邸中一箇內監是也。你道為何說這幾句？只因俺王爺是個雷厲風行的性子，近來被劉養正說轉了，可可那性兒比棉花還輭，不是奇事嗎？自聘那唐阿呆到此，莫說咱家陪盡小心，連王爺也十分恭敬。初時不過有些高傲神情，都道是名士習氣，也還罷了。不料圖成之後，陡然換了個樣子，每日裏不是狂歌就是痛哭，有時安靜便喃喃唸唸，說甚麼佳人難得，負我良友。說過了又說。有時又咬牙切齒，肆口嫚罵。前日王爺酬他寫圖之勞，盛陳筵席，尊他首坐，親自敬酒，他毫不謙讓，公然坐飲。王爺又命眾官一同跪獻三爵，那個阿呆接過來一飲而盡。此等踞傲已非情理，誰知他又放聲大哭，哭了又罵，那時合殿官僚盡皆失色，王爺倒陪着滿面笑容，說唐先生醉了，快扶去歇息，好生小心伺候。及至扶了回來，他又縱聲狂笑，跳起身來，將王爺最心愛的溫涼玉瓶撞得粉碎。那時咱家只得報知王爺，王爺勃然變色，說道孤家實在耐不得了。劉養正說大王欲成大事，何惜一瓶！那劉養正怕王爺得罪他，勸王爺明日送他回去。你想，巍巍的一位王子，被他如此作踐，一毫氣也不生，不是奇事嗎？此刻那阿呆想是起來了，我且去伺候着，不要惹他聒絮。（下）

（生偃蹇傲態上）內侍。

（丑）奴婢在。（生）快取酒來！

（丑斟酒，生飲介）內侍，你可曉得

【點絳唇】飲痛歌狂，逸情雲上，風流況。可恨你那昏王，怎說我胡頹放。

（丑）王爺敬先生如泰山北斗，何曾說這話來！不是奴婢多口，前日殿中哭罵，又將玉瓶撞碎，先生也有些不是。

（生怒介）咦，好大膽奴才！

（丑跪介）先生息怒。（斟酒介）王爺擬於明日送先生回府，不知去也不去？

（生）呀，你那頹王竟敢撐我麼！待我去同他算一算賬。（欲起介）

（丑慌，連叩介）可憐見螻蟻性命。

（生）我又不怪你，你怕甚麼？

（丑）先生一去，奴婢還有命麼！

（生）也罷，看你服事分上，饒過他罷。

（丑）叩謝天恩。

（生）再斟酒來！

（丑連斟）

（生連飲介）

（末暗上，與丑做眼色，聽介）敢問先生，明日還是坐車，還是坐船？

（生）我要行便行，一概不用！

（丑）可要劉先生來談談？

（生）見那混賬行子怎麼！

（丑）他是先生大恩人哩，若不是他極力迴護，王爺早惱了哩。

（生）他惱便怎的，況你那頹王，他只曉得

【駐雲飛】跋扈飛揚，那識尊賢禮士方。性傲心驕莽，豈有容人量。嗏，圖畫寫成將，他沒些兒獎。他可曉得當日李太白進《清平調》也不過作了三首絕句，他倒贏得唐環捧硯親相傍，我今正正的畫了十箇美人兒，難道就消不得宮嬪捧玉觴！若不看你面皮，定要同他論短長。

（丑背向末伸舌介）

（生）童兒，收拾隨我回去。

（童挑琴劍書箱上，隨生下）

（丑）你看那阿呆，真箇去了。阿彌陀佛！正是：酒逢知己千杯少，話不投機半句多。（同末下）

（生帶童挑行李上）小生唐寅。只為寧藩招寫十美新圖，內中有個崔瑩，真不愧傾城之色，曾拓副本收藏。後來有崔家院子送來書信一封,畫圖一軸,託我回去面付張靈,方知此女即夢晉囑訪之人,悔已無及。又見寧藩反形漸著,被我一味佯狂,方得脫身歸里。這也不在話下,只是將何面目去見夢晉喲!

【前腔】自恨荒唐,輾轉思量意恐徨。若見夢晉他定訊佳人況,我將甚言詞講。嗏,況崔女入宮牆,崔翁身喪,他見好事成乖怎不心悽愴!且這圖上有崔瑩題的詩句,那夢晉再細讀簪花字數行,必定要斷送多情奉倩亡。(下)

第八齣　慟　逝

(生上)小生唐伯虎。自離藩邸,一路耽耽擱擱,比及至家,已是仲秋時候。聞說夢晉患病,我且去看他。(喚介)童兒,攜了畫軸隨著。

(童應,拿畫上,隨行介)

【出隊子】(生)款循幽徑,要與伊人話別情。驀然秋氣刷身輕,是有涼飈拂面迎。看那野塘中翠蓋離披,如珠露零。(下)

(童扶小生病容上,坐介)

(童)相公,可想吃點湯水?

(小生不應)

(童下)

【前腔】(小生)纔眠旋醒,纔眠旋醒,恍惚迷離喚懶應。我幾番清夜自推評,這段愁魔怎的生。真個是有影無形,偏教人強絆苦縈。

小生張夢晉,自那日回來,一病幾殆。聞說六如已去南昌,不知到家也未?他與我訪的那件事有無着落,好生懸挂!(伏案睡介)

(丑扮結歡使者笑容上)慣幫人結同心結,一結同心不許開。俺,結歡使者是也。

(雜扮結怨使者上)俺,結怨使者是也。(指鏡介)但願世間兒女,像這影過即空無色相,歡從何至怨何來。(見介)

（雜）使者為何這等歡喜？

（丑）俺在唐六如家，看他那閨房之樂，真是有一無兩，令人可欣可羨。適纔又與他們結了許多的歡，心裏快活，不知不覺就現於面了。你拿這許多家什，請問又到那裏作耍去？

（雜）俺到張夢晉家去，請了。（下）

（丑跺腳介）真真是個情場惡煞，只不知古往今來，被他斷送了多少佳人才子，可恨可恨！（下）

（生帶童上）

（小生醒，低喚介）童兒。

（生前執小生手介）夢晉！

（小生）六如，你回來了，好不盼殺我也！

（生坐介）我昨日纔到家，聞你抱恙，只道偶有感冒，如何竟清減得這般！你這病畢竟因何而起？

（小生）這且緩談，可將你近況並弟所託之事早些見教罷。

（生向童手取畫介）這軸美人圖，你可細細的賞鑒賞鑒。（展圖介）

（小生強起介）

【二郎神】勞延頸，對冰綃畫圖猛省，何處美人閒造請。似曾識面，模糊記不分明。（凝想介）噫，是了！那日山塘遊戲騁，遇嬌娃依稀堪並。（向生介）六如，果然被你訪着了，待我拜過美人，再謝你這月下老。（取畫鋪案上，跪拜介）美人美人，念張靈，連連叩首為君，謝失趨承。

（生）夢晉，你且安坐一邊，內中還有許多曲折，待我從頭相告。

（小生坐介）

（生）我那時呵，

【集賢賓】新圖十幅親手成，一箇箇風姿綽約輕盈。中有崔素瓊更是才比雙文貌比鶯，兼蘊着蕙蘭心性。可惜他良姻未訂，良緣已盡。被那昏王活查查，將去送入宮庭。

（小生急介）六如，我問的是美人消息，你怎扯起閒談來！

（生歎介）正是說的美人呵。

（小生驚介）呀，這是怎講？

（生）寧藩命我寫十美圖，見一人為十美之冠，摹一副本。及進御之後，有人送來書扎一封，畫圖一軸，方知此女姓崔名瑩字素瓊，其父曾為海虞學博，妻亡解組，舟泊山塘，便道訪友。適我與枝山為你畫《行乞圖》，崔翁見之，謂非真才子不能，（小生作聽呆介）並欲託我與枝山聯兩姓之好。因舟人催迫而反，其後崔翁復欲攜女來吳訪你，面議姻事。尚未起身，即遭選禍。此女臨行將《行乞圖》題詩一首，崔翁作扎託我帶回。不數日，那崔翁也就死了。（起，向童手取圖，展開指介）這便是崔瑩題的詩。

（小生搵淚，急視讀介）才子風流第一人，願隨行乞樂清貧。入宮只恐無紅葉，臨別題詩當會真。

【黃鶯兒】留句代尋盟，比珍珠字字清，一篇已足為媒定。奈他宜家未行，喪門又臨，隻身遠把宮中進。（哭介）誤卿卿，這是俺書生薄命，當不起你小姐多情。

（向生介）六如六如，吾今死矣，死後乞以此圖殉我。（取紙疾書介）張靈字夢晉，風流放誕人也，以情死。

（擲筆大哭倒地，生扶介）夢晉醒來！夢晉醒來！童兒，快扶張相公到房中歇息！

（童扶小生下，生恨介）宸濠呵宸濠，你

【琥珀猫兒墜】驕恣橫暴，惡貫幾時盈。平地埋人慣掘坑，諒你昭昭反迹漸彰明。威靈，終有一日天兵定斬長鯨。

（童上）告相公得知，張相公扶到床上，隨即氣絕了。

（生）怎麽説？

（童）張相公氣絕了！

（生哭介）夢晉夢晉，你真箇為情而死，總是我唐寅幾筆丹青害了你也！我想，你與崔素瓊一歸地府，一入宮庭，你二人過去因中是怎的來喲？

【尾聲】青衫紅粉同悲哽，生死難拋一縷情。（向案上取圖介）只這幅圖兒便是才子佳人落的身後影。童兒，你將院子喚來備辦一切，我也去一同料理。夢晉夢晉，你正是天上有星臨薄命，人間

無藥治相思。（攜圖下）

第九齣　還　珠

（旦乘車上）

【番卜算】春杪記離家，瞬忽過長夏。不知望眼幾番斜，爹爹呵，爹爹呵，可曉兒歸也！奴家崔瑩，被選入都，值天子遠在豹房，不曾召見。後因宸濠就擒，有旨放歸田里。奴家真個僥倖也！回想那時呵，

【風入松】落紅如雨送香車，似共淚痕同灑。文姬遠塞明妃嫁，恰一般愁腸牽掛。何期今日感皇恩綸音降下，竟不要黃金贖取還家。

（淚介）呀，崔瑩崔瑩，爹爹若見了你，也不知怎生喜呢。我且不要傷心，譬那老死深宮，也只無法。今得天恩放還，天倫重聚，還不是好？且在這窗子裏望望沿途風景，也是三四千里的行蹤。（望介）真個好一派清爽氣象也！

【前腔】風光漫說是春佳，怎秋光也無價。望那渲青界白如圖畫，是遠林內幾點人家。想奴深處閨中，這水遠山遙何曾見也，疑門外咫尺是天涯。天吓，幾時纔能見着爹爹喲！（下）

第十齣　殉　玉

（旦淡妝，帶老旦、貼上）

【步步嬌】剛把那一點驚心纔寧帖，蒙恩旨放歸金闕。誰料奇災先降也，痛殺嚴親，深藏墓穴。可憐奴家離恨一襟賖，只落得杜鵑曉夜啼紅血。奴家崔瑩，得放還家，嚴親已歿，本是痛不欲生，只因養娘苦苦相勸，院子又述爹爹遺命，因此拜辭墳墓，買舟前來。可巧仍泊在春間那個地方，已打發院子到唐六如那裏去了。（歎介）咳，春間尚有爹爹同行，今日隻身來此。（哭介）我那爹爹喲！

【江兒水】方幸天倫聚，何期成永訣。剩這煢煢弱女誰提挈？

隻身兒小舟趁一葉,寸心兒柔絲縈萬結。這已斷姻緣能聯接,雙親何故,不得再教生活?

(老旦)小姐,不要思前想後,保重玉體要緊。將來夫妻和美,老爺太太在陰間也是歡喜的。

(旦)養娘,你教我怎不思想喲!爹媽如在,今日豈要奴家自主,只是院子也該回來了。(末上,見介)小姐,老奴回來了。

(旦)你聽唐相公說甚麼來?

(末)沒甚麼說的,唐相公因今兒晚了,明日相見,還教老奴勸勸小姐,不要煩惱。

(旦驚介)此話我不明白,你可細細說來。

(末)沒甚麼說的,明兒唐相公來就曉得了。

(旦怒介)大膽奴才,你敢搪塞我麼!

(末叩介)老奴不敢。

(旦)你可細細說來,不許含糊一字。

(末)老奴說便說,千祈小姐不要煩惱。那張相公已於前月初旬死了,唐相公說雖是氣數使然,還是張相公沒造化。

(旦呆介)

(末)養娘,好生小心陪伴小姐。(末下)

(老旦)小姐,且自寬懷,可記得那日老爺說的,並未傳紅下定,不必認真。有小姐這般才貌,怕沒個王孫公子,多是那人無福消受,所以死了,咱們明日回去罷。

(旦不語,忽正色介)呀,崔瑩崔瑩,你好癡也!

【清江引】今生為底多磨折,分明總是前生孽。倒要拿定主見作事勿稽遲,為人毋懦怯,拚得個膩粉弱脂鑄成鐵。養娘,傳語院子,明早安排香燭果酒,隨我到張相公墳上致祭,叫侍兒同去。你在船上照看行李,唐相公來,我還有些言語不好當面說得,妝盒裏面有封字,你拿給他看,他就明白了。

(老旦)小姐放心,老身知道。只是明日小姐設祭過,早些回來,好一同回去喲。

(旦微笑介)明日正是我回去的時候了。(同下)

（末捧香燭，引旦孝服帶貼上）

【香柳娘】看秋容慘冽，看秋容慘冽，似為人添悲助咽，只是奴家此時呵，不特中懷少淒切。倒轉覺心神爽澈，轉覺心神爽澈，堪歎人生幻影，空花易消滅。縱上壽百年也無非一瞥，也無非一瞥，少緩須臾，便與古人同列。

（末指介）前面那塊新碑不是張相公的墳麼？

【前腔】（旦）正肝腸迸裂，正肝腸迸裂，分明在那，又斷腸碑碣。咳，崔瑩，更有何話說，更有何話說，想彼祝英臺，千古擅芳烈。況沒甚牽纏扯掣，況沒甚牽纏扯掣，一意孤行，自甘澌滅。

（末）到了，等老奴排列停當，小姐再拜奠。

（旦）排列好了，不必在此伺候，去請唐相公上船，再來接我。

（末）是。（作排列介）（向貼介）收拾齊備了，你好生伺候小姐，我請唐相公去來。（下）

（旦上香介）

【前腔】把清香敬爇，把清香敬爇，（跪介）低鬟拜者，願英靈鑒此微忱竭。奴與郎君雖絲蘿未結，雖絲蘿未結，才子光儀，畫裏每相接。（哭介）況嚴親曾擇，況嚴親曾擇，地下尋盟，庶幾無懕。

（貼勸介）

（旦起拭淚介）侍兒，那邊遠遠開的是甚麼花，倒也可愛。

（貼）想是野菊。

（旦）你去採些帶回船，我在這裏等你。

（貼）小姐，就在這石上坐坐罷。

（旦）不要多管，快採花去！

（貼應下）

（旦化紙介）

【憶多嬌】灰颺處，飛亂蝶，（澆酒介）一盞椒漿澆馬鬣，澆奠已畢，早些尋箇歸着罷。（徘徊四望介）四顧茫茫何處歇？呀，那邊好一帶楓林，看赤似丹霞，看赤似丹霞，不如就到那裏去罷，（行介）林呵，林呵，借重你成就我從夫大節。（作到解帕，向鬼門結扣介）

【鬥黑麻】款解冰綃，向枝頭牢將扣結，為判陰陽，故此關特設。（回望介）只怕養娘要來，急忙的，催返棹。想此時唐六如不知已到船來，我身後諸般，要伊打叠。崔瑩崔瑩，你俄延怎的，就此去罷！（理扣介）不由人將身一撒，須臾魂銷氣又滅。含笑從容，向泉臺去也。（縊下）

（末上）在下崔家院子崔恩的便是。奉小姐之命，將唐相公請到，隨即趕來接小姐回船。呀，小姐梅香一齊往那裏去了？（望介）

（貼執花上）

（末）姐姐，採那野花做甚麼？小姐呢？（貼）小姐說此花開得別致，教我採些帶回去，小姐在石上坐着等你呢。

（末驚介）不好了，快快尋去！（同行，四望介）

（貼）不是小姐麼，原來在那裏玩野景兒呢！

（末）在那裏？

（貼指介）那樹邊立的不是麼？

（末急行，向鬼門看）呵呀，唬殺我也！原來小姐自縊死了，好個才智兼全的烈女！（向貼介）你在此守着小姐，我去報與唐相公知道。（急下）

（貼哭介）我那小姐人兒也！我那有仁有義的小姐人兒也！（哭下）

第十一齣　酬　　墓

（丑上）美人如毒蜂，螫得主人死。若能少緩些兒個，不獨開花還結子。在下張相公家書童雲箋的便是。只因一片報主忠心，弄出許多煩惱。列位不嫌絮聒，聽在下細細的表白一番。我主人張靈相公，是當今才子，一心要配個絕代佳人，時常與唐六如相公談論甚麼鶯鶯太白，把在下耳朵總聽熱，因此日日留心，代主人察看。不意去年春間，主人在山塘街效劉伶乞飲，醉眠山塘堤上。那時我見塘裏船上有位美人，隨即請主人往看。呵喲，這就不好了喲！自那天為始，我主人便逐日沿堤訪問，僅僅訪得此人是南昌人氏。可巧唐相公往南昌，我主人就囑他細訪。若是訪不着也罷了，偏偏將他畫成圖像,送與皇帝老子,這還算是不知不招罪。及至唐相公回來,正該將這件事掩過不提,偏偏的他又直言不諱,還有甚麼詩兒圖兒。我主人因那美人相思病害得已久,被他一激,遂一慟而死。誰知主人死後,那美人又來了,往哭主人,就縊死主人墓下。唐相公將那美人與我主人合葬一處,將美人的侍兒配與在下為妻,又買山地數畝,令與老仆崔恩同居守墓。這煩煩惱惱,不是在下一片忠心上來的嗎!閒話少說,今日唐相公要來上祭。(喚介)渾家那裏?

(小旦上)繡閣曾為伴,荒墳又結鄰。做甚麼?

(丑)唐相公要來上祭,我到那裏照應去,你好生烹茶伺候。

(小旦)那個唐相公?

(丑)就是成全你我婚姻的唐相公。

(小旦)原來是他,我心裏恨還恨不過來,有那些力氣!

(丑)你為何恨他?

(小旦)我恨他胡描亂寫,將我那如花如玉的小姐活活斷送。(哭介)我那小姐人兒也!我那有恩有義的小姐人兒也!

(丑)莫哭莫哭,為人在世,也要憑個良心。論理,你還該感激他纔是。

(小旦)我感激他甚麼?

(丑)若不是唐相公一番義舉,你我主人豈得安眠地下,我二人又豈得如鼓瑟琴乎也哉!(小旦)啐!(同諢下)

(生帶童捧香酒上)

【搗練子】穿紫陌,步青郊,山村處處酒旗飄,已九十春光過半了。落拓青山名士影,迷離香草美人魂。小生唐六如,自葬夢晉、素瓊之後,忽忽少歡,不免再往墳前哭祭一番。只是良友云亡,春光依舊,好生傷感人呵!

【山坡羊】碧搖搖楊絲風裊,豔晶晶杏花煙罩,翠生生細草鋪氈,渾融融春色無邊浩。終有一日亂英飄,任燕掠與鶯掠。還則怕墮溷沾茵難料,誰將金鈴繫牢,遍芳園護着,庶不似我那亡友張夢晉方蓄蕊已蔫苞。我近來恰也勘破虛囂,利名場眼怕瞧;高超,浮大白盡一瓢。(歎介)記得去年,我與枝山在虎邱,

【步步嬌】聯襟接袂抒懷抱，俯仰乾坤小。那時夢晉他攜書挾杖條，悟石軒前乞兒曾學，因此留下一幅畫圖，致與那崔素瓊，兩地種情苗。可惜良緣只是一面，今日呵張生已秋風玉樹凋，崔女亦春夢瓊花渺。

（作到丑上，迎介）唐相公來了，小的去安排香案。（作焚香點燭）

（生徘徊四顧，歎介）夢晉一生狂放淪落不偶，得與崔美人合葬此間，消受香光，亦差可不負矣，但將來未知誰葬我唐寅耳！（掩淚介）

（童）排列齊備，請相公行禮。

（生上香，斟酒拜介）夢晉夢晉，可知六如在此？（哭介，起澆酒介）

【風入松】幽明路隔一條條，這精誠誰與告？滿斟濁酒墓門澆，算仍投當時紵縞。夢晉夢晉，你我生前那般款洽，怎一死就不相見？我今夜宿在此間，夢晉你若肯翩然來到，方是我唐六如的死生交。

（丑）唐相公請自保重，我主人比活的時候還快活多多哩！

（生坐介）何以見得？

（丑）我主人自與崔小姐合葬之後，儘有人看見。小的先前也不信，今年上元與渾家看燈回來，果然望見他二人並肩坐在相公坐的這塊磐石上。

（生）是真麼？

（丑）小的怎敢說謊！

（生不語，凝思起介）哎，是了。

【前腔】人生總以情相膠，況才子佳人尤多感召。他生不入鳳凰巢，死也埋鴛鴦窖。夢晉，你與崔素瓊此際已琴瑟靜好，想他生也必共吹簫。

（丑）請唐相公到屋內去吃茶。（引生下）

第十二齣　鬧　詩

（場上列燭臺、茶碗，生上，坐介）人亡方有恨，天遠更無涯。待欲招魂問，孤燈自落花。小生唐六如，日間躬弔夢晉、素瓊之墓，聞他二人每每乘夜遊行，因此留宿墓廬，以希一遇。不免且到外間等候他。（起行介）

【梁州新郎】【梁州序】荒原岑寂，閑門虛迥，冉冉花移月影。廝和得淡煙輕靄，碧濛濛一片氤氳。幾番徙倚，幾度徘徊，夜氣侵衣冷。（聽介）漏傳三鼓矣（望介）渺音塵，（引手作勢介）等得我目倦神昏屢欠伸。【賀新郎】無捉摸，增愁悶。（淒然介）多應是幽明路隔難相近，（轉行介）且進去旽睡片時，好從那春夢裏訪元真。（伏案睡介）

（小生、旦挽手上）

（小生）三生石上舊精魂，賞月吟詩不要論。慚愧情人遠相訪，此身雖易性常存。小生張夢晉。

（旦）淒迷往事怕重論，夢裏姻緣夢裏身。今古茫茫皆是夢，怪人偏說夢非真。奴家崔素瓊。

【前腔】【梁州序】（小生）春宵如晝，一刻千金，當世何人管領。瓊娘，我與你款攜素手，共證幽情。生離死合，後果前因，消息無憑信。回憶那日山塘堤畔也驀相親，疑到蓬山見玉真。【賀新郎】後來便眠食廢，心思縈。日移帶孔腰圍損，只覺憎美景厭芳辰。

（小生）瓊娘，我與你人世乖離，冥中好合，亦足補生前缺陷矣。

（旦）晉郎，今日之歡，皆六如唐君所賜，真令人衘感也。

（小生）便是。他今現宿墳屋，我們乘此月色，訪他一謝。

【前腔】【梁州序】（旦）風流雲散，香消玉殞，到此應償宿恨。想一抔黃土，再不教鳳拆鸞分。任憑同心帶綰，如意釵橫，好事無人償。奴家那時呵，並非輕猛浪畢餘生，也只圖連理花開地下春。【賀新郎】今鴛塚內，雙眠穩。晉郎，我與你倡隨已不讓天仙韻，又何須向那人世上說還魂。

（生欠伸介）好沈困的呵！（起介）許久不見夢晉，我且尋他閒話去。（行介，看介）呀，這是元墓，我明明的去訪夢晉，怎來到這裏？（想介）噁，夢晉是死了耶！（淚介，四望介）我今早還來奠墓，怎一時就忘了？只是日間梅花已零落殆盡，為何此刻又開得這般茂盛？襯着這月色，是好一幅疎花朗月圖也！

【漁燈兒】莽莽的月輪挂朗澈如銀，疏疏的梅枝亞潔淨無塵。惜沒個同心侶來傾玉樽，（內朗吟介）花滿山中高士臥，月明林下美人來。（生側耳聽介）呀，這聲怎熟要分明詳審，（小生上）（生廝認，驚喜介）果是夢晉。（前迎介）急趨迎（執手介）更握手欣欣。

（小生）六如，別來無恙？

（生）夢晉，則被你想殺我也！

【錦漁燈】（小生）咫尺地乏麟鴻怎通芳訊，特奉告續前緣已配佳人。（旦上，小生指介）六如，你看那邊來的霧鬢風鬟倩女身，請同行去那梅花深處細談論。

（同行到介）

（生四望介）水僻山幽，一個大好所在，是幾時移居的？

（旦）唐君請坐，待我二人拜謝。（小生、旦同拜）

（生答拜介）

【錦上花】（小生、旦合）同叩首敬謝君，謝高誼上薄雲。不獨是代營佳壙妥雙魂，更置丙舍守墓門。攜樽酒奠故人，蒙君處處費精神，我二人雖為異物，也沒齒不忘恩。

（生）分所應為，豈敢當謝。這等說你們不是生人，我正好將地下事請教，畢竟有無宿因。

【錦中拍】（小生）你休問果假報真，須認取吾身。不過是陰陽轉運，鼓鑄出聰明愚蠢。榮華苦辛壽夭富貧，咳，終竟留不住人間雙影，也似停不住天邊兩輪。無古無今，總是浮塵，其間雖有更替，也只算舊詩書重翻本。

（雜扮高啟大呼上）我高季迪梅花詩乃千秋絕唱，何物張靈妄稱才子，改雪為花，定須飽我老拳！

（小生、旦閃下，雜前摔生介）當捶此改詩之賊才子！

（丑扮結歡使上，攔介）不得無禮！

（雜下）

（生）多承排解，敢問上姓尊名？

（丑）俺，結歡使者是也。

（生）原來是位仙真，失敬了。（拱介）請使者暫停仙馭，唐寅還有要事相問。

（丑）願聞。（對坐介）

（生）敝友張靈與崔瑩婚姻間阻，是何因果？

（丑）人世婚姻皆歸月老執掌，氤氳使撮合，更有結歡、結怨兩使者。那如魚似水情和意洽的，俺結歡使便去與他湊趣，他就愈加固結；那曠夫怨女春恨秋悲的，那結怨使亦從中調撥，教他越越乖離。

（雜扮結怨使上，向生、丑拱介）請了。

（丑推介）你靠後些！（向生介）不要理他，他最是可遠不可近的人，貴友張靈為他所害。今既相遇，你可着實的打他幾巴掌。

（雜點頭歎介）若說那張靈，

【錦後拍】他若不自傷神自消魂，自種三千病魔根。他愁縈恨蘊，他愁縈恨蘊，俺怎得時時暗中乘釁，（向生笑介）論閨房內豔福孰如君。儘享受，翠圍紅陣，（指丑介）那也不是你的功勞，須知道豐盈缺陷皆定分。你可記得月老派差之時，俺本是結歡使，這結怨使原是你的。俺怕你逞才任性，不知惜玉憐香，因此與你換了過來。今日正為這千人嫌萬人惡的差事難當，特來尋你同見月老，一則歸結崔、張之案，二則求他老人家或令派一差，或仍與換轉。

（丑惱介）哇！你也不看看你那嘴臉，竟妄想奪俺這美差！

（欲打雜，雜扭丑介）不要逞強，俺與你見上司去！

（生欲前勸，丑同指介）那邊張靈來了！（推生坐原處，同雜扭結下）

（生欠伸，醒介）（起介）呀，好一場大夢也！（作凝想，復大笑介）六如六如，何夢非真，何真非夢。

【尾聲】分明一枕遊仙穩，奈打得晨鐘太緊，方通道是浮生有

盡情無盡。（下）

儘有微波未許通，乍相逢處太匆匆。
繭中蝴蝶真情種，鏡裏芙蓉亦怨叢。
野雉朝飛塵夢醒，彩雲春散畫圖空。
吳山不是蒼梧地，也聽湘靈一曲終。

祭風臺

（楚曲）

清·佚名

【作者簡介】《祭風臺》成書年代不詳,作者不可考。王瑤卿的《先外祖郝君蘭田小傳》(1943)說,清代道光、咸豐年間,"徽地盛行《祭風臺》,與京師三慶部所演者,穿插大不相埒"。

【劇情概要】清代楚曲作品。全劇二十八場,敍說三國時赤壁之戰故事。主要内容是對羅貫中《三國演義》第四十二回到第五十一回内容的敷衍,虛構的成分較多。主要關目有舌戰羣儒、羣英會、蔣幹盜書、對火字、草船借箭、打黄蓋、連環計、觀風得病、祭東風、火燒戰船、華容擋曹等。思想傾向亦是擁劉反曹。在劉備"棄新野,走樊城,敗當陽,奔夏口。無有容身之地,只得退歸江夏容身"的窘困之時,曹操志得意滿,率八十三萬大軍,直下江南,急欲席捲東吳,統一天下。在這危急時刻,東吳大夫魯肅拜見劉備,邀請諸葛亮到東吳共襄防務。諸葛亮隻身渡江,却被孫吳主帥周瑜視為潛在的敵手。周瑜忌賢妒能、恃才傲物,屢次想加害孔明。魯肅是忠厚老實的謙謙君子,周旋在周瑜與諸葛亮的角逐中,有時不免處於尷尬的境地。諸葛亮處在明槍暗箭、危機四伏的環境中,坦然自若,應付裕如,巧妙地保護了自己。赤壁之戰前的鬥智中,周瑜屢出巧計,引導敵方入彀,操縱曹操於股掌之中,但他的一舉一動,總是被諸葛亮一眼看破,他針對諸葛亮設置的圈套總是不能奏效。在戰略佈署的重要環節"借東風"上,周瑜不得不俯首向諸葛亮求計。諸葛亮以同心破曹的大業為重,在關鍵時刻祭得東風,與東吳共同擊敗了不可一世的曹操。最後,使劉備未費兵卒之勞,智取南郡、荆州、襄陽。

【版本流傳】《祭風臺》有北京圖書館藏清鈔本,陳翔華《明清時期三國戲考略》認為:"此本署'戊申'當為抄寫時間,據紙色似為清道光二十八年戊申之物,疑為道光間抄本。"另有漢口唐氏三元堂本、文升堂真本、文雅堂刊行《新鐫楚曲十種》本、李世忠編刊《梨園集成》刻本等。本書以"文升堂真本"為底本,參校李世忠編刊《梨園集成》刻本等。"文升堂真本"第三場有"吾皇祖在沿陽百戰百敗"的文字,"沿陽"當為"咸陽",為避"咸豐"諱,當為咸豐年間本。

【演出情況】《祭風臺》顯示了清代地方大戲豐富的藝術表現手段,它是歷代藝人智慧的結晶。元陶宗儀《南村輟耕錄》載"院本名目"中已有《赤壁鏖兵》,元雜劇中亦有同名劇目,均已散佚。明代弋陽腔《劉玄德三顧草廬記》中,第二十六折(魯肅過江)至第四十三折(關羽請罪)也演赤壁之戰故事。從《祭風臺》可以看到它與弋陽腔的繼承關係。在《祭風臺》的基礎上,經過長期演出,不斷豐富修改,產生了京劇優秀作品《羣英會》、《華容道》等。

(賀　昕)

小　引

　　英雄所爭者才智，曹兵將至，周郎猶有戒心，自孔明視之蔑如之也，二人之高下見矣。然則赤壁之功，實孔明祭風之力，占得荊襄諸郡，不為過分。嗚呼！周郎亦才智兼擅之人，但為臥龍所壓，生喻生亮之歎，英風固凜凜千古也。

報　　場

（末上）

（白）漢室英賢，孔明過江激孫權。周公瑾鄱湖水戰，諸葛亮舌戰羣賢。蔣幹過江中計，曹操自殺水軍。孔明曹營借箭，徐庶兵逃潼關。黃蓋苦肉把糧送，龐統巧計獻連環。祭風臺告星禳斗，華容道釋放曹瞞。孔明一氣周公瑾，保劉備駕坐荊襄。來者劉玄德！

（下）

一場登場

（末上）

【引】漢室宗裔，炎涼託天庇。汪洋如濟，泰山稱展鵾鵬翅，欲整皇圖業基。

（白）涿郡生英俊，超然自不羣。創業心猶重，敬賢自殷勤。孤窮劉備，字玄德，乃大樹樓桑人氏。只因當初兵敗汝南，投奔劉表，不幸景升晏駕。弱子劉琮，聽母之言，將荊襄九郡獻與曹操，使孤窮棄新野、走樊城、敗當陽、奔夏口，無有容身之地，只得退歸江夏容身。正是：藏頭伏爪潛海底，等待春風起臥龍。

（丑上）（白）曉日貔貅帳，春風虎豹營。啟主公！東吳魯肅過江。

（末白）站過！

（丑白）是！

（末白）嚇！我想魯肅與孤素無相識，今日過江，未知何事來？

（丑白）有！

（末白）請上先生！

（丑白）有請先生！

（生上）（白）談天論地古今天，人稱南陽美丈夫。山人參駕！

（末白）先生少禮，請坐！

（生白）告坐！主公，喚山人進帳，有何軍情？

（末白）東吳魯肅過江，所為何事？

（生白）啟主公！那曹操統帥八十三萬人馬，兵抵赤壁，欲奪江南。他差人前來探聽虛實。只是此番來得正合吾意。

（末白）怎見得？

（生白）待山人憑三寸不爛之舌，去往東吳，激動孫權，與曹操南北相爭，待山人於中取事，占得漢室諸土，以為久遠之計。

（末白）如此却好！來！

（丑白）有！

（末白）有請魯大夫！

（丑白）大夫有請！

（外上）（白）荊州少時坐，江上一帆風。

（吹打，見禮）

（外白）先生請！皇叔臺坐，待魯肅參拜！

（末白）大夫過江，乃是貴客，須行常禮！

（外白）遵命！

（生白）看坐。

（外白）皇叔在此，魯肅焉敢望坐？

（末白）那有不坐之理？

（外白）告坐！先生請！

（生白）請！

（外白）久仰皇叔，無緣拜識，今日一見，三生有幸！

（末白）大夫臨駕，蓬蓽生光，實辱高名。

（外白）豈敢？久聞先生才高北斗，如皓月當空，今日一見，話不虛傳。

（生白）才疏學少，有辱明問。

（外白）豈敢！請問皇叔，小末過江，特來領教，不知皇叔與曹操爭戰勝負如何？

（末白）備兵微將寡，聞曹兵一到，喪膽失魄，一時奔走不迭，虛實不知，此事要知細節，須問先生。

（外白）嚇！先生！小末特領今日之教，曹操虛實如何？

（生白）大夫，那曹操虛實，山人盡知。只是寡不能敵衆，只能耐守以待天時。

（外白）先生！想我東吳，兵精糧足，先生何不同小末過江，見了吳侯，協力破曹？

（生白）我主與你主素不相識，又恐枉費唇舌耳。

（外白）先生！令兄現在我國參謀，就此一同前往。

（末白）先生乃我國軍師，豈可遠離？

（生白）主公，事已至此，山人只得前去走走。

（末白）先生既要前去，需要早去早回。

（生白）山人知道！

（末唱）孤與你朝夕間不離左右，到東吳必須要及早回朝。曹孟德兵扎在三江夏口，兵又多將又廣孤實擔憂。

（外唱）孫仲謀平日裡待人寬厚，敬賢才禮下士最有所求。況東吳文武輩兵精糧足，管教你報昔日當陽之仇。（下）

（生唱）我君臣敗當陽計窮夏口，天賜我魯子敬湊我機謀。此一番倘若得大功成就，那時節保主公駕坐荊州。

（白）山人去也。（下）

（末唱）恨曹瞞，逼孤窮正當束手，天賜我諸葛亮，恢復漢口。

（下）

二場　回　朝

（八手下中軍、正旦上）

【引】六韜三略定江山，要把中原一掃平。

（白）鐵甲將軍賽虎威，執掌元戎習水軍。掃盡中原稱上國，方顯英雄志量深。本帥周瑜，字公瑾，乃懷寧人氏，在吳侯駕下為臣，官拜水軍都督之職。奉了吳侯旨諭，鄱湖操練人馬。今有曹操統領八十三萬人馬，兵抵赤壁，逼迫江南。吳侯有旨：宣本帥回朝，定計破曹。中軍！

（介白）有！
（正旦白）吩咐班師回朝！
（允白）班師回朝！
（八風）（下）

三場　舌　戰

（末、副、丑、小生同上）
（末白）談天論地口舌開，
（副白）珠璣錦繡絕塵埃。
（丑白）安邦全憑文章貴，
（小生白）治國還要棟梁才。
（末白）老夫姓張，名昭，字子布。
（副白）下官姓呂名范，字仲祥。
（丑白）下官姓薛，名琮，字敬文。
（小生白）下官姓陸，名績，字公紀。
（末白）列位請。
（衆白）請！
（末白）你我奉了主公之命，與諸葛對答。聞孔明飄飄然有出世之才，昂昂然有凌雲之志，你我對答，須要準備，不枉東吳俊傑。
（衆白）言之有理。
（外上）（白）未謁東吳英俊主，
（生上）
（白）先來蓬下會羣英。
（吹打）
（衆白）來者莫非孔明先生？
（生白）然也！
（衆白）先生是客，請上坐！
（生白）有占了。（坐介）
（衆白）我等不知先生駕到，未得遠迎，多多得罪。

（生白）小人來到衝撞，望列位海涵。
（衆白）豈敢？
（末白）久聞先生隱居隆中，每比管、樂，此語果否？
（生白）此乃山人平日樂敬之處，何足道哉？
（末白）昭聞管仲相桓公，一匡天下。樂毅伏危燕，下齊城七十二座。皇叔未得先生之時，倒有荊襄之地；今得先生，荊襄一旦歸於曹操，是何理也？
（生白）吾主不忍奪同宗基業。那弱子劉琮，聽母之言，將荊襄九郡，獻與曹操。我君臣苦守夏口，自有良謀，非等閒可知也。
（唱）荊襄王晏了駕兵權歸蔡，那劉琮他本是弱子嬰孩。恨蔡瑁和張允把國盜賣，我要取那荊襄有何難哉？
（副白）先生！古者言之不出，耻躬之不逮也。當初皇叔未得先生，橫行天下，霸占四海；今既得先生，反棄新野、走樊城、敗當陽、奔夏口，不如常初，是何故也？
（生白）豈不聞勝負乃軍家常事，勿以勝敗而論英雄。當初項羽百戰百勝，一敗而失。吾王高祖百戰百敗，一勝而得天下。出此狂言，真乃無知之輩也。
（唱）吾皇祖在滎陽百戰百敗，九里山十埋伏大顯英才。大丈夫失提防何為犯礙，你本是無知輩勿把口開。
（白）先生！那曹操統領八十三萬人馬，兵抵赤壁，戰將謀士無數，先生何以敵之？
（生白）那曹操雖有百萬之衆，乃是劉表烏合之兵。又得袁紹沃野之衆，吾何懼哉？
（丑白）皇叔棄新野、走樊城、敗當陽、奔夏口，無容身之地，兼有燃眉之急，求救於人，反言不懼，真個是掩耳盜鈴也。
（生白）嚇！足下何出此言？想吾主，論兵不滿數千，論將不過關、張、趙雲等，況且苦守夏口，以待天時。想你東吳兵精糧足，又有長江之險，你等反勸主公北面降曹，苟圖富貴，臣膝於人，你真乃無耻之徒也！
（唱）你東吳長江險兵精糧足，我君臣守夏口以待時來。誰叫你勸主公向人下拜,你本是無恥徒怎對高才?

（小生白）先生！那曹兵百萬,戰將千員,皇叔雖是皇親,無蹤查察,終是織席販履之人,豈能與曹操爭衡乎？

（生白）嚇！足下可是懷橘之陸郎乎？

（小生白）然也！

（生白）久聞足下乃是大孝之人,今日出此不利之言。吾主乃中山靖王之後,漢景帝閣下玄孫,荊州劉表之堂弟,當今獻帝之皇叔,何言無蹤查察？那曹操名為漢相,實為漢賊。亂臣賊子,人人得而誅之。足下出此不義之言,真乃無父無君之人也！

（唱）吾主公他本是漢室後代,獻帝爺宗譜上龍目查來。曹孟德臭名兒流傳萬代,大丈夫好和歹聽天安排。

（外白）諸公先生到此,乃是客位,你我用唇口相難,非為敬客之禮。待先生見了主公,自有定奪。

（眾白）言之有理,一同轉過朝房。

（吹打）

（眾白）適纔有言得罪,休得見怪！

（生白）豈敢！

（眾白）請！

（外白）先生見了吳侯,且不可言曹操兵多將廣。

（生白）山人謹記,咳咳！

（同下）

四場　計　議

（四監淨上）

【引】雄踞四方起戰爭,論英雄誰個比能？

（白）碧眼紫鬚貌魁梧,獨霸江東立帝都。掃盡中原稱上國,方是人中大丈夫。孤,姓孫,名權,字仲謀。承父兄基業,霸占江東九郡八十一州。可恨曹操統領八十三萬人馬,兵抵赤壁,欲奪江南。我國文官要降,武將怕戰,孤之意尚未為也。曾命魯肅過江探聽虛實，未見交旨。

（外上）（白）探聽江夏事，口復吳侯知。臣魯肅見駕，願主公千歲！

（淨白）平身！

（外白）千千歲！

（淨白）命你探聽江夏虛實如何？

（外白）臣往江夏探聽，訪得一人，足智多謀，帶來見主公。

（淨白）他是何人？

（外白）乃我國諸葛瑾之弟諸葛亮也。

（淨白）敢是臥龍先生嗎？

（外白）正是！

（淨白）有請相見！

（外白）先生有請！

（生上，白）全憑三寸不爛舌，打動圖王霸業人。山人參駕！

（淨白）先生少禮！看坐！

（生白）有坐。

（淨白）子敬誇先生之才，今日一見，話不虛傳。

（生白）無學少才，敢當虛名？

（淨白）聞先生扶佐劉皇叔，與曹操爭戰勝負如何？

（生白）吾主身居新野小縣，兵微將寡，只得苦守，豈與曹操爭戰乎？

（淨白）那曹操兵有幾何，將有誰能？

（生白）能征慣戰之將，何止數萬？足智多謀之士，車載斗量。

（淨白）可有下江南之意乎？

（生白）那曹操沿江安排戰船，不取江南，而取何處？

（淨白）我國文官要降，武官怕戰，孤心意未決，先生有何良策？

（生白）想東吳兵精糧足，又有長江之險，吳侯若選良將掛帥，破曹有何難哉？

（淨白）孤也曾命人前去鄱湖，宣周瑜回朝，計議破曹。煩先生助孤一臂之力。

（生白）山人願為參謀效用。
（淨白）先生真乃金石之言，請至迎賓館，子敬奉陪。
（外白）領旨。
（生白）獨自一身到虎穴，志高那怕入龍潭！（下）
（內白）周瑜要見！
（外白）候着！啟主公，周瑜回朝！
（淨白）宣見！
（外白）領旨！主公有旨，宣都督上殿！
（正旦上）（白）領旨！胸中參透三分策，要與曹操定雌雄。臣周瑜見駕！願主公千歲！
（淨白）平身！
（正旦白）千千歲！
（淨白）賜坐！
（正旦白）謝坐！啟主公，那曹操統領八十三萬人馬，兵抵赤壁，欲下江南，主公計將安出？
（淨白）我國文官要降，武將怕戰，故耳宣都督回朝，一同計議。
（正旦白）啟主公，若用良將掛帥，曹必破矣！
（淨白）卿家奏之有理，就命都督掛帥，統領傾國人馬破曹。
（正旦白）不敢獨立此事。
（衆白）哦！都督為何推辭？
（正旦白）內有一事不明，臣不敢領任。
（淨白）何事不明？奏與孤知。
（正旦白）容奏！

（唱）臣領命破曹瞞不分晝夜，恐主公聽文武意欲未決。怕的是衆謀臣降文早寫，那時節讓微臣枉費周折。漫説是曹孟德烏合之衆，就是那天兵到有何懼怯？

（淨唱）聽卿言不由孤滿心歡悦，周都督果算得蓋世豪傑。孤與那曹孟德老不休歇，金殿上孤賜你黃金斧鉞。

（白）孤心已定，不必再奏。封卿家都督大元帥之職，賜尚方寶劍一口。文武不服，先斬後奏。

（正旦白）領旨！

（淨白）賜卿三尺無情鐵，營中賞罰須要決。（下）

（正旦白）蒼天湊我三分力，心生妙計將曹滅。子敬，孔明現在何處？

（生白）現在館驛。

（正旦白）他可曉得些什麼？

（外白）他知我主內懷心憂，外意未決。

（正旦白）嚇！孔明能知我心事，必定比我高三分。此人若不早除，必是東吳之後患。（外白）都督，曹兵未破，先斬賢士，恐人談論。

（正旦白）大夫，不要你管，自有妙計殺他。此時若不除後患，日後方知悔是遲。（下）

（外白）周郎無知鬥閒氣，只恐諸葛早先知。（下）

五場　改　陣

（雜上）

（白）三尺龍泉蛇上斑，平生志氣斬樓蘭。

（丑上）（白）百萬雄兵干戈起，看看指日定江南。

（雜白）下官姓張名遼，字文遠。

（丑白）下官姓蔣名幹，字子異。

（雜白）請！

（丑白）請！

（同白）丞相升帳，在此伺候。

（八手下、淨上）

【引】志氣如天高，水動旌旗驍。丹書鐵券擁旌斾，指日東吳平掃。

（白）蓋世乾坤易破，一心想占山河。斬殺不由獻帝，兵權俱在掌握。老夫姓曹，名操，字孟德，乃沛國譙郡人氏，在漢王駕下為臣。幼年不第，官居驍騎，誅董卓，滅呂布，東征劉表，北剿二袁。

標稱漢室丞相,詐言天子之命,統領八十三萬人馬,大下江南。可恨劉備結連孫權,戰又不戰,降又不降,其情可惱。

(雜丑同白)丞相息怒,待等文聘回朝,便知分曉。

(淨白)二公言之有理。傳水軍頭目進帳!

(丑白)得令!丞相有令,傳水軍頭目進帳!

(生上)(白)來了!青龍擺尾橫江勢,

(副上)(白)白虎搖頭竟有威。

(生白)俺蔡瑁!

(副白)俺張允!

(生白)丞相呼喚,須速進帳!丞相在上,末將參見!

(淨白)免!你二人,誰在左誰在右?

(生白)蔡瑁在左。

(副白)張允在右。

(淨白)將左邊陣勢講來!

(生白)容稟:奉了丞相將令,安排戰船已齊,火炮連天四起,亞賽當空霹靂,烏鴉不敢望空飛,敵人一見心膽碎。戰艦擺尾即如飛,擺下青龍陣勢。

(淨白)唔,那青龍行走,墜耳穿腮,焉能取勝?聽老夫改過。

【風入松】(按:原本此處唱詞缺)

(生白)得令!

(淨白)唔,將右邊陣勢講來!

(副白)容稟!奉命擺下陣勢,安排首尾高低,迎鋒對壘即如飛,四邊盡插紅旗。金鑼二面作陣眼,旌旗猶如翅飛。長槍幾根當鬍鬚,擺下白虎陣勢。

(淨白)唔!那白虎乃獸中之王,虎落平陽而受欺,焉能成功?聽老夫改過!

【風入松】(按:原本此處唱詞缺)

(付白)得令!

(生白)張兄,丞相不識水性,你我如何調度?

(副白)且自由他。

（生白）正是，站在矮簷下，
（副白）怎能不低頭？（下）
（夫上）（白）去是雕翎箭，回來抹地風。丞相在上，文聘交令！
（淨白）打聽江東降意如何？
（夫白）丞相容禀！奉了丞相將令，飛船急奔江東。孫權聞聽心動，只慮城內虛空。文有降文早寫，武將俱要爭功，降文早寫意皆同，內有周瑜不從。
（淨白）哦！周瑜小兒十分可惡。來！
（介白）有！
（淨白）傳令八十三萬人馬，殺往江東，雞犬不留。
（夫白）得令！
（丑白）住着！
（夫白）哦！
（丑白）啟丞相！那周瑜與我同鄉，同學攻書，相交甚厚，待末將前去，憑三寸不爛之舌，說周瑜來降，江東豈不唾手可得？
（淨白）你與周郎相交甚厚，此去一定成功。但不知你要多少人馬？
（丑白）只用一童跟隨，其餘不用。
（淨白）好嚇！後帳設宴，與先生餞行。
（丑白）多謝丞相！
（淨白）掩門！
（吹打，同下）

六場　借刀計

（末上）

（白）數十年前擺戰場，曾驅虎豹遇羣羊。自恨光陰催人老，不覺兩鬢白如霜。俺黃蓋，字公覆，都督升帳，在此伺候。
（外上）（白）東門大將是甘寧，一人能掌百萬兵。任他四處干戈起，迎鋒對壘把功爭。俺甘寧，字興霸，都督升帳，在此伺候。

(四手下)
　(正旦上)
　【點絳唇】(按：原本此處唱詞缺)
　(正旦白)本督周瑜，奉命破曹，今日升帳理事。來！
　(手下白)有！
　(正旦白)傳魯大夫進帳！
　(手下白)都督有令，傳魯大夫進帳！
　(外上)
　(白)都督在上，魯肅參見！
　(正旦白)免！有請孔明先生！
　(外白)先生有請！
　(生上)
　(吹打見禮，坐介)
　(正旦白)不知先生駕到，有失迎候，多有得罪！
　(生白)言重！山人輕造寶帳，望乞海涵。
　(正旦白)豈敢？聽說先生熟知地理，意欲相煩先生，帶領五百人馬，前去烏巢劫掠糧草，不知先生可肯去否？
　(生白)兩國相爭，各為其主，山人願往。
　(正旦白)如此請令！
　(生白)得令！明知周郎借刀計，佯裝假做不知情。(下)
　(外白)嚇，都督命孔明前去，是何理也？
　(正旦白)大夫，我若殺他，恐人恥笑，故借曹兵殺之，以免後慮。你可到館驛，聽他說些什麼？速報吾知。
　(外白)得令！(下)
　(正旦白)孔明，必中我之計也。
　(唱)諸葛亮此一去性命難保，這是我暗殺他何用鋼刀？
　(外上)
　(唱)諸葛亮出大言將人譏笑，進帳內與都督細說根苗。
　(白)魯肅交令！
　(正旦白)那孔明說些什麼呢？

（外白）他說陸戰、馬戰、水戰各練其精，怎比都督只習一戰？
（正旦白）哦！他說我不能陸戰，就不用他前去，將令趕轉！
（外白）得令！（下）
（正旦白）諸葛亮，我不殺你，誓不為人也！
（唱）我只說借刀計將他瞞過，故命他去烏巢橫把糧奪。又誰知出大言譏笑於我，必須要用妙計將他害却。
（外上）（白）孔明趕轉！
（正旦白）大夫，你可知曹營水軍頭目是誰？
（外白）是這個……乃是荊州降將蔡瑁、張允，二賊作惡。
（正旦白）嚇！我想此二賊慣習水戰，強敵難破。他二人都立水寨，叫本督何日成功也？！
（唱）此二賊習水戰強敵難破，恨蔡瑁和張允逞強作惡。把荊州獻曹操是他之過，除非是殺二賊方息干戈。
（末上）（白）啟都督，曹營蔣幹過江。
（正旦白）下去！
（末白）是！（下）
（正旦笑介）哈哈哈！
（外白）都督為何發笑？
（正旦白）蔣幹過江，必定為曹營作說客，待本都略施小計，叫曹操自殺水軍。
（寫介，封書）
（正旦白）大夫聽令！
（外白）何令？
（正旦白）將此書放在後帳，有請蔣先生！
（外白）得令！有請蔣先生！（下）
（吹打，丑上，見禮介）
（正旦白）仁兄請！
（丑白）賢弟請！
（正旦白）不知仁兄駕到，有失遠迎，休怪！
（丑白）好說，輕造寶帳，望乞海涵。

(正旦白)豈敢！仁兄駕到，敢莫是與曹操作說客乎？
(丑白)久別足下，特來問候。
(正旦白)我雖不及師曠之聰，亦聞弦歌之雅弄。
(丑白)足下待故人，如此見疑，告辭！
(正旦白)慢着！我乃是戲言。備有酒宴，與仁兄一敘！
(丑白)又來叨擾了。
(正旦白)見過！
(笛子，安席介，正旦白)傳衆將進帳！
(手下白)傳衆將進帳！
(末淨雜外同上)末將參見！
(正旦白)看酒！見過了蔣先生！
(衆白)蔣先生！我等有禮！
(丑白)列位將軍少禮，請坐！
(衆白)都督無令，不敢奉陪。
(正旦白)列為將軍！蔣先生與本督同鄉故里，共學攻書，並非是與曹操作說客而來，你等勿疑！坐下！
(衆白)告坐！
(正旦白)太史慈聽令！
(淨白)何令？
(正旦白)本督今日與故人相逢，此宴名曰羣英會，賜你寶劍一口，坐於首席筵前，有人提起孫曹一事者，命你斬首！
(淨白)得令！
(正旦白)仁兄請！
(丑白)請！
【山花子】（按：原本此處唱詞缺）
(正旦白)仁兄，你看兩傍衆將，如狼似虎，後營糧草堆積如山，數日之內，曹必破矣！
(丑白)賢弟大才，必有大用，告便！
(正旦白)請！
(丑白)列位將軍！請！

（衆白）請！

（丑白）唉！我好悔也。

（唱）悔不該在曹營誇口太過，實指望過江來將他說合。

（淨白）唔咳！

（丑唱）左史慈執寶劍一旁怒坐，若提起孫曹事便把頭割。

（白）咳咳咳！

（正旦白）仁兄可還飲酒？

（丑白）酒已厚了。

（正旦白）久不曾與仁兄同宿，今晚抵足而眠，來！

（手下來）有！

（正旦白）攙扶蔣先生後帳歇息。

（手下白）哦！

（扶丑下）

（正旦白）魯肅聽令！

（外白）何令？

（正旦白）蔣幹逃走，不必阻攔。

（外白）得令！（下）

（正旦白）黃公覆聽令！

（末白）何令？

（正旦白）三更時分來報。

（末白）報什麼？

（正旦白）附上耳來！如此如此，恁般恁般！

（末白）是！（下）

（淨白）交令！（下）

（正旦白）掩門！

（吹打，同下）

七場　夜　逃

（笛子吹，手下扶丑上桌上睡介，正旦上）

（白）仁兄！仁兄！子翼！子翼！嚇！他竟自睡着了。

（唱）我有意防害他營門不鎖,轉眼看蔣子翼早已睡着。假意兒伴裝醉和衣而臥,朦朧眼且看他行事如何？

（睡介,二更,丑白）賢弟！公瑾！公瑾！他竟自睡着了！咳！想我蔣幹,身入虎穴龍潭,怎得脫身回去嚇？

（唱）離曹營到東吳身耽禍福,坐不寧睡不安兩眼不合。只說是念故交相待與我,又誰知掌兵權亞賽閻羅。

（白）左右睡不着,你看桌上現有兵書,待我看來。唔咳呀！原來是一封小柬,取出看看！（口介）賢弟、賢弟,公瑾！且喜睡着了。待我仔細看來："蔡瑁、張允書拜周都督麾下,我等降曹,實非本意,以待北軍,困入水寨,倘得其便,七日之内,必取曹操首級,前來獻上,又勿見疑。"哎呀,曹丞相！若不是我蔣幹過江,你命必喪此二賊之手了

（唱）曹丞相若不是洪福大,安然穩坐,他怎知蔡瑁、張允二賊内應外合？不是我過江來機關識破,七日内取首級休想命活。

（白）且住！我不免將書信帶回曹營,獻與丞相觀看,豈不是我一場大大功勞？咳咳！（正旦白,作伴）有仁兄,你看我數日之内,必取曹操首級。（丑白）你是怎樣取法？（正旦白）仁兄不要你管,我自有取法。

（三更末上）

（白）轅門鼓角三更静,夜宿貔貅百萬兵。都督醒來,蔡瑁、張允着人前來,說只在三日之内取曹操首級前來投降。（正旦白）本督知道了。不要驚醒了蔣先生,下去！（末白）是！（下）（四更,丑白）嚇,醮樓鼓打四更,倘若天明,豈肯容我？恨不得插翅兒飛過江河。

（下）

（外上）

（白）哎,都督醒來！（正旦白）所報何事！（外白）蔣幹逃走！（正旦白）蔣幹此去,必中我之計也。

（唱）曹孟德中我之計,也是他千差萬錯。（天明五鼓）

（外唱）周都督胸腹中果有才學。

（正旦唱）這條計天下人被我瞞過，（笑介）哈哈哈！

（外唱）怕只怕瞞不得南陽諸葛。（下）

八場　中　計

（二手下、淨上）

（唱）每日裡飲瓊漿醺醺大醉，我心中想不出一條計策。自造過銅雀臺缺少二美，掃東吳怎奈是天機不遂？

（丑上）（白）子翼參見！

（淨白）回來了？

（丑白）回來了！

（淨白）周郎降意如何？

（丑白）周郎執意不降。末將探得一樁機密大事。

（淨白）什麼大事？

（丑白）這個……耳目甚衆。

（淨白）退下！

（手下白）哦！

（丑白）拾得小柬一封，請丞相觀看！

（淨白）呈上來！

【風入松】（按：原本此處唱詞缺）

（白）嚇！這還了得！傳衆將進營！

（丑白）傳衆將進營！

（手下、刀斧手同上）

（淨白）傳水軍頭目進營！

（生、副同上）（白）丞相在上，水軍頭目參見！

（淨白）老夫即日進兵，你等水軍可曾練熟？

（生副同白）啟丞相，水軍未曾練熟，不可進兵。

（淨白）住了！等你水軍練熟，老夫之頭送與他人之手了！來！

（刀斧手白）有！

（淨白）推去斬了！（推生、副下，殺介）
（淨白）住着！又恐周郎小兒鬼計，只怕斬不得！來！
（手下白）有！
（淨白）解下椿來！
（刀斧手提頭上）
（白）斬訖了。
（淨白）哎，哈哈哈！
（唱）誤中了周公瑾借刀之計，斬蔡瑁和張允悔之不及。
（白）來！
（丑）有！
（淨白）傳令下去！水軍頭目付與毛玠、于禁掌管。
（丑白）下面聽着！水軍頭目付與毛玠、于禁掌管。
（淨白）傳蔡中、張和進帳！
（丑白）傳蔡中、張和進帳。
（小旦、占同上）
（白）來也！
（小旦白）會使長槍戰，
（占白）善開寶雕弓。
（同白）蔡中、張和參見丞相！
（淨白）老夫適纔不明，誤斬你兄。你二人可有怨言？
（同白）豈敢埋怨丞相？
（淨白）好嚇！老夫要用二位前往東吳詐降，暗通消息，恐你二人心有二意。
（同白）我等家眷俱在荊州，豈有二意？
（淨白）好嚇！事成之日，另有爵賞，速去！
（同白）得令！
（小旦白）扶助曹丞相，（下）
（占白）一心滅東吳。（下）
（丑白）丞相！這場大大功勞，多虧了我蔣幹嚇！
（淨白）呀呸！

（唱）書呆子誤斬我兩員上將，去了我左右手反助周郎。（下）
（丑白）哎？
（唱）這一椿大功勞不加升賞，為什麼當衆將罵我一場？（下）

九場　二用借刀

（二手下、正旦上）
（唱）為江山急得我心中繚亂，為社稷晝夜裡坐臥不安。
（外上）
（唱）曹孟德果殺了蔡瑁、張允，進帳去與都督細說分明。
（正旦白）大夫進帳何事？
（外白）適纔小軍報導，曹操殺了蔡瑁、張允水軍頭目，換了毛玠、于禁掌管。
（正旦白）此計孔明可知否？
（外白）這都是都督定下之計。他怎麼知道？
（正旦白）本督諒他不知，有請！
（外白）有請孔明先生！
（生上）
（唱）昨夜晚觀天象早已算定，曹孟德中巧計自殺水軍。
（白）恭喜都督！賀喜都督！
（正旦白）曹兵未破喜從何來？
（生白）那曹操殺了蔡瑁、張允。水軍頭目換了毛玠、于禁，那水軍性命，一旦喪於二人之手，豈不是一喜？
（正旦白）先生，我觀曹營戰船，十分齊整，意欲一計，不知可能成功？
（生白）不要說破，各寫一字，看對與不對？
（手上寫介，生白）大夫請看！
（外白）嚇！二人手上俱是火字！
（正旦白）先生所見，與本督相同。但不知水面交鋒，何物為先？

(生白)弓箭當先。

(正旦白)營中缺少雕翎,意欲相煩先生,造取十萬狼牙箭,不知可允否?

(生白)都督委用,敢不效勞?但不知限多少日期?

(正旦白)一月方可。

(生白)多了。

(正旦白)半月?

(生白)曹操殺來,豈不誤了大事?

(正旦白)十日之內!

(外白)嚇,都督,少了。

(正旦白)你曉得什麼?先生自取日期吧!

(生白)三日交箭。

(正旦白)三日無箭——

(生白)以軍令行事!

(正旦白)先生,又道軍中無戲言——

(生白)立下軍令狀!

(正旦白)請!

【風入松】(按:原本此處唱詞缺)

(生白)大夫收下了,三日內,命水軍江邊搬箭,山人告辭!

(正旦白)奉送先生!

(生白)曹營借雕翎,盡在霧中尋。(下)

(外白)嚇!都督,孔明限三日交箭,莫非有詐?

(正旦白)大夫!你可吩咐匠工人等,故意遲延,讓我以軍令斬殺孔明!

(外白)得令!

(末上白)候着!啟都督,蔡中、張和轅門投降!

(正旦白)傳他進來!

(末白)傳二位將軍進帳!

(小旦、占同上)

(白)來了!都督在上,末將參見!

(正旦白)你二人既已降曹,為何又降東吳?
(同白)曹操無故殺我兄長,今投帳下,殺賊報仇。
(正旦白)二位去暗投明,可稱豪傑,來!
(末白)有!
(正旦白)傳甘寧進帳!
(末白)傳甘寧進帳!
(雜上,白)東吳甘寧將,威風誰敢當?都督有何差遣?
(正旦白)你可把二位將軍收在帳下,本督日後自有大用。
(雜白)得令!二位將軍隨我來!(下)
(外白)嚇!他二人乃是詐降,不可收留!
(正旦白)你曉得什麽?還不下去!
(外白)是!分明道破平川路,反把忠言當惡言。(下)
(正旦白)黃將軍,你可知他二人降意嗎?
(末白)依末將之見,乃是詐降。
(正旦白)怎見得?
(末白)不帶家眷,豈不是詐降?
(正旦白)是嚇!曹操有人來詐降,我東吳就無人詐降曹操!
(末白)黃蓋不才,願獻詐降之計。
(正旦白)老將軍願去,只是要用苦刑。若不用些苦刑,那曹操焉得肯信?
(末白)俺黃蓋受吳侯三世大恩,未嘗報一。漫說身受苦刑,就是粉身碎骨,也願前往。
(正旦白)老將軍果有此心?
(末白)果有此心!
(正旦白)實有此意?
(末白)實有此意!
(正旦白)好!請上,受本督一禮!
(唱)苦肉計瞞衆將全要你忍,怕只怕年高邁難以受刑。
(夫唱)周都督休得要下禮謙遜,俺黃蓋受吳侯三世大恩。我雖然年高邁忠心還在,做一個奇男子去破曹兵。(下)

（正旦唱）好一個黃公覆忠心耿耿，我諒他此一去大功必成！（下）

十場 裝呆獻計

（生上）

（唱）周公瑾命魯肅行監坐守，好叫我背地裡冷笑不休。他那裡要殺我不能得夠，一樁樁一件件在我心頭。

（正上）（唱）限三日去交箭不多時候，為什麼在一旁不睬不偢？

（生白）大夫，什麼事嚇？

（外唱）昨日裡在帳中誇下海口，這件事好叫我替你擔憂。

（生白）大夫，什麼事替我擔憂？

（外白）哎哎哎，你昨日在帳中與都督立下軍令狀，限三日交箭。昨日過了一天，今朝又是一天，只有明日一天，鋼箭全無半枝，你還在一旁不偢不睬。

（生白）吓，大夫，昨日？

（外白）昨日！

（生白）今朝？

（外白）今朝！

（生白）明天？

（外白）明天！吓！

（生白）哎嚇，大夫要來救我一救吓！

（外白）你要我救你，也罷！你可駕一小舟，逃回江夏去吧！

（生白）吓！大夫，此番回去，怎麼見得我的主公吓？走不得的！

（外白）不如投江死了吧，倒還得個全屍。

（生白）大夫！此言差矣！螻蟻尚且貪生，為人豈不惜命！死也死不得吓！

（外白）叫你走你又不肯去，叫你死你又不肯行。好叫我為難吓！

（生白）哎，大夫吓！

（唱）哎！大夫平日裡待人寬厚，你原説保我來身無禍憂。周都督要殺我你不搭救，看起來算不得什麽朋友！

（外白）哎！

（唱）這樁事都是你自作自受，到今日反怨我不是朋友。

（生白）大夫，果然救我不得？

（外白）難吓！難吓！

（生白）大夫既救我不得，山人要借幾件東西用用！

（外白）什麽東西？

（生白）戰船二十隻。

（外白）有的。

（生白）軍士二百名。

（外白）有的。

（生白）青布帳幔，塞草百擔。

（外白）有的。

（生白）還要酒席一桌。

（外白）哎哎，要酒何用？

（生白）我與大夫舟中飲酒作樂。

（外白）哎，限三日交箭，鋼箭全無半枝。明日去見都督，我看你作樂不作樂！吓！

（唱）千萬箭這一晚如何造就，明日裡進帳去難保人頭。（下）

（生白）吓！

（唱）這樁事料魯肅猜想不透，他怎知我胸中另有良謀？要借箭待等到四更時候，大霧中到曹營去把箭收。

（外上）

（唱）一樁樁一件件安排已就，等先生到江邊速速登舟。

（生白）大夫，諸事可曾齊備否？

（外白）俱已齊備，請先生登舟。

（生白）大夫一同前去。

（外白）哪裡去？

(生白)舟中飲酒作樂。

(外白)我不去。

(生白)要去！要去！大夫吓！（扯外同下）

十一場　草船借箭

（占童子捧酒上，雜夫梢子、二手下、生扯外上）

(白)大夫來吓！

(外白)哎！

(生白)看酒！

(外白)哎哎哎！

(生白)大夫請酒！

(外白)吓哎！

(雜夫白)啟爺，大霧茫茫，看不見江景。

(生白)將船往北而進！

(雜夫)哦！（兩邊搖介）

(生唱)一霎時白茫茫滿江霧露，頃刻間看不見在岸在舟。是這等巧機關世間少有，賽軒轅造紙策去收蜂酰。

(雜夫白)啟爺，船離曹營不遠。

(生白)將船慢慢往曹營而進。

(雜夫白)哦！

(生白)大夫請酒。

(外白)哎哎！

(唱)魯子敬在舟中渾身膽戰，把性命當兒戲全不擔憂。

(生唱)勸大夫且放懷寬心飲酒，我和你慢搖櫓浪裡行遊。要借箭待等到四更時候，魯大夫為什麼這等擔憂？

(外唱)這時候哪還有心情飲酒，此一番到曹營一命罷休。

(雜夫白)船離曹營一箭之地。

(生白)吩咐鳴鑼擂鼓！

(雜夫鑼鼓)

（丑上桌白）大霧彌漫，哪有人馬吶喊？有請丞相！
（淨上，白）所為何事？
（丑白）大霧濛迷，哪有人馬吶喊？
（淨白）想是周瑜偷營，吩咐放箭！
（丑白）眾將官！
（四弓手上，白）有！
（丑白）一齊放箭！
（弓手白）哦！
（放箭介）
【風入松】（按：原本此處缺唱詞）
（雜夫白）啟爺，戰船盛墜不起了！
（生白）你等高叫一聲：孔明先生多謝丞相送箭！
（雜夫白）呔！曹營聽者，孔明先生多謝丞相送箭嚇！
（鑼鼓、雜夫搖、眾同下）
（淨白）吓！我道周瑜偷營，原來孔明借箭，吩咐眾將趕上！
（丑白）風順水流，趕上不及了！
（淨白）便宜他去吧！事事防奸巧——
（丑白）着着讓人高。
（淨白）去了十萬箭，
（丑白）明日又來造。
（淨白）子翼又中他一計。
（丑白）丞相，下二次不中他這條計就是了。（下）
（雜夫搖手下）
（生外同上）
（外白）哎哎，好先生吓好先生！你是怎麼知道今晚有此大霧，就用下此險計？
（生白）大夫！為將者不測天機，不識地理，不按陰陽，不曉奇門六甲，庸才也！山人早已算就今晚必有大霧，故爾定下此計。
（外白）先生真乃神人也！
（生白）來！

(手下白)有！

(生白)查看有幾多雕翎？

(手下白)啟爺，除破損翎花，還有十萬零一枝狼牙箭。

(外白)多有一枝！

(生白)煩你進帳交令！

(外白)先生一同進帳！

(生白)大夫請！

(外白)先生請！

【風入松】（按：原本此處缺唱詞）

(同下)

十二場　獻苦肉計

(末上白)風捲白旗江心水，

(卒白)三千鐵甲擁卓輪。黃將軍請！

(末白)請！都督升帳，在此伺候。

(手下、正旦上)

【引】轅門鼓角聲高，兩旁烈虎英豪。

本督周瑜，孔明限三日交箭，我欲以軍令斬他，來！傳魯肅進帳！

(外上白)忙將奇異事，回復智謀人。魯肅參見！

(正旦白)大夫，孔明限三日交箭，可曾造起？

(外白)孔明十萬狼牙箭現在營門，末將特來交令。

(正旦白)大夫，孔明十萬狼牙箭，三日怎生造起？

(外白)那孔明用戰船二十隻，軍士二百名，青布帳幔，塞草百擔，四更時候，鳴鑼擂鼓，叫喊前至曹營，取箭特來交令！

(正旦白)孔明真乃神人也。有請！

(外白)有請先生！

(生上白)狼牙已造就，盡在霧中收。

(吹打見禮介)

（正旦白）先生如此妙算，使人敬服！
（生白）些須小事，何足道哉！
（正旦白）備有酒宴與先生賀功。
（生白）山人叨擾了。
（正旦白）看宴！先生請！
（生白）請！

【六么令】（按：原本此處缺唱詞）
（正旦白）黃公覆聽令！
（末白）何令？
（正旦白）命你準備三月糧草，本督即日破曹。
（末白）啟都督！慢說三月糧草，就是三年糧草，也不濟事。
（正旦白）依你怎麼？
（末白）依末將之見，倒不如棄甲倒戈，北面降曹。
（正旦白）你在怎講？
（末白）北面降曹。
（正旦白）唗！本督曹兵未破，你敢讒我軍令？人來！
（手下白）有！
（正旦白）推出斬首！
（卒白）候着！啟都督，黃蓋冒犯軍令，理所當斬，念他東吳老臣，正在用人之際，望都督將他饒恕。
（正旦白）你也敢讒我軍令？來！打出帳去！
（手下白）唗！出去！
（卒下）
（老生、外同上，白）啟都督，念黃蓋東吳老臣，冒犯軍令，理該斬首，奈在用人之際，望都督饒恕！
（正旦白）你等敢是與黃蓋講情？
（老生、外同白）前來恩求。
（正旦白）看在衆將講情，將他饒恕。
（老生、外同白）謝過都督，下面聽者！將黃蓋解下椿來。
（末白）謝都督不斬之恩！

(正旦白)誰不斬你?看在衆將講情,死罪已免,活罪難逃。差下重責八十軍棍!

(外扯生衣白。手下打介)一十,二十!三十!四十!

(外白)住着!啟都督,黃蓋年邁難以受刑,望都督開恩。

(正旦白)下去!

(外白)謝過都督!

(正旦白)將他放起。

(手下白)哦!

(末白)謝過都督!

(正旦白)哇!誰不答你,候本督破曹回來,再取你的首級。你要打點,你要仔細啊!呀!(怒下)

(末下)

(外白)哎,先生,我實實服了你。

(生白)大夫服我何來?

(外白)你到東吳,乃是一客,都督怒責黃公覆,我扯你衣,叫你說個人情,你坐着昂然不動,一旁只是飲酒。

(生白)嚇!大夫,他一個願打,一個願挨,與你我什麼相干?

(外白)哎!哎!怎麼是一個願打,一個願挨?

(生白)這是你都督用的苦肉計,何必又來瞞我?

(外白)哦?!是苦肉計!

(生白)大夫嚇!

(唱)周都督定下了苦肉之計,收蔡中與張和暗通消息。黃公覆受苦刑都是假意,進帳去切不要說我先知。(下)

(外白)哎哎哎!

(唱)這等的巧機關叫人難解,我實實服了他妙算神機。

十三場　詐　　降

(老生扶末上)

(唱)周都督傳將令如同山倒,責打我四十棍罪不輕饒。實指望破曹兵立功報效,做一個奇男子青史名標。
　　(老生白)老將軍受屈了!
　　(末白)有勞大夫掛心!
　　(老生白)老將軍,敢莫與周郎都督有冤?
　　(末白)無冤。
　　(老生白)有仇?
　　(末白)無仇。
　　(老生白)既無冤仇,哦,敢莫是苦肉之計?
　　(末白)呀!大夫,何以知之?
　　(老生白)下官見其動靜,早解一半。
　　(末白)大夫既知,不敢相瞞,俺黃蓋受吳侯三世大恩,未嘗報一,故耳與都督定下一計,怎奈無人前去下詐降書。
　　(老生白)闞澤不才,願獻詐降之書。
　　(末白)大夫果有此心?
　　(老生白)實有此心。
　　(末白)好!請上,受我一禮。
　　(唱)闞大夫請在上受我一禮,受吳侯三世恩未曾報一。你此去獻降書非同兒戲,到曹營切不可走漏消息。
　　(老生唱)老將軍你既肯捨身報國,俺闞澤縱一死何足為奇?我和你假降曹心無二意,管叫你成大功只在指日。
　　(同下)

十四場　下　　書

　　(眾手下)(淨上)
　　(唱)諸葛亮好大膽前來借箭,便宜他逃脫了虎穴龍潭。
　　(丑上)
　　(唱)為獻計殺害了蔡瑁、張允,因此上曹丞相坐臥不寧。
　　(白)子翼參見!
　　(淨白)進帳何事?

(丑白)適纜江上水軍拿獲一漁翁,口稱闞澤,要見丞相。
(淨白)押上來!
(丑白)將闞澤押上!
(手下推老生上)
(淨白)你是東吳奸細麼?
(老生白)有書在懷,不能呈上。
(淨白)鬆綁!
(老生)書信呈上!
(淨白)待老夫一觀!
【風入松】(按:原本此處缺唱詞)
(白)吓!這還了得,推出去斬首!
(老生笑介)哈哈哈!
(淨白)你用下苦肉計,被老夫識破,將你斬首,你為何發笑?
(老生白)我笑那黃蓋不識人耳!
(淨白)難道那黃蓋不及於你?
(老生白)要殺便殺,何必多言?
(淨白)推出斬了!
(末上白)報啟丞相!蔡——
(淨白)哏!禁聲!押下去!
(手下推老生下)
(末白)蔡中、張和有書信呈上!
(淨白)呈上來!
(末白)是!(下)
(淨念書信白)"周瑜性暴,怒責黃公覆,惡打甘寧,眾將生心,不久降曹。"將闞澤押上!
(眾手下押老生上)
(淨白)鬆綁!
(老生白)謝過丞相!
(淨白)老夫一時不明,誤綁大夫,休得見怪。
(老生白)我與黃蓋真心來降,豈有詐乎?

（淨白）若得真心來降,異日得位,必在衆人之上。
（老生白）我與黃蓋,願獻糧船二十隻,上插青龍旗為號,告辭!
（淨白）為何去性太急?
（老生白）在此久停,周郎生疑。
（淨白）回營多多拜上黃將軍。
（老生白）異日詐降成,東吳值千金。（下）
（淨白）路遥知馬力,事久見人心。子翼,黃蓋降意如何?
（丑白）待卑末二次過江探聽。
（淨白）此去若不成功,必被他耻笑。
（丑白）若不成功,願使軍令。
（淨白）好吓,眼前旂鉞起,
（丑白）打聽好消息。
（同下）

十五場 押 蔣

（四手下、正旦上白）本帥周瑜,闞澤下書,必成功也。
（夫上白）啟都督,蔣幹二次過江。
（正旦白）下去!
（夫白）哦!（下）
（正旦白）來!有請龐先生!
（手下白）龐先生有請!
（副上白）身藏襟萬丈,天地盡包涵。山人見禮!
（正旦白）先生少禮,看坐!
（副白）有坐!山人進帳,有何軍情?
（正旦白）蔣幹二次過江,先生計將安出?
（副白）蔣幹到此。附耳上來,必須如此如此,恁般恁般。
（正旦白）好計!照計而行便了。
（副白）遵命!安排香餌計,準備釣鼇魚。（下）
（正旦白）來!

（手下白）有！

（正旦白）蔣幹到此，叫他報名而進。

（丑上白）離了曹營地，翻身又過江。營門哪位？

（手下白）是哪個？

（丑白）相煩通報，蔣幹要見。

（手下白）都督叫你報門而進！

（丑白）吓！想我到此，乃是一客，他不來迎接與我，反叫我報名而進，且自由他。報！蔣幹進！賢弟請了。

（正旦白）唉！前番盜我書信，使我大功難成，來！推去斬首！

（丑白）呀！賢弟！念在同鄉故里，饒了罷！

（正旦白）唔，若不念在同鄉故里，定要斬首！眾將！

（手下白）有！

（正旦白）將他押在西山後，待本督破曹之日，再來發放！（下）

（丑唱）喝一聲推出帳威風凛凛，唬得我戰兢兢膽戰魂飛。曹丞相未命我過江探聽，這都是我自己惹禍上身。（下）

十六場　薦　龐

（副上）（唱）在帳中特領了都將之令，今夜晚生巧計要進曹營。

（丑上）（唱）周公瑾命小軍押定與我，全不念同鄉里結拜之情。遠望見茅庵內燈光亮彩，聽書聲響窗外必是高人。

（白）你看茅庵之內，燈光亮彩，一人獨坐，窗下看取兵書，待我叫門。開門！

（副白）是哪個？原來是位先生，請坐。

（丑白）有坐。

（副白）請問先生上姓？

（丑白）在下曹營蔣幹。

（副白）原來蔣大夫，失敬了。

（丑白）豈敢。請問先生上姓尊名？

（副白）在下姓龐名統字士元。

（丑白）敢是鳳雛先生？

（副白）不敢！

（丑白）先生為何隱居在此山林？

（付白）只因周郎輕賢慢士，故爾隱居在此。

（丑白）先生有此大材，何不降曹？

（副白）久有此意，奈無引薦。

（丑白）先生不棄，卑末願為引薦。事不宜遲，就此同往。

（副白）大夫請！

（丑白）先生請！

（唱）曹丞相為求賢朝思暮想，得先生比高祖聘請子房。

（副唱）蔣子翼休得要言語誇獎，自恨我才學淺不及棟梁。

（同下）

十七場　獻連環計

（二手下、淨上唱）即日裡掃東吳盡歸吾掌，殺劉備與孫權報答漢王。

（丑上唱）昨夜晚在西山得了一將，此功勞贖前罪又待何妨。

（白）子翼參見！

（淨白）探聽黃蓋降意如何？

（丑白）小末帶來一將，投降丞相。

（淨白）他是何人？

（丑白）姓龐名統，字士元。

（淨白）敢是鳳雛先生？

（丑白）正是。

（淨白）有請！

（丑白）有請龐先生！

（副上，吹打見禮，坐介）

（淨白）先生，兩國相爭，為何隱居山林？

（付白）豈不聞：邦有道而入，邦無道而退？

（淨白）果然股肱之臣，自恨相見晚矣。
（副白）久聞丞相用兵如神，山人欲借一觀，不知允否？
（淨白）從命！子翼引道將臺！
（丑白）哦！
（吹打。同上桌介）
（淨白）吩咐眾將，將陣勢擺開。
（丑白）丞相有令，將陣勢擺開。
（鑼鼓擺陣過場）（下）
（淨白）轉回營盤！
（吹打。下桌介）
（淨白）老夫備有酒宴，與先生同飲。
（付白）叨擾了！
（淨白）看宴！（吹打）先生請！
（副白）丞相請！

【泣顏回】（按：原本此處缺唱詞）
（淨白）先生！我營中軍士，多有嘔吐之病，先生有何良策？
（副白）山人倒有一計。
（淨白）先生有何妙計？
（副白）丞相吩咐，打造鐵連環，將戰船或二十為連，或三十為一連，用蒲席黃土遮蓋，謾說人行，就是車馬也能來往。
（淨白）先生果然好計，老夫把盞三杯。

【畫眉序】（按：原本此處缺唱詞）
（副白）山人告辭！
（淨白）為何去性太急？
（副白）在此久停，恐周郎見疑。
（淨白）奉送！多蒙先生助無窮。（下）
（丑白）指日興兵破江東，（下）
（副白）連環巧計無人識。
（老生上白）吹！盡在山人掌握中。前番燒不死，又來獻連環。
（副白）先生何人也？

（老生白）山人徐庶，字元直。
（副白）莫非單福先生？
（老生白）不敢。
（副白）先生若洩漏機關，東吳九郡八十一州黎民百姓俱送在先生之手。
（老生白）你只顧江東九郡八十一州黎民百姓，難道曹營八十三萬人馬就不是性命？
（副白）先生還要留情。
（老生白）先生不必驚慌，吾受劉皇叔大恩，雖在曹營，終身不設一謀，只是南兵一至，玉石俱焚，將置我於何地？
（副白）我想曹操怕的西涼馬超，先生附耳上來！必須如此如此，恁般恁般。
（老生白）承教了。
（副白）曹營南征日月憂，詐言馬超重興兵。（下）
（老生白）蒙君一言開兩路，好似鼇魚脫金鉤。（下）

十八場　裝　病

（二手下，正旦白）
（唱）龐鳳雛獻連環未知成否，使本督在營中坐臥不寧。
（副上）
（唱）在曹營獻連環世間無有，進帳來與都督細說從頭。
（白）啟都督，大事已成，請都督進兵。
（正旦白）先生請至後帳。
（副白）暫隱西山下，青眼看勁兵。（下）
（正旦白）引道將臺！
（手下白）哦！
（正旦白）龐鳳雛獻連環世間少有，料想那曹孟德難解其謀。行至在將臺上舉目觀看，見曹營大小船首尾相連。破曹須用下火弓火箭，看只看八十萬命喪目前。是這等十一月東風少欠——哎

呀！要成功怕只怕萬萬不能。（裝病，眾扶下）

十九場　逃潼關

（四手下，老生上）

（白）遇周求賢不在蓬，臨期何別兩擒龍。暗言好似春雷動，能使南陽請臥龍。山人徐庶，字元直，多蒙龐統先生多多指教，與我在營中詐言西涼馬超犯境，曹操果信其言，命我帶領三千人馬，鎮守潼關。眾將！

（手下白）有！

（老生白）兵發潼關！

【二凡】（按：原本此處缺唱詞）

（下）

二十場　看　病

（外上）（唱）周都督得患病心繚意亂，倘若是有差遲誰敵風波？

（生上）（唱）周公瑾假裝病難瞞於我，這椿事離不得南陽諸葛。

（白）吓！大夫為何這等憂愁？

（外白）先生有所不知，只因都督身沾疾病，倘若曹操殺來，如之奈何？

（生白）大夫，都督之病，山人會醫。

（外白）吓！先生病也會醫病？

（生白）會醫。

（外白）如此請先生一同前往。

（生白）請行。

（外唱）周都督得的是什麼病症？

（生唱）他害的心上病不用服藥。（同下）

（二手下扶正旦上）（唱）為江山憂壞了保國良將，為社稷染重病晝夜不安。

（外上）（白）吓！都督病體若何？
（正旦白）心中嘔吐，不能服藥。
（外白）都督之病，孔明會醫。
（正旦白）哦！他會醫？
（外白）會醫。
（正旦白）好！有請！
（外白）先生有請！
（生上，白）他害心上病，還要心上藥。吓，都督為何身染重病？
（正旦白）豈不聞人有旦夕之禍福，誰保無事？
（生白）是吓！天有不測之風雲，豈能料乎？
（正旦白）子敬說，先生會醫，當用何方？
（生白）都督之病要理其氣，氣順風即生，一呼一吸自然痊癒。
（正旦白）若要順氣，當用何藥？
（生白）都督之病，不用服藥，山人自有一十六字，拿去一看，大病全愈。
（正旦白）待我看來：智破曹公，須用火攻。萬事俱備，缺乏東風。呀！
（唱）諸葛亮是神仙從空降下，我害的心上病被他猜着。没奈何去病呃忙忙拜禱，望先生助本督協力破曹。
（生白）這又何難？都督傳下將令，命軍士去到南屏山下，高搭一臺，名曰七星祭風臺。命七七四十九名軍士，手執五色旗幡，待山人祈星禳斗，借取三日三晚東風，助你成功！
（正旦白）幾時起風？
（生白）甲子日起風，丙寅日風止。
（正旦白）先生努力。
（生白）山人告辭。
（正旦白）奉送！
（生白）南屏高塔七星臺，一晚東風吹送來。（下）
（正旦白）吓！你看孔明能奪天地之造化，有鬼神不測之機。此人若不早殺，必是東吳之大患。傳丁奉進帳！

（手下白）傳丁奉進帳！

（夫上白）都督有何差遣？

（正旦白）命你帶領人馬，埋伏南屏山下，候東風一起，趕上壇臺，取孔明首級前來見我。

（夫白）得令！

（正旦白）孔明吓孔明，任你縱有孫武志，難逃吾計鬼神驚。（下）

二十一場　祭　風

（四手下、道士、生上）

【點絳唇】（生唱）身登壇，祭東風，披髮綸巾笑談中。一陣燒破曹瞞膽，初出茅廬第一功。（生白）山人諸葛亮與周郎合志破曹，許他三日三晚東風。今乃甲子日朝，山人沐浴齋戒，登壇禳斗，衆軍士！

（衆白）有！

（生白）站在兩旁，聽我吩咐！執五色旗幡，各按一方。左按青龍之勢，右按白虎之威，前按朱雀之狀，後按玄武之形。一不許交頭接耳，二不許語笑喧嘩，如不遵者，立時斬首！

（衆白）哦！

（生白）正是：一朝權在手，且把令來行。

（衆走場）

（生白）吓，方纔東風一起，猛然一陣殺氣湧上壇臺，是何故也？哦，是了，想是周瑜差人前來刺殺與我。趁此機會，不免逃回江夏去吧！來人！

（道士白）有！

（生白）吩咐衆軍士一個個閉目躬身，待山人畫符拜斗。

（道士白）衆軍士一個個閉目躬身！

（衆白）哦！

【哭相思】（按：原本此處缺唱詞）

（生下）

（夫上白）呔！孔明哪裡去了？

（道士白）在上面畫符吓！

（夫白）不見了。

（道士白）不見了，想是走了！

（夫白）待我趕上！（下）

（道士白）呀呸！你們在此做什麼？

（衆白）閉目躬身！

（道士白）你們來看，東風也起了，軍士也去了，我們肚裡也餓了，要回家吃飯了，看你們怎麼得了？

二十二場　過　江

（四手下、小生上）

（白）英雄生來志量高，萬馬營中逞英豪。非是主上洪福大，還是將軍定皇朝。俺趙子龍，乃常山真定人也，軍師留下錦囊，要我今日開看。呀！軍師正月二十日有難，命我駕小舟江邊搭救。來！

（手下白）有！

（小生白）將人馬扯至江邊！

【六么令】（按：原本此處缺唱詞）（下）

（生上）

【六么令】（按：原本此處缺唱詞）

（水手上，搖舟上）

【六么令】（按：原本此處缺唱詞）（下）

（手下夫上）

【六么令】（按：原本此處缺唱詞）

（小生、正生白）

【排子】

（夫上）

【排子】

（白）那旁敢莫是先生？

（生白）然也！

（夫白）都督有令，命末將請先生轉去，有大事相商。

（生白）你可回去，多拜上都督，叫他好生用兵，我在江夏助他成功。

（夫白）先生若不轉去，末將難回軍令！

（生白）哏，若不念合志破曹，定要傷你狗命！趙雲！

（小生白）有！

（生白）將他篷索射斷！

（小生白）呔！招箭！

（小生、正生同下）

（夫白）回營交令！

（手下白）哦！（同下）

二十三場　點　　將

（副、小生、占、外上。副白）橫矛倒目眼睜圓，長阪坡前殺氣生。吶喊一聲如雷震，獨擋曹瞞百萬兵。俺張翼德，軍師點將，在此伺候。

（小生白）金龍困體萃紅生，戰馬衝開百萬兵。三進曹營無人擋，正是英雄逞威風。俺趙雲，軍師點將，在此伺候。

（占上）（白）小將威名蓋世雄，迎鋒對壘占頭功。交鋒爭殺誰敢比？血戰沙場透甲紅。俺劉封，軍師點將，在此伺候。

（外上）（白）憶昔當年遇英雄，為殺貪官出蒲東。堂堂漢室忠良將，四海人稱美髯公。某漢室關羽，軍師點將，在此伺候。

（吹打，四手下）

（生）（白）昔日隱居在山林，三顧茅廬聖主尋。提兵調將軍師孔，保國常懷忠義心。山人諸葛亮，自東吳而回，點動人馬，於中取事，占得漢室諸土，以為久遠之計。趙雲聽令！

（小生白）有！

（生白）命你帶領三千人馬，埋伏烏陵。曹操到此，他有數十萬兵，雖然不能擒他，也要傷他一半人馬！然後帶兵攻取南郡，不得有誤。

（小生白）得令！馬來！（下）

（生白）劉封聽令！

（占白）有！

（生白）命你帶領五百戰船，接殺搶奪盔甲槍馬，不得違令！

（占白）得令！馬來！（下）

（生白）張飛聽令！

（副白）有！

（生白）命你帶領三千人馬，埋伏五株林葫蘆口。曹操到此，你便殺出，然後分兵攻打荊州，不得有誤！

（副白）得令，馬來！（下）

（外白）吓！這又奇了。軍師，今日點將，俱有差遣，獨不差某，是何故也？待某進帳問個明白。軍師在上，某家參見！

（生白）二將軍進帳，何事？

（外白）師爺今日點將，俱有差遣，某隨大哥征戰以來，屢屢有功，今日逢此大敵，全不以某家效用，是何道理也？

（生白）山人有個要緊的所在，意欲命二將軍把守，只是有些妨礙。

（外白）有什麼妨礙？當得領教。

（生白）當日二將軍在許昌，曹操待公甚厚，今日曹操只剩得一十八騎殘兵敗將，走華容道，山人意欲命二將軍前去把守，又恐二將軍順情釋放，故耳不敢相煩。

（外白）師爺說話差矣，某昔日在許昌，曹操待某雖厚，某也曾斬顏良誅文丑報答與他。今日狹路相逢，豈肯順情釋放？只怕他不走華容道上而來。

（生白）他若不走華容道上而來，山人願輸一件。

（外白）哪一件？

（生白）軍師印信，付與執掌。

（外白）某若順情釋放，願獻項上人頭。

（生白）二將軍，又道軍中無戲言。

（外白）立下軍令狀！

（生白）請！

【一秋序】（外唱）（按：原本此處缺唱詞）

（白）師爺收過了！馬來！（下）

（生白）你看東風大作，周郎一定成功也。眾將！

（手下白）有！

（生白）兵抵樊口！

（手下白）哦！

（起風）（下）

二十四場　發　兵

（正旦上，白）三國茅土爭戰平，兩國不和動刀兵。

（夫上，白）啟都督，孔明逃往江夏去了。

（正旦白）便宜他了。下去！

（夫白）是！（下）

（正旦白）黃公覆聽令！

（末白）何令？

（正旦白）命你駕糧船二十隻，上插青龍旗為號，內裝硫磺、火炮，逼近曹營。

（末白）得令！

（正旦白）甘寧聽令！

（雜白）有！

（正旦白）將蔡中、張和綁至校場，候本帥祭旗！

（雜白）得令！

（正旦白）人馬扯往校場。

（眾下白）哦！

（吹打，圓場，雜綁蔡、張兩邊跪介，祭旗香案拜介，正旦白）天地神明,日月山川,社稷旗旌尊神!本督周瑜奉旨破曹,先斬二賊祭旗。

(雜斬蔡、張介,正旦白)但願旗開得勝,馬到成功。

(吹打)

(正旦拜白)眾將殺上前去!

【二凡】(按:原本此處缺唱詞)

(末白)呔,曹營聽者,黃蓋同甘寧獻糧船二十隻,前來投降!

(丑上桌白)候着!啟稟丞相!

(淨上桌白)所稟何事?

(丑白)黃蓋獻糧船二十隻前來投降。

(淨白)待我看來,船內輕浮,想必有詐。不許入寨!

(丑白)呔,黃蓋聽者,丞相吩咐,糧船不許入寨。

(正旦白)眾將放火!

(眾白)哦!

(煙火爆竹,生同雜殺,生敗下,雜追上又下)

(丑同末殺,丑敗下,末追上又下,四手下,小生白)

【水底魚】(按:原本此處無唱詞)

俺趙雲奉了軍師將令,帶領三千人馬埋伏烏陵,眾將!人馬扯往烏陵!

【水底魚】(按:原本此處無唱詞)

(雜丑淨上。淨白)殺敗了,殺敗了,來此什麼所在?

(雜白)來此烏陵。

(淨笑)哈哈哈!

(雜白)丞相為何發笑?

(淨白)若是老夫用兵,此處要埋伏一枝人馬。

(小生上)

(白)呔!俺趙雲在此!

(殺介)

(淨雜丑敗下)

(小生白)曹兵大敗,攻打南郡!

【水底魚】(按：原本此處無唱詞)(下)
(四手下,副上)
(白)俺張飛領了軍師將令,把守葫蘆口。
【水底魚】(按：原本此處無唱詞)
(雜丑淨同上,淨白)殺敗了,殺敗了！來此什麼所在？
(雜丑同白)來此葫蘆口。
(淨笑)哈哈哈！
(雜丑同白)丞相為何又發笑？
(淨白)我想周郎少志,孔明無才,若是此處埋伏一枝人馬,殺得你我無有葬身之地。
(付白)呔！張爺爺在此！
(殺介)
(雜丑敗同淨下,眾白)曹兵大敗！
(付白)攻打荊州！
【水底魚】(按：原本此處無唱詞)(下)
(四手下占上)
(占白)俺劉封奉了軍師將令,帶領五百戰船,沿江殺搶曹操盔甲器械,眾將！殺上前去！
【水底魚】(按：原本此處無唱詞)(下)
(雜丑淨同上)
(淨白)好大雨,好大雨！
(雜丑同白)渾身衣甲,俱已濕了。
(淨白)你等脫下晾曬晾曬。
(占上)
(白)呔,往哪裡走？
(雜丑淨下,眾白)曹兵大敗,有無數盔甲在此。
(占白)回營交令！
【水底魚】(按：原本此處無唱詞)(下)
(雜丑淨同上,淨白)殺敗了,殺敗了！來！查看還有多少人馬？

（丑白）哦！一五，一十，十五，一、二、三、十八騎！

（淨白）不多！

（丑白）不多！

（淨白）不少！

（丑白）不少！

（淨白）還是走荊州，還是走襄陽？

（雜白）走荊州路近，走襄陽路遠。

（淨白）還是走大路，還是走小路？

（雜丑同白）大路有煙墩，小路有埋伏。

（淨白）豈不聞兵書上有云：以實為虛，以虛為實。

（雜丑同白）營中無糧。

（淨白）叫軍士們下鄉掠搶！

（雜丑同白）雨大泥爛，眾將難以行走！

（淨白）不依者，與我斬嚇！

【水底魚】（按：原本此處無唱詞）（同下）

二十五場　擋　曹

（外上）

【引】軍師令下誰敢攔，捉拿曹操繳令還。

（白）漢雲長，烈性剛，看《春秋》暗習陰陽。使偃月，上將命喪；三國中，蓋世無雙。俺漢室關雲長奉了軍師將令，捉拿曹操，小校！

（介白）有！

（外白）馬來！

（介白）哦！

【倒板】（外唱）楚漢相爭數十載，王莽起意篡龍臺。光武中興國號改，五百年前結下來。弟兄桃園三結拜，猶如同胞共母胎。東吳孫權反過界，此地曹操領兵來。我國軍師掛了帥，滿營將官俱有差。不差關某心不受，因此打賭怒滿懷。綠袍罩定黃金鎧，耀武揚威到土臺。叫小校將人馬安營下寨，但不知曹操來而不來。

(介白)啟爺,來此華容小道。
(外白)大路埋伏煙墩,小路埋伏火炮,曹操一到,速報爺知。
(介白)哦!(淨上)

【導板】(淨唱)曹孟德在馬上長吁短歎,手搥胸眼流淚口怨蒼天。在中原領人馬八十三萬,一心要滅劉備欲奪江南。又誰知周公瑾謀略廣大,諸葛亮那妖道詭計多端。黃公覆曾把那苦肉計獻,蔣子翼引龐統又獻連環。我只說數九天東風少欠,又誰知諸葛亮力可回天。燒得我兵和將唇焦額爛!只剩得十八騎好不慘然!曹孟德在馬上大笑開懷,呵哈哈哈!

(丑唱)丞相發笑為何來?
(淨唱)笑只笑周郎做事呆,孔明胸中無大才。此地埋伏十騎馬,殺得你我無地埋。這一言未盡人吶喊,想必此地有安排。
(白)前去看來,什麼旗號?
(丑白)關字旗號。
(淨白)有救了!
(丑白)戰不得了!
(淨白)下面歇息,待老夫打馬近前!
(唱)聽說來了關美髯,愁人臉上改笑顏。走近前來把禮見,君侯許昌一別有數年。
(介白)啟爺,曹操到!
(外白)呵!

【倒板】(外唱)耳邊裡又聽得馬嘶人鬧,縱蠶眉睜鳳眼向前觀照。狹路上莫不是冤家來到——
(淨白)君侯,你我故人相見,怎說冤家二字?
(外唱)奉軍令誰念你舊日故交。
(淨白)君侯豈不知子濯孺子之事乎?
(外唱)三國中論奸雄還算曹操,
(淨白)老夫不過替天行道,
(外唱)一派的假殷勤笑裡藏刀。
(淨白)言重嚇言重。

（外唱）某如今用武時何須發笑，奉軍令活捉你怎肯輕饒？

（淨唱）曹孟德在馬上一言哀告，尊一聲漢君侯細聽根苗：在中原領人馬八十三萬，實指望滅東吳收兵回朝。又誰知小周郎多端計巧，燒得我兵和將四路奔逃。只剩得十八騎殘兵來到，望君侯念故交放我回朝。

（外白）小校前去查來！

（介白）是！一五，一十，十五，一、二、三，啟爺，一十八騎殘兵敗將。

（外白）呀！先生呀先生，你只知所算不能所諒，漫道一十八騎殘兵敗將，就是一十八隻猛虎，俺何足道哉？！

（唱）要捉他好一比鼇魚吞釣，傷箭鳥縱有翅也難飛逃。

（淨唱）在許昌待君侯恩高義好，上馬金下馬銀美酒紅袍。官封你壽亭侯爵祿非小，你本是大丈夫豈忘故交？

（外唱）你雖然待某的恩高義好，某也曾還却了你的功勞。斬顏良誅文丑立功報效，將印信懸高梁封金辭朝。

（淨唱）我也曾差人送文憑來到，臨別時贈君侯美酒紅袍。

（外唱）休提起送文憑令人可惱，東嶺關斬孔秀王室頗曉。斬秦其過黃河文憑纔到，謝丞相空人情讓某心焦。

（淨唱）在灞橋曾許我永遠相報，看起來大義人忘了故交。

（外唱）非是某忘却了永遠相報，皆因是你奸曹罪惡難逃。在許昌射鹿時曾把君藐，挾天子令諸侯勢壓羣僚。逼死了董貴妃其罪非小，殺董丞並馬騰罪犯千條。恨不得拿奸曹剝皮懸革，曹操賊近前來試一試偃月鋼刀。

（淨唱）曹孟德在馬上淚水漣漣，尊一聲君侯聽我言。往日恩情無半點，百般哀告也枉然。殺曹操不過一席地，君侯留得美名萬古傳。

（外白）呀！

（唱）往日殺人不轉眼，鐵打心腸軟如綿。背地只把先生恨，左思右想也枉然。漢關某豈做無義漢，任人割頭掛高竿。罷！叫小校擺下一字長蛇陣，釋放奸曹回中原。

（淨白）前去看看什麼陣勢？

（雜丑同白）乃是一字長蛇陣。

（淨白）關公有釋放之心，逃走了吧！

（唱）心中只把周郎恨，可恨孔明巧計多。頭一陣借我十萬箭，祭起東風破曹瞞。黃蓋苦肉尤自可，恨的是龐統獻連環。火燒我曹兵八十三萬，只落得屍骸堆成山。幸喜遇着仁義漢，放我君臣回中原。此番若得中原到，我不死還要下江南。（下）

（介白）啟爺！曹操逃走了！

（外白）回營交令！

（唱）悔當初錯許他永遠相報，到今日放奸曹有犯律條。叫小校轅門去通報，你直說關某釋放奸曹。七星劍下把頭找，一腔鮮血染戰袍。半世英雄今負了，汗馬功勞一旦拋。

（介白）哦呵呵！

（同下）

二十六場　　請　　罪

（四手下，生末同上）（末白）蛤蚌相持兩兵鬥，

（生白）我做漁翁把利收。

（末白）先生請坐！

（生白）又坐！

（末白）先生，但不知衆將可能成功否？

（生白）衆將俱已成功，只是二將軍不能成功。

（末白）倘若二弟有失，先生還要諒情。

（生白）明知有失，故留人情與他做。

（介白）啟報師爺，二將軍回營。

（生白）退下！

（介白）哦！（下）

（外上）（白）負荊請軍罪，稽首叩轅門。

（唱）漢關某到轅門如同酒醉，到今日犯律令把令相違。沒奈

何背荊杖轅門下跪，可誤了漢關某半世雄威。
　（生白）二將軍莫非怪山人迎接來遲嗎！
　（外唱）聽他言羞得我兩眼惶愧，背地裡咬銀牙愁鎖雙眉。
　（生白）二千歲可曾去華容道？
　（外唱）奉軍令到華容伏兵埋勢，實指望拿奸曹化骨揚灰。
　（生白）那曹操有多少人馬？
　（外唱）剩殘兵十八騎有頭無尾。
　（生白）想是內中沒有曹操？
　（外唱）正午時華容道來了孟德。
　（生白）為什麼不將他拿下？
　（外唱）是關某順人情前來乞罪，望師爺海量寬饒恕這遭。
　（生白）唗！
　（唱）昔日裡曾把丁公斬，你今朝放曹操怎肯輕饒。
　（白）來！推出斬首！
　（手下推外白，末白）刀下留人！先生請見禮！
　（生白）主公此禮為何？
　（末白）二弟冒犯，望先生念孤窮與他桃園結拜，還要赦却。
　（生白）看在主公金面，將作饒恕，命你帶領三千人馬，攻取襄陽，將功贖罪。
　（外白）得令！馬來！
　（生白）請主公掛榜安民。
　（末白）擺駕！
【尾聲】（按：原本此處無唱詞）
　（下）

二十七場　占　　城

（四手下，小生上）
【水底魚】（按：原本此處無唱詞）
　（白）俺趙雲奉令攻取南郡，衆將！

(手下白)有！

(小生白)兵抵南郡城樓！

【水底魚】(按：原本此處無唱詞)

(四手下，正旦上)

【水底魚】(按：原本此處無唱詞)

(小生上桌介，正旦上)

(白)呔！南郡開城！

(小生白)趙雲奉令，占了南郡，都督休怪！(下)

(正旦白)衆將！

(手下白)有！

(正旦白)攻打荊州！

(淨下白)哦！

【水底魚】(按：原本此處無唱詞)(下)

(四手下，副上)(白)俺張飛奉令攻取荊州，來！將人馬扯往荊州。

【水底魚】(按：原本此處無唱詞)

(副上桌介。四手下正旦上)

【水底魚】(按：原本此處無唱詞)

(白)呔！荊州軍士開城！

(副白)俺張飛奉令占了荊州，都督休怪！(下)

(正旦白)攻打襄陽！

【水底魚】(按：原本此處無唱詞)(下)

(四手下，外上)

【水底魚】(按：原本此處無唱詞)

(白)某關羽奉令取了襄陽，來！

(手下白)有！

(外白)轉過城樓！

【水底魚】(按：原本此處無唱詞)

(四手下，正旦上)

【水底魚】(按：原本此處無唱詞)

（白）吥，襄陽軍士開門！

（外白）某家在此占了襄陽，都督休怪！（下）

（正旦白）嚇！想我東吳失了多少錢糧，損了無數人馬，反被孔明這村夫不用張弓之箭，占去幾多城池，叫我有何臉面去見吳侯！也罷，不免將人馬且至柴桑關，整頓人馬，再來報仇！眾將！

（手下白）有！

（正旦白）人馬扯往柴桑關！

【尾聲】（按：原本此處無唱詞）

（同下）

二十八場　團　圓

（副外小生同生上）

（生白）請！

（眾白）請！

（生白）主公駕坐襄陽，你我分班伺候！

（同白）請！

（四太監、末上）

【引】海晏河清，干戈又得寧靜。

（白）一火能燒百萬兵，孤窮纔得成大功。周郎枉用千般計，神機妙算數孔明。孤窮劉備，多蒙先生機謀，又得眾將之勇，力占漢室諸土。先生！

（生白）主公！

（末白）倘若曹操再統大兵，如何是好？

（生白）主公且放寬心，那曹操若再領兵前來，待山人略施小計，破却曹兵，有何難哉！（末白）若得如此，孤窮無憂矣！

（眾白）臣等備有酒宴，慶賀主公！

（末白）君臣同飲！

（眾白）臣等把盞！

【畫眉序】（按：原本此處無唱詞）

（白）請駕回宮！

（末白）擺駕！

【尾聲】（按：原本此處無唱詞）

（同下）

哭 祖 廟

（京劇）

清·汪笑儂

【作者簡介】汪笑儂(1858—1918),晚清著名的京劇演員和劇作家。滿族正黃旗人,原名德克俊(一作德克金),又名僢,字潤田,號仰天,別署竹天農人。他生在京城的官宦之家,自幼聰明好學。二十二歲中己卯科舉人,却無意於仕途,一心想要在藝術上成就事業。後由其父給他捐了河南泰康縣知事。因主持正義,觸怒地方豪紳,加之常演戲自娛,受到上下攻訐,不久被罷官。他離開官場後,隻身來到天津,決意從此進入戲劇界,以唱戲為生。他十分敬慕在京劇表演方面造詣高深的名角汪桂芬,登門表達了拜師學藝的想法,沒料到汪桂芬很不以為然地説了句:"談何容易!"拒絕了他的請求。他為了激勵自己,便取藝名"汪笑儂"。後入翠鳳庵票房學唱京戲,得孫菊仙等人指點,技藝日進。他的唱腔清越激昂,聲情並茂,通俗而不庸俗,雖變化多端而不顯生硬勉強,或自高昂處跌宕而下,或於低廻處曲折而起,注意控制,運用氣息,突出抑揚、吞吐和收放的對比,尤其於唱段收尾,似急流奔瀉之時,強力頓住,然後用全力一放,使尾腔噴瀉而出。他所生活的晚晴,正是國難當頭、朝政腐敗、社會異常黑暗,但同時又是社會呼喚着大變革的時代,富有正義感和民族使命感的汪笑儂,重視戲劇的社會教育作用,力圖通過自己的戲劇藝術,來促使民族的覺醒和自強。辛亥革命後擔任過戲劇改良社社長。他常常親自編演劇本,進行挽救民族危亡命運的宣傳,《哭祖廟》就是其代表作之一。他的《自題畫像》詩,表達了他的戲劇追求:"手挽頽風大改良,靡音曼調變洋洋。化身千萬倘如願,一處歌臺一老汪。"除了《哭祖廟》外,《刀劈三關》、《馬前潑水》、《黨人碑》、《受禪臺》、《博浪椎》、《罵閻羅》、《桃花扇》、《罵王朗》、《煤山恨》、《分金記》等亦曾產生了廣泛的影響。

【劇情概要】該劇根據《三國志·蜀志·後主傳》和小説《三國演義》的有關情節改編而成。據《三國志》記載:蜀炎興元年(263)冬,魏大將鄧艾在綿竹打敗蜀將諸葛瞻,蜀後主聽從光祿大夫譙周的建議,投降鄧艾。"是日,北地王諶傷國之痛,先殺妻子,次以自殺。"裴松之注《漢晉春秋》云:"後主將從譙周之策,北地王劉諶怒曰:'若理窮力屈,禍敗必及,便當父子君臣背城一戰,同死社稷,以見先帝可也。'後主不納，遂送璽綬。是日，諶哭於昭烈之廟，先殺妻子，而後自殺，左右無不為涕泣者。"《三國演義》第一百一十八回"哭祖廟一王死孝，入西川二士爭功"，其内容亦據之演繹。劇寫西蜀國王子劉諶在魏國大將鄧艾圍困京城成都時，力勸後主堅守。然後主貪生怕死，聽從譙周、黃皓開城投降的建議。劉諶諫阻受辱，在投降之日，殺妻與三個幼子，並割下他們的頭顱，來到先帝劉備的廟宇，向其哭訴後主的昏庸和自己的痛苦無奈，最後自刎而死。

【版本流傳】《汪笑儂戲曲集》收錄此劇，中國戲劇出版社1957年出版。華東師範大學出版社1995年出版的由黃希堅、俞為民主編的《近代戲曲選》亦收錄了該劇。

【演出情況】該劇問世之後，盛演不衰。其中大段【反二黄】共一百二十句，最長句達四十餘字，汪笑儂唱來得心應口。他並不從頭至尾平均使用力氣，而是將它分為七個層次，每個層次中都由弱至強、由低至高，盤旋而上，形成各自的高潮，七個高潮又依次遞進增強，自然地推上頂峰，造成總體上的慷慨激昂，將劇中人悲憤之情宣洩無餘，給人以一氣呵成之感。觀眾每聽到此處，無不鼓掌喝彩。該劇在大連演出時，其中的"國破家亡，死了乾淨"，激發起人民抗擊外侮的熱情，竟成了一時流行於街頭巷尾的俗語。其他劇種如川劇、京劇、湘劇、漢劇、秦腔等紛紛搬演是劇，越劇改稱為《北地王》。

（朱俊源）

第一場

(四士卒引北地王劉諶上)
(門官急上)

門　官：(跪)啟稟王爺,今有鄧艾圍困成都,吾主明日出城投降,特來稟知!

劉　諶：回府!
(門官下)

劉　諶：(中坐,詩)
鳳子龍孫自不同,為子當孝臣當忠。腰懸三尺龍泉劍,夜作龍吟虎嘯聲。
(念)本爵,北地王劉諶。適纔教場歸府,門官報道:鄧艾賊暗渡陰平,破了綿竹,圍困成都。吾父皇聽了譙周、黃皓之言,明日就要開城納降。國家存亡,就在今日,時勢危急,不免進宮諫勸父皇一番,再作道理。兩廂退下。
(唱搖板)
鄧艾賊子渡陰平,
團團圍困吾都城。
進宮勸諫去奏本,
背城一戰退賊兵!(下)

第二場

(後主上)

後　主：(唱流水板)
鄧艾賊子渡陰平,
團團圍困吾都城。
曾命黃皓將神師請,
如何未見進宮庭。

(黃皓走上)

黃　皓：叩見萬歲！
後　主：罷了。命你去請神師進宮,可曾請到?
黃　皓：已在宮門候旨。
後　主：請!
黃　皓：請!
(女巫上。上坐,後主起立,跪)
女　巫：吾乃西川土神是也。
後　主：參見上神！
女　巫：相請吾神到來,有何見諭?
後　主：只因鄧艾賊子暗渡陰平,襲了綿竹,進圍成都。那滿朝文武,有的願戰,有的願降,紛紛不一。寡人毫無主見,不能定奪。因請上神駕臨一卜,還是戰的好,還是降的好!
女　巫：依吾神之見,你若投降鄧艾,都管保你天下太平,晏安無事。
後　主：謹遵仙命。
(女巫作神退驚醒)
女　巫：哎呀！萬歲爺聖駕在此。參見萬歲!
後　主：罷了。
女　巫：謝萬歲。
後　主：黃皓,命你賞她白銀千兩,送她出宮去吧。
(女巫走出遇劉諶,劉諶視女巫切齒怒目,女巫忙走下)
劉　諶：(唱搖板)
父皇一味妖巫信,
恐怕江山難保存。
撩袍端帶宮門進,
見了父皇說分明。
(念)兒臣見駕,父皇萬歲!
後　主：平身。
劉　諶：萬萬歲!

後　　主：吾兒進宮有何本奏？

劉　　諶：那鄧艾賊子，圍困成都城，父皇如何坐視不理？

後　　主：非是為父坐視不理。只因滿朝文武有願戰的，有願降的，議論紛紛並無定見。孤想與其勞動干戈，勝敗不測，不如投降鄧艾，免得塗炭生靈。

劉　　諶：自古以來，哪有將大好的江山，白送人家的道理？

後　　主：孤也曾問過神師，那神師言道：投降鄧艾，都管保孤天下太平，晏安無事。

劉　　諶：父皇休聽那妖巫一派荒誕之辭！想鄧艾孤軍深入，利在速戰，父皇不可開城，只可堅守。兒臣不才，願率領衆將，君臣父子，背城一戰，何愁鄧艾不滅！

後　　主：咦！動不動就要守城，戰勝了還則罷了，若是敗了，豈不是要了你老子的命嗎？

劉　　諶：哎呀！（唱搖板）
　　　　　劉諶控背忙躬身，
　　　　　尊聲父皇龍耳聽：
　　　　　妖巫之言不可信，
　　　　　兒願領兵滅敵人！

後　　主：（唱）
　　　　　皇兒不必苦爭論，
　　　　　神師之言敢不尊！

劉　　諶：（唱）
　　　　　千言萬語父不信，
　　　　　在宮中難壞小劉諶。
　　　　　走向前來忙跪定，
　　　　　抱住父皇放悲聲。（跪，唱二六）
　　　　　未曾開言淚難忍，
　　　　　尊聲父皇龍耳聽：
　　　　　賊鄧艾孤軍深入渡陰平，
　　　　　團團圍困錦繡的都城。

倒不如父子君臣背城一戰戰必勝，
殺得他大小三軍、馬步兒郎，棄甲丟盔，敗走無門。
孩兒的言語不肯信，
祖宗基業莫當輕！

後　主：（唱搖板）
為父龍心業已定，
午時三刻便開城。

劉　諶：（唱）
今日的堂堂天子尚稱朕，
明朝就是那亡國君。
天下後世看公論，
罵父的詞兒不忍云。
若謂孩兒言不遜，
開刀先殺吾小劉諶。

後　主：（唱）
奴才說話言不遜，
膽敢當面罵天倫。
恨不得一刀要兒的命，
不殺你還念父子情。
（念）不必多言，出宮去罷！

劉　諶：（起立，唱）
劉諶奏本皇父不信，
一足踢吾出宮門。
國破家亡心何忍！……
先皇啊！我先殺妻後殺子再後殺身！（下）

後　主：（唱）
黃皓與孤安排定，
投降之後享太平。（下）

第三場

（老太監董敏領二小王上）

董　　敏：（唱搖板）

自幼淨身入宮院，

算來到今數十年。

（念）咱家董敏，奉了夫人之命，去到御花園遊玩，看天氣不早，我們回去吧。（唱搖板）

手拉世子回府轉，

但願國家早治安。

第四場

（劉夫人抱小兒上，唱）

劉夫人：賊鄧艾渡陰平十分危險，

眼見得圍成都黎民不安。

吾丈夫每日裡把兵操練，

為什麼這時候不見回還？

劉　　諶：（內唱倒板）

怒哄哄出離皇宮院……（上）

不由本爵怒衝冠，

未曾進宮先拔劍，

劉夫人：啊，王爺！

劉　　諶：（唱）

這纔是兒女情長英雄氣短，

我的手足酸！

劉夫人：啊，王爺，今日進宮為何拔劍出鞘！

劉　　諶：你乃女流之輩，不問也罷！

劉夫人：王爺說哪裡話來，有道是朝中有事君臣議論，家中有事夫

劉　　諶：哎呀！夫人有所不知，今有鄧艾賊子，圍困成都，父皇聽信譙周、黃皓之言，明日就要開城投降，本爵意欲拔劍出鞘，殉國難一死！……

妻商量。哪有丈夫有事，妻子不聞不問的道理？

劉夫人：哎呀！如此說來妾請先死！（將小孩放桌上，唱搖板）
　　　　將嬌兒放在青玉案，
　　　　心中好似滾油煎。
　　　　人生百歲終須死，
　　　　恩愛夫妻不團圓。（撞死）

劉　　諶：死的好！（唱）
　　　　一見夫人尋短見，
　　　　心中好似亂刀剜！（將夫人頭割下）
　　　　忙用寶劍人頭割……（手指案上嬰兒）
　　　　我三歲的嬰兒也要被刀斬！（殺死嬰兒）
　　　　手提人頭出宮殿！……
　　　　（老太監引二小王上）

劉　　諶：（唱）
　　　　一見二子眼睜圓！

董　　敏：哎呀王爺呀！一言不發為何要殺二位殿下？

劉　　諶：想我國破家亡，死了倒也乾淨！

二　　子：（同聲）父王要殺孩兒却也不難，容孩兒進宮，見吾母親一面再殺不遲！

劉　　諶：兒要見你母親麼？兒來看！
　　　　（小王驚跑圓場，劉諶殺一小王）
　　　　（董敏與一小王同跪）

董　　敏：哎呀王爺呀！殺了一個留下一個，也好接續後代香煙！

劉　　諶：念你苦苦哀求出宮去吧！
　　　　（董敏急起立拉小王走。劉諶趕殺小王）

董　　敏：看二位殿下已死，國破家亡，俺不免也碰死了吧！
　　　　（撞死）

劉　諶：（唱）

　　　好一個忠心董太監，
　　　留下美名萬古傳。
　　　忙將人頭一齊割，
　　　祖廟之中祭祖先！
　　　（提四人頭顧下。）

第五場

（後主面縛輿櫬，出城投降下）
（鄧艾引四卒上，三笑，進城下）

第六場

（劉諶提人頭持劍進祖廟）

劉　諶：（唱二簧導板）

　　　進祖廟不由人心中悲悼！（插劍，三次分獻四人頭，奠酒拜跪，起立。叫頭）
　　　先皇呀，昭烈帝，皇祖哇！（唱回龍腔）
　　　將人頭供神案祭奠祖先。（反二簧慢板）
　　　高皇帝手提着三尺寶劍，
　　　滅强秦破暴楚纔定江山。
　　　至孝平國運衰王莽謀篡，
　　　毒藥酒鴆先帝龍駕歸西。
　　　光武爺走南陽遷都為東漢，
　　　全仗着雲臺將二十八員。
　　　傳位到桓靈帝信寵太監，
　　　黃巾賊遍地起四鄉狼煙。
　　　先皇祖滅黃巾威名振顯，
　　　宴桃園三結義牛馬祭天。

遭不幸在徐州弟兄失散,
到後來會古城纔得團圓。(反二簧原板)
走荊州依劉表重興炎漢,
不料想蔡夫人為人不賢。
跳檀溪先皇祖身遭危險,
水鏡莊貪夜間纔遇高賢。
隔牆壁吾皇祖龍耳聽見,
他言道伏龍鳳雛得一人天下可安。
徐元直走馬把諸葛亮薦,
那先生三顧請纔下高山。
博望坡、新野縣兩次交戰,
用火攻燒曹兵心膽俱寒。
吾皇祖長阪坡又遭大難,
皇祖母亂軍中命喪井泉。
好一個趙將軍他渾身是膽,
百萬軍中救主還。
出重圍撩鎧甲低頭細看,
那時節吾皇父,睡懷中,
昏昏沉沉睡夢間,
直到如今,睡了幾十年!
奸曹操領兵將八十三萬,
玄武池練水軍吞併江南。
東吳的武將們個個要戰,
文部官一個個袖手旁觀。
魯子敬過江來把諸葛亮見,
那先生一帆風去到江南。
他也曾舌戰羣儒光輝壇坫,
他也曾草船借箭在大霧間,
他也曾祭東風七星臺上面,
他也曾赤壁鏖兵大燒曹瞞。

唾手兒得荊州未遂心願,
張永年獻地圖纔得西川。
報弟仇與東吳兩家開戰,
燒連營七百里火焰連天。
兵敗在白帝城身遭大限,身遭大限,
吾的先皇祖哇!
纔知道得江山創業艱難。
賊鄧艾渡陰平十分的冒險,
吾皇父聞此言心膽皆寒。
滿朝的武將們不敢開戰,
老譙周在一旁一味談天。
有本爵聞此言心忙意亂,
進皇宮雙膝跪倒在皇父前。
吾言道:勢已危急,
倒不如君臣父子、背城一戰,
再不然、學當年、破陣李左車,堅壁清野、計出萬全。
賊鄧艾孤軍深入他利在速戰,
那時節,吾父子們,燒了成都、退守深山。
率領着,軍民人等、文武百官、再圍都城,
賊鄧艾,在成都,
他進也不能進,退也不能退,
戰也不能戰,守也不能守,
既無糧,又無有草,三軍自亂,
殺得他片甲不還!
吾父王不聽兒良言相勸,
反將吾踢出宮滿面羞慚。
衆弟兄一個個無顏相見,
莫奈何殺妻子祭奠祖先。
吾皇祖在天靈可曾看見?
念皇孫,國又破,家又亡,妻又殺,吾的子又斬,以身殉國,倒不如死也心甘!
想起了先皇祖令人悲歎,
歎先皇,數十年南征北戰,
東擋西殺、晝殺夜砍、馬不停蹄,
纔得來這三分帝鼎、一隅的江山,
他斷送在眼前!
我皇父太昏庸不聽良諫,
每日裡在深宮苟且偷安。
投降後何面目把臣民來見,
九泉下見先皇有何話言。
想當年讓成都劉璋好慘,
到如今吾皇父,焚符棄璽、反縛輿櫬,
率領着文武百官、軍民人等,匍匐塵埃,投那鄧艾,
比劉璋更加可憐!
莫不是吾漢家氣數已滿,
纔知曉創業難守成更難。
在祖廟哭得吾肝腸寸斷,肝腸寸斷!(反二簧搖板)
耳邊廂又聽得金鼓喧天。
料此刻吾皇父把鄧艾來見,
吾何忍見他堂堂天子跪倒在馬前。
恨不得將亂臣賊子刀刀斬,
從今後再不要鳳子龍孫自命不凡。
惡狠狠拔出了龍泉寶劍,
俺本爵殉國死倒也心甘!(自刎而死)
(劉備鬼魂帶二卒上)

劉　　備:皇孫哪!漢室氣數已盡,不能挽回,隨我去吧!
(衆人同下)

警 黄 鐘

（傳奇）

清·洪炳文

【作者簡介】洪炳文(1848—1918),字博卿,號棟園,浙江瑞安人。十八歲入邑庠,二十五歲成為廩生。一生中"雖五試十薦,惜不能售"。四十四歲時憑年資而被選貢。戊戌事變後,任瑞安中學堂的歷史地理教席,後又受聘至溫州浙江省第十中學任教。宣統元年(1909)被授予浙江餘姚縣教諭兼訓導,半年後即辭官回鄉。洪炳文博學多才,善賦詩詞,曾和著名詞人柳亞子等人組織南社,以詩會友。他致力於戲曲改良和劇本創作,為民間劇團提供演出的腳本。其創作的劇本不但數量多,題材廣,主題思想亦有積極的時代意義。其代表作有《懸嵒猿》、《警黃鐘》、《芙蓉孽》、《秋海棠》、《撻秦鞭》、《後南柯》、《水岩宮》、《白桃花》等。洪炳文還是科幻小說家,他撰寫的科幻小說有《月球遊》、《電球戲》等。他曾研究過空氣動力學,撰寫了《空中飛行原理》一書。洪炳文的著述,據不完全統計約有九十餘種,內容涉及詩詞文賦、經史訓詁、鄉土史料、農林漁牧、醫藥衛生以及西方科學技術的研究與闡發等。特別是他的戲曲作品,有三十六部之多。

【劇情概要】黃封國女主高密當朝,內政不修,外侮頻仍,國內少禦敵之兵,境上無守邊之將,國勢極度衰弱。公主瓊英幽居深宮,深感時局維艱,常以淚洗面。這時,胡封國、元封國乘機入侵,分別奪取東山與西山。胡封國在占領東山後,又將元封國逐出西山,一並將其占領。黃封國密部大臣烏裡瓜欲向胡封國議和,但瓊英率領謝、蘇二女士,伏闕上書,極力反對議和。主上惑於密部大臣及提督之甜言蜜語,依議簽訂了喪權辱國的條約。胡封國氣焰更加囂張,暗地裏與元封國密謀,分據東山、西山等處,還逼令該處居民他徙。國勢危急之時,主上召集大臣及提督商議拯救危機之策,烏裡瓜聲言願往迎敵,卻徑投他國去了。黑心肝上陣未戰就兵潰而被活捉。在此國家民族危難之際,瓊英奮發圖強,整飭內政,一舉啟用謝、蘇、竺三女士,出師抗敵,終於打敗敵國,收復國土,廢除了不平等條約,處死了奸佞大臣,遂使黃封國中興。

劇作者在該劇《自序》中說:"《警黃鐘》者何? 警黃種之鐘也。""使觀者恍然於黃種受制於白種","而急思有以挽回之,振作之。"

他以一虛構的故事來反映當時的社會現實,以劇中當權人物的顢頇昏庸、貪生怕死來影射朝中君臣,熱切地呼喚着能夠肩負起振衰起頽、砥柱中流的英雄,以挽救這個瀕臨死亡的民族。鄭振鐸在《晚晴戲曲小説目》的敍中這樣評價以該劇為代表的戲劇作品:"皆激昂慷慨,血淚交流,為民族文學之偉著,亦政治劇曲之豐碑。"

【版本流傳】該劇初刊於上海《新小説》報,1904年8月至1905年6月號連載。後來上海新小説書局出版單行本。阿英將其收入在《晚清小説叢抄·傳奇小説卷》。20世紀80年代王起主編的《中國戲曲選》,曾收進其中的《閨俠》一齣。

【演出情況】未見記載。

(朱恒夫)

提　　綱

俏儲君卓識訶戎心，奸大臣甘言惑主聽。
副元帥妙計擒渠魁，新國民熱腸立團體。

卷首宣略

【滿江紅】蕞爾黃封，固猶是軒轅遺族。奈兩大胡元之窺伺，強淩弱肉。巾幗獨殷恢復志。鬚眉忍受要盟辱。惜幺麼世界化蟲沙，戰蠻觸。　　蕉鹿夢，伊誰續？《南柯記》，重翻曲。彼文人涉筆。感懷而作。牖戶無忘桑土徹，桃蟲宜念荓蜂毒。慨黃民醉夢未曾醒，從今覺！

第一齣　宮　歎

【正宮·喜遷鶯】（旦宮裝，雜二侍女隨上）銀蟾斜掛，依熏籠獨坐，蓮漏丁冬。知心誰共？帝王家，薄命顔紅。可憐你，附膻逐臭，也自比，附鳳攀龍。料想他個中人一世猶然作夢。

時局艱危不可支，深宮鎮日自顰眉。滿腔熱血滿懷淚，不在英雄在女兒。（坐介）奴家高密氏，大黃封國長公主瓊英是也。世守藩封。生為黃種。我國歷來傳位，多是女主。本宮雖在女流，實為太子。選尚駙馬，封作宮妃。那採花釀蜜一樁公事，多係女兒家承辦，一班男人，只知坐食資糧，無所事事。近年以來，中原多故，外辱頻仍，內政不修，主權盡失。花叢蟊賊，恨炎火之未投；草澤奸雄，遂萑苻之並起。強鄰窺伺，競懷蠶食之心；羣小工讒，益肆蠅營之狀。自恨生長深宮，未親國政，時事如此，叫奴家怎樣設法呢！

【玉芙蓉】那強鄰。西並東，白地將人弄。一霎時侵淩逼脅，問何人保護黃封？可知道，外交失策兵開釁；可知道，內政誰修莽伏戎？真懵懂，只博得花糧供奉，作一個幺麼世界可憐蟲。

那兩班文武官兒，只曉得：

【前腔】躐終南，巧宦蹤，捷徑新承寵。一半是煙寮酒國，一半是雨窟雲叢。有誰還問軍國事情，民生疾苦呢？只道你，眼前紗帽榮無比；可憐他，夢裡槐柯睡正濃。憑斷送，不問是同胞族種，眼見得中原大陸走蛇龍。

那我國國民，只曉得：

【朱奴插美蓉】【朱奴兒】看他名利藪，盡心甘意濃。一個個蛾撲燈紅，恨生平鑽刺夤緣術未工。說不盡心頭萬種。但終年侄偬，似相遭夢中。倘或大劫來時。【玉芙蓉】那生靈，何堪一軍化鶴化沙蟲！

我國境東部東山一帶，多是菜花。春時一望。有如萬點黃金，濃香馥鬱，薰人欲醉。這正是我國中人民採糧之地，又為黃種種族生命之源。又有西山地面，多是梨花。每歲清明，雪香成海。我國民以花為課，以蜜為糧，釀時不得梨花，不能成蜜。是以上年派兵把守，慮有疏虞。不料昨日探馬報稱，有胡封、元封二大國，不日要領蠟蜏、蒲盧等種族，實逼此處，與吾國民競爭此土。吾國民四面受敵，應接不暇。名曰借租，實謀占據；名曰互市，實攬利權。此事若實，恐東山、西山等處不能保守，即不戰死，豈不餓死。這事如何是好呢？

【傾杯賞芙蓉】【傾杯序】他扼住東山不放鬆，和戰都無用。好似釜底游魚，日暮途窮。名是甘言重幣，實則地網天籠。【玉芙蓉】有一日商於六里儀行詐，管教他函谷重關泥不封。溯淵源是軒轅貴種，枉令我希心皇古企黃農。

看將來白種漸強。黃民受厄，百萬生靈，籲天無術。嗟念及此，好不酸心也呵！（掩淚介）咳，奴家心曲有誰知得，有誰解得，真真苦煞人也！

【尾聲】這深宮心事誰能懂？桂露酒，花房頻朝貢。倘或瑣尾流離，東西轉徙，豈不是身世飄飄類斷蓬。（太息下）

第二齣　鄰　逼

（淨白黑臉，戎裝，白盔甲，引隊子四人，執白旗上）

百萬軍聲動地嘩，朝來供課午排衙。東山更占西山界，奪盡梨花與菜花。（坐介）俺乃大胡封國領兵元帥辛螫是也。現奉胡廷之命，令俺帶一隊人馬，去到黃封國境內東山及西山一帶，奪取梨花、菜花，以為本國資糧。俺查萬國公法，他國境內土地物產，不能占奪利權。奈彼國內政不修，外交失策，國內無禦敵之兵，境上無守邊之將。今俺不取，終為他人所有，是以奉命之後，即行占取其地。軍士們，各各奮勇，殺上前去！（眾）得令呵！（行介）這是怎麼地界？（眾）啟元帥，東山已在前面，此是交界地方。（淨）中軍傳令扎營。（眾）得令呵！（淨）

【商調·遶地遊】風揚纛影，擄得山莊罄。小黃封無人問鼎，拚把雄威再整。且教他東西奔命，有何人來鏖勁兵。（下）

（場上設草葉四五莖，作菜花狀介。淨領隊子上，奪取菜花介，繞場下。副淨黑臉花面，領黑旗隊子四人上，中立介）

俺乃大元封國統兵將軍孟毒氏是也。現奉元廷之命，向黃封國境內東山、西山一帶，奪取菜花、梨花，以為國民糧草。正在啟行間，猛聞胡封國先鋒已經占取東山，那菜花一物，已為他收割淨盡。俺此行竟落人後，真真氣煞！幸西山梨花未經占取，俺只有從間道徑襲西山，以為先聲奪人之計。軍士們，各各銜枚疾走，偃旗息鼓，潛至西山扎營。如有漏泄軍情，令敵知覺者，一律軍法從事。

（眾）得令呵！（繞場下。場上設樹枝，上綴零星白紙，作梨花狀介。副淨領隊如前介，望介）呀！果然山前一帶，盡是梨花。好似：

【貓兒墜】雪香成海，滿目盡瑤瓊。吾將此花收取，管教他夜月香雲夢不成。如斯勝境未曾經，心驚，只聞得甲馬聲聲，僥倖兒平白地奇功竟成。軍士們速去，一面收取梨花，一面扎營。

（眾）得令呵！（奪取梨花繞場下。淨領隊如前上介）

呀！俺前日望西山地面，一自如銀，今日如何不見了，真真奇怪！莫非本國人民聞風收取，抑有他國潛行襲奪，亦未可知。且待我登高一望，便知底細。（登高望介）呀，不好了！前面有帳篷甚多，定是兵士把守。看他旗幟黑幢幢兒如烏鴉成陣，這旗一定是元封國的徽章了。那元封國兵不比黃封國兵，樸勇善戰，奮不顧身。軍士們各各整備攻具，上前與他廝殺，以分勝負便了。

（眾）得令呵！（繞場下）

（副淨領隊上，望介）呀！前面塵頭起處，白飄飄兒一隊人馬，定是胡封國兵了。那胡封國為白種中最大之國，不比吾們黑種，蠢頑不靈。快些收拾兵仗，拔營先走，是為上策。

（眾）得令呵！（繞場下）

（淨領隊子上）呀！前面黑旗人馬忽然拔營他去，欲是為何？軍士們各各上前追逐，奪他梨花便了。

（眾）得令呵！（繞場下）

（副淨上，繞場走介。淨上接仗介，戰介。副淨敗走急下介，眾擲梨花，淨卒奪取介。淨）果然元封國人馬奪占西山。他雖善戰，只好欺凌黃封，那裡能抵擋我白人。今日遁去，是其見機。軍士們，各收取他軍梨花，帶回本營。解還吾國，重重有賞。

（眾）得令呵！

（淨）中軍聽令！

（中軍束戎裝上）末將見。

（淨）少禮。中軍可領一支人馬，扎營西山，每日留心偵探，不可有誤。俺一面遣公使去到黃廷，要求設立租界，通商互市，兩國和約簽字，方許他退兵。倘或不依，那東山、西山地界即為我國市場，一切利權均由我主，看他如何答應。一面遣諜使通報吾國君主，指授方略便了。

（末）得令！

（領隊四人得意搖擺介）

【黃鶯兒】只見飛馬報胡廷，說將軍妙計成，喜花糧奪取都乾淨。那元封國，悶沈沈哭聲，冷飄飄旆旌，再無人敢向西山境。漫藏形,厲兵秣馬,詰旦再相迎。

【尾聲】拔營去,到北庭,還待奏吾朝君主把章程定,好賺得互市通商訂後盟。(同下)

第三齣　議　和

【仙呂·黃梅雨】(正旦宮裝,領小旦、貼二人,雜扮宮監二人,執拂上)北部諸夷,闌入中華地,恨霸上將軍兒戲。奈廷臣接封章,時時壅蔽,轉令我遇強鄰忘準備。

中原近日困諸夷,妾在深宮那得知。數萬萬人都醉夢,女兒畢竟勝男兒。(坐介)俺乃大黃封國女主高密氏是也。自從即位以來,時和年豐,人民安樂。方謂萬方有道,長保平安,不料近年以來,我國北方有胡封國君臣,厲兵秣馬,日思侵占我國邊境,叩關挑釁,已非一次。可恨我國大臣壅遏軍情,不令邊吏入奏,一切封章,打發回去,片紙不收。是以近年一概邊情,都未知道。幸虧東宮太子瓊英,留心時事,探知軍情,入宮面奏,方纔得知。今日應有軍報前來,且在此靜候片時。左右們,太子來時,即便通報。

(宮監)領鈞旨。

(旦宮裝執笏上)宮門有人麼?為我通報。

(宮監出應介)宮外何人?

(旦)東宮太子有緊要軍情欲入宮面奏,速速通報。

(監)領旨。在此伺候。(監入報介)啟奏萬歲,東宮見駕。

(正旦)宣他進來。

(監出領旦入,見介。旦)臣太子瓊英見駕,願我母王萬歲。

(正旦)少禮,旁坐罷。

(旦)謝坐。

(正旦)近日軍情若何?

(旦)聽奏:

【勝如花】嗟時易,又勢微,平白地風波疊起。可憐我,熱血填膺,都變作盈懷墮淚。寸心兒朦朧如醉,若衷腸人前怎提。下江湖朝綱日非，文武官兒，他只管榮華得意，那個是當官盡職？聞寇來，向城頭，自豎降旗。

（正旦）原來如此。

（旦）聞胡廷現有公使來至我國議和。

（正旦）彼方占取東山一帶，焉肯便和？

（旦）此是彼國奸計，且聽臣奏來。他是：

【前腔】一盤算，一着棋，熱心兒扼定這東山境裡。想穴中螻蟻難逃，比釜底游魚休避。我國民遭流離，棲身無地。正合着，守函關諸侯盡疑。反設計，比魏絳和戎妙機。近日戎夷，便自有奸謀詭計，偏假說生靈愛惜。吸髓膏，逞妖嬈有似狐狸。

（正旦）原來如此，可恨可怕！

（丑胡裝，雜一人執鞭持帖上，報介）大胡封國公使刺朵顏，願見大黃封國君主，請煩通報。

（官監出應介，入報介。正旦驚介）公使突來，如何答話？

（旦）母王先行回宮，待臣出來，在宮門與他相見答話。

（正旦）有理。（同貼、小旦下）

（旦顧監介）宣他進來。

（監）領旨。（出引丑入，見介，分坐介。）

（旦）側聞貴國公使遠臨，有失迎迓，恕罪恕罪。

（丑）俺此來一為通商，二為議和，請殿下轉奏，即便回音為幸。

（旦）近日接北方守邊將吏報稱，貴國將軍無故領兵占取東山一帶，所有菜花，概行掠取。這是公法哪一條，有如此辦理？

（丑笑介）公法不公法，咱不管他。咱奉敝國君主之命，到貴國議和。敝國君臣說，貴國內政不修，外交失策，所有舉動，均類野蠻，未臻文明程度，是以花球各國，均以貴國不得在公法之列，安能照公法行事。所謂野蠻之國，以野蠻之法待之，前日占取東山，此正是待野蠻義務，幸勿見怪。

（旦）敝國內政不修，不干貴國之事。外交失策，是指哪一件？貴國以野蠻待敝國，如公法何？

（丑笑介）公法者，天下之強法。國勢強，則可行之於公法之外；國勢弱,則不得列於公法之內。貴國不自責而反責人,真正怪事!

(旦氣介)呀!原來吾國不在公法之列。政府諸臣迄未奏明,致有今日,真正可恨,真正可惱!

(丑)貴國大臣多是:

【正宮・緱山月】臨事誤戎機,收覆水,悔偏遲。他瞞天席地,不令主知。説鄰封安然無事,哪裡問環球公法,誰是誰非。今日之事,只有和議,便可退兵。

(旦)和議怎樣?

(丑)東山一帶開為商埠,只許敝國通商,不許各國分利。西山一帶前日已為元封國兵占取,咱國將軍領兵逐他出境,刻議交還,應賠兵費。該地亦只准敝國通商,他國不得干預。如照此和約,即日退兵。

(旦)待吾入宮奏知敝國朝廷便了。(領宮監下)

(宮監仍上,丑見介)和約如何?

(宮監)敝國不幸,不能自強,受人欺凌。東山一帶乃我國根本重地,豈可為人占取。西山資糧所在,亦不可棄。敝國朝廷與大臣商議,已一一照約施行。敝國君主,均已簽字。和約在此,請公使看過明白。

(丑喜接看介)好好,咱回奏之後,即日退兵。

(宮監)不可負約失信,請公使亦一同簽字。

(丑簽字介)就此告辭。

(宮監)恕不遠送。(下)

(旦上)今日之事,正是既不能令,又不受命,真正沒奈何也!(掩淚介)

【尾聲】時艱蒿目真難避,問要盟自古多奸計,可憐我有翼無心不奮飛。(太息下)

(評語:此折敘黃封國大臣負朝廷,壅遏軍報,及外國不以公法相待,致不能據理以爭,皆由東官及公使口中述出。雖欲翻悔,亦已無及。凡兩國勢均,始有和議。如此要盟脅逼,總在勢力範圍圈內,豈能歷久不渝。結尾僅以官監持和約與公使,勉強依議了事,焉得謂之和乎?故能戰,始能和,不能戰,又焉能和耶?受脅而和,其為和也可知矣!)

第四齣　醉　夢

（副末粉臉短鬚冠帶上,雜僮隨上）

戰不能兮守不成,何須高壘與堅城。馭夷自古無長策,但許通商便退兵。（坐介）俺乃大黃封國蜜部大臣烏裡瓜氏是也。慣事通番,甘心媚敵,以鑽刺之力擢為蜜部大臣。終日尋花問柳,飲酒徵歌,那一椿椿軍國重情,置之不理。前日吾國北庭東山、西山一帶,為胡封、元封二國掠取花糧,運回本國。那二國又復大戰一次,元封國兵敗陣而去。幸吾國袖手旁觀,不至結怨於彼。昨日胡封國特遣使臣來吾國議和,俺只一味勸吾主和議,不可動兵。吾主依議簽字,已經打發他使臣回去。現在仍然太平無事,可以長保富貴。俺們何妨日事花酒,以樂餘年。（顧僮介）為我去請九門提督,來此飲宴。

（僮應下。丑盔甲戎裝策馬上,雜一人隨上,中立介。丑）咱乃黃封國一位統兵提督黑心肝是也。

（報介,僮上應介,領入相見介,分坐介。）

（丑）請問蜜部大人見召,有何賜教?

（副末笑介）咱為此時和議已成,蜜務部大小臣工可以無事,現備有美酒一壇,珍饈一席,與軍門遣興則個。

（丑）多謝。現在和議已竣,不致動兵,咱們亦可偷閒,在此陪席便了。（副淨舉杯勸酒介,丑同飲介。）

（丑）請問大人,前日貴相知鄭月娥校書處已經去過否?

（副末）連日為胡封國和議之事,未去探望。昨日私約告成,今早已去望他。請問軍門,貴相知楊玉香校書,不悉有去望望否?

（丑）敝相知現已脫籍,另覓房子居住,作一位小老婆。只是作嬌撒懶，不堪其苦。未識可有良策見教否？

（副末）諺云：閑花只合閑中看，一折歸來便不鮮。老兄殆未解此意麼？

（丑）是。請問大人，現在蜜官屬吏每月交納花糧規費，收到多少？

（副末）每月花糧公費只有萬餘金，賣缺之費也有萬餘金。請問貴營規費每月若干？

（丑）不消說起！每月除攤扣兵餉外，屬員規費只有五千餘金，再多是不能的。

（副末）難道好缺出賣，亦不值錢呢？

（丑）好缺只有副將等缺，可以署理。若總兵則歸部放，署理亦須督撫會奏，是以不能出賣。都守以下，出息有限，有誰肯出多金，來輨買缺？

（副末）前日有一班書生，妄造軍報，刊佈謠言。此輩人真正可惡，吾已奏聞朝廷，加以叛逆，四出查拿。如捕獲之時，一概處以重刑，方好消吾心頭之氣。

（丑）前日聞刑部已拿獲此種人，殺了數名，大人不消生氣。

（副末）今日酒飲多杯，且進內打睡去。

（丑）即此告辭。（起身下，副末、雜隨下！雜扮各色人持花燈金鼓細樂上，繞場一回，隨意唱小調一二套下。生、淨、丑、末扮士農工商上，分坐介）

（衆）聞今日此處大鬧花燈，吾等一同觀看。（雜持燈金鼓如前，繞場上，隨唱曲一二套即下）

（衆）吾們士、農、工、商名為四民，各有事業，即各有心事，大家說來聽聽。議用十七字令為限，說不來，罰酒一大杯。

（衆）有理。士為四民之首，應先說起。

（生）是。聞說廢科舉，書呆沒法處。無人請教讀，餓肚。

（衆）說得好。

（淨）吾是農夫，應是第二。吾也說得土俗，不堪入耳，大家休見笑。

（衆）豈敢。
（淨）聞說禁烏煙，種子休下田。種煙打屁股，一千。
（丑）聞開工藝學，經費無着落。機器辦不成，歇作。
（末）聞說撤釐卡，委員利權攬。名目變出來，中飽。
（衆）大家都說得好，只是局外人聽見不便，如何是好？
（末武裝上）呀！你們四民在此看燈，單單剩下我們當兵吃糧的不在內，難道吾不是黃封國中百姓呢？
（衆）如今四民之中沒有你了。能說十七字令，則許你入會。
（末）酒令若何？
（衆）三句十七字便是。
（末）吾試說來：當兵不用力，米票官自吃。何處是校場，不識。
（衆）好，許你入會。
（生）吾今將各人之令書之於壁，以便他人和韻便了。
（衆）東山之事近日若何？
（生、末）管他則甚！管他則甚！（同下。雜扮四人上，同坐介）
（衆看介）這壁上有十七字令詩五首，莫非要人和韻呢？
（衆）吾人各言本行，照此令說出。如詩不成，罰酒一大杯。
（衆）有理。
（一雜）我好吃大土，名叫烏煙鬼。一夜一兩頭，落肚。
（二雜）我們好衣着，皮棉紗單袷。一年四季衣，糟蹋。
（三雜）我是人清白，每好作嫖客。一夜雪花銀，一百。
（四雜）要賭不要命，家私沒得剩。大輪又特輪，乾淨。
（雜）昨聞和議已成，敵兵引退，可以太平無事。吃穿嫖賭，吾輩各行其是便了。
（雜）各行其是，便是義務國民之責，如此而已。那敵情國事管他什麼！問他什麼！（四雜得意搖擺下）

（評語：此折寫國民醉夢，鼓舞太平。大吏如此，下僚可知；士人如此，農、工、商可知；當兵如此，營制可知。見端甚微，為禍甚巨，可為寒心。此折以副淨丑末等上場，長於打諢插科，每不便於填曲，故以九首十七字令詩代之。前人成作，亦有一出之中無曲，非自我作古也，閱者諒之。凡丑脚所唱之曲，大都為《字字雙》等牌子，句法與十七字相類，以無甚款曲之故。若填別調，寫來與原曲神氣口吻不甚相合。成作每遇丑副淨之曲，獨短獨少，正為此耳。)

第五齣　廷　諍

(小旦華服上，老旦侍婢隨上)

【越調・霜天曉角】辭官罷職，未敢談時事。只為關懷君國，陳言擬着朝衣。

敵營祈請煩公使，軍國戎機問女流。千古漢家青史在，和親兩字後人羞。(坐介)奴家謝氏，表字瑤芳，本國稻花村人氏。吾國歷來女主臨朝，所有官職，多是閨流。奴家上年首任上苑探花之職，因邊廷多故，朝政不修，遂與蘇氏姐姐一同上表乞骸，罷官歸里，那國家政事久不問聞。昨閱邸報，知胡封國使臣來此議和，不料蜜部大臣一昧順從，他要哪一件，就依他哪一件；他要這一件，就依他這一件。現在胡封國之外，尚有元封國一種，亦是強族。又有蒲蘆、蛹蜳等國，均為同類而異種。他若曉得我國如此懦弱，將來要挟而求如何答應？不允則立啟兵端，允之則力不能給。咳！時局如此，是吾黃種數百兆生靈數該遭劫呢！本日且約同蘇姐姐來此商議，或伏闕上書，或還鄉團練，這正是我們報國之熱心、國民之義務。未識他意如何？(顧僮介)來時通報。(老)曉得。

(貼華服，中淨侍婢同上。中淨報介)蘇氏姐姐進來拜會。

(貼)奴家蘇氏，表字蘊香，本國人氏。上年曾拜蜜官金翼使之職，管領一國釀蜜之事。後因議政，與當軸不合，遂同謝姐姐上表辭職，解組歸田，一切朝政久不相聞。今日謝姐姐持帖相招，未知何事？

(中淨同老旦出，領貼入見介，分坐介)

(貼)請問大姐見招，有何事見教？

（小旦）現在胡封國使臣前來議和，那約章件件諸事，蜜部大臣一概依允，並不駁詰。但胡封一國猶可，現花球諸強大種族不下十餘，倘或效尤，各思染指，領兵據地，要挾百求，索賠兵費，恐瓜分之禍即在目前。姐姐平日愛國為心，豈不慮及此呢？

（貼）小妹亦曾慮及，但與姐姐同是退休之員，手無斧柯，言難動聽，如何是好！昨聞議和之後，蜜部大臣及九門提督自以為百世奇功，日日縱酒徵歌，自謂太平可久。朝廷如聽他先入之言，我們焉能開口？

（小旦）聽與不聽權在他，爭與不爭權在我。如此國運阽危，不復出而挽救，從前食君之祿，便是負恩。妹已撰有本章，今日一同面聖，姐姐意下如何？

（貼）聞東宮太子極留心國事，前已陳奏敵情，奈為和議諸臣所阻，不能任其調度，致有今日。你我二人不如先至東宮，浼太子作為先容，同去伏闕，豈不甚好。

（小旦）言之有理。

（貼）未見批鱗伏北闕，

（小旦）先教投刺謁東宮。（同下，二婢隨下。旦官裝上，二雜官監隨上）

（旦）本官黃封國太子是也。前日和議雖成，戎心叵測。是厝火積薪之下，累卵層樓之上，危險之形，不待智者而後知的。奈蜜務大臣日事花酒，武將兵弁不知訓練，士、農、工、商都個個吃穿賭嫖，沒一個關心君國。本官本擬伏闕上書，備陳時政，惜孤掌難鳴，無人繼起，多是不濟事的。（氣介）

（小旦、貼、老旦上報介）

前探花使謝瑤芳、前蜜官長蘇蘊香求見。

（內監）在此伺候，待咱們報進去。（報介）謝、蘇二位求見東宮。

（旦喜介）快宣他進來。（小旦、貼、老旦同入見介，分兩旁坐介）

（旦）二位光臨，有何見教？

（小旦、貼）擬伏闕上書，諫諍時事，請殿下為之先導，常領面聖。未識殿下意見如何？

（旦）本宮亦有此意，但恨將伯無人，恐難動聽。今姐姐等同具熱腸，真正難得，就此前去闕下上書便了。

（小旦、貼）難得殿下同心，請先行領路。

（旦）隨我來。

（小旦、貼）來了。（同下。正旦宮裝上，二監隨上）

（正旦）前日胡封國和議已成，邊廷可以無事了。但蜜部烏大臣奏對之時，言語支吾，恐有不實。今日御殿，理宜宣他進來，在此面奏。內侍們，為我宣他上殿。

（監）領旨。（下）

（監領副末、丑扮前蜜部大臣、提督同上，入報介，叩見介）

蜜部臣烏裡瓜、提臣黑心肝叩頭，願吾主萬歲。

（正旦）少禮，旁坐罷。（坐介）

（正旦）前日和議，可以靠得住否？

（副末、丑）一來國家洪福，二來主上威名。許他互市通商，他便歡天喜地，更復何求，再事反覆？

（正旦）自古道戎狄豺狼，貪得無厭，卿等有何把握，料他永不負約呢？

（副末、丑）自來懷柔之道，務在得其歡心，現已一一供他，決無負約之理。

（正旦）如將來負約，此咎誰任？

（副末、丑）如將來負約，臣等願受欺君之罪，萬死不辭。

（內監上報介）東宮太子帶領前探花使、蜜官長同來見聖。

（正旦）二卿暫退，殿左朝房伺候。

（副淨、丑退左場角坐介。旦、小旦、貼同執笏持奏本上，伏闕介。監）階下俯伏者何人？

（旦）臣東宮太子見駕。

（小旦、貼）臣前探花使謝瑤芳、臣前蜜官長蘇蘊香，有封事面奏，願吾主龍目觀看。

（正旦）內侍們將本章收來呈覽。（收本介。正旦讀介）

【近調入破】臣前探花，臣前金翼使，伏闕上封事，奏為強鄰交逼，大臣仍復蒙蔽，面逞奸欺。臣謹誠惶誠恐，稽首頓首。伏念人臣精忠報國荷恩施，不愧邦之司直。豈料蜜部大臣及提督等，一味招權利，任溺職，甘貪鄙。令屬吏羣效污穢，守牧監司大壞朝廷綱紀。民心離散，草澤奸雄聞風盡起。

（副末、丑驚背介）他是退休之臣，如何奏出時事來，連我們拖累在內呢？

（正旦）卿二人早已致仕，不聞朝政，如何曉得廷臣哪個好不好？

（小旦、貼）微臣雖早罷官，却自繫懷君國。前日元封國占取西山，為胡封國兵驅逐而去，懷恨在心，勢必遷怒於我。胡封國既許通商，元封國豈甘落後。萬一二國協謀，分據西山、東山，劃地而守，掠取花糧，吾國之民豈不餓死！願陛下三思。（又讀介）

【破第二】互市通商，所貴收權利。要盟無信，外夷誰顧公義！叩關納款，倒戈犯闕，憑他怒喜。邊塞藩籬，而今撤矣。

（正旦）難道和議不是麼？

（小旦）和議並非不是，但既和之後，文恬武嬉，自謂太平可久，蜜部大臣不該日事花酒，提督臣不該邊備不修。事至今日，可為寒心。（又讀介）

【袞第三】他更詡功稱奇捷，禍至當無日。狎擾犬羊，訂和約，傷國體，笑畏首更兼畏尾。一味依阿，正合邦昌私智。那外夷，竟覬覦侵陵，效瓜分詭計。

（正旦）為今之計，卿言若何？

（貼）事至今日，只有令提臣統兵，分駐東山、西山，勿令敵兵入境。（正旦又讀介）

【歇拍】嚴兵勒陣，提防無異。所有地方諸官吏，行團練各登陴。眾志成城，比似金湯百里。詔書來，定有海內英雄，勤王義師。

（小旦）蜜部臣速宜遣使通聘各國，告以前日議和條約。倘彼

背盟,或有他國公使仗義執言,令其遵守前議,亦未可知。(又讀介)

【中袞第五】他逞狡詭,思翻異。仗義煩公使,眾論輿評是耶非。或可望遵公法,守條規。戢爾戎心,息兵端,免奔馳。補救彌縫,於今未遲。

【煞尾】千古和戎,到底滋流弊。如二臣者,乖臣節,辱朝儀,屈人才,昧先幾。伏願速下諭旨,風行雷厲,勿遲疑。如此奸回,亟宜奪職。

【出破】若能諒臣竭愚忠感格回天意,雖互市通商,亦各行其是。臣無任瞻天戀闕,激切屏營之至。

謹疏。(小旦、貼)臣等女流寡識,伏乞聖明俯就施行,國家幸甚。

(正旦)現在烏、黑二卿尚在朝房,卿等所言,彼或聞之。卿且暫退,再召他上殿詰問明白便了。

(旦、小旦、貼起)謝萬萬歲。

(同下。監領副末、丑二人來見介)

(正旦)二臣所言,卿亦聞之否?

(副末、丑)略聞一二。此皆虛無黨中之人,欲傾政府,請陛下不必信他言語,請東宮不必領他入奏。如此一派妖言,憑空生事,敢在殿廷之上面謾欺君,該加何罪!

(正旦)如今是非未明,不能辦他的罪。

(副末、丑怒介)真正可惡!真正可惱!

(正旦)二卿不必生氣,本宮自有權衡。且看和議之後,敵情若何。

(副末、丑起介)謝萬歲。(下。正旦同侍女下)

(評語:此折寫謝、蘇二女士之熱腸愛國,東宮之極力先容,終為二奸臣所蔽,言不聽,計不從,三人固無如之何也。迨至敗盟之後,始翻悔二臣之誤國,亦已晚矣。女士諫疏,既按曲譜,又合章奏體裁,最難著筆。稍有遺漏,亦限於韻、囿於句、拘於格耳。閱者諒之。二奸不自責而反責人，誣以黨人，陰險之至。君主不悟，何也？）

第六齣　敗　盟

（副淨黑面戎裝，領黑旗隊子四人上。副淨白）

殺人如草不聞聲，踐土何妨去會盟。奪了梨花丟了地，無花無酒過清明。（坐介）咱乃大元封國領兵元帥孟毒氏。自前日奪取西山梨花，正在運回本國，不料胡封國將軍無禮，間道截取輜重。咱督兵力戰，弱不敵強，遂即敗奔而回。乃胡封將軍得了東山，又復奪取西山花糧，已為萬分之幸。竟遣公使，前去黃封國議和，要求互市通商。那黃封國畏之如虎，兼之蜜部大臣素喜通番，務求媚敵，遂一一依允。彼得三件，吾則一件沒有，弄得妙手空空，勢難歸國，不得已潛蹤林莽，伺隙再來。那白種勢盛力強，不能抵擋。咱們兵力，若與黃種頑頑，綽乎有餘。今日天色發霧，不免徑襲西山，扎住營盤。一面發書一封，遣探馬飛遞胡廷，與他協謀，勿相攻擊。他據東山，吾據西山，各劃疆界。如肯依允，元廷每歲願貢梨花蜜二十石。如此合謀，可謂萬全之策呢。（顧左右介）有書在此，為我飛遞胡封國蜜部大臣，轉致統兵將軍知照。沿途不得逗留，致干察究。

（雜探馬上，接書介）得令！（疾馳下）

（副淨喜介）妙呀！看看黃廷如何糾議，如何準備。哈哈！

【中呂・粉孩兒】待明日，據西山，來牧馬。看區區黃種，定難招架。地圖形交錯如犬牙，小黃封分裂如瓜。搜諸侯妙策堪誇，這奇兵天上齊下。（繞場領隊子下）

（淨裝束塗臉如前，領隊子四人上，中立介）

咱乃大胡封領兵元帥辛螫氏。前日占取東山，並奪元封國花糧，又遣公使前至黃廷議和，要求互市，均已依允。此舉可謂萬全之策，我國占得許多便宜了。只是元封國懷恨在心，必至遷怒於我，不若與之協商，令彼取西山，吾取東山，各管各界，不相侵犯，纔為久遠之計。但吾國與黃廷纔此議和，便是背約，那蜜部大臣焉能吃罪得起。不若寫書一封,令其奔投吾國,一來免罪,二來可得吾國賞賜,或得一官半職,亦未可知。(顧左右介)為我召諜使來,有書一封,令其飛遞黃廷蜜部烏大臣,不得有誤。

(雜扮諜使上,淨寫書封交,雜收書,作迴旋勢,疾趨下)

(雜扮探馬上,報介)元廷元帥有書一封,呈與將軍。

(雜)外面伺候。(收書呈淨介,淨看書喜介)原來英雄所見略同。吾正議作書與他,他竟先來約吾,吾且作函回復他便了。(寫書與雜,疾馳下)

(淨喜介)現在如此發落黃封國事,上合公義,下顧私恩,真是一舉兩得呢。(得意繞場下)

(正旦宮裝上,二宮監隨上。旦宮裝上,報介)東宮太子見駕。

(正旦)宣他進來。

(旦上叩頭介)

(正旦)少禮,旁坐罷。吾兒到此何事?

(旦)聽臣奏來。那二國呵:

【耍孩兒】密約陰謀多整暇,今日西山地,鬧不堪亂賊如麻。那二臣呵,叫他仔細想,當日如何話?合同中花押何須畫?但索性由他罷!

今二國同謀,密訂和約,各據我要地,前日臣已逆料及此。恨烏、黑二臣狡辯,不加提防,致有今日之事。

(正旦驚介)果然胡封國負約寒盟,領兵占住東山。那西山私與元封國約定,分頭占據。當時兩國相爭,故元封國為胡封國驅逐。今二國同謀,彼此協力,猝難設計,叫本宮怎樣呢?

(旦)當時蜜部大臣聲言,如有負約,甘受重罪,此時他那裡去?

(正旦)宣他進來。

(宮監下,領副末蜜部大臣上,叩見介)

(正旦)烏卿,前日爾說胡廷和議可靠,今日如何負約?

(旦)你說前日廷諍之人多是虛無黨,要加罪名。現在胡廷負約,元廷協商,究竟誰是誰非,誰忠誰佞?

(副末慌介)殿下勿罪老臣,臣願領兵前去迎敵,並詰他負約之罪。

（正旦）如此甚好，快快前去。

（副末報介）謝吾主。（繞場下）

（旦）此人反相已露，此去不是拒敵，乃是通番。母王不可信以為實。

（正旦）且將他家屬交地方官收管，他便不敢投降了。

（旦）却亦難説。

（正旦）再召黑提督來。

（監應下，丑領黑提督上，叩見介）

（正旦）你説彼不負約，如何又復領兵占取東山？

（丑）他不過再要幾塊地方作租界，別意没有。

（正旦怒介）既已和約，再復要求，是何道理？此事全是你與蜜部大臣賣國通番，致有今日。本應治你之罪，姑着你戴罪立功，以贖前愆。如戰不勝，軍法從事。

（丑慌介）吾國兵弁全未訓練，如何迎敵？

（正旦怒介）兵未訓練，何不早言！今兵臨城下，乃説不能迎敵。你平時受國厚恩，一年兵餉，虚麼不少，乃竟信口推諉。試問你不練兵，應誰代練？敢出此言，真正可恨！

（丑）臣願去拒敵，但軍械須要堅利，糧餉須要充足，方好制勝。再請朝廷同一員大將前往東山，臣願辦西山之賊。

（旦）現在大敵正在東山，你畏白人強盛，乃欲避難就易，願與黑種對仗，那東山防禦叫誰去呢？

（正旦）面謾欺君，真正可惡，快去東山迎敵。

（丑叩謝起介）謝吾主萬歲。（下）

（旦）看該提臣前去，必至債事。吾國中急宜防堵，免致疏虞。

（正旦）有理。今日先行回宫，明日再議。（同二監下）

（旦中立介）咳，你二人如此欺君，奈聖上不加罪譴，怎叫人臣為國盡忠竭力呢！

【縷縷金】通番部，保烏紗，宋朝秦檜事，已萌芽。面謾欺君處，鹿堪作馬。更何人戮力在王家！倒不如作個碌碌庸臣，打個糊

塗卦,打個糊塗卦。(繞場太息下)

(副末上,坐介)現在胡廷負約,主上面前已認過願去拒敵。哈哈!吾只知通番,焉能迎敵。三十六策,走為上策,快快奔投胡廷去了,免致獲罪,追悔無及。(大笑策馬下)

(丑領兵上,中立介)昨日主上命我領兵前去迎敵,吾黃種之人焉能敵得白種,分明送死。不如詐敗而回,卸過於軍糧缺乏便了。

(淨領兵上,戰介。丑敗下,淨追下。丑仍上,敗下,淨追下,擒丑介,兵卒擒兵卒介,下)

(旦上,雜探馬報介)報東宮殿下,現在蜜部大臣並未迎敵,徑投胡廷去了。黑提督兵敗,片甲不回,一個個都為他活擒去了。

(旦)果然確實?

(雜)探馬報信,敢有虛言!(叩首下)

(旦)呀!果然如此,叫我朝廷怎樣處置呢?可恨諸大臣無一個留心國事,只知議和,以至於此。滿朝文武大臣竟緘口不言,溺職辜恩,真螻蟻之不若也。

【前腔】食君祿,擁高牙,寒蟬兼仗馬,寂無嘩。廉俸年年費,膏脂剝刮,無辜百姓受波查。到有事之秋,全不出力,勉勉強強,說句囫圇話,說句囫圇話。且待明日入宮,奏明此事,再作計議便了。

【尾聲】待明朝俯伏丹墀下,看同心義憤有誰家,真叫我熱血來潮淚似麻。(掩淚下)

(評語:此折寫二國敗盟,二奸欺君,東宮料敵,皆極力描寫,淋漓盡致。二奸立身不敗之地,不背約則將以黨禍嫁人,背約則聲言迎敵,降番而去,兵潰被擒,仍謀彼國將帥之職。所謂吾輩富貴自在,正此之謂。有臣如此,雖欲不亡,其可得哉!東宮料敵,實能見微知著。齣末加以慨歎收場,真令愛國孤臣同聲泣下,是為下文過渡處。其言一時文武官吏,窮形盡相,乃妖魔世界中一部《官場現形記》也。)

第七齣 閨俠

（武旦短衣窄袖負劍作迴旋勢上，跳舞一回，中立介）

參橫斗轉月光寒，獨坐閨中把劍看。應有壯懷消不得，夜深飛夢斬樓蘭。（坐介）奴家竺氏，表字凌霄，黃封國人也。少讀儒書，長耽道味。幼遇異人，授以劍術。飛行絕跡，慕紅線之奇才；馭氣排空，師隱娘之絕技。屬因中原多故，朝政日非，隱身花房，杜門不出，日以品花煉蜜為事。蠖屈多時，蟄藏愈密。昨日聞人說，胡封國掠取東山花糧，遣公使來吾國議和。當時東宮太子，率領謝、蘇二女士伏闕上書，極言和議靠不住。奈主上惑於蜜部大臣及提督之甘言，依議簽字。不料胡封國暗地與元封國密謀，分據東山、西山等處，各分地劃界，密立和約。將該處居民逼令他徙。警報至吾國，主上召該大臣及提督，那大臣聲言願往迎敵，徑投他國去了。提督無奈，領兵前往，上陣未戰，兵潰而逃，該督亦為他活擒而去。咳！時事如此，好不氣煞人也！

【越調‧小桃紅】漢家東北起煙塵，昨已得盧龍信也。烏黑二臣徑投他國，無顏還朝，生降竟作李將軍。多是虜騎紛紛，二國連兵，彼此相應，恰便似學連衡，師儀秦，演常山長蛇陣也。恨奴家尚是釵裙。（指劍介）願持我太阿鋒，去梟此負恩人。

今日特遣人請謝、蘇二女士來此計議，未知肯來否？看來吾國之中，除二女士及東宮外，無人留心國事。二女士上年曾在酒樓與奴家縱談時局，極為熱腸，故此相請，敢就來也。（小旦、貼華服，老旦侍婢上，報介。武旦出迎介，入相見分坐介）

（小旦、貼）敢問姐姐持柬相邀，有何貴事？

（武旦）非為別事，只因胡封國敗盟背約，該大臣迎敵投降，本提督生擒而去。大事如此，不可收拾，如何是好？

【下山虎】開門揖盜，召此胡氛。禦敵籌長策，竟無一人！依樣胡蘆，滿城齏粉。那二臣呵，既負生靈又負君。我如今一晌兒來探信，一晌兒來叩門，國事如何辦，忠奸莫分，真個熱血淋漓白地噴。

（小旦、貼驚介）哎喲，不好了！前日小妹同東宮奏對之時，明說該大臣反相已露，今日果然降敵，這還了得！大姐素具俠腸，又有劍術，此時難道坐視不成？

（武旦）吾練習此劍呵！

【五韻美】霜鐔銛，電光噴，匣中寶氣收護謹。閃長空，每見七星滾。幾回耐忍，無力報朝廷缺恨。蓄新忿，對故人，怎能夠把賊子頭顱，一刀斬盡。

（小旦、貼）好！好！待妹妹領姐姐去見東宮，為之保奏。如此大才，豈堪短用。如蒙拔擢，何患大事不成呢！快走快走。（同下。正旦同宮監上，坐介。探馬上報介，跪介）

（探馬）今日探得蜜部大臣偷生降敵，黑提督兵潰被擒，請聖上快快召大臣商議防禦要事便了，探馬去也。（起，急策馬下）

（正旦驚介）呀！這兩個賊子賣國偷生，甘心降敵，不肯練兵，臨陣被虜，辱國殃民，一至于此，可恨可恨！（顧宮監介）速召東宮來此計議。

（內監應下，領旦官裝上，報介。旦叩見介）臣東宮瓊英見駕。

（正旦）免禮，旁坐罷。

（旦）近日探報敵情底細如何？

（正旦太息介）不消說起，氣煞人也。那蜜都大臣呵，

【五般宜】當日個，倡和戎，自招寇氛。今日裡，托對敵，竟投賊軍。有什麼面目作逋臣。今日軍情，千緊萬緊，無如此緊。那二臣呵，辜恩溺職，令人難忍。把吾國受厚祿的官兒，好聲名掃地盡。那提督呵：

【山麻稭】厚犒餉，虛糜盡。十萬兵弁，訓練無人。三軍臨兵陣，一個個逗留不進。只剩下那廝，繫將鐵索，穿來囚服，乞作降臣。

（旦）臣本日正要入宮，奏明此事。昔日奏對之時，早知二臣陰有反心，豈能為國家辦事。果然負恩辱國，坐誤戎機，真正可恨！（正旦）今日傳集大臣，許久未至。事已至此，計將安出？（旦）

聽奏：

【前調】滿朝官，卑污甚。虜馬臨江，禦敵無人。釵裙如三臣者，一個個熱腸有分。查有謝探花使瑤芳、蘇蜜官長蘊香及竺女士淩霄，真正是一條俠骨，一腔熱血，一腹經綸。

（正旦）快為吾宣召前來。

（旦）那謝、蘇二臣舊登仕版，主上加恩，令其出山，決無不肯。獨竺女士是近方外的人，不願仕進，雖厚祿高官，他總不要。幸他素具俠腸，仗二臣之力，勸之出山，或可俯就。

（正旦）那竺女士有何本事？

（旦）他：

【黑麻令】做一個奇人俠人，每思量離塵出塵。他的劍術，好似風輪火輪。他生平權奇任俠，不怕千軍萬軍。（正旦）他的本事你可試過麼？（旦）一定是千真萬真，不問是他身我身。總會那騰雲降雲，血淋淋手劍奔馳，願殺却奸臣佞臣。

（正旦）如此甚好。吾兒出與二臣去請竺女士，幫同辦理便了。

（旦）請母王出旨一道，封他官職，令其統兵同往。臣亦願親征，所有軍中事宜，隨時商酌，方為妥善。

（正旦）言之有理，先行還宮，隨後有旨。（同二監下，旦隨下）

（外冠帶蒼髯上）俺乃吏部尚書黃通理是也。今日願見聖上，保奏謝、蘇二臣，才兼文武，可任專閫之職。

（生冠帶執笏上）俺乃刑部尚書封體堅是也。今日願見聖上，奏參蜜部大臣烏裡瓜通番降敵，罪不容誅，提督黑心肝營務廢弛，失機被擒。請將二臣家屬嚴行監禁定罪。請了，前面便是午門，不免徑入。（叩見介，奏介）

（內）准奏。

（外、生）謝萬萬歲。（起下）

（小旦、貼、武旦三人上，分坐介）

（小旦）昨聞東宮太子保奏吾姐妹三人，出山為國家辦事，未知主上意下如何？倘或聖旨下時，（對武旦介）姐姐不可推却。

（武旦）愚妹略知劍術，未習戎韜。兩軍相對，用不着小術。隨同在營觀戰則可,若封官受職,斷乎不便。

（小旦、貼）姐姐道術高強,此時不為國家出力,更有何用！

（武旦）堂堂黃封大國,豈有對壘之時而行轟、荊之事,如公法何！

（小旦、貼）此事不能,願思其次。

（武旦）道家規矩,只有代天行化,若既已稱兵,便不許再行暗計。

（小旦、貼）國事如此,還顧什麼術家。愚妹二人此時未受朝廷之命,早以國事為心,姐姐如再三推辭,妹等只有行過大禮罷。（跪介。武旦驚扶介）呀！姐姐何必如此,愚妹遵命就是了。

（小旦、貼）好,明日你我三人同見東宮,情願投營效力,豈不甚美。

（武旦）有理。

【江神子】（小旦）我只道和戎召寇氛。（貼）我只道禦侮無人。（小旦）我只道出師失却將軍。（武旦）誰知道東宮保奏荷恩綸,（衆合）待明日,睹天顏日近。

（外扮聖旨官上）聖旨下,跪聽宣讀。

（小旦、貼、武旦同跪介）

（外）制曰：照得胡封、元封二國,密謀領兵,分占東、西兩山。背約失和,兵端已啟。朝廷特命東宮出師親征,封為大元帥。東宮專折保奏前探花使謝瑤芳、前蜜官長蘇蘊香,才兼文武,忠藎勤能。又保女士竺淩霄,深通劍術,奇才異能。廷臣會推,均無異議。其封謝、蘇二臣為副元帥,竺女士為參謀。克敵有功,再行升用。欽哉謝恩。

（小旦、貼、武旦）謝萬萬歲。（起,送聖旨官下介）

【尾聲】（小旦）鬚眉巾幗端詳認,（貼）須記取東宮情分,（武旦合）如今正是作一個俠烈男兒女士身。（同下）

（評語：此折以閨俠為宗旨,寫得竺女士熱血俠腸,一時莫匹。而浼之為國宣力,却不肯為轟、荊之事者,何也？意謂兩軍對壘,決無恃小術之理,紅線之事,其明證也。若茲編亦藉彼以制勝,所謂修內政、禦外侮諸大事,皆可不必,轉令人主唯劍術之是尚,亦滋流弊。傳奇雖小道,立言亦須斟酌。此編生脚未有出場,不合梨園規矩,因補出吏、刑二尚書,一保一參,為下出張本,亦是應有之義。黃封國王至此亦自悔用二臣之失當,而服東宮之知人。故三人之薦,自無不聽。與前此偏任二臣時,迥乎不同。)

第八齣　誓　師

（旦戎裝執鞭,老旦、末執旗持槍上）

【北正宮·端正好】陣雲飄,罡風刮,帥旗兒上插高牙。捲征袍,躡鐙把龍駒跨,似甲馬從天下。

俺乃大黃封國東宮太子,今為征東統兵大元帥是也。昨出東宮,便辭北闕。奉母王之命,封為大元帥之職,統領五千人馬,去到東山一帶扎營,相機迎敵。今日黃道吉日,相請二位副元帥及竺女士參謀,一同到此,操演兵陣。中軍為我傳令。

（末應）有。（傳令介）

（小旦、貼、武旦戎裝各持令箭佩劍上）

（旦）副元帥、參謀三位請進來。

（小旦、貼、武旦）大元帥在上,末將、參謀參見。

（旦）有禮奉還。（同坐介）

（旦）中軍傳令,帶領人馬,同去校場演陣。

（末）得令呵！（下）

（領隊四人黃旗上,叩見介。旦同三人同立桌上高處介。旦執旗搖介）

（旦）就此發令起操。

（中軍應介）得令呵！（隊子搖旗走陣,繞場一週介,下。中軍又領槍手四人上,演放一回,走陣一週下。中軍又領長槍手走陣一週下,又領刀斧手走陣一週下,又領大炮手走陣一週下。旦同三人下座介）

（旦）兵陣嫻熟，可以迎敵。只是吾國之兵，係召募而來，人各一心，眾情渙散，未能踴躍。敵人兩國聯兵，號稱數萬，眾寡不敵，為之奈何？

（小旦、貼）請元帥發令，召齊兵士，登壇釃酒，慷慨誓師，導以愛國之心，激其忠義之氣，庶幾殺敵致果，奮不顧身。兵貴精不貴多，若非節制之師，決無取勝之理。

（旦）有理。中軍傳令，傳齊各兵士，本帥登壇誓師便了。

（末傳令介，眾隊子如前齊上介，旦升座三人旁立介）

（旦）本帥誓師，眾軍士各各聽者：

【滾繡球】俺今日，盼蟾光，弩上弦；吐龍精，鋒出匣。叱風雲暗鳴叱吒，弄波濤跳舞騰拏。眾軍士們，奮精神去鬥他，須提防賊長矛來刺咱。一不怕三頭六臂，二不怕鐵面獠牙。全憑你忠君愛國心頭血，便可望得勝回朝錦上花，靜聽無嘩。

（眾）得令。

（旦）左副元帥，可統兵一支，去在東山左畔埋伏，候炮聲為號，齊赴西山。右副元帥，可統兵一支，去在西山右畔埋伏，候炮聲為號，齊赴東山。兩軍夾攻，以相遇為期，不可有誤。

（小旦）中軍發令，本副帥誓師，麾下兵士各各聽者。

【叨叨令】我軍容，排五花。他營盤，圍三匝。將正兵，演一字走龍蛇；將奇兵，當五夜驚鵝鴨。你們男兒戮力報王家，雕弓直向扶桑掛。白帝城，聽暮笳，戰昆陽，飛屋瓦，兀的不怕煞人也麼哥，兀的不怕煞人也麼哥。把戎狄蠻夷，一鼓棒卷作隨風葉。

（貼）中軍發令，本副帥誓師，麾下兵士各各聽者。

【倘秀才】將霹靂了兒射下，將八陣圖兒暗打，一霎裡，海底神龍奮爪拏，不問是羅剎兒、黑番家，定難招架。

（旦）竺參謀可去敵營探聽，相機行事。

（武旦）得令。

（旦）本帥如此調度，未悉可合兵機？

（武旦）妙呀！

【脫布衫】不須人累石囊沙，便雄威敵營驚壓，甚妖魔敢來廝殺,便算是,羅胸兵甲。

（旦）兵貴精不貴多,師貴直方為壯。此次統兵,師出有名,主客之形,以逸待勞,正合兵家之法。未識三位有何見教？（衆）甚好,不必過謙。（旦）

【尾聲】旌旗自是橫空下,為保我一寸樓臺一寸花,衆姐姐等各各將雉尾盔兜壓鬢鴉。（同下）

（評語：此折寫正副元帥等三人,慷慨從戎,從容發令。誓師時寥寥數語,已足見一腔熱血,與士卒敵愾同仇。勇氣如此,又有兵略,焉得不勝。此折白文甚短,而上場搬演,則晷刻頗多。以操場走陣,對仗廝殺,一如臨大敵,殊費工夫。俗語謂武場戲是也。賓白須略短,方與別出時刻相差不多。）

第九齣　計　　捷

（丑黑臉引隊子四人黑旗上）

舊怨銷除斯結盟,金憑衆志作長城。中原縱有如飛將,那敵元胡十萬兵。（坐介）俺乃大元封國統兵元帥是也。前日占取西山,為胡封國戰敗而回。續因胡廷自知無禮,密約兩國罷兵,各分各界。那黃封國蜜部大臣素與胡廷通款,假稱迎敵,徑投胡封國而去。提督黑軍門上陣兵潰,為吾兵活擒在營。可笑黃封國還不知死,命太子親征,用那二女子為副帥。你們只知在家刺鳳描鸞,那曉得擎槍舞劍。此番合戰,定然全軍覆沒,片甲不回。吾這裡西山地界可永遠歸吾國管轄了。明日須貢梨花蜜二十石于胡廷,左右們快快傳令民間,按戶交蜜,如或抗違,軍法從事。

（雜持令下,丑引隊子同下。貼戎裝引队子四人上,中立介）

（貼）本副帥蘇氏,自奉東宮保奏,授為副元帥之職,領兵扎營,在西山右畔。此時敵氛甚惡,兵馬又強,難以力爭,須用計勝。

【中呂‧泣顏回】萬隊擁貔貅,膽大由來如斗。犬羊貪性,只須設計相投。梨花舊釀,候中途,當作猩猩酒。笑當時左肘垂楊,看瘡瘍苟偎生頭。

（顧左右介）為我將後隊什物車內有蜜二十石，慢慢扛來。

（衆應下，扛蜜二桶上）啟禀副帥，蜜桶扛到。

（貼）好，中軍傳令，令小卒四人扮作蜜商，扛至西山後路，與敵營相近之處。倘敵營有人出劫，索性丟桶逃回，不可有誤。

（衆應介）得令。

（貼領隊子同下，四卒扛桶下，又上繞場介）

（雜扮元封國兵劫去桶分擡介，四卒逃下）

（丑引隊子上，中立介，四卒扛桶上介）報元帥，小卒搜山，劫有梨花蜜二十石，解營獻功。

（丑喜介）好，重重有賞。昨日正在按戶派捐貢蜜，今不求而至，豈非天贊我也。哈哈！（大笑介）

（雜）我們營中正在缺糧，貢蜜既派居民，此種上好梨花蜜，應分給三軍作為賞號，豈不人人喜歡。

（丑）有理，即便分給，各人拿碗來。

（四雜各持碗上介，丑唱名分給介，雜四人更番領蜜下，再上介）

（丑）營兵萬人，每人二合，恰得二十石之數。你等兵目不可克扣。（雜應下，丑領隊同下）

（小旦戎裝引隊子四人上，中立介）

（小旦）本副帥謝氏，蒙東宮保薦，授為今職，領兵扎營，在東山左畔。吾看寇勢强盛，不可力爭。須以計勝。

【前腔】敵騎繞濠溝，只有孤城如斗。寇氛凶惡，只須設計相投。東瀛秘授，借黃花，撒出天魔手。笑當時韓信囊沙，問何如水毒涇流？

（顧左右介）為吾召東山左近村落百姓數十人來，吾有話吩咐。

（雜應下，領雜扮男女四人村民上見介）東山百姓人等叩頭。

（小旦）起來，吾且問你，那胡封國扎營在你們地方，有無滋擾百姓？

（衆）不須說起，那統兵元帥紀律不嚴，縱兵擄掠，日日催我們他徒，又按户責貢菜花蜜，因此吾們避他不能，不避他又不得。元帥如能一鼓蕩平，吾們重見天日，豈不甚好。

（小旦）你等原係黃封國子民，應有愛國之心。既有愛國之心，就該出點力，為國家辦事。

（衆）元帥明見，百姓有何權力，能為國家辦事？

（小旦）有是有的，只怕你們不肯。

（衆）請元帥說來，力苟能辦，萬死不辭。

（小旦）好。本副帥帶有草花數擔，早已曬乾，研為細粉。爾等果有心為國，可乘夜深之時，將此粉勻灑在菜花之上。你們百姓暗中通信，於灑後即行暫避在大營之後，勿即還家，就算是你們為國家出了力了。本副帥奏明爾功，當免爾等地丁花糧三年，以酬其勞，豈不好麼？

（衆）好好，快將花粉交出，照令行事便了。

（小旦授紙包介）此事須慎密，不可洩漏風聲，令敵知覺，違者軍法不貸。

（衆）曉得。（持紙包下，小旦引隊子下。場上設草作菜花狀介，雜暗摸索上，解紙包取粉遍灑菜花上介，暗下。雜易裝又上如前灑介，暗下）

（淨領隊子四人白旗上，立定介）俺乃大胡封國元帥是也。現在菜花正盛，不免令軍士收取回營，釀蜜為糧便了。（衆收菜花介，淨領隊下）

（小旦領隊上，中立介。雜四人百姓上報介）探得胡封營中兵士，均已大醉如泥，快快趁夜劫營，必得大勝。

（小旦喜介）中軍傳令，本晚點兵。那報信的百姓，收留在營中住夜，不可令回。

（內應介）曉得。（下，小旦同衆下）

（淨引隊子四人作癡呆傾跌狀上，繞場下）

（小旦中軍引隊子持火炬殺上介，下）

（淨上，立場角介）中軍快快傳令，起鼓點兵，外面敵兵劫營。（三呼不應介，驚介）吾營中兵士哪裡去了？（入內看介）怪不得不出來，一個個都被酒而睡。（氣介，頓足介）如何是好？

（小旦領隊子中軍殺上介，圍淨介，淨戰被擒介，中軍小旦領隊子押淨下。雜扮百姓喜上，繞場下）

（貼領隊子四人上，中立介）中軍！

（末應）有。

（貼）戰書一封，射入敵營，約明日午時三刻上陣交鋒。

（末應下，貼領隊子下）

（丑領中軍上，中立介）黃封國有書到來，約本日午時三刻上陣對仗。中軍快快傳令，辰刻造飯，巳刻披掛，午刻列陣，不可有違。（中軍應下傳令介，三呼不應介）

（丑）怎麼傳令不應，必有緣故。

（中軍領隊子四人面、身上各貼膏藥，作病容徐行上）

（中軍繳令介）啟稟元帥，前營兵卒滿身膿汁，後營精兵滿身生疔，左營將士肛門生痔，右營兵目身上瘡毒。一個個在地呻吟，痛苦不堪，勉強出來應令。

（丑驚介）這是中毒，如何如此利害？（想介）是了。想是不服水土，營盤陰濕，故此生瘡。如今午時三刻快到了，如何是好！

（貼領隊子殺上介，丑中軍格鬥介，敗下仍上。貼領隊子擒丑及中軍介，兵卒擒兵卒介，同押下介）

（旦戎裝領隊子上，中立介。雜探馬上報介）報左副元帥謝，擒獲胡封國元帥一名，現在轅門，聽候發落。

（旦喜介）謝天謝地，真正第一奇功。探馬至後營領賞。（雜應下）

（小旦領隊子上報介，入見介，旦喜迎介）

（旦）副元帥恭喜，擒獲元凶，厥功非細。請問出兵迎敵，上陣擒渠，那時情節若何？

（小旦）聽稟：

【駐馬聽】東國遨遊，野菊除蟲一例收。此菊是東瀛傳來，可以辟蟲，蜂蝶誤採，即至毒悶。末將用此花研粉，灑在菜花之上。那胡封國兵士收采作蜜為糧，是以個個如虎投陷阱，人醉屠蘇，魚上金鉤,望風羅拜把戈投。散花出自村民手。末將許他成功之後,免其地丁花糧三年,以酬其勞。此事尚請代奏邀准,以示大信。笑看庛頭,喜番酋今日,來入吾彀。

(旦)原來如此,真正妙計。

(貼領隊子上報介,入見介,旦、小旦喜迎介。旦、小旦)副元帥恭喜,生擒驍將,百世奇功。請問交戰情形,得勝方略若何?

(貼)聽稟:

【前腔】皰毒涎流,把石蜜梨花一例收。末將上年為蜜官長之時,見有蛇蟲遺毒在蜜桶之內,恐至害人,收藏暗處。不料此時軍中竟得以毒攻毒,敵兵扛去分食,一個個似楊梅結毒,瘰癧連珠,風火纏喉。華陀畢竟聚難瘳,降旖一出營誰守。笑看磵樓,喜番酋今日,來入吾彀。

(旦、小旦)原來如此,真正妙策。

(旦)現在二國兵士尚在何處?如何安插?

(小旦)胡封兵士中毒未醒。

(貼)元封營卒毒瘡未愈。

(小旦)一應衣糧軍械,均已收繳,歸入吾營。令中軍同兵官在彼營彈壓,不致疏虞。

(貼)敝營辦理,亦是如此。

(旦喜介)副帥,你二人真正是:

【駐雲飛】敵愾同仇,韜略如斯真罕有。既聽鐃歌奏,且喜奇功就,邊疆靖,更無憂。明日班師回朝,奏明聖上,厥功非小。黃金懸肘,印累累,算是元勳首。本帥碌碌無能,因人成事,忝居統帥,好不愧煞人也。

(小旦、貼合)請元帥把俘獲軍裝按簿籍收。(同下)

(評語:此折寫二帥從容佈置,各以計勝,所謂鬥智不鬥力也。及其成功,全是不戰而屈人之兵,並不藉劍俠之力。可見白種雖強,苟吾計得行,亦無不可取勝之理。世之畏夷如虎者,殆智出二女子之下耶?蜜毒發遲,故劫蜜在先而約戰在後。菊毒發驟,故散花在後而劫營在先。命意遣詞,皆有步驟。兵法文法,二者一而已矣。)

第十齣　團　　圓

(正旦宮裝,二宮監隨上)
【黃鐘·玉女步瑞雲】【傳言玉女】罷掃蛾眉,不學宮妝獻媚,【瑞雲濃】願監國東征得利。【集古】仙風吹下御爐香,鐘鼓樓中刻漏長。春色惱人眠不得,朦朧樹色隱昭陽。(坐介)俺乃黃封國君主是也。上月東宮同謝、蘇二帥出師,去與胡封、元封二國爭還地界,未知近日軍情勝負若何?

(雜旦宮女上報介)啟奏吾主萬歲,東宮得勝回朝,已有飛騎報捷,現在午門。

(正旦喜介)朝房頒賞。東宮到時,即便通報。(雜旦應下)
(旦領小旦、貼二人戎裝上報介,見介,跪奏介)
(正旦)吾兒同二帥得勝回來,可謂如天之福了。那胡封、元封二國元帥現在何處?彼國有無遣使議和?(旦)

【獅子序】(旦)至尊聽,容奏啟:念孩兒自奉我朝廷出師,賴母王福庇,調度戎機,全憑副元帥的勇略懾諸夷。作干城,護邦畿,凱旋乘勢。早見有甘泉捷報,閃閃紅旗。

(正旦)依吾兒說來,此番得勝,多是謝、蘇二卿之功。二卿可將營中形勢大概,面奏前來。

(小旦)容奏:
【太平歌】當日敵兵勢,列陣遍東西,論營壘幾盈千百。臣營中略用迷魂計,便似個游魚來吞餌。一個個生擒活捉作鯤鯨,今日裡奏凱向丹墀。

(貼)容奏:
【前腔】當日敵兵勢,列陣比魚麗。論時刻未逾十日,臣軍前略用行瘟計,便似個春蠶絲來繫。一個個投戈卸甲豎降旗,今日裡奏凱向丹墀。

（正旦）二卿甫任副帥之職，即成克敵之功，東宮保薦，洵有知人之明，真正難得。

（旦）倘或公使前來議和，臣有話詰他，斷不寬恕。

（正旦）聽憑詰問。現今烏、黑二賊臣在哪裡？

（旦）烏大臣投降胡廷，欲謀閣部之職，胡廷不肯相信，尚未允許。吾國刑部正要收他家屬，誰知早已逃避出海去了。那黑提督為元封兵擒去，早已投誠，亦思謀作提臣。彼國不敢託以重兵，仍在軍前效力，聞不日要討差到胡廷求烏蜜部照應去。二臣上負君恩，下灰士氣，真狗彘之不若也。將來當設計研他的腦袋！方快人心。

（雜探馬上報介）報：胡封國、元封國兩公使來至朝房，口稱欲入宮面聖，請吾主回復奧他。（下）

（旦）臣與副帥二人，在朝房同他相見答話便了。（正旦同女侍下，旦、小旦、貼三人同下）

（末、副淨扮二公使上，旦、小旦、貼同上，相見介。旦）貴國公使遙臨，有何公幹？

（公使足恭介）

【賞宮花】求你把前情莫提，莫笑我將軍盡失機。那和議之事，俱如貴國之命。採花洵小事，今已悔前非。但願你齊魯無忘盟夾谷，便比那趙秦依舊會澠池。

敝國朝廷自知發兵占界之非？願克日退兵，將所占之地一律交還。貴國所獲二帥，亦須交出，隨和約帶回敝國。此後永敦和好，勿啟兵端，未知貴國意下如何？

（旦怒介）貴國已經失信，屢盟何益！東、西兩山，不必由你交還，吾自領兵收取。所有已獲二帥及麾下兵士，如要贖去，須賠兵費二萬萬。前約所議通商之處，應作罷論。

（末、副淨驚介）如此說來，公法何在？

（小旦、貼怒介）前日公使親口說過，公法者，天下之強法，勢強可得法外之利益。今公使所云退兵，貴國那裡還有兵士在東、西兩山，一個個都活擒在敝國營裡，難道公使還不知呢？所有二帥兵士糧草，軍裝牛馬，皆戰勝時應有之利益。今以吾原有之地，易吾應有之利，誰其聽之！昔日不許我論公法，今日亦不許你論公法。如認賠兵費，吾將爾國兵士放還。如要贖元帥，應將吾國逃官敗將烏、黑二臣交出。倘或不能，不必開議。

（末、副淨想介）這事却難，容歸商議回復，暫且告辭。（下）

（旦）恕不遠送。（末、副淨仍上介）

（旦）貴國公議如何？

（末、副淨）別事猶可從命，單單貴國二臣不肯回國，未知何意？

（旦怒介）並無別意，無顏見人。這等人貴國收留，有何用處？

（武旦持劍攜人頭二上，擲公使前，怒叱介）貴公使請觀二頭是誰？

（末、副淨驚介，諦視介）呀！二頭好像貴國亡命二臣，未識女英雄從何殺來？

（武旦對旦、小旦、貼介）東宮在上，參謀臣竺淩霄見。

（旦）免禮。

（小旦、貼）此時正在爭交二臣，姐姐能以隻身深入虎穴，斬此二人之頭，可謂快極。請問二臣在何處相遇，如何下手？可一一說來。

（武旦）聽稟：

【黃龍醉太平】【降黃龍】真奇，説是未卜先知，曉得吾國逋臣，逃藏在彼。那一日入敵營中，探知二臣正在彼國王宮中，深匿不出。我乘夜飛入王宮，站在禁樹之上，作聲誘他出宮觀看，即便躍下，一把兒將他頭髮揪住，喝令跪下，對他罵道：你説和戎得利，到今日二國寒盟，誰是誰非？【醉太平】恭喜，你今宵異地猝相逢，領略我青鋒滋味。即便將他二人斬了首級，且試個隱娘手段，（指頭介）獨攜了頭顱兩顆，刃血淋漓。並留書一封，與彼國王。想和約一事，不煩與公使磋磨，自無不唯命是聽矣。

（末、副淨驚介）如此只得告辭。（下）

（旦）書言若何？

（武旦）略言吾國逋臣二人，不肯回國，探知深匿王宮，已將一月。吾潛入王宮，十有餘日，宮中情事，無隱不知。今夜斬此二臣之首，持歸本國，以雪國恥。幸勿驚訝，疑及他人。吾深通劍術，黃夜飛行，人目莫覩。貴國王如不相信，現在宮妃枕邊，得有金鋼石鑲戒指一枚；王枕邊，得有鼻煙壺一事，封函附上。王如不肯和約簽字，不難取王之首。如再倔強，莫謂余劍不利也。凜凜慎之云云。

（旦）呀！竺參謀之功，更為奇異，應另行奏明獎勵便了。（同下）

（正旦同二監上，旦上見介。正旦）和議如何？

（旦）不須和議，彼國已經心服了。

（末、副淨上報介）敝國依議，願賠兵費二萬萬，贖還二將及兵士。

（旦）好，將銀解交戶部收儲，提二成作為軍士犒賞。所獲二將及俘兵士，着刑部帶來，交該公使領回便了。（雜推銀車二輛上，下，又上，如是四次介，仍下。雜持牌押二將鎖鏈上，見公使羞避掩面介）

（正旦）貴公使可將二將及兵卒領回，在此無用。

（末、副淨）謝貴國不殺之恩，謹將二臣及兵士領回。繳銀已訖，就此叩辭。（叩首介，領二將下）

（正旦）前日女子竺卿何在？

（旦）聽奏：

【前調】【降黃龍】真奇，他竟手劍如飛，去覓兩個奸臣，深藏宮裡。當頭駕胄，便奄時匣劍悲鳴，頸血污衣。【醉太平】堪喜，他當年未見受君恩，能為我朝廷吐氣，洵是個女中高義。現在不樂為官，情願向故山猿鶴，石隱高棲。

（正旦）原來他有如此奇功，尤為難得。本官深悔當時用人失當，致令奸臣弄權，志士隱跡，如今方纔明白了。

（旦）願我母王出一道旨意，略言：

【前調】【降黃龍】休疑，願爾百姓羣黎，從此黃種同胞，結成團體。競爭時勢，優劣分明，勝敗如斯。【醉太平】須記，食租衣稅報君恩，休昧此天經地義。若問那外交國際，不過是內修政治，外禦諸夷。

　　普勸國人，勿分爾我，同德同心，自成團體；禦侮自強，各盡義務。吾國國民，本有君臣之義，團體之堅，逾予他族。若如此行之有年，庶黃種可保，吾國可興，豈不甚好。臣係東宮，監國撫軍，分所應爾。此次軍功，不敢仰邀獎敘，用並陳明。

　　(正旦)吾儿所言，甚是正理。但女子竺卿何在，可便宣來。(旦下領武旦上，叩見介)

　　(正旦)卿之奇功，更在漢廷班超之上，朝廷無職可封，另行計議。

　　(武旦)微臣少時學道，不願再入仕途，賜臣還山，便為恩典。

　　(正旦)知卿高義，封以客卿。國中有花園林，統歸管領。月賜花糧十石，以資湯沐。欽哉謝恩。

　　(武旦瞻介)謝萬萬歲。(起介)

　　(正旦)謝、蘇二卿已另有旨，着吏部從優議敘加封。

　　(外冠帶執笏上)啟奏吾主，此次凱旋，除東宮不願獎敘外，所有保獎諸臣，開具清單，請旨定奪。

　　(正旦閱單介)依議，就此宣讀。

　　(小旦、貼、武旦同跪介)制曰：詔爾征東左副元帥謝瑤芳、右副元帥蘇蘊香。出師未久，即聞凱旋。未煩一兵，未折一矢。生擒渠帥，圍住敵營，甲仗衣糧，馬匹輜重，收穫無算，蓋世奇功，一時罕有。其加封為護國、鎮國左右大將軍，食俸如故，兼管本國花球一切事務，蜜部大臣，一品花封，世襲罔替。以本科鼎甲，選為夫婿，一如額駙之儀。屆時另降諭旨，參謀竺凌霄，不願為官，已另旨嘉獎。東山村民，遵令撒花，俾軍得勝，不為無功，着加恩免其地丁花糧三年，以示獎勵。於戲！斬將搴旗，應受明堂之賞；策勳飲至，敢忘軍服之庸。往即爾封，毋替朕命。欽哉謝恩。

　　(衆)謝萬萬歲。(起送外下。衆各拜正旦介，又拜旦介，同拜介。正旦同宮監下。旦及衆旦相賀介)

　　(合)這本曲子是：

【尾聲】文人涉筆供遊戲,聽鐘聲胥驚夢寐。果能借此警動,發憤自強,庶黃種將來有轉機。

(旦得意繞場擁衆下)

總　　束

舉國滔滔我獨醒,黃封恥作小朝廷。
蜂羣借作人羣看,午夜鐘聲仔細聽。
蜂蟻由來團體堅,《南柯記》後此餘編。
若教警醒黃民夢,待譜新聲入管弦。

(評語:此折團圓,乃言團體之圓,非他本收場之團圓也。頭緒多,覆述繁,最難收束。然全部團圓亦在於此,故以之終篇云:黃封有臣如此,不憂外侮矣。一結提明作者主意,尤為一部宗旨。餘音繞梁,三日不絕。)

一 字 獄

（秦腔）

民國·李桐軒

【作者簡介】李桐軒(1860—1932),名良材,字桐軒,亦作同萱;自號蓮舌居士。陝西蒲城人。肄業於三原宏道書院,為清末貢生。1905年參加同盟會。1909年被推舉為陝西諮議局副議長。1911年,武昌起義時,曾冒險赴湖北與革命軍進行聯絡。民國建立後,歷任陝西修史局總纂、省長署顧問、省政府顧問、督軍府顧問、全國語音統一會會員等職。1912年,與孫仁玉共同率先發起創立易俗社,被推選為社長。後來又歷任易俗社名譽社長、駐武漢分社社長、評議長等。1913年,主持《易俗白話雜誌》,共七期。他注重對舊戲曲進行改良,強調劇本的社會作用,認為"聲滿天下,遍達於婦孺之耳鼓眼簾,而有興致、有趣味,印諸腦海最深者,其唯戲劇乎!"提倡使用白話文,普及社會教育。他編寫的《甄別舊戲草》是評判傳統劇目的重要理論著作。他早在清朝末年就開始了劇本創作,有《黑世界》(又名《戴寶璠》)、《鬼教育》、《英雄淚》等作品傳世,易俗社成立後,二十年間先後編寫了三十多本宣揚愛國思想、破除封建迷信、提倡科學民主的新戲,其中大本戲十一種,小戲十九種。主要作品有《一字獄》、《天足會》、《牛肉案》、《豚尾記》、《銀蠟臺》、《賀家墳》、《孝子全》、《董華妻》、《亡國痛》、《泗林湖》、《興善庵》、《文山殉國》、《雙刀記》、《雙詁記》、《元寶精》、《中牟摘印》、《魯相拔葵》、《人倫鑒》、《鬼教育》、《強項令》、《鬧督院》、《萬變圖》、《如皋獄》等。

【劇情概要】該劇故事源自於晚晴李寶嘉的小說《官場現形記》,而小說所寫人物亦有生活原型,即清末四川總督丁葆禎庇護內親貪污,激起鹽民反抗,丁葆禎又縱軍剿民。該劇寫清代身為瀘州鹽厘官員的四川制臺賈正學的妻弟,肆意加重鹽稅,橫徵暴斂,激起村民武裝抗稅。賈正學令鎮臺宋興圍剿屠殺瀘州三十六村百姓,釀成冤案。鄭全真和女兒若蘭逃到夔州,逢科舉,鄭若蘭寫冤狀求眾舉子幫助告狀。萬人傑帶頭罷考,挾制學臺將此案轉告朝廷,朝廷派欽差周作人到四川處理此案。賈學正收買知縣刁萬朋,到宋興處將他原劄文中的"剿辦"偷改為"查辦",以此嫁禍於宋興。結果,宋興被判處斬刑。

【版本流傳】該劇易見的版本有中國戲劇出版社於1982年刊行的《易俗社秦腔劇本選》和陝西省文化局於1980年3月編印出版的《陝西傳統劇目彙編·秦腔》第一集。

【演出情況】該劇於1917年寫成之後,由易俗社首演,陳雨農、劉毓中導演,馬平民、蘇牖民、劉毓中等主演。演出後,受到觀衆的歡迎,為秦腔的許多劇團搬演,至今仍是秦腔的保留劇目。

(朱恒夫)

人　物　表

萬人傑（小生）——生員
宋　興（淨）——鎮臺
刁邁朋（丑）——候補官
參　將（副淨）
鄭若蘭（小旦）——全真女
鄭全真（老生）——若蘭父
周作人（末）——學臺
趙天澤（正生）——欽差
賈正學（老丑）——總督
臬　臺（外）
鹽厘委員（雜）——正學戚
吳　氏（正旦）——宋興妻
宋興子
宋興女
刁　妻（貼旦）——邁朋妻
刁　女（花旦）——邁朋女
段　貴（雜）——跟　朋
卒
店家　四丞差　衆人役
書辦　探馬　前站
轎夫　侍衛　戈什
門官　劊子手　監斬官
尼姑　轎班頭

第一回　捫　心

（萬人傑儒巾上）

萬人傑：（引）少小多才學，
　　　　平生志氣高。（詩）
　　　　不可求時莫妄求，
　　　　妄求徒作小人流。
　　　　關心寄語凡夫道，
　　　　丹桂嫦娥有月球。
　　　（白）小生萬人傑，表字英俊，本貫四川夔府人氏。十五入泮，宗師見愛，提入成都書院肄業。不料父母相繼去世，因而不曾娶妻，並耽擱了兩回鄉試。如今服闋換彩，已是二十一歲，心想功成名就，再好論婚大家。昨日聞說提學周宗師案臨夔府，正要應試回家，偏有這裡一位鎮臺，名叫宋興，具貼來請。他與我前在浙江，算是孩提舊交，只好前去拜望一回。（唱）
　　　　天不幸年幼時雙親棄養，
　　　　又何必求功名雪案螢窗。
　　　　富易交貴易妻古人常講，
　　　　圖科第權只當彩鳳求凰。（出門，上鎖，繞場。接唱）
　　　　要回家將宋兄本該造訪，
　　　　他偏來請小生共話衷腸。
　　　　走過了很多的大街小巷，
　　　　望只見營門內細柳飄揚。
　　　（白）誰在這裡？
　　　（卒上）
卒：　　萬先生來了。我們大人等候多時，請到客廳坐。
萬人傑：請。（坐）
卒：　　（向內）稟大人，萬先生到了。
　　　（宋興上）
宋　興：（引）平生愛友如同胞，
　　　　（刁邁朋上）
刁邁朋：（引）只為黃金論結交。

萬人傑：（起立）這是宋仁兄。
宋　興：哈哈，賢弟到來。（顧刁邁朋）你們二位還沒見過面，我為你介紹一下。（舉手向刁邁朋）這位是湘陰刁邁朋，在後補班中，要數第一紅人。
萬人傑：久仰。
宋　興：（舉手向萬人傑）這位是夔府萬人傑。
刁邁朋：（驚）怎麼，怎麼！萬人傑就是他？（連連作揖）失認，失認！
萬人傑：小生有何德能，敢當刁君這樣恭維？
刁邁朋：先生課卷，被人抄寫傳誦，就是三歲孩子都曉得鼎鼎大名。今年大魁，定是先生了。
宋　興：今日這番薄意，特為萬賢弟餞場，請坐。（分客主坐）看酒來！（卒擺酒）請呀！（衆飲，唱）
　　　　但願你平地雷青雲直上，
　　　　到後來做一個國家棟梁。
刁邁朋：請呀！（唱）
　　　　這一回定然是名登金榜，
　　　　羡天才占全了經濟文章。
萬人傑：恭維過當，實實不敢。（唱）
　　　　即便是功名成出將入相，
　　　　也不過作一次大夢黃粱。
　　　　況世事和人情煙雲萬狀，
　　　　得失事從沒有公道主張。
刁邁朋：哈哈，這活未免過慮。先生文章，我知道是有價值的。
　　　　（卒持柬上）
卒：　　稟大人，制臺差人送來剳文一道。
宋　興：待我看過。（看）哎呀，不好！
萬人傑：什麼事？什麼事？
刁邁朋：什麼事？什麼事？
宋　興：瀘州有三十六煙村百姓，一起反了！

刁邁朋：這還了得！
萬人傑：（笑）沒有的事，沒有的事。我且問你，兵馬糧草，召集多少？
宋　興：現已打了鹽局委員，逃回成都，難道還是假麼？
萬人傑：沒有頭目，沒有招集兵馬、糧草，只打鹽局，便不是造反。這是委員加重稅則民不能堪，因而暴動，情節顯然。制臺命你怎樣？
宋　興：命我前去征剿。
萬人傑：你的意見如何？
宋　興：我們軍人，只知服從，還有什麼意見？
萬人傑：這話錯了。公理公法，是人該服從的。論公理，這是應該懲罰貪官污吏，安撫百姓；論公法，國家養兵，原為對外，若對內地人民，只可以巡警彈壓，豈有用兵之理？制臺聽鹽委一面之詞，下此剳文，不合公理公法，還服從了個什麼？
宋　興：賢弟，還是你錯了。我們軍人，服從的是長官的命令，講不到公理公法上。
萬人傑：這話實實是你錯了。
宋　興：怎見得是我錯？
萬人傑：服從長官命令，乃是和敵人交仗之時，因為軍情萬變，不能使人人明白，只可聽號令而行。所以《孫子》上說："善用兵者，若驅羣羊，驅而往，莫知所之。"你看清白，那是和敵人交戰之時，不是領兵從國中起身之時。今日制臺命你征剿百姓，你可知良心的命令更要緊嗎？
宋　興：什麼是良心的命令？怎麼比長官命令還要緊？這話我不信，我不信！
萬人傑：不信由你。孟子說："是非之心，人皆有之。"若心裡辨不清是非，那就不是人。軍人資格既高，還有是非之心沒有？若有是非之心，便是良心；良心便是天理。你看是天理良心要緊，還是長官命令要緊呢？

宋　　興：賢弟，據你說，今日這事該怎麼辦？
萬人傑：據我說，你見制臺，勸他收回成命。瀘州百姓，感你再生之德；制臺也沒有偏信小人之過。鹽委遭這番挫折警戒，他下次不敢貪財害民，也成全了他，學為君子。《易經》上說："小懲而大誡，小人之福也。"你看如何？
宋　　興：這樣甚好。
萬人傑：既這樣辦，小弟纔得放心。就此告辭。
宋　　興：賢弟起身在即，不能屈留，我就奉送。
萬人傑：不敢當。（下）
宋　　興：唉！（唱）
　　　　　萬賢弟他講出一片真理，
　　　　　把鄙人化作了釋迦牟尼。
　　　　　扭回頭見刁兄穩坐不語，
　　　　　手粘着八字須弄眉擠眼。
　　　　（白）刁仁兄，你怎麼坐在這裡，一言不發？
刁邁朋：哈哈，我聽那書呆子講話，只覺好笑。
宋　　興：好笑什麼？
刁邁朋：你卻曉得，這鹽局委員是個誰呀？
宋　　興：不知。
刁邁朋：他是制臺大人的內弟，他姐姐是制臺第七房姨太太，年紀正輕。制臺一天到晚曲意奉承，要買姨太太歡喜。你想勸他收回成命，此事必不成功，徒然得罪了一個如意夫人。你再想，你這官是容易來的嗎？
宋　　興：是呀！
刁邁朋：若教制臺生上氣來，參你一折，永不敘用。那倒圖了個什麼？
宋　　興：是呀！
刁邁朋：你把哥這話聽下，沒錯兒。我就走了。
宋　　興：奉送。
刁邁朋：不送。（下）
宋　　興：哎。（唱）

刁仁兄他講的也有道理,
幾句話說得我心竅轉迷。
前不是後不是無有主意,
好一似秃女子戴上髻鬈。(想)

(白)這,我該聽誰的話呀?萬賢弟,刁仁兄,都是至好不過的朋友,難道誰還不與我盡心嗎?(良久)到底是萬賢弟的話好。(唱)

論煙村三十六性命不少,
將心比誰沒有亲愛同胞。
為一個小鄙夫是非顛倒,
慘殺他真個是心上綁刀。

(白)我想,正人君子説一句話都不肯詔媚權貴,況且殺無罪百姓去詔媚人,如何做得!(又想)但只是為此丟官,却該怎處?(又想)怕什麽,縱然丟官回家,難道就餓死不成?主意定了,我是要聽萬賢弟話了。(唱)

千籌畫萬籌畫主意已定,
殺百姓媚上司情理難容。
上院去请制臺收回成命,
如不然罷官職還家務農。

(白)慢着,慢着!我想拼上一官不要,單我一人罷了。我那妻妾當了多年太太,怎樣叫她却織棉紡線?我那女兒也做慣了多年小姐,這粗布衣裳如何又穿得上身?況且二老爹娘供給我讀書習武費了多少銀錢,受了多少辛苦?我這一個官,却實實在在的不容易呵!(唱)

縱然説大丈夫要重義氣,
念妻子怎捨得豐食美衣?
況且我作此官很不容易,
講天良也須算吃虧便宜。(想)

(白)啊,待我先計算計算。(想良久)噫!計算什麽?我想良心是個虛的,誰也看不見;富貴是個實的,當下就能

受用,還是刁仁兄的話是呀!(唱)
這主意有什麼斟酌不定,
講良心先累得妻子受窮。
又況且我奉着制臺命令,
縱然闖造下孽有人擔承。
(白)主意定了,我就服從命令,前去征剿。(又按心)哎呀呀!這良心怎麼鎮壓不住。(又良久)不去了,不去了。(又自顧)若還不去,丟掉了一身富貴,豈不可惜!(發恨)噫,説什麼?心不黑,官不紅,還要我硬捂住心口做。三軍們!(卒應)明日點齊人馬,兵發瀘州!(卒應)哈哈,這纔是:主帥尊嚴民命賤,一將功成萬骨枯。(下)
(參將帶卒上。)

參　將：(引)柳營日暖旌旗動,
牙將風開角鼓鳴。
(白)俺綠營參將。鎮臺大人,命我教場點兵,點兵已畢,只見大人來也。
(宋興帶卒上)
參　將：(行禮)參見大人。
宋　興：人馬可曾點齊?
參　將：齊備多時。
宋　興：如此,兵發瀘州。(下)

第二回　殃　民

(鄭若蘭換裝上)
鄭若蘭：(引)生逢亂世天難問,
最苦尋常百姓家。(坐)
(白)奴家鄭若蘭,瀘州杏花村人氏。母親辭世,只丟奴家一個女兒。爹爹鄭全真,黌門秀才,教奴讀書,學文習藝,不輕許人,因而年過二八,尚在待聘。前日許多商販打毀鹽局,委員逃走,附近人民個個快心。奴恐禍事不遠,要和爹爹商量遠避。這般時候不見回來,教人好心焦也。
(唱)
坐小閣不由人心中納悶,
生逢着邪亂世公理難伸。
老爹爹年紀高步履遲鈍,
愁只愁禍事起玉石不分。
(鄭全真上)

鄭全真:(唱)
大街上這幾天談談論論,
盡説的打委員鹽局關門。
除去了害民賊喜之不盡,
真不怪衆百姓高興萬分。

鄭若蘭:(起)爹爹回來了。
鄭全真:回來了。
鄭若蘭:爹爹面帶笑容,有得何事?
鄭全真:街上老老少少提起打毀鹽局一事,人人高興,教我怎得不喜?
鄭若蘭:哎呀爹爹,百姓無知,當然高興。孩兒恐怕禍事不遠。
鄭全真:有什禍事?
鄭若蘭:總督降下罪來該怎麽辦?
鄭全真:(笑)百姓就都沒長嘴的?總督若降下罪來,我們把委員過惡一下説出,他還想活嗎?
鄭若蘭:爹爹老得腐了。這般世界,你要和誰去講公理?孩兒將包裹行李收拾已好,快快逃走。
鄭全真:哈哈,你怕什麽?
鄭若蘭:這事一定加罪百姓,我怕禍到。(哭)爹爹舉步維艱,逃走不及。
鄭全真:我兒再莫要哭,為父和你逃走就是。但只是……(內放槍)

鄭若蘭：哎呀不好！耳聽槍聲隆隆，想是官兵到了。你我快些走吧。（背包裹）

鄭全真：百姓納稅養官兵，

鄭若蘭：養得官兵剿百姓。（挽鄭全真下）

內：這些狗男女，哪裡走？

（衆男、婦、老少散髮上。）

衆：哎呀天爺爺！這該怎麽，這該怎麽？

（衆兵上，亂殺老者、男者。）

甲兵：這個好堂客，是我的。

乙兵：這個娃兒好，是我的。

丙兵：你們把好的挑了，剩下這個老傢伙，要他做什麽，殺了。（殺）

丁兵：再這小孩子，跟着他媽一路去。（殺）

衆兵：走走，搜尋銀錢東西去！（下）

（鄭若蘭挽鄭全真上。）

鄭全真：哎呀不好！（唱）

槍聲起嚇得人魂飛魄散，

又聽得男和女叫苦連天。

鄭若蘭：（唱）

費盡力扶老父脫離患難，

官與民我不曉結下何冤？（內放火）

鄭全真：（唱）

扭回頭見村莊火光一片，

不由得戰兢兢兩腿發酸。（倒地）

鄭若蘭：（扶）爹爹定一定神，將膽放正，掙扎些走，這裡還歇不得。（走，唱）

再努力走一程去鄉便遠，

驚弓鳥要提防弩箭離弦。

鄭全真：（坐）哎呀呀，實在走不動了。

（內喊）

鄭若蘭：爹爹，快將官道讓開，怕是官兵從這條路回省去了。（拉全真避）
（宋興帶衆卒上）
宋　　興：末將宋興，奉命去剿瀘州杏花村亂民，辦事已畢，不免回省交令。三軍們，催馬。（揚鞭下）
鄭全真：（怒指）我把你老賊呀！（暈倒）
鄭若蘭：爹爹，爹爹！
鄭全真：哎！
鄭若蘭：哎呀！這口氣纔上來了。爹爹蘇醒。
鄭全真：（唱）
　　　　見賊人將財物驢馱車載，
　　　　又擄了許多的婦女嬰孩。
　　　　似這樣害百姓沉淪孽海，
　　　　我何惜老性命與人除災？
鄭若蘭：爹爹方纔是怎樣了？幾乎嚇死孩兒。
鄭全真：你看那些官兵，擄掠多少婦女，哭泣之聲，一路不絶，教我怎得不氣？
鄭若蘭：這也無法奈何。如今官兵已走，請回咱家，爹爹將息身體吧。
鄭全真：唔，這樣傷心慘目的事，我還要這老命作甚？你攙父來，咱們上省告他一狀。
鄭若蘭：爹爹，他們就是總督差來的，你還向哪裡去告？
鄭全真：（怒）難道就此罷了不成？走，上京去告！
鄭若蘭：（扶鄭全真起行）哎，爹爹！（唱）
　　　　你莫要向成都去把冤訴，
　　　　地方官誰敢作總督對頭？
　　　　從井中斷不能將人搭救，
　　　　要小心莫失却一身自由。
鄭全真：咱們走到北京，難道都告不下麼？
鄭若蘭：哎，爹爹！（唱）

　　　　自古説萬重深君門似海，
　　　　在日邊在天上隔絶塵埃。
　　　　為冤屈擲登聞誰瞅誰睬？
　　　　況爹爹年紀邁兒是裙釵。
鄭全真：（唱）
　　　　我的兒你莫愁為父年邁，
　　　　生在這盜賊世敢圖自在？
　　　　古愚公能移山精衛填海，
　　　　要罷手除非是瞑目泉臺。
鄭若蘭：一路行來，已到夔府西門。貼着告示一條，待我看過。（讀）本月十三日，學院考試，文武生童，齊集勿誤。哎呀，好了！不料這裡有一好機會。
鄭全真：什麽機會？
鄭若蘭：這話到了店家再説？
鄭全真：店家哪裡？
　　　　（店家上）
店　家：客人可有歇店的？
鄭全真：是呀。
店　家：這裡各樣俱全，不誤顧主，請進。
　　　　（同下，又上。鄭全真、鄭若蘭卸包裹坐。）
鄭全真：我諸般不要吃。
店　家：你要什麽，隨叫隨到。
鄭若蘭：你們可有筆、墨、紙、硯麽？
店　家：有，我與你尋去。（下）
鄭全真：兒呀！你要那些何用？
鄭若蘭：我想咱們冤枉，這裡就可以告，不上京去了。
鄭全真：這是怎麽説的？
鄭若蘭：學臺不是在此考試麽？
鄭全真：學臺比制臺小得多，他能怎麽樣？
鄭若蘭：他能專折奏事，得他一個折子，就能到皇上眼前。

鄭全真：不行不行，他肯得罪制臺嗎？
鄭若蘭：我們作得一道冤狀，鼓動這裡應試的文武生童，若能為此罷考，就能挾制學臺，叫他不得不上折子。
鄭全真：不行不行，咱們放下京城的聞風御史不尋，却要找那沒勢力的文武生童！這些人數既多，心不一齊。經年累月，也商量不定一個主意。稍經官場威嚇，那團體即速就散了，是萬不可靠的。
鄭若蘭：秀才做事，原是這樣。爹爹却不知他有幾樣長處：一樣是正在讀書用功之時，天良尚在；一樣是沒有官場許多情面；一樣是沒有顧戀的富貴，不怕什麼。作事不能持久，原是他的通病，孩兒却只用他一次。爹爹你看如何？
（店家持物上。）
店　家：客人要的這些，我從考試先生處借來；再拿來了一張柬帖，免得客人買紙。
鄭全真：有勞了。
店　家：好說。（下）
鄭全真：兒呀！為父眼目昏花，燈下不能提筆，在此歇息歇息。你用心做一道冤狀吧。
鄭若蘭：孩兒遵命。（唱）
　　　　店房裡挑殘燈拈筆起草，
　　　　忍不住傷心淚往下直拋。（寫）
　　　　我先寫苦難人瀘州代表，
　　　　鄭全真攜生女死裡脫逃。
　　　　寫冤狀為的是設關為暴，
　　　　無罪民冤遭了賊打火燒。
　　　　鹽稅局縱巡丁無錢不要，
　　　　小商販尋不出生路一條。
　　　　打委員原都因困窮無告，
　　　　推情理縱有罪也應恕饒。
　　　　為什麼當寇仇統兵征剿，

最可憐數十里覆卵破巢。
婦喪夫子亡父骨肉不保，
一片的哭聲起上徹雲霄。
寫到此我一陣心似刀攪，（大哭）
（呼喊）哎呀，我的眾同胞呀！

鄭全真：（驚醒）我兒怎麼樣？
鄭若蘭：（唱）恨上心不由得哭聲放高。
鄭全真：（唱）
我的兒燈前雙淚掉，
怎不教人心內焦。
向前來取起冤狀稿，（取束帖）
字字行行仔細瞧。
寫民賊貪殘如虎豹，
哎，好恨也！
寫平民困苦似獄牢。
無端惹得制軍惱，
三十六煙村地不毛。
一字字是煙彈和兩炮，
一聲聲是血肉橫飛婦孺號。
我看未終先暈倒，（倒地）

鄭若蘭：爹爹怎麼樣了？
鄭全真：（唱）我心血沸湧似海潮。
鄭若蘭：爹爹再莫傷悲，靜一靜神好。
鄭全真：（唱）恨起來官十輩打磚還嫌少，
　　　　　慘上來天色昏暗地動搖。
鄭若蘭：（從鄭全真手取束）爹爹再不必看這個了，還是心寬些好。
鄭全真：（唱）罷罷罷我今晚不讀了，
　　　　　你暫且擱筆待明朝。
（白）兒呀！這事教人悲傷，你也寫不下去，我也讀不下去。不如早些休息，明早起來再續完稿，為父好出去運動那些文武童生。
鄭若蘭：是呀。
鄭全真：（念）眼淚何堪常洗面，
　　　　　乾坤閱盡總勞生。
鄭若蘭：（念）華胥只是一場夢，
　　　　　貴賤榮枯不太平。
　　　　（同下）

第三回　義　　憤

（四生員上）
甲生員：吃悶吃悶，
乙生員：迷魂大陣。
丙生員：誰交好運，
丁生員：白吃一頓。
甲生員：狗屁！白吃不出錢，定是不能取一等第二的。算是什麼好運？
乙生員：夥計，你看咱們考第的日子近了，場前先吃一個悶，榜後誰取等誰清帳。
衆　　：（繞場）說說話話，已到酒館。（坐）酒保哪裡？
（酒保上）
酒　保：（拭桌）先生都要什麼？
衆　　：有什麼好東西儘管拿來。
酒　保：（喊）啊，抱一壺甜南酒。
（鄭全真上）
鄭全真：（唱）
　　　　持冤狀走大街逢人便告，
　　　　一個個恨填胸搔首無聊。
　　　　也是那讀書人膽量太小，
　　　　平日間講義氣到此全消。

（白）你教怎麼説，這裡考試先生見了冤狀，只會説可憐、可恨，全沒一點對付之法，我可説女兒女兒，你這一策就怕無效的多了。啊，只見多少先生，紛紛亂亂，都向一家酒館，不免前去哀告，看他有啥法兒，能助我不能？（前揖）列位請了！

甲生員：少飲幾杯，一等第二掛出來了，這一筆賬，你老哥怎開銷呢？

乙生員：我不怕，一等第二定是你的。

鄭全真：（再揖）列位請了。

衆：　　（起）這位老者，到此何事？

鄭全真：（笑）有一樁大事，特來仰仗。老漢要轉問衆位，怎麼不望批首，却要取一等第二？

衆：　　哈哈，萬人傑今年服滿下場，這一等批首，就無人敢望，所以這第二就是好的了。我聽你説話，不像這裡人，來此何事？

鄭全真：（出柬）老漢有一冤狀，請諸位過目。
　　　　（甲生員看）

甲生員：（唱）我知這牧童遙指杏花村，

鄭全真：着呀！老漢就是杏花村人。
　　　　（乙生員看）

乙生員：（唱）提此事路上行人欲斷魂。

鄭全真：是呀，就是行路的人都要傷心。
　　　　（丙生員看）

丙生員：（唱）這道理借問酒家何處有？

酒　保：哪裡還有此理。
　　　　（丁生員看）

丁生員：（唱）我兩眼似清明時節雨紛紛。

鄭全真：我要仰仗諸位，為這一方人民伸冤，都有什麼高見？

甲生員：把他罵，

鄭全真：聽不見。

乙生員：咒他死，
鄭全真：不濟事。
丙生員：造反！
鄭全真：秀才還能造反嗎？
丁生員：拿我們的酸氣沖他一下。
鄭全真：那越發不濟事了。
眾　　：這我們再沒法了。
　　　　（萬人傑上）
萬人傑：（唱）
　　　　四街八巷聲一片，
　　　　夔府城士子鬧喧喧。
　　　　爭買那聖諭、詩韻和考卷，
　　　　可惜把心血只等閒。
　　　　我舉步撩衣進酒館，
　　　　呀！
　　　　見多人離坐停杯盤。
　　　　却怎麼對酒不飲淚滿面，
　　　　好教人難解又難參？
眾　　：好好好，萬先生來了。
鄭全真：（前揖）老漢有禮。
萬人傑：（還禮）客官施禮為何？
眾　　：莫要問，只看這個柬貼就明白。
萬人傑：（接柬）這柬帖好像是我的？
鄭全真：昨晚小女要寫冤狀，央店家去借筆硯，因而又借得這張紙。
萬人傑：是了。客官住的定是小二家店，我和小二對門，昨夜是他來我處借的。（看）好韻秀的字，客官恁大年紀，還能寫這樣字麼？
鄭全真：儘管說是小女寫的，便是那篇文章也是小女做的。
萬人傑：待我看來。（忽怒忽泣）哎呀，好恨！（唱）

>　　看此事氣得人團團戰,
>　　平白地敢將民命殘。
>　　走！我和你叩閽九重上金殿,
>　　我不洩此恨心不甘。

鄭全真：老漢也是想上京小告,行到此間,小女言説,學臺就能專折奏事。因而作此冤狀,想勞動諸位要求學臺。
萬人傑：要求須要挾制。(視衆)我想咱們罷考。
衆：　　你的科第功名要緊。
萬人傑：(怒)什麽話！那一方民命凋殘,還顧什麽功名？我看這身外之物,不值一錢。
衆：　　(拍胸)萬先生,你能豁出幹,我們是靠不住取等的,還怕什麽？你説什麽好,咱就怎麽辦。
萬人傑：我説不罷考不能挾制,咱們照舊下場,却是要將這篇冤狀寫在卷子上面,不許一個人作文。
甲生員：我看還是將這冤狀多寫幾百張,每人送他一份。入場以後,夾在卷子内邊,遞與學臺。這樣我們只檢查入場的人,不許攜帶筆硯,那就再沒有人作文了。
萬人傑：如此甚好。老丈,我要你這束帖拿去,照抄幾百份。
鄭全真：(揖)仰仗。
萬人傑：下場日子不遠,不能耽擱,咱們快分頭辦事。
衆：　　今日酒館的開銷怎麽辦？
萬人傑：有我！
衆：　　如此,請。
　　　　(萬人傑與衆下)
鄭全真：這便好了。(唱)
>　　實服了萬先生義氣肝膽,
>　　忘功名與百姓復仇抱冤。
>　　似這樣天良人真為罕見,
>　　回店房與女兒細説一番。(下)

第四回　起　折

（堂上設公案。四丞差、二役上，站班）
（周作人上）

周作人：（引）張亞聲名起梓令，
　　　　文翁教授似先賢。
　　　　（白）本院周作人，欽放四川學臺，今考夔府，四更升堂。
丞　差：首縣書辦，將生員名冊抱上來。
　　　　（書辦抱冊上，立案側垂手。）
書　辦：伺候。
丞　辦：伺候。
丞　差：放炮，開門。
　　　　（萬人傑、甲、乙、丙、丁、戊、己、庚、辛生員各衣冠上）
萬人傑：大衆先莫進去，我們要搜檢，看帶筆硯沒有。（甲、乙、丙、丁生員搜戊、己、庚、辛生員）
役　　：（持牌）先生，都照牌進。
甲生員：（搜辛生員得筆硯）你拿這些做甚？
辛生員：可憐我永沒見過等，幸你們不做文章，讓我取一個一等吧。
衆　　：呸！把這没血性的東西得了功名，還是民賊。筆折了，打！
役　　：先生快些進場。
　　　　（甲生員投筆硯，辛跺腳）
甲生員：來了！
　　　　（辛、丙、丁、戊生員隨牌進）
役　　：（前跪）稟大人，首縣頭牌生員進。
書　辦：（唱名）某，
丙生員：有。
書　辦：東號。

（丙員就東坐）

書　辦：某，

丁生員：有。

書　辦：西號。

（丁生員就西坐。以下挨次點畢。）

（役持牌，甲、乙、己、庚生員隨牌進。）

役　　：（跪）稟大人，首縣二牌生員進。

（書辦點名如前。各分東、西坐。）

書　辦：（叫）萬人傑，

萬人傑：有。

書　辦：西號。

（萬人傑西坐，書辦抱冊下。）

丞　差：（持牌繞東座喊）看牌。（又繞西座喊）看牌。（周作人又書牌，丞差持牌繞西座喊）看題。（又繞東座喊）先生看題。（交牌）

周作人：你們巡查東西兩號，吩咐士子，不許交頭接耳，不許偷看書本。

承　差：是。（巡查）

周作人：哈哈。（唱）

見滿場士子齊應考，

這甘苦我也嘗幾遭。

利藪名場真煩惱，

有幾個脫去藍衫換紫袍！

丞　差：先生，快要蓋戳子了，你們怎麼都不做文章呢？

甲生員：我索性將卷交了。（交卷）

周作人：（看）"為瀘州杏花村百姓，冤遭慘殺事。"（怒）好個狂生，為何在本院面前告起狀來了？（拍案）定要罰學黜名！

乙生員：我也交了。

周作人：（看）"為瀘州杏花村百姓，冤遭慘殺事。"（疑）哎呀，他們怕是商量一起的。噫，他決不能滿場都是這樣，我怕什麼？把這狀子，與他個不理。(丙、丁生員同交卷，周作人看)"為瀘州杏花村百姓，冤遭慘殺事。""為瀘州杏花村百姓，冤遭慘殺事。"(懼)哎呀！不好，眼看交卷已過半，還不曾得一文章卷子，這該怎處呀？(唱)

衆士子不作文紛紛交卷，
卷卷兒訴百姓負屈含冤。
眼看得將卷子交過一半，
全公堂找不出八股一篇。
不放榜被處分定遭嚴譴，
眼巴巴考未畢就要揑參。
說不了向前去苦口相勸，
尊一聲衆足長細聽我言。

(白)衆位且莫急躁。(連揖)兄弟與你作揖哩。老哥呀，各人的功名要緊！

萬人傑：衆位既不作文，不交卷子，還等什麼？(戊、己、庚、辛齊交卷)再把我這本卷子捎上。

周作人：這是萬先生，你怎麼不愛惜功名？

萬人傑：(怒)你的功名成了，怎麼不可憐百姓？

周作人：(喊)人役們，快將大門守住。(向生員揖)時候還早，請諸位歸號作文。

萬人傑：(喊)將門踏開，誰擋就打。(衆打役，踏門，爭出)

周作人：人役，你去趕他，吩咐明日補考。

役：　　(應下，又上)稟大人，他們言語：大人不起折子參制臺，他們是不補考的。

周作人：怎麼說？

役：　　大人起折子參制臺，他們才補考。

周作人：(唱)

是誰出辣手計挾制本院？
這件事好叫我左右為難！
起奏折避不開制臺情面。

丞　　差：大人,這事怕顧不着情面。

周作人：（唱）

不出奏這處分怎樣承擔?
罷罷罷把冤狀再讀一遍,（坐看）
一字字一行行使人心酸。
實只怪賈制軍大失檢點,
怪不得起風潮諸位生員。

丞　　差：大人,如今不起奏折,是萬不得行了。

周作人：（唱）

你與我看過來筆墨紙硯,
沒奈何下狠心去把他參。
我想終究留不下情面,
還須結結實實參他一折。
一來為一方百姓洩憤；
二來見好這裡生童；
三來我也落個正直名譽。（白）不用説,便是這個主意了。
（寫、唱）
臣跪奏為民冤仰乞聖鑒,
奏的是貪殘吏封疆大員。
偏信着嬖寵人讒言一面,
直將那數十里民命凋殘。
為民牧好一似狼入羊圈,
辜負了我皇上聖德如天。
愛百姓一片心微臣體念,
誠惶恐謹上奏不敢虛言。
（白）將折寫就,吩咐號馬伺候,放炮九響,我要拜折。

丞　　差：放炮!

（供折案上,又三炮,周作人拜,三叩；又三炮,周作人舉折包裹,付役；役上馬,周作人拱手送役下。）

周作人：哎,今日這事呀!（唱）

縱然說對制軍甚不好看,
對百姓只覺得心安理安。
君子事被人迫做了一遍,
霎時間我心裡白日青天。(下)

第五回　探　　旅

(鄭若蘭扶鄭全真病容上)

鄭全真:(唱)

桑梓禍經過了幾番苦痛,
昨日個起奏折幸達九重。
偏是我到衰年災星照命,
纔盼得出愁中又入病中。(坐)

鄭若蘭:哎,爹爹呀!(唱)

本來是炎涼天一熱一冷,
店房中好將息幾日減輕。
最難得萬相公肝膽義重,
咱與他幸喜得客路相逢。

鄭全真:老漢鄭全真。昨日科場一起罷考,逼得學臺起了奏折。哈哈,我兒真是高才!

鄭若蘭:爹爹,那是萬相公的義氣。

鄭全真:原來是的。今日正要拜謝一回,偏偏感冒風寒,不能出門。兒呀!你為父將被兒蓋上,發一身汗就好了。

鄭若蘭:兒遵命。(蓋被)

(萬人傑上)

萬人傑:(唱)

鄭小姐文章好字跡端正,
不由人對柬帖脫帽鞠躬。
逼學臺她曾把小生利用,
這才情真算得巾幗英雄。

(白)小生萬人傑,前日鄭全真老先生這篇冤狀,説是出自他女兒手筆,我不知那位小姐是怎樣一位人才,只這一篇文,幾筆字,真真將人愛煞!今日無事先去拜訪一回。小二!
(店家上)

店　家：萬先生講説什麼?
鄭全真：我來看鄭老先生,不知他住在哪一間房?
店　家：東邊第二間就是。聽説今日病了。
萬人傑：(暗語)哈哈,多虧病了。他若不病,早來訪我,我怎見到那位小姐?看在其間,或者有緣。小二,你傳一聲,就説小生特來問病。
店　家：(入門)老先生,有個萬先生,特來問病。
鄭全真：(作起狀)哎呀,快請!
鄭若蘭：(急按)爹爹莫動,汗發了再起。店家,你對萬先生説,改日病好,定要登門拜訪,此刻不能起床,還望原諒。
萬人傑：(外聽)小生聞聽令尊有病,是特來診治的。
鄭若蘭：啊,萬先生還通醫道,這便好了。請呀!
萬人傑：(入門見鄭若蘭,暗語)好一個絕色女子!小姐辛苦,小生有禮。(揖)
鄭若蘭：(還禮)先生萬福。
鄭全真：萬先生坐了。老漢身體困倦,不能支持,有話問我女兒吧!
萬人傑：(診脈,摸額)老先生,這不過感冒風寒,一汗就好。不必憂慮!小生今日一來問疾,二來恐怕你們客中盤費不足,在此生困。
鄭若蘭：謝先生關心。(掩泣)哎!(唱)
一句話觸起傷心淚,
想故園遭劫已成灰。
説甚客中憂盤費,
到如今無家何處歸?

萬人傑：怎麼說？這次遭劫，房屋已經焚燒，無家可歸了？（暗語）聽她口氣，定是不曾許人，待我再問。小姐萬里無家常作客，這等苦狀，真是傷心。

鄭若蘭：（唱）
這一次若不將民賊抵罪，
我還要北京城去走一回。
好在我父女們飄然無累，
把家園早付與劫後餘灰，

萬人傑：怎麼說，這冤不報，你們還要上京去告，也不情願有家了？

鄭若蘭：是呀。

萬人傑：（暗語）照這口氣，她的志氣很大。我這婚姻，就怕無望了。待我再問：小姐這一次奏折上去，聖旨下來，從成都到京城，來回總得幾個月。若冤不報，還要上京告狀，那更不知何年何月纔辦得到，誰與你供盤纏呢？

鄭若蘭：哎……（唱）
我的父心已是銜石精衛，
小奴家似寸草但依春暉。
只憑着十指尖免却凍餒，
平民冤我不避斧鉞天威。

萬人傑：小姐只憑十指做工，就能供得老親衣食飽暖？（暗語）哎呀，難得，難得！

鄭全真：兒呀！快取汗巾來，與我擦擦汗。（鄭若蘭擦汗，鄭全真起）哎呀！適纔發了一身冷汗，疾病大愈了。

萬人傑：恭喜恭喜。老先生常住店中，有些不便。小生薄有田產，只一人一口，房屋頗多，情願騰出別院房間，請老先生住在那邊，小生也好朝夕領教。

鄭全真：無故擾累，於心不安。

萬人傑：老先生為民伸冤，理當幫助。小生回家，即命人來，搬取行李，萬勿推辭。我去了。

鄭全真：不能遠送。

萬人傑：不送。(唱)
這女子占全了德言工貌，
我向來枉費力千揀萬挑。
幸喜得今日裡紅鸞命照，(取束看)
這張束做了我牛女鵲橋。
(白)且慢！此案不結，此話萬不能提，只好耐心待時了。
(下)

鄭若蘭：(唱)
若不是萬相公義氣為重，
父女們怕要哭阮籍途窮。
鄭全真：他果真是當今第一流人物。但不知他家有人沒有？
鄭若蘭：爹爹，人家儘管說一人一口，你却忘了。
鄭全真：偏是你的耳靈。(唱)
事定後我不妨倒將媒請，
我女兒有福氣跨鳳乘龍。
(白)兒呀！你且收拾行李，預備那裡命人來搬。
鄭若蘭：是。
鄭全真：哎呀，先攙父來。(下)

第六回　却　賄

(二役急上)
二　役：看看看，欽差大人今日快到了，大公館還沒有安置好，這該怎處？(叫)安置的，安置的！
內：　　打掃茅房去了。(探馬上。)
探　馬：(念)差使只怕爛，鞭馬幾次探。
二　役：探馬回來了，欽差再離這兒多少路？
探　馬：二十里。你們小心着，我要報大人去。(下)
二　役：(喊)安置的，安置的。
內：　　經營廚房去了。

　　　　　（前站上）
前　站：（念）一路好高興，策馬入成都。（下馬）
二　役：好我的爺！前站已經來了，快到馬號歇息。
前　站：好王八，先與我送兩石料來。
甲　役：有，有。（前站下，役喊）安置的，安置的。（良久）怎麼不應？
內　：　跑了。
甲　役：（驚）好我的爺！這差使一爛，我的屁股是要爛的，夥計，咱們不如先抽兩口鴉片。
乙　役：走！
　　　　　（甲乙役下）
　　　　　（趙天澤帶轎夫，侍衛人役上）
趙天澤：（唱）
　　　　最可恨賈制臺欺君罔上，
　　　　他與那周學使同上本章。
　　　　一個說官吏貪虎狼情況，
　　　　一個說刁百姓聚衆抗糧。
　　　　這情節萬歲爺心清眼亮，
　　　　差老夫此一去除暴安良。
　　　　入川境衆官員迎接儀仗，
　　　　成都省更覺得熱鬧非常。
役　：　稟大人，來至大公館。
趙天澤：住轎。（下轎，入門，升堂，侍衛站列）老夫趙天澤，奉旨查辦四川瀘州一案。今來成都，駐扎大公館，茶點已畢，侍衛，吩咐門吏，有事通報上來。
侍　衛：（應）是。
　　　　（賈正學率戈什上）
賈正學：（唱）
　　　　也怪我剿亂民失了檢點，
　　　　偏遇着周學使能把臉翻。
　　　　我只好求欽差留些情面，

做周方說不起破票花錢。
戈　　什：稟大人,到公館門外。
賈正學：前去通報。
戈　　什：回稟總督大人到了。
侍　　衛：請待。（見趙天澤）總督到。
趙天澤：他是聽候查辦之人,豈能私見！你去擋駕。
侍　　衛：（出喊）擋駕。
戈　　什：大人,擋駕。
賈正學：（摸鬚）啊,頭一回兒。從來沒有碰過釘子,今日算是頭一回了。（暗語）他不見我,這個彎子怎轉？（想）啊,有了,這公館對門,就是臬臺衙門。（喊）來！
戈　　什：伺候。
賈正學：快請臬臺見我。
戈　　什：臬臺大人出來了。
　　　　　（臬臺帶人役上）
臬　　臺：（唱）
　　　　　聽說是賈大人欽差拜會,
　　　　　急忙忙穿衣服前去相陪。
　　　　　猛擡頭見制軍滿面羞愧,
　　　　　不見面就該將轎子坐回。
　　　　　（白）大人到此,怎麼不進去呢？
賈正學：擋住了。
臬　　臺：就該回去。
賈正學：有一件事,還要拜託你老哥。（探懷取票）這是五萬銀票,你替兄弟送與欽差,權當一點茶儀,千萬求他收下。
臬　　臺：（接票）有這東西,那話就好說了。你放心,這個勞兒我效。
賈正學：拜託,拜託！（回視）打轎,回。（拱手下）
臬　　臺：前去通報。
役：　　　回稟臬臺大人拜會。

侍　　衞：（見趙天澤）稟大人，臬臺拜會。
趙天澤：請。
侍　　衞：請。
臬　　臺：（入門見趙天澤，對揖）大人一路辛苦。
趙天澤：這都是賈制臺的好照顧，辛苦哪説得起。
臬　　臺：（暗語）哎呀！這口氣不好。（向趙天澤）制軍此事，原來不免有些魯莽，然而這裡讀書人也太浮囂，為此罷考，挾制學使，竟把一個問題大做了。
趙天澤：（帶怒）哼哼，殘殺一方百姓，算是小題？奏參一個制臺，就叫大做？這百姓無數性命不如制臺一個官？虧你說得出。（唱）
　　　　你做官想讀過聖賢經傳，
　　　　也不該把民命視同草菅。
　　　　甚大做甚小題請自點檢，
　　　　勢利場你竟然輕重倒顛。
臬　　臺：大人有所不知，這其中的委曲，一言難盡。所以賈制軍很盼望派下欽差，調查明白。聽得大人前來，又分外歡喜，有一點茶儀奉上。（摸票看，暗語）先有這些，我不免在腰袋裡扣留他二萬。（裝向趙天澤）哈哈，大人，這三萬銀票，是制軍一點薄意。
趙天澤：（暗語）哈哈，來了來了。我想權且將他收起，看事如何？（向臬臺）這個，他未免太費心了。
臬　　臺：只要大人賞一個臉，那就賜光百倍，以後還當重重孝敬。
趙天澤：哎，這般世事，可歎也。（唱）
　　　　這世事看起來真真可歎，
　　　　怪不道苦百姓海底沉冤。
　　　　收銀票我將他下文再看，
　　　　必定有好文章花樣新翻。
　　　　（白）自古道："恭敬不如從命。"這厚意我就謹領。
臬　　臺：（急連揖）好極，好極，這是大人賞光了。（又坐近）大人，人常說,救活不救死。
趙天澤:慢着,慢着!這話我不懂,請你與我細細拆講一下。
臬　臺:那瀘州三十六煙村百姓,是已經過去的事,再也不能活來。未免白費心,犯不着。
趙天澤:我們這些顢頇官吏,現竟活着,是不可不救的。
臬　臺:(拱手)大人明鑒。
趙天澤:呵,是了。(唱)
　　　　本然是活可救死已難挽,
　　　　不平事也需得一報一還。
　　　　古聖賢縱然說好生為念,
　　　　從不肯把虎豹留在人間。
　　　　(白)就依你說救活不救死,還有什麼見教?
臬　臺:我說呀,是為官不為民。
趙天澤:慢着,慢着!這又是什麼道理呢?
臬　臺:官是治民的。若擬法律,實辦一個大僚,百姓看得官威也不甚重,心裡稍微不合,你一呈子,我一狀子,那官也不好做了。
趙天澤:原是這樣嘛!(唱)
　　　　國家事你總該公平處斷,
　　　　為什麼要分別為民為官?
　　　　難道說公理中還有貴賤,
　　　　這行政怎怪到百姓野蠻。
　　　　(白)既是這樣,我倒要領教,將來上殿交旨,該怎麼辦?
臬　臺:大人豈不知瞞上而不瞞下麼?
趙天澤:這我就明白了。(唱)
　　　　纔知曉為國君稱孤道寡,
　　　　做獨夫原來是概不由他。
　　　　聽憑着困窮民哭聲震野,
　　　　堂簾遠顧不到地角天涯。
　　　　(白)好了,好了,這幾句話,我一一領教了。

臬　　臺：如此，我就告辭。

趙天澤：請轎子。

臬　　臺：不敢，不敢！敝衙門在緊對門，我是步行來的。

趙天澤：奉送。

臬　　臺：不敢當。

趙天澤：咱們多談談。（繞場，取票）這票先存老兄處。

臬　　臺：這是何意？

趙天澤：兄弟將來回京，老兄在制軍處多多周旋些程儀，這些全當中人的回扣。

臬　　臺：那麼這話更好說了，却是回扣萬不敢收。為大人暫時存記也可以。（收票）請留步。

趙天澤：咱們說說話話，散步門外也好。（場左立二木牌，一寫"拿問貪官污吏"，一寫"伸理軍民冤枉"。指木牌）那兩個是什麼？

臬　　臺：那是皇上的旨意，立在按察司衙前。一邊寫着"拿問貪官污吏"，一邊寫着"伸理軍民冤枉"，是天下各省通行的。

趙天澤：哈哈，好了。方纔老兄說的那話，兄弟沒有不答應的，如今還要你再問問他二位（指牌），只要它一答應，兄弟一句話都不能再說。請了。（下）

臬　　臺：（回視良久，頓足）哎，與了人一個空歡喜。事不辦不要緊，這五萬銀子須得原物送回。這我好無趣也。（唱）
實不料這欽差很難說話，
不受銀害得我有財難發。
（見牌）哎，我把你兩個奴才！你兩個常立在我的門下，好一似半截磚支持頰巴。這沒有法了，只得回覆便了。正是：
（念）用手掬起千江水，難洗今朝滿面羞。（下）

第七回　獻　　計

（刁邁朋上）

刁邁朋：(念)行行走走，權門鷹狗；
　　　　　　唾罵由人，富貴我有。
　　　　　　穿綢掛緞，吃肉喝酒；
　　　　　　一身榮耀，萬年遺臭。
　　　　　(白)下官刁邁朋，自從欽差到了成都，賈制臺萬分愁腸。哈哈，這是我的運氣到了。立功報效，截取富貴，正是此時。不免且向督院走走。誰在這裡？
　　　　　(門官上)
門　官：啊，是刁老爺，大人此刻會客哩。
刁邁朋：是誰？
門　官：臬臺，聽說還要招呼鎮臺去。
刁邁朋：我在你門房候一候如何？
門　官：甚好，我纔熬下一缸子好土，給咱先把燈點着。請呀！
　　　　　(二人同下)
　　　　　(賈正學上)
賈正學：(唱)五萬銀戳不出實實掃興，
臬　臺：(唱)這件事我替你頭疼腦疼。
賈正學：(唱)內弟兒太荒唐他將我哄，
臬　臺：(唱)須念起姨太太保全始終。
　　　　　(二人分坐)
賈正學：欽差不做周方，如今可有什麼方子？
臬　臺：(想良久)實在沒有法子。
賈正學：(揖)好歹你替我籌畫籌畫。
臬　臺：我想只好推到宋鎮臺身上。
賈正學：那怕推不過去，他拿着我的剳子。
臬　臺：我試勸勸他，人來。(役應)去請鎮臺宋大人。
賈正學：哎呀！難難難。(唱)
　　　　　　假若是平日間官場情面，
　　　　　　從老夫一句話有甚為難。
　　　　　　今日裡相逢着死生憂患，

哪一個為朋友跳入戰盤？
臬　臺：哎，大人呀！（唱）
縱然說他拿着劄文一件，
到底是奉差委皮肉牽連。
試一試請他來好言相勸，
計不成只有得聽命由天。
（役上）
役：　稟大人，鎮臺到。
賈正學：有請。
役：　請宋大人。
（宋興上）
宋　興：（唱）
總督衙幾度招武夫談論，
這件事不用問便猜幾分。
作屬員任是誰怎樣恭順，
從沒有將頭顱巴結制軍。
賈正學：（下座迎宋興）老弟到了。哈哈，幾天沒見，想你得很，快坐。
宋　興：不敢。
臬　臺：（起讓座）請坐，請坐。咱們在一處，還拘什麼禮？
（宋興坐）
賈正學：前日瀘州杏花村那一事，咱兩個都有處分。
宋　興：那是制軍之意，干我什事？
臬　臺：不是那樣說，好歹你總是親身去的。
宋　興：我們軍人只知服從命令，事的好歹實不敢知。
臬　臺：甚好，咱們如今商量個辦法，無論如何，老大人決不能虧負你。以兄弟之見，把這事攬到自己身上，以後升官發財，那不用說，自然是老大人一力擔保。
宋　興：（冷笑）哼哼！我把腦袋掉了，還想升官發財？這話你對傻子說去。

賈正學：方纔是你說的，你知道服從命令，怎麼又不服從呢？
宋　興：不合公理公法的命令，不能服從。
臬　臺：從前去剿杏花村，你能服從，可見這事就合乎公理公法。你怎麼今日不敢承擔責任，却推脱得這樣乾淨？
宋　興：這個……
臬　臺：這個什麼？
宋　興：總而言之，那事決不能與我相干，我也沒有和你們商量的餘地。再也沒有閒工夫和你們講話，我去也。（下）
賈正學：（氣倒）哎哎，我無望了。
臬　臺：（驚）老大人，老大人！
　　　　（刁邁朋上）
刁邁朋：（引）煙癮剛打飽，聽説大人倒。
　　　　大人這一倒，我的官運好。
臬　臺：刁兄來了。你看制軍愁成這樣，你可有什麼法？
刁邁朋：法子是有的。
賈正學：（忽起）你有法子就好。
　　　　（臬臺笑）
刁邁朋：但只是良心上做不下去。
賈正學：（揖）放你一個好缺。
刁邁朋：那倒不在乎。
賈正學：過班知府。
刁邁朋：卑職的資格還淺。
賈正學：管什麼資格？即刻掛你實任夔州府。
刁邁朋：（請安）謝大人恩。
賈正學：你先説有什麼法子？
刁邁朋：將劄文原稿中間"剿辦"換成"查辦"，命原人另謄一通。卑職去見鎮臺，換了劄子，豈不完完全全推到他的身上，那就與大人無干了。
賈正學：該是怎樣換法？
刁邁朋：（向臬臺請安）還要動勞大人，卑職先去，大人後來，趁他

　　　　　出席迎客,那時好甩手段。

臬　　臺：那樣,要我做這没良心之事,我怕受了天罰。

賈正學：（連揖）兄弟年內保奏老哥,決不食言。

臬　　臺：不要緊,不要緊。（向刁邁朋）明白什麼時候去,約個鐘點,同到兄弟那裡商量。咱們就此告辭了。（揖,賈正學送）

刁邁朋：（請安）不敢勞駕。

臬　　臺：（請安）不敢勞駕。

賈正學：（拱手）拜託,拜託！

刁邁朋：理當效勞。（下）

臬　　臺：理當效勞。（下）

賈正學：哎。（唱）

　　　　　我一時興高不可支,
　　　　　病入膏肓竟能醫。
　　　　　來了他兩個忠義士,
　　　　　真算我癡人有癡福。
　　　　　只遣得蔣幹盜書去,
　　　　　再免教文王唱《哭獄》。
　　　　　這纔是有錢買得鬼上樹,
　　　　　便知曉人生勢位不可忽。（下）

第八回　換　　劄

（宋興上）

宋　　興：（唱）

　　　　　實指望掙一個頭品頂戴,
　　　　　誰料想倒闖出天大禍來。
　　　　　早知道勢利場刀山火海,
　　　　　統大兵剿百姓實實不該。

（刁邁朋上）

刁邁朋：（唱）
　　　　圖富貴獻殷勤要將友賣，
　　　　寫劄文大換板巧計安排。
　　　　誰管得掄磚頭子孫後代，
　　　　眼前裡先得着美缺優差。
宋　興：（唱）昨日個一場話可驚可怪，
　　　　　　想叫我賣性命擁護制臺。
刁邁朋：（唱）夔州府歲入銀十萬以外，
　　　　　　得此缺真個是天外飛來。
宋　興：（唱）但只恨刁邁朋此時不在，
　　　　　　自愧我起訴訟應對無才。
刁邁朋：（唱）好機會錯過了為時不再，
　　　　　　這一回與朋友硬把贓栽。
宋　興：（唱）滿腹事悶悠悠無處排解，
刁邁朋：（唱）刁邁朋向前去笑臉先開。哈哈，宋賢弟，你熬煎什麼？
宋　興：妙呀，我正掛念你，你就來了。真是我的好朋友，快坐了敘話。
刁邁朋：我聽得昨日你向制臺那裡去，有什麼事？
宋　興：説起好笑。臬臺也在那裡，他勸我將此事都攬在我身上。你想，我不是擺脱不開的，哪有自投羅網之理？
刁邁朋：着呀！事到如今，顧不得往日情面了。我正為此操心，特來問你，制臺與你的劄文可在麼？
宋　興：這個寶東西，豈敢失遺。
刁邁朋：這是最要緊的，拿來讓我看看。
宋　興：（取劄付刁邁朋，指劄文）你看這一句，"瀘州民亂，前去剿辦"。
刁邁朋：待我通前徹後細看一遍，纔得放心。（看）
　　　　（役上）
役：　　臬臺大人到。

宋　　興：快收拾劄子。
刁邁朋：莫要忙，他來還能從我手中奪去不成？我對你說，見面主意拿定，千萬莫上他的當。
宋　　興：你看，我就出去迎接。(下)
刁邁朋：(從袖中抽出劄)"瀘州民亂，前去查辦"。好好好，將此與宋興留下，將他原劄藏入袖中。(藏畢，端坐)
　　　　(臬臺、宋興同上)
臬　　臺：(引)宦海翻騰出險象，偏由我輩抵潮流。
宋　　興：(引)人心浪水深千尺，幸有良朋作渡舟。
刁邁朋：(起向臬臺請安)卑職請大人安。
臬　　臺：你何時到此？
刁邁朋：不多一會。(分坐，刁邁朋遞劄與宋興)將這東西收拾了。
宋　　興：(收入袖)人來，看茶。
臬　　臺：兄弟此來無別，只因欽差有照會過來，言說調查已明，學使所奏是實，今日要到總督衙門懸掛聖旨，推問發兵剿民之罪。眼看時候不早，所以趕緊拜望老哥，好歹要商量個主意。(刁邁朋向宋興遞眼色。)
宋　　興：(怒)這事與你無關，管他做甚？
臬　　臺：啊啊，先碰了一個軟釘子。(役上)
役　　　：欽差、學臺，已到督院，請大人都同過去。
宋　　興：(起)走。大家莫為兄弟擔愁，此事不但與你們無關，並且也與我無關。
臬　　臺：那我就放心了。同走，同走。
刁邁朋：那我就放心了。同走，同走。
宋　　興：(舉袖)袖中劄文一道，勝似錦囊三通。
刁邁朋：(舉袖)袖中劄文一道，
臬　　臺：(暗拍刁邁朋肩)小兒已入牢籠。
宋　　興
臬　　臺：說說話話，已到總督衙前。請進，請進。(相讓)
刁邁朋

（宋興、臬臺、刁邁朋下）
（設公案,懸聖旨,侍衛站下。趙天澤上）

趙天澤：（引）查明杏花村案,叫人處處傷情。
（周作人上）
周作人：（引）為民鳴冤洩憤,不枉執掌文衡。
（賈正學上）
賈正學：（引）枉殺多少性命,恐怕天理難容。
趙天澤：欽差大差趙天澤。
周作人：提督四川學院周作人。
賈正學：四川總督賈正學。
趙天澤：眾大人請了。
周作人：請了。
賈正學：請了。
趙天澤：今日推勘瀘州杏花村一案,特來總督衙門細問一番。（拱手）請升座。
周作人：請。
賈正學：請。
（趙天澤中坐,周作人、賈正學旁坐）
賈正學：周兄,你參兄弟很是,但這一回實是地方官吏將事鬧壞。兄弟平日愛民如子,皇天后土,可表此心。
周作人：制軍不必生氣,我也是迫於公義,不得不做。
趙天澤：莫吵莫吵,我倒要問你,地方官吏是誰放的？既然愛民如子,怎麼放出官吏,不揀有德有才之人？
賈正學：這個……總之,兄弟實在沒有私心。
趙天澤：竟然無私,你到任未及半年,匯銀三十餘萬。我問你,這缺一年就有多少？（賈正學不語）這些話先不必提,時候不早了,怎麼案內人還未傳到？（役上）
役：　　稟大人,宋鎮臺到。還有臬臺大人、刁知縣也來參觀。
趙天澤：請。
（役應）

　　　　　（宋興上）
宋　　興：（引）任他辯護蘇張口，我有劄文作證明。
　　　　　（梟臺上）
梟　　臺：（引）射影含沙人不見，
　　　　　（刁邁朋上）
刁邁朋：（引）從來鬼蜮是潛形。
宋　　興
梟　　臺：（揖）衆大人請了。
刁邁朋
趙天澤：打坐一旁。
　　　　　（各坐）
刁邁朋：（向賈正學請安）卑職那回差使還沒有誤。
趙天澤：（怒）今日不是你說話之時。
刁邁朋：是。
趙天澤：瀘州杏花村一案，賈制臺不能卸過。
賈正學：差遣宋軍門，怪我目不識人。至於剿民之事，老夫實在不知。
宋　　興：哼哼，我專看你抵賴得過呀！（唱）
　　　　　誰不曉武夫們服從命令，
　　　　　發令人豈能說竟不知情？
　　　　　在瀘州我行事有憑有證，
　　　　　欽差前原不用口舌相爭。
趙天澤：賈兄你却有憑證麼？
賈正學：劄子已與了宋軍門，我再沒有什麼憑證。
刁邁朋：大人，試問那原稿，還存着沒有？
賈正學：是呀。人來，到文案房取底稿冊子來。
　　　　　（役應上，又持冊上）
役：底稿冊到。
賈正學：（查看）好好好，等着了。請衆位都看。
趙天澤：（看）"瀘州民變，前去查辦"。不錯不錯。

賈正學： 叫衆位都看看，我哪裡還能做這沒良心事。
宋　興： 叫我先看。（看，冷笑）哼哼，哼哼哼。你這手段也太卑劣了。（唱）
　　　　　見稿册不由人拍掌大笑，哈哈哈哈哈……
　　　　　賈制軍做此事手段不高。
　　　　　命文案換字眼另謄底稿，
　　　　　欽差前作證據騙哄同僚。
　　　　（白）衆位大人，這個稿子，分明是制臺命他那文案換的，如何作得證明？
趙天澤： 話也有理。你却有證據麽？
宋　興： 説的是，有、有、有！（唱）
　　　　　你不必性兒急與我討要，
　　　　　我自有鐵證據似山難搖。
　　　　　袖兒裡取出來劄文一道，
　　　　　請欽差公堂上用目細瞧。（取劄呈案上）
趙天澤： （看）"瀘州民變，前去查辦"。不錯，不錯，這和底稿一點不錯。
宋　興： （搖首）不對，你再細看，那是"剿辦"。
趙天澤： 我再看，還是"查辦"。
賈正學： 先教大家都看，我還冤枉人不成？
宋　興： （疑）怎麼，怎麼？我就不信。
趙天澤： （拍案）你來看。
宋　興： 待我看來。（看）"瀘州民變，前去查辦"。哎呀，不好了！（倒、唱）
　　　　　却怎麼劄文中一字換了？
　　　　　嚇得我魂靈兒飛上九霄。
　　　　　我只説富貴場可依可靠，
　　　　　誰知他一個個笑裡藏刀。
　　　　　猛睜眼見公庭紅燭高照，
　　　　　刁邁朋面龐兒快樂逍遥。

(白)哎！明白了。(接唱)
施巧計換劄文分明強盜，
自愧我瞎雙眼錯認厚交。

趙天澤：如今罪人既得,我要宣旨。

臬　臺：慢着。瀘州百姓,不是造反,我等既已知道,那冤就教明瞭。大人盡可以奏明朝廷,不咎既往,以示體恤。這樣辦,想此案沒有不能了結的。

趙天澤：什麼話?!你豈不知"民之所好好之,民之所惡惡之"。這殘害百姓之人,如何容得!

刁邁朋：(暗語)哎呀！欽差這兩句話,聽得熟得很,是在哪裡見過呢?(想)呵,是了,做小在書房念過。自從做官以來,只知道上司之所好好之,上司之所惡惡之,把那兩句老早丟到腦勺後頭了。

趙天澤：(卷旨)旨下。
(眾跪)

役　：(報宋興)請大人接旨。
(宋興跪)

衆　：大人開旨。

趙天澤：旨下。皇帝曰:"四川提學周作人奏瀘州杏花村民橫遭慘殺,朕心惻然。着趙天澤查明,將此案官吏一齊正法,以洩民憤。欽此。"

衆　：萬歲,萬萬歲！(衆起收旨)

賈正學：欽差、提學都是親眼看過,此事確係與老夫無關。

趙天澤：自然與你無干。

周作人：自然與你無干。

宋　興：(怒)制臺,良心要緊！

趙天澤：(拍案怒)你有良心,怎能慘殺那一方百姓。侍衛,與我綁了。
(侍衛綁,宋興怒跳)

宋　興：刁邁朋,狗娘養的！我不曾殺你老子,掘你祖墳,你害得我好苦。
趙天澤：哪容多説，押下去。
（侍衛押宋興）
宋　　興：（跳罵）刁邁朋，我和你到陰司打這官司。（下）
刁邁朋：你看冤不冤，這事與我何干？
趙天澤：侍衛，將所有往瀘州去的將官和鹽局委員，一起綁了。
（侍衛應，衆顫懼）
賈正學：（對桌臺暗語）請你救護我的小舅子。
桌　　臺：我、我、我不敢。
趙天澤：此案既結，我要回朝交旨。
賈正學：鄉試在即，老夫也有監臨之職。
刁邁朋：（暗語）我還要夔府上任。
桌　　臺：如此，就請明日設案，與欽差送行。
衆：　　好！
賈正學：請到客廳待茶。
衆：　　請。
（同下）

第九回　人　　罰

（萬人傑上）

萬人傑：（引）丹桂無須攀月上，嫦娥亦只在人間。
（白）小生萬人傑。來在成都，要從遺才入場。忽聽瀘州杏花村重案已結，宋興抵罪。想他當日不聽我勸，作此忍心害理之事，在義本應絕交，只是他妻子無罪，身後照應要盡我朋友的責任，鄭全真父女也來成都，預備欽差召問。我想已經結束，萬无京控之事，不免前去求親，若得許允，再好央媒。（望）呀！妙妙妙，一言未畢，只見他父女來也。
（鄭全真上）

鄭全真：（引）傷心人有快心事，
　　　　（鄭若蘭上）
鄭若蘭：（引）事到快心轉自傷。
鄭全真：萬先生，見禮了。
鄭若蘭：萬先生，見禮了。
萬人傑：（還禮）請坐。（同坐）小生有一椿心事，只因大案未結，不敢造次。如今可以稟明了。
鄭全真：什麼事？
萬人傑：大伯無家可歸，小生又是一身一口，妄想攀附婚姻，不知老伯意下如何？
鄭全真：老夫感恩圖報，久有此心。待到場後，你就央媒。
萬人傑：（揖）謝老伯。
　　　　（劊子手押宋興與二犯同上）
劊子手：閒人閃開，犯人過來了。（下）
萬人傑：（驚）街上人聲擾攘，這是為何？
鄭全真：今日決斬宋興，我和小女前去觀看，特來請你同往。
萬人傑：我實實不忍去看。老伯年邁，如何受得驚恐？
鄭全真：哎，萬先生，（唱）
　　　　說什麼年老人不堪驚恐，
　　　　出門來我已是虎口餘生。
　　　　老天爺既然間有報有應，
　　　　我須要親眼看賊子受刑。
萬人傑：怎麼，老伯要親眼見宋興受刑？
鄭全真：是呀！
萬人傑：如此，小姐盡可不必前去。
鄭若蘭：哎，萬相公！（唱）
　　　　思想起杏花村心加悲痛，
　　　　萬人家變做了風雨血腥。
　　　　我不曉那賊人是何心性？
　　　　到法場罵一句問他一聲。

（白）爹爹時候不早了，咱們快走。
鄭全真：是呀！
萬人傑：送老伯。
鄭全真：不送，不送。
（鄭全真、鄭若蘭下）
萬人傑：（唱）
實只怪宋鎮臺利心太重，
我一場良言勸全然不聽。
做惡事到頭來丟掉性命，
這是他貪圖的富貴功名。（下）
（監斬官率人役、劊子手押三犯上）
監斬官：（引）王法如爐，人心似鐵；
天道無私，莫自作孽。
（白）俺監斬官，奉命決斬宋興。來呀！（役應）吩咐眾人，除過原告，凡犯人至親都不准近前，閒人都站遠些！
（鄭全真、鄭若蘭上）
鄭全真：我兒隨上些。（唱）
大街上一片的人聲嚷嚷，
爭來看貪殘吏押赴法場。
鄭若蘭：（唱）
女孩兒那曾見這等模樣，
低下頭隨爹爹左右奔忙。
鄭全真：（唱）
只聽得羣犯官口呼冤枉，
罵上司罵同寅大叫上蒼。
鄭若蘭：（唱）
又聽得眾百姓歡呼拍掌，
女和男老和少驚喜發狂。
鄭全真：（唱）一個說瀘州民本來冤枉，
鄭若蘭：（唱）一個說老天爺報應昭彰。

鄭全真：（唱）
　　　　一個説論性命貴賤一樣，
　　　　却怎麼此數人能把命償？
鄭若蘭：（唱）一個説事不平吞舟漏網，
　　　　　　賈制臺他仍然翎頂輝煌。
鄭全真：（唱）這一旁讚欽差不偏不黨，
鄭若蘭：（唱）那一旁稱學使正直端方。
鄭全真：（唱）這一旁頌聖朝有道皇上。
鄭若蘭：（唱）那一旁指羣犯痛罵豺狼。
　　　　到底是全憑着秀才伎倆。
鄭全真：（唱）寫冤狀擱筆了八股文章。
　　　　到此時富貴迷也該猛醒，
鄭若蘭：（唱）你何苦害百姓落這下場！
劊子手：（擋）閒人站遠些！
鄭全真：我父女便是瀘州冤民代表，有原告的資格，所以要到羣犯椿前細看一番。
劊子手：如此請進。
鄭全真：兒呀，説你快來。
鄭若蘭：（唱）
　　　　父女進殺場，
　　　　擡頭細端詳。
　　　　犯官十幾個，
　　　　個個齊上椿。
　　　　見一個受綁縛頭垂氣喪，
　　　　面龐兒似猿猴兩淚汪汪，
　　　　法標上顯書他官銜字樣，
　　　　罪名是逼民變捏造短長。
鄭全真：兒呀！為父眼目昏花，看字不真，你看這是誰呀？
鄭若蘭：這便是瀘州的鹽厘委員。
鄭全真：（怒）哈哈，你便是鹽厘委員！

鹽厘委員：我便是。我也不曾殺人放火，今日要同他們一路受刑，你看我委屈不委屈？
鄭全真：哼哼，哼哼，你委屈？你收鹽厘，任意加價；你那巡丁，借搜私鹽為名，為人栽贓，強罰人民；害得百姓，謀生無路，打毀鹽局。本由你激變，怎麼就告我三十六村一齊造反呢？
鄭若蘭：哎，賊呀！（唱）
　　　　自問心你有何才能資望？
　　　　只憑着你姐姐嬖寵專房。
　　　　賈制臺放此差歲入萬兩，
　　　　心不足還尋利百計千方。
　　　　一擔柴一束布都把稅上，
　　　　難道説百貨厘你也主張？
　　　　小商販那一路斷絕來往，
　　　　害得那苦百姓難度時光。
　　　　賊呀！
　　　　你何不手搭心自己參想，
　　　　圖衣食誰無有妻子爹娘！
鄭全真：兒呀！咱們向那廂走。
鄭若蘭：（唱）
　　　　見一人貌凶惡身體雄壯，
　　　　露一對深眼睛高拱鼻梁。
　　　　法標上顯書着綠營參將，
　　　　罪名是擄婦女滿載船艙。
鄭全真：兒呀，他是個誰？
鄭若蘭：他是綠營參將。
鄭全真：（氣）哈哈，是他！
參　將：你見我生氣為何？我殺人是實，放火是實，都聽長官命令，去剿反民，這與我有什麼相干？
鄭全真：哼哼，哼哼，既是反民，就不難與官兵開仗；既無軍器開仗,何名為反,況且你擄掠幼年婦女,裝載滿船,送歸你的家鄉。難道這都是你們長官命令?

鄭若蘭：哎,好賊!（唱）
　　　　氣上心罵一聲狐羣狗黨,
　　　　戰外寇不見你逞威恃強。
　　　　納租税憑人民供給軍餉,
　　　　不保護反戕害有甚天良。
　　　　縱然是瀘州民確有反狀,
　　　　婦女們有何罪流竄遠方。
　　　　你為何貪財物縱兵放槍,
　　　　將婦女滿載了幾隻船艙?
　　　　賊呀!
　　　　你何不手搭心自己參想,
　　　　誰沒有姐和妹願保貞良!

鄭全真：兒呀!向那廂走。

鄭若蘭：（唱）
　　　　見一人他本來熊虎之相,
　　　　因怕死神昏散面色無樣。
　　　　法標上顯書着姓名罪狀,
　　　　違背了制軍令去把民殃。

鄭全真：這是個誰呀?

鄭若蘭：他便是鎮臺宋興。

鄭全真：（怒）怎麼説,他是宋興?哈哈,宋興,宋興,我且問你。我瀘州三十六煙村百姓,有甚得罪於你,你違令剿滅,是何居心?你説嗎!為何不言?為何不語?

宋　興：哎!（唱）
　　　　這半晌只覺得魂靈飄蕩,
　　　　隱隱中萬賢弟聲在耳旁。
　　　　苦勸我聽命令良心為尚,
　　　　這話兒真是個引渡慈航。

鄭全真：宋興，你有什麼説的？
宋　興：哎呀！萬賢弟，萬人傑，我的好朋友。（睜眼）啊，你是何人？
鄭全真：我且問你，為何大叫萬人傑呢？
宋　興：我今死到臨頭，問心對不住老天，對不住自己！這番難過，比刀山劍樹更加厲害。悔我當初迷心富貴，為小人刁邁朋所誤，若聽我萬賢弟的話，萬不致死。就死也心安理得，沒有這樣苦愁了。
鄭全真：他勸你什麼話？
宋　興：他勸我莫要拿上人民性命諂媚上官，百般事情要服從良心的命令。
鄭若蘭：你果然良心不死，受這一刀，比安享那不義之富貴，也好受多了。（唱）
　　　　刁邁朋他和你一般一樣，
　　　　為升官為發財喪盡天良。
　　　　狗吃狗不腥氣古人常講，
　　　　怎怪他把黑心背在脊梁。
　　　　這般人只要得富貴常享，
　　　　能舐痛能吮痔能弒君王。
　　　　最可憐百姓們生此世人，
　　　　好一似狐兔肉供給豺狼。
　　　　賊呀！
　　　　你也該手搭胸自己參想，
　　　　為什麼把聖賢言語盡忘？
　　　　那良心只爭着一存一放，
　　　　便分開兩條路地獄天堂。
　　　　既自入地獄門又呼冤枉，
　　　　試想想瀘州民何罪遭殃？
　　　　直罵得衆賊子頭不能仰，
鄭全真：兒呀，罵也罵够了，也該歇息歇息。

鄭如蘭：（唱）打官司且送你去見閻王。
劊子手：時候到了，你們走開！
鄭全真：兒呀！咱們且站開一旁，親眼看那賊子受死。
劊子手：（殺三犯）行刑已畢，去見監斬官驗頭。（提頭下）
鄭全真：（拍手）哎呀，好快也！好快！
鄭如蘭：（拍手）哎呀，好快也！好快！
鄭全真：大事已了，我兒不久還要與萬先生結婚，須早準備。正是：一腔冤氣好結果，
鄭如蘭：千里絲蘿巧姻緣。
（同下。）

第十回 鬼　　責

（設靈堂。吳氏攜男女小孩孝服上。）

吳　氏：（詩）滴雨驚殘睡，
睡醒奈雨何。
較儂枕上淚，
應比雨點多。
（白）奴乃吳氏，丈夫宋興，犯罪受刑，家財盡抄沒，丟下兒女幼小，無依無靠。多虧夔府萬人傑，是平日厚交，照料身後事體，耽擱他鄉試不下，將奴夫靈柩，權厝二十里外尼姑庵中。今日手托冤家，燒錢化紙，好不淒慘人也！
（焚香，奠酒，叩頭，唱）
古刹中冷寂寂黃粱夢醒，
屋檐下半明滅一盞殘燈。
和兒女跪靈前淚如泉湧，
不知你含冤死可也有靈？（起）
（白）兒呀！隨娘且進孝簾來。（進）
（刁邁朋帶妻女並二跟班、眾人役上。）

刁邁朋：（唱）

　　　　過班府往夔州十分高興,
　　　　攜全家上新任夫貴妻榮。
　　　　驅俊僕馳駕馬鞭敲金鐙,
　　　　正行走又只見零雨濛濛。
役：　　稟大人,雨大了,路滑難走。
刁邁朋：這裡有個尼姑庵,暫到內邊歇息。(下馬)
　　　　(尼姑上)
尼　姑：尼姑接見大人。
刁邁朋：起去。
尼　姑：請太太且到後邊。(引刁妻下)
刁邁朋：這是何人靈柩?待我看過。"故鎮臺宋公之靈柩",故鎮臺宋公之靈柩?(暗語)哎呀!怎麼是他?我心裡好不安也。也罷,既到此間,不免前去焚香,暗中與他說些好話,那冤仇也就解了。(焚香跪)宋賢弟,你知道,我是好人,請你千萬莫錯怪了人。
吳　氏：(出簾看)我當何人?原來你就是刁邁朋。(打)好賊!(唱)
　　　　你好比諸孔明氣死公謹,
　　　　還弔孝柴桑口假意殷勤。
　　　　既然有當日的朋友情分,
　　　　你為何設計謀暗換劄文?
刁邁朋：你再莫要冤屈好人,哪一個王八蛋換過他的劄文!
吳　氏：賊呀!(唱)
　　　　害得我母子們無處安頓,
　　　　拼一死我和你同見閻王!(撞,小孩前扯衣哭)
刁邁朋：段貴,你快將宋太太扶進去。這簡直是瘋了!
段　貴：(推吳氏,吳氏不行)太太疲倦了,請到內邊休息休息。(推下,小孩跟下。)
刁邁朋：你教怎說,這真是冤家路窄,偏偏就遇見他。
　　　　(刁妻、刁女慌上)

刁　　妻：我的天爺爺，快擋住，快擋住！
刁邁朋：夫人慌張為何？
刁　　妻：（打刁邁朋）你的好樣兒！把那婆娘送進來，和我廝鬧。你看把我梳的光溜溜一個油頭都抓亂了。
刁　　女：爹爹，你看把我擦的白生生一個粉面都搔破了。
刁邁朋：她丈夫和我要和了一場，我們還是忍耐一點。（眾懼，以袖遮面）啊呀！怎麼刮來一陣怪風，靈前燈燭一齊吹滅。我不由得身發冷顫，這地方好不乾淨！段貴，咱們快起身走。
段　　貴：被這婆娘鬧了半天，這時起身，恐怕趕不上站。
刁邁朋：趕不上站，夜行幾里有什要緊。況且雨也不大，我們順着大路緩緩而走。
段　　貴：如此，太太小姐，都請上轎。
刁　　女：段貴，你來扶我一把。
段　　貴：伺候。（扶刁女上轎，段貴上馬。）
刁邁朋：哎呀，今日好不妙也！（唱）

　　　　無心中避雨尼庵內，
　　　　真個是冤家路兒窄。
　　　　却叫我疑心生暗鬼，
　　　　那旋風一陣眼前黑。（繞場）
　　　　巴不到黃堂印綬千金貴，
　　　　望夔府孤城萬里隔。
　　　　又愁得日暮陰陰雲欲墜，
　　　　求茅店幾家不可得。

段　　貴：轎班頭，這裡路有幾條？該走哪一條？
轎班頭：這我都不記得了。
刁邁朋：你看前邊燈火閃閃，好像星光，定是街鎮。我們就照着燈火前進。（唱）

　　　　看燈火瑩瑩三兩點，
　　　　不定是三條路兒走中間。

投宿鄉鎮原不遠，
呀！却怎麼那燈左轉忽右旋？

役： 大人，那山路原是曲曲彎彎，人面忽左忽右，因而看見燈火，不在一定之處。

刁邁朋： 計里程早已歇了店，走了恁大工夫，燈火還是那樣遠，怎麼只走不到呢？（唱）
忽變做長夜漫漫路綿綿。（白）呀！那燈火忽又不見，這是何故？

役： 大人，我怕咱招了禍了。什麼街鎮上燈火？分明是個鬼火。你看這路越走越窄，誰知現在走到哪裡了？

刁 女： （哭）爹爹我害怕得很！

刁邁朋： 莫要害怕，那原是磷火，做什麼的鬼火？轎夫，你們緩緩而走。（唱）
耳聽得背後似有人趕。（白）哎呀！你聽後邊似有一羣人馬，追趕前來。

段 貴： 大人，那是風聲。

刁邁朋： （唱）又聽得高聲罵無義狗官！（白）何人呼我名姓，叫罵不堪？

段 貴： 那是山中野鳥啼叫的聲音。（馬倒退反奔）

刁邁朋： （唱）見段貴馬不前嘶鳴亂竄，（白）那是怎麼樣？

段 貴： 正走中間，眼前似是黑影，這馬就驚慌倒退。

刁邁朋： 哎！（唱）小鬼頭敢欺我知府大員！（倒）

役： （懼）哎呀，不好！把大人從轎子裡跌出來了。

段 貴： （打役）混賬王八蛋，做的什麼事？

刁邁朋： （跪叩頭）這是宋賢弟。怪我、怪我！求你饒我這一次吧。（忽大叫）宋賢弟，我知罪了，我知罪了，我再不敢了。（暈倒）

刁 妻 ：
刁 女 ： （看）哎呀，不好！老爺蘇醒。

刁邁朋： （唱）

    我恍忽見宋興氣沖牛斗,
    血淋淋手提着一顆人頭。
    迎面子打將來血撲鼻口,
    伸手來幾將我捏斷咽喉。
    聲聲兒罵的是負心之友,
    咱兩家逢狹路要報前仇!

刁　妻：老爺醒來。

刁邁朋：(唱)猛睜眼坐在三岔路口,
   (白)哎呀,我的夫人呀!

刁　女：爹爹。

刁邁朋：父難捨的兒呀!(唱)
   人世間富與貴一旦全丟。

刁　妻：老爺這是什麼話?

刁邁朋：夫人哪知,是我從前為賈制臺偷換宋興那道劄文,誰知欺心之事瞞了人,瞞不了天。如今將那求得的富貴未享一天,已是冤冤相報,大料我命難存了。

刁　女：爹爹,再莫説那些話,孩兒害怕得很。

刁邁朋：(怒)誰是你爹爹?

刁　妻：老爺,你瘋了!

刁邁朋：哈哈,小賤人!你説誰瘋了?

刁　妻：老爺沒瘋,快請上轎。

刁邁朋：你認清白,我是宋興。(衆驚視退步,刁邁朋怒視)哈哈!你們都得意洋洋,夔府上任。(哭)可憐我那妻子,住在尼姑庵中,誰人照管呀?

段　貴：(叩首)奴才請大人息怒。當日相好一場,我大人若到任,賺下錢來,定顧恤大人的妻子。

刁邁朋：呀呀呸!(唱)
   我妻子受困窮前生孽報,
   不義財誓不肯動用分毫。
   今日裡再休提金蘭契好,

咱兩家命抵命纔得開交。

段　貴：（跪）就抵了命,與宋大人也沒益處。望宋大人暫時饒了他吧!

刁邁朋：胡道。（唱）
剿平民原是我自把孽造,
還都怪刁邁朋暗地唆調。
這其間縱沒有別項計巧,
按公理同處死纔合律條。
又況他換劄文將我賣了,
論私仇我豈肯見面輕饒?
你莫說沒天理世無公道,
做一個好樣子與人細瞧。（倒）

刁　妻：（扶起看）哎呀! 老爺鼻口流血,兩目直視,好不可怕。

刁　女：爹爹,爹爹!

段　貴：你還叫什麼爹爹! 待我叫來,宋大人,宋大人!

刁邁朋：（瞪目良久）我是刁邁朋,哪裡的宋大人?

刁　妻：哎呀,老爺!（以手按鼻）哎,我難見的老爺呀!

段　貴：怎麼,是大人斷了氣了。

刁　妻：是呀!（衆哭牌子）

段　貴：（暗語）我想大人斷氣,是天賜我一樁好事,不免先將金銀財物,搭在我的馬上。（搭）

役：　夥計,你看那段大爺有些不對。

衆：　管他怎樣? 這太太小姐,總是咱們攩着,哪一個不值幾百銀子? 咱們且照眼色行事。

刁　妻：段貴,如今可有什麼主意?

段　貴：論理應該守候天明。

刁　女：你看山中,狼號鬼叫,天雨漸漸大了,如何守得?

段　貴：沒法,咱們順着原路走回。

役：　（看路）段大爺,你看咱們來時走的就不是路。

段　貴：（看）果然被那幾個鬼火,不知引到什麼地方了。我却沒

　　　　　說，大人，大人，你做事虧心，害得眾人好苦。也罷，咱們
　　　　　就看着來時脚跡走。轎班，我和太太、小姐前行，你們將
　　　　　老爺屍首擡上，隨後趕來。
刁　妻：（泣）苦呀。
刁　女：（泣）苦呀。（刁妻、女與段貴下）
甲　役：夥計，這事不對，他們將金銀財物、太太和小姐帶上走了，
　　　　　與我們丟下這一付死屍首，擡到哪裡？只有累害，哪有利
　　　　　益，不如索性將這轎子丟了，趕上前去，也要占他一點
　　　　　便宜。
乙　役：是呀！正是：山深夜黑風和雨，請看惡人結果時。（同下）

風 洞 山

(傳奇)

民國·吳 梅

【作者簡介】吴梅(1884—1939),字瞿安,又字靈鶼,號霜厓,長洲(今江蘇蘇州)人。出身於仕宦人家,早年習舉業,學古詩文。十八歲補縣學生員。兩應江南鄉試,皆不第。廢科舉後,吴梅與南社諸子遊,喜談國事。隨着政治形勢的變遷,他開始肆力於詞曲之學,並以教育為業,是第一位在大學課堂上開設詞曲課程之人。他先後任教於北京大學、中山大學、中央大學、金陵大學等多所學校,夏承燾、任二北、盧前、錢南揚、唐圭璋、王季思等,皆出其門下。他作有傳奇四種,雜劇九種,傳奇《風洞山》為他的代表作。其理論著作有《奢摩他室曲話》、《顧曲塵談》、《曲海目疏證》、《中國戲曲概論》、《曲學通論》、《元劇研究》、《南北詞譜》等。他的戲曲研究能和舞臺實踐結合在一起,這與他精通南北曲音樂、能操琴敲板和粉墨登場有關。他還是著名的戲曲收藏家,根據收藏編訂的《奢摩他室曲叢》,僅善本、稀見本就有一百五十二種之多。今人評價他"於藏度,於考訂,於歌唱,於吹奏,於搬演,幾乎無一不精;於文辭,於音律,於家數,於源流,於掌故,於著錄,於評論,又幾乎無一不究。集衆長於一身,懷絕學以終世,天下一人而已"。可惜在"七七事變"後,輾轉逃亡於湘潭、桂林、昆明等地。1939年3月,病卒於雲南大姚。

【劇情概要】該劇初稿作於1903年,1905年寫定。劇本取材於南明瞿式耜抗清鬥爭史實,而以于紺珠、王開宇的愛情故事穿插其間。于紺珠為糧臺于元燁之女,小時便許給滇將王永祚之子王開宇。王永祚与胡一清、趙印選合稱為"滇營三將"。南明後期,瞿式耜擁立永明王朱由榔為永曆帝,堅守桂林。一時收復失地甚多,桂林亦因之而久守。后来于元燁克扣軍餉,以致軍心浮動。清兵襲桂林,永曆帝出奔全州。瞿式耜自請留守,督軍苦戰,與陳邦彥東西呼應,清軍腹背受敵,只得撤圍東退。清將李成棟投奔南明,使兩廣失而復得,光復大業出現希望。瞿式耜雄心勃勃,定下由廣出楚的戰略。永曆帝出奔全州後,又還桂林。于元燁被解職後,結交滇將趙印選,為求得趙的庇護,醉後竟將女兒紺珠又許給趙印選之子。趙、王二將因兒子婚姻而激化矛盾,各懷私怨,置國事於不顧。後李成棟兵敗而死,清兵再向嚴關、桂林進發。"滇營三將"皆懼不出兵,致使明軍連失嚴關、桂林。于元燁在逃難途中被殺,女兒紺珠則被清兵掠去。永曆帝出奔南寧,又向緬甸逃去。瞿式耜與桂林總督張同敞堅守被俘。獄中,瞿、張寧死不屈,互作《浩氣吟》以明志。瞿又在獄中籌畫明軍行動,事泄,清軍殺瞿、張於仙鶴岩。瞿式耜昔日幕僚楊碩父安葬二人於風洞山。永曆政權覆滅後,王開宇厭棄塵世,在華嚴寺出家為僧。被掠後的紺珠不甘受辱,憤而自殺。王開宇在寺中看見紺珠的屍體,囑咐小沙彌盛殮起來,豎立碑碣,上寫"烈女子紺珠之墓"。正所謂"婚姻事,興亡事,只剩得夕陽古樹淒涼景,歸根兒哀樂總無憑"。

【版本流傳】該劇在未定稿時,其首折《先導》和第一折《憂國》發表於《中國白話報》1904年的第四期上。1906年,由小說林出版社出版了全本。吳梅的《風洞山》鈔本原存李一平處,1985年8月,李一平將之授李希泌,囑託轉贈北京圖書館。今日易見的是河北教育出版社2002年出版的《吳梅全集》本。

【演出情況】未見有關演出的記載。

(王彩娟)

自　序

　　叙曰：思宗殉國，王業偏安，東南人士，痛雪國仇，竭忠盡智，碎骨捐軀，閣部而外，莫如臨桂。新亭涕泪，故國河山，慷慨誓師，從容盡節，成仁取義，君子韙焉。秋齋寥寂，舊雨不來，摭拾遺事，衍為院本，以厠藝林，瞠乎後矣。紺珠、茀懷，子虛烏有，憂傷憔悴，至是而極。庾子山云：惟以悲哀為主。嗟乎！嗟乎！橋山弓劍，古雒衣冠，荒土一抔，夕陽千古，興亡離合，余亦不知其所以然也。風雨如晦，儵焉寡歡，略書鄙懷，長歌當哭。乙巳秋八月，呆道人題於奢摩陀室。

例　　言

　　是編事實見瞿錫元所著《庚寅始安事略》。錫元為式耜後人，所言當有可信。余通本篇目，悉據此以為排次。

　　是編原始為汾陽王薇伯所促成，曾刊某報。後以排場近熟，乃改定此本。凡費十二月之久，始得藏事，可謂樂此不疲焉。

　　洪昉思叙《長生殿》云："近人動作情詞贈答，屢見不鮮，余故力為更之。"拙作亦取此義，凡有礙風化及前人所已發者，概從刪略。

　　九宮舊譜音律雖精，而字句鄙俚，不堪卒讀。學者按譜填詞，此種文字容易攔入筆端。余力避其艱澀粗鄙處，一以雅正出之，故通本詞意瀏亮，無吹折嗓子之誚。後有作者，可以為法。

　　此本脱稿後，劉子子庚曾為我點板，黃子慕庵曾為我評文，翻新出奇，多有余意未逮者，什襲藏之，以為一時佳話。

　　舊本傳奇中之引子，幾於每齣皆有，幽艷如玉茗亦有此病。不知此種引子最無道理，既不起板，亦不足動聽，故葉譜盡去引子，良有以也。余填此詞，引子可省者省之，不可省者仍之，或以詩詞代之，面目一新，頗覺可喜。

　　少時與潘子養純承庠論詞曲甚契。養純謂嫻於音律，艱於文字；嫻於文字，艱於音律。余曰：然則玉茗、鳧公、伯龍、雲亭、昉思又何說之辭！自是以後，所論各異。今作此本，窮日之力，僅得二三牌，而至艱難之處，如《雁魚錦》、《香柳娘》、《吳山十二峰》、《九迴腸》、《字字錦》諸闋，往往以一字一音，至午夜而仍未妥者，乃思養純之言不置焉。嗚呼！泉路茫茫，誰待我范巨卿乎？

　　本朝詞曲，可謂大備。如趙、蔣諸公，曾不一思瞿起田，此亦詞場一恨事。豈當時有所忌諱，故不敢出之歟？而如史可法，則又現諸優孟之間，且入內廷也，此又何說之辭！至嘉道間，瞿菊亭譜有《鶴歸來》一劇，可謂為舉世所不為矣。然此君宗旨，以填詞當立傳,昭示子孫,故通本家事咸備,反不足以襯忠宣之忠藎。余所尤不喜者,其開場結尾處,以自己登場,以賜諡結穴,我不知何所用心而為此狡獪伎倆也,適成為俗籟而已。此作力更其弊,煞費苦心。至文字之純疵,此在讀者之何如,揚之可使在天,抑之可使入地,為龍為蛇,不知其變化矣。

《桃花扇》行世後,顧天石為之刪改;《長生殿》行世後,吳舒鳧為之刪改:率皆流譽詞林,傳為美事。顧此本行世,雅不欲人之塗抹我文字,大雅君子,恕我狂也。

宣　　意

【滿江紅】(副末上)搔首呼天,怎消却胸中煩惱?問底事離宮卅六,亂生碧草。荊棘銅駝窮士泣,旌旗鐵甲胡人笑。飲屠酥醉倒禄山兒,狂呼嘯。　　滇營裏,參謀少,玉門外,將軍老。歎而今已矣,夕陽古道。日暮徘徊黃歇浦,天涯太息田橫島。感飄零,紅粉與青衫,無人吊!

　　　于紺珠殉烈湘清閣,瞿式耜盡節仙鶴岩,
　　　王開宇祝髮華嚴寺,楊碩父修墓風洞山。

第一齣　遊　　湖

【破齊陣】(生巾服上,末扮院子隨上。生)一個飄零身世,十分冷淡肝腸。【齊天樂】脫却青衫,撐開白眼,未改寒酸模樣。【破陣子尾】寶瑟銅琶彈秋月,濁酒寒燈夢戰場,宮鴉棲短牆。花背殘枝着地飛,客中身似柳依依。傷心一片珠江月,破碎秋光上短衣。小生姓王,名開宇,表字藎懷。父親永祚,現拜甯遠伯之爵,同趙印選、胡一青統領大軍,駐扎榕江。家中只有老母一人,因此隨父任所,免勞遠念,就在省城內延安坊居住。與榕江相隔止有百里,魚雁往來,倒也便捷。小生小時曾聘下于元燁小女紺珠為妻,只因滿地兵戈,遲我數年琴瑟,這却不在話下。只是小生生於亂離之時,蒿目時艱,一籌莫展,回望故宮,燕雲慘淡。況且他鄉風景,觸目傷心,却叫人怎生掙扎也!(淚介)

【風雲會四朝元】【五馬江兒水】羈人情況,蕭蕭鶴髮長。況銅駝荊棘,更是惆悵。世之事,何擾攘?【桂枝香】問蕭條故國,問蕭條故國,【柳搖金】瓦礫荒寒,月滿昭陽;禾黍高低,秋深江上。【駐雲飛】一片淒凉象,嗏!古木朔風凉。【一江風】大好河山,破碎成何樣!南渡野草香,西陵野花長。【朝元令】空剩我傷今吊古,悲悲切切,這般形狀。

（末）相公不必煩惱，還是出去散心一會。

（生）咳！你教我到何處去來？

（末）城外西湖上湘清閣，相公從未去過，何不走一遭兒？

（生）這却使得。（行介，到介，作上閣介）是好風景也！（想介）我想杭州有個西湖，此地也有個西湖。杭州的西湖，早經過南渡興亡之事；此地的西湖，倒也安然無事，只怕也免不來這些劫運也！（作玩賞景物介）

【前腔】憑欄凝望，天風滿袖涼。算湖山風月，兀自無恙，日麗天氣爽。念西泠景物，念西泠景物。桂子荷花，錦繡錢塘；玉笛瓊簫，勾欄門巷；寫不了風流帳。嗏！蟋蟀半閑堂。南渡江山，一例都拋漾。西湖呵，你雖僻處廣西，只怕與臨安一樣。今日風光柔媚，却分外替你擔愁也。梅花動晚香，桃花泛新漲。這風光旖旎，齊齊整整，依舊是太平形象。莫說西湖，就是秦淮一水，在弘光時何等風流！後來北兵一到，變做了一堆青草。（長歎介）咳！弘光啊！都是些煙花風月擔誤了你也！

【前腔】秦淮秋漲，西風舊院荒。便鶯花三月，有甚歡暢？往事勞夢想。歎南朝事業，歎南朝事業。血濺平原，骨掩沙場；鬼嘯磷飛，烏啼花放；不是中興象。嗏，再莫問弘光燕子，春燈豔曲無人唱。離宮內摧殘八寶妝，御床前凋零九華帳。單剩下荒煙蔓草，蕭蕭瑟瑟，沒人遊賞。咳！你想今日的秦淮，如許衰敗，恐怕數年以後，此地風景也與秦淮差不多了。（轉念介）我想當今永曆帝遠勝於弘光，或者半壁江山可以保住，此地風景也可以不罹兵革。（又念介）只是國勢衰弱，却教我怎生不愁也！

【前腔】胡笳悲壯，邊聲下夕陽。道天涯遊子，憔悴模樣，引領思故鄉。望南天灑淚，望南天灑淚，月夕花晨，分外淒涼；夜雨朝雲，平添怊悵，愁與春湖長。嗏！烽火滿瀟湘，一個書生，半世遭魔障。窮途易感傷，浮生若飄蕩。對着這湖光山色，淒淒慘慘，愈增悲愴。

（雜上）爺！原來在此遊耍。家中接了家書，老夫人要爺商酌哩。

（生）如此歸去罷。（作下閣介）

【尾聲】沿堤殘柳因風響，一秣裏天空雲曠。只我這萬種愁思，好似百箭穿心，這却如何是好？便長爪麻姑，也搔不着我心中癢。

　　　　中年哀樂感琵琶，食肉諸公井底蛙。
　　　　鐵笛一聲明月小，隔籬開遍杜鵑花。

第二齣　祭　　花

【甘州歌】（場口設花十餘盆，旦淡妝同貼上，唱）【八聲甘州】東風太狠，道海棠顏色褪了三分。花開花謝，撩亂幾多春恨！輕衫已嫌羅袖薄，角枕難銷珠淚痕。【排歌】長橋外，楊柳新，眉兒深淺畫難真。闌干外，花草勻，漫天涼雨又黃昏。

【虞美人】銀荷冷照江波淺，小扇還遮面。碧紗窗下繡鴛鴦，要作七襄雲錦嫁衣裳。　　胭脂淡暈梨渦膩，薄恨從頭記。可知門外碧桃花，到底怎生攀折在誰家？奴家于紺珠是也。年方二八，體不勝衣。只是生小多愁，未解生人樂事。不幸老母早亡，終鮮兄弟。父親元燁，現在瞿式耜處掌理錢糧。家中只奴一人，因此隨父桂林。奴家幼時，曾許與王開宇，聞他也是隨父任所，所以不知音耗。這也不在話下。今日晚寒天氣，小雨連綿，越教人百般愁煩。苣娥！

（貼）有。

（旦）你看亭外花枝，經了雨兒，更覺零落了！

【前腔】〔換頭〕風光正暮春，又妒花風雨，零落誰問？殘紅鋪地，猶剩那時風韻。鶯啼已隨春事歇，蠟照空留涼夜痕。愁滋味，酸也辛，（指花介）你花呵！閒庭淒苦奈愁魂。愁天氣，寒又溫，（自指介）便是我呵，閑閨淒苦奈愁人。

（掩淚介，拾花瓣置几上堆成一團介）苣娥，你與我將酒兒來，待我祭一番花兒者。

（貼酹酒，旦拜介）花呵！自古來只有吊你、葬你、惜你，沒有過來祭你的,今日我于紺珠來祭你波。

（小旦花神妝掩上）小仙花神便是。因于紺珠特地祭花,倒也一番佳話。只是他生來命薄,無可解免,為此來點悟他者。

（散花瓣落地,結成"花夢"兩字介。神掩下。貼）咦！小姐！這花兒結下兩個大字來了。（旦起立看介）"花夢"！（打悲介）咳！花呵！你也是一場春夢,便人生一世,豈不是個夢呢？只我紺珠的夢,正不知甚時醒也！

【前腔】〔換頭〕腰肢瘦幾分,便夢兒長久,黃粱一瞬。年華如箭,人共好花都盡。癡情早同飛絮去,好事惟餘殘夢溫。風和月,忙殺人,鏡中花影認前因。生和死,都未真,水中明月是前身。莫說人生是一場大夢,就是國家也是這般結果。你看我朝的事業,大半歸於烏有了,豈不可傷呢！

【前腔】〔換頭〕淒涼杜宇魂,算秣陵宮闕,寒灰飛盡。銅駝垂淚,門外怪鳥依人。冬青樹老霜露涼,錦帶枝殘蜂蝶恨。繁華夢,宮草春,玉鉤斜畔野花新。休回首,風正緊,昭邱松檟閃寒磷。

（大哭介）國猶如此,何況乎人呢！也罷！茞娥,你將花朵打疊個包兒者。

（貼掃花打包介）花已打疊起了,天色已晚,小姐可進去也。（負包徐行介。旦）

【餘文】打花包,排花陣,晚來還作祭花文,（貼）不怕花兒先笑人。

（旦）鶯花三月已凋傷,野草紅心滿地香。
（貼）一種閒情忘不得,春光容易斷人腸。

第三齣　閱　　兵

（淨領衆軍舊旗破甲上）一腔忠憤血,半壁大明朝。吾乃焦璉便是。職居參將,爵封開國公。願為戰鬼,恥作降王。現隸瞿式耜麾下。今日是大閱之期,本擬整頓軍威,演習一通,為他日戰死之地。不料糧臺于元燁尅剝軍餉,浪供揮霍,以致器械不齊,豈不可恨！幸而部下軍士都知大義，不至因些些小事，妄起爭端。軍士們！

（衆繞場介）有！

（淨）先至校場伺候者。

（引衆下。副末上）垂楊幾樹故宮雲，

（老旦上）匝地風吹九廟塵。

（丑上）笑罵且由他笑罵，

（中淨上）朱衣騎馬究誰人？

（副末）下官吴炳。

（老旦）下官吴貞毓。

（丑）下官朱盛濃。

（中淨）下官朱盛瀾。

（合）我等皆明朝大人，現在桂林，幫瞿式耜守城。今日是大閲之期，閣部親自看操，我們且在此伺候。

（外袍笏引隊上）

【啄木兒】雄心苦，遺恨多，末路英雄添個我。大漢家到此收場，要我做些生活，怎般壯心休磨挫。天生我來非輕可，半百年光愁裏過。城闕大旗紅，斜陽感慨中。冬青留夜月，金石蝕秋風。白草仍荒土，寒鴉傍故宮。奇懷何處寄？酹酒碧翁翁。老夫瞿式耜，江蘇常熟人也。官拜文淵閣大學士，兼吏部、兵部尚書，賜劍便宜從事。匈奴未滅，所痛者國事之日非，故國猶存，所幸者河山之未死。上年廣州一破，車駕奔至梧州，幸老夫力爭還鑾，乃由平樂而還桂林。今年二月，清兵襲平樂、潯州二處，分攻桂林，車駕又至全州。老夫因桂林形勢大有可為，因此自請留守，叨蒙許可，主上隆恩，也算不可多得了。今日是閲兵之期，大小三軍已在校場伺候，急索去也。

（副末、老旦、丑、中淨各參見介。外）諸君可先至校場，老夫便來了。

（副末等下。雜扮家童上）張同敞老爺在外邊要見大人。

（外）有何事情？

（雜）他說要到靈川去，特來辭行的。

（外）如此，你帶他到書房中去，請楊碩甫師爺陪伴一刻，待我閱兵回來相見罷。

（雜下，外引隊下。淨、副末等各領兵同上，擺隊介。外上，諸將打恭介。外）老夫統率三軍，前滅北虜，此次閱兵，非同小可，諸君不可怠慢。就此開操！

（內起第一通鼓，眾排陣介。外）

【前腔】軍聲壯，陣法多，半壁江山全仗我。（眾舞刀介）閃電光劍影刀花，（內起第二通鼓，眾換陣介。外）轉眼陣圖離合，（眾射箭介。外）雁翎亂飛流星過。（內起第三通鼓，眾收隊介。外）將軍本該沙場臥，（內鳴金，眾退下。外）隊是熊羆軍鸛鵝。

（淨）操演已畢，閣部有何吩咐？

（外）軍士們操演還好，只是旌旗鼓角甚是破壞，這是什麼意思？

（淨）閣都問及此事，小將不敢撒謊。自從于元燁管了糧臺之後，軍器糧餉無一齊備。幸而不起爭端，這就是閣部洪福了。

（外氣悶介）咳！豎子幾誤乃公事。如此說來，那些軍餉定被他侵尅許多。但這等世界，就是銅山築起，有何好處呢！

【三段子】臭銅幾個，這般錢何須要他？臭名遠播，這般人而今最多。咳！也怪不得他。你看滿朝官兒，那個不像他來？做官本來聲威大，黃金暮夜重包裹，怎怪他每偏好貨！

（探子上）報報報！平樂、潯州已被清兵攻破，桂林存亡朝不保夕，請閣部區處。

（外頓足介）呀呀！大事去矣！你且退下。（探下。外）

【歸朝歡】烽煙惡，烽煙惡，到今奈何？戰和守，誰人擔荷？肝腸斷，肝腸斷，到今怎麼？家和國，誰人輔佐？桂林一隅今雖可，潯州平樂都殘破，生死存亡一刹那！

且同到我衙內商量麼。

    中興大業委塵沙，笳鼓轅門掩落霞。

    平地風波何事急，春風又發戰場花。

第四齣　潛　師

【憶秦娥】（副淨時服引衆軍執火把上）真無奈，三軍轉戰連番敗。連番敗，這般模樣，好生奇怪。殺氣連天末，朱明尚有人。攻城城不破，愧見背嵬軍。自家孔有德便是。奉了主上之命，來取兩粵，大軍所至，紛紛投順。現在到了桂林，遇着個瞿式耜，輸了數陣。正在無可奈何之際，誰想陳邦彥攻打廣州，咱每軍士腹背受敵。幸而城中未知此事，所以不曾大敗。事到如今，只得掩旗息鼓，連夜歸去。孩子們！

（衆）有！

（副淨）你每於附近地方多設疑兵，多放槍炮，天已將明，就此啟行罷。

（衆）得令。（引衆繞場下。內作連珠炮聲介）

【山坡羊】（外冠帶領衆軍上）困騰騰不堅牢的營寨，冷颼颼不經穿的衣鎧，撲通通不耐煩的鼓聲，苦煎煎活欠下的刀兵債。我瞿式耜聞警之後，深恨于元燁之誤事，幸被丁魁楚參了一本，現已解職而去。因此部下軍士俱有喜色，出軍對仗，連勝三陣。只是北兵尚未退去，不免巡城一遭者。旗幟開，陣兒先布擺。孤城困守如何耐？青鬢全隨人事改。咳！最可笑者，前日北兵一到，城中官吏逃走一空。悲哀，南朝人忒煞乖。（場設布城一座，外領衆巡城遙望介）疑猜，北朝兵不見來。這也奇了！昨夜炮聲不絕，今朝影跡無蹤。北兵究在何處？

（淨焦璉引隊唱凱歌上，見介）閣部洪福，北兵去也。

（外）怎的就此肯去？

（淨）小將為了此事，率領衆軍出城，察看三十餘里，不見一虜，後來問了土人，方知陳邦彥攻打廣州，所以引兵東去。

（外）雖則如此，將來終有一番爭戰，據我看來，北人未必干休也。

【水紅花】旌旗戎馬定重來，望天涯心兒愁壞。（淨）怎生是好？（外）老夫既守此地，生死共之，萬一有變，有死而已，不可以成敗論也。寒鴉枯木夕陽哀，不應該論人成敗。目下北兵雖退，不可不為將來地步。且將後來情事慢慢地安排。（各下城介）舊時城郭，未經災也羅。敢煩將軍掩擊一通，為邦彥分勞。

（淨）敢不效力，小將就此去也。（各分別欲下介）

（外）舉目淒涼事已非，綠楊陰裏子規啼。
（淨）故家雲樹今猶在，泚水荒寒草木稀。

第五齣　鳩　　媒

（丑愁容上）事事討愁煩，做官委實難。命中無福氣，不必使刁鑽。我乃于元燁便是。前年在瞿式耜處幫辦糧臺，討個没趣，解職而歸。上年巴結了何吾騶，依舊興頭起來，提督楚軍。不想命運不濟，楚地盡失，無可奈何，只得趕到行在，説些鬼話，欺蒙皇上。現在結下一個闊綽朋友趙印選，言言合意，事事投機，我老于的時運又來了。他有個兒子，喚做伯談，將欲聘我小女。我醉後一時應允，怎奈小女已許王氏，為此狐疑不決，如何是好？

【黑蟆序】没法調停，甚來由教我，背了前盟，硬將咱做出賴婚行徑。心驚，因緣天作成，人謀終不能。莫相爭，幾寸紅絲繫住，萬種恩情。（尋思徐行介）

【前腔】〔換頭〕思省此事難行，況孩兒身子嬌薄，不可造次。倘孩兒知道，又要生病。料心中憂鬱，生死難定。他母親已死，年紀雖大，志節却好。零丁，年華雖長成，花開是女貞。倘若與他説明此事，還不知是怎生悲切也。淚盈盈，只怕柔腸寸斷，不忍來聽。（轉念介，搖首介）只是這樣闊人肯來俯就，我老子的功名又可開復了。這等看來，還是許與他為妙。（搖首轉念介）呀！不妥。（悶坐介）

（中淨扮媒婆上）【西江月】一副希奇面孔，幾條狠毒心腸，齒牙伶俐不尋常，打扮風騷模樣。還有一椿長技，房中……我乃媒婆，只因趙家公子欲同于家聯姻，央着老娘前來説親。來此已是，不免競入。

（作到介，見丑介）大人在上，小婦人拜見。

（拜介。丑）你是何人？來此何幹？

（中淨）我奉趙大人之命，特地前來為公子說親。大人呵，這等親事，委實攀得。況且我家相公呵！

【錦衣香】公子行，溫柔性；才子行，風流品。天生旖旎風華，龐兒又整，多才多貌又多情。這般配偶，定是天成。謝牽絲月老，締姻緣名士傾城。喜事今番定，三生福命。問誰人撮合？是咱媒證。

（丑）但小女已字王氏，此事怎生佈置？

（中淨）王氏貧乏，且官職在趙氏屬下，你改字趙氏，料他也不敢什麼。想我趙家呵！

【漿水令】勢雖低何人敢爭，事雖難何愁不能！問君真個訂鴛盟，做甚假腔？做甚行徑？（丑）並非我裝模作樣，實因小女本性貞烈，若有不肯，反要費事。（中淨凝思介）既然如此，吾有一計。你說王家公子一病而亡，然後我來此地，只算另有親事，怕他不從呢。攢圈套，混死生，怕道伊行猶不肯？（丑連點頭介）妙極！（忽然愁容介）還愁怕，還愁怕，好事不成。聊將就，聊將就，妙計先行。

【尾聲】婚姻算是今朝定，多謝媒婆來作證。且進去說說看，如今且去胡行。

（丑）只怕女兒爭論，（中淨）還仗阿爺幫襯。

（丑）但求阿爺做官，（中淨）不管女兒倒運。

第六齣　夢　驚

【破齊陣】（旦倦容，貼攜燭同上。旦）【破陣子頭】倦眼羞看歸雁，回頭笑指牽牛。【齊天樂】水淺風涼，天高露冷，正是新寒時候。【破陣子尾】月映紗窗愁多少，人臥璚閨夢逗留，風光交了秋。我于紺珠。年華漸長，愁恨偏多。前日聞得王郎病故，父親恐奴家悲悼，秘不使知。後來聞得父親將奴許與趙氏，婚姻之事，父母作主,這也由他罷了。奴家自從祭花之後,一病懨懨,直至今日。光陰易過,早又是一番秋景。今日身子困乏,分外愁煩,侍兒,你扶我去睡罷。

(貼)曉得。

(置燭几上,扶旦伏几睡介。貼)天已不早,奴家也要睡了。(下)

(旦熟睡,魂出座介,四顧介)呀!這是甚所在呀?(遙指介)

【雁魚錦】【雁過聲】甚鴛鴦瓦鱗蓋畫樓?(繞場行介)背長堤穿過紅牆後。偏幾樹奈花都消瘦。這其間果清幽,廣寒宮原許人遊,珠簾齊上鉤。(內作樂介,旦聽介)呀!原來此地是頑的地方。消遣的是春花秋柳,受用的是歌裙舞袖。待我細聽者。(內唱,旦聽介)姻緣錯注了鴛鴦牒,三生的舊好難重結。不是我痛惜你碧桃花,都是這沒主張的東風,把你來委落塵沙。你待埋怨煞誰來?止好埋怨你的爹和媽。(旦)這詞淒涼的緊,待我再聽來。(內又唱介)你莫說淒涼話,都為你這粉孩兒,弄得他跋扈將軍胡廝打,亂紛紛不成天下。你一個人倒會得胡嗑牙,却曉得普天下的人都把你來罵。(旦)奇也!這是什麼意思呢?(定神細聽介,內又唱介)你看故宮前棲滿了烏鴉,你切莫去憑弔他。他是軟丟答的帝王家,沒來由被幾個狠毒的人兒丟掉天下。最傷心離宮三十六,但剩這破碎的鴛鴦瓦。你聽一聲聲的胡笳,天哪!你尚兀自裝聾啞。

(內作風起介,旦寒顫介,猛擡頭介)咦!方纔的歌舞樓臺,被幾陣風兒吹得乾乾淨淨,好奇怪也!

【一犯漁家傲】回頭,雲散風流,算內家詞客飄零夠。梨園故友,可知道大半人非舊。說來好痛心也!秣陵久將王氣收,孝陵久聞杜宇愁,長陵久變荒丘。如此說來,那些蜃氣樓臺,自然幾陣風兒都要吹散了。參悟否?不過幻夢浮漚,把興衰存亡一筆勾。沒打緊數行傷心淚,沒道理滿腔家國憂。

(生僧裝上)一切有為法,露電與泡影。小娘子敢要參破這奧妙麼?

(旦)望長老指點。

（生）如此，你隨我廟裏來。

（同行介，作入廟介。外、小生扮神，外蟒服玉帶，小生巾服斷臂上，端坐不動介。旦）長老，這是何神？

（生指外介）這是目神。

（指小生介）這是長神。

（旦）怎麼斷臂呢？

（生大笑介）且同你上山去。

（作出廟介。外、小生各下。生、旦登高介，遠望介。衆扮軍士渾殺繞場下。小生王服乘舟揮淚，雜摇櫓隨上，繞場下。旦）這都甚的道理？

（生）天機不可洩漏，將來自然暗合。老僧去也。

（旦）長老就去麼？

（生不理介，下。旦）教我如何猜法呢？

（小旦仙裝上）天風吹下步虛聲，千萬情由話不明。爲報海棠春睡足，仙人未免太多情。姐姐，你參什麼因由，還是同我走走罷。

（攜手同行介。小旦）姐姐，方纔長老可知是何人？

（旦）不知。

（小旦）就是王開宇，怎的不知呢？

（旦打悲介）咳！姐姐，你不知他死的了。

【二犯漁家燈】溫柔，夢斷瓊樓，早三生拆散鴛鴦偶。鏡裏因緣，香消粉褪，試問空王，爲甚因由？天長地久，便夢中相見，可還能够？姐姐，你倒說就是他，豈不可笑呢？生前早已先分手，死後如何反聚頭？

（小旦大笑介）何嘗死來？

（旦疑介。小旦）你也不須疑慮，我與你看。

（懷中出鏡授旦介，旦照介，大驚介。小旦）可見些什麼？

（旦）只見一個女子死在道傍，有個老僧替他掩埋起來。

（小旦）姐姐可曉得什麼？

（旦尋思介）

【喜漁燈】蘭因絮果難參透，丟抛下皮囊一個，未免遺臭。謝慈悲葬他,道空花幻塵齊罢休。大抵來落花風雨傷心緒,幾曾有紅顏長壽?終是粉黛骷髏。(小旦搖頭介)不是這個意思。(旦)怎生推究?(小旦笑介)形形色色何能究,渺渺茫茫無可求。

（丑扮于元燁微服上,猛虎跳上,衘丑下。小旦掩下。旦大駭介)呀!父親被猛虎衘去了,這怎麼處?(大哭介。仍伏幾上作醒介)唔!原來在此做夢,不知此是甚時候了?

(內打五更介。旦)

【錦纏道犯】五更後,俏魂靈如今醒不?一枕賽仙遊。待我把夢境想來。甚樓臺歌舞,轉眼都休。俊王孫天涯浪浮,癡公子夜臺廓守,猜不破這根由。(想介)剛纔醒來,如何大半忘却?再想也想不着了。

(內擂鼓介。旦)你聽城頭鼓角聲悲壯,不是愁人也要愁。天已將亮,且去再睡,夢中吉凶,明日再講罷。

　　　　幾番喜懼斷柔魂,翡翠衾寒認淚痕。
　　　　千古江山如一夢,黄粱未熟不須論。

第七齣　書　　規

【月雲高】(末扮胡一青上)【月兒高】埋愁無地,國事如兒戲。閱盡滄桑劫,短盡英雄氣。西臺鐵如意,擊碎可奈何!嗟余苦行役,蹉跎復蹉跎。人生不得志,玄賞寂山阿。茫茫家國恨,盛衰委逝波。何圖興亡事,今古乃同科。已矣勿復道,涕淚肆滂沱。下官胡一清是也。統領三軍,力圖恢復,同趙印選、王永祚稱為滇營三將。不想王、趙二人大起爭端,下官實不知其細。後來知得王將軍與于元燁曾為兒女姻親,如今于元燁又將愛女另許趙氏,換個婚姻,使個連環計。因此他兩個各懷私怨,置國事於不問。下官分外焦灼,萬一北兵知悉,乘虛而來,也是意中之事。擺下常山陣,飛下陰山騎。【渡江雲】動地關山聞鼓鼙,只我一人,如何遮架得住?空則是血淚酸辛彈鐵衣。

(長歎介)他們逍遥自在,獨我一個人兒擔當大事,太覺不平,我也不管這興亡的閒賬了。

（雜扮家僮持書上）平樂焦將軍有書在此。

（末）取來。

（雜遞書與末科，末讀介）"璉承閣部之命，援陳邦彥於廣州。賴列聖之靈，平樂、陽朔次第而定。北兵雖敗，未必干休。璉故駐師平樂，為進退左右之地。北兵果由湖南而來，全州一隅，危而復安，梧州一隅，得而復失。當此之時，正臣下竭忠盡智之秋，豈可以私憤而廢國家之大事！頃聞滇營中王、趙成隙，璉始疑之，繼知于元燁背王氏之盟，受趙家之聘，行為詭譎，無所不至。曩在桂林，璉固深知其細者。而二君以兒女之事，自相攻擊，是予敵人以可乘之端也。智如足下，何料不及此？願足下鑒愚之誠，婉言以釋二君之怒，而以國家為念，則天下幸甚。"

（末）焦將軍，你太多事了。我苦口極諫，他們只是不聽，教我有甚法子呢？

【前腔】唇焦舌敝，再也休提起。只不知于元燁是甚的意思？拆散文鴛侶，另揀乘鸞婿。魆地思量，此事誠何意？你說以國家為念，教我一人做得甚來？我如今呵，歇下煩愁擔，踏上逍遙地，不管塵寰閒是非，把這個重擔千斤交付伊。看他們如何處置也。

李代桃僵事太奇，倉庚療妒最相宜。

問渠湖上騎驢客，可記當年騎馬時？

第八齣　留　　駕

【卜算子】（四旦內監妝束引小生王服上。小生）痛哭小朝廷，百事多將就。長樂宮中蔓草愁，胡馬西風吼。　涸轍窮途淚不乾，可憎面目太辛酸。龍樓鳳閣都拋却，夢繞荒山夜月寒。朕乃永曆帝便是。自從廣州一破，奔波逃避，無可安身。一至全州，兩幸象州，上年以大臣力爭，只得又還桂林。南安侯郝永忠與瞿式耜為難，無可奈何，將郝將軍駐扎興安。誰想北兵直犯靈川，郝軍大敗而還。如此情形，桂林萬不可居，現已整頓輜重，即夕西走。咳！

好不淒慘也！（升坐介）

（外冠帶袍笏上）老夫瞿式耜，聞聖上因郝家兵敗，不免驚恐，將欲棄此而去，待老夫諫諍一番者。（跪介）老臣瞿式耜見駕。

（小生）免禮。

（外）萬萬歲！（起立介）老臣聞得聖上西走，可是真的？

（小生）南安侯兵敗而歸，此地恐不可守，因此即日西行，別圖良策。

（外）老臣以為桂林形勢大可作為，主上既來，生死共之。

【上馬踢】輿圖控上游，形勢山川秀。東南險要區，本來容易守。底事倉皇，車駕蒙塵又！為甚來由？子細思量，何苦風塵走！

（小生）只恐守不住來，反貽誤朕躬。

（外）陛下說哪裏話來！

【勝葫蘆】我雪涕登壇報國仇，拚死更何憂？

（小生）卿不過欲朕死社稷耳。古來天子蒙塵，也是有的。君不見走馬岐山猶避寇，（長歎介）咳！帝王末路，何事苦淹留？（掩淚介，外亦涕泣介。小生）東南大事，卿自當之，朕今去也。

（外）陛下就要去麼？既然如此，待老臣送駕。（跪介。小生同旦下。外起立介，歎介）教我如何擺布呢？

【皁羅袍】一片孤城依舊，怕蒼皇大劫，又起戈矛。風霜空抱杞人憂，江山願為王孫守。死生有命，頭顱尚留，盛衰遞換，山河已休，問中興建業誰能彀？

　　　　獨立難支大廈傾，合成眾志作干城。
　　　　桃花馬上銜杯笑，落日千山鼙鼓鳴。

第九齣　慶　　祝

（淨引眾上）乾坤板蕩三千里，風雨荒寒十八灘。我焦璉，駐扎平樂，上月聞得桂林有變，主上西行，留之不住。北兵蜂擁而來，幸被閣部竭力殺退。不料三月中，李成棟投誠大明，將全廣還我，無意之中有這等喜事，真個料不及此。如今聽說閣部上疏，定由廣出楚之計,正是絕妙機會,未知主上允從與否。(笑介)我好喜也!

【念奴嬌序】天心未死,仗擎天手段,着意經營。破碎金甌重補綴,依舊天地安寧。果能趁此機會克復故土,豈不是好!歡慶,花發西宮,鶯啼上苑,官家幾度好風景。(衆合)惟願取,重安九廟,天下昇平。待我焚香拜天,慶祝一番。左右取香來。

(衆設香案,淨焚香拜介,唱)

【前腔】〔換頭〕恭敬,焚香告察。我想瞿閣部由廣出楚之計,真乃巧妙。天呀!願如今恢復中原,荊楚先定。聖祖神宗,還望你,天上為民祈命。垂聽,齊晉東西,江淮南北,故家遺老望中興。(合)惟願取,重安九廟,天下昇平。(起介,轉念介)只是王永祚、趙印選近來頗不和睦,終非好事。(長歎介)咳!

【餘音】和衷共濟祈公等,戮力同心敵北兵,方能够汗馬勳勞報聖明。

一天星斗月如鉤,新得滇南十二州。

自是君王多幸事,不然麋鹿又長洲。

第十齣　入　　關

【菊花新】(副淨引衆軍鼓噪吶喊上)掄刀跨馬豎旗旛,會見元戎奏凱還。踏破賀蘭山,何況有貔貅十萬!自家孔有德,兩至桂林,都被瞿式耜殺敗。再想整頓軍馬,同他大戰,怎奈李成棟將兩廣投降他每,咱家只得堅壘不動。恰好成棟已死,南雄、全州又被咱每攻破。孩子每!

(衆)有!

(副淨)前面是何地方?

(衆)前面是嚴關了。

(副淨)且住。我聞嚴關為滇營三將所守,且慢慢去攻他。

(衆)大人有所不知,滇營三將各有私怨,不肯共守封疆,如今糧草俱無,俱入桂林分餉,關中空無一人了。

(副淨大喜介)妙呵!天賜我成功也。如此且殺上去!

（眾）得令！

【尾犯序】（副淨）談笑下嚴關，喋血玄黃，大局糜爛。馬到功成，把神州掀翻。（場設布城，掛嚴關區額，副淨引眾進城介）呀！果然是座空關了。我等在此，也無道理，前面便是榕江，并力殺將前去，劫他的老營。（眾繞場穿陣介。副淨）此間是榕江了，怎麼闃無一人，止存空寨在此？難道聞我要來都逃去了？好奇也！追趕，天上的將軍怒發，地下的庸奴驚散。真奇事，追奔千里；僥倖，是今番。如今桂林掉手可得，不必攻打了。天色已晚，就在空寨中權宿一宵了罷。

（眾）是。

霜壓兜鍪夜氣陰，曲肱為枕夢難尋。
回頭月色明如畫，遙指孤城是桂林。

第十一齣　獨　歎

（生持燈上）寒雲慘霧壓危城，天地無情未厭兵。長嘯一聲萬籟寂，江南愁殺庾蘭成。我王開宇，同母親寄居此地，聞得嚴關已破，省城危在旦夕，怎生是好？

【皂羅袍】短髮西風無恙，歎東南半壁，換了滄桑。半階明月影荒涼，一城刁斗聲悲壯。家山何處？迢迢故鄉；兵戈滿地，淒淒戰場。這殘山剩水徒惆悵！我想榕江兵力不薄，如何北兵就會打破呢？（獨坐尋思介）呀！不錯！父親為着于元燁背盟一事，曾同趙氏理論一番，彼此各懷私怨，所以北兵一至，就是不可收拾了。咳！想起我幼年下聘之時，本是他的母親作主，如今他母親已死，那父親就變了卦，豈不可恨！

【掉角兒序】結因緣文禽一雙，締姻眷聘錢百兩，主婚人是君家老娘，負心人是你家堂上。幸而紺珠抵死不願，雖已改字趙氏，所以尚未出嫁。到如今呵！美嬌娥寫不了相思稿，俊王郎說不盡淒涼況，兩個人一般模樣。呀！我錯了，這般世界，還要把兒女之情消磨志氣，我王開宇好沒志氣也！乾坤板蕩，誰來主張？細思量,管甚的愁脂怨粉,這些閑帳!而今風聲鶴唳,草木皆兵,萬一省城不守,那就完了!

【一封羅】【一封書】尋思欲斷腸,望中原逐鹿場。此番北兵之來,其勢不小。你看他十萬精兵都少壯,只我這一座空城怎抵擋?【皂羅袍】淒清無語,心中自傷。興亡如夢,人間怎忙?問明朝結局如何樣?

(內吹胡笳介。生)

【尾聲】胡哨幾陣連天響,惹得胡兒拍掌。咳!便是這一身,尚不知怎般收煞也!怕錦瑟年華不久長!

　　　　深夜愁心不易消,長歌短哭到明朝。
　　　　幾根白骨歸何地?仰看櫬槍星斗高。

第十二齣　愁　語

【三疊引】(旦同貼上。旦)前生定下愁煩種,竟做隨鴉翠鳳。薄命不須論,留下一場春夢。奴家聽了父親之言,以為王郎已死,誰想都是父親意見,因欲依附趙氏,為此瞞起家人,將奴改字。咳!父親,我好恨也!

【九回腸】【解三酲】結聲援將人搬弄,負盟言將我欺蒙。鴛鴦打奪團圓夢,把女孩兒活作磨礱。我仔細想來呵,既然是親生父母多難靠,則這些恩愛夫妻更是空,徒悲痛!【三學士】將鋼刀割斷情魔種,飲西江洗滌心胸。我立志已堅,世緣早斷,多謝月下老人把我東拉西扯,到了這般地步,好不痛心也!浮沉一世風中絮,耽誤三生月下翁。【急三槍】從今後,蒲團上,蓮臺下,修真覺,悟禪宗。

(貼)小姐年華正少,何忽出此不祥之言?

(旦)你那裏知得。我前日一夢,早安排下我一世了。

【巫山十二峰】【三仙橋】自那日紅樓一夢,問葫蘆有誰弄?我芳心自寶,把如來供奉。(貼)夢境不足為憑。【白練序】哀慟,總是空。況春夢難憑,吉與凶,休驚恐。小姐且自耐煩,莒娥想來,趙氏勢焰薰天,必然傾敗,待到那時節,小姐姻事就可轉圜了。冰山縱好,有時搖動。【醉太平】(旦搖頭介)無用,高堂蒙懂。就算他日可以轉圜,我料王氏誰來睬我?怕無人照管,倒變做斷梗飄蓬。所以我一切不問,止求保全千金之體耳。堅貞自守,聊遮架怪雨盲風,重重。【普天樂】屠刀放下千斤重,靜守空閨將經誦。假情禪久已參通,幻曇花何勞下種?梵王宮是咱末路行蹤。【犯胡兵】晨鐘暮鼓增悲痛,把塵緣斷送,願自今大發慈悲,化身超度眾。(貼)如此説來,小姐是一定出家了。(旦)我何嘗要出家來呀!出家豈是容易的?【香遍滿】你只道是禪門廣大,世人容易從。須知道莽乾坤,跳不出獼猴洞。(貼)如此説來,小姐是不出家麼?(旦)我何嘗不想出家來,但不知佛子許我否?【瑣窗寒】問維摩是否相容?可曉得百尺靈山方寸中。但塵心未改,總是無功。(貼)小姐口中説得十分解脱,心中委實愁悶,這又何必呢!我看小姐呵!【劉潑帽】你參禪説法真虛哄,你背地裏恨不窮,掩繡衾和愁擁。【大勝樂】鎮日價兩行淚湧,我看世上女子,稍有些不如意,便要修行奉佛,小姐,你為何也是這樣呢?難道女兒情性,畢竟相同?(旦怒介)你倒譏諷我了!(貼)【賀新郎】勸娘行息怒休爭訟,須不是暗譏諷。(旦)出家不出家,再也休提,終是我命分太薄,所以姻緣乖誤。咳!【節節高】奇緣未許逢,問天公,人間恨事何紛總!奴想飲酒消愁,最是雅致,只女人家從來未有此舉,我今日愁悶不堪,偏要痛飲一番,別開生面。呀!抱着個梨花甕,銜了個白玉盅,那時把人間一切愁恨,消滅得乾乾淨淨,逃出個紅塵籠。料杜康難得與裙釵共。【東甌令】胸中塊壘盡消融,贏得醉顏紅。萇娥,取酒來!

(貼應介,內喊殺介,眾侍女奔上)小姐,不好了,城中兵士自相殘殺,北兵已將殺到了。(旦)父親呢?

(眾)不知何往。

(旦)啊喲!

【尾聲】割不斷骨肉情,禁不住干戈動,教我這亂離時世更何從!咳!我于紺珠不知流落何所也!只怕是流落他鄉哭路窮!

　　　　身世飄零可奈何,(貼)朱顏未老莫蹉跎。

滇中不少憂時客,(旦)將士誰提殺賊戈?

第十三齣　省　師

【粉蝶兒】(小生扮張同敞引衆上)憂患餘生,慚愧煞書生戎馬。苦伶仃劫運龍蛇。問皇天,呼后土,大明朝如何支架?淚如麻,到今有何方法?銅帽棕鞋自在行,哥舒跨馬瞰危城。大旗換却中原字,笳鼓分明塞外聲。小生姓張,名同敞,表字別山。自靈川一路而來,聽説桂林萬分危急,怎的到了此地,寂無一人?

(內吹胡笳介。小生)這聲音甚近。(遥指介)城上又是無人,看這光景,是守不住了。不知吾師瞿式耜到此如何擺布?待我進城一遭者。(指江介)只是江中別無舟楫,怎生過去?(轉念介)只得泗水過江,然後進城了。

(引衆作泗水狀介,下。外衣冠愁容上,副淨扮童隨上,外)

【粉孩兒】匆匆的換兜鍪,披鎧甲,歎朱家事業,這般收煞!空城一座容個咱,衆軍官但保身家,問誰來守住危城?問誰來支起傾廈?我瞿式耜,忍死艱難,為國效力,天命已去,人事徒勞。北兵長驅直入,趙印選、王永祚、胡一清皆懼不出兵,桂林萬萬難守了。如今城中官吏紛紛奔竄,禁之不住。咳!朝廷以高爵餌此輩,百姓以膏血養此輩,今日如此散場,真是意外之事。我想自古至今,誰無一死,偏是這班人兒,有那般膩煩哩。

(獨立長歎介。小生上,相見介。小生)事迫矣,將何策以免此難乎?

(外)城存與存,城亡與亡。我自丁亥賊薄桂林,已拼一死,我今日得死所矣。你非留守,可以不死。

(小生正色介)死則俱死耳,古人恥獨為君子,先生顧不與門生同死乎?

(外笑介)如此甚好。

【紅芍藥】生留守一世波查,死元戎萬古榮華。也算是英雄的佳話,好名聲本來無價。將來提起桂林死難諸公,只怕你我以外,便無多了。傷心但有你共咱,那降將軍難免後人嘲罵。就是老夫不死,天下事亦不可為矣!到而今怎樣撐達!(小生)到此時有甚牽掛!

(外)是極。小奚!

(副淨)有!

(外)你將我印綬敕書,星夜馳至行在,交還皇上,勿為賊人所得。

(副淨應聲下。外)天色已晚,且張燈來。

(雜排幾張燈介,外、小生對坐介,遙望介)你看,城外火光燭天,敢是北兵進來也!

【耍孩兒】(外)烽火滿天真恐怕,(淚介)我不能守住封疆,到了計窮力盡,却以一劍了事,這就是死有餘罪了。一死終無濟,做忠臣作事先差。呀!也顧不得許多了,我盡我心而已。尋思小朝廷,憑着誰支架?好頭顱就此輕抛下,尋一個收場罷。

(雜扮守城兵士上)閣部,不好了!清兵已圍住各門矣!

(外)我早已知道,你且退下。

(雜下。外向小生介)我兩人死期近矣。

(小生)孔曰成仁,孟曰取義,文天祥就是榜樣了。

【會河陽】取義成仁,本來最佳,光明磊落報王家。丈夫埋骨山丘,何須害怕!說甚的無聊話!(長歎介)存亡生死,煞是難言,不想到了今日,區區北兵,尚是敵不過他。咳!漢兵猜不破清兵詐,漢人偏伏在胡人下。

(眾時服騎馬上)此間是總督衙署,且進去將閣部出來。(作入介)你兩人快快見王爺去。

【縷縷金】同行去見王爺。(外大笑介)我兩人坐待一夕矣!(眾催介)就此同去,不要連累我每。(外)怎生連累你?底事苦催咱。(向小生介)此番不要墮了志氣。(小生)我平生高自期許,那有失節之理!正氣凌河嶽,不負却平生舊話,把一腔頸血濺黄沙。忠名震天下,忠魂滿天下。

(外)如此,同你走罷。(向眾中一人介)你先歸去,教你王爺呵！

【尾聲】安排彩仗來迎駕，打疊房帷等待咱，然後我兩人呵，攜手同來教訓他！

（小生）疊山歌哭文山死，兩樣情懷一樣愁。

（外）今日偶然輪到我，任他百計不回頭。

第十四齣　拒　　誘

（副淨時服引衆上）

【引】打破南朝，定危亂功臣元老。咱定南王便是。桂林已破，瞿閣部早晚將到，且在此等着者。（南面高坐介。衆騎押外、小生上。小生）

【步步嬌】萬古綱常留忠孝，一死應該早。雄心守護牢，兩顆頭顱，怎算奇寶！尋個好收梢，（指外介）領了先生教。

（見副淨背立介。副淨起立介）那一位是瞿閣部先生？

（外）我留守閣臣瞿式耜是也。中國人不慣席地坐，城既陷矣，惟求速死耳！

（副淨）先生不必過慮，事到如今，降了就好。

（外）這是那裏說起？留守者，留守封疆，封疆已失，我便是個罪臣，那有偸生之理！

【沉醉東風】送江山罵名怎逃，問天地罪名非小。却要我辭故國，拜新朝。那知我守志堅牢，勸伊行不煩開導。壯心已消，苦心暗焦，堅貞自守，不許君家再動搖！如今別無他求，惟求速死耳。

（副淨）我在湖南，已知有留守在城中；我至此地，即知有兩公不怕死的。我斷不殺忠臣，何必求死？甲申闖賊之變，大清爲先帝發喪，祭葬成禮，固人人所當感謝者。今人事如此，天意可知，閣部勿自苦。今而後我掌錢糧，閣部掌兵馬，無殊在明可耳。

（外大怒介）我爲永曆帝供職，豈爲犬羊供職耶！

（副淨）我居王位，於閣部亦非輕。

（外）祿山、朱泚皆自以爲王，一何王之多也！

【金娥神】你本是雞鳴狗盜,還說甚胙土分茅!(副淨)閣部怎同我頑起來?我封侯拜爵,汗馬功績高。因此聖眷重,你諒也知道。況且我先聖之裔,勢會所迫,已至今日,閣部何太執耶?

(小生冷笑介)你要算先聖後裔麼?我勸你不認的為妙。

(副淨)什麼道理?

(小生)你呵!

【月上海棠】門第高,毛家父子堪依靠。為甚的要算先聖的苗裔起來?況尼山風雨,久已蕭條。你想孔聖人的清苦,怎及那毛文龍的富貴呢!便是你考宗支,把譜牒推敲,怎比得依聲勢,將身家榮耀?定計應須早,兩處徘徊,那就差了!

(副淨大怒介)豎儒怎敢揭吾短處!左右,將他綁下!

(眾綁小生介,小生掙脫介。眾執小生臂,小生掙不脫介,臂斷介。眾向小生亂敲介,小生左目受傷介。外向副淨介)此官詹司馬張同敞也。與我同來,當與我同死,爾等焉可無禮!

(副淨伴驚介)原來就是張先生。

(喝眾住手介,向小生施禮介)適纔冒犯,尚祈恕罪!

(小生)何前倨而後恭也?

(副淨)二公皆聰明人,還是降了罷!

(小生長歎介)咳!

【五供養】半生潦倒,故國河山,滿地槍刀。天心無定局,人事也徒勞。果然給我一死,就感恩不淺了。孤忠自矢,我鈍司馬也黃泉含笑。做一個他鄉鬼,也只為大明朝,把綱常名教一肩挑!

(副淨皺眉介,向外介)閣部究竟如何?

(外)你何苦如此,我是至死不變的!

【玉抱肚】堅持貞操,莽男兒忠心自寶。(副淨)依閣部之言,只是要死,豈不可惜?(外)生死關不妨參透,戲文場就此收梢。可憐我流離困苦太無聊,不妨的為着朝廷吃一刀!

(副淨)二公苦心咱已知道,再不敢相強了。左右,取酒飯來,咱同二位爺要歡敘一番哩!(向外介,又向小生介)

【水紅花】你枯腸聊借酒杯澆,醉醺醺何妨談笑。你歡場休把淚珠拋,薦嘉肴何須煩惱！可知悲歡無定,消長似春潮。二位呵！及時行樂,莫心焦也羅！

（外）犬豕之食,如何污我！

（副淨）閣部太使性了！

【僥僥令】心思多執拗,意氣太粗豪。況且是酒食追陪無妨礙,可怪你書生忒絮叨！既然如此,且將酒席撤去。

（衆撤席介。副淨）左右,把二位押將進去,須要小心管待。

（衆押外,小生下。副淨）咳！這兩個人可敬也！

【尾聲】雖則是擎天銅柱從今倒,他萬年自然聲名好,試看這桂林城外將星高！

　　　　千古忠臣不肯降,孤懷苦節世無雙。
　　　　歲寒松柏誰人識？豈是惺惺裝假腔！

第十五齣　旅　　吟

（丑上）送舊迎新生意好,曉風殘月客心愁。自家店小二便是。天已將夜,不知有甚客來,且出去看看。（下）

【新荷葉】（生負行李上）白草黃沙戰骨埋,好風景而今全改。青袍浣盡劫餘灰,天涯又作傷心客。

【前腔】〔換頭〕（老旦上）車馬關山暮年哀,愁的是老人衰邁。一家骨肉莽分開,白頭尚欠風塵債。孩兒,自從桂林失守之後,我們走了數天,還不知你父下落,好生放心不下。

（生）母親且免愁煩,我想父親未必殉難的。前面已是店家,暫且歇息罷。

（老旦）甚好。

（生）店家有人麼？

（丑上）來哉,來哉！頭貳兩房已有人住,客人到三號房裏去罷。

（生、老旦作入介。丑打迭行李介）如要茶水,可來喚我。（下）

（老旦）老身就要睡了。（下）

（生徐行四顧介）那邊牆上有字跡幾行，待我看來。（念介）"一寸眉峰鎖，歎浮生風飄浪打，中宵兀坐。十八年來塵世夢，好事幾番磨挫。待築起愁城一個。旅店荒寒人不寐，寫牢愁，門外風聲大。思往事，淚珠墮。家山遍地驚烽火。歷關河，長途跋涉，家亡國破。紅粉飄零成舊例，省得檀奴念我。到底是傷心結果。一片秋墳埋豔骨，鮑家詩憑仗誰人和？蓮漏歇，五更過。調寄《金縷曲》。庚寅十一月，避難過此。旅館燈昏，異鄉夢短，感念疇昔，悲不自勝。驚歲月之逝波，傷美人之遲暮，飄蓬斷梗，不復問人世事矣。為賦此解，想知音者不可得也。于紺珠題。"（驚介）呀！原來就是他做的，原來他也避難去了，好不可憐也！咳！想我與你呵！

【刷子帶芙蓉】【刷子序】身世好傷懷，青衫貯愁，紅粉多災。一對夫妻，偏是兩地分開，悲哀。（長歎介）有甚道理呢？軍國事猶將傾敗，姻緣事何必父代！【玉芙蓉】天下事正多感慨。你斷腸人緣慳福薄枉多才。只是你到了那般地步，誰來愛惜你呢？

【漁燈映芙蓉】【山漁燈犯】誰繫護花鈴，誰築藏花寨？古道風霜容易愁儂，堪憐你薄命桃花，硬派你飄零幾載。敢則是命中牢注難更改，逃不過月眚年災。思量鯫生不才，帶累你鳳泊鸞飄無棲止。我就是斷腸，也悔不來，真無奈，是天公主宰。待我和他一首。【玉芙蓉】展霜毫，墨花濃處筆花開。（寫完念介）百結心頭鎖，舞金刀仰天而笑，披襟而坐。無可如何兒女事，總被姻緣磨挫。留下這愁人兩個。畢竟男兒無大志，十年中恨事天來大。窗外月，又將墮。爐中獸炭消殘火，夢燕雲銅駝荊棘，金甌已破。庾信年來詞賦少，耐得淒涼故我。料不定怎生結果？浪跡他鄉成底事，莽塵寰尚有知音和。哀樂事，等閒過。讀紺珠壁間詞，悲憤欲絕。因念我兩人少年訂盟，中年迢隔，咫尺千里，情何以堪！況南天烽火，觸目驚心，兩地纏綿，有同情耳。依韻答之，不自知其言之哀也。天涯浪遊生王開宇謹和。（淚介）這不過寫其大略而已。

【普天賞芙蓉】淚成河，愁成塊，填不滿相思海。想我兩人呵，不能夠繡帷中弄粉調朱，倒變做茅店裏吐恨含哀。生扭做鏡裏的恩和愛，單留下兩首詞兒無交代。且住，假若不見此詞，那便知他心事？今日天假之緣，恰好兩首寫在一處，好巧也！寫離情兩樣愁懷，歌《長恨》一般大才。

【玉芙蓉尾】這苦衷情，不勞你粉牆籠起碧紗來。呀！好癡也！我今日雖見此詞，究不知他的下落。你不見現在的世界麼？

【朱奴插芙蓉】舊城郭，早已是冰消瓦解；好世界，都變了屍林血海。似這般苦雨淒風慘時代，還不定那人何在？我想如今時勢，除非到武陵源中，方可安然無事，跳出乾坤外，方能夠刀兵不來。

【玉芙蓉】則這避兵符可曾先為你安排！說到此處，不覺一陣酸心起來。咳！

【尾聲】元龍豪氣全衰憊，鬢絲兒星星已改，這叫做才子佳人一樣哀。

　　　又向旗亭唱竹枝，王恭不是少年時。
　　　名花落溷誰憐惜？分付長鬚好護持。

第十六齣　囚　吟

（副末上）木落天高兵氣寒，江豚拜月朔風酸。內城滿地紅心草，野老重來不忍看。在下姓楊，名藝，表字碩父。向在瞿閣部幕中，後來佯狂癲癇，落拓江湖。如今桂林已失，閣部誓死不降，並同張公別山一起守節，却也難得之至。在下與別山在閣部處，曾有一面之緣，今聞他們絕粒幾日，為此特具酒飯，以當野人之獻，却也使得。院子！

（丑扮院子上）有！有！

（副末）酒席完備否？

（丑）好了。

（副末）如此隨我走來。

（繞場同下。外、小生同上，外）

【絳都春序】吾生已矣！對胡兒痛哭，毫無奇計。困守樊籠，感慨悲歌終無濟。還望你同朝將士皆忠義，好再把乾坤扶起。滇中臣宰，江東父老，可知吾意？別山，我與你被困以來，行將一月，絕粒四日，還是不死。坐困此間，終日無事，何不各賦數詩，以明素志？

（小生）有理。

（外）我就先做了。

（小生）門生依韻和之。

（外）甚好。（拂紙取筆寫介）

《浩氣吟》：藉草為茵枕石眠，更長寂寂夜如年。蘇卿絳節惟思漢，信國丹忱上告天。九死如飴遑恤苦，三生有石只隨緣。殘燈一室羣魔繞，寧識孤臣夢坦然。

已拼薄命付危疆，生死關頭豈待商！二祖江山人盡擲，四年精血我偏傷。羞將顏面尋吾主，剩取忠魂落異鄉。不有江陵真鐵漢，腐儒誰為剖心腸！

正襟危坐待天光，兩鬢依然勁似霜。願作須臾階下鬼，何妨慷慨殿中狂！憑加榜辱神無變，旋與衣冠語益莊。莫笑老夫輕一死，汗青留取姓名香。

年年索賦養邊臣，曾見登陴有一人？上爵滿門皆紫綬，荒村何處不青燐？僅存皮骨民堪畏，樂爾妻孥國已貧。試問怡堂今在否？孤存留守自捐身。

邊臣死節亦尋常，恨死猶銜負國殤。擁主竟成千古罪，留京翻失一隅疆。罵名此日知難免，厲鬼他年詎敢忘？幸有顛毛留旦夕，魂兮早赴祖宗旁。

拘幽土室豈偷生！求死無門慮轉清。勸誡煩君多苦語，棲遲歉我太無情。高歌每羨騎箕句，灑淚偏來滴雨聲。四大久拼同泡影，英雄到底護皇明。

岩疆數載盡臣心，坐看神州已陸沉。天命豈因人事改，孫謀怎及祖功深！二陵風雨時來繞，歷代衣冠何處尋！衰病餘生刀俎寄，還欣短髮尚蕭森。

年逾六十復奚求，多難頻經渾不愁。劫運千年彈指到，綱常萬古一身留。欲堅道力憑魔力，何事俘囚學楚囚！了卻人間生死業，黃冠莫擬故鄉遊。

（小生讀介）老師心事畢露矣，門生未免贅言了。
　　（外）好說。
　　（小生寫完，外讀介）
　　稜稜瘦骨不成眠，祖德君恩四十年。腰膝尚存堪作鬼，死生有數肯呼天！疊山欲附文山烈，蘇武休思漢武緣。蹈鑊撩衣談笑裏，何須血淚更潸然。
　　異國凋零非故疆，首山一死尚留商。舌存不信乾坤去，斷臂寧同兒女腸。蠻語可憐原漢語，帝鄉無路是愁鄉。幽魂應變天邊月，照見孤臣鐵石腸。
　　連陰半月日無光，草薦終宵薄似霜。白刃臨頭惟一笑，青山在上任人狂。但留衰鬢酬周孔，不羨餘生奉老莊。有骨可拋頭可斷，小樓夜夜汗青香。
　　四載危疆一個臣，城亡待死愧今人。將軍不肖留犀甲，風雨惟聞嘯碧磷。列國衣冠何事改，九邊財賦為誰貪？傷心列祖當年志，寸磔應叢九死身。
　　生當吾世遇非常，坐臥形容盡可傷。胡馬夜嘶過百粵，老臣痛哭守殘疆。千年正氣憑誰鑒？一死中原詎忍忘！不入耳言今古淚，幽懷欲訴孝陵旁。
　　凜然大節自平生，囊底無錢魄亦清。二烈雙忠原有教，九朝七世豈忘情！亡家骨肉皆冤鬼，多難師生共哭聲。想見刀頭空一切，長宵盼不到天明。
　　日日刀錐攢我心，豈真天意有升沉！命延一刻慚難負，論到千秋慮益深。此地骨原堪朽腐，他時魂不待招尋。昨宵猶夢亡親在，醒後惟留夜雨森。
　　忘生翻覺死難求，甲士相環任我愁。祭酒一身同臘盡，睢陽二子共名留。已拼魂作他鄉鬼，博得人稱亡國囚。三百年來恩怨血，先皇應許得從遊。
　　（外掩淚介）妙極！妙極！
　　（副末引丑挑擔上）閣部久違了。
　　（揖小生介）別山兄！

（外、小生）原來是碩甫兄。

（副末）桂林一別，不料相見於此。小弟得聞二位絕粒已久，特具酒食，伏乞笑留。

（外）故人之情，却之不恭。

（丑挑擔繞場下，副末）適聞二位吟哦怎的？

（外、小生）獨坐無聊，做了幾首歪詩，名曰《浩氣吟》，就此請教。

（副末讀介）二公忠心耿耿，就是文山《正氣歌》，也不過如此，在下怎敢置喙呢？

【前腔】〔換頭〕流涕人生到此，是萬古傳人，文山知己。（外）過譽了。我們沉淪獄底，借作詩以為消遣而已。短歎長歌，也不過自寫牢愁悲身世。（副末）言重了，天地正氣，復在於二公矣。你果然正氣留天地，也不枉沉淪獄底。他日二公盡節之後，待我來收拾殘屍，更造個墳兒埋瘞。

（外、小生）如此多謝了。

（副末）好說。

（外）呀！我倒忘了，請問北兵作何舉動？

（副末）定南已至別郡城中，徐高、陳希賢重兵未退，若得一旅之師，可反正也。

（外大喜介）好容易有此機會也！

（草檄介）敢煩碩甫帶去，叫我部下舊兵星夜將檄飛遞平樂焦將軍處，勿得有誤。

（副末）當得效力。

　　　　奪轉江山在此行，（外）吾身何必苦捐生？
　　（小生）憑將人力回天意，（副末）端賴將軍神策兵。

第十七齣　野　　死

【香柳娘】（丑佩劍乘車裝貨物上）載行裝萬金，載行裝萬金，酒壺煙袋，匆匆就此隨身帶。趁輕車遠行，趁輕車遠行，防備亂兵來,腰間佩刀快。且歸家數載,且歸家數載,南朝已衰,功名安在?咱于元燁。自從巴結趙印選,我的功名方纔有些意思,不料桂林一破,趙家就此降賊。我老于也立脚不住,只得雇了幾個車兒,帶着小女,連夜逃難。這些家私,便可做下半世生活。你看女兒車子隨後來也。

【前腔】(旦愁容乘車上)甚西風又吹,甚西風又吹,苦無聊賴,閑花野草都衰憊。奴家于紺珠,隨父避難,水宿風餐,長途跋涉。前日旅店之中,曾填首詞兒,題於壁上,不知可有人兒替奴憐憫也。問知音幾人,問知音幾人?薄命女裙釵,風情更誰解?咳!脂粉飄零,烽煙狼藉,究竟為着甚來?是何人主宰,是何人主宰?長門草衰,長安棋敗。

(丑)孩兒來了,正好趲行。

(旦)爹爹,你看一帶斜陽,數行楊柳,罩着煙霧,好不可愛!

【前腔】看斜陽半林,看斜陽半林,柳枝搖擺,晴煙罩住輕狂態。(衆扮亂兵上)你每到那裏去?留下財物來!(搶車中貨物介。旦驚避車下,立鬼門前介。丑拔劍擊衆,衆奪劍擲地介,丑氣極介)啊呀!這數萬家私,弄得乾乾淨淨了!歎吾生命窮,歎吾生命窮,辛苦半生來,家私盡傾敗。怕窮途淚灑,怕窮途淚灑,時艱運乖,今番狼狽。

(衆)這老頭兒絮叨叨的,如此可惡,不如殺了罷。(殺丑推車下)

(旦撫丑屍大哭介)呀!爹爹呵!你好慘也!

【前腔】正飄零異鄉,正飄零異鄉,老人衰邁,今朝死得無交代!事已如此,只得將浮土淺葬於此了。(拾劍掘土葬介,丑掩下,旦)剩零丁女兒,剩零丁女兒,和淚築墳臺,幽魂竟何在!墳已葬好,待奴拜罷。(拜介)爹爹呵,受孩兒幾拜,受孩兒幾拜!(大哭介)煙霏霧靄,長眠千載。

(又一隊北兵上,見旦介)天下有這等標緻女子,獻與主帥,豈不是個大功!

(旦驚介,衆)小娘子有何傷感?且同我每到營裏去。

（旦）我清白之身，豈肯從賊！

（衆）真個不從麼？

（旦）自然不從！

（衆拔刀脅旦介。旦）我不怕死，你來殺我最好。

（衆）他既不怕死，不必殺他，我每動手罷。（硬拉旦下）

第十八齣　完　忠

（四騎兵上）同為催命鬼，都是忍心人。我每是定南王麾下的騎兵。只為那南朝來的瞿、張二公，昨日忽然發了一條檄文，教他的部將來襲桂林，恰好被巡丁拿住。因此王爺大怒，特命我等給他一刀，倒是樁要緊公事。我想瞿、張二公受了王爺如許恩禮，還不知感恩圖報，今日鋼刀已在脖子上，看你顯甚神通。（下）

【錦纏道】（外、小生同上，外）恨蒼天，都是你心腸太偏，中興竟難見。到今日活活地一籌莫展。泥犁獄雖則是羈囚倖免，淒涼況早則是酸辛嘗遍。別山，我這道檄文已被敵人取去，看來是不免的了。只可惜十餘年心力，從此一敗塗地。咳！辛苦向誰言？孤城一座，支持十四年。到此休留戀，（泣介）不由人自悲身世把淚珠濺。

（四騎提刀上）奉定南王命，請二位出去。

（外）有何事情？

（兵）檄文發覺了，王爺着實發惱哩。

（小生大笑介）今日方是我兩人死期也。

（外）咱和你可以歸天了。

【普天樂】飛上大羅天，走過森羅殿，向雪花堆裏完心願。我和你幽冥之中，也不十分寂寞，誰知道致命黃泉，還有個伴侶周旋。翻共你常相見。自今後，莫向人間多留戀，泉臺下和你消遣。（內作雷電風雨聲介，外）啊喲！雷電呵！你也太多事了。自古英雄都要死，這收場底事驚動雷電。

（兵）二位就去，不要誤了時刻。

（外）且住！待我作首絕命詞來。（磨墨拂紙寫介）

【古輪臺】擘吟箋，兩行老淚落尊前，閱盡滄桑變。愁懷誰見？訴與人間，自把牢愁排遣。垂死光陰，有何繫戀！把傷心詞翰寫連篇。忠心一片，末路英豪有誰憐？十年苦境，一場春夢，受了冰霜磨煉。甫能夠一死對皇天，忠魂顯。這斷腸詩句，留與後人唁。

（兵）詩已做好，可以去了。

（外）且慢，待我拜辭皇上。（同小生整衣冠向南拜介）同你每去罷。（繞場行介，外）此間是何地方？

（兵）是仙鶴岩。

（外向小生介）吾性愛山水，此間風景頗好，就和你死在此地罷。

（小生）甚好。

（兵押下斬介，雷聲憑空三震介，眾仙引外、小生各神裝上，外）吾瞿起田，可謂不負所學矣。但是大好江山，多被他人占住，我瞿起田也沒法恢復了。（登高遙望介）

【餘文】嚴關外，飛暮煙，經過了興亡幾遍。

（小生）老師且免悲傷，我想今日老師忠義之聲，流傳萬古，那普天下的人兒呵，才認得你視死如歸的瞿起田。

（外）新亭誰灑周顗淚？（小生）明月深窺庾亮床。

（外）只有遺臣心不死，（小生）九原猶自憶君王。

第十九齣　刺　焦

（丑持刀上）背起刀兒打起包，無明無夜瞎奔跑。明朝割下仇人首，始信咱家手段高。自家姓烏，名有，混名叫做沖天鳥，專會行刺打架。向在陳邦彥家爺門下，後來家爺降了定南王，咱家跟他同去。前日定南王拿住瞿式耜的檄文，要差焦璉來攻城池，我王爺氣個不得，就把瞿式耜殺却。他心中還不舒服，說道：若能把焦璉一同殺掉，方是斬草除根。恰好家爺與焦璉素來不睦，便對王爺說道：這却容易之至，只要差沖天鳥行刺就是了。王爺大喜，就央咱家去做這勾當。一路上曉行夜宿,已至平樂。你看天色已晚,明月當空,前面旌旗隱隱,敢是營門了,且閃將進去。(下,内打三更介)

【漁家傲】(淨引衆將上)笳鼓轅門風露寒,血濺乾坤,殺氣滿關。對着這殘山剩水空長歎,帶累煞没揣的君王蒙難。我焦璉,鎮守平樂,已有數年,怎奈桂林已破,瞿閣部陷入樊籠,幾次要提兵去救,深恐此地有人襲取,所以不敢擅離職守。咳!我大明天下,一壞於賊寇,再壞於滿夷,如今有甚擺布呢!(涙介)單則是流寇囂張,惹動了胡兒造反,今日個煞鼓收場也不忍看!

(場設帳幔介,内打四更介。淨)諸公且退,咱要睡哩。

(衆下。淨攜燈置几上,入帳睡介。丑上)等了半夜,聲息方靜,此時可以去了。(行介)

【麻婆子】四更四更天將曉,當頭月已殘。一步一步行將到,沿街露未乾。此間是了。(四顧介)中軍帳内,燈光隱隱,敢還不曾睡麼?待我進去看看。(向内望介)原來是睡的了。(斂神躡足悄步介)且把燈兒吹熄來。(熄燈介。淨作囈語介。丑驚扶几下介。淨作鼾聲介。丑起介)可以下手了。(内打五更介。丑懷中出匕首,入帳割淨首級出介)好了!功成業定是今番。(内擊鼓吹角升炮介。丑)天將亮了,這怎麽處?(仰首看介)只見疏星耿耿淡河漢,(内作風起介。丑)曉霧風吹散,(猛回頭介,大驚介)呀!初日上東山。

(内)今早行在有緊急公文,快與元帥商酌。

(丑急介)那邊有人來了,快走罷。

(急走介。副淨、末扮衆將上。丑撞見介。副淨)你如何在元帥帳中?

(丑目瞪口呆介。末)必有緣故,且看元帥去。

(揭帳介)呀!不好了!元帥被人刺死了!

(丑渾身發抖介)二位爺饒命啊!

(末)胡説!

(副淨)且慢,我每把元帥擡至裏面,一面申奏朝廷,一面把這賊子活祭元帥。

(末)是極!衆軍士快來!

（衆軍士上，末指丑介）元帥被他刺死了，你每把元帥收拾成殮，再把這賊子枷鎖伺候！（衆擡淨屍押丑下。副淨、末大哭介）咳！誰料元帥這般慘死也！

（副淨）五丈原頭草木深，大星夜落各驚心。

（末）出師未捷身先死，長使英雄淚滿襟。

第二十齣　入　海

【紫蘇丸】（小生王服乘舟，四內監搖櫓，衆軍將扈駕同上。小生）輕舟萬里愁千丈，舊江山夕陽閑曠。聽江聲疑似話興亡，咳！從頭細算滄桑帳。朕自桂林出走，便至南寧，如今桂林已失，瞿閣部已死，焦璉又死，茫茫天地，教朕安身何處！（淚介）無可如何，只得向緬甸而去。好在是本朝屬國，料緬王也不致十分冷淡。想起來好不淒慘也！

【醉羅歌】【醉扶歸】一迭一迭愁模樣，一日一日苦思量。帝子飄零最淒涼，捱盡了覊人況。（想介）倘若緬王見我狼狽，藐視我起來，如何是好？【皂羅袍】只怕是依人籬下，倒變得隨人主張。就算是主人情重，怎禁得愁人恨長。空教我孤身海外難安放！（又想介）倘然緬王肯助我一臂，這是妙極了。【排歌】知疼熱，關痛癢，我一番辛苦又何妨！且住，想我十餘年中，心勞力竭，怎的皇天不佑呢？

（大哭介，衆亦大哭介。小生）這都是諸臣誤我也！

【醉歸花月渡】【醉扶歸】庸臣誤國多花樣，爭權樹黨亂朝綱。奔走私門太匆忙，宦官宮妾都依傍。只消北兵一至，便各鳥獸散，直恁可恨也。【四時花中權】倉皇，冰山已消沒主張，銅山已坍沒遁藏。今日單剩我一個人兒，有誰揪睬？【月兒高】一舸斜陽流落恨，枉惆悵，禁受了風波險，總結了刀兵賬。【渡江雲】看今日扁舟風露涼，料舊日行宮花草荒。你看大海泱泱，波濤滾滾，還淘不盡人間恨事也！

【皂羅歌】【皂羅袍】一片潮聲悲壯，正揚帆渤海，濯足扶桑。

風捲波濤半江涼,南朝事業都拋漾。(指南介)孝陵煙月,陪京已亡。(指北介)長陵風雨,燕京又荒。橫揣伯王孫乞食成何樣!【排歌】波光闊,川路長,領三千子弟向南方。(長歎介)咳!却教我怎樣也!

　　　　澤國江山入戰圖,樓船南下泣窮途。
　　　　中原何處安身地,海嶠誰陳赤伏符?

第二十一齣　埋　忠

【懶畫眉】(副末扮楊碩父上)楓葉松花幾經秋,古木寒鴉行客愁。滿山風雨叫鵂鶹,毅魄難尋究。止不過青史芳名千古留。我楊碩父便是。瞿、張二公殉節於仙鶴岩下,我已備下衣衾棺木,殯殮成禮,並在風洞山下造個墳兒。今乃二公窀穸之期,迤邐行來,前面便是風洞山了。(行介)

【前腔】(末扮胡一青上)野服黃冠舊通侯,國破家亡滿面羞,慚愧煞故家遺老弔神州。我胡一青,向在滇營中與王永祚、趙印選齊名。不想王、趙成隙,我也禁之不住。後來北兵一到,王、趙二人就此降賊,在下只得隱姓埋名,做個鄉村學究,將就度日。今日聞得楊碩父為瞿、張二公營葬,想起昔日之情,特地來風洞山前一拜。

　　(見副末介。副末)尊駕何人?
　　(末)在下胡一青,特來拜奠忠魂。
　　(副末)原來就是衛國公,妙極!
　　(末彈淚介。副末)怎麼傷心起來?
　　(末)你看二公從容就死,那個不敬重他來?我也是厄運丁陽九,恨生死關頭差一籌。
　　(雜上)忍看天下事,同作墓中人。啟爺,二位靈柩已登吉穴,待爺拜奠之後,就要封墓了。(下)
　　(副末)既然如此,待我等拜來。
　　(同末拜介。副末)二公呵!想不到你葬身此地也!

【前腔】昔日裏幕府追隨運機謀,還記得剪燭西窗相款留。誰曾料一抔黃土葬君侯！今日裏，江山故國添僝僽，你可也環珮魂歸月下遊。

（末）咳！可知我胡一青來拜你也！

【前腔】我草澤偷生苦淹留，却教我浪跡萍蹤向何處投？真個是一錢不值此生休。怎及你死生結下同心友，向碧落黃泉作伴遊。

（雜上）墓已封好，請爺歸去罷。

（副末、末各依戀介。末）請問碩兄，目下作何計較？

（副末掩淚介）小弟呵！

【前腔】對着這破碎山河易生愁，倒不如打疊行裝歸去休，省得我異鄉身世感飄流。我卅年中耐得淒涼够，君不見年少的人兒白了頭。請問衛國公如何計較？

（末）說也慚愧，近年來授徒山中，藉以糊口，冬烘頭腦，煞強如沿門托缽耳。

【前腔】破帽青衫耐窮愁，略比那乞食吹簫高一籌，把牢騷哀怨一齊丟。百樣皆將就，做了個學究生涯沒出頭。

（各大哭介。雜）二位爺！不必悲傷，耐煩些罷。

（副末）如此，衛國公請。

（末）碩父兄請。

（副末）落伽山下營新墓，瓦礫場中弔内家。

（末）禾黍周京多感慨，無聊且種邵平瓜。

第二十二齣　哭　　母

（生孝服上）孤城歸去已無家，辛苦誰憐失母鴉？漂泊天涯成底事，莫將遺恨訴哀笳！小生王開宇，同母親避難至此，相依為命。誰想老年人受了車馬辛苦，竟至一病不起。小生只得變賣行李，草草成殮。因此趕還桂林，找尋父親下落，把母親靈柩權寄厝於風洞山下華嚴寺背後。今日天氣清朗，且向母親墓上痛哭一番，有何不可。（掛華嚴寺匾介。生緩步繞場徐行介）此地就是，待我拜來。（大哭拜介）咳！母親呵！

【水紅花】你異鄉身世感懷多,沒騰挪,連番顛簸。你長途辛苦亂愁多,沒延俄,今番結果。撇下孩兒一個,教我待如何?橫躺着一腔哀怨在心窩也羅!

(再哭介)咳!為人一世,那個不死來!

【金甌線解酲】【金梧桐】人生苦惱多,百歲昏昏過。恁地周遮,一死難逃躱,思量沒奈何。【東甌令】淚滂沱,便壽考康寧,也值什麼!呵呀母親呵!倒不如你脫離苦海也!你看這人間歲月多磨挫。【針線箱】怎及你地下光陰自快活。咳!四海漂流,一身落拓,仔細想來,不如就在此地出家,反可以伴你墳墓也。【解三酲】向蒲團坐,空空色色,一世銷磨。有理,有理!且進去看長老來。

紙錢飛不到泉臺,一曲薤歌誰解哀?
天地茫茫無樂土,蓮花座下踏雲來。

第二十三齣　辭　　墓

【攤破金子令】(副末巾服上,丑扮院子挑擔滿貯祭品隨上。副末)山空樹古,推起黃昏月。風凄雨苦,又是清明節。冷臥泉臺,萬難寧貼。墓門松楸如許,幾經霜雪。歎人生到此悲痛絕。在下楊碩父。前日將瞿、張二公葬好,也了我一樁心事。屢次將歸,未得其便。光陰易過,早已三年多了。如今歸計已決,特往風洞山來,向二公墓前拜別一番,有何不可!(行介)你看山勢峩峩,佳城鬱鬱,光景大不似從前矣。風霜蝕碑碣,泥沙掩墓穴。華表摧折,石馬傾跌,只剩得聲聲杜鵑啼怨血!

(作到介)院子,將祭品鋪陳來。

(丑鋪陳介。副末拜介)二公呵,從此長別了!

【夜雨打梧桐】關山遠,音問絕,驀地與君別。卻教我怎丟撒?忍把你墳兒拋撇。(淚介)自恨飄蓬身世,受盡磨折,不及你長眠土中安頓些。咳!我飄蕩半生,家中光景久無消息,不得不作歸計耳。我心中苦況憑誰分説?休怪我思家太切?漫傷嗟,看盡興亡事,今朝歸去也。只是這般世界,教人如何排遣來!

【金水令】乾坤殘缺,東南王氣竭。家亡國破,老盡豪傑。問安身何處也?呀!也顧不得許多了!悵望家山,烽火明滅。鄉愁萬種,旅思千疊,咳!而今一去從此別。夜色已深,告辭了。(丑收拾擔兒介,副末緩行回頭望介)咳!

　　　　五陵雲氣太荒寒,滿目蓬蒿帶淚看。
　　　　三尺孤墳明月裏,忠魂夜夜望長安。

第二十四齣　殉　烈

【三疊引】(旦愁容上)一生九死捱延盡,教我如何安頓!一個斷腸人,試問有誰憐憫!奴家被劫以來,這些狗弟子就把奴推入中軍帳裏,見他主將,方知就是定南王孔有德。奴家歷訴被難的情由,並說父親慘死的緣故。他一切不管,只問奴許字何人?奴就說是王開宇。他說巧極,你父親可是于元燁麼?奴說正是。他又道,我聞你許與趙家了,却怎的王氏呢?奴說這是一偏之見,奴是至死不願。他也不來多嘴,就把奴押至城外西湖上湘青閣內,緊緊看守,已有一月多了。奴家細問看守的人,原來趙印選久已降賊,全家俱往北京,臨行之時,叮囑定南王尋訪奴來,所以一見奴家,便問底細。聽得兩三日前,定南王已差將弁趕至北京,不日有些糾葛。咳!我于紺珠一生好不苦也!

【三仙橋】注就今生苦運,惡姻緣胡廝混,經番要死老天偏不肯。欲問天,天怎問?料天公教我做了薄命人,折罰得我沒來因,逼拶得我沒躲遁。就是我廿餘載的苦淹煎,也捱過十分,還只是不當真。又吹下西風一陣。(泪介)便流盡了淚珠兒,誰曉得于紺珠的愁悶!我想趙家是什麼主見苦尋着我來?

【前腔】欺負我沒娘兒無人顧問,把一個軟圈套將奴勾引。只道我女孩家孤身萬里,到那時容易俯順。這毒計兒直恁忍,擅掇我攢進了這風流魔陣。咳!敢則是今世作凡人,早則是前生種禍根,問不出閻羅底蘊。我看世上女子,有福的也是不少,偏我這般苦惱。呀!這苦樂不均平,大都裏一般憤恨。都只為冤和孽割不斷的牽纏，變做了于紺珠撇不開的愁悶。記得我少時做了一夢，至今想來，一一暗合。夢中見父親被猛虎銜去，如今果然慘死。其餘目、長二人，原是拆白謎，應在瞿、張二公身上。只有王郎換了僧裝，不知是何道理？還有那老僧葬個女子，更是莫明其意呀！莫非就是我于紺珠的結果麼？咳！果然如此，也僥倖了。

【前腔】雖然是苦結局傷心斷魂，煞強如沒收煞飄茵隨溷。伶仃苦況，夢兒中捱受盡。本來是苦裙釧無福分，咳！天哪！多謝你夢中關情照顧我流落人。沒法謝天恩，蕭條剩一身，也只是換不來這孤淒命運。猛思量究屬為何因？料不定吉凶悔吝，惟望你老判官勾却了小魂靈，也省却了于紺珠沒了結的愁悶。且喜無人在此，待我將被難情形，略寫一通。（把筆寫完，讀介）呀！好一篇小品文字，我于紺珠可以傳矣！（藏入袖中介，四顧介）咦！今日為何看守的人一個也不在此？奴家何不趁此機會，就此自盡。有理！

（起立自縊介。四旦扮看守人上）呀！小姐弔死了！倘王爺知道，這怎處？（急介）不如把這牢屍棄在荒涼地方，我每各逃走罷。（轉念介）只是省城裏頭萬難藏躲，不如拋至風洞山華岩寺背後，方可無事。（擡屍行介）到了！（棄屍於地下介）我們散場麼！（分下）

（生上）小生王開宇，就在此寺出家，伴母墳墓。今日聞得寺後喧鬧，只道亂兵經過，却無一人在此，奇也！（轉身見屍介）呀！怎的一女人死在此地？（近前看介，屍身袖中露出紙角介，生取出看介，打悲介）這是紺珠，好苦也！（哭介，再看介）你被難情形，小生如何知道？咳！都是我耽誤你來噷！（再看屍，大哭介）

【字字錦】摧殘割臂盟，打合傷心病；浮生過眼空，斷送佳人命。不留停，是我誤了卿卿。卿卿死，怎不為卿淚零！淒清！風塵憔悴，可憐飄蕩半生。思量半生，半生愁光景。你聽我這斷腸聲，你聽我這斷腸聲。奈呼卿不應，問卿在那裏？卿在那裏？殘魂剩魄，屍屍閃閃，潛潛等等。咱這裏淒淒慘慘，孤孤零零，一樣斷魂行徑。且住！待我埋瘞起來。小沙彌何在？

（衆扮小沙彌上。生）你每把這女屍盛殮起來，就在寺後空地

裏埋瘞者。(衆擡旦介。生再看屍悲介)

【滿園春】生時節，豔晶晶；死時節，冷清清，紅顏自古多薄命。你每葬好之後，再豎塊碑碣，上寫"烈女子紺珠之墓"。墳臺下，墳臺下，和淚題銘旌，也好千年後流播姓和名。(衆擡旦下。生)咳！天哪！直恁磨殺人也！折磨他一生，折磨咱一生。拆散因緣，拆散因緣，風僝雨僽，大古裏一樣飄零。(猛念介)我想盛衰之理，氣數使然。莫說一個人兒跳不出生死的圈套，就是國家之事，也不免盛衰的羅網。(長歎介)我纔悟出人間悲歡離合也！

【前腔】〔換頭〕戰場空，情場散，下場頭好夢初醒，止不過石火電光留幻影。婚姻事，興亡事，只剩得夕陽古樹凄涼景，歸根兒哀樂總無憑。問前朝廢興，問南朝廢興。遍望河山，望遍河山，煙雲慘澹，早則是換了情形。

【尾聲】雞蟲得失原無定，今日裏結局收場也哭幾聲，倒愁煞我風洞山中的行腳僧。

　　　　淚濺桃花冷血凝，斑斑紅雨染吳綾。
　　　　野鳥巢穩南園樹，風雪何人上茂陵？

玉 堂 春

(京劇)

民國·陈墨香、荀慧生等整理

【作者簡介】陳墨香(1884—1942),別名敬餘。湖北安陸人。自幼受其父影響,熟諳京劇,兼通昆曲和梆子。能演青衣、花旦、刀馬旦。作為票友,曾與余玉琴、劉春喜等人合作演出。1924—1935年間,與荀慧生合作,為荀氏編寫過五十餘部劇本。其一生改編、創作了一百多部京劇劇本。其劇本題材主要源於古典戲曲和小說。劇本主要人物以婦女為主。他的唱詞特點是不因襲舊套,不堆砌辭藻,形成了個人的獨特風格。作品有《紅樓二尤》、《霍小玉》、《魚藻宮》、《棒打薄情郎》、《杜十娘》、《玉堂春》等。著有《墨香劇話》、《活人大戲》、《梨園歲時記》等。

荀慧生(1900—1968),京劇旦角表演藝術家,荀派藝術的創始人。祖籍河北東光,初名秉超,後改名秉彝,又改名"詞",字慧聲,1925年與余叔岩合演《打漁殺家》時,始改名為荀慧生,號留香,藝名白牡丹。荀慧生演出的劇目有三百多部,如新編演劇目《繡襦記》、《一縷麻》、《丹青引》、《紅娘》、《勘玉釧》、《釵頭鳳》、《魚藻宮》、《紅樓二尤》、《荀灌娘》等,傳統劇目《販馬記》、《玉堂春》、《十三妹》、《得意緣》等,從梆子移植為京劇的《花田錯》、《元宵謎》、《辛安驛》、《香羅帶》等。荀慧生的表演熔青衣、花旦、閨門旦、刀馬旦表演於一爐,根據劇情發展和人物性格的需要,吸收小生、武小生及其他行當的表演技巧。他根據自己的天賦條件,在唱腔、身段、服裝、化妝等方面進行大膽的革新,深得觀眾喜愛,為民國"四大名旦"之一。

【劇情概要】《玉堂春》原作者不詳,故事見馮夢龍《警世通言》卷廿四的《玉堂春落難逢夫》,《情史》卷二中亦錄有此事。明人已將此故事搬上舞臺,有《完貞記》、《玉鐲記》傳奇(《遠山堂曲品》)等。到清代,《玉堂春》傳奇(《笠閣批評舊戲目》)演出於昆曲舞臺,可惜劇本已失傳。由姚燮《今樂考證·著錄四》"附燕京本無名氏花部劇目"中有《大審玉堂春》的名目得知,該劇至遲於晚清為花部移植。20世紀20年代,陳墨香與荀慧生等共同打提綱、寫本子,增益了《嫖院》、《定情》及結尾的《監會》、《團圓》,成了一齣有頭有尾、情節動人、唱做並重的京劇劇目。

劇情略云名妓蘇三（玉堂春）與禮部尚書之子王金龍相識相愛，兩人誓偕白首。王金龍耗盡錢財後，被鴇兒驅出妓院，落魄潦倒，居於關王廟中。賣花金哥代王金龍送信給蘇三。蘇三乃前往相會，並贈金讓王金龍回南京。蘇三自王金龍去後矢志不接一客，鴇兒無奈，便設計將蘇三賣給山西富商沈宏作妾。恰沈宏之妻皮氏與趙監生私通，毒死沈宏，反誣告蘇三。縣官受賄，將蘇三問成死罪。解差崇公道押解蘇三自洪洞縣赴太原復審，途中蘇三訴說了自己的不幸遭遇，崇公道予以勸慰。蘇三被解至太原，三堂會審。審案的巡按恰好就是科考得官的王金龍。王金龍見到蘇三後不能自持，為陪審之藩司潘必正、臬司劉秉義看破，以致不能終審。王金龍私入監中，與蘇三相會，又被劉秉義撞見。劉秉義受潘必正之教，平反冤獄，王金龍與蘇三得以破鏡重圓。

【版本流傳】該劇在民國年間常被書局印成單行本，如《三司大審玉堂春》。20世紀50年代"戲改"之後，該劇的整理本為上海戲學書局於1954年出版，後收入上海文藝出版社1982年出版的《荀慧生演出劇本選》中。

【演出情況】據記載，各地方劇種在清代均有《玉堂春》演出，京劇至遲在嘉慶七年(1802)三慶班就已在京演出（《眾香國》載作者曾看到名角魯龍官的演出），道光三年(1823)問世的《金臺殘淚記》中也有"近日三慶部陳雙喜年未及冠，演《關王廟》"（《關王廟》為全本《玉堂春》中的一折）的記述。道光年間南潯人范鍇所著的《漢口叢談》引用的資料中，提到湖北通城縣藝人李翠官參加漢口"榮慶部"戲班時演唱《玉堂春》等劇的情況，可見《玉堂春》當時在花部的演出已相當普遍。《玉堂春》一劇過去只演《起解》、《會審》兩折。全部《玉堂春》在1926年2月6日首演於上海大新舞臺。當時，由荀慧生飾玉堂春，高慶奎飾藍袍，劉漢臣飾紅袍，金仲仁飾王金龍，馬富祿前飾沈延林、後飾崇公道。全劇有三十餘場，要演四個半小時。這次演出，舞臺上使用了五彩燈光、立體佈景，受到了觀眾的歡迎。

（宋希芝）

主 要 角 色

蘇　　三：旦
王金龍：小生
劉秉義：老生
潘必正：老生
崇公道：丑
金　　哥：丑
鴇　　兒：彩旦
忘　　八：淨
闕　　德：丑
冒　　延：丑
沈　　宏：丑
皮　　氏：旦
春　　錦：旦
趙　　旺：丑
王　　仁：丑
趙　　曜：丑
李　　虎：丑
書　　童：丑
二娃子：丑

第一場　騙　遊

（王金龍上。）

王金龍：【引子】雪窗螢火，遵嚴命，朝夕苦讀！

（念）腹有詩書氣自華，簪纓世族耀門閥。姓氏未登龍虎榜，國子監中自奮發！

（白）小生王金龍，南京人氏。我父王樵，曾舉嘉靖丁未科進士。官居禮部尚書。只因祖母年邁,告養家居。我弟兄三人,只小生尚未受得爵祿。遵奉父命,來到北京國子監中苦讀,以求早登科第也。

【西皮搖板】
手不釋卷勤功課,
只為嚴父太苛責。
但願蒼天不負我,
魚躍龍門早登科!
(王金龍入內坐,看書。闕德、冒延同上。)

闕　德：(念)前來誆騙三舍,
冒　延：(念)遊院又蒙吃喝。
　　　　(書童暗上,與王金龍獻茶。)
闕　德：(白)門上有人嗎?
　　　　(書童出門,見。)
書　童：(白)原來是闕德、冒延二位。
冒　延：(白)得啦,你就別提名兒道姓兒的啦!你家公子可在?
書　童：(白)正念書哪!
闕　德：(白)又念書哪!快快通稟。
書　童：(白)二位請進。
　　　　(書童、闕德、冒延同進。)
書　童：(白)啟稟公子,闕德、冒延二位求見。
王金龍：(白)快快有請。
書　童：(白)有請!
闕　德：(白)三舍在哪兒哪?三舍在……
王金龍：(白)二位到了,快快請坐。
闕　德
冒　延：(同白)坐着、坐着!
　　　　(王金龍、闕德、冒延同坐。)
王金龍：(白)二位,今日怎得有暇到此?
闕　德：(白)今兒個,我們哥兒倆,特為約您去瞧個稀奇罕兒!

王金龍：（白）什麼稀奇之事？
冒　延：（白）有個妓……
　　　　（闕德制止。）
闕　德：（白）喂，既叫稀奇罕兒，一説明啦，就沒意思啦。您跟我們哥兒倆，到那兒一瞧就明白啦！
冒　延：（白）對啦，一瞧，就明白啦。
王金龍：（白）只是我正在讀書，怎能出去？
闕　德：（白）咳，這書，也不能成天地讀。該散散心，也得散散心不是。況且我們哥兒倆來一趟不容易。
冒　延：（白）三舍，您就別推辭啦！
書　童：（白）公子，您就瞧瞧去吧！
王金龍：（白）如此，一同前去。
闕　德：（白）您可想着多帶點銀子！
王金龍：（白）書童，帶上三百兩紋銀。
　　　　（王金龍向闕德。）
王金龍：（白）可够用麼？
　　　　（書童下。）
闕　德：（白）足够，足够！
　　　　（書童取銀，上。）
王金龍：（白）如此，速去速回。
　　　　【西皮搖板】丟下經書去散悶，
闕　德：（白）沒多遠兒，一會兒就到。
王金龍：【西皮搖板】安步當車行一程。
冒　延：（白）三舍，您瞧，到啦。
王金龍：（白）啊，這是誰家的宅院？
　　　　（闕德指冒延。）
闕　德：（白）這是他姥姥家。
冒　延：（白）嘿，留點口德！
闕　德：（白）稀奇罕就在這裏頭。一會兒，您就瞧見啦！
　　　　（闕德向內。）

闕　　德：（白）我說，裏頭的，給我出來一個！
　　　　　（忘八上。）
忘　　八：（念）開的是妓院，為的是賺錢。
　　　　　（白）我說你們倆怎麼又來啦！剛纔不是跟你們說了，鄭麗春不見客人！
　　　　　（忘八欲下。）
闕　　德：（白）嘿，別走。告訴你，這回來了有錢的啦。這位——
　　　　　（闕德指王金龍。）
闕　　德：（白）是前任禮部大堂王樵王大人的第三位舍人，專為看鄭麗春來的。要多少錢，給多少錢。書童，拿銀子給他瞧瞧。
　　　　　（書童示銀。）
忘　　八：（白）真是財神爺來啦！原來是王三公子，失敬了。您請到客廳少坐，我去給您傳話。
王金龍：（白）鄭麗春？是什麼人哪？
闕　　德：（白）就是您要看的稀奇罕兒。別問了，一會就明白啦。
　　　　　（衆人同下。）

第二場　初　　識

（蘇三上。）

蘇　　三：【引子】流落平康，空負了，俠義肝腸。
　　　　　（念）奴本名門秀，淪落在青樓。淤泥蓮不染，何羨錦纏頭！
　　　　　（白）奴家鄭麗春，小字蘇三。姑蘇人氏，先父鄭雄飛，曾官副將，不幸去世。可恨狠心的舅父，將奴賣入娼門。那時七歲，今已九載。唉，不知何日纔能脫離苦海！
　　　　　【西皮搖板】
　　　　　歎人生好一似夢幻泡影，
　　　　　奴本是名門女淪落娼門。

十六歲好年華遭此厄運，
但不知何日裏脫離風塵？
（鴇兒上。）

鴇　兒：（念）梧桐能把鳳凰引，哄着蘇三見財神！
（鴇兒進門。）

鴇　兒：（白）姑娘！寶貝兒！
蘇　三：（白）媽媽來了，媽媽萬福！
鴇　兒：（白）罷啦。孩子，你坐下，媽媽給你道喜。
蘇　三：（白）女兒喜從何來？
鴇　兒：（白）今兒個來了一位王三公子，他是禮部大堂王大人的少爺，又有人品，又有錢。他要見見你，這不是你的喜事嗎？
蘇　三：（白）媽媽，女兒也曾言過，我是不見客人的！
鴇　兒：（白）話不能這麼說，你在媽媽這兒住了九年啦。你要是不見客，不給媽媽掙錢，媽媽不是賠大發了嗎！我瞧這位公子不錯，你就見見他，給媽媽弄兩錢，怎麼樣？
蘇　三：（白）女兒不見。
鴇　兒：（白）你這麼下去，也不是長久之計呀！再說你要脫離風塵，也得找個合心合意的人不是？媽媽我瞧這位公子，不是那種花花公子，挺靦腆、挺斯文的。你瞧瞧去，要是相中啦，媽媽跟他商量，接你出去，這不是三全齊美嗎？你想想！不如意，媽媽立刻讓你回來。
蘇　三：（白）就依媽媽！
鴇　兒：（白）這纔是招人疼的好寶貝兒呢！

【西皮搖板】
煙花總要講酬應，
未必他心似我心。
輕移蓮步出房門，
（鴇兒走圓場。王金龍、闕德、冒延、書童同上。）

鴇　兒：（白）寶貝兒，這位就是王公子。

（鴇兒向內。）

鴇　兒：（白）老二，打茶來！

闕　德：（白）嘿，真不賴。

（王金龍與蘇三同對視，羞笑。）

蘇　三：【西皮搖板】見了公子把禮行，

闕　德：（白）公子，這就是鄭麗春，鄭大姐。

王金龍：（白）怎麼，竟是個絕色的女子？

闕　德：（白）這不就是稀奇罕嗎！

鴇　兒：（白）公子，請坐。

（王金龍坐大邊斜椅，闕德、冒延同立於後。蘇三坐小邊斜椅，鴇兒立於後。忘八端茶上。）

忘　八：（白）茶到。

鴇　兒：（白）姑娘，請公子用茶。

（忘八放杯於桌上，立於鴇兒旁。蘇三舉杯。）

蘇　三：（白）公子，請用茶。

王金龍：（白）大姐，請！

（闕德向王金龍。）

闕　德：（白）公子，該掏錢啦！

王金龍：（白）書童，付與他們銀兩。

書　童：（白）給多少？

王金龍：（白）三百兩俱都付與他們。

（書童遞銀給鴇兒。）

鴇　兒：（白）好大方！

公子，您用什麼酒飯，我去吩咐。

王金龍：（白）我還有事，告辭了！

闕　德：（白）怎麼着，這就走？花這麼多，不吃飯？

王金龍：【西皮搖板】今見大姐三生幸，

鴇　兒：（白）姑娘，送公子。

公子，趕明兒個，您可想着來呀。

蘇　三：（白）公子，慢走！

王金龍：（笑）哈哈哈哈……
　　　　【西皮搖板】改日造訪再登門！
　　　　（王金龍、闕德、冒延、書童同下。）
鴇　兒：（白）哎喲，這可是八輩子接不着的財神爺！
蘇　三：（白）看他揮金如土，未必心有摯情！
鴇　兒：（白）媽媽我是不講情義專講錢。你要是品他這個人，那可得路遙知馬力！孩子，今兒個媽媽念你的好處，回房歇歇去吧！
　　　　（鴇兒、忘八同下。）
蘇　三：（念）易求無價寶，難得有情郎！
　　　　（蘇三下。）

第三場　定　情

（王金龍、闕德、冒延、書童同上。）
王金龍：【西皮搖板】
　　　　好一個鄭麗春品貌出衆，
　　　　却不想淪落在風塵之中！
　　　　攜帶來三萬銀院內使用，
　　　　遇機緣搭救她逃脫樊籠。
闕　德：（白）我說公子，您今兒個一下子就帶了三萬六千兩銀子來，是打算馬上就把那鄭麗春接出院來嗎？
王金龍：（白）只要鴇兒應允，我就接她出院。
闕　德：（白）老爺子還沒答應，您這麼辦，怕不合適吧？
冒　延：（白）對啦，怕不合適。
王金龍：（白）依你二人之見？
闕　德：（白）依我說，您先在院中住些日子，等老爺子來了回信兒再說，倒是兩全之計。
王金龍：（白）只是我怎能長住妓院之中？
闕　德：（白）那不要緊哪。您可以拿這個錢在院裏單蓋點房子，置點兒傢俱,分開另住。等老爺子的回話兒。
王金龍：（白）這使得的麼？
冒　延：（白）使得,使得！
闕　德：（白）您要蓋房子,我舅舅就能承包修造,那可算物美價廉,又快又好！
冒　延：（白）您要添傢俱,他可辦不了。我大爺是玩古錢的,您交給我全辦啦！
王金龍：（白）如此,有勞二位。
　　　　（忘八、鴇兒同上。）
鴇　兒：（白）參見王三公子！我一猜您今兒個就得來,正在這兒恭候哪！您快請裏邊坐吧。
　　　　（王金龍、闕德、冒延、書童同進門。鴇兒向內。）
鴇　兒：（白）姑娘！寶貝兒！王三公子來啦,你快來吧！
　　　　（鴇兒向忘八。）
鴇　兒：（白）準備酒宴去！
蘇　三：（內白）來了！
　　　　（忘八下。蘇三上。）
蘇　三：【西皮原板】
　　　　昨日裏王公子院中散悶,
　　　　一杯茶便用了三百紋銀。
　　　　未知他是一個何等情性？
　　　　倒叫我一陣陣將口問心。
鴇　兒：（白）瞧,我們姑娘來了！快快見過王公子！
　　　　（蘇三進門。）
蘇　三：（白）啊,公子！
王金龍：（白）大姐。請坐！
　　　　（蘇三、王金龍同坐。）
王金龍：【西皮搖板】
　　　　重聚首再相見喜之不盡,
　　　　問大姐今已是幾何芳齡？

蘇　　三：（白）一十六歲。
鴇　　兒：（白）我們姑娘還是黃花幼女哪！
　　　　　（忘八上。）
忘　　八：（白）酒宴備好！
鴇　　兒：（白）擺下擺下。公子，今兒個您可得賞光。
　　　　　（忘八擺酒宴。）
王金龍：（白）好好好。大家同飲。
鴇　　兒：（白）姑娘，快敬公子一杯！
　　　　　（蘇三斟酒，遞向王金龍。）
蘇　　三：（白）公子請。
王金龍：（白）大姐請。
　　　　　（眾人同飲。）
王金龍：（白）妙啊！
　　　　　【西皮搖板】三杯美酒添春興，
蘇　　三：【西皮搖板】細看公子美儀形。
王金龍：【西皮搖板】大姐容顏稱雅俊，
蘇　　三：【西皮搖板】謬贊多承三舍人。
王金龍：（白）大姐不愧玉堂春色，小生斗膽贈個芳名，就叫作玉堂春可好？
蘇　　三：（白）多謝公子取名。敢問公子青春幾何？
王金龍：（白）一十九歲。
蘇　　三：（白）堂上安否？
王金龍：（白）祖母康彊，爹娘安泰。
蘇　　三：（白）還有何人？
王金龍：（白）二位兄嫂，三個侄兒。
蘇　　三：（白）還有何人？
王金龍：（白）無有人了。
蘇　　三：（白）令正夫人呢？
王金龍：（白）小生尚未婚配。
蘇　　三：（白）尚未婚配？

鴇　兒：（白）二位越說越投緣啊。我別愣着啦。我說公子，您這
　　　　　酒喝得怎麼樣啦？
王金龍：（白）好好好！
忘　八：（白）您可該給錢啦！
王金龍：（白）要錢，是無有的！
鴇　兒：（白）我們這兒可不賒賬！
闕　德：（白）你先別沉不住氣。錢，沒有；公子可有的是銀子。書
　　　　　童，吩咐將銀子擡來。
書　童：（白）是。
　　　　　（書童向外。）
書　童：（白）擡銀子！
　　　　　（四青袍擡銀子同上，過場，同下。）
鴇　兒：（白）公子，您打算拿銀子給我們墁地是怎麼着！
王金龍：（白）我要與大姐添些傢俱、陳設。
鴇　兒：（白）那可太好啦。公子，我們姑娘屋子裏的桌椅、擺設可
　　　　　全該換啦！
王金龍：（白）一一更換。
鴇　兒：（白）字畫也全不是名人的。
王金龍：（白）也要更換。
鴇　兒：（白）床帳、被褥……
王金龍：（白）俱都更換。
鴇　兒：（白）窗戶、頂棚……
王金龍：（白）媽媽，還有什麼？你一氣說了出來吧！
鴇　兒：（白）要不乾脆，您給她蓋點房得啦！
闕　德：（白）對了，公子，您就蓋個南北二樓，修個玩月花亭。我
　　　　　去辦。
冒　延：（白）您就買下金杯玉盞、翠匣翠瓶，什樣傢俱，我去辦。
王金龍：（白）你二人速去辦來。
　　　　　（闕德、冒延同出門。）

關　德
冒　延：（同白）咱們倆先撈一筆！

（闕德、冒延同下。）

王金龍：（白）我也要告辭了！

（蘇三拉王金龍衣袖。）

蘇　三：（白）公子！

鴇　兒：（白）對啦，公子，我們姑娘不讓您走，您就別忙啦！

（鴇兒、忘八同下。）

王金龍：（白）大姐，有何話講！

蘇　三：（白）公子呀，奴本良家之女，不幸淪落煙花。久有逃脫之念，只惜未得機緣。今見公子儀表非俗，不似紈絝惡少。欲將終身相託，永偕白首，不知公子意下如何？

王金龍：（白）大姐呀！我今日帶來鉅款，原想與你贖身。只是未得家父示下，也未卜大姐心意。今知大姐鍾情於我，真乃三生有幸也！

【西皮搖板】今日金龍甚有幸，

蘇　三：【西皮搖板】方遇多情多義人。

王金龍：【西皮搖板】指天指地為盟證，

蘇　三：【西皮搖板】願效鴛鴦不離分。

王金龍：（白）大姐！

蘇　三：（白）公子！

王金龍：（白）賢妻？

蘇　三：（白）王郎！

王金龍：（白）妹子！

蘇　三：（白）哥哥！

王金龍：（笑）哈哈哈哈！

（王金龍、蘇三同下。）

第四場　被　逐

（鴇兒、忘八同上。）

鴇　兒：（念）時光快如箭，

忘　八：（念）轉眼又一年。

鴇　兒：（白）轉眼之間，那個王金龍在這兒住了一年啦。南北二樓、玩月花亭也都修好啦。他那三萬六千兩銀子，也花完啦。我看他這些日子手頭挺緊，咱可不能幹那種傻事，養活着他！

忘　八：（白）把他叫出來問問。沒錢，讓他滾！

鴇　兒：（白）對。

（鴇兒向內。）

鴇　兒：（白）我說公子，王公子，王三公子！

王金龍：（內白）嗯哼！

鴇　兒：（白）還擺譜兒哪？

（王金龍上。）

王金龍：【西皮搖板】
玉堂春後花園去把雪踏，
我等候那金哥來送梅花。
（白）媽媽，賣花的金哥來了麼？

鴇　兒：（白）金哥啊，銀哥也沒來。我問問你，你手裏還有錢沒有啦？有錢，得給我點兒啦！

王金龍：（白）我如今身上無有銀兩，正要命童兒回轉南京去取。書童，書童！

鴇　兒：（白）別嚷嚷啦，你那書童早讓我打跑啦！

王金龍：（白）啊，這還了得！

忘　八：（白）沒什麼了不得的。告訴你，今天不給錢，我還要扒你哪！

王金龍：（白）諒你不敢！

忘　八：（白）説扒就扒。
　　　　（忘八扒王金龍衣服，推出。）
忘　八：（白）給我滾出去吧！
王金龍：（白）我還要面見三姐。
鴇　兒：（白）見三姐呀，夢裏去見吧！
　　　　（鴇兒、忘八同關門，同下。）
王金龍：（白）哎呀呀，這樣大雪寒天，我往何處投奔哪？
　　　　【西皮散板】
　　　　忘八、鴇兒無情面，
　　　　尋個去處避風寒！
　　　　（王金龍下。）

第五場　探　　廟

（二幕外。金哥上。）

金　哥：（念）探得三叔信，報與三嬸知。
　　　　（白）我，王金哥。那天給我三叔、三嬸送梅花去，聽我三嬸説三叔走啦，也不知道因為什麼走的。三嬸讓我打聽他的下落，幸喜今兒個在姚斌關王廟碰見我三叔啦。我趕緊給我三嬸送個信兒去。
　　　　（念）要設瞞天過海計，成全難中有情人！
　　　　（金哥下。啟二幕。蘇三上。）
蘇　三：（念）浪打鴛鴦分別後，雨絲風片惹人愁。
　　　　（白）自從那日賞雪之後，公子突然離去。媽媽説他接到家書，回轉南京。為何行前，並不辭別，令人可疑。我命金哥打聽他的行蹤，至今也無消息。三郎啊，三郎，你在哪里呀！
　　　　【西皮搖板】
　　　　三郎音信全無有，
　　　　九轉柔腸愁上愁。

(蘇三假寐。金哥上。)

金　哥：【西皮搖板】
　　　　一步緊似一步走，
　　　　悄悄來到南北樓。
　　　　(白)乘着忘八、鴇兒不在眼前，我趕緊給三嬸送信兒。
　　　　(金哥上樓，進門。)
金　哥：(白)喲，三嬸睡着啦，我假裝三叔矇矇她！啊，三姐！
蘇　三：(白)三郎！
　　　　(蘇三猛醒，欲扶。)
金　哥：(白)是我！
蘇　三：(白)你怎麼這樣頑皮！我命你打聽你三叔的下落，可有消息？
金　哥：(白)三嬸，這回可有消息啦。今兒個，我碰見他啦！
蘇　三：(白)他在哪里？
金　哥：(白)他在那關……
蘇　三：(白)噢，他做了官了？
金　哥：(白)可不是，做了官啦！
蘇　三：(白)三郎做了官了，待我謝天謝地！
金　哥：(白)我謝謝我們家竈王老爺子。
蘇　三：(白)啊，金哥，你三叔做了什麼官？
金　哥：(白)他的官大極啦！是天下都招討，伸手大將軍！
蘇　三：(白)他穿的什麼？
金　哥：(白)穿的，前邊也是龍，後邊也是龍，左邊也是龍，右邊也是龍。前後左右全是龍！
蘇　三：(白)都是五爪金龍？
金　哥：(白)都是大窟窿！他是那天讓忘八、鴇兒掬出去的，他要了飯啦！
蘇　三：(白)哎呀，我那苦命的三郎啊！
金　哥：(白)您別哭。得想個主意去瞧瞧他哪！
蘇　三：(白)只恐他們不放我出去。

金　哥：（白）他們騙您，您也騙他們，三叔現在天壇東邊姚斌關王廟，您假裝肚子疼，說關王爺教您親自燒香還願，他們怕倒了搖錢樹，準得讓您去。
蘇　三：（白）只是如何裝病哪！
金　哥：（白）那還不容易。您就這麼哎喲，哎喲！我去叫他們，您就裝病啊！
蘇　三：（白）好好好，哎喲，哎喲！
金　哥：（白）咳，我還沒走呢，您怎麼就嚷嚷？
蘇　三：（白）你快快前去。
　　　　（金哥下。）
蘇　三：【西皮搖板】
　　　　假做病痛裝模樣，
　　　　準備廟內會三郎。
　　　　（金哥拉鴇兒、忘八同上。）
金　哥：（白）您快瞧瞧去吧！
蘇　三：（白）哎喲，哎喲！
鴇　兒：（白）孩子，你這是怎麼啦？
蘇　三：（白）媽媽，女兒方纔夢見關王爺爺，言道女兒幼年許下廟中香願，教女兒親自還願。如若不去，定索女兒之命。
鴇　兒：（白）那得去，走，媽媽跟你一塊兒去！
　　　　（金哥示意。）
蘇　三：（白）哎喲、哎喲！
鴇　兒：（白）怎麼啦！
蘇　三：（白）越發沉重了！
鴇　兒：（白）這是怎麼回事兒？
蘇　三：（白）關王爺爺教我獨自還願。
鴇　兒：（白）是嘛。
　　　　（鴇兒跪。）
鴇　兒：（白）關王爺爺，保佑我女兒病體痊癒，我讓她一個人上廟，給您燒香還願。

　　　　　　（鴇兒向蘇三。）
鴇　兒：（白）好點嗎？
蘇　三：（白）好多了。
鴇　兒：（白）你瞧，可真靈啊！孩子，那你就收拾收拾。金哥，你
　　　　　　就陪着去一趟吧。
金　哥：（白）我還得做買賣哪！
鴇　兒：（白）你的花我包啦。
　　　　　　（鴇兒向忘八。）
鴇　兒：（白）走，咱們找車去。
　　　　　　（鴇兒、忘八同下。）
金　哥：（白）三孃，趕緊走吧。
蘇　三：（白）待我取些銀兩！
　　　　　　（蘇三取銀一包。）
蘇　三：【西皮搖板】三百紋銀拿在手，
　　　　　　（蘇三、金哥同下樓，出門。車夫上。蘇三上車。）
蘇　三：【西皮搖板】
　　　　　關王廟內把香酬。
　　　　　金哥引路頭前走，
　　　　　　（蘇三、金哥、車夫同走圓場。）
蘇　三：【西皮搖板】綠瓦紅牆映雙眸。
金　哥：（白）到了。三孃，您等會兒，我先進去。
　　　　　　（車夫下，金哥進門。）
金　哥：（白）三叔，三叔！
　　　　　　（王金龍上。）
王金龍：（白）金哥，何事？
金　哥：（白）何事？我三孃來啦！
王金龍：（白）請來相見。
金　哥：（白）得啦。到什麼時候啦，您還端着架子哪！
　　　　　　（金哥向外。）
金　哥：（白）三孃，我三叔請您相見。

蘇　　三：（白）三郎在哪裏？
王金龍：（白）三姐！
蘇　　三：（白）三郎啊！
　　　　　（蘇三見王金龍神氣，抽泣，脫斗篷，為王金龍披上。）
蘇　　三：（白）哎呀，三郎啊！
金　　哥：（白）我得躲開！
　　　　　（金哥下。）
蘇　　三：【西皮搖板】
　　　　　見三郎失丰采面目清瘦，
　　　　　可憐你數九天街頭飄流。
　　　　　（白）三郎，忘八、鴇兒趕你出院，我一些不知。誰想你竟自落得這般光景。
王金龍：（白）哎呀，三姐呀，那日你在後園踏雪，忘八、鴇兒將我趕出院來，只得暫棲此處了！
蘇　　三：（白）此處不是久居之地，奴家贈你紋銀，你快快回轉南京。我在院中等你，你我徐圖後會之期。
王金龍：（白）三姐可算情深義重。外面風大，你我後殿少坐片刻。三姐，來呀！
　　　　　（蘇三、王金龍同下。）

第六場　盟　　誓

（王金龍上。）
王金龍：【西皮散板】
　　　　　屋漏又逢連陰雨，
　　　　　船遲偏遇頂頭風。
　　　　　（白）我好晦氣也。在關王廟內，多蒙三姐贈我銀兩，不想行至落鳳坡，又被強人劫去。只得仍回京中，白日沿街乞討，晚間在吏部堂上巡更。終非長久之計。今晚去到院中，求三姐再助銀兩，也好回轉南京。看，天交初鼓，就此前去!
【西皮散板】
縱然淘盡湘江水,
難洗今朝羞愧容。
(白)來到院門,丟下更梆,溜了進去。
(王金龍進門。)

王金龍:(白)只是我這個面目,怎好去見三姐。待我以哭聲驚動於她。
(哭)哎呀,老爺太太!
(蘇三上。)

蘇 三:【西皮搖板】
天已初更人寂靜,
哪里傳來哭泣聲?

王金龍:(哭)哎呀,行行好呀老爺太太!

蘇 三:(白)啊!
【西皮搖板】
聲音諳熟心驚震,
莫非三郎轉回程?
(白)難道我那三郎,他、他、他又乞討而回?待我下樓看來。
(蘇三下樓,王金龍迎上。)

王金龍:(白)修福修壽的奶奶!

蘇 三:(白)啊,你是三郎?

王金龍:(白)三姐!

蘇 三:(白)快快隨我上樓。
(蘇三、王金龍同上樓。)

蘇 三:(白)三郎,你怎麼未曾回轉南京,還是這般光景?

王金龍:(白)是我行至落鳳坡,又被強人打劫了!

蘇 三:(白)我就再與你些銀兩,快快回轉南京去吧!
(蘇三取銀,遞。)

王金龍：（白）多謝三姐，此銀多少？
蘇　三：（白）管他多少。黑夜之間，又無天平戥秤，約有三百餘兩。
王金龍：（白）三姐待我這等恩義，縱變犬馬，難報萬一！
蘇　三：（白）妾身已屬三郎，君何出此言。三郎快快走去。我在這裏裝病等你，望你一朝榮顯，莫負於我。
王金龍：（白）三姐說哪裏話來。
　　　　（王金龍跪。）
王金龍：（白）蒼天在上，王金龍若是負心，天誅地滅。
　　　　（蘇三攙。）
蘇　三：（白）三郎，言重了。你快些去吧！
王金龍：（白）這……
蘇　三：（白）因何不走？
王金龍：（白）這……
蘇　三：（白）噢，我明白了。
　　　　（蘇三跪。）
蘇　三：（白）玉堂春矢志等候三郎，若嫁別人，難絕風塵。
王金龍：（白）三姐，你也言重了！
　　　　【西皮散板】深情厚義令人感，
蘇　三：【西皮散板】休得遲疑速南旋。
王金龍：【西皮散板】兩情脈脈心眷戀，
　　　　（白）三姐，我捨不得你呀！
蘇　三：（白）三郎啊！我……
　　　　【西皮散板】一心專候月團圓！
　　　　（白）三郎，忘八、鴇兒來了，你……你快快去吧！
　　　　（蘇三下。）
王金龍：（白）哎，三姐……
　　　　（王金龍拭淚，下。）

第七場　梳　妝

（沈宏上。）

沈　宏：（念）曲曲彎彎路，重重疊疊山。雁飛不到處，人被利名牽！
（白）我，沈宏，表字延林。山西洪洞縣人氏。娶妻皮氏。我來在這京城，販賣皮貨，買賣倒挺好的，手裏積攢了不少錢。聽說京中有個玉堂春，長得怪俊的，今天老西我沒什麼事，我想前去看看女妓娘。我說二娃子！
（二娃子暗上。）

二娃子：（白）有！

沈　宏：（白）你認得玉堂春住的地方？

二娃子：（白）認得。

沈　宏：（白）你領我去一趟，好不好？

二娃子：（白）您可得多帶銀子。

沈　宏：（白）就多帶銀子，二娃子，帶路！
【山西梆子】
一日離家一日深，
好似孤雁宿寒林。
二娃子與我把路引，
開開那眼來要散散心。
（二娃子引沈宏同下。二幕開。蘇三出帳。）

蘇　三：（白）公子離去多時，此番想是安抵南京。我也就放了心了。看今日天時不早，待我梳妝。
（蘇三坐桌後，開鏡。）

蘇　三：（白）此鏡還是公子所贈，如今睹物思人，好不令人傷感也。
【南梆子】
獨坐小樓開妝奩，

想起了公子淚潸然。
海角天涯難相見，
鏡裏韶華只自憐！
（蘇三對鏡梳妝。二娃子引沈宏同上。）

沈　　宏：【山西梆子】
沈宏進了勾欄院，
舉目擡頭四下觀。
此地好似金鑾殿，
我今日如同來把駕參。
（白）好大的房子，比我姥姥家還闊呢！

二娃子：（白）您瞧，這南北二樓是王三公子給她修的。

沈　　宏：（白）這個算不了什麼，我也修得起。玉堂春要是跟了我，我蓋一座八丈多高的大洋樓給她住。

二娃子：（白）您瞧，樓上梳頭的，就是玉堂春。

沈　　宏：（白）真是長得怪俊的，我得多磕兒個頭。
（沈宏跪。）

沈　　宏：（白）臣，沈宏見駕，願姐姐花容常在，福壽安康！

蘇　　三：（白）樓下什麼人？

二娃子：（白）跟您說話了。

沈　　宏：（白）我，山西沈延林，願跟姐姐要好。我有的是銀子，比那王公子強得多！
（沈宏向樓上扔銀子，蘇三扔回。）

蘇　　三：（白）你休得妄想。我與王三公子早訂生死之盟，你快快走去！蠢驢！
（蘇三下。）

沈　　宏：（白）這位姐姐真好，不愛財！

二娃子：（白）她可罵了您啦！

沈　　宏：（白）罵我什麼來著？

二娃子：（白）她罵您是個蠢驢！

沈　　宏：（白）嗯！可罵苦了我老西啦！不成，我找老鴇子去，我非娶了她不可。
（沈宏向內喊。）

沈　宏：（白）老鴇子，老鴇子！
（鴇兒、忘八同上。）

鴇　兒：（白）大爺，別嚷嚷！

沈　宏：（白）不嚷，怎麼成？玉堂春她罵了我啦！

忘　八：（白）罵您什麼來的？

沈　宏：（白）他罵我是蠢驢。

鴇　兒：（白）常言說，打是疼，罵是愛。她這是喜歡您。

沈　宏：（白）也甭管她喜歡我不喜歡我，我得娶了她！

忘　八：（白）那可得多花錢。

沈　宏：（白）錢，我老西不在乎，你們要多少？
（鴇兒向忘八。）

鴇　兒：（白）多要點兒！

忘　八：（白）一斗金子！

沈　宏：（白）怎麼着，一斗金子？好，我老西狠啦，就給你們一斗金子！

忘　八：（白）還得找個媒人。

沈　宏：（白）上哪兒找去？

二娃子：（白）我當這個媒人，您可得賞我三百兩銀子。

沈　宏：（白）給你三百兩。

鴇　兒：（白）那麼，您給錢吧！

沈　宏：（白）現在就給！

忘　八：（白）給了就接人走啊！

沈　宏：（白）得，我老西真狠啦，二娃子，給他錢！
（二娃子取金，付與鴇兒。）

沈　宏：（白）錢給了，讓玉堂春跟我走吧。

鴇　兒：（白）那可不成。

沈　宏：（白）怎麼還不成？

鴇　兒：（白）我們這個姑娘一心撲在王公子身上，您要帶她走，得假裝王公子。

沈　宏：(白)我假裝王公子,能像嗎?

鴇　兒：(白)您先別露面兒。先寫封假信,説王公子中了狀元,要把她接去住所,她必然信以為真。等她出了院門,您再假扮狀元,在遠處晃一晃。她不就不疑心了嗎。這個主意好不好?

沈　宏：(白)好可好,可我不會寫字。

二娃子：(白)信我寫,送信也在我。

沈　宏：(白)那好極啦!

忘　八：(白)説明誆她在我。

鴇　兒：(白)拿錢在我。

沈　宏：(白)花錢在我。

忘　八：(白)您花了錢,得了人,這錢可花得值。

沈　宏：(白)那是你這麽説。你瞧瞧,我花了一斗金子,到接人的時候還得落個騙子的名聲。我瞧着可有點冤哪!

二娃子：(白)這就叫不冤不樂,咱們準備去吧。

沈　宏：(白)好好好,回見回見。

(衆人自兩邊分下。)

第八場　騙　娶

(蘇三上。)

蘇　三：【西皮搖板】
忘八、鴇兒逼得緊,
詐病裝癡度光陰。
手啟妝盒不施脂粉,
欲從鏡内覓知音。
(蘇三開鏡,出神。鴇兒、忘八同上,同進門。)

鴇　兒：(白)姑娘你大喜啦!

蘇　三：(白)我喜從何來?

忘　八：（白）王三公子得中狀元，差人接你一同上任，這不是你的大喜事嗎？
蘇　三：（白）此話當真？
忘　八：（白）有下書人為證。
鴇　兒：（白）叫他進來，叫他進來。
　　　　（忘八向外。）
忘　八：（白）下書人進來呀！
　　　　（二娃子持信上，進門。）
忘　八：（白）見過你們夫人！
二娃子：（白）這位就是我們夫人？小的叩見夫人。書信呈上，請夫人一看。
　　　　（二娃子遞信，蘇三拆看。）
蘇　三：（白）怎麼不是公子筆跡？
二娃子：（白）只因公子右手生瘡，書信是老太爺代筆寫的。
蘇　三：（白）莫非有詐？
二娃子：（白）哪兒能是假的。公子就在接官亭上，不得分身，夫人前去，一看便知。
蘇　三：（白）可有車輛前來？
二娃子：（白）早到門口啦。
蘇　三：（白）我就去看來。
　　　　【西皮流水板】
　　　　公子不與親筆信，
　　　　此事教我好擔心。
　　　　輕移蓮步出房門，
　　　　（蘇三邊唱邊施粉、理衣、出門。）
　　　　（車夫上，蘇三上車。忘八、鴇兒同下。）
蘇　三：【西皮流水板】
　　　　上了香車趲路行。
　　　　道路不知遠和近，
　　　　（蘇三走圓場，沈宏官衣上，一晃兩晃。）

蘇　三：【西皮流水板】
　　　　遠望不是公子形。
　　　　蘇三心下拿不穩，
　　　　【西皮搖板】
　　　　但願蒼天相吉人！
　　　　（蘇三驅車下，二娃子隨下。）
沈　宏：【山西梆子】
　　　　一斗黃金成泡影，
　　　　老西且喜娶了親。
　　　　（沈宏欲下，二公差上。）
公差甲：（白）你不是沈宏嗎？
沈　宏：（白）是我。
公差乙：（白）你是什麼東西，也敢戴紗帽，穿官衣？
公差甲：（白）冒充官長。走，打官司去！
　　　　（二公差鎖沈宏，拉。）
沈　宏：（白）哎呀，可毀了我老西啦！
　　　　（眾人同下。）

第九場　辨　　奸

（皮氏上。）

皮　氏：（念）生就花容月貌，長成玉膚冰肌。杏眼桃腮可沉魚，珠圍翠裹得意！
　　　　（白）我，皮氏，配夫沈宏。他上京城做買賣去啦，人沒回來，可弄回一個妓女來，叫什麼玉堂春。這個玉堂春敢情不願意跟我們當家的。我本打算把她放了走，可又怕一旦我們當家的回來，把她安了外家。故此我把她暫留後院居住。有朝一日得了手，把她害了也就得啦。我們當家的無情，可我也就無義啦。禮尚往來，他能弄個女的，我怎麼就不能弄個男的呢！我教丫頭春錦給我引來了監生趙旺。我們當家的一年沒回來,我跟趙監生過了八個月,感情越來越好。今兒個是八月十五,我叫春錦把趙監生請來喝酒賞月。我說沈宏啊沈宏,你不回來,大奶奶可要先偏你啦!

【西皮搖板】
男兒無情懷二意,
女子何須必從一。
(春錦引趙旺同上。)

趙　旺:【西皮搖板】
春錦前面看仔細,
見了娘子笑嘻嘻。

皮　氏:(白)我說你這個人,怎麼老是不請不來呀?

趙　旺:(白)我不是怕那個姓沈的回來嗎!

皮　氏:(白)今兒個八月節,我酒菜全預備好啦。喝完了酒,咱們一塊兒賞月,你瞧好不好?

趙　旺:(白)好是好。依我說你把玉堂春也叫來,咱們一塊兒喝會子,不更好嗎?

皮　氏:(白)怎麼着,你也惦記上玉堂春啦?
(皮氏背供。)

皮　氏:(白)我是得把這個小娘兒們害死。我說姓趙的,你別得隴望蜀啦。我們當家的可就要回來啦。從明兒個起,咱們得一刀兩斷!

趙　旺:(白)哎呀,我捨不得你呀!

皮　氏:(白)你要是真捨不得我,你找副毒藥來,咱們把他害了,可就沒的怕啦。

趙　旺:(白)對,好主意。還告訴你,今兒個我身上正帶着毒藥哪!
(趙旺取藥。)

趙　旺:(白)給你。

皮　氏:(白)那你就擎好吧!來,喝酒喝酒!

　　　　　【西皮搖板】你我交杯來對飲，
趙　旺：【西皮搖板】願與娘子不離分。
　　　　　（皮氏、趙旺同飲酒。沈宏上。）
沈　宏：【山西梆子】
　　　　　一年官司苦受盡，
　　　　　今日纔得轉家門。
　　　　　（白）總算到了家啦。嗯，怎麼關着門呢？開門，開門！
皮　氏：（白）誰？
沈　宏：（白）我呀。
皮　氏：（白）你是誰？
沈　宏：（白）我是沈大爺，怎麼連我的語聲全聽不出來啦？
　　　　　（皮氏示意趙旺藏桌下，示意春錦開門。）
皮　氏：（白）我不敲桌子，你可千萬別出來。
　　　　　（春錦開門，沈宏進門。）
沈　宏：（白）我説，你關着門幹嘛啦？
皮　氏：（白）今兒個八月節，我喝點酒。
沈　宏：（白）喝酒，幹嘛要關門？
皮　氏：（白）怕來個外人，觀之不雅。
沈　宏：（白）你還懂觀之不雅！我問問你，你一個人吃酒，怎麼兩份杯筷？
皮　氏：（白）我給你預備了一份。
沈　宏：（白）筷子頭上，怎麼有油？
皮　氏：（白）那是，春錦給我夾菜來的。
沈　宏：（白）哎呀，你八成有了外遇了吧？我老西可不能戴這頂綠帽子！
　　　　　（沈宏拍桌，趙旺自桌下出。）
沈　宏：（白）嗯，你是幹什麼的？
趙　旺：（白）你不在家，我給你幫忙來啦！
沈　宏：（白）這麼説，我倒得給你道謝啦。
趙　旺：（白）不謝，不謝！

沈　宏：（白）好啊，這碼事我也看出來啦。我問問你，玉堂春在哪兒哪？
皮　氏：（白）在後院哪！
沈　宏：（白）好了，我到後院找玉堂春去。你們倆愛怎麼樣就怎麼樣。我不管啦！
（沈宏下。）
趙　旺：（白）這回好啦，他不管咱們啦。咱們也不用偷偷摸摸啦。
皮　氏：（白）他把錢全拿了走，咱們怎麼過呀！
趙　旺：（白）那還是害了他！
皮　氏：（白）你先走，全交給我啦。
（趙旺下。）
皮　氏：（白）春錦，做碗麵去。
（春錦下。）
皮　氏：（念）沈宏尚可留活命，毒藥先害玉堂春！
（皮氏下。）

第十場　誤　食

（蘇三上。）
蘇　三：【二簧原板】
想當初遇公子何等歡暢，
到如今遭誆騙遠涉異鄉。
困居在洪洞縣朝思暮想，
苦無計出羅網去尋三郎。
（沈宏上。）
沈　宏：【山西梆子】
花錢受罪遭冤枉，
今日纔得見妓娘。
（白）姐姐，我沈宏來了。
蘇　三：（白）你來作甚？

沈　宏：（白）我與你成親來了。
蘇　三：（白）沈官人，我雖娼門之女，早立從一之志，決無再嫁之心。你快快放我出去，我死不忘恩。
沈　宏：（白）你不要説啦。想我沈宏為你花了一斗金子。假扮狀元模樣，又遭了一年官司，多不容易。今天你要是再不答應，我可也不是好説話的人啊！
　　　　（蘇三背供。）
蘇　三：（白）我若不從，恐他強逼於我。不免蒙哄一時，待到今晚，尋個短見，以報三郎。啊，沈官人，我可依從於你，只是近日身體不爽，你也要準備準備，過一二日定與你成親就是。
沈　宏：（白）只要你答應就好啦。那，你先好好養病。
　　　　（皮氏端麵上。）
皮　氏：（念）肉面之中藏毒藥，管教賤人一命銷。
　　　　（白）玉堂春，我知道你身體不爽，給你做了碗肉麵，你吃一點兒吧。
蘇　三：（白）多謝大娘，只是我吞吃不下。
皮　氏：（白）你少吃一點兒。
　　　　（皮氏向沈宏。）
皮　氏：（白）你勸勸她，讓她吃一點兒。你可別吃，待會我單給你做。
　　　　（皮氏下。）
沈　宏：（白）姐姐，你多少吃一點，你瞧瞧，這碗麵，油汪汪的，噴香。我瞧着都眼饞！
蘇　三：（白）實實吞吃不下。
沈　宏：（白）你不吃，可要涼了。乾脆，我替你吃了吧。
　　　　（沈宏吃麵。）
沈　宏：（白）真香！嗯，怎麼剛吃下去就肚子疼起來啦？哎呀，疼得厲害！哎呀，疼死我老西啦！
【撲燈蛾牌】

　　　　吃了熱麵湯,熱麵湯,
　　　　一命見閻王,見閻王!
　　　（沈宏死。）
蘇　三:（白）哎呀,他他他他,這是怎麼樣了?大娘啊!
　　　（皮氏急上。）
皮　氏:（白）喲,這是怎麼啦?噢,我明白啦!玉堂春,你把他給害啦!鄉約!地保!走,這場官司我跟你打啦!
　　　（皮氏拉蘇三。）
蘇　三:（白）這是哪裏說起!
　　　（皮氏、蘇三同下。）

第十一場　成　　冤

　　　（鼓聲。）
王　仁:（內白）升堂!
　　　（四差役、李虎、趙曜同站門。王仁上。）
王　仁:（念）古今全一理,見錢都歡喜。當官為什麼?搜錢和收禮!
　　　（王仁歸坐。）
趙　曜:（白）啟太爺:沈宏一案,原被告俱在堂下。
王　仁:（白）先帶被告蘇三!
李　虎:（白）帶蘇三!
　　　（蘇三上。）
蘇　三:（白）叩見太爺!
王　仁:（白）蘇三,你怎樣謀死沈宏,從實招來!
蘇　三:（白）大人,沈宏乃是吃了皮氏所做肉麵而亡,與小女子無干。
王　仁:（白）下去!帶皮氏。
　　　（蘇三下。）
李　虎:（白）皮氏上堂!

（皮氏上。）

皮　氏：（白）叩見太爺！
王　仁：（白）皮氏，沈宏果是蘇三害死的嗎？
皮　氏：（白）不是她，還有誰？
王　仁：（白）那碗麵，是哪個做的，哪個送去的？
皮　氏：（白）我可不知道。
王　仁：（白）滿口胡言。大刑伺候！
皮　氏：（白）老爺，您別生氣，我有話說。
王　仁：（白）有話快講！
皮　氏：（白）堂上不好講話。
王　仁：（白）不礙事，有話只管明說，老爺這兒百無禁忌。
皮　氏：（白）老爺，您斷贏了我的官司，我孝敬您一千兩銀子。

（王仁指左右。）

王　仁：（白）還有他們哪？
皮　氏：（白）另送他們眾位八百兩。
王　仁：（白）就這麼辦，下去。帶蘇三！

（皮氏下。）

李　虎：（白）帶蘇三！

（蘇三上。）

蘇　三：（白）叩見太爺！
王　仁：（白）蘇三，快將謀死沈宏之事從實招來！
蘇　三：（白）小女子方纔言過，沈宏乃是吃了皮氏所送肉麵而死！
王　仁：（白）哎，她不明白。李虎，你跟她說說。
李　虎：（白）是。蘇三，你不知道，如今辦什麼事都得用這個。

（李虎比錢。）

李　虎：（白）剛纔皮氏答應孝敬我們老爺一千兩銀子，合衙上下八百兩，她的官司能不贏嗎？你要給得比她多，你可就贏啦！
蘇　三：（白）只是小女子分文皆無。
王　仁：（白）不開竅，來，把她給我拶起來！

（差役同拶蘇三。）

蘇　三：【二簧散板】當初曾有銀三萬，
王　仁：（白）鬆刑，她說有銀三萬了？
李　虎：（白）還有零頭無有？
蘇　三：【二簧散板】若問餘零是六千。
趙　曜：（白）行啦，老爺，您來三萬，我們大夥分六千。
王　仁：（白）哎喲，財神奶奶，我可把您拶錯啦！我得磕頭賠罪！
趙　曜：（白）您先別忙。李虎，問問她什麼時候交來？
李　虎：（白）是。你這三萬六千兩銀子，什麼時候交來？
蘇　三：【二簧散板】
　　　　如今不見三郎面，
　　　　身邊無有半文錢。
王　仁：（白）拿老爺開心啊，給我用鞭子打！
　　　　（李虎持鞭打蘇三。）
王　仁：（白）有招無招？
蘇　三：（白）無有招的！
王　仁：（白）與我打！
　　　　（李虎打。）
李　虎：（白）鞭子折斷。
王　仁：（白）換鞭再打！
　　　　（李虎打。）
王　仁：（白）有招無招？
蘇　三：（白）縱死無招！
趙　曜：（白）老爺，甭費事啦，我替她招供，替她畫供得啦！
王　仁：（白）勞駕勞駕！
　　　　（趙曜寫供，畫供。）
王　仁：（白）將蘇三釘肘收監！
蘇　三：（白）太爺如此貪贓賣法，就不怕眾人咒罵了麼？
王　仁：（白）咳，你也不想想，凡是貪贓賣法的有怕罵的嗎！帶下去！退堂！

（衆人同下。）

第十二場　辭　　獄

（崇公道上。）

崇公道：（念）你説你公道，我説我公道。公道不公道，自有天知道。

（白）小老兒崇公道，在山西省城臬臺衙門當了一分差使，奉命來到洪洞縣提案。到了監門啦。我説開門哪！

禁　卒：（内白）有坐監的啦？

（禁卒上。）

崇公道：（白）什麼坐監的呀！提人犯的！

禁　卒：（白）您請進。您提誰呀？

（崇公道進門。）

崇公道：（白）提蘇三。

禁　卒：（白）您稍等一等。

（禁卒向内。）

禁　卒：（白）我説，蘇三走動啊！

蘇　三：（内白）苦哇！

（蘇三上。）

蘇　三：（白）喂呀……

【二簧散板】
忽聽得喚蘇三我心驚膽戰，
嚇得我戰兢兢不敢向前。
無奈何走向前把禮來見，
問老伯呼喚我所爲哪般？

（白）參見老伯！

崇公道：（白）罷啦，罷啦！你就是蘇三哪？你大喜啦！

蘇　三：（白）喜從何來？

崇公道：（白）把你提省審訊，你要是能辨明冤枉，這官司就有了出

　　　　　頭之日啦！
蘇　三：（白）何人的長解？
崇公道：（白）我的長解。
蘇　三：（白）幾時起程？
崇公道：（白）即刻起程。
蘇　三：（白）老伯稍候，待我辭別獄神。
崇公道：（白）快着點兒啊！
　　　　　（崇公道、禁卒同下。）
蘇　三：（白）蒼天哪，蒼天哪！想我蘇三乎！
【反二簧慢板】
　　　崇老伯他對我述說一遍，
　　　想起了王金龍負義兒男。
　　　我這裏進廟去叩頭拜見，
　　　尊一聲獄神爺細聽我言：
　　　保佑我與三郎重見一面，
　　　得生時修廟宇再塑金顏。
　　　（崇公道上。）
崇公道：（白）你辭別完啦嗎？
蘇　三：（白）辭別完了。
崇公道：（白）來來來，戴上這個。
　　　　　（崇公道持枷向蘇三。）
蘇　三：（白）不戴了吧？
崇公道：（白）這是朝廷王法，哪有不戴之理！
蘇　三：（白）喂呀！
　　　　　（崇公道為蘇三戴枷。）
蘇　三：（白）老伯前去投文，我在那廂等你。
　　　　　（蘇三下。典史暗上，設座。二差役同上。）
典　史：（白）幹嘛的？
崇公道：（白）投文的。
典　史：（白）呈上來。

（典史接文書，看。）

典　史：（白）長解一名崇公道。

崇公道：（白）有。

典　史：（白）護解一名崇公道。

崇公道：（白）有。

典　史：（白）喂，怎麼長解是你，護解也是你？

崇公道：（白）回老爺的話：這趟是苦差使，盤纏錢不多，倆人不夠，一個人有點富裕。瞞上不瞞下，您擡擡手，我就過去啦。

典　史：（白）行啦。我説，你要打太原回來，可得給我捎個籮兒回來。

（典史遞一串小錢。）

崇公道：（白）您這點兒錢，連個騾子尾巴也買不回來。

典　史：（白）你説的是什麼籮兒？

崇公道：（白）四條腿的騾子。

典　史：（白）我説的是馬尾羅兒。

崇公道：（白）您要它幹嘛？

典　史：（白）我篩松香。

崇公道：（白）篩松香幹嘛？

典　史：（白）粘洋火。

崇公道：（白）咳，粘洋火不用松香！

典　史：（白）用什麼？

崇公道：（白）用黃蠟。

典　史：（白）蠟黃？

崇公道：（白）冰糖！

典　史：（白）水涼，老爺我，退堂。

（典史、差役同下。）

崇公道：（白）這位老爺好説好笑的！

（崇公道下。）

第十三場　起　解

（崇公道引蘇三同上。）

蘇　三：【西皮流水板】
　　　　行將離却洪洞縣，
　　　　將身來在大街前。
　　　　未曾開言淚滿面，
　　　　過往君子聽我言：
　　　　哪位去往南京轉，
　　　　與我三郎把信傳。
　　　　就說蘇三薄命短，
　　　　來生結草並銜環。
　　　　（蘇三跪。）
崇公道：（白）你跪在這兒，莫非求人幫你兩個盤纏嗎？
蘇　三：（白）並非乞求盤費，煩勞老伯去問，可有往南京去的，與我那王公子送上一信，就說蘇三今日起解了。
崇公道：（白）哎呀，到了這步田地，還想着她那公子呢。我給你問問。
　　　　（崇公道向內。）
崇公道：（白）列位，有上南京去的沒有？
店　家：（內白）上南京的前三天都走了。就有上口外、熱河、巴溝、喇嘛廟拉駱駝的了！
崇公道：（白）可真不巧！
　　　　（崇公道向蘇三。）
崇公道：（白）往南京去的，頭三天都走啦，就剩下口外拉駱駝的啦！
蘇　三：（白）我蘇三好命苦啊！
　　　　【西皮流水板】
　　　　人言洛陽花似錦，

偏奴到來不遇春。
悲切切出了洪洞縣城,
（崇公道、蘇三同出城,崇公道停。）

蘇　　三：【西皮搖板】老伯不走為何情？
　　　　　（白）老伯為何不走？
崇公道：（白）大熱的天兒,我這空行人還出汗呢。你戴着這個,更甭提了。乾脆,摘了吧！
蘇　　三：（白）此乃朝廷王法。
崇公道：（白）什麼王法不王法！出了城,就由着我啦！摘了,摘了！
　　　　（崇公道為蘇三卸枷。）
蘇　　三：（白）老伯倒是個好人！
崇公道：（白）好人,可惜沒有兒子。
蘇　　三：（白）老伯乏嗣無後？
崇公道：（白）不但沒有兒子,連孫子也耽誤了！
蘇　　三：（白）取笑了！我有意拜在老伯膝下,以為義女,不知老伯意下如何？
崇公道：（白）我可不敢當！
蘇　　三：（白）爹爹請上,受女兒一拜！
　　　　（蘇三拜,崇公道攙扶。）
崇公道：（白）起來,起來。沒想到我收了這麼一個好乾女兒！哎呀,窮乾爹,拿什麼當見面禮兒？得啦,就拿這根棍吧。你拄着它,三條腿總比兩條腿強的多不是！
蘇　　三：（白）多謝爹爹！你我父女趲行者！
　　　　【西皮導板】玉堂春含悲淚忙往前進,
　　　　【西皮慢板】想起了當年事好不傷情。
　　　　【西皮原板】
　　　　一恨那無情舅父心太狠,
　　　　大不該將甥女賣入娼門。
崇公道：（白）咳,你那狠心的舅舅不就為發財嗎！世上為錢喪德的多的是,要恨,可恨的多着呢!

蘇　三：【西皮原板】
二恨山西沈延林,
他不該用銀錢為我贖身!

崇公道：(白)贖身,本來是好事,可是沈延林為你贖身,還是為了他自己。這種人不是什麽好東西!

蘇　三：【西皮原板】
三恨皮氏狗賤人,
她不該用藥麵毒死夫君。

崇公道：(白)皮氏是為了害你,没想到把她丈夫害了。

蘇　三：【西皮原板】
四恨丫鬟小春錦,
她不該勾引趙監生!

崇公道：(白)春錦是皮氏買來的丫鬟,可不全得聽皮氏的嗎?皮氏教她往東,她決不敢往西不是!

蘇　三：【西皮原板】五恨贓官王縣令,

崇公道：(白)咳,你想想,他們當官兒的人中,好人能有幾個?哪個當官兒的能秉公辦事兒!

蘇　三：【西皮原板】六恨那衆衙役分了贓銀。

崇公道：(白)又道是上梁不正下梁歪嗎!

蘇　三：【西皮原板】
七恨李虎非刑狠,
八恨那趙書吏改了招呈!

崇公道：(白)總而言之,都是為錢。官場之中,就是這麽樣,官官相護,狼狽為奸。平民百姓,到什麽時候也得受害!

蘇　三：(白)哎!
【西皮摇板】
胸中填滿千般恨,
洪洞縣内無有好人!

崇公道：(白)嘿,這你可不對,傷衆。洪洞縣内無好人?我也是洪洞縣的人，這是連我也罵進去啦！得啦，不是好人，我也甭做好事啦！來來來，給你戴上！
（崇公道取枷向蘇三。）

蘇　三：（白）呀！
【西皮流水板】
一句言語錯出唇，
爹爹一旁把氣生。
我只得走向前把好言奉敬，
（白）爹爹，爹爹！
【西皮搖板】唯有我老爹爹
（回龍）是一個好人！

崇公道：（白）人受一句話，佛受一炷香。她這一說我這氣又全沒啦！咱們還是往前走吧！

蘇　三：【西皮搖板】
但願得遇包文正，
一載沉冤早剖明！

崇公道：（白）眼瞧着到了省城啦。你還得把它戴上。
（崇公道舉枷。）

蘇　三：（白）哎呀，爹爹呀！女兒有一事要向爹爹言明。此案本與女兒無干，如今定罪，實是冤枉。監中有人替女兒作了申冤大狀，女兒藏在身邊。此去見了都天大人，還望爹爹替我呈遞上去纔好！

崇公道：（白）這麼辦。咱們把它藏在行枷之內，到了都天大人那裏，當堂劈肘開枷，這個狀子不就遞上去了嗎？

蘇　三：（白）有勞爹爹。
（崇公道為蘇三戴枷，藏狀。）

蘇　三：【西皮散板】
父女沿途把話論，
官府醃臢害平民。
太原城池已臨近，

九死還望求一生。

（崇公道、蘇三同進城，同下。）

（演出說明）：如演出全本感覺時間過長，可刪去此場。起解一節情由，由崇公道以數板交代。內容如下：

崇公道：【數板】我在洪洞當皂班，不站堂、不看監；身為長解押囚犯，登山涉水不怕風雨寒。這一天上司公文來到了洪洞縣，叫二監，解蘇三。事關緊急哪敢怠慢，我領公文、拿火簽，親到監中提蘇三。戴上了魚枷穿上了大紅罪衣衫，可憐她懦弱的女子披枷戴鎖多麼艱難。我一見心發軟，去掉了刑具我與她一邊走着一邊談。她道是恨贓官，我甚是同情為她可憐，不但可憐而且投緣。我念她松柏節操白無玷，她念我年高有德、無兒無女拜在了我的膝前。就是她問完了這個又把那個問，她道說洪洞縣裏沒有好人，連老漢也都放在了裏邊，當時氣壞了崇老漢，吹鬍子瞪眼把臉翻。這個孩子隨機應變，手心捂在了我的胸前。乾爹長，乾爹短，乾爹乾爹可是叫得歡；我的心裏好喜歡。她又說有人不服替她寫下了狀，怕被搜出可怎麼辦？我把狀紙藏在了行枷裏邊，見了都天審清冤，重見青天、重見青天！

（白）小老兒崇公道，只因上司有公文到來，要提蘇三到太原復審，我們由洪洞縣已經來到太原，公文也交上去了，人犯已經收了監了，三天之後領交回文，今天已是三天頭上了，可我放心不下，我不免去到監獄打聽打聽。正是：

（念）身在公衙內，官差不自由。

（崇公道下。）

第十四場　會　　審

（王金龍上。）

王金龍：【引子】為訪嬌容，私察洪洞，恩情一旦拋，何時再重逢！

(念)何論皇親國戚,哪怕侯伯公卿。王子犯法同庶民,俱要按律而行。
(王金龍歸座,門子暗上。)

王金龍:(白)下官,王金龍。官拜山西八府巡按。前者路過平陽府,見洪洞縣案卷之內有謀死親夫一案,不知牽連多少好人在內。因此將此案提省親自審問,待布、按二位前來,共同區處。
(布門子、按門子同上。)

布門子
按門子:(同白)門上有人麼?

門　子:(白)做什麼的?

布門子
按門子:(同白)二位大人求見。

門　子:(白)候着。啟大人:布、按二位大人求見。

王金龍:(白)有請!

門　子:(白)有請二位大人。
(潘必正、劉秉義同上,同見。)

潘必正
劉秉義:(同白)大人累世公卿,才高八斗,龍行一步,百草皆生。在下等佩服。

王金龍:(白)豈敢!

潘必正
劉秉義:(同白)大人路過幾省?在哪裏下馬?

王金龍:(白)路過八省。在洪洞縣下馬。

潘必正
劉秉義:(同白)可曾察得民情?

王金龍:(白)也曾察得民情,內有謀死親夫一案,也不知牽連多少好人。

潘必正
劉秉義:(同白)有個賢愚不等!

王金龍:(白)好個賢愚不等!

潘必正
劉秉義：（同白）大人升堂，先審哪一案？

王金龍：（白）自然先審謀死親夫一案。

潘必正
劉秉義：（同白）大人升堂，司裏等儀門伺候。

王金龍：（白）就依二位。來，升堂！

（王金龍、潘必正、劉秉義自兩邊分下。）

門　子：（白）開門！

（門子下。四文堂、四劊子手、布門子、按門子、潘必正、劉秉義、王金龍同上。歸座。崇公道暗上。）

王金龍：（白）傳長解！

門　子：（白）傳長解！

崇公道：（白）長解崇公道告進。

（崇公道進門。跪。）

崇公道：（白）叩見大人。

門　子：（白）長解一名崇公道。

崇公道：（白）有。

門　子：（白）護解一名崇公道。

崇公道：（白）有。

王金龍：（白）嗯！長解是你，護解也是你。你一人充當二役，分明是一刁棍！

門　子：（白）請劉大人用刑！

劉秉義：（白）扯下去打！

崇公道：（白）小人有話，未曾回明。

劉秉義：（白）有話朝上回。

崇公道：（白）啟稟大人：公文之上有小人的名字，小人方敢答話；公文之上無有小人的名字，小人不敢應聲。望大人開恩！

劉秉義：（白）長解回明，其刑可免。

王金龍：（白）免。帶犯婦！

崇公道：（白）蘇三走動！

蘇　三：（內白）苦啊！
　　　　（蘇三上。）
蘇　三：（白）喂呀！
　　　　【西皮散板】
　　　　來在都察院，
　　　　舉目朝上觀。
　　　　兩旁的刀斧手，
　　　　嚇得我膽戰又心寒。
　　　　蘇三此一去好有一比，
崇公道：（白）比作何來？
蘇　三：【西皮散板】好比那羊入虎口有去無還。
崇公道：（白）不要害怕，少時都天大人定會開脫你的死罪！
蘇　三：（哭頭）啊啊啊啊，老爹爹呀！
崇公道：（白）噤聲！不要啼哭，待我替你報門。報，犯婦告進！
　　　　（崇公道引蘇三同進門，蘇三跪。）
王金龍：（白）掌起面來！
　　　　（蘇三擡頭。）
王金龍：（白）哎呀！
　　　　【西皮散板】
　　　　王金龍仔細來觀看，
　　　　堂下分明是蘇三。
　　　　一霎時不由我神魂迷亂，
　　　　（王金龍昏厥。）
潘必正
劉秉義：（同白）啊，大人！
　　　　（王金龍猛醒。）
王金龍：（白）噢噢噢。
　　　　【南梆子】三魂渺渺又回還。
潘必正
劉秉義：（同白）大人，這是怎麼樣了？
王金龍：（白）染有舊疾，偶爾發作。

潘必正
劉秉義：（同白）大人身體不爽，且去將息，此案改日再審吧？

王金龍：（白）哪有因私廢公之理。蘇三，你可有訴狀？

蘇　三：（白）有。

王金龍：（白）呈。

蘇　三：（白）這……無。

王金龍：（白）啊，本院問你有訴狀，你道有；教你呈，又說無……

劉秉義：（白）分明是一刁婦！

門　子：（白）請劉大人用刑！

劉秉義：（白）掌嘴！

蘇　三：（白）哎呀，大人哪！犯婦有話，未曾回明。

劉秉義：（白）有話朝上回！

蘇　三：（白）啟禀都天大人：犯婦之罪，並非犯婦所犯，乃是皮氏用銀錢將犯婦買成一個死罪。監中有人不服，替犯婦作了伸冤大狀，起解臨行之時，只恐被人搜出，藏在行枷之內。望都天大人開一線之恩，當堂劈肘開枷。犯婦縱死九泉，喂呀，也得瞑目了啊！

劉秉義：（白）犯婦回明，其刑可免。

王金龍：（白）免。傳長解，當堂劈肘開枷！

崇公道：（白）是。

（崇公道開枷，呈狀。）

門　子：（白）三日後，領回文。

（崇公道下。）

王金龍：（白）犯婦，你將狀紙上的情由一一講來，本院開脫你的死罪！

蘇　三：（白）都天大人容察！

【西皮導板】玉堂春跪至在都察院，

王金龍：（白）啊，狀紙上面寫的蘇三，口稱玉堂春，是何緣故？

門　子：（白）請劉大人用刑！

劉秉義：（白）來，看拶！

蘇　三：（回龍）啊啊啊啊，大人哪！
　　　　（四文堂、四劊子手、布門子、按門子同下。）
王金龍：（白）臉朝外跪！
門　子：（白）臉朝外跪！
　　　　（門子下。）
蘇　三：【西皮慢板】玉堂春本是公子取的名。
劉秉義：（白）我且問你，鴇兒買你入院的時節，你是多大年紀？
蘇　三：【西皮慢板】當時只有七歲整，
潘必正：（白）你在院中住了幾載？
蘇　三：【西皮慢板】在院中住了整九春。
劉秉義：（白）七九一十六歲，你也長成人了。我且問你，你在院中結識了哪一個呢？
潘必正：（白）頭次結識的是哪一個？
蘇　三：【西皮慢板】十六歲結識的是那王……
劉秉義：（白）王什麼？
蘇　三：【西皮慢板】啊啊啊啊……
潘必正：（白）到底是王什麼？
蘇　三：【西皮慢板】王公子啊……
劉秉義：（白）他是甚等樣人？
蘇　三：【西皮慢板】他本是禮部堂上三舍人！
王金龍：（白）住了！本院問你謀死親夫一案，哪個問你院中苟且之事！
劉秉義：（白）啊，大人，謀死親夫一案要審。
王金龍：（白）要審！
潘必正：（白）院中苟且之事，也要問。
王金龍：（白）也要問。
劉秉義：（白）又道是樹從根腳起，
潘必正：（白）水從源處流。
王金龍：（白）如此，審哪！
劉秉義：（白）審哪！

王金龍：（白）問哪！
潘必正：（白）問哪？
王金龍：（白）講！
蘇　三：【西皮慢板】
　　　　初見面贈銀三百兩，
　　　　吃一杯香茶就動身。
潘必正：（白）二位大人，那王公子剛見面就花了三百兩銀子，吃了
　　　　一杯香茶就走了，可算得慷慨！
王金龍：（白）算得大方！
劉秉義：（白）二位大人，說什麼慷慨大方，分明他王氏門中不幸，
　　　　出了這樣敗家之子！
王金龍：（笑）啊，哈哈哈哈。
　　　　（王金龍、潘必正、劉秉義同笑。）
王金龍：（白）講！
蘇　三：【西皮原板】
　　　　公子二次把院進，
　　　　隨身帶來三萬六千銀。
潘必正
劉秉義：（同白）在你院中住了幾載？
蘇　三：【西皮原板】
　　　　在院中未到一年整，
　　　　花盡了三萬六千銀。
劉秉義：（白）住了，那王公子在你院中未住一年，便花盡了三萬六
　　　　千兩銀子。難道你們院中吃銀子、穿銀子不成？
蘇　三：（白）犯婦自有支銷。
王金龍：（白）着啊，她有支銷。
潘必正
劉秉義：（同白）她有支銷，大人，你怎麼知道？
王金龍：（白）啊，這個。哎，她狀紙上面寫着支銷呢！
劉秉義：（白）如此，審她的支銷！

潘必正：(白)問她的支銷！
王金龍：(白)審哪！
劉秉義：(白)審哪！
王金龍：(白)問哪！
潘必正：(白)問哪！
　　　　(王金龍、潘必正、劉秉義同笑。)
王金龍：(白)講！
蘇　三：【西皮原板】
　　　　南北二樓公子造，
　　　　還有那玉石的欄杆與那翡翠屏。
潘必正
劉秉義：(同白)鴇兒待他如何？
蘇　三：【西皮原板】鴇兒待他心忒狠，
潘必正
劉秉義：(同白)怎樣的狠法？
蘇　三：【西皮原板】數九寒天將公子他趕出了院門。
王金龍：(白)想那王公子花了許多銀錢，數九寒天竟被趕出院去，
　　　　好個狠心的忘八！
潘必正：(白)狠毒的鴇兒！
劉秉義：(白)偏偏遇上這倒運的公子！
　　　　(王金龍、潘必正、劉秉義同笑。)
劉秉義：(白)講！
蘇　三：【西皮原板】
　　　　公子一怒出了院，
　　　　關王廟內暫把身存！
潘必正
劉秉義：(同白)你是怎樣知道的？
蘇　三：【西皮原板】
　　　　那一日金哥報一信，
　　　　奴在北樓裝病形。

　　　　　　手帕包銀三百兩，
　　　　　　關王廟內會一會情人。
潘必正：（白）二位大人，你看玉堂春到了這個時節，還要攜帶銀兩
　　　　去會情人，可算得有情分，有義氣！
王金龍：（白）有情分，有義氣！
劉秉義：（白）說什麽情分、義氣，乃是孽緣未滿！
　　　　（王金龍、潘必正、劉秉義同笑。）
劉秉義：（白）你二人見面之後，又當如何？
蘇　三：【西皮原板】
　　　　　　萬種的離情訴不盡，
　　　　　　在周倉足下敘一敘寒溫。
潘必正：（白）二位大人，我把他二人好有一比。
王金龍：（白）比作何來？
潘必正：（白）黃柏樹下撫瑤琴——
王金龍：（白）此話怎講？
潘必正：（白）苦中兒取樂呀！
劉秉義：（白）我也有一比。
王金龍：（白）比作何來？
劉秉義：（白）望鄉臺上摘牡丹——
王金龍：（白）此話怎講！
劉秉義：（白）至死還要貪花！
　　　　（王金龍、潘必正、劉秉義同笑。）
劉秉義：（白）講！
蘇　三：【南梆子】
　　　　　　打發了公子去趕考，
　　　　　　落鳳坡前遇着了強人。
潘必正：（白）二位大人，你看王公子回轉南京途中，不想又遇着強
　　　　人。真真的命苦！
王金龍：（白）真真命薄。
劉秉義：（白）說什麽命苦、命薄。他呀，該當有這個下場頭！

（王金龍、潘必正、劉秉義同笑。）

王金龍：（白）講！

蘇　三：【西皮原板】公子落得長街討飯，

潘必正：（白）王公子落得乞討，我倒想起一輩古人來了！

王金龍
劉秉義：（同白）哪輩古人？

潘必正：（白）昔日鄭儋之子鄭元和，曾在長街討飯，後來得中頭名狀元，這王公子可以比得鄭元和了！

王金龍：（白）比得鄭元和了！

劉秉義：（白）想那鄭元和乃是前輩老先生，那王公子焉能比得！比不得，比不得！

王金龍：（白）比得！

劉秉義：（白）比不得！

王金龍：（白）比得，比得，比得！

潘必正：（白）王大人說比得，就比得！

劉秉義：（白）怎麼，王大人說比得就比得，好好好，比得比得，比得！講！

蘇　三：【西皮原板】吏部堂上去巡更！

潘必正：（白）這王公子白日長街乞討，夜間吏部堂上巡更，真真可憐！

王金龍：（白）實在可憐！

劉秉義：（白）那王公子不是在吏部堂上巡更。

潘必正：（白）是做什麼？

劉秉義：（白）是替他上輩先人打臉現世！

（王金龍、潘必正、劉秉義同笑。）

王金龍：（白）講！

蘇　三：【西皮原板】
　　　　　公子三次進了院，
　　　　　拐帶銀兩轉回南京！

王金龍：（白）住了！想那王公子在你院中花了許多銀兩，怎麼還落個拐帶二字？

蘇　三：（白）並非公子拐帶，乃是犯婦所贈。

王金龍：（白）你贈他多少？

蘇　三：（白）黑夜之間，又無天平戥秤。用手一約，不過三百餘兩！

王金龍：（白）哎呀且住。那日去到旅店，用天平一稱，果然是三百餘兩！哎呀，我那……

潘必正
劉秉義：（同白）大人，王法森嚴，還是待她自己招認的為是。

王金龍：（白）我的舊病又發作了！此案有勞二位大人代審了吧！

潘必正
劉秉義：（同白）卑職效勞。打坐向前。
（王金龍扶案。劉秉義、潘必正同前坐。）

潘必正
劉秉義：（同白）蘇三，你將狀紙上的情由接著招來，大人還要開脫你的死罪！

蘇　三：（白）大人哪！

【西皮二六板】
打發公子回原郡，
我二人對天把誓盟。
公子立志不另娶，
玉堂春至死不嫁人。

潘必正
劉秉義：（同白）既說不嫁，為何又嫁了那山西沈延林？

蘇　三：【西皮流水板】
那一日梳妝來照鏡，
在樓下來了沈延林。
他人口中誇豪富，
蔑視公子王金龍。
奴在樓上高聲罵，
只罵得延林臉緋紅。

潘必正
劉秉義：（同白）他就罷了不成？

蘇　三：【西皮流水板】
　　　含羞帶恨出了院，
　　　與鴇兒定計娶奴身。

潘必正
劉秉義：（同白）身價銀子多少？媒證又得多少？

蘇　三：【西皮流水板】
　　　作媒的銀子三百兩，
　　　鴇兒到手一斗金。

潘必正
劉秉義：（同白）你就甘願前去了？

蘇　三：【西皮流水板】
　　　鴇兒逼迫奴不允，
　　　纔將假書詔騙人。
　　　說是公子得高中，
　　　得中了黃榜第一名。
　　　奴正在將疑又將信，
　　　又誰知一馬就到洪洞。

潘必正
劉秉義：（同白）你在洪洞住了幾載？

蘇　三：【西皮流水板】
　　　在洪洞住了一年整，
　　　皮氏賤人起毒心。
　　　一碗藥麵付奴手，
　　　奴回手付與沈延林。
　　　他也不解其中計，
　　　吃下一口哼一聲。
　　　昏昏迷迷倒在地，
　　　七孔流血命歸陰。

潘必正
劉秉義：（同白）皮氏又當如何？

蘇　三：【西皮流水板】
　　　　皮氏出門高聲喊，
　　　　她道犯婦謀害人。
　　　　驚動鄉約和地保，
　　　　拉拉扯扯到了公庭。

潘必正
劉秉義：（同白）頭堂官司如何審問？

蘇　三：【西皮流水板】頭堂官司問得好！

潘必正
劉秉義：（同白）二堂呢？

蘇　三：【西皮搖板】二堂他就變了心！

潘必正
劉秉義：（同白）敢是受賄了？

蘇　三：【西皮流水板】王知縣受賄一千兩，

潘必正
劉秉義：（同白）闔衙呢？

蘇　三：【西皮流水板】闔衙分贓八百銀。

潘必正
劉秉義：（同白）又是怎樣審問？

蘇　三：【西皮流水板】上堂打我四十板，

潘必正
劉秉義：（同白）你不該招認！

蘇　三：【西皮流水板】無情拶子我難受刑！

潘必正
劉秉義：（同白）你也不該招認！

蘇　三：【西皮流水板】
　　　　犯婦本當不招認，
　　　　我的大老爺！

皮鞭打斷有數根！

潘必正
劉秉義：（同白）你在監中住了幾載？

蘇　三：【西皮流水板】在監中住了一年整，

潘必正
劉秉義：（同白）可有人來看你？

蘇　三：【西皮流水板】並無有一人探望奴的身。

潘必正
劉秉義：（同白）忘八、鴇兒呢？

蘇　三：【西皮流水板】忘八、鴇兒無蹤影，

潘必正
劉秉義：（同白）你那知心的人兒呢？

蘇　三：【西皮流水板】犯婦哪有那知心的人！

潘必正
劉秉義：（同白）王公子呢？

蘇　三：【西皮流水板】
王公子一家多和順，
他與奴露水夫妻有的什麼情？

潘必正
劉秉義：（同白）眼前若有公子，你可認識於他？

蘇　三：【西皮流水板】
眼前若有王公子，
青紗罩臉我也認得清！

潘必正
劉秉義：（同白）你認得他。他如今頂冠束帶，不來認你，也是枉然！

蘇　三：（白）大人哪！
【西皮散板】
若與公子見一面，
縱死黃泉也甘心！

劉秉義：（白）大人，此案不要審了。

潘必正：（白）怎麼？
劉秉義：（白）你我審來審去，把王大人也審在其內了！你我暫且
告退，看他怎樣落案！
潘必正
劉秉義：（同白）大人好轉，司裏等暫且告退！
（潘必正、劉秉義同暗笑，自兩邊分下。四文堂、門子同上。）
王金龍：【西皮搖板】
蘇三堂前把話論，
句句不差半毫分。
本當下位將她認，
四文堂：（同白）啊！
王金龍：【西皮搖板】
王法條條不徇情。
進退維谷難壞我，
（白）有了！
【西皮搖板】此案交與劉大人。
（白）來，拿我名帖，請劉大人前來。
門　子：（白）遵命！
（門子下。）
王金龍：（白）犯婦，你且出衙，本院開脫你的死罪就是。
蘇　三：（白）多謝大人！
【西皮二六板】
這一堂官司未動刑，
玉堂春纔得放寬心。
出得案院回頭看，
（白）啊！
【西皮快板】
這大人好似三舍人。
是公子就該將我來認，
（白）噢！

　　　　　【西皮快板】
　　　　　王法條條不徇情。
　　　　　上前去說幾句知心話，
　　　　　看他知情不知情！
　　　　　【西皮搖板】玉堂春好比花中蕊，
王金龍：（白）那王公子比作何來？
蘇　三：【西皮快板】
　　　　　王公子好比採花蜂。
　　　　　想當初花開多茂盛，
　　　　　他好比蜜蜂兒飛來飛去採花心。
　　　　　到如今不見我那三……
王金龍：（白）三什麼？
　　　　　【西皮搖板】
　　　　　三公子！
　　　　　花謝時怎不見那蜜蜂兒行！
王金龍：（白）出院去罷！
蘇　三：【西皮散板】
　　　　　悲切切哭出了都察院，
　　　　　惱恨那公子太無情！
　　　　（蘇三下。門子引劉秉義同上，同進門。）
劉秉義：（白）參見大人，大人有何吩咐？
王金龍：（白）蘇三一案，撥在大人臺前審問，須要諒情一二。
劉秉義：（白）我要按律而斷！
王金龍：（白）但憑於你！
　　　　（王金龍下。門子隨下。）
劉秉義：（白）好個但憑於我！想他王金龍少年風流，倒也罷了。如今身為巡按，會審之中貪戀舊情，却又盛氣凌人，我豈能容他。諒他今晚必去女監探看玉堂春。我不免先行前去，安排禁卒，耍笑於他一番。不錯，就是這個主意！
　　　　（劉秉義笑下。）

第十五場　監　會

　　　　　（王金龍上。）

王金龍：【二簧搖板】
　　　　　喬裝改扮出察院，
　　　　　女監之內探蘇三。
　　　　　（白）來此已是女監，裏面有人麼？
　　　　　（女禁上。）
女　禁：（白）有坐監的嗎？
王金龍：（白）我是探監的。
女　禁：（白）看誰呀？
王金龍：（白）看望蘇三。
女　禁：（白）可得多給錢！
王金龍：（白）你要多少。
女　禁：（白）二十兩！
王金龍：（白）就與你二十兩。
　　　　　（王金龍取銀，遞入。）
女　禁：（白）等我給你開門。
　　　　　（女禁開門，王金龍進入。）
王金龍：（白）蘇三，蘇三！
女　禁：（白）別嚷！我給你叫去！
　　　　　（女禁向內。）
女　禁：（白）我說蘇三哪，有人看你來啦？
蘇　三：（內白）來了！
　　　　　（蘇三上。）
蘇　三：【二簧散板】
　　　　　忽聽前面一聲喚，
　　　　　不知有誰來探監？
王金龍：（白）三姐在哪裏？三姐在……

蘇　三：（白）三郎來了！三郎啊！
　　　　（王金龍、蘇三相扶。）
蘇　三：【二簧散板】
　　　　只說今生不能見，
　　　　誰知相會在牢監！
　　　　（王金龍向女禁。）
王金龍：（白）行個方便吧！
女　禁：（白）還得要……
王金龍：（白）錢，在這兒哪！
　　　　（王金龍遞銀給女禁。）
女　禁：（白）你們在這兒說話，我上外頭給你們瞧着點兒去。
　　　　（女禁下。）
蘇　三：（白）三郎啊，今日察院之中那位都天大人就是你麼？
王金龍：（白）正是。
蘇　三：（白）這就是你的不是了！
王金龍：（白）怎麼？
蘇　三：（白）三郎今日身任都天，職司鳳憲，黑夜之間，來到女監，豈不玷辱官箴？
王金龍：（白）我與三姐乃是患難夫妻。兩番贈銀之恩，至今未報，焉能不來探看？
蘇　三：（白）三郎，你的前程遠大，我這薄命之人，果若累及你的前程，豈非為身莫贖之罪。我也不敢望你救我，今朝見此一面，死也甘心。你快快出監去吧！
王金龍：（白）小小前程，怎抵得你我恩愛。三姐，我若不能救你，縱然祿享千鍾，官高極品，又有何用！
蘇　三：（白）哎呀，三郎啊！
　　　　【二簧散板】
　　　　薄命之人何足戀，
　　　　急速出監莫遲延！
　　　　（女禁上，進門。）

女　禁：（白）哎喲，不好啦！臬臺大人親自察監來啦！
蘇　三：（白）哎呀！
王金龍：（白）事到如今，怕也無益。待我前去見他！
蘇　三：（白）這萬萬使不得的，還是想個計策的為是。
王金龍：（白）噢，有了。待我塗黑臉面，假裝瘋癲，混出監去！
　　　　　（王金龍向女禁。）
王金龍：（白）請借筆墨一用。
　　　　　（女禁下。）
蘇　三：（白）此計甚好。
王金龍：（白）三姐，請至後面。
　　　　　（女禁取筆墨上。蘇三下。王金龍塗面。）
王金龍：【二簧散板】假裝瘋癲出監門，
　　　　　（王金龍出門，女禁下。劉秉義上。）
劉秉義：【二簧散板】你是何人通姓名？
王金龍：（白）我啊，我是玉皇大帝！
劉秉義：（白）什麼？
王金龍：（白）太白金星！
劉秉義：（白）胡說！
王金龍：（白）純陽呂祖！
　　　　　（三笑）啊哈，啊哈，啊哈哈哈哈！
　　　　　（王金龍急下。）
劉秉義：（白）偌大按院，被我嚇得胡說八道的！啊哈哈哈哈，待我去尋潘大人商議如何處置此事！
　　　　　（劉秉義下。）

第十六場　明　　冤

（潘必正上。布門子隨上。）

潘必正：【西皮搖板】
　　　　　兩情堅貞堪景仰，

成人之美理應當。
(白)那日劉大人前來商議提參王金龍，被我攔阻。勸他與王大人兩相和好。今日他將人犯傳齊，我二人同去察院了結此案去。
【西皮搖板】催馬加鞭察院往，
(潘必正、布門子同走圓場。劉秉義、按門子同上。)

劉秉義：【西皮搖板】察院平冤法申張。
潘必正：(白)劉大人！
劉秉義：(白)潘大人！一干人犯俱已押赴察院。
潘必正：(白)如此甚好。你我緊行一程。
(眾人同走圓場。門子暗上。潘必正向布門子。)
潘必正：(白)向前通稟。
(布門子向巡按門子。)
布門子：(白)煩勞通稟：布、按二位大人求見。
門　子：(白)請稍候。
(門子向內。)
門　子：(白)啟大人：布、按二位大人求見。
王金龍：(內白)有請！
門　子：(白)有請二位大人！
(王金龍上。潘必正、劉秉義同進門。布門子、按門子同隨進。)
潘必正
劉秉義：(同白)大人！
王金龍：(白)二位大人！
潘必正：(白)劉大人已將一干人犯帶齊。他，還要與大人賠禮。快來，快來！
劉秉義：(白)司裏前晚多有冒犯，望祈恕罪！
王金龍：(白)乃是本院自己無才，無怪大人！
潘必正：(白)舊事休再提起，你我升堂理事如何？
王金龍：(白)吩咐升堂！

（四文堂、四劊子手同上，同站門。王金龍、潘必正、劉秉義同歸座。）

王金龍：（白）將一干人犯押上堂來！

門　子：（白）將一干人犯押上堂來！

（差役押王仁、趙曜、李虎、春錦、皮氏、趙旺同上，衆人同跪。）

王金龍：（白）王仁，你可知罪？

王　仁：（白）犯官知罪。

王金龍：（白）王仁身為縣令，擅敢貪贓枉法。草菅人命。潘大人，該當治他何罪？

潘必正：（白）該當革職查辦，押去聽參！

王　仁：（白）謝大人。

（王仁下。）

王金龍：（白）趙曜、李虎，你這兩個狗才，竟敢濫用非刑、捏造假供、賣法營私。劉大人，他們當治何罪？

劉秉義：（白）似此行徑，不知殘害了多少好人，該當打入站籠斃命。押了下去！

趙　曜
李　虎：（同白）謝大人！哎！

（趙曜、李虎同下。）

王金龍：（白）趙旺、皮氏，奸夫淫婦竟敢私通謀命，反誣他人。事到如今，你二人還有何話講？

趙　旺
皮　氏：（同白）只求大人開恩！

王金龍：（白）劉大人，他兩個該當何罪？

劉秉義：（白）皮氏凌遲，趙旺梟首，綁在院門！

趙　旺
皮　氏：（同白）這回可完啦！

（趙旺、皮氏同下。）

王金龍：（白）春錦無知，劉大人，當堂釋放如何？

劉秉義：（白）大人明斷。

春　錦：（白）謝大人！

（春錦下。）

王金龍：（白）此案總算平復了！

潘必正
劉秉義：（同白）啊，大人，還有蘇三呢？

王金龍：（白）潘大人，將她交與劉大人發落如何？

潘必正：（白）可與劉大人發落。

劉秉義：（白）司裏不敢！

王金龍：（白）大人，何必忒謙！

劉秉義：（白）司裏審得的？

王金龍
潘必正：（同白）審得的！

劉秉義：（白）司裏斗膽了！左右，帶蘇三上堂！

門　子：（白）蘇三上堂！

（蘇三上。）

蘇　三：（白）叩見三位大人！

劉秉義：（白）來，扯下去打！

王金龍：（白）哎，你怎麼又來了？

劉秉義：（白）取笑了！啊，蘇三，你遭不白之冤，今遇都天大人，纔得審明。賞你插花披紅，去往白衣庵中暫住。聽候安排。

蘇　三：（白）多謝大人！

（蘇三插花披紅。趙旺、皮氏被綁暗同上，站兩旁。）

蘇　三：（白）謝大人！

【西皮散板】

蘇三出了都察院，

奸夫淫婦列兩邊。

（白）皮氏啊，賤人！你也有今日！我雖是娼家出身，早抱從一而終之志。到得你家一年，並不曾與那沈延林成親，可見我是清白的女子。你這賤人，謀死親夫，反來誣告於我，幸虧蒼天有眼，得遇清官……

皮　氏：（白）那是你的情人兒！

蘇　三：（白）斷明我的冤枉。我今日插花披紅，你此時披枷戴鎖。

這纔是天作孽猶可違,自作孽不可活。可憐你花了若干銀錢,只買成謀死親夫一行死罪。你悔是不悔?我好僥倖也!

【西皮散板】
自作自受休埋怨,
明正典刑在眼前!
(蘇三下。)

王金龍:(白)兩廂退下。轉堂!
(四劊子手押皮氏、趙旺同下,四文堂、三門子同下。王金龍、潘必正、劉秉義同歸座。)

王金龍:(白)此案得以公正判斷,皆劉大人之功也!
潘必正:(白)大人就該早日迎娶蘇三。
劉秉義:(白)就請大人準備花燭之事,司裏親往白衣庵迎接夫人就是。
王金龍:(白)又要有勞大人!
潘必正:(白)有道是能者多勞,他呀,是好事壞事都能辦哪!
王金龍
劉秉義:(同白)取笑了!
王金龍
潘必正:(同笑)哈哈哈哈……
劉秉義
(王金龍、潘必正、劉秉義自兩邊分下。)

第十七場　團　　圓

(王金龍攙蘇三同上。)
王金龍:(白)夫人,一日勞乏,快快歇息歇息。
蘇　三:(白)相公你也請坐。
(王金龍、蘇三分坐。潘必正、劉秉義同上,同敲門。)
潘必正
劉秉義:(同白)大人,快快開門。

王金龍：（白）來了！
(王金龍開門，潘必正、劉秉義同進入。)
王金龍：（白）夜已深了，二位大人還有何事？
潘必正
劉秉義：（同白）再與大人道喜！
王金龍：（白）有勞有勞，二位請過來。
潘必正
劉秉義：（同白）好好好。
王金龍：（白）站齊了！
(潘必正、劉秉義面向外並立，王金龍推出，關門。)
潘必正
劉秉義：（同白）哎呀呀，推出來了！
潘必正：（白）走吧！
劉秉義：（白）聽他們講些什麼！
蘇　三：（白）啊，相公，你我當年關王廟相見之時，哪曾想還有今日！
王金龍：（白）夫人提起關王廟，我倒好笑。
蘇　三：（白）笑什麼？
王金龍：（白）那晚，你見了周倉老爺，就是這樣……
(王金龍作哆嗦狀。)
蘇　三：（白）我不說你，你反來說我！
王金龍：（白）夫人說我何來？
蘇　三：（白）那晚你在關王廟，還不是這樣……嗯嗯嗯嗯……
(蘇三作哆嗦狀。)
潘必正
劉秉義：（同白）大人，開門，開門！
(王金龍開門，潘必正、劉秉義同進入。)
王金龍：（白）二位還未走去？
潘必正：（念）聞得大人打哆嗦，
劉秉義：（念）特地前來送被窩！
王金龍：（白）哎呀，取笑了！

楊三姐告狀

（評劇）

民國·成兆才

【作者簡介】成兆才(1874—1929)，字捷三，藝名東來順。河北灤縣人。出身貧民家庭。十八歲學唱蓮花落，二十二歲成為職業蓮花落藝人，曾輾轉賣藝於冀東各縣。1909年與月明珠等人在唐山組成慶春班，1918年改稱"警世戲社"，借鑒河北梆子、京劇等的音樂表演藝術，對蓮花落進行全面改革，逐步形成了一個新的劇種——評劇，並以其特有的文學、唱腔、表演及其伴奏形式，吸引了關內外的廣大觀眾，很快被邀至天津、營口、哈爾濱、瀋陽、長春、安東等地演出。作為評劇藝術及"警世戲社"的創始人之一，成兆才的劇本對評劇藝術的發展有着極其深遠的影響。他在1909年以後的二十餘年間，曾創作、改編整理了近百部劇本，其中《馬寡婦開店》、《王少安趕路》、《花為媒》、《杜十娘》、《占花魁》、《楊三姐告狀》等最為著名，是舞臺上常演劇目。

【劇情概要】該劇是成兆才於1919年根據前一年發生在灤縣狗兒莊的一樁真實案件編寫的一部時事新聞劇，又名《槍斃高占英》。劇寫暴發戶高貴章之子高占英娶貧女楊二姐為妻後，却與其大嫂、五嫂通奸。楊二姐察覺其逆倫之事後，良言相勸其夫。高占英非但不聽，反串通兩嫂及族叔高拐子合謀將楊二姐殺害。楊三姐隨母奔喪，發現其姐手指有傷，疑屬被害，便赴縣衙告狀。縣官牛成受了高家賄賂，將楊三姐趕出公堂，又把楊三姐哥哥楊國恩押進牢房。楊三姐不服，再次衝入公堂以死相拼，牛成怕事態擴大，只得放回楊國恩，令高占英賠償楊家一百五十元，以此結案。楊三姐將計就計，收下錢作盤纏，再赴天津告狀。在一些正義人士的呼吁下，尤其在徐律師的幫助下，利用當時官場矛盾，促使天津高等檢查廳楊廳長接下狀紙，開棺驗屍，終使案情大白，惡人伏法，冤情昭雪。

【版本流傳】1929年，安東(今丹東)誠文信書局出版了《評劇大觀》一至六集，收入了該劇。1957年，中國戲劇出版社出版的《成兆才評劇劇本選集》亦收錄了該劇。

【演出情況】該劇於民國八年(1919)由警世戲社首演於哈爾濱慶豐劇院，金開芳飾楊三姐，月明珠飾楊二姐，王鳳池飾高占英，成兆才飾高貴章。全劇共五十六場,分兩次演出。上演後,引起轟動。近百年來,盛演不衰,成為評劇的經典劇目。中華人民共和國成立後,該劇由江風、高琛整理改編。改編本於1962年由中國評劇院首演,張瑋導演,新鳳霞扮演楊三姐,張德福扮演高占英,趙麗蓉扮演楊母,趙連喜扮演高貴章,王度芳扮演廳長。1982年再度復排,石嵐導演,谷文月、高闖等先後主演。唐山市評劇團也曾整理演出。該劇於1981年由中央新聞電影製片廠攝製成電影戲曲片。1991年,由天津電視臺拍成十三集同名電視連續劇。

(朱俊源)

人 物 表

楊三娥——楊家三女兒
楊玉清——楊父
楊王氏——楊母
楊大姐——楊三娥的大姐
楊二姐——楊三娥的二姐
楊國恩——楊三娥之兄
楊秀春——楊三娥的叔伯哥哥
張茂林——瓷器店老闆
張劉氏——張茂林妻
高貴章——高家家長,高占英之父
高占鼇——高貴章的長子
高占英——高貴章的六兒子
鴇兒
裴　氏——高占鼇之妻
金　玉——高貴章五兒媳
高占魁——高貴章的五兒子
高貴合——高占英的族叔,又稱高拐子
高費氏——高貴合之妻
孫　福　　華治國
徐維漢　　劉來
劉李氏　　何占聲
金永德　　仵作
金二小　　廳長
王文炳　　警察
小三兒　　紳甲
牛　成　　店家
石先生　　土地

趙　氏	神像
村正副	老道
馮先生	丫環
陳先生	車夫
姜桂枝	夥友
戴　氏	鄰甲
姜桂蘭	鄰乙
二傻子	高三

第一場

人　物：張劉氏　張茂林　張子　張女　鄰人甲　鄰人乙
　　　　（小鑼，張劉氏上）
張劉氏：（念）福無雙降人常講，禍不單行果然真。
　　　　（小坐）（白）奴劉氏，許配張茂林為妻。乃山西人氏。隨夫來到天津落户，至今二十餘載，生下一兒一女。因家貧難過，丈夫以肩挑為業，遊至唐山，説是搭一夥伴，合本貿易，開設瓷器貨店，很得利息，至今家中日子，纔不甚為難。不料又遭不幸，丈夫前月來家身染重病，服藥無效，問卜不靈，好不叫人擔憂。今日天氣清和，不免扶起丈夫涼爽涼爽，丈夫起床來。
　　　　（張茂林內白）
張茂林：兒女攙我來。
　　　　（長錘，張子、張女攙張茂林上）
張茂林：（唱）
　　　　忽忽悠悠懶睜眼，
　　　　喘喘吁吁坐床邊。（欽鑼，張喘介）
張劉氏：（白）丈夫病體可覺好些嗎？
張茂林：唉！我呀！有死無生了，哪里有見好之日呀！（哭介）
張劉氏：唉！夫哇。

（唱）
他呆呆氣長歎！
勸聲丈夫心莫煩，
世上人都有三災並八難，
那有個得病就不痊。
待為妻另請名醫看，
不過是耐性兒多養幾天，
不必近思與遠念，
自勸自忍心放寬。（流板）

張茂林：（唱）
聽的賢妻良言勸，
愁眉緊鎖慢開言，（鎖板）
（白）唉！妻呀！千萬不可再請名醫，拙夫病重十分，連一分指望也是無有了！妻呀，是你近前來，我有話說呀。
（小搭調）（哭介）
（唱）
手拉妻和子眼淚不乾，
可歎我命運薄苦如黃連！
想當初無營生又無田產，
以肩挑為營業奔至唐山。
萍水遇高貴章一個貧漢，
我二人初見面甚是投緣。
白昼間買破亂夜宿一店，
他赤心我本分積下銀錢。
到後來租門面代掛後院，
賣瓷器很得利又把本添。
常言說本要大利就不短，
買與賣更興隆茂盛財源。
怎奈我前生定今生福淺，
窮命人有資財無福難擔，

前幾日回家來又把病染，
有九死無一生不定哪一天。
昨晚間勉強修書一箋，
我死後你帶書信奔到唐山。

張劉氏：妻與高某並未見過，哪裏去找呢？
張茂林：（唱）
糧食街雙順合三間門面，
下火車坐膠皮拉到門前。
莫憂疑你只管放心大膽，
高仁兄是君子無不周全。
到那裏與仁兄把賬結算，
足夠你母子們一世吃穿。
我還有兩件事未得全辦，

張劉氏：是什麼事哪！
張茂林：（唱）一口痰堵咽喉兩眼上翻。（鎖板，死介）
張劉氏：罷了（四擊頭）夫哇！（哭介）
（唱）
一見丈夫把氣斷，
嚇得頭上真魂穿！
兩手拉夫口口兒喚，
叫聲丈夫快把陽還。
你死一去只顧你，
撇下我母子誰照看，
只哭的死去活來人難辦。

鄰人甲：喲！這是怎麼說的，大哥還沒熬過來！
鄰人乙：你們娘三個別哭啦！拿個主意想個辦法吧。
張劉氏：且將屍首停起吧。（哭介）（眾擡屍下）
鄰人甲：大嫂怎麼發殯呢？
張劉氏：求眾位照料家下，我要到唐山瓷器店清理賬目，回來之後我要好好殯葬亡夫。

鄰人甲：大嫂子只管擇日起身，家中之事有我們照料就是。
張劉氏：有勞衆位費心了。
鄰人乙：好説好説。
張劉氏：罷了（一鑼）夫哇……（哭介，攜兒女，回頭，甲乙同下）

第二場

人　物：高貴章　高占鼇
（小鑼，高貴章上）
高貴章：（念）買賣興隆通四海，財源茂盛達三江。（小坐）（白）在下高貴章，娶妻王氏所生六子。長子占鼇，娶妻裴氏，次子占熊，三子占龍，四子占勳，五子占魁，六子占英娶妻楊氏。他弟兄六個都有妻子，各有營業。想起我當年家業貧窮，以肩挑爲業到了唐山，遇着天津張茂林，我二人合本作一小小的生意，年增日盛漸漸發達。兒子們有爲商的、有務農的、有讀書的，我亦是個耕讀門第。如今的人眼皮最薄，見我發了財咧，提親的每日不斷，長媳比長子小八歲，以下俱是年貌相當，老兒子娶甸子莊楊玉清之次女爲妻。我這位合本的夥伴張茂林自前月回家，聽説得病而死！他也不是天津的人，並無遠近親故，又況且妻幼子小，有何能爲，這兩處買賣豈不落我一人之手麽？明日更牌換區改寫賬目，雙盛合改寫全順合，再私立幾本假賬，以防後患，我兒哪裏？（小鑼，上占鼇）
高占鼇：來了，（念）聽得爹爹喚，邁步走上前。爹爹喚我有何吩咐？
高貴章：兒啦！只爲天津張某一死，我要……
高占鼇：怎麼樣？
高貴章：兒你附耳來……
高占鼇：哦哦！明白明白，兒早有此意，已叫我五弟把賬改好了多一半了。

高貴章：好好,真是龍生龍,鳳生鳳,有什麼樣的爹,就有什麼樣的
兒子。正是：(念)全憑奸狡興家業,
高占鼇：(念)不昧良心不發財。
高貴章：好話!(同下)

第三場

人　物：張劉氏　張女　車夫　閑人　高占鼇　高貴章
　　　　(劉氏帶女上)

張劉氏：(念)花花世界人煙廣,一處不到一處迷。(拉車的上)借
　　　　問一聲,這糧市大街往那邊去,拉車的?
車　夫：來,我拉你上那兒去吧!
張劉氏：可以,我要上雙盛合。
車　夫：知道,不是瓷器鋪麼?
張劉氏：正是。
車　夫：來吧!(拉下又上)
車　夫：借問您聲雙盛合不是這裏嗎?怎不對字號,搬走咧怎的?
閑　人：就是這裏,改了全順合了嘛!
車　夫：哦!借光了。
閑　人：好說好說,下車吧,到咧。
　　　　(車夫下)
張劉氏：裏邊那位先生在此?(占鼇上)我們是天津來的,求見高
　　　　貴章先生。
高占鼇：等候了,爹爹。
　　　　(高貴章上)
高貴章：何事?
高占鼇：有一位婦女,還帶着兩個孩子,說是天津來的,求見你老。
高貴章：哦哦哦,明白了,待我去見。(咳嗽)
高占鼇：這是老掌櫃的。
張劉氏：想來是貴章仁兄嗎?

高貴章：正是，你們這等高擡，我不认識，你等姓氏名誰？
張劉氏：我是茂林之妻，這是我一雙兒女，亡夫當初蒙兄照應，近來他已死去，我母子投奔仁兄，仍求關照！
高貴章：你是茂林之令正嗎？
張劉氏：正是。
高貴章：有何為憑？
張劉氏：現有亡夫遺下之書信！
高貴章：拿來我看！
張劉氏：是。（遞過）
高貴章：我這櫃上亦無家眷，不方不便，就請到櫃房裏落坐罷。
（進坐）
高貴章：待我一觀，（三元腔）不錯不錯，令先夫是我當初萍水相逢的朋友。他今一死，可傷，可歎。哎！命也。弟妹呀，他這書信可寫差了。
張劉氏：怎見得呢？
高貴章：弟妹聽了。
（唱）
未從説話連聲歎，
叫聲弟妹聽兄言。
我高某在此貿易十數載，
令先夫那年到唐山。
起先是在柴火市上賣破爛，
他手裏無資又無錢，
因他會寫又能算，
我倆見面甚投緣。
將他請到我瓷器店，
手中落下幾塊錢。
要在小號入股本，
十成有他二分錢，
每年間十元八元往家寄，

　　　　　在此處買鞋買襪買衣衫。
　　　　　後來更把性情兒變，
　　　　　不逛後街就逛九道彎。
　　　　　寶元班花了五百塊，
　　　　　雲卿下處花了總有一千三。
　　　　　身入迷途不聽勸，
　　　　　不順意時把臉翻。
　　　　　前月要與我把賬算，
　　　　　算清了只剩了三十元；
　　　　　原數交付不短欠，
　　　　　登上了快車把家還。
　　　　　今日裏書信上說買賣有他多一半，
　　　　　這事叫我甚為難。
　　　　　好像是我把良心壞，
　　　　　人若虧心上有天；
　　　　　我若虧心有半點，
　　　　　準叫我家風大亂起禍端。（流板）
張劉氏：（唱）
　　　　　劉氏聞聽一席話，
　　　　　如乜似呆半晌無言。
高貴章：弟妹是位明白人，這事叫我心中難過呀。（劉氏擦淚不語）弟妹，你再看這信，字跡歪斜，筆體無力，分明是他病重心昏，大大的寫錯了！弟妹你請幾位老實商人仔細察看，若有一筆不投，我情願將兩號原封交出。
張劉氏：咳！既然如此，我也無有異說，必是夫主心昏寫錯了。咳！這也是我舉家命運，只有聽天由命而已。
高貴章：我沒說麼，我若有昧心之處，準被現世現報，叫我全家家風大亂，走死逃亡。（冷錘）
張劉氏：仁兄不必說了，我母子要回去了。
高貴章：慢着慢着。令先夫在世我二人不錯，這人死難道情也不在了?略坐一坐,待我吩咐叫飯,你母子用了再走不遲。
張劉氏：我這滿心是火,用不下飯去,仁兄不必費心了。
高貴章：既然不用也就罷了。我與你母子拿着三十元錢以作盤費。
張劉氏：我如何收得,不敢,不敢。
高貴章：弟妹不可推辭,一半做你母子盤費,一半與我賢弟燒紙,莫推,莫推。
張劉氏：仁兄費心,是我收下就是。
高貴章：這纔對呢。來人吶！取三十元錢來！（取到）弟妹收起吧。
張劉氏：多謝仁兄。
高貴章：不值一謝,叫車去門口就有。
張劉氏：小妹告辭！
高貴章：請吧！請吧！（旦呀下）
（念）正是：修橋補路雙瞎眼,橫行霸道有馬騎。

第四場

人　物：高占英
（高占英上）
高占英：（念）數載讀透國文理,善畫全球地理圖。學生高占英。自十一歲入學,十六歲考入高等,今年畢業,正遇暑假文憑下來,我也不枉畢業一回,只得回家與居家報喜。又想我父,必在唐山貿易,我只得先到唐山告稟我父。二來我還有心上人金玉,幾月不見,實實想念,我二人乃是熱交兒,到那看看給她也報個喜,叫她也歡喜歡喜。我就是這個主意。正是：
（念）諸般之事全有忘,難拋知己掛心人。（下）

第五場

人　物：鴇兒　高占英　夥友
　　　　（鴇兒上）
鴇　兒：（念）熱情難結鴛鴦偶，有緣終成鸞鳳交。
　　　　（小坐）小奴萬年紅。當初打過腰提過氣，至今老了不行了。賣了幾個孩子，再租幾個，開了店，以開窰子過活。在此開了座金玉班。金玉是賺錢的，於前月從了良咧，就是雙盛合的東家高五先生，將他買去了。自她一走，也沒個好客頭兒咧，盡上些個茨兒皮，看起來哪碗飯也是不易吃呀！頭子！掛燈嘍！（下）
　　　　（高占英上）
高占英：（念）酒不醉人人自醉，色不迷人人自迷。
　　　　學生高占英，今到櫃上，只有我父在櫃，我五兄前月間赴天津辦貨去了，也未問幾時回來，先到金玉班，看看金玉要緊。走！到咧。進去。（夥友上）
夥　友：請到這屋裏坐吧。（入坐）
高占英：金玉呢？
夥　友：金玉從良去咧。
高占英：從了何人？
夥　友：我來日限不多，不知何人。老闆！老闆！
　　　　（鴇兒上）
鴇　兒：何事？
夥　友：這屋裏找你呢。（鴇兒進入）
鴇　兒：喲！高先生，您從哪兒來呀？
高占英：灤縣來。
鴇　兒：倒茶來！
高占英：不用！不用！我問問金玉從良了嗎？
鴇　兒：是呀！

高占英：從了何人？

鴇　兒：就是你貴寶號的高五先生。

高占英：那是我的家兄啊。

鴇　兒：親兄弟嗎？

高占英：我們是一個媽的嘛。

鴇　兒：更好咧，到了一家咧。

高占英：好好，我走咧。

鴇　兒：你老坐坐吧。

高占英：不咧！不咧！（外走，鴇兒下）哈哈，可說是五哥呀五哥！你豈不知那金玉是我的人兒麽？你也是讀書的人，難道不明大禮，你若霸娶弟婦，我就要欺兄霸嫂！（冷錘，小鑼下）

第六場

人　物：裴氏　金玉　高占英

（裴氏上）

裴　氏：（念）自幼生來好風流，無拘無束任自由。

（小坐）奴家裴氏，許配高占鼇為妻！咳！我們當家的比我大着八歲，我們兩個也不生也不爛，稀裏糊塗的過了半輩子咧！自我過的門來，見我六小叔子，是個小白臉兒，比我小五歲。嫂子、小叔子没隔膜，今天説咧明天笑咧，一遭生，二遭熟，慢慢地可就熟咧麽。不用笑話我，家家賣薄酒，不漏是好手。我二人苟合了三年。他娶了甸子莊楊家之女為妻，媳婦也好，他就把我撇了。這個小没良心的，真正可恨啊！這也不在話下。我們老爺兒們與五弟，俱在唐山料理鋪號。因我們老五喪了家口，由唐山娶了個媳婦來咧，是個妓女叫金玉，真有幾分姿色，今日怪覺着悶倦，何不到他屋裏説個話兒開開心呢。走走。（半拉小圓場）到咧。他五嫂子在屋裏呢呀？

（金玉上）

金　玉：在屋呀。啊！大嫂子，進來坐吧。

裴　氏：我竟坐着啦。

金　玉：大嫂子有何活計吩咐吧。

裴　氏：没什麽活計呀，怪覺着悶倦的，找你咱們説個話兒呀。

金　玉：大嫂下有何指教呢？

裴　氏：弟妹呀！

（唱）
未從説話帶愁相，
他五嫂子聽其詳。
想起不遂心的事兒有幾樣，
左思右想的太窩囊。
咱們家雖有幾畝薄沙地，
老爺兒們俱務買賣行。
兄弟五人作商客，
六弟讀書在學堂。
他弟兄個個都在外，
咱們妯娌冷冷清清守空房。
咱們妯娌六個，十二扇門緊閉無人進，
可倒好修行清淨難賣狂。
年青人誰不喜愛個風流事，
似這個冷冷清清叫人窩囊。

金　玉：一個老爺兒們那算什麽。

裴　氏：你不想嗎？

金　玉：我不想。

裴　氏：哼！

（唱）誰像你在唐山經的多來見的廣。

金　玉：（白）什麽？

裴　氏：（唱）
你又看見過那火車大煙筒鐵道樓房。

　　　　　像我們這村姑村婦難以開了眼吶,
　　　　　不是下地就是上場。(流板)
金　玉:(唱)
　　　　　大嫂子休說那不知足的話,
　　　　　哪一行也不好當。
　　　　　妯娌兩個說又笑。
　　　　　(流板)(小鑼碎,占英上)
高占英:(唱)占英邁步走進房。(鎖板)(白)二位嫂子可好?
金　玉:喲!老六來了。
裴　氏:老六,認的你五嫂子嗎?
高占英:早在唐山見過,今日到了一家咧,更好咧!
金　玉:熟人更不認生。
裴　氏:你大哥何日來家?
高占英:他無日回來。
裴　氏:再攔五天?
金　玉:没日子呢。
裴　氏:哪裏有總不上家的呢?!這叫什麽?
金　玉:你有多麽没出息,總掂着老爺兒們家來,也不怕老六笑活。老六哇!你五哥幾時住家來呀?
裴　氏:你不想麽?!
金　玉:你不用說我,我也不用說你。六弟呀!快去到你們那屋裏,看看他老嫂去吧!
高占英:不忙,不忙。我大哥、五哥都往天津辦貨去了,暫時不能回來呢。
裴　氏:幾時回來都可。六弟你家來咧,就好哇!
金　玉:着,對啦!對啦!去吧!(金玉推占英走,眉目動情,裴氏窺視金、英,兩邊下場。)
裴　氏:哦!他兩個這個光景,是有舊交兒吧!哼!有十成!
　　　　　(下)

第七場

人　　物：高占鼇　高占魁
　　　　　（高占鼇、高占魁上。）
高占鼇：（念）全憑眼力看高低，
高占魁：（念）總要貨高價出頭。
高占鼇：兄弟！
高占魁：哥哥！咱們出來多日啥也沒辦，許多的事情，咱得辦點正事兒咧，好早早的回去，以免得父親掛念。
高占鼇：兄弟呀！
高占魁：哥哥！
高占鼇：昨天我占了一卦，說有官司，叫我好生煩悶。
高占魁：江湖生意話，信那個做什麼！
高占鼇：哼！有準，得忍着點兒。
高占魁：咱們家正在發家走運的時候，什麼也不用憂慮呀。
高占鼇：什麼也不用憂慮，你說這個也對。（念）人有十年旺，
高占魁：（念）鬼神不敢謗。
高占鼇：（念）何必犯憂慮，
高占魁：（念）對！橫着膀子撞。（小鑼，同下）

第八場

人　　物：楊氏
　　　　　（小鑼，楊氏上）
　　　　　（念）為愁小女病，晝夜不安寧。
　　　　　（小坐）奴楊氏，許配高占英為妻。自奴過的門來，生一小女，剛交三歲，偏偏今春發生痘疹，十分沉重，我只得到街坊尋覓藥方，調治調治纔是。
　　　　　（唱）

不由一陣好心傷，
長吁短歎自思量；
又愁又恨又是氣，
煩惱交加火燒腔。
愁的是小女病甚重，
恨的是不顧人倫丈夫郎；
氣的是大嫂與五嫂，
無恥之婦好賣狂。
叔嫂調情不怕人講，
說笑打鬧的暗偷香。
把那三綱五常全然忘，
家風大亂敗門牆。
思思想想往外走，
到街坊尋個奇方熬藥湯。（下）

第九場

人　物：高占英　金玉　裴氏　楊氏
　　　　（高占英、金玉上）
金　玉：（念）可恨月老不睜眼，
高占英：（念）錯配姻緣改換難。
金　玉：金玉。
高占英：高占英。
金　玉：六弟呀。
高占英：嫂子。
金　玉：趁着你五哥不在家，咱們跑了吧？
高占英：往哪裏跑呢？
金　玉：往上海跑。（裴氏溜上）
裴　氏：哪裏也不如家好哇。（進門）呸！我把你個沒良心的，你得新忘舊的東西！

金　玉：喲！兩個是老朋友了。
裴　氏：我們好，你管不着。
金　玉：只許你放火，不許別人點燈呀。呸！没羞。
裴　氏：呸！你没臉。
高占英：你們別鬧啦，幸得那幾位嫂子往家去了，若是在家聽見，這是什麽樣子。
金　玉：
裴　氏：我們不要臉啦。
高占英：得顧就顧，你兩個不必争吵，我是一樣待人，給你十六兩，給你十六兩，無偏無向，好不好呢？
裴　氏：在乎你兩個良心吧！
金　玉：我這頭更好説。
高占英：我今天與你二人打了合，弄點酒菜兒，咱喝兩盅兒。
裴　氏：我有白乾酒。
金　玉：我有雞蛋。
裴　氏：我取酒。
金　玉：我炒菜。
裴　氏：咱們操辦起來。
　　　　（唱）二人如同得江山，
金　玉：（唱）你忙我亂不消閒。
裴　氏：（唱）裴氏忙看去燙酒，
金　玉：（唱）金玉點火把雞蛋煎。
高占英：（唱）高占英好似坐金殿，
　　　　　　　二妃奉陪在兩邊，
　　　　　　　三人説笑打又鬧，（流板）
　　　　（小鑼碎上楊氏）
楊　氏：（唱）
　　　　　　楊氏邁步轉回還。
　　　　　　隔玻璃窗往裏看不準，
　　　　　　打量着必是五嫂與夫男。

裴　氏：（唱）裴氏，
金　玉：（唱）金玉，
裴　氏
金　玉：（唱）便開言。（鎖板）
裴　氏：你快去吧，方纔被他老嬸子看見了。
高占英：不要緊，我不怕她。
金　玉：怕不怕的你且去吧，各回各屋去吧。
　　　　（衆人下）

第十場

人　物：楊氏　高占英　裴氏　金玉
　　　　（楊氏上）
楊　氏：（念）家門不幸出異事，難免他人惹笑談。
　　　　（歸坐，占英上）
高占英：（念）自古色膽如天大，世界人倫扔一邊。
　　　　（氣歸坐）
楊　氏：夫君你從哪裏而來，為何面帶不悅？
高占英：你少廢話。
楊　氏：夫君不必瞞我，我早知道呀。
　　　　（唱）
　　　　和顏悅色慢開口，
　　　　尊聲丈夫聽根由。
　　　　你且不可把眉皺，
　　　　妻有良言對你講究。
　　　　說的不周也要高擡貴手，
　　　　不可動怒與鬥毆。
　　　　咱本是為農讀書的門口，
　　　　丈夫你學堂畢業望擡頭。

　　　　你為何不往好道裏走，
　　　　學些猖狂走下流。
　　　　沒早沒晚的在五嫂子屋裏守，
　　　　與大嫂多年事兒外人講究。
　　　　你既讀孔子書當尊聖人禮，
　　　　老嫂比母是什麼人留？（上裴、金聽聲）
　　　　倘若傳出欺兄霸嫂的聲名怎堵外人口，
　　　　難道說他兩個無恥你也無羞。
　　　　為她們拋自己的恩愛拆散了自己的骨肉，
　　　　你站在人前怎擡頭？
　　　　婦人之本三從四德言工貌，
　　　　男子將三綱五常孝悌忠信乃是圣人留。
　　　　你們做事無羞無恥聲名大臭，
　　　　把那人倫一概全丟。
　　　　非我不平說的是醋口，
　　　　恐你們弄出事來場難收。（占英啐）

高占英：（三錘，唱）
　　　　放你媽的狗臭屁，
　　　　拉罷過來一頓大拳頭。
　　　　（亂捶。裴、金二人上拉架）

裴　氏： 他老叔，這是什麼事兒，快走，上我屋裏去吧！

金　玉： 他老嬸子，不用生氣，你且歇息歇息，待我們勸勸他就是了。
　　　　（楊氏恨下，衆散下）

第十一場

人　物：高拐子
　　　　（高拐子上）

高拐子：（念）一頓無酒飯懶咽，又扎嗎啡抽大煙。

(小坐)(白)高貴合。自幼讀書八載,後來抽上了大煙。閒暇看書,古詞、評詞、相書、藥書,沒有個未看過的,就是未看過律條,弄了個半途而廢。膝下有一兒一女,兒不本分,女好穿戴,我又無家業,弄的後手不搭實在為難。我何不到高占英那院,借幾元花用有何不可呢。如今是他大嫂子裴氏當家,這得去見裴氏說話。待我去上一趟。(下)

第十二場

人　物：裴氏　金氏　高占英　高拐子
　　　　(裴、金、占英上)

裴　氏：這屋裏來!(分坐)
高占英：真乃氣死我也。
裴　氏：你不用說咧,我們都聽見了。
金　氏：從今往後咱拉倒吧。
高占英：這一條連心之線,萬刀難斷!
裴　氏：終久得吃她的大害呀。
　　　　(拐子溜上)
高占英：這有何難,將她害死。
裴　氏：你們結髮的夫妻,你可捨的麼?
高占英：她早死我早得乾淨。
金　氏：你要捨的,我兩個幫手,將她害死就得了。
高占英：好!今晚我將她刺死。
金　氏：這是什麼話,一定如此了!
高占英：你不要後悔呀
　　　　(拐子咳嗽,進門。)
高占英：喲!叔叔來了請坐。(均帶慌張之色)
高拐子：有坐,有坐。
高占英：叔叔到此何事?

高拐子：求你們來了，借兩個錢花。
裴　氏：喲！還說得上求了嗎，你老用多少呢？
金　氏：你老用多少呢？
高拐子：借給我五十元吧。
裴　氏：二叔呀！借個十元、八元倒有，一下子借五十元？！二叔請想啊，誰家能有那麼多的方便錢呢？
高拐子：對，他大嫂子說的對。錢是有個方便不方便。對，借少了我還不夠用，那麼着，我就不借咧。（欲起身往外走介，原打算借個三元二元即可，及至聽見他們三人密謀之事，纔要脅一把。）（裴與金玉眼色介）
金　氏：大嫂子，二叔既有這樣用處的話，咱就給二叔想想辦法吧。
高拐子：着！誰家也沒有掛着無事牌，能幫忙就幫個忙，誰還能求不着誰。
　　　　（賣三音給英、裴、金聽介）
裴　氏：他五嫂子，你也湊湊去。
金　氏：是咧，我這有二十元。
裴　氏：（開櫃）這一包五十元，叔叔拿去吧。
高拐子：好好，總是家裏近便哪。你們方纔說今晚要做何事？
　　　　（三人齊慌）
三　人：哪……這個……我們未說什麼。
高拐子：（冷笑）你們不用瞞我，我都聽見了。
　　　　（三人慌跪）
三　人：哎呀！叔父千萬不可生事，這七十元錢，我們也不要你老還了，額外還有重謝你老人家。
高拐子：你們不要驚慌。起來，起來。我並非生事，恐你們當事者迷，自顧作了眼前之事，後來無法收場。
三　人：這個……
高拐子：再者說咧，她娘家若問，你們作何答對？
三　人：這個……

高拐子：哦！你們無有主意吧？
高占英：求叔叔指教。
高拐子：我給你們出個主意吧。你若用刀將她刺死，可收拾俐落，我與你們開下個一紙藥單，就說她得血崩之痊而死。若瞞的過去更好，總有差錯，我與你們打個干證，好與不好呢？
高占英：好，就是這麼辦吧！
高拐子：明早送到藥單。
高占英：你老先寫了吧。
高拐子：取筆來，待我寫來。（三元腔）
　　　　此單專治血崩之痊呀。
高占英：好，待我收起。
高拐子：告辭。
三　人：送叔叔。
高拐子：不動。（拐子下）
高占英：正是：（念）暗室定巧計，
裴　氏、金　氏：（念）鬼神也不知。（同下）

第十三場

人　物：楊氏　高占英　裴氏　金玉
　　　　（小鑼，楊氏上）
楊　氏：（念）眼跳心又驚，坐臥不安寧。
　　　　（高占英上）
高占英：（念）滿懷心腹事，盡在不言中。
　　　　（起更，閉門，楊氏放帳子，英左、楊右，娃哭。）
楊　氏：兒呀！
　　　　（唱）
　　　　聽的小女哭連聲，
　　　　摟在懷中心內疼，

　　　　　神手難治姣兒的病,
　　　　　你有九死無有一生。
　　　　　兒啦！兒啦！
　　　　　莫要哭啼睡了吧,
　　　　　也免得驚人不安,娘頭疼。
　　　　　哄的女兒睡了覺,
　　　　　自己低頭暗叮嚀。
　　　　　白日間丈夫不聽良言勸,
　　　　　二位嫂嫂假弄情。
　　　　　見他們眉來眼去有別故,
　　　　　好像那橫心霸道要行凶。
　　　　　彼時我躲到街坊人家去,
　　　　　見我那同鄉的姐姐訴分明；
　　　　　姐姐說我多心疑惑生閒事,
　　　　　夫妻情哪有那樣狠毒情。
　　　　　是我聽了姐姐的話,
　　　　　我纔敢回家睡朦朧。
　　　　　今晚心中止不住的跳,
　　　　　雖說不怕也擔驚。(起二更)
　　　　　聽的天交二更鼓,
　　　　　昏昏一睡到了夢中。
　　　　　(起三更,裴、金,短衣小扮,打手式。占英開門殺刺,楊氏死。摔死小女、劉來牆上掉下介,停起,妥當。)
高占英：諸事停當,明早接嫂嫂們回家,再與她娘家送信。
裴　氏：你那幾位嫂嫂不來,也好辦事,免的多加小心。
金　氏：大嫂說的是理。再者與她娘家,必須送個活信,等她娘家來了,再作道理。
高占英：那是自然,必須將二叔、二嬸請過來,幫扶咱們。
裴　氏：言講有理。
齊　：正是：

高占英：（念）為偷私情斷結髮，
裴　氏、金　氏：（念）莫講人倫且遂心。（同下）

第十四場

人　物：楊母　楊三娥　高三
　　　　（小鑼，楊母、楊三娥上）
楊　母：（念）昨夜蜘蛛下網，
楊三娥：（念）清晨烏鴉報鳴。
　　　　（小坐）
楊　母：老身楊氏。
楊三娥：楊三娥。
楊　母：女兒。
楊三娥：母親。
楊　母：必有不祥之兆。
楊三娥：有什麼不祥之兆呢？不過是咱這貧日子難過，使人不安哪。
　　　　（唱）
　　　　從從容容慢開言，
　　　　尊母親不必疑心不耐煩。
　　　　我大姐家中不愁過，
　　　　我二姐的婆家有吃穿。
　　　　父兄二人在樂亭縣，
　　　　與人傭工做長年。
　　　　他父子不能有大難，
　　　　有事必然把信傳。
　　　　只求其人平安就是福，
　　　　無災無難謝地天。
　　　　母女二人彼此相勸，
　　　　（小鑼碎，上高三）

高　　三：（唱）來了送信的名叫高三。
　　　　　（白）到咧，進去。表嬸在房？
楊　　母：哪個？
高　　三：狗兒莊的呀。
楊　　母：哦！到屋裏坐下説話吧。
高　　三：不用了。我是來送信的，你家姑娘得的血崩之症，甚是沉重，我前來接你老人家來咧，快走吧。
楊　　母：喲！這是怎麽説的！
楊三娥：我也去看看姐姐去。
　　　　　（穿衣，鎖門，同下）

第十五場

人　　物：高占英　高拐子　費氏　楊母　楊三娥　老婆　羣衆
　　　　　（高占英、高拐子、費氏上。）
高占英：（念）大事纏身無主見，全懶叔父巧遮瞞。
高拐子：（念）不是叔叔吹牛腿，管保舉家得平安。
　　　　　（歸坐）
高占英：叔叔，她娘家來人，可是怎樣答對他們呢？
高拐子：預備下棺材。她要來了，大家勸進房中説話，外邊入殮不叫她看見，我自有道理。
費　　氏：勸他進房在我。
　　　　　（費和幾個老婆弔奠，拐子招待介）
高拐子：大家把棺材搭好了！
　　　　　（衆招手完）
老　　婆：甸子莊親戚來了。
　　　　　（同下。楊三娥母女上，到，下車。）
　　　　　（大過場。哭上。外場停屍。）
羣　　衆：親戚往屋裏坐吧，歇息歇息。
　　　　　（三娥撲屍，拉姐姐手，面生疑色，被衆攙扶下）

高拐子：大家招手入殮罷！
（入定蓋完）
打墓的打墓，做飯的做飯，各執其事呀！
（沖頭，三娥母女上。哭介。歸坐。）
費　氏：親家母不必哭了，歇息歇息吧。
楊　母：我閨女得的啥病呢？
費　氏：血崩症。
楊　母：此症焉能一宿就死咧？
費　氏：得病有幾天了，她自己也未當要緊之症，也是她不會保養受了風咧。
楊三娥：我姐姐的左手，為何用布與棉花裹着呢？
費　氏：咳！你娘兒兩個不知道呢，你的小外甥女兒也死咧，我告訴你們實情吧。
（拐、英走至窗外聽見一驚介。冷錘。）
費　氏：孩子一死，他媽要經手，一行哭，一邊捆，將手也刮破咧。哭的受了風了嘛，誰知她四更就死咧。
（拐、英放心。母、女又哭。）
（拐、英進。）
高拐子：親家母不必哭了，你姑爺來見你來了。
（占英跪哭）
高占英：小婿有罪呀，岳母。
（哭攛，三元腔。）
高拐子：你們別哭咧，入殮咧，到外邊燒燒紙再哭吧。
楊三娥：我們來了，也未得好好看看，怎樣就入殮呢？
高拐子：恁不必着急，因為今天日子不好，入殮不許過午，還不許隔夜埋葬，如若過午入殮，隔夜埋葬，一月內準犯重喪，還怕死當頭的入呢。
楊三娥：你怎麼知道呢？
高拐子：我看書看出來的。
楊三娥：什麼書上有這些個事兒？

高拐子：我竟看"馬寡婦開店"來着。
楊　母：哎！已就如此，入了殮，就入了殮吧！也用不着看她了。
　　　　走！咱哭她一場去吧，！叫她早早的（哭說）入土去吧。
楊　母：罷了！短命的女兒呀！
　　　　（唱）哭了聲女兒壽命短，
楊三娥：（唱）叫了聲姐姐你死的冤！
楊　母：（唱）
　　　　女兒呀，丫頭哇！從小跟未曾得好，
　　　　你替爹娘發了些愁哇為了些難。
　　　　你一十九歲把門兒過，
　　　　好婆家不愁吃來不少穿。
　　　　剛出了苦海登上岸，
　　　　你這個命薄的丫頭有福不能擔。
　　　　得了這個樣的要命的病，
　　　　一宿的光景染黃泉。
楊三娥：（唱）
　　　　姐姐呀，姐姐呀！
　　　　你在棺材裏答應我幾句呀！
　　　　你對妹妹訴訴你那得病之源。
　　　　姐呀，姐呀！
　　　　這麽樣的叫你你怎麽不答應我，
　　　　真把那姐妹之情扔在一邊！
　　　　你扔妹妹我不忘你，
　　　　從小至今的事兒我記的周全；
　　　　曾記得姐姐你抱我遊咱院，
　　　　怕我啼哭逗我玩；
　　　　過十歲教我做活習針線，
　　　　總無生嗔不耐煩。
　　　　姐姐你那年一十九歲把門過，
　　　　小妹那年將十三。

　　　　　這幾年姐妹來往多親近，
　　　　　你一死竟把小妹扔一邊。
　　　　　姐姐呀！
　　　　　陰靈兒不遠你也聽得見，
　　　　　隔木板你與妹妹訴訴冤。
　　　　　三姐哭的如酒醉。（流板）
費　氏：（唱）費氏上前勸一番。
　　　　（白）親家母與三姑娘，不必哭了，人已死啦，哭也無益呀，保養身體要緊哪。
楊　母：兒啦！
　　　　（牌子，燒紙，起靈吧，大過場，擡、埋，哭回。）
高占英：岳母不必過慟，小婿定不忘岳母之恩，不日續弦，必要上門認母。
楊　母：在憑你吧。套車送我母女回家去吧。
　　　　（拐吩咐套車，衆齊送。三娥母女下。閒人四散。拐、占英當場分送。）
高拐子：小子，你看妙不妙？
高占英：好計，好計！你老上座飲酒吧。
高拐子：（念）正是：閉目千條巧妙計，
高占英：（念）神鬼難測人不知。（下）

第十六場

人　物：劉李氏
　　　　（劉李氏上）
劉李氏：（念）心懷一件憂疑事，不敢明言恐透風。
　　　　（白）奴劉門李氏，婆家在狗兒莊，與高占英相隔不遠。占英之妻楊氏，與我乃係一鄉的娘家，又是表姐表妹的稱呼。那日她和家中生氣，表妹跑到我家與我說：她家有刺殺她之心，被我勸回。我昨日歸寧，不料想表妹果然一死，

想是她舉家害死,也未可定。今日三表妹弔孝回來,我何不到那裏打聽打聽,可有別的動靜無有,待我前去。(下)

第十七場

人　物：楊母　楊三娥　劉李氏
　　　　　(楊氏母女上)
楊　母：(念)兩眼不止思女淚,
楊三娥：(念)萬刀難斷姐妹情。
楊　母：咳!
楊三娥：母親不要過慟,躺下歇息歇息吧。
楊　母：咳!女兒!(拉母躺臥)
楊三娥：咳!真乃悶死我也。
　　　　　(唱)
　　　　　獨坐房中甚淒涼,
　　　　　思想姐姐心內傷。
　　　　　不明不白把命喪,
　　　　　也不知是得病而死還是被害身亡?
　　　　　糊裏糊塗的入了土,
　　　　　姐姐呀!也不顧妹妹與咱的娘。
　　　　　淒淒涼涼胡思亂想,(流板)
　　　　　(小鑼碎,李氏上)
劉李氏：(唱)劉李氏邁步走進房。(鎖板)
劉李氏：妹妹在房嗎?
楊三娥：表姐來了,快快坐下吧。
劉李氏：咳!想不到二表妹,死的這等快。白天還往我那裏串門去了一回,不料黑夜就死啦。知道那天我住娘家來,和我坐了半天,還說半天話兒呢。
楊三娥：哦!我二姐那天往你家去,説什麼話啦?
劉李氏：説她夫妻打架生氣之事,又説舉家棄嫌於她,丈夫又要打死、罵死、殺咧、刮咧,被我勸回去了。我隨後上車,往娘家來咧。誰想她,那晚上得急病而死呢!我來打聽一下,是怎麼發殯的?
楊　母：咳!我們連看見都未曾看見,說是日限不好,恐伯犯重喪,一天就埋了。
劉李氏：咳!二表妹無福哇,我回去了。
楊三娥：表姐再坐吧。
劉李氏：不坐了。(下)
楊三娥：適纔表姐所言,句句有差,我姐姐一定是死的不明,是被她家害死的!已就入土,也叫人無法可使。罷了!我那難見面的姐姐呀!(哭下)

第十八場

人　物：高占英　夥計
　　　　(高占英上)
高占英：(念)貧居鬧市無人問,富住深山有遠親。
　　　　(坐白)高占英。自從刺死楊氏,絲毫未漏,真乃幸運也。總是我高家有錢,人人奉承,凡事好辦。至今楊氏死去不過數日,提親的不斷,定妥曾集鎮孫某之女,已經擇定吉期,下月搬娶。我得到甸子莊,探望岳母,續親送信,使岳母寬心,免其後患,豈不是上策嗎。夥計!
　　　　(夥計上)
夥　計：有。
高占英：把青頭騾子給我備上,我往甸子莊探親去。
夥　計：備好啦。(英,出門上騾,騎下。)看看我們六東家,前面帶凶氣,後面無後影,他必有災星。(下)

第十九場

人　　物：楊母　楊三娥　高占英
　　　　　（楊氏母女上）
楊　　母：（念）面帶憂愁思愛女，
楊三娥：（念）心懷不平報冤仇。
　　　　　（高占英上）
高占英：（念）和顏悅色見岳母，買動人心假溫柔。（進門）
　　　　　（白）岳母可好？
楊　　母：賢婿免禮落坐，你今到此何事？
高占英：前來報喜。
楊三娥：我們愁有千萬，喜從何來？
高占英：如今繼娶曾集鎮孫某之女，娶親有日，過門先來認母，豈不是一喜嗎。
楊　　母：好哇！你不忘我，也就是了。
高占英：小婿焉敢忘恩。
楊　　母：她姐夫喝酒吧。
高占英：是。（飲介）
楊三娥：縱然續來了一個，也當不了一奶同胞的，彼此疼愛呀。
高占英：你胞姐親近，她已入土，你也看不見了。
楊三娥：我也許扒出墳來，看上一看。
高占英：你敢扒墳，我就控你。
楊三娥：你控我什麼？
高占英：控你扒墳盜墓。
楊三娥：你有一告，我有一訴。
高占英：有何可訴？
楊三娥：我姐死的不明。
高占英：哪個害死她不成麼？
楊三娥：也許。

高占英：你量何人害死她？
楊三娥：你。
高占英：我就是將她害死,你該怎麼樣？
楊三娥：上堂告你,與我姐姐報仇哇。
高占英：(冷笑介)你小小的黃毛丫頭,做不了大事。
楊三娥：好說！你這拉青屎的孩娃子,你看我做到做不到。
高占英：好！候着你就是了。
楊三娥：你接着三姑奶奶的吧。
高占英：哼！我走了,看你的。(下)
楊三娥：你別穿兔子鞋,就是好小子。
楊　母：她姐夫回來！她姐夫回來！咳！丫頭你呀,怎麼這麼奸詐。
楊三娥：我的糊塗媽呀！
　　　　（唱）
　　　　秋波兩眼淚珠兒灑,
　　　　叫了一聲我那糊塗的媽。
　　　　我姐姐並非病死,
　　　　分明是被她家殺。
　　　　咱母女那日去弔孝,
　　　　不容瞧看往屋裏拉。
　　　　女兒強近前去我看的準,
　　　　我二姐左手以上裹着棉花。
　　　　再者說不通知咱們就入殮,
　　　　這個樣兒慌忙為什麼？
　　　　一定是被他們害死,
　　　　欺負咱們是莊農人家。
楊　母：(白)他們是恩愛夫妻,如何下的毒手呢。
楊三娥：媽呀！
　　　　（唱）
　　　　聽人說他的大嫂、五嫂俱不正,

　　　　　他三人苟合無有羞搭。
　　　　　嫌我姐姐她礙眼，
　　　　　他三人同心定計把我姐姐殺。
楊　　母：（白）咳！縱然是被殺死的，誰與咱們做主哇！
楊三娥：（唱）
　　　　　人命關天白拉倒，
　　　　　難道説中華民國無有王法。
　　　　　兒要與姐姐把仇報，
　　　　　打一個開棺檢驗將墳扒。
楊　　母：（白）兒呀！不行啊！一則咱們貧窮，二則你父兄俱與人家傭工，又不在家，你一個十幾歲的丫頭家，如何辦的了呢？
楊三娥：媽呀！
　　　　　（唱）
　　　　　女兒我三國列國也不懂，
　　　　　也不知前朝典故是誰家。
　　　　　我聽過鼓詞也看過影，
　　　　　幾位奇女兒記下：
　　　　　有一位替父從軍木蘭女，
　　　　　緹縈救父出監人可誇，
　　　　　她是女子兒也是女，
　　　　　莫非説她們有烈膽就不許孩兒我心俠。
　　　　　女兒心事一定了，
　　　　　明日到灤縣去告他。
　　　　　（白）母親要不叫兒去告狀，我也不願意活着咧，我便撞頭一死。
楊　　母：女兒一定要告，娘不攔你。就是你這盤費怎麽辦？
楊三娥：明早兒到繩家莊，與我大姐姐説明，借她幾天盤費。再叫我姐夫，將兒送到灤縣，找個店房就好辦了。
楊　　母：在憑你去罷。明日我也託人，到樂亭，或是你父或是你哥

哥,找回一個來,趕緊前去,好幫助女兒辦事,正是:
(念)兒大不由爺,女大不由娘。

楊三娥:(念)姊妹同胞重,捨命上公堂。(下)

第二十場

人　物:楊三娥
(起五更,三娥內叫尖板)

楊三娥:(唱)
聽的譙樓五更天,
(四擊頭,三娥前僕後摔上)
含淚跑出自家園。
為報仇不顧跑途遠,
不怕魔妖鬼來纏。
走的吁喘身出汗,
粉面通紅眼皮兒粘。
捨死忘生往前趕,
見了大姐再訴冤。(急急風下)

第二十一場

人　物:金永德　金二小　楊大姐　楊三娥
(金永德上)

金永德:(念)事不關心,關心者亂。當家之人,晝夜不安。老漢金永德。昨日説是今天往灤縣拉米去,還不見他們套車呀。二小子!(小上)

金二小:哈哈!

金永德:套車呀!

金二小:我在這拴牛套呢。
(楊三娥上)

楊三娥：走哇！（急急風）
（緊板唱）
邁步就把莊村進，
正遇姐夫在門前。
（白）姐夫可好？
金二小：這不是他老姨麼？
楊三娥：正是。
金二小：你怎這麼早這樣光景到此，快到家裏說話，走，走，他老姨來了。
（一家人上）
楊大姐：你怎麼這個模樣到這兒來啦？
楊三娥：姐姐呀！叫我一言難盡了，我二姐死之不明，我要與我二姐報仇。
楊大姐：你是怎樣報法呢？
楊三娥：我要進城告狀，與高占英見個高低。
楊大姐：你小小的女兒家，如何辦的這個事兒呢？
金二小：他老姨，你不必管這個事啦。你二姐已經入土多日了，你說不是好死的，當時未曾發作，挨至今天生事，豈不晚了嗎？告不到好處，倒不如忍下為妙哇。
楊三娥：你們兩口子異口同音，想是怕連累你家花錢。姐姐你想，咱是一奶同胞的姐妹，二姐被她舉家害死，咱父母年老無能，你我不去報此仇，白白便宜她家不成。我情願自己出頭前去告狀，你要攔擋不讓我去，我也不回去了，就死在你家吧。待我撞頭一死。（拉介）
金二小：你不用如此，不攔你就是了。
楊大姐：你這盤費可曾有嗎？
楊三娥：咳！
金二小：不用發愁，我借給你二十元盤費，正遇我要進城拉米，你坐車，送你進城，好不好呢？
金永德：侄女！呈子上千萬摘清，不要瓜連許多人哪。

楊三娥：表伯萬安吧。正是：（念）一不作，二不休，殺人不死枉為仇。（急急風下）

第二十二場

人　物：王文炳　金二小　楊三娥　小三兒
（小鑼，王文炳上）

王文炳：（念）孟嘗君子店，千里客來投。
（小坐）在下王文炳，在三義店管事照客，待我招呼招呼。有住店的這裏來呀！好菜好飯，錢不多算，寫呈遞稟，事事方便，住店的這裏來呀！
（水底魚，金二小趕車上）

金二小：到咧。（三姐下車）

王文炳：辛苦，辛苦。住下吧？

金二小：我們三姑娘住下打官司來咧。我的車，往車站去。

王文炳：可以，好好，謝謝。（金二小下）
姑娘往裏請吧，我們這店裏有家眷住宅。三兒快來！
（小鑼，小三兒上）

小三兒：哈，來啦，何事？

王文炳：給這位姑娘找所單間兒，離咱後院家眷房子近着點方好。

小三兒：喳！隨我來，這屋吧。（娥隨小進介）
姑娘用什麼飯哪？

楊三娥：明日再用。我問你，哪里有寫呈子的先生啊？

小三兒：此店有一位律師周先生，寫的可好着哪。

楊三娥：奉求兄弟，領我前去，我要寫呈狀。

小三兒：可以，隨我來。這門不用鎖，什麼也沒不了。（同下）

第二十三場

人　物：周卓清　小三兒　楊三娥

(周卓清上)

周卓清：(念)七寸竹管三分毫,好比一把殺人刀。
(小坐)在下周卓清。
(小三兒帶三姐上)

小三兒：周先生在房嗎？

周卓清：在房。

小三兒：來了寫呈子的咧。

周卓清：進來吧。(娥入,小三兒下)

楊三娥：先生可好？

周卓清：好,請坐吧。姑娘寫狀嗎？

楊三娥：正是。

周卓清：所為何事？

楊三娥：狀告姐夫高占英,殺死我的胞姐。

周卓清：人命呀。

楊三娥：正是。

周卓清：誰的報告？

楊三娥：無有。

周卓清：干證？

楊三娥：無有。

周卓清：哎呀！一無報告,二無干證,你又是位幼女,如何辦得這樣大事,只怕不准,這個呈子怎麼寫呢？

楊三娥：咳！我家父兄,俱在外與人家做工,是哪裏有報告干證呀！敢煩先生高見,與我寫一張吧！(哭介)

周卓清：只可你頂狀鳴冤,全憑你口訴懇求准案,照呈子論公事,十有八九不准哪！

楊三娥：先生明見,與我寫張吧！

周卓清：待我與你寫一張就是了。你家住在哪莊,哪甲,姓氏名誰,多大歲數,再將起事根由,仔細說來。

楊三娥：先生聽啊：
(唱)

家住城西甸子莊，
一十七歲本姓楊。
兩個姐姐一位兄長，
姐妹四人一位娘。
父兄在樂亭把工做，
母女在家度時光。
大姐出閣歸金姓，
二姐許配狗兒莊。
高占英是我二姐夫，
家風大亂敗門牆。
與他那大嫂裴氏、五嫂金玉，
三人暗有苟合亂綱常。
嫌我二姐礙他的眼，
深夜行刺用刀傷；
摔死我們外甥女，
母女兩個一夜亡。
父老兄憨還在外，
老娘病體難起床。
萬般出於無計奈，
民女出首喊冤枉。
要與胞姐把仇報，
辯白得體上公堂。
要打開墳檢驗方消恨，
若是無傷我願抵償。（鎖板）

周卓清：（寫完閱介）寫完了，拿去吧。

楊三娥：求先生念一遍我聽，我好照呈子訴情。

周卓清：可以，你聽着：（念）"具呈人民女楊三娥，年一十五歲……"

楊三娥：先生寫差了。

周卓清：怎麼寫差了？

楊三娥：我一十七歲了。
周卓清：哦！姑娘！你有所不知呀，女年已及笄，禮當出聘，一十七歲正當出閣，你這官司准不了。你呈狀也不是三堂兩堂，就了結之事，三年二載都許完不了，做官的也怕你不長久在家，就有個不准。你若瞞兩歲，就說一十五歲，內有好大的益處哇。
楊三娥：哦！先生高見，民女記下。
周卓清：你聽！（念）"係城西南甸子莊人氏，為叔嫂同奸侵害人命事：竊民女姊妹三人，二胞姐許配狗兒莊高占英為妻，過門四載只生一女。高占英與其大嫂裴氏、五嫂金玉，三人通奸苟合數載，嫌民女之胞姐礙眼，引起害命之心，於三月十三日夜間，三更時候，三人持刀將民女之胞姐刺死，摔死兩歲幼女。彼時送信，稱暴病而亡，掩埋入土。民女思之胞姐死之甚屈，無奈匍匐來署，頂狀鳴冤。懇乞縣長，賞傳究辦，以雪清白，則感大德無涯矣！"收起來罷！
楊三娥：是！先生請留筆資。
周卓清：不要了，你這等可憐，留着你用吧。
楊三娥：謝謝先生！
周卓清：請回歇息去吧。（同下）

第二十四場

人　　物：牛成　警察　楊三娥
　　　　　（起五更，牛成上。）
牛　　成：（念）衙門口，向南開，
　　　　　（白）幫審牛成！今早坐堂，所為辦理錢糧一案，來！傳庫房、糧房。
警　　察：喳！還沒到齊呢。
　　　　　（楊三娥上）
楊三娥：冤枉！

警　察：禀縣長,有一幼女喊冤。
牛　成：帶上來!
警　察：喳!上堂回話。
楊三娥：與縣長叩頭。
牛　成：你叫什麼名字?
楊三娥：楊三娥,
牛　成：你多大歲數了?
楊三娥：十五咧。
牛　成：你有呈狀嗎?
楊三娥：有呈狀。
牛　成：呈上來!(呈上閱介)楊三娥!
楊三娥：有。
牛　成：你老爺是三八放告,四九收文,你為何手執呈狀前來喊冤?
楊三娥：老爺請看民女呈狀上,敘明的冤枉吧。
牛　成：你家都有什麼人?
楊三娥：父、母、家兄。
牛　成：既有父母還有胞兄,何用你小小的女子,出頭露面哪?
楊三娥：我父兄俱在樂亭、昌黎打散工幫人,無處去找,因此民女出頭。
牛　成：你母也當出頭哇?
楊三娥：我母多病,不能動轉。
牛　成：你母不能前來,難道你無個親疏當家嗎?
楊三娥：我家是孤戶單丁,哪里有親門近支呀。再者說,人命之事關係甚重,親友不准調詞,民女無奈纔來告狀。望乞縣長,與民女做主哇!
牛　成：不成!你這呈狀之上,一無報告,二無干證,三來,你是小小的女子,不能懂情,等你父兄回來,另寫呈狀方准。(摔下呈子)退堂!(牛下)
楊三娥：民女冤枉,我父兄實實來此不及,望乞縣長做主吧!

（哭介）

警　察：你不必求了，你這呈子上，無有報告，無有干證，不行呀，准不了。下去另寫一張，着上干證、報告纔行呢。下去吧！（下）

（娥精神受到刺激，屢次眼望堂上歎氣，回頭下）

第二十五場

人　物：楊國恩　楊三娥　小三兒

（沖頭，楊國恩上）

楊國恩：走哇！

（念）聽的來人報凶信，心中好似利刃分。

（白）楊國恩。家中來人言說，我二姐姐被她婆家害死咧，三妹妹進城告狀來咧。我只得急速趕去。

（唱）

父子在外做長年，

不料家中起禍端。

只得急速把城進，

兄妹大堂齊喊冤。

不顧回家把母探，

一直進城去見官。

（白）到三義店門口咧。裏面有人嗎？

（小三子上）

小三子：裏邊請吧。

楊國恩：打聽一個人哪？

小三子：誰呀？

楊國恩：有一個姓楊的姑娘，打官司的，在這裏住着吧？

小三子：有一個楊三娥。

楊國恩：他是我親妹妹，我是他哥，您領我到那屋裏去吧。

小三子：隨我來。有請三姑娘，（楊三娥上）

楊三娥：何事？
小三子：你哥哥來咧。
楊三娥：哦！哥在哪裏？
楊國恩：妹妹哪裏？
楊三娥：罷了！（對哭，三元腔）
　　　　哥哥你從家裏而來嗎？
楊國恩：未到家，從樂亭而來。
楊三娥：你知道了哇？
楊國恩：咱媽與我送的信，我纔知道的。你可寫了呈子嗎？
楊三娥：咳！哥哥呀！
　　　　（唱）
　　　　昨晚寫了一張狀，
　　　　今早小妹我上大堂，
　　　　坐堂是位牛縣長，
　　　　喚上小妹問其詳。
　　　　我獻上呈子訴冤枉，
　　　　他說我妄告不實混猖狂。
　　　　一無報告二無干證，
　　　　摔下呈子退了堂。
　　　　我正為報告無處找，
　　　　哥哥來的正相當。
　　　　今晚寫下一張狀，
　　　　明日兄妹上大堂。
　　　　打一個開棺檢驗把仇報，
　　　　哪怕高占英他不抵償！（流板）
楊國恩：（唱）
　　　　聞聽此言把頭晃，
　　　　此事有些不妥當。
　　　　（白）妹妹，這個主意不妥吧？
楊三娥：怎見得？

楊國恩：頭張不准，二張呈子有了報告無有干證，只怕還是不准。縱然就是准了，二姐姐已經入土多日，也未必打到開棺檢驗；就是打個開棺檢驗，準知道咱二姐姐有傷嗎？若是無傷怎了呢？

楊三娥：二姐姐左手有傷，身上一定有傷，定然是高占英給害死的！

楊國恩：咳！兩可之間，不如不告，忍下為妙。早早回家，免得母親在家掛念。

楊三娥：咳！你呀！你呀！咱是一奶同胞姊妹，這樣屈死，你既是六尺高男子漢，就當與姐姐報仇，你不但不報，反來擋我，你想怎對得起死去的姐姐！看你這樣朽木之材，難成大器！明日你回家去吧，躲開了此事，任我一人所為，我若辦不到此事，我也不能回家，就死在此處，是我命該外葬，毫無抱怨你們就是了！你回家去吧！（哭介）

楊國恩：咳！妹妹別哭了，如此我不擋你就是了，就依你辦。

楊三娥：好，哥哥既願，等明早兒兄妹一齊上堂。正是：（念）明日重寫冤枉狀，

楊國恩：（念）不報冤仇永不休。（急急風，同下）

第二十六場

人　　物：高占英　夥計

（高占英上）

高占英：（念）人有虧心眉頭鎖，恐露風聲禍纏身。（白）學生高占英。自那天在岳母家中，與三小姨子搶白了幾句口舌，聽說她果然進城去告，叫我有些放心不下。（夥計上）

夥　計：六東家，看看自灤縣來的書信。

高占英：拿來我看。（閱）哦！哦！是了。送信的人現在哪裏？

夥　計：現在門房。

高占英：好好的款待。
夥　計：是。（下）
高占英：哈哈！三丫頭果然告了，幸而未准。這是學校裏的朋友，與我送來的書信，教就加以防備。如此待我急速進城，暗中打探動靜，若有不詳，講不了多花幾百元錢，也無甚大妨礙。（下）

第二十七場

人　物：高貴章　大伺夫
（高貴章上）
高貴章：（念）有錢能脫橫禍，無錢就把頭低。
（白）在下高貴章，在唐山開設買賣很得利息，趕上家中不安，把個老兒媳婦死咧！小孫女也死咧！我也未能回家，任憑他們辦理發送出去了。近日又說妥了曾集鎮孫某之女，不久的就要娶親過門，我只得回家張羅張羅，好辦喜事。大伺夫！（大伺夫上）
大伺夫：哈。
高貴章：到周發店給我顧輛小車，我回家呀！
大伺夫：啊。（下）

第二十八場

人　物：牛成　警察　楊國恩　楊三娥
（牛成上）
牛　成：（念）灤縣作幫審，所為想金銀。
（白）幫審牛成，自我到灤縣以來，晝夜打算，時刻用心，打算着多落幾塊洋錢，凡打官司的不論原、被告，哪頭洋錢多，哪頭就打有理的官司；哪頭人情重，哪頭占上風，如今就是這個事。今日坐堂，為了學堂捐款一案。傳衆紳董們上堂！

警　　察：還沒到齊呢。

（急急風，楊國恩、楊三娥上）

楊國恩、楊三娥：冤枉！

警　　察：回縣長，楊三娥帶領一男又來喊冤。

牛　　成：帶上堂來！

警　　察：上堂回話！

楊三娥：與縣長叩頭。

牛　　成：這個男子，你叫何名？

楊國恩：楊國恩！

牛　　成：可有呈狀？

楊國恩：有。（呈上，官閱完）

牛　　成：你二人怎麼論呀？

楊國恩：她是我妹子，我是她哥，就這麼論。

牛　　成：楊國恩！

楊國恩：有！

牛　　成：你說你姐姐是高占英害死，你怎不告上個干證呢？何人見證？何為事實？你說！

楊國恩：啥叫事實，我不知道啊，我妹妹全然知道。

牛　　成：楊三娥你說！

楊三娥：回縣長話，那日是我親自見我二姐左手有傷。

牛　　成：手上有傷，不能死命啊。

楊三娥：她身上一定有傷！

牛　　成：她身上都是哪里有傷，是你親眼所見哪？

楊三娥：民女並未看見。

牛　　成：可你沒看見，怎麼知道你姐姐身上有傷呢？

楊三娥：那天見我姐姐，左手用棉花包着，我要細看，她家不容，推的推，揉的揉，推到屋裏，外邊將我姐姐入殮了！假說日限不好，不許過午入殮，不許隔夜埋葬，不然必死當頭之人。彼時，我母女哭回家中，細想其中，這些掩掩遮遮，一

　　　　　定是被她家害死,求縣長為民女做主吧!
牛　　成：雖然如此,你這呈子寫的有些妄告不實。
楊三娥：怎見得?
牛　　成：你告高占英與其大嫂裴氏、五嫂金玉,三人通奸,你是個幼女,況且又在兩個村莊住,怎知道這些個閒事兒呢?
楊三娥：今年正月,我二姐回家,與我母哭訴,我纔知道。他三人苟合,我二姐一定是被他三人殺害,望乞縣長與我作主,開棺檢驗吧,若是無傷,我願認罪!
牛　　成：哼!不成!不成!你老爺明白你的心事,你是貧無所使,看高占英是個有錢的,你為借貸不允,你是借此為由,想着訛詐他兩錢是也不是?
楊三娥：(怒介)縣長認的高占英趁錢的,你要與有錢的作主,難道作官的不講推情問理嗎?
牛　　成：你無憑證,不能與你傳訊!
楊國恩：啊!這個我明白了,是高家大洋錢說話咧,銀子響聲兒嘛!這麼問,我可要上告!
牛　　成：什麼?
楊國恩：上告!
牛　　成：哈哈!
楊國恩：嘻嘻!
牛　　成：你兄妹上的堂來,是控告人命大事,本縣是善意的勸你,你們不但不聽,反來放肆耍刁,咆哮公堂,哪裏容得!來呀!把楊國恩押起求!楊三娥趕下堂去!退堂。
　　　　　(眾鎖恩下)(辭邊)
楊三娥：(唱)
　　　　　一見哥哥帶上鎖條,
　　　　　心中好似扎鋼刀;
　　　　　又如同涼水澆頭懷把冰抱,
　　　　　不亞如泥塑與木雕;
　　　　　好似一隻傷弓鳥,

撲簌簌點點雨淚往下飄。
混官他並不推情與問理,
竟把哥哥鎖監牢。
眼望大堂切齒跺脚,
前思後想好不心焦。
姐姐死的不瞑目,
咱是姊妹一奶同胞,
為與姐姐你把仇報,
我受盡了風吹日曬雨水澆。
頭狀不准因無有報告,
第二狀又要干證搜根苗。
我費盡心不但此仇報不了,
反把哥哥送進牢。
這可叫我怎麼好!
站起身前走後退心似火燒。
瞅一瞅大堂切齒跺脚,
望了望監門哭了聲同胞。
乜乜呆呆往外走,
一步一回頭淚往下拋。(哭下)

第二十九場

人　物：石先生　高占英
　　　　（石先生上）
石先生：(念)仕宦行臺有來往,富翁商客有交情。
　　　　(小坐)在下石某,在此濼縣開設永源棧,四鄉晉紳、學董,大半與我交厚,就是衙門口兒裏裏外外,無有一個與我不相契的,縣長、幫審,也是常常面談。楊三娥告高占英殺妻害女,占英投到我的門下,託我用錢運動,哼!此案察言觀色,高占英一定虧心咧!我若袖手不管,難對昨日的交情，也不推辭，只可好歹與他運動運動。昨日在幫審身上，遞了五百元洋錢，正遇三姐兄妹復告，不知幫審怎麼個問法，我吩咐人前去打聽，為何不見回來？
（高占英上）

高占英：（念）雖無差錯亦恐懼，
　　　　（念）洋錢說話比人能。（入門）
石先生：高賢弟請坐。
高占英：有坐，有坐。
石先生：這一堂可是怎麼樣呀？
高占英：原來如此，將楊國恩押起來了，又把楊三娥趕下堂去。
石先生：賢弟你只管放心吧，這就打去她大半威風了。
高占英：雖然如此，三姐也不甘心，又不知縣長是怎麼了結？只恐還有變更哇。
石先生：大約無甚變故！
高占英：倒不如早早下手防備，以免後患纔好。
石先生：賢弟量之，可該怎麼防備呢？
高占英：咱在縣長身上，花一千塊錢，求縣長給辦一堂了結了好。
石先生：嗯！亦可，亦可！賢弟你就預備洋錢吧。
高占英：現成，現成。
石先生：賢弟請便，歇息歇息去吧。
高占英：多費心啦。
石先生：哪裏的話。（高下）
　　　　高占英十分恐懼，他一定是於心有愧。他若有洋錢，我給他運動運動。他高家之財，也不是好來的，他的官司打好了，楊家也無大礙，打糟了該他高家敗產，也叫大衆看看他作惡之報。（下）

第三十場

人　　物：趙氏　丫環　楊三娥

(陳趙氏、丫環上)

陳趙氏：(念)前世積德今世福，今世修的後世因。
(小坐)老身趙氏，許配陳家為妻，膝下一兒一女，丈夫在灤縣開設店房，將寧家接到灤縣，就在此店後院居住。這纔出外走動，聽的那打官司之女，哭的叫人酸痛，諒他必有難心之事。丫環！

丫　環：有。

陳趙氏：你將那楊三娥喚來，我有話說。

丫　環：是。(下)

陳趙氏：她這樣兒哭啼，定有難心之處，等她到來一問便知。(上楊三娥)

楊三娥：大娘可好？

陳趙氏：罷了！坐下說話。

楊三娥：是。(對坐介)
大娘將難女喚來，有何指教？

陳趙氏：我來問你，今日過堂可是怎樣啊？

楊三娥：咳！叫我一言難盡了，縣長不與我作主，竟將我兄押鎖牢監了哇！

陳趙氏：一定是高家有手眼，又遇贓官了，你可有個主意無有呢？

楊三娥：咳！是我束手無策，我只可一死，陰間尋找我那姐姐訴訴我的委屈罷了。(哭介)

陳趙氏：咳！你不可尋此窄路哇，還是慢慢想個辦法纔是呀。

楊三娥：我一線之路也是無有了！

陳趙氏：現在聽說城隍廟有求必應，你要到那裏虔誠焚香禱告，必有一番指教。

楊三娥：哼！這倒是個主意。多謝伯母指教，今晚我就前去。

陳趙氏：你自己不駭怕嗎？

楊三娥：咳！我到了這步地位，説什麼怕神怕鬼呢！但不知城隍廟在於何處？

陳趙氏：你聽呀！

(唱)
一順大街奔正西,
與李家宅院靠鄰居。
看廟的就是任老道,
年邁足有七旬餘。
叫他出來領着你,
把你送到正殿裏。
正顏厲色休膽懼,
焚香禱告你的委屈。(流板)

楊三娥:(唱)
大娘指教是正理,
多謝伯母指愚迷。(鎖板)
(白)如此待我八點鐘後,前去降香,以避街中人的耳目。

陳趙氏:也好,待我吩咐,與你做碗稀飯。

楊三娥:伯母不必費心哪。

陳趙氏:你不用上火。正是:(念)因果實祿最難逃,

楊三娥:(念)神佛有眼不屈人。(同下)

第三十一場

人　物:牛成　警察　石先生
(牛成上)

牛　成:(念)不管屈和冤,只要有洋錢。
(警察上)

警　察:稟縣長,石先生求見。

牛　成:有請。

警　察:有請。

石先生:縣長在哪裏?

牛　成:石先生哪裏?(脫帽禮,分坐)

牛　成:先生駕臨,有何見教?

石先生：所為高、楊兩家之事。
牛　成：已經將楊國恩押起來了，不是滿講面子嗎？
石先生：高占英願意早早的了結下來，就算淨了心了。兩家是實在的親戚，不可為仇。
牛　成：他高家是有些理虧，我也願意此案早日了結，可是楊家不肯甘休，也是枉然。楊家若再有干證，仍然要給楊家作主，打個開棺檢驗。
石先生：縣長來看，這是高家的一千塊大洋，請縣長笑納吧。
牛　成：嗯！既是石先生的金面，我也不好推辭了，待我盡力而為吧。
石先生：告辭，
牛　成：奉送。
石先生：不動！
牛　成：請。（脫帽禮，同下）

第三十二場

人　物：楊三娥　老道　楊二姐　神像　土地
（起一更，三娥上，安板）
楊三娥：（唱）
　　　　淒淒涼涼出店房，
　　　　城隍廟裏去降香。
　　　　大街無有人行走，
　　　　鋪戶上門把賊防。
　　　　走過鼓樓不甚遠，
　　　　留神閃目看其詳。
　　　　來到了廟門以外止住步，
　　　　哪位在此我來燒香！（鎖板）
老　道：哪位？原來是位姑娘。要燒香嗎？
楊三娥：正是。

老　　道：隨我來！（進介）
楊三娥：道爺！拿火來與我焚香。
　　　　（過場、燒香介）
　　　　城隍老爺，你顯靈呀！
　　　　（唱）
　　　　頂禮焚香爐內填，
　　　　虔誠下拜淚漣漣。
　　　　八拜四叩口中贊，
　　　　民女楊氏叩佛前。
　　　　城隍老爺把靈顯，
　　　　把我難女見可憐，
　　　　為的是姐丈害死我同胞姐，
　　　　為報此仇來喊冤。
　　　　高占英是三月十三三更後，
　　　　他三人同心謀害進了房間，
　　　　刺死我的同胞姐，
　　　　舉家巧辯把人瞞。
　　　　民女進城來告狀，
　　　　偶遇貪贓糊塗官。
　　　　並不推情與問理，
　　　　把我哥哥押入監。
　　　　今晚焚香無別件，
　　　　求個分明心纔安。
　　　　城隍廟靈應指教我，
　　　　我姐姐倒是怎麼把命捐？
　　　　再不然叫我姐妹見一面，
　　　　我問一問她對我說說也算了然。
　　　　訴情哭的如酒醉，
　　　　忽忽悠悠到夢間。
神　　像：（唱）

　　　　　聽的三姐訴一遍，
　　　　　倒叫吾神心不安。
　　　　　開言又把土地喚，
　　　　　叫聲土地你聽言。
　　　　　快喚屈死楊二姐，
　　　　　與她三妹來訴冤。
土　地：（白）楊二姐走來！（尖板，楊二姐上）
　　　　（唱）
　　　　　忽聽得土地一聲喚，
　　　　　罷了，我呀！
　　　　（七錘唱）叫聲妹妹你聽言：
　　　　（哭板）叫一聲妹妹我那妹妹呀！
　　　　　叫妹妹你擡頭觀看，
　　　　　我是你二姐姐在這邊。
　　　　　今夜晚咱姐妹相見一面，
　　　　　我與你訴一訴委屈。（鎖板）
　　　　（白）妹妹醒來呀！（三錘）妹妹蘇醒。（辭邊）
　　　　　姐姐在這裏！（辭邊）
楊三娥：你是二姐姐呀……（叩頭）
楊二姐：三妹妹……
楊三娥：同胞姐……
楊二姐：罷了！我那三妹妹呀！
楊三娥：姐姐呀！
　　　　（唱）
　　　　　今日可見姐姐的面，
　　　　　快快隨我回家園，
　　　　　走上前去拉一把，（打麻腿）
楊二姐：（唱）
　　　　　陰陽相隔你難進前。
　　　　　妹妹呀，妹妹你且莫痛酸，

　　　　細聽姐姐訴的端。
　　　　並非得病把黃泉染,
　　　　我是被害把命捐。
　　　　高占英、裴氏和金玉,
　　　　他三人苟合暗通奸。
　　　　你姐夫他不聽我的良言勸,
　　　　反來為仇恨在心間。
　　　　他三人定計將我害,
　　　　三月十三在三更天,
　　　　狠心的丈夫下毒手,
　　　　裴氏、金玉把我纏。
　　　　周身之傷整三處,
　　　　將小女摔死在床下邊。
　　　　他一夜害死了我兩條命,
　　　　你說可憐是不可憐?
　　　　我死之甚屈魂不散,
　　　　纔能與妹妹你訴冤。
　　　　妹妹呀!若戀咱是同胞親姐妹,
　　　　你捨死忘生去見官。
　　　　告了高占英、裴氏和金玉,
　　　　殺他、剮他、把眼剜。
　　　　話已說完我去了,
　　　　一陣陰風回九泉。(流板)
楊三娥:(唱)
　　　　忽忽悠悠一夢間,
　　　　哭的兩眼淚染衣衫,
　　　　望着姐姐拉一把。(流板)
老　道:(唱)倒把老道嚇一竄。(鎖板)
　　　　(白)咳呀!可苦死你了!(哭介)
老　道:姑娘看我寒苦,多給個香錢吧。

楊三娥：香錢一吊，快送我出去。
老　道：是，隨我來！（下）
楊三娥：（叫頭）哎呀且住！適纔姐姐與我託夢，言説被高占英叔嫂三人害死，明日我袖藏短刀一柄，准狀倒還罷了，不然我就刺死堂下。正是：明日上堂見縣長，不准此狀把命傷。（沖頭急下）

第三十三場

人　物：楊秀春　店家　楊三娥
　　　　（楊秀春上）
楊秀春：（念）心直性耿運不佳，千打萬算是白搭。
　　　　（白）在下楊秀春，城南門家莊的人氏。因在唐山作宰殺生意被人拐騙，來城告狀，未及遞呈。聽説楊三娥為與同胞姐報仇，頭狀不准，第二狀又把她哥哥押起來了，真乃可憐！楊三娥是我的族妹，他們全家搬到甸子莊住了多年。打官司這個事，有錢的不敢多事，我這個閒人要管一管。聽説她在三義店住着，待我在那裏，打聽打聽去，走走，到咧！進去，哪個在？（店上）
店　家：辛苦，裏邊坐。
楊秀春：有個楊三娥，在這裏住着嗎？
店　家：在這裏。
楊秀春：給她個信，我是她族兄，前來看她來了。
店　家：等候一時，三姑娘！（楊三娥上）
楊三娥：何事？
店　家：你有個族兄，他前來看你。
楊三娥：在哪里？
店　家：來，在這裏。（對面）
楊秀春：三妹妹麼？
楊三娥：你是何人？

楊秀春：我是門家莊的，名叫楊秀春。咱是近支家裏，我前來打聽你的事情來了。
楊三娥：且到屋中坐下說話。（坐介）
楊秀春：你這官司打的怎麼樣了？
楊三娥：咳！縣長不准呈狀，將我兄押起來了。
楊秀春：哼！你可有個主意無有？
楊三娥：我倒有個主意。
楊秀春：什麼主意？
楊三娥：昨晚我到城隍廟降香，我二姐與我託夢言說，果是被他們叔嫂害死，今日堂上，我袖藏短刀一把，若准傳高家倒還罷了，若不然我要自刎堂下。
楊秀春：好！好！到了這個時候，你死了和活著是一樣，這官司和縣官打咧！
楊三娥：好！正是：
楊秀春：（念）縣長不准狀，
楊三娥：（念）生死在今天。（同下）

第三十四場

人　物：牛成　警察　楊三娥
牛　成：（念）讀書多年，千里為官，不為名譽，光為洋錢。（歸坐）（白）牛成。（楊三娥上）
楊三娥：冤枉！冤枉！
警　察：稟縣長，楊三娥又來喊冤。
牛　成：她又來了？喚她上堂！
警　察：上堂回話。
楊三娥：與縣長鞠躬。
牛　成：昨日你說上訴，怎麼又來此喊冤？
楊三娥：縣長乃是民之父母。民女之呈狀並未批結，實不能上訴，仍求縣長作主批准，開棺檢驗纔是。

牛　成：你無干證，不能與你開棺哪。
楊三娥：如今有干證了。
牛　成：那個呀？
楊三娥：昨晚我那死去的二姐，與我託夢，果然是被她叔嫂害死，周身傷痕三處，看起來，我二姐姐就是個干證了。
牛　成：胡說！那是夜長夢多，你老爺若信你的夢景為實，還得到陰間問問你二姐姐去，不成！你老爺沒有過陰的邪術。
楊三娥：縣長說夜長夢多，那文王夜兆飛熊，怎就訪着太公了呢？縣長指教明白，何為實事？
牛　成：得親自眼見為實。
楊三娥：如此說又有了干證了。
牛　成：可是哪個？
楊三娥：縣長就是干證。
牛　成：胡說！你老爺眼見不成嗎？
楊三娥：你就看見了？
　　　　（袖出短刀自刎介，警拉住，官、警懼驚。）
牛　成：慢着！慢着！我與你傳案，也就是了，下去，下去！急傳高家父子到案！退堂。
　　　　（三姐執刀退下，亂錘，縣長慌下，掉鞋，失帽。又慌上，喘坐）
　　　　（白）好一個烈性的楊三娥，她若死在堂下，莫說我是個幫審，就是正堂，也吃罪不起。不給她作主，她要自刎堂下。給她作主，就得開棺檢驗，開棺檢驗，要是驗出傷來，又對不起老高家的雪白的一千塊大洋錢。這可怎麼好呢？來呀！
警　察：有。
牛　成：吩附廚下，做碗參湯，好穩穩我的心！
警　察：老爺先吃口蘿卜，穩穩心吧。
牛　成：混賬！（同下）

第三十五場

人　　物：楊秀春　楊三娥
（楊秀春、三娥上，入店房，歸坐）

楊秀春：妹妹，這一堂怎樣？
楊三娥：准了狀子，要傳高家男女人等。
楊秀春：待為兄回家，與我伯母送信，免得懸念哪。
楊三娥：也好，多有勞乏二哥哥了。
楊秀春：那裏話呀！正是：佩服三妹成烈女，
楊三娥：（念）萬般出於無奈中。（同下）

第三十六場

人　　物：楊玉清（楊父）　王氏（楊母）　楊秀春
（楊玉清夫妻上）

楊玉清：（念）着事頭迷無主意，
王　氏：（念）想女思兒眼哭紅。（對坐）
楊玉清：楊玉清。
王　氏：王氏。
楊玉清：咳！
王　氏：老頭子，你光唉聲歎氣的不行呀！咱兒被押，女兒在店裏是個鄉下的丫頭，有什麼章程哪！你倒是想個主意呀。
楊玉清：哪來的主意？我是個莊稼老兒，也沒打過官司，我有什麼主意呀！
王　氏：唉！我説你呀，你呀！
（唱）
未從説話眼淚兒掉，
心中一陣似火燒，
恨罵一聲老頭子，你空長那麼老！

　　　　　咱到了這步難處你一計也難掏。
　　　　　咳！好可憐哪！
　　　　　三女兒在店房哪個關照，
　　　　　可憐嬌兒在監牢。
　　　　　哭了聲二女兒你死的苦哇！
　　　　　你給我留下禍根苗，
　　　　　無能的爹媽難把仇報，
　　　　　他兄妹萬苦千辛把心勞。
　　　　　為娘我每日提心把膽弔，
　　　　　坐臥不安在心坎上高。（一更）
　　　　　哭哭啼啼一更天到，
　　　　　眼望着殘燈淚往下飄。
楊玉清：咳！
　　　　　（唱）
　　　　　叫我聽着好生煩躁，
　　　　　你是數了葫蘆又數瓢。
　　　　　你少說幾句我要睡覺，
　　　　　明日裏還得上工去效勞。
　　　　　（二更）老兩口子又吵又鬧。
　　　　　（小鑼碎，上楊秀春）
楊秀春：（唱）來到門外我把門敲。
　　　　　（白）來到了，待我叩門，開門哪！
楊玉清：誰呀？
王　氏：你看看去吧！（開門介）
楊玉清：喲！你是誰呀？
楊秀春：大伯好哇。我是門家莊的楊秀春，由打城裏來。
楊玉清：哦！二侄來了，到屋裏吧。
楊秀春：好，（進門）大娘好哇。
王　氏：我好哇。
楊玉清：門家莊的楊秀春侄，由城裏而來的。

王　氏：你知道你三妹妹的官司怎樣啦?
楊秀春：我正為此事來的,三妹袖藏短刀上堂,縣長不准狀,要自刎堂上,縣長准了傳高家男女,這回開棺檢驗有望。我特來送信,以免你老掛念。
王　氏：如此説,明日我也進城,與丫頭作伴去好嗎?
楊秀春：可以,可以。
楊玉清：你又走不動,你是做什麽去?
王　氏：你借輛車送我。
楊玉清：我没工夫啦。
楊秀春：我送了去吧。
楊玉清：這倒可以,明日我借南店裏的車,就託侄兒,你到城裏諸般之事,就多勞心吧。明天我往樂亭去了。
楊秀春：盡在小侄,總要辦個水落石出就是。
王　氏：只顧説話,侄兒還没吃飯吧?
楊秀春：我在張各莊打的尖,不餓。
王　氏：不餓就不做了。
楊玉清：你倒實惠,不餓就不做咧?
王　氏：又不是外人,
楊秀春：是不餓呀!
楊玉清：等明早再吃,天不早了,咱歇着吧。
王　氏：就在這屋裏吧,也不是那外人,我也是這大年歲咧!
　　　　正是:(念)明日進城探兒女,
楊玉清：(念)我上樂亭去做工。(同下)

第三十七場

人　物：警察
　　　　(警察上)
警　察：(念)當差需謹慎,半點不自由。
　　　　(白)奉了縣長之命,去傳高占英,走! 咱們進莊住下再

説。(同下)

第三十八場

人　物：高貴章　高占英　警察
　　　　(高貴章父子上)
高貴章：(念)大水不到先疊壩,
高占英：(念)休等河邊再脱鞋。(坐介)
高貴章：(白)占英兒啦!
高占英：爹爹,
高貴章：城裏之事,都辦好了嗎?
高占英：咱花了一千元大洋,上上下下均都辦好了。
高貴章：不礙,不礙。(警察上)
警　察：就是這個門口,叫門,出來個人呀!
高占英：哪個?原是城裏衆位當家的們,請到店裏等候。
警　察：你且看看票子吧!
高占英：(念傳票)傳高占英父子妯娌到案。我明白了,到店中罷,我隨後就到。
　　　　(警察退下)
高貴章：占英,差人到來,是怎麼一回事呀?
高占英：要傳我、大嫂、五嫂到案。
高貴章：你快請莊中説和人,打點,打點。
高占英：不要緊,不過是多花幾百元洋錢。(同下)

第三十九場

人　物：警察　鄉紳甲、乙
　　　　(警察入店,鄉紳甲、乙上)
鄉紳甲：衆位當家的在這屋裏呢。辛苦,辛苦。
警　察：衆位請坐。(分坐介)

鄉紳甲：聽説公事上有裴氏、金氏，她兩個都未在家，當家的們給原諒原諒吧！
警　察：不行！不行！這個票子太緊要。
鄉紳乙：這是一百元大洋，衆位買包茶葉喝吧，衆位費費心纔是。
警　察：這是二位的面子，我們也不好推辭，這是瞞上不瞞下就得咧，高占英父子和村正副，得一齊進城。
鄉紳甲：不誤不誤，請罷。（同下）

第四十場

人　物：高拐子
（高拐子上）
高拐子：(念)曹操殺人不後悔，張飛出馬一條槍。
（白）在下高貴合，哈！好個楊三姐，告下傳票來，占英情虛膽怯，不勝三姐，非我這個老干證不可，待我備驢，邁奔城裏去了。
（唱）
莊村以外上毛驢，
駕嘟晤呵走的急。
心中拿定老主意，
此案全憑我調詞。
她是害死我説是病死，
現有藥方在手裏。
得病診脈是我治，
大數到了神難醫。
我要打個好干證，
我與三姐頂頂詞。
打她誣告服服在地，
這不是我瞪着眼睛吹牛成皮；
也並非我故意的吹大氣，

高占英好賴是我們家裏。
官相官來,吏相吏,
老虎相着把門的。(流板下)

第四十一場

人　物：牛成　高貴章　警察　高占英　高拐子　村正副　鄰人
　　　　甲、乙
　　　　(牛成上)
牛　成：(念)為想洋錢票,晝夜睡不着。
　　　　(警察上)
警　察：高家父子傳到。
牛　成：叫高貴章!
警　察：喳!高貴章!
高貴章：有。(上)與縣長鞠躬。
牛　成：你叫高貴章?
高貴章：是小的。
牛　成：多大歲數?
高貴章：五十八歲。
牛　成：你幾個兒子?
高貴章：六個。
牛　成：高占英行幾?
高貴章：行六。
牛　成：高占英在家做何生理?
高貴章：他自幼讀書,畢業三年,現在教初等學校。
牛　成：公立學堂,還是義務學堂?
高貴章：公立學堂。
牛　成：有多少學生?
高貴章：二十四個。
牛　成：高貴章,你兒媳是怎麼死的?

高貴章：有病死的。
牛　成：楊國恩兄妹，告你兒占英，與其嫂裴氏、金玉，侵害人命，殺妻害女，家風大亂，你是怎樣個治家之道呢？
高貴章：回縣長話，我家乃是忠厚之家，兄弟友愛，妯娌和睦，哪裏有家風吵亂？！況且我那老兒媳婦，賢孝無比，孝敬翁姑，敬夫如賓，莊中人盡知之。我兒子也是讀書之人，哪裏有殺妻害女之事呢？楊三娥她是誣告於我。
牛　成：你兒媳婦她是怎麼死的？
高貴章：病死的。
牛　成：下去。（章下）
　　　　叫高占英！
警　察：喳！高占英上堂！
高占英：有。（上）與縣長鞠躬。
牛　成：高占英。
高占英：有。
牛　成：多大歲數？
高占英：二十五歲。
牛　成：在什麼學堂畢業？
高占英：高等。
牛　成：現做什麼？
高占英：在初等學校教書。
牛　成：你可入過傳習所？
高占英：傳習二年半。
牛　成：高占英！
高占英：有。
牛　成：你讀書之人，為何不明法律，竟做出殺妻害女這件野蠻之事呀？
高占英：回縣長話，學生不敢做傷天害理之事，哪有此事呢？
牛　成：你妻女是怎麼死的？
高占英：我妻是血崩，小女是豆疹，她母女俱係病死。

牛　　成：楊三娥兄妹，為何告呢？
高占英：因借貸不允，借此為由，訛詐學生。
牛　　成：你妻幾時得病？
高占英：得病數日，不甚重要，她也未當其事，未到天明已死。
牛　　成：可請醫生調治未有？
高占英：彼時急請學生族叔調治一夜。
牛　　成：你族叔叫什麼名字？
高占英：高貴合。
牛　　成：他來了未來？
高占英：現在堂下。
牛　　成：叫高貴合！
警　　察：喳！高貴合！
高拐子：有！（上）與縣長鞠躬。
牛　　成：你叫高貴合？
高拐子：小的是高貴合。
牛　　成：多大歲數？
高拐子：五十八歲。
牛　　成：你做何生理？
高拐子：開了個小藥鋪。
牛　　成：高楊氏有病，可是你給治的嗎？
高拐子：是小的給看的脈。
牛　　成：你與她看的可是哪部脈呢？
高拐子：小的看的是七表中之孔脈。
牛　　成：何為七表？
高拐子：脈裏有七表八裏。
牛　　成：你把這七表八裏，對本縣說明！
高拐子：是！縣長容稟，浮脈者輕指可得，在皮肉之間，如水漂木，似風吹毛的一般。脈分浮、芤、滑、實、弦、緊、宏。這為七表中之陽脈。微、沉、緩、澀、並、蠕、遲、弱，相兼八裏同，請縣長詳察。

牛　　成：不錯！我且問你，死去之人可見的哪部脈呢？
高拐子：死去之人，乃是而尺脈見芤沉按無根。
牛　　成：芤脈是何形狀？
高拐子：芤脈如蔥葉，由表而中空。
牛　　成：應現何病？
高拐子：已見崩漏下血，過多必死。
牛　　成：你當配方治病纔是呀？
高拐子：小人已開得藥方，乃是三七止血湯。
牛　　成：何為三七止血湯，都有什麼藥味呢？
高拐子："汗三七"三錢為君，"地榆岸"二錢為臣，"當歸炭"二錢、"黑蒲黃"二錢為佐，"柏炭"錢半、"棕炭"錢半為使，這為君臣佐使，乞縣長詳察。
牛　　成：高占英你可有此藥方？
高占英：有。
牛　　成：呈上來！
高占英：是。（取介）
高拐子：掏出來給縣長看看！（高占英呈單介）
牛　　成：不錯，不錯，此方藥位，與高貴合口訴的不差，但是人命大事，本縣此須調查分明，再作道理。叫狗兒莊村正副上堂！
警　　察：狗兒莊村正副四鄰上堂！
　　　　　（齊上、鞠躬）
牛　　成：村正！
村　　正：有。
牛　　成：你們是狗兒莊的村正副嗎！
村　　正：正是。
牛　　成：唉！想你們這當村正副的，乃是本縣我的耳目，高占英家中，出了這些殺妻害女野蠻之事，當村正的不早稟我知，幹什麼去來着？
村　　正：回稟縣長，哪裏有此事呀。高占英乃仁義之人，他若有不

　　　　　　法之事,小的早稟告縣長咧!
牛　成:他妻是怎麼死的?
村　副:病死的。
牛　成:這個人是高占英的鄰居嗎?
甲　　:正是。
牛　成:你必知底確?
甲　　:知道!是病死的。
牛　成:什麼病?
乙　　:血崩!
牛　成:婦人科的病,你怎能知道呢!
乙　　:我聽我們老太大說的,再者說,又經高貴合調治,人所共知呀。
高拐子:縣長看是如何?
牛　成:你們村正副敢保高家父子無事嗎?
村正、副:敢保。
牛　成:敢保就得具結。
村正、副:敢具結。
牛　成:好!你們一齊取保具結,退堂。
警　察:喳!
楊三娥:(內喊)冤枉!
　　　　(楊三娥闖堂,急急風上)
牛　成:楊三娥!你老爺這裏問案,並未傳你,你就闖上公堂。莫非你要攪鬧老爺的公事不成?
楊三娥:民女不敢。
牛　成:你為何闖上公堂?
楊三娥:縣長既傳到高家,一則不見裴氏、金玉,二則不叫民女與高占英對質,就要退堂,民女之冤,何日得雪?
牛　成:適纔問過狗兒莊的村正副,以並高家的四鄰,俱說你姐是病死,毫無異說,你怎咬定是害死的呢?
楊三娥:(向衆)你等俱說,我二姐姐是病死的,你們可敢與我具結

甲
乙： 回縣長話,這個干結,我們不能具,他家死人,我們不過是近前兩忙,也不能問人家是好死,還是歹死呀?

楊三娥： 回稟縣長,這些人等,俱是老高家用洋錢買通,纔能與他家異口同音。乞縣長開棺檢驗!若是有傷,將高占英按律治罪;若是無傷,我甘願抵罪!

高占英： 他三姨!你是窮無所使了,明明是你與我借貸不允,生出訛詐之心意,是哪一個害死你姐姐不成?

楊三娥： 高占英!你既說不是你家害死,那天,我母女到你家哭我姐姐,你不容瞧看,你將我母女,推推搡搡,讓到別的屋裏,你們外邊就入殮,是何情由?

高拐子： 楊三娥……

牛　成： 不用你說!

高占英： 是因日限不好,不許過午入殮。

高拐子： 若過了午……

牛　成： 你又來了!多口!高占英接着說!

高拐子： 我說就快晌午歪咧!

高占英： 若是過午入殮,隔夜埋葬,必死當頭之人,因此纔午前入殮,午後葬埋。

楊三娥： 你不用巧辯!回縣長,這些人俱都是他父子花錢賄買,纔能與高家異口同音,望乞縣長與民女作主,開棺檢驗,若是有傷,按律將高占英治罪;若是無傷,我情願抵罪!
(牛成與眾面相覷,牛看不可馬虎了事,纔毅然決然的)

牛　成： 將高占英押起來,容限三天察明再問,你們一齊下堂!
(眾下。牛擦汗而下。)

第四十二場

人　物： 楊王氏(楊母)　楊秀春　楊三娥　店家　馮先生　陳先生　高家人

（楊王氏上）

楊王氏：（念）今日三女闖公堂，吉凶禍福説不詳。
（小坐）老身楊門王氏，昨日進城見了三女，敘明以往之情，又探了一回我那被押的兒子。今日三女上堂與高家辯理，但不知可是怎樣，好生叫我放心不下！
（上楊秀春、楊三娥）

楊秀春：（念）勸妹做事休莽撞，
楊三娥：（念）不殺占英不甘心。（進門）
楊王氏：哦，你們回來咧，請坐下歇歇吧。侄兒！
楊秀春：有坐，有坐。
楊王氏：閨女呀，今日可是怎樣過的堂？
楊三娥：把高占英押起來，寬限三天，察明再問。
楊王氏：你哥哥怎麼沒放出來呢？
楊秀春：我的伯母，官身不由自己，若官不開釋，怎麼出來呢！
楊王氏：咳！
（唱）
一陣心酸眼圈紅，
眼淚對對往下沖。
哭了一聲死去的女，
歎了聲兒子在牢中。
可憐三女受冷熱，
寢食不安受怕擔憂。
趕幾時有個出頭日，
何時纔能得太平。（流板）

楊三娥：（唱）
母親不必心傷感，
命該如此橫禍生。
我兄被押無妨礙，
女兒身上莫擔驚。
姓高的仗着銀錢廣，

　　　　我這窮丫頭空口和他打到枉死城。（流板）
楊秀春：（唱）
　　　　伯母快快擦眼淚，
　　　　妹妹說話要低聲，
　　　　事重不可輕出口，
　　　　牆裏說話牆外聽。
　　　　三人彼此想主意。（流板）（店家上）
店　家：（唱）店家進房把話明。（鎖板）
　　　　（白）楊爺！外邊有幾位求見，說是狗兒莊的高家來人。
楊秀春：你們娘兒倆個，且躲一躲，待我見他。（母女退下）
　　　　有請。（衆人進，高家人做指引）
高家人：這位就是閆家莊楊秀春，這位是馮家店馮先生，這位是陳先生！（彼此見禮，分坐）
楊秀春：衆位到此，有何見教？
馮先生：在下所為高、楊兩家之事，聽說兄弟來咧，我們把甸子莊幾位也請出來，給他們兩家說和說和。
楊秀春：怎麼說和呢？
馮先生：高、楊兩家乃是至親，打官司有什麼好處呢，傷了兩家的和氣，還要搭上人工，都得耗費金錢，不如不打官司的好。
楊秀春：高家打算怎麼辦呢？（溜上楊三娥，在窗外偷聽介。）
陳先生：高家有錢，楊家貧窮，那只好讓高家，拿出幾百元錢來，作楊家路上損失，再把亡人，重發送發送。
楊三娥：（在窗外接白）給我們多少錢？是怎樣發送的呢？
馮先生：外邊說話的誰呀？
楊秀春：是三姑娘。
馮先生：啊！三姑娘？高家願意出幾百元錢，重新發送你二姐姐，那還得看看三姑娘，你打算怎樣發送呢？
楊三娥：叫高占英和他大嫂、五嫂，披麻帶孝，把我姐姐送到墳裏。在他家存放七七四十九天，再包陪我們家七百元錢的路費損失。是這樣就算了結，不然！我一定要告到開棺檢

　　　　　驗方肯甘休。（急下）
陳先生：三姑娘說的是呀！不過……叫高占英和他大嫂、五嫂，披麻戴孝送到墳……
楊秀春：你老和誰說話呢？三姑娘早走了。
陳先生：三姑娘走啦，那我們……
馮先生：我們回去和高家商量商量去。
楊秀春：好吧！
陳先生：那我們就先回去啦。
楊秀春：請，請！
馮先生：留步，留步。（馮、陳辭下）

第四十三場

人　　物：高貴章　馮先生　陳先生
　　　　　（高貴章小鑼上）
高貴章：（念）身遭撓頭事，心慌意亂忙。（小坐）
馮先生：大哥在屋裏嗎？（馮、陳進門介）
高貴章：二位賢弟回來了，見了楊家可是怎樣呢？
馮先生：楊家三丫頭，要的價太高哇！
高貴章：怎麼要的呢？
馮先生：要重發送他二姐姐，放七七四十九天，要占英和大侄媳婦、五侄媳婦，都披麻戴孝送到墳裏，還得要咱們包陪她七百元錢作損失路費，這價要的可太高啦！
高貴章：這個小丫頭，她太欺悔咱們咧！
馮先生：可不是嘛！
陳先生：大哥你看怎麼辦呢？
高貴章：唉！事已如此了，花就花個七百八百的吧。不過，占英和你大侄媳婦、五侄媳婦……
馮先生：大哥！依小弟看來，花錢事小，恐怕花出事來，這樣做明露着咱們虧心，不然怎麼捨出這些錢來呢。楊三娥這個小丫頭子,很厲害呀!
高貴章：依賢弟看該怎麼辦呢?
馮先生：咱們是寧明堵城門,不堵水口,索性把錢花在縣長那兒。
高貴章：對!賢弟所言是理,這多虧賢弟提醒了我,不然險些把事做錯了,賢弟真有三國上的諸葛亮之才呀。
馮先生：大哥!別挨罵啦,走!咱們睡覺吧。

第四十四場

人　物：牛成　警察　楊三娥　高貴章　楊國恩　高占英　村正副

（牛成上）

牛　成：（念）使人錢財,與人消災。
（白）昨日高家,花進五百元大洋,今日,只得給他辦個結斷,叫他永無後患。人來!
警　察：有。
牛　成：叫楊三娥!
警　察：喳!楊三娥。（楊三娥上）
楊三娥：與縣長鞠躬。
牛　成：楊三娥。
楊三娥：有。
牛　成：你老爺已經查明,你姐姐一定是病死的,你也不必往下追問了。
楊三娥：怎見一定是病死的呢?
牛　成：現在有高貴合調治,又有藥方可憑,四鄰可證,豈不確實嗎!你老爺與你兩家公斷,你尊斷不尊斷?
楊三娥：縣長可是怎麼斷法?
牛　成：你兩家是骨肉至親,他富你貧,縱然他破費幾百,也不怪你之錯,老爺也不難為於你。叫他給你一百五十元,包賠你的盤費,給你姐姐多買點紙燒燒,你心下如何?

楊三娥：（背言）我看縣長自顧使高家的錢，實不能與我作主，我不
　　　　免暫時應允公斷，將錢詿到手裏，我再上訴，有何不可呢！
牛　成：楊三娥，你為何不言不語，是服斷不服斷？
楊三娥：民女服斷就是。
牛　成：好民，好民，叫高貴章！
警　察：高貴章。
高貴章：有。（上）
　　　　與縣長鞠躬。
牛　成：高貴章！
高貴章：有。
牛　成：你兩家係骨肉至親，休論誰是誰非，老爺與你們公斷，你
　　　　看如何呢？
高貴章：小的尊斷。
牛　成：尊斷就是好民。你給楊三娥一百五十元錢，包賠她的盤
　　　　費，送她回家，安穩她舉家之心，你們各遞息呈，了結此
　　　　案。你們親戚，完結了吧！
高貴章：是了。
牛　成：你們下去，各寫結呈，等他們兩家，將錢交齊，一同下堂。
高貴章：是。（章與娥，村正副等下堂，警長同下。）
牛　成：好了！帶高占英、楊國恩！
警　察：喳！（將兩人帶上）
牛　成：楊國恩、高占英！
楊國恩、高占英：有。
牛　成：你兩家之案，已經明斷，當堂消案，謹尊勿違，各取保帶
　　　　下去！
高占英：謝過縣長。（同下，警察上）
警　察：稟縣長，高家交楊家一百五十元錢，具結了案。
牛　成：好了，好了，正是：之乎者也了此案，腰中裝滿大洋錢。退
　　　　堂。（下）

第四十五場

人　物：楊王氏　楊三娥　楊國恩

楊王氏：（念）坐臥思兒女，寢食不安寧。
　　　　（三姐兄妹上）
楊三娥：（念）滿懷心腹事，盡在不言中。
楊國恩：（念）出了牢門外，似鳥飛出籠。（進門）
楊三娥：罷了娘呀！（三元泡）
楊王氏：我兒起來坐下說話吧！（分坐）咳！今日得乾淨了我一片憂心哪！
楊國恩：今日我出來，可是怎麼完的呢？
楊三娥：咳！一言難盡呀！母親身乏，倒下歇息吧。（楊王氏下）
楊國恩：妹妹，倒是怎麼完的呀？
楊三娥：高占英包咱們一百五十元大洋的盤費了結的。
楊國恩：哼！妹妹你這事辦的不高！
楊三娥：怎見得？
楊國恩：既費了千辛萬苦，弄的全省皆知，你竟將二姐的屍骨賣了，豈不惹人恥笑。
楊三娥：哥哥你哪里知道我的主意，你看咱本縣臟官，實不與咱作主，難與二姐報仇，我將他的銀錢收過自有道理，要到天津起訴，豈不有了盤費麼！
楊國恩：哦！是了，好，一定是這個辦法了，明日暫且回家，安慰舉家，擇日天津上訴。哎呀，天津沒熟人呀？
楊三娥：有不有不愁，再求周先生指教，必有門可投。
楊國恩：好！正是：（念）遂願高香焚滿斗，
楊三娥：（念）不殺占英不甘休。（同下）

第四十六場

人　物：高貴章　高拐子　高占英
　　　　（長錘，高貴章、高拐子、高占英上）
高占英：（唱）
　　　　父子出城面堆歡，
　　　　一順陽光奔西南。
高貴章：哎呀！（唱）
　　　　纏手的官司不得了，
　　　　大洋花了有三千。
高拐子：（唱）
　　　　多虧咱們有手眼，
　　　　朋友運動能見官。
　　　　官司打得很得臉，
　　　　給三姐一百五十元更不冤。
　　　　兩家具結永無後患，
　　　　放心大膽大家平安。
高貴章：（白）這一百五十元花中用了大有用處。
高拐子：（唱）
　　　　到家燒張平安紙，
　　　　苗老佑的好影唱三天。
　　　　說說笑笑回家轉，
　　　　張各莊店裏打個尖。（下）

第四十七場

人　物：姜戴氏　姜桂枝
　　　　（姜戴氏上）
姜戴氏：（念）一四七日愁夫病，

二五八朝不耐煩。
(小坐)老身姜門戴氏,許配姜桂枝為妻。一輩子所生二子,長子自幼配妥甸子莊楊玉清之三女為婚,至今都一十七歲,正當搬娶過門,他們偏偏遭了官司,昨日催妝下禮,他家不容搬娶,又說官司還未了結。我夫妻一愁家貧難過,二愁兩個孩子憨傻,三愁不能娶媳過門,因此把丈夫憂慮成病。今日看他昏昏沉沉,口食不進,何不將丈夫扶起略坐一坐,解勸解勸,丈夫起床來!
(兒扶姜桂枝,長錘)

姜桂枝:(唱)
哎呀呼聲把氣喘,
強打精神坐床間。

姜戴氏:丈夫可覺着好些嗎?

姜桂枝:咳!有添無減哪!

姜戴氏:咳!丈夫!
(唱)
丈夫不可慮多端,
為妻把話説周全。
世上人都有三災並八難,
哪有個得病命就不保全。
放開寬心慢着養,
自有病好那一天。(流板)

姜桂枝:妻呀!
(唱)你休指望我病好,
斷氣不定在哪天。
所惦着你母子三人甚為難。
一則家貧地土少,
二則是兩個兒子傻又憨。
定了房媳婦不容娶,
我這個悶心不開又把愁添。

想是我不當見媳婦面,
造定無有翁媳之緣。
説到此不由得淚珠不斷。(流板)

姜戴氏:(唱)戴氏復又便開言。
(白)丈夫不可憂慮,還是寬心養病纔是。待為妻去找媒人,再去一趟催妝。不容娶也娶,咱們一定要娶過門就是了!

姜桂枝:咳!也可。媒人是咱族弟,你可叮嚀他,見親家懇切切地求娶,不然我就看不着媳婦了。

姜戴氏:是呀,你倒下歇息吧!

姜桂枝:咳!罷了我了!(同下)

第四十八場

人　物:楊父　楊母　楊國恩　楊三娥　姜桂蘭
(楊家全家上)

楊　父:(念)晝夜不安兩個月,

楊　母:(念)至今愁眉開幾分。

楊國恩:(念)起拆上告要雪恨,

楊三娥:(念)不殺占英不甘心。(分坐)

楊　父:(白)老漢楊玉清。

王　氏:(白)王氏。

楊國恩:楊國恩。

楊三娥:楊三娥。

楊　父:這場官司可打完咧,我在樂亭聞信,連夜奔到家來。從此往後,不可再生事非,有這一百五十元錢,給小子說房媳婦,也好接續香煙哪。

楊　母:你説得很對呀!

楊國恩:爹媽呀,別給我説媳婦咧,留着錢當盤纏,上天津上告,給我二姐好報仇啊!

楊　父：這個孩子,怎入了打官司的魔了呢!
楊三娥：爹娘呀!
　　　　（唱）
　　　　爹娘不必甚擔心,
　　　　孩兒把話禀雙親。
　　　　兄妹心事早拿定,
　　　　一定上告奔天津。
　　　　檢察廳裏告準狀,
　　　　何愁驗屍不扒墳。
　　　　槍斃占英把命捐,
　　　　裴氏、金玉難逃身。
楊國恩：（白）對呀!
　　　　（唱）
　　　　打他個人死財散方消恨,
　　　　那時纔遂你我的心。
楊父
楊母：（唱）老夫妻聞聽彼此相勸,（流板）
　　　　（小鑼碎,上姜桂蘭）
姜桂蘭：（唱）姜桂蘭近前來叩門。（鎖板）
　　　　（白）表兄、表嫂在家嗎?
楊　父：誰呀?
楊國恩：（出見）喲!表叔來咧,往裏請。
姜桂蘭：好。（兩人入門）表兄、嫂可好?
楊　父：表弟,請坐。
姜桂蘭：有坐,有坐。
　　　　（三娥扭項,坐而不語）
姜桂蘭：表兄是幾時回來的?
楊　父：昨天。
姜桂蘭：樂亭莊稼怎樣?
楊　父：雨水調和,不錯。表弟你有事吧?

姜桂蘭：還是為下禮之事。
楊　母：那天晚上不説咧，再遲二年麽！
姜桂蘭：只因我大哥有病，只恐有個好歹，怕看不見媳婦了。這時候娶過去看看媳婦，死也瞑目咧，是一定就娶呀！
楊　父：那個好説。
楊三娥：爹娘呀！
　　　　（唱）
　　　　含羞啟齒忙攔阻，
　　　　此事緊要莫疏忽。
　　　　灤縣不與兒作主，
　　　　小女心中實不服。
　　　　要到天津去上訴，
　　　　此時萬難許花燭。
　　　　且等我告准了上案有了出路，
　　　　那時節再依爹娘與叔叔。
　　　　（甩腔）
姜桂蘭：（白）只怕是有了好歹，看不見媳婦，纔一定要娶，好看一看。
楊三娥：（白）叔叔哇！
　　　　（唱）
　　　　老人家一心看媳婦，
　　　　明日我前去探翁姑。
　　　　非我無羞不顧恥，
　　　　事至如今不得不……（流板）
姜桂蘭：（唱）姜桂蘭哼了一聲無言對，
楊　母：（唱）老身眼中滾淚珠。（鎖板）
楊　父：（白）表弟不必説咧，没聽我閨女説麽，明日看她公公去，你回去對我親家説去，預備下酒菜，我喝他幾盅。
姜桂蘭：哼！又説笑談咧！
楊　父：怎笑談呀？

姜桂蘭：好，我回去了。
楊國恩：表叔在這裏喝酒吧？
姜桂蘭：不咧，不咧。（姜桂蘭下）
楊　母：老頭子，你真沒橫沒豎的？咱們丫頭說的是支吾話，你就信實，哪有不過門的兒媳婦看親家公公的呢？
楊　父：那礙着啥咧！預備酒菜，我得喝他幾盅。
楊　母：你就在嘴上用工。
楊　父：丫頭說去，不是我先說的？你怎麼又抱怨我咧？
楊　母：不過門就往婆家去，這個瞧那個看的，成什麼樣子！
楊　父：不過門就不許看看公婆？秦雪梅不過門，還弔過孝呢！
楊三娥：若不然，今天午後就去吧！冷不防免得外人知道。
楊　父：對。我就買兩包餜子去！（同下）

第四十九場

人　物：姜桂枝　姜戴氏　姜桂蘭　楊父　楊三娥　傻子
　　　　（姜桂枝夫妻上）
姜桂枝：（念）心心念念娶媳婦，
姜戴氏：（念）時時刻刻愁病人。（歸坐）
姜桂枝：（白）你煩媒人，往親家去了嗎？
姜戴氏：早就去了。
姜桂枝：怎麼不見回來呢？
姜戴氏：想是留吃飯，過午回來。
　　　　（姜桂蘭上）
姜桂蘭：（念）可歎楊三娥，紅顏多薄命。（進門）
　　　　（白）大哥吃了點飯沒有？
姜桂枝：吃了，你回來咧！
姜桂蘭：午前就回來了。
姜桂枝：這回親家怎麼說的？
姜桂蘭：親家倒好說，咱那媳婦，總是與她二姐報仇心重，只是不允。後來我把公公要見媳婦的話一說,她要前來探病,請你老看看媳婦。

姜桂枝:那有些推辭吧?
姜桂蘭:咱親家也説,明日定來不誤。
姜桂枝:不能,不能,他這是支吾不來,我不想着看了。(哭介,二傻子上)
傻　子:媽呀!咱們來了客咧!
姜戴氏:哪裏的客?
傻　子:甸子莊的一個老頭子,領着一個大閨女,就要進門來咧。
姜桂蘭:還許是就來了!
　　　(戴氏迎三娥父女上)
楊　父:閨女,給你公公婆婆叩頭。(叩介,婆攙)親家病體好些了嗎?你媳婦看你來了。
姜桂枝:親家表兄來了,你近前來!
楊　父:表弟你説什麽?
姜桂枝:表兄呀!
　　　(唱)未曾説話眼圈紅,
　　　　 喘吁吁尊聲親家我表兄。
　　　　 今日見又是喜來又悲痛,
　　　　 悲喜交集不一同。
　　　　 喜的是得見媳婦面,
　　　　 悲的是你我苦命了。
　　　　 日子貧窮還罷了,
　　　　 偏偏又把禍來生。
　　　　 親家不幸遭官司,
　　　　 兄弟我無能降災星。
　　　　 半年痰喘不能動,
　　　　 你親家母家務之事不精通。
　　　　 就指望媳婦來了得中用,
　　　　 操持家務度日生。

　　　　偏遇着官司纏身難遂願，
　　　　預備花燭和彩紅。
　　　　為弟我斷氣早晚不定，
　　　　我與那賢德媳婦再不相逢，
　　　　話至其間心酸痛，
　　　　嗚嗚咽咽啞了喉嚨，
　　　　吁吁氣喘坐不穩，（流板）
姜戴氏：（唱）姜戴氏一旁把淚傾。
楊　父：（唱）楊玉清哼了一聲假咳嗽。
傻　子：（唱）二傻子靠着門房發愣怔。
楊三娥：（唱）未從說話悲切切，跪倒面前尊公爹。
姜桂枝：（白）起來講話。
楊三娥：（唱）
　　　　你老不必多遠慮，
　　　　蠢媳把話慢告說。
　　　　病症在身要保養，
　　　　把那些憂慮之事一概撇。
　　　　事事要往寬裏解，
　　　　無愁無憂病就好咧！
　　　　我母用心勤扶持，
　　　　想吃的美味不可缺。
　　　　保養十天並半月，
　　　　強壯如常好上街。
　　　　孩兒天津去上訴，
　　　　檢察長不似灤縣大老爺。
　　　　一告一準無有差錯，
　　　　我定要打開墳把棺揭。
　　　　屍首傷處驗真確，
　　　　老高家父子男女跑不迭。
　　　　拿住占英用槍斃，

　　　　　裴氏、金玉綁椿橛。
　　　　　我叫他三人抵償兩條命，
　　　　　也對得起我那死鬼二姐姐。
　　　　　報了冤仇完我的願，
　　　　　那時再來侍奉公爹。（流板）
姜桂枝：（唱）一聲長歎説罷了，
姜戴氏：（唱）句句説的情理貼。（鎖板）
　　　　（白）咳！不必再説了，但求佛祖，保佑你早早的完結，是咱兩家的萬幸呀！你坐下吧，待我做飯與你爺倆吃罷。
楊　父：親家母不用費心，我們吃了飯來的，我們就回去咧。
姜桂枝：親家要走，也不必久留，你把那兩元錢，給媳婦拿去了吧！
姜戴氏：是。（找錢介）
楊　父：我不要，我不要。
姜桂枝：不是給你的，是給我媳婦的呀！
楊　父：那中！給我……不要哇！接着吧！
　　　　（婆送媳手）
楊　父：我們就走了。
姜桂枝：咳！在病中也不能奉送了。
楊　父：不用，不用。
　　　　（外走，戴氏送至門外瞻望而歸，三娥低頭急下。同下）

第五十場

人　物：楊母　楊國恩　楊父　楊三娥
楊　母：（念）父女去探病，
楊國恩：（念）也該轉回還。（父女上）
楊　父：（念）雖説未管飯，鬧了二塊錢。（進門）
楊　母：（白）哦，回來咧！
楊　父：回來咧。
楊　母：到那裏都説什麼話咧？

楊　父：這麼的，那麼的，這般如此，如此這般，那話說得多了，我一句也沒記住，還給兩塊洋錢咧！
楊　母：喲！咱們親家好臉兒啦，不該要他的。
楊　父：我說不要，他說不是給我的，是給媳婦的，可就拿了來咧。
楊　母：你就是見錢眼開，他是什麼人家，比咱們還窮，你就不該拿來了！
楊　父：可我直說不要不要，親家母給丫頭，裝在襖裏咧。
楊　母：在哪裏呢？給我來！
楊　父：丫頭拿着呢！
楊　母：我看看！（接過錢裝入衣袋裏）媽給你攢着吧。
楊國恩：閒話少敘，妹妹咱們定定章程，何日上天津吧！或是投奔哪個？
楊三娥：現有周先生指教，投奔同興棧，有一位徐先生方妥。
楊　父：哎呀！徐先生？耳熟得很，是南邊徐家莊的，他妹子是門家莊的媳婦，咱們是門家莊的，論起來是親戚，如果是他，額外必有照應，你們是表兄弟之論。
楊國恩：那就更好咧，一定投奔他。
楊三娥：周先生說：必須在樂亭遞一張呈子。
楊　母：那個叫你爹爹去。
楊　父：我不中，見了官人，說不出話來。
楊三娥：還是煩我秀春二哥，走一趟吧！
楊　父：那個中，明日我往門家莊去。正是！
楊　母：（念）為與同胞報仇恨，
楊三娥：（念）難講風吹和雨淋。
楊　父：（念）明日我上樂亭縣，
楊　母：（念）兒行千里母擔心。（同下）

第五十一場

人　物：孫福　楊國恩　楊三娥　車夫

　　　　　　（孫福上）

孫　　福：（念）興隆地開設興隆棧，
　　　　　　發財門面進發財人。
　　　　　　（白）在下孫福，在同興棧管事。東車該來咧，外邊照料照料。
　　　　　　（上兄妹坐人力車）
楊國恩：到咧，打住下車。（付錢，車夫下）
孫　　福：辛苦辛苦，裏邊請吧。
楊國恩：給我們找個單間，不和大夥在一處。
孫　　福：有。隨我來！（入室）
楊國恩：這位先生貴姓？
孫　　福：姓孫。
楊國恩：孫先生，
孫　　福：好說。
楊國恩：問你有位律師徐先生，他在這裏住麼？
孫　　福：不錯，不錯。
楊國恩：你老領着我見見，那是我家鄉，又是親戚。
孫　　福：可以。您貴姓？
楊國恩：我姓楊，門家莊的？
孫　　福：隨我來。（同下）

第五十二場

人　　物：徐維漢　孫福　楊國恩
　　　　　　（徐維漢上）
徐維漢：（念）熟讀民國新法律，
　　　　　　善寫呈狀辯屈直。
　　　　　　（白）徐維漢。（福上）
孫　　福：徐先生在房麼？
徐維漢：在房。

孫　　福：來了鄉親咧,望看您哪。
徐維漢：哪位? 裏邊請。(楊國恩進)
孫　　福：此位就是徐先生。
楊國恩：哦,表兄可好?
徐維漢：承問承問。請坐。(分坐)哎呀! 我一時想不起來,您哪貴姓大名?
楊國恩：我是門家莊的,我叫楊國恩。搬到甸子莊住了多年了,不說你老不知道哇,你是我表兄呀,你有個叔伯妹子,是我當家二嫂子,咱是實在親戚,你是徐家莊的人不是?
徐維漢：是徐家莊的。
楊國恩：這就對咧!
徐維漢：哦,到此為何?
楊國恩：打官司來咧,求表兄給寫一張呈子。這裏有一封信,你老看看。
徐維漢：(看介)哦,原來是灤縣周先生之信。你把本縣呈子帶來了麼?
楊國恩：有好幾張,你老看看。
徐維漢：(閱介)原來令姐被害。好一個萬惡的高占英,我已知他的梟心,莫說還有周先坐託靠我,就是你自己來,我也不能袖手,好好好,一定是令妹出首了?
楊國恩：你老看着寫吧,我外行。
徐維漢：待我今晚與你寫好,明天正是開庭之日,到檢察院去告。
楊國恩：是,是。
徐維漢：歇息去吧,明早來取呈子。
楊國恩：是。(二人分下)

第五十三場

人　物：華治國　警察　楊三娥
　　　　(起五更,檢察長華治國上,升堂)

華治國：（念）官為檢察長，調遣冤枉呈。
　　　　（白）檢察長華治國。（上警呈狀官閱）
華治國：叫楊三娥！
警　察：喳！（楊三娥上）
楊三娥：與大人叩頭。
華治國：你叫楊三娥？
楊三娥：民女正是。
華治國：多大歲數？
楊三娥：十五歲。
華治國：你們本縣縣長，是怎麼判斷的？要你從頭說來！
楊三娥：大人容訴。
　　　　（唱）
　　　　　　楊三娥跪堂口從容回話，
　　　　　　小民女把此情細訴根芽。
　　　　　　我姐丈高占英做事不法，
　　　　　　叔與嫂暗通奸醜事兒難壓。
　　　　　　高占英霸雙嫂殺死結髮，
　　　　　　又摔死自己骨肉小女娃娃。
　　　　　　在灤縣遞呈狀當堂摔下，
　　　　　　縣長說是誣告本是虛話。
華治國：（白）你這大冤枉，縣長怎不准狀作主，是何情由呢？
楊三娥：（唱）
　　　　　　只因他老高家財勢甚大，
　　　　　　牛縣長貪賄賂又把我壓。
華治國：（白）縣長怎麼問的？是怎樣摔下來的呈子呢？
楊三娥：（唱）
　　　　　　縣長說無報告又無干證，
　　　　　　又說我不懂事小小女娃。
　　　　　　第二狀寫的是我兄妹兩個，
　　　　　　上堂去不容訴將我兄鎖押。

　　　　　無奈何來上訴投入檢察。
　　　　　我胞姐被他害死是真不假，
　　　　　請大人委貴役到彼細察。
　　　　　查實了請大人開棺檢驗，
　　　　　高占英該何罪請按律法。
　　　　　驗不實小民女情願償命，
　　　　　甘心願毫無悔不想回家。（甩腔）
　　　　　再叩頭望大人將狀准下，
　　　　　願大人再高陞一統中華。（鎖板）
　　　　　（白）望大人作主吧！
華治國：你且下去，准你的冤狀，一定與你作主就是了。
楊三娥：是。（下）
華治國：只得打電話，要他的案卷，查明此案。
　　　　正是：（念）推情不可錯，屈民損陰德。（下）

第五十四場

人　　物：高拐子　高費氏
高拐子：（念）人有虧心處，
高費氏：（念）時刻不安寧。（對坐）
高拐子：老娘子呀！
高費氏：老頭子！
高拐子：咱給高占英做的那件事，雖然在灤縣了結，又聽說楊三娥，往天津告去咧。若告准了，比不的在灤縣，有些個不好哇！
高費氏：這幾天，我總心驚眼跳的。
高拐子：要打實了，咱們兩口子得償命啊！
高費氏：這怎好呢？
高拐子：不如早早的跑了吧！
高費氏：咱這家就不要了是怎的？

高拐子：家裏有什麽，聽聽再説，平定了再回來。
高費氏：我又捨不得咱閨女。
高拐子：她是出閣的人咧，還惦着她做什麽？
高費氏：那不是有好處哇，給咱們來多少錢。
高拐子：你想什麽來着？
高費氏：高占英一年間，待咱們搭多少錢吶。
高拐子：那是高占英給的？
高費氏：不叫有咱閨女的臉面兒，他就給咱們錢花啦。
高拐子：你少説這話！
高費氏：是嘛，從丫頭十五歲那年，他兩個就好。
高拐子：不是什麽露臉的事兒。
高費氏：若不説了，哪知道咱們這一家子人……
高拐子：説近的吧，咱們收拾收拾，往外逃吧！
高費氏：我就收拾。
高拐子：我備驢，今晚就走。
　　　　（唱）拐子備驢出了門，
高費氏：（唱）費氏包裹慌了心。
高拐子：（唱）拉着驢子往外走，
高費氏：（唱）回過身來鎖上門。
高拐子：（唱）天氣到了五更後，
　　　　街中並無一個人。
　　　　悄悄出了莊村外，
高費氏：（唱）你先騎上我後跟。
高拐子：（唱）你鞋弓襪小可走的動麽？
高費氏：（唱）你一拐一拐更累人。
高拐子：（白）可以，我騎上。
　　　　（唱）拐子騎驢頭前走，
高費氏：（唱）費氏有點不放心。
　　　　老頭子呀，一路若是有人問，
　　　　可是探的哪門親？

高拐子：（唱）就説唐山醫院去看病，説你是個癆病人。
高費氏：（唱）
　　到底是往哪處奔？
　　或東或西投奔何人？
高拐子：（唱）
　　一不投親，二不訪友，
　　不到哈爾濱就到長春。
高費氏：（唱）找個安身，想個生意，
高拐子：（白）對咧！
　　（唱）我賣眼藥，
高費氏：（唱）我跳神。
高拐子：（唱）商商量量往前奔，
　　東方發亮要開門。（兩人下）

第五十五場

人　物：華治國　高拐子　高費氏
　　（華大人商裝私訪）
華治國：（念）心懷一件機密事，
　　假扮商民走村莊。
　　（白）在下華治國。所為楊三娥告高占英一案，已將灤縣底案之卷提察明白。此案關係甚重，只得細細調查。因此我假扮商客到彼密訪一回。昨日由唐山下火車，今日雇了一頭毛驢，待我問路，奔狗兒莊走走！
　　（唱）
　　假扮商人去狗兒莊，
　　心中思想暗斟酌。
　　可敬可憐楊三姐，
　　黃花幼女有志謀。
　　替姐報仇將命捨，

　　　　對答如流巧嘴伶舌。
　　　　告的是高占英、裴氏、金玉他三個,
　　　　還有個主謀高貴合。
　　　　調詞架訟萬刁萬惡,
　　　　拿住他,一定是挖眼把舌割。(讀如哥)
　　　　揚鞭催動"二冀葛",(灤東毛驢兒叫"二冀葛")
　　　　逢人套問待如何。(下)
　　　　(小鑼,上高貴合夫妻)
高費氏:(唱)費氏騎驢坐不穩,
高拐子:(唱)拐子行路栽歪多。
高費氏:(唱)老頭子呀!咱們到了唐山住幾日?
高拐子:(唱)賣了毛驢上火車。
高費氏:(唱)商商量量往前走,(小鑼,上華治國)
華治國:(唱)對面施禮把話説。
　　　　(白)借光,前面是什麼莊村?
高拐子:嶺坨。
華治國:過去嶺坨呢?
高拐子:狗兒莊。
高費氏:我們就是……(拐子擋住)
高拐子:哼!哦,我們是東邊青坨營的。
華治國:老兄貴姓?
高費氏:姓……
高拐子:姓王呀!
華治國:哦。要往哪裏去呀?
高費氏:説把我送到窰子裏去。
高拐子:不是呀!送她西窰,上醫院裏治病去呀。
華治國:是是!請吧。(華治國下)
高拐子:你這個臭老婆,怎麼這些話,你説的都是什麼,你知道他是做什麼的?若是私訪的呢,你一句話説漏了,倒是怎好!

高費氏：對呀！咱們快跑吧。
　　　　（打驢,費氏摔下,弔簒失鞋、折褲帶下）

第五十六場

人　物：劉來　華治國
　　　　（起五更,劉來上）
劉　來：(念)自幼生來運命窮,
　　　　我與人家做長工。
　　　　(白)我叫劉來。北邊劉家莊的人。狗兒莊做活十年多咧。我們東家與高占英住隔壁,今年春天他家鬧那事兒,非我知底,別人都是瞎猜疑。高占英殺……做我的活計,少說閒話。
　　　　(唱)劉二愣去割穀,
　　　　思想起來好懸乎。
　　　　今春間三月十三那一夜,
　　　　高占英殺妻太狠毒。
　　　　我爬着牆頭看的準,
　　　　兩個嫂子一個小叔。
　　　　三人害死娘兒倆。
　　　　無個報應心不服。
　　　　心中不憤口中恨,
　　　　來到地頭兒氣長出。
　　　　(白)抽袋煙,歇會兒再做。
　　　　（小鑼碎,華治國上）
華治國：(唱)
　　　　催驢來到莊村外,
　　　　道旁坐着一農夫。
　　　　(白)老盟兄割穀子來咧？
劉　來：哦,歇歇抽煙吧。

華治國：歇歇。（坐下）盟兄貴姓？
劉　來：姓劉。
華治國：哪莊居住？
劉　來：北邊劉家莊人，給狗兒莊做活呀。
華治國：哦，狗兒莊有個新聞，是真有嗎？
劉　來：你問的是楊三姐告狀吧？
華治國：正是。
劉　來：有這麼一段，非我知底，別人不知頭尾。
華治國：楊三姐告的虛不虛？
劉　來：他知不準是怎殺的！
華治國：哦，是怎麼殺的呢？
劉　來：就着沒人，我好好的和你説説。説起話長，他高家雖是有錢，他底子不正啊，財不是好發的，我可不知底，都説他父高貴章，昧良心發的財。當下他家的事瞞不了我，我們東家與他家住隔壁。高占英和他大嫂裴氏，不清楚多年咧，人人知道。如今他五哥由唐山窰子裏，買了個來咧，金玉小人長的得得的，也和高占英近合上咧，一家子家風大亂哪！
華治國：難道他兄不知麼？
劉　來：都不在家呀！都在外邊做買賣。高占英之妻楊二姐是個賢人，也必有良言勸夫，二人時常打架，高占英嚷罵殺刮，那妯娌兩個加閑言，也是時常聽見的。今年春天，三月十三日夜間，我瀉肚出去拉屎去，聽那院有動靜，我搬張梯子，爬着牆頭，看見裴氏、金玉、高占英三個作鬼，出來進去，又聽見屋中説，唉呀！你好狠哪！又聽孩子哭，又聽叭嗒一聲，我叫你小兔崽子哭！把我嚇得往後一仰，叭嗒！摔下牆來，疼了一個多月。第二天聽説，楊二姐與閨女都死咧，給了她娘家個信，説是血崩死的，明明是他害死的。還有個大壞種高拐子作證，那王八養的不是好東西。

華治國：他叫高什麼？
劉　來：高貴合，五十多歲。聽說楊三姐告狀，也未弄好。高家有錢，灤縣縣長是個貪財的，因此未弄好。又聽說楊三姐，上了天津咧，八成是上告了。嘿！要遇着清官准了案，就報了仇了，最怕再遇上挨萬人罵的官，就白費二遍事咧！
華治國：不能。天津官，可都是好官哪！
劉　來：如今都是愛洋錢的呀，如果遇見好官，別人還則罷了，拿了高拐子不可輕饒，得叫他償命呀，這件事全說完咧，一句不假。你老心裏盛着，別向哪說呀！
華治國：是了，天不早了，我要走了。
劉　來：喲！晌午過了，一點活計也未做呢。家裏吃飯去，回來再做吧。（同下）

第五十七場

人　物：裴氏　金玉　警察　送信人
（裴氏、金玉上）
裴　氏：（念）妯娌和氣家不散，
金　玉：（念）有尊有讓不搶先。
裴　氏：（白）奴家裴氏。
金　玉：（白）奴家金玉。
裴　氏：妹子呀！
金　玉：嫂嫂。
裴　氏：你那幾位嫂子，都上了場咧。你我在屋裏坐着，也得做點活計呀。
金　玉：好吧咧。
裴　氏：咱在一個屋做活計吧，好不冷清。
金　玉：對呀！咱做什麼活計？
裴　氏：咱們老六有個小褂，沒做完呢。
金　玉：好哇，咱們倆給他忙活吧。

裴　氏：待咱用工。（海青哥，拈線介）
　　　　（唱）妯娌對坐臉對臉，
金　玉：（唱）各拿各針、各紉各線。
裴　氏：（唱）給六弟做個小布衫。
金　玉：（唱）我幫嫂子釘釘紐絆。（讀如判）
裴　氏：（唱）我疼他他沒個媳婦打着光棍，
金　玉：（唱）我疼他冷清清好像可憐見。
裴　氏：（唱）因此我纔動了這個熱心眼兒，
金　玉：（唱）我也是為的那點兒人情面。
裴　氏：（唱）外人都說咱倆愛白臉，
金　玉：（唱）哼！他算說對咧，咱們姐倆正是那條蔓。
裴　氏：（唱）只圖歡樂不顧臉兒，
金　玉：（唱）不好扔這個熱火罐。
　　　　我說大嫂哇！
　　　　未說話先望了望窗戶眼，
　　　　抿嘴一笑停住針線兒，
　　　　六弟你們兩個怎麼那麼好哇！
　　　　當初你們倆是怎麼到的一塊？
裴　氏：（唱）
　　　　裴氏聞聽一紅臉兒，
　　　　你做活計少撒賤兒。
金　玉：（白）又沒外人，你說了礙啥的？
裴　氏：哼！說起話兒可就長咧！
　　　　（唱）
　　　　自從我過門到高家，
　　　　你大哥比我大一半。
　　　　老夫少妻不般配，
　　　　將將就就混碗飯。
　　　　你大哥是臭牙花子還是兩支汗脚，
　　　　睡覺了咬牙放屁不打個站。

　　　　看見他好像個病疙瘩疽在我的心坎，
　　　　眼睛看着嘴裏就嘔涎。
　　　　六弟是個小白臉兒，
　　　　聰明伶俐可會巧辯，
　　　　叔嫂説笑打鬧着玩，
　　　　一來二去就隨了便。
　　　　這是我兩個已往的事，
　　　　弟妹呀！你們兩個怎麼繫的這條線？
金　玉：（白）從在唐山就有交情，比他五哥還在先呢。
裴　氏：（白）哦！是咧。
金　玉：（唱）二人説笑無束無管，（流板）
　　　　（急上送信人）
送信人：（唱）這回八成要鬧大亂兒。
　　　　（白）大嫂！可不得了咧！從灤縣來了不少的人，把老東家、六先生都鎖上咧，村正、村副也帶去咧，抄家來咧，正找你們兩個呢，你們快跑吧，我走咧。（急下。裴氏、金玉手忙腳亂下）
警　察：（上）兄弟們！好好的帶着他們，別走一個，我們往甸子莊，傳楊家到案。（同下。亂錘，上裴氏、金玉）
金　玉：大嫂子，咱們往哪裏跑哇？
裴　氏：先到我媽家再作道理。
金　玉：一定是那個事情犯了，快想好主意逃命吧！
裴　氏：有主意，跟我走吧！（同下）

第五十八場

人　物：華治國　何占聲　牛成　楊三娥　村正副　高貴章　高占英　警察甲、乙
　　　　（衆官升堂，警排列站班）
華治國：（念）既吃國家祿，

何占聲、牛成：須得盡忠心。（歸坐）
（華正堂上首。何縣長、牛幫審下首）
華治國：華治國。
何占聲：何占聲。
牛　成：牛成。
華治國：貴縣長、幫審。
何占聲、牛成：大人。
華治國：此案還是牛幫審審問。
牛　成：大人明斷。
華治國：牛幫審之公事，仍然是牛幫審判斷。
牛　成：不公了！
華治國：公該啊！
牛　成：叫楊三娥！
警　察：喳！楊三娥上堂。（楊三娥上，鞠躬下站）
牛　成：楊三娥！
楊三娥：有。
牛　成：你多大歲數咧？
楊三娥：一十五歲。
牛　成：說實的，倒是多大？
楊三娥：民女說過三次了，一十五歲，看看公事上有無有呢！
牛　成：你這麼高個子，十五歲得多，你是瞞歲。
楊三娥：我是為給我姐姐報仇，也不是找婆家，我瞞歲做什麼？
牛　成：你十五歲，屬什麼的呀？
楊三娥：（怒介）屬貓的。
牛　成：胡說！十二屬沒有屬貓的！
楊三娥：我看中華大國，也無你這麼個當官的。我是為姐姐報仇，照着公事給問，我也未叫你給我批八字合婚，你問我屬什麼的何用？你是叫高占英的大洋錢，買得胡說咧！
（牛默然介）
華治國：住口！（向牛）牛幫審，你問的什麼公事？混賬、可惡，難為你也是讀書多年,入過學堂,遊過外洋,似這等糊塗,你與同寅丟臉,你混賬、可惡,可惡已極咧!
（牛閉口站立）
楊三娥!

楊三娥：有。
華治國：你告高占英害死你姐姐,你知道準有傷嗎?
楊三娥：若是無傷,民女情願領罪。
華治國：你們莊村正、副,可敢保你嗎?
楊三娥：他們現在堂下。
華治國：叫甸子莊村正、副!
警　察：甸子莊村正、副上堂!
　　　　（齊上,鞠躬禮站下）
華治國：你們是甸子莊村正、副嗎?
村正副：喳!
華治國：高楊氏是怎死的?
村正副：我們不知底細。
華治國：你們離狗兒莊有多遠?
村正副：八里地。
華治國：當初兩家起事,也未經你們說和嗎?
村正副：小的等在內說和。
華治國：你們不知底細,是怎樣調處?
村正副：並非小的出首,是他高家煩請我等。
華治國：彼此說和怎樣?
村正副：三天三夜,未見頭緒。
華治國：既然說和,怎說不出個結斷來呢?
村正副：回大人話,一家說是害死,一家說是病死,經我等說和,願在高家墳地,打棚,念經重發送一個星期。
華治國：這是誰家興出此口?
村正副：高家應許,楊家並不認可,又說將屍扒出重辦,換了裝裹,再請僧道念經,方可甘休。我們想,灤縣地面,也有八百華治國：多莊村，也有多少死媳婦的，彼此為事，總未經過，從墳裏扒出屍來，小的不敢擔這大干係，因此未説結斷。

華治國：下去！

村正副：喳。（下）

華治國：叫狗兒莊高貴章！

警　察：狗兒莊高貴章！（章上、鞠躬站立）

華治國：你叫高貴章？

高貴章：小的。

華治國：多大歲數？

高貴章：五十八歲。

華治國：高占英是你什麼人？

高貴章：我的老兒子。

華治國：你兒媳怎麼死的？

高貴章：病死。

華治國：什麼病？

高貴章：血崩。

華治國：既是病死，楊三娥為何告你兒將她胞姐害死呢？

高貴章：回大人話，我是讀書人家，焉能做此不法之事，她是誣告。

華治國：帶高占英！

警　察：高占英上堂！（英上、鞠躬介）

華治國：高占英！

高占英：有。

華治國：你妻怎麼死的？

高占英：病死。

華治國：什麼病？

高占英：血崩。

華治國：既是病死，你妻妹為何告你害死？

高占英：她是貧無所使，借此為由訛詐於我。

華治國：是她訛詐你，你煩人合，重新發送？

高占英：學生念她是貧家，又是小小女娃，又念至親，因此忍讓，請問我莊村正、副，人人皆知。
華治國：叫狗兒莊村正、副！
警　　察：狗兒莊村正、副上堂！（上，鞠躬站立）
華治國：你們是狗兒莊的經事人嗎？
甲、乙：是。
華治國：高楊氏怎麼死的？
甲：　　病死。
華治國：什麼病？
乙：　　血崩。
華治國：你們敢保高占英嗎？
甲、乙：敢保。
華治國：下去！
甲、乙：喳。（下）
華治國：將高家父子押下去，退堂。（下）

第五十九場

人　物：金合　楊國恩　楊三娥　警察
　　　　（金合上）
金　合：（念）拌上麩子添上料，兩頭騾子喂了個飽，等候三姐把堂下，明日回家必起早。（白）在下金合，與甸子莊李家趕車。楊三娥兄妹，借我們東家的車，非我趕車不行。這怎說呢，牲口別人使不好。今天是天津的官問案，不知怎樣，大料這回得驗屍。
　　　　（楊國恩、楊三娥上）
楊國恩：（念）畫龍畫虎難畫骨，
楊三娥：（念）知人知面不知心。（進店）
金　合：回來咧？
楊國恩：回來咧。
金　合：坐下歇會兒吧，好用飯。

楊國恩：坐下喘喘氣。
金　合：今天的堂，過的怎樣啊？
楊三娥：咳！不用說了，還是稀裏糊塗無個頭尾。
楊國恩：不用說了，是高家又花上大洋錢。
　　　　（急上警察）
警　察：楊國恩在哪屋裏？
楊國恩：這屋呢！
警　察：（低言）明天高家墳開棺檢驗，不可聲揚，你們明天午前趕到，不可有誤，千萬不可聲揚。（下）
金　合：我說天津官，必有特別的招嘛！
楊國恩：準是怕走了點兒。
楊三娥：哼！
金　合：我就飲飲牲口，半夜就走啦。
楊國恩：開不了城門哪？
金　合：對呀！
楊國恩：怎麼也誤不了，大家歇着吧。（同下）

第六十場

人　物：地方　楊三娥　高占英　華治國　警察　仵作　高貴章　羣衆
　　　　（起五更，地方急上）
地　方：（念）大人出城，地方着急，休得怠慢，揚鞭催驢。（急下）（陰鑼走過、三娥車過、衆官長過、閒人看熱鬧的男女七言八言走過，急上地方。）
地　方：閒人退後，大人來啦。（閒人閃開，急沖頭上官長歸坐，高家父子、楊家母女均在）
華治國：高占英、楊三娥！（高占英、楊三娥站在公案桌左右）楊三娥，今日開棺檢驗，若是無傷，你得認罪。
楊三娥：民女願認。

華治國：此事非小，不可後悔。
楊三娥：民女不悔，請大人開棺。
華治國：高占英，你說實話吧，扒墳你無益處。
高占英：請大人開棺吧，自知誰是誰非。
華治國：好！開棺起檢驗屍。
警　察：喳！（起驗。高、楊兩家分為左右，役人看守維護介）
仵　作：你高、楊兩家看看，刻下就見分明了。頭上無故，前胸無故。
楊三娥：先生仔細驗哪！（三錘）先生你……仔細的驗來呀！
仵　作：你放心，這不是你們灤縣的仵作，我是天津來的，這裏頭沒有人情。你姐姐哪只手有傷。
楊三娥：左手有傷？
仵　作：左手中指不全，缺指一節。
高占英：她骨在肉亂，先生未曾檢全，那不算傷。
　　　　（仵作打英兩個嘴巴）
仵　作：什麼算傷？捆上他！（警捆介）左肋刀傷一處，小肚子刀傷一處，又一處傷口藏刀一把，三處刀傷死命。（三娥跪哭）
楊三娥：求大人往下驗，還有許多的傷呀！
華治國：你不必說了，這官司夠打的咧。叫地方找村正、副，將屍埋葬了。定要按法律，將高占英辦罪就是了，你回去吧！（三娥下）今日天晚，且到狗兒莊住宿，明日到縣辦公。（同下）

第六十一場

人　物：村正、副　經事人
　　　　（亂錘，村正、副上，經事人，七忙八亂）
甲：　　咱們躲躲吧！咱們擔干係非小哇！跑吧！（同下）

第六十二場

人　　物：華治國　高占英　警察
　　　　（華治國上，升堂）
華治國：（念）勸人休圖眼前樂，多學正直君子心。
　　　　（歸坐）（白）檢察長華治國。帶高占英！
警　　察：喳！（帶上，英跪）
華治國：你是因何事，殺死結髮，摔死小女？
高占英：刺妻有之，並無摔女之事。
華治國：你與你大嫂、五嫂通奸，你三人將她害死的嗎？
高占英：學生是因夫妻鬥毆，失手將妻刺死，並無家風大亂。
華治國：拉下去打！（打二百板棍）是不是快說？
高占英：哎呀，大人不必往下問了，楊三娥所告是實。
華治國：畫招！（畫完）送過審判廳判罪。
警　　察：喳！（帶下）退堂。（全下）

第六十三場

人　　物：廳長　高占英　警察
　　　　（審判廳長升堂）
廳　　長：（念）正法民國律，與清不相同。（上警察）
警　　察：廳長，公事。（廳長閱）
廳　　長：帶高占英！（帶上，英跪）
　　　　高占英！
高占英：有。
廳　　長：你多大歲數？
高占英：二十五歲。
廳　　長：你在監察廳所招之供實在嗎？
高占英：咳！不假。

廳　　長：高占英，你既讀書畢業，應知法為重，不該殺妻害女，按中華民國法律，判為槍斃，綁下執刑。正是：（念）
　　　　婦女當學楊三姐，為男莫學高占英。（下）